郑欣淼文集

诗心纪程
中华诗词之美

郑欣淼 著

北京出版集团
北京出版社

图书在版编目（CIP）数据

诗心纪程　中华诗词之美／郑欣淼著． — 北京：
北京出版社，2023.5
　（郑欣淼文集）
ISBN 978 - 7 - 200 - 17245 - 4

Ⅰ．①诗… Ⅱ．①郑… Ⅲ．①中国文学—当代文学—
作品综合集 Ⅳ．①I217.2

中国版本图书馆 CIP 数据核字（2022）第 111566 号

郑欣淼文集

诗心纪程　中华诗词之美
SHIXIN JICHENG　ZHONGHUA SHICI ZHI MEI

郑欣淼　著
*
北 京 出 版 集 团
北 京 出 版 社 出版
（北京北三环中路 6 号）
邮政编码：100120

网　　址：www.bph.com.cn
北 京 出 版 集 团 总 发 行
新 华 书 店 经 销
北京雅昌艺术印刷有限公司印刷
*
170 毫米×240 毫米　　16 开本　　39.5 印张　　528 千字
2023 年 5 月第 1 版　　2023 年 5 月第 1 次印刷
ISBN 978 - 7 - 200 - 17245 - 4
定价：237.00 元
如有印装质量问题，由本社负责调换
质量监督电话：010 - 58572393
责任编辑电话：010 - 58572383

目录

CONTENTS

诗心纪程

第二编 吟情如缕

第三编　佳什如醴

第四编 旧作如茶

中华诗词之美

第一编　风雅绵绵

第二编 中华诗词三十首赏读

第三编　诗国锦绣

诗心纪程

序言

　　笔者年轻时就喜欢读古典诗词，并且尝试着写作旧体诗词，这一爱好基本坚持了下来，但关于诗词方面的文章则写得不多。从 1996 年出版第一本旧体诗词集以来，每本书都会写上"前言"或"后记"，略谈自己诗词创作的感想。2006 年，就旧体诗创作问题，笔者接受《中国文化报》记者高昌采访。文章在《中国文化报》刊载后，《新华文摘》又转载了，引起较大反响。2010 年，笔者忝任中华诗词学会会长一职至今。中华诗词学会是个颇有影响的全国性社团，从创办以来，聚集、团结了一大批中国当代最优秀的诗人词家，坚持数十年，在推动中华诗词的复兴、繁荣方面做出了重大贡献。笔者深感责任的重大，也知道自己的不足，因此十分重视诗词知识和理论的学习，努力进行一些研究；出席诗词理论研讨会或诗词讲演，笔者都会认真准备。

　　《诗心纪程》是笔者 10 余年来有关诗词的文章、讲演、讲话、访谈以及序、跋等的结集，大致可见我的诗路历程。所收录的 95 篇各类文章，分为 4 部分，每个部分按时间顺序排列。

　　第一部分"诗魂如华"，收入文章、讲演等 24 篇，包括笔者任第十一届全国政协委员时就中华诗词发展的两个提案。

　　第二部分"吟情如缕"，收入访谈、讲话 25 篇。本书不收录一般的讲话稿。有关中华诗词学会会议的讲话，收了《以诗词的风雅奉献世界和平的伟大梦想》与《在庆祝中华诗词学会成立三十周年大会上的讲话》两篇，前一篇为笔者 2014 年 5 月 23 日在广东惠州第五届华夏诗词奖颁奖大会暨海内外中华诗词高峰论坛的开幕词，后一篇为笔者 2017 年 6 月 1 日在庆祝中华诗词学会成立 30 周年大会上的讲话，这两个活动很重要，在学会发展史上都有纪念意义。2015 年 10 月，中华诗词学会成立了"散曲工作委员会"，笔者兼任工委主任。散曲工委成立以来，积极开展工作，促进着散曲事业的复兴。散曲复兴对于中华传统诗歌的全面发展有着重要意义。本书收入笔者有关散曲的几个讲话与访谈，作为历史资料存录。

第三部分"佳什如醴"，35 篇，是笔者为一些诗词作品写的序言、寄语，笔者也从这些佳作中获得颇多教益。

第四部分"旧作如茶"，11 篇，是笔者正式出版及非正式出版过的诗词集的序、跋，包括委托王素先生代编《郑欣淼诗词百首》的代序。

这本小书能在北京出版集团再次出版，笔者感到荣幸，谨向为此书出版付出辛劳的各位人士致以深切的谢意！

笔者在诗词道路上的座右铭是：活到老，学到老，写到老！

郑欣淼

2017 年 12 月 18 日于故宫御史衙门

第一编

诗魂如华

推荐《缀英集》

　　《缀英集》是由启功、袁行霈先生主编的中央文史研究馆馆员的诗歌选集，2008 年由线装书局出版。本书的价值是由本书的作者队伍决定的。中央文史馆设立于新中国成立之初，馆长和馆员皆为国务院总理亲自聘任的耆年硕学之士，新中国成立以来的 240 多位馆员多在文史研究方面卓有成就。他们的诗词集出版，有三方面意义：其一，由于这些人的特殊地位，这些诗作作为他们感情的寄寓，是他们心声的反映，不仅是认识研究他们个人生平的重要史料，也是时代发展的史料，因此具有史诗的意义。其二，中央文史馆的有些馆员在中国现代文化史、诗词上占有一定的地位，他们的作品在艺术上风格各异、个性鲜明，有的馆员还做了创新的探索。从这些作品中，大致可以看出近百年间传统诗词发展的轨迹，是一笔重要的文学遗产。特别是由于多种原因，一些人的作品过去未被认真整理，有些还从未面世，因此这个选本就有相当的价值。其三，从"五四"以后，传统诗词一直处于受打击、排挤的处境，受到不公正的对待，党的十一届三中全会以来，传统诗词创作正在走向恢复并得到相当快的发展，本书的出版，不仅使读者受到审美教育，得到艺术的启发，也可为今天传统诗词的写作提供参考、借鉴作用。

　　鉴于此，我认为《缀英集》是一本难得的好书，特别推荐该书参加"中华优秀出版物奖"的评选。

（本推荐信写于 2010 年 4 月 26 日）

让吟诵回到生活中

吟诵，是几千年以来中国人学习传统文化的独特方式，在历史上起到过极其重要的社会作用，有重大的文化价值。在中华民族实现伟大复兴的今天，恢复和发展吟诵传统，更是非常必要和迫切的一件大事。尤其在面临金融危机的形势下，文化的凝聚力显得尤为重要。因为吟诵不仅仅是一种学习的方法，更是培养道德品格和中国文化精神的途径，从而为树立社会主义核心价值体系，为和谐社会的构建和中国文化的复兴起到重要的作用。

吟诵是汉语诗文的活态。汉语的所有文字作品，特别是古典诗词文赋，皆可吟诵。吟诵介于读和唱之间，既是诵读，又有曲调，表达着个人对作品意义的理解。吟诵的曲调各地不同，但都浸润着大雅君子之风。

吟诵在国际上享有很高的声誉，是公认的中国文化的独特魅力之一。在中国宝岛台湾，吟诵一直存在于教育体系之中。日、韩等国家的吟诗社社员达数百万人，他们吟诵汉诗，还经常来我国访问交流。然而，作为吟诵之根的大陆，吟诵却几乎没有了传承！目前各地区都只有极少数老者尚会吟诵，而且年龄一般都在80岁以上，如不加抢救，吟诵将只剩下不成系统的资料碎片，最后只能进入博物馆。这是历史留给我们的最后的机会！

如今，社会也欢迎吟诵。今日中国，已从盲目西化的困境中觉醒，政府和民众，都迫切感觉到了传承自己文化的重要。越来越多的人对吟诵感兴趣，但又无从学起。在政府大力提倡下，各地都在开展经典诵读活动，但只是朗诵为主。新作古诗歌曲，又多因不了解诗词格律或对诗文理解不深，而导致水平参差不齐。而吟诵，尤其是普通话新吟诵，是完全可以担负起诵读经典的任务的。

目前，以首都师范大学中国诗歌研究中心为核心，北京语言大学、中央民族大学、中国音乐学院、中国人民大学等院校已经初步开展了搜集、整理、研究和传承、宣传吟诵的工作。北京大学中文系"语音与乐律"实验室也承担起了部分采录的工作。全国吟诵界的人士也正在联合起来，一些地方（如北京、山东、广东、江苏、福建、上海、天津等地）已经开始了吟诵进课堂的试点。吟诵的社会反响越来越大。传承吟诵的事业已经具备了一定的基础。

归根到底，吟诵是一种学习、教育方法。恢复和发展吟诵传统的关键，就是使它进入教育体系，回到普通中国人的生活中。从幼儿园到大学，所有学习古代文化、文学、音乐的课程，都应借鉴吟诵的方法。没有这一条，吟诵终究不能传承下去，也将起不到它传承文化、陶冶情操的巨大作用。

（本文为作者在第十一届全国政协三次全体会议上的提案，载于《人民日报》2010 年 5 月 12 日）

中华诗词的外交力量

中国乃诗之国。中华诗词源远流长，如长江大河，万里腾浪，九曲摇姿。尧时已有"击壤""康衢"之歌，舜时亦有"股肱"、"元首"及"卿云"之谣。迨至《诗经》之出，内容有风、雅、颂，表现分赋、比、兴，始初具规模。自此以降，虽形制或变，体裁或殊，然言简意赅，律悠韵远，则一也。近世以来，传统诗词虽屡遭人为抑压，却仍不绝如缕。改革开放 30 年，中华诗词不啻冉冉复苏，甚且生机勃郁，精彩焕发。此亦中华诗词发展之必然也。

中华诗词之大有力量，追本溯源，盖亦始于《诗经》，且为圣贤所乐道。《论语》以《诗经》为言，不下 10 余处，最有力量者，莫过于"《诗》三百，一言以蔽之，曰'思无邪'"（《为政》）。《孟子》以《诗经》为喻，多达 30 余处，最有力量者，莫过于"王者之迹熄而《诗》亡，《诗》亡然后《春秋》作"（《离娄下》）。《诗经》之扶正祛邪，关乎国家兴亡，有如此者。

中华诗词之于外交，亦大有力量焉。此力量亦发端于《诗经》。孔子谓《诗》可以"兴""观""群""怨"（《论语·阳货》）。四者之中，"群"与外交尤相关焉。盖所谓"群"者，孔安国以为系"群居相切磋"（何晏《论语集解》引），朱熹以为系"和而不流"（《论语集注》），概而言之，皆谓读《诗》可使人理性交际且又不失于流俗也。孔子又云："不学《诗》，无以言。"（《论语·季氏》）春秋贵族外交，恒以赋诗、引诗表达己见。赋诗有赋新作之诗，有赋既有之诗，因表达之己见完整，故所赋之诗亦皆完整。引诗则皆为既有之诗，且往往义取断章，盖随言谈论辩需要使然也。《左传》记赋诗 70 余例，引诗约 150 例，可见其事之盛。

钱穆先生尝盛赞春秋贵族文化之雅艳，外交之赋诗、引诗为其大宗。如云："当时的国际间，虽则不断以兵戎相见，而大体上一般趋势，则均重和平，守信义。外交上的文雅风流，更是表现出当时一般贵族文化上之修养与了解（原注：当时往往有赋一首诗，写一封信，而解决了政治上之绝大纠纷问题者。《左传》所载列国交涉辞令之妙，更为后世艳称）。"（《国史大纲·霸政时期》）所以然者，盖由诗之比兴体有以致之也。比兴之运用，妙在抑扬顿挫，隐约委婉，似实若虚，似有若无，最得外交三昧。此乃中国特殊之政治文化现象，研习中华诗词者不可不知也。

中华诗词之于外交，含义大凡有三：一为个人之外交，所谓"嘤其鸣矣，求其友声"（《诗·小雅·伐木》），以诗会友者也。一为党派之外交，或称 "夫子固吾党，新恩释衔羁"（韩愈《寄崔二十六立之》）；或称"向来相识晚，吾党欠斯人"（陆游《赠进贤刘令》），以诗结交同志者也。一为国家之外交，如云"东风应律兮暖气多，知是汉家天子兮布阳和；羌胡蹈舞兮共讴歌，两国交欢兮罢兵戈"（蔡琰《胡笳十八拍》），以诗代一国谢另一国，化战争为和平者也。

个人以诗会友，最为常见。以唐为例，李（白）杜（甫）、刘（禹锡）柳（宗元）、元（稹）白（居易）等皆是也。其中李杜之情最为脍炙人口。李赠怀杜诗不少，如《鲁郡东石门送杜二甫》："何时石门路，重有金樽开？"《沙丘城下寄杜甫》："思君若汶水，浩荡寄南征。"《戏赠杜甫》："饭颗山头逢杜甫，顶戴笠子日卓午；借问别来太瘦生，总为从前作诗苦。"杜赠怀李诗亦甚夥，如《梦李白》二首："死别已吞声，生别常恻恻。""冠盖满京华，斯人独憔悴。"《春日忆李白》："白也诗无敌，飘然思不群。""何时一樽酒，重与细论文。"

《寄李十二白二十韵》："昔年有狂客,号尔谪仙人;笔落惊风雨,诗成泣鬼神。"《饮中八仙歌》："李白斗酒诗百篇,长安市上酒家眠;天子呼来不上船,自称臣是酒中仙。"名句警语,俯拾即是,千载之下,犹掷地有声!清康熙间,顾贞观营救挚友吴兆骞不遗余力,士林传为佳话,其"以词代书"之《金缕曲》二阕("季子平安否"与"我亦飘零久"),亦为千古绝唱。

党派以诗传意,亦非鲜见。刘禹锡两首《游玄都观》("紫陌红尘拂面来"与"百亩庭中半是苔"),以"桃"为喻,向敌对党派传递不满信息,人所熟知,可以不论。王安石与苏轼私交亦笃,故唱和之作亦夥。苏有《雪后书北台壁》二律,末句分用"尖""叉"二韵,既险且涩,而王竟各和六首(今仅存"叉"韵六首)。乃至放翁叹曰:"非二公莫能为也。"(《渭南文集》卷三〇)苏亦有《次荆公韵》四绝,其三云:"骑驴渺渺入荒陂,想见先生未病时;劝我试求三亩宅,从公已觉十年迟。"可见仰止之深。然二人分属新、旧党,政治矛盾亦极尖锐。苏之屡遭贬谪,王有力焉;王之新法受挫,亦与苏之诟病有关。论者谓二人诗词,多含党派寓意,苏有"乌台诗案"及《咏史和刘道原》("仲尼忧世接舆狂")、《移合浦郭功甫见寄》("君恩浩荡似阳春")诸诗,王有《元日》("爆竹声中一岁除")及"咏古"诸诗(如《读墨》《明妃曲》《桃源行》《食黍行》等),可以为证,足见此言非虚。

国家以诗明志,或昭示政策,亦有其例。曹操位极人臣,群雄如刘备、孙权者,皆以为操必篡汉。操赋《短歌行》,其二云:"周西伯昌,怀此圣德。三分天下,而有其二。修奉贡献,臣节不坠。崇侯谗之,是以拘系。"以明终生为臣之志。宋末主幼臣懦,艰危之际,文天祥尝充节使,至元营与伯颜议和,抗论不屈,如集杜诗《出使第五十六》所云:"隔河见胡骑,朝进东门营。皇皇使臣体,词气浩纵横。"知其时天祥之言行,均代表国家,非复为己也。天祥后将国难期间诗单编为一集,名曰《指南录》(用其《扬子江》诗"臣心一片磁针石,不指南方不肯休"之意),《正气歌》《过零丁洋》等震撼人心之作均在其中，以示中华之不可侮也。

20 世纪之中国，若论善于将中华诗词之用于外交，莫过于毛泽东主席。主席本为诗坛巨匠，与"南社"创始人柳亚子素有交往，唱和之作颇多。此为个人之外交，人所熟知，无须多说。1945 年，主席从延安飞抵重庆，与蒋介石和谈。其间，主席应亚子之约，将旧作《沁园春·雪》（"北国风光"）相赠，后在《新民报》刊出，当即引起轰动，国民党内人士亦好评如潮。此为党派之外交也。是后，1963 年之《满江红·和郭沫若同志》（"小小寰球"），1965 年之《念奴娇·鸟儿问答》（"鲲鹏展翅"），均为向世界昭示中国外交立场与外交方针之作。此为国家之外交也。

21 世纪初叶，若论善于将中华诗词之用于外交，莫过于温家宝总理。总理工新诗，尝有《仰望星空》问世（《人民日报》2007 年 9 月 4 日第 9 版），颇受时贤称许。然于旧诗，亦极娴熟，尤其外交场合，信手拈来，皆成妙谛。如：问及工作，以林则徐诗"苟利国家生死以，岂因祸福避趋之"（《赴戍登程口占示家人》）明志。问及民生，以屈原诗"长太息以掩涕兮，哀民生之多艰"（《离骚》）、郑板桥诗"衙斋卧听萧萧竹，疑是民间疾苦声"（《潍县署中画竹呈年伯包大中丞括》）寓托忧思。问及两岸分隔，先吟台湾彰化丘逢甲诗"春愁难遣强看山，往事惊心泪欲潸；四百万人同一哭，去年今日割台湾"（《春愁》），后诵国民党元老于右任诗"葬我于高山之上兮，望我大陆；大陆不可见兮，只有痛哭。葬我于高山之上兮，望我故乡；故乡不可见兮，永不能忘。天苍苍，野茫茫；山之上，国有殇"（《望大陆》）表达痛楚。问及国共两党，先吟郑思肖诗"一心中国梦，万古下泉诗"（《德祐二年岁旦二首》之一），后诵鲁迅诗"度尽劫波兄弟在，相逢一笑泯恩仇"（《题三义塔》）寄予期望。自 2003 年至 2010 年，温家宝总理参加中外记者会接受外国媒体采访，引述中华诗词及中外恒言典语，难以数计，足见腹笥之富，沉潜之深。有心人已辑为一书，名曰《温文尔雅：读古典诗文悟政治智慧》（中国画报出版社 2010 年版），要在宣传古典诗文与政治智慧之关系，而中华诗词之外交力量亦可想见矣。

综上所述，关于中华诗词之于外交，可获四点启示：

其一，中华诗词之于外交，作用甚大，既反映文化素养与精神境界，亦反映政治智慧与言说技巧，值得认真研究。

其二，中华诗词多名篇警句，不仅为精神之难得滋养，亦为外交之宝贵资源，惜乎利用不足，需要认真整理与挖掘。

其三，个人交际之诗词，始终为中华诗词创作之重要内容，当此中华诗词逐渐复兴之际，更应提倡此类诗词之创作。

其四，澳门举办该研讨会，不惟饶有创意，亦在表明澳门重视中华诗词与文化建设。此岂澳门之幸哉？亦中华之幸也！

（本文为作者 2010 年 12 月 14 日在澳门"中华诗词与文化外交"学术研讨会上的主题发言，收入郑欣淼著《山阴道上》，紫禁城出版社 2011 年版）

关于大众传媒加强中华诗词传播的建议

中国是诗的国度。中华诗词是中华民族文化的精髓，如果说国粹的话，中华诗词应是国粹中的国粹。

中华诗词事业虽遭受厄运，但诗脉从未中断，尤其是改革开放以来，逐渐复苏，并出现了蓬勃发展的兴旺局面。中华诗词学会成立23年来，会员已遍布全国大陆31个省、市、自治区和港、澳特别行政区，现有个人会员18000多名，团体会员260个。各省市自治区，各区县乃至村镇，各行业系统，各大中学校，解放军和武警部队、公安消防等领域，都建有诗词组织。各级各类诗词组织成员和广大诗词爱好者逾百万之众。据不完全统计，国内现有诗词期刊800多种，每年发表诗作70多万首。还有各类报纸和各种正式、非正式出版的诗集，全国纸质媒介发表的作品，每年达100多万首。加上中华诗词学会网站和其他各类网站以及个人博客上的诗词作品，更是难以尽数。

但是，现在还不能说中华诗词事业已经振兴和繁荣，还有很多不足之处，还有不少问题需要研究和解决。继承诗学传统，创新发展，提高创作质量，仍是需要持续努力、不断探索的大问题。而普及诗词知识、让社会更加关注诗词事业，则是要长期坚持的基础工作。在这一工作中，需要各方面力量的配合，在当前，尤要发挥大众传媒的作用。

我们处在互联网高度发展的数字化时代。中国电视观众、网民数量、手机用户全球第一。在社会生活节奏大大加快，人们的社会生活方式大大改变的时代背景下，大众传媒成为学习中华优秀传统文化、普及诗词知识最有效的工具。但中华诗词在大众传媒中远没有达到应有的地位，远没有受到应有的重视，主要反映在3方面：其一，对中华诗词作为中华优秀传统文化和当代文化建设组成部分的重要性认识不足。其二，在中华诗词的传播上缺乏计划性、系统性，偶一为之，或时断时续。其三，传媒普及诗词文化的力度和广度还不够。目前，个别主流媒体上也已经有一些传统诗词的讲座，有一些结合传统节日知识介绍传统诗词的内容，但其分量仍然非常有限，尤其是现当代诗词的创作、赏析几乎未涉及。

鉴于此，建议电视等传媒特别是中央电视台，要重视中华诗词的传扬。建议中央电视台在适当的频道开办固定的诗词节目，包括传统经典诗词赏析（如开办《一日一诗》栏目）、现当代诗词名家名作介绍、诗词创作知识讲座、诗教经验交流和当代诗词活动动态以及诗词与音乐、书画结合的探索等内容，中华诗词学会将积极配合。建议各地电视台充分利用本地历史文化资源，并结合当前文化建设实际，在中华诗词传播的内容和形式上积极探索。同时建议其他大众媒体尤其是文化类传媒也要加强中华诗词的传播，开设有关节（栏）目，并办出特色来。大众媒体应培养和招聘一定数量的懂得诗词艺术的编辑记者，采编优秀诗词作品，组织与诗词艺术有关的节目。

（本文为作者2011年在第十一届全国政协四次全体会议上的提案）

用心吟出西部的深厚和雄大

邹东涛是中国当代颇有声望的经济学家，而这部《中国西行放歌》使我们看到，他同时是一位充满激情、勤于吟哦的诗人。

无论是经济研究还是诗歌创作，东涛都有一个引人注目的主题：西部！他的经济学研究步伐是从西部家乡迈开的。他的《什么粘住了西部腾飞的翅膀》一书，可见他30多年来探索西部发展的思想轨迹和学术方向；而他的《展开西部腾飞的翅膀》一书，则集中了他为西部振兴出谋献策的研究成果。东涛浓郁的西部情愫，不是狭隘的乡土观念，而是着眼于全国的大局、立足于中华民族的复兴。这反映在他的诗歌里，就有了一种雄大的气象。

《中国西行放歌》收录了东涛从20世纪70年代初至今吟诵中国西部的诗词约200首，时间跨度近40年。他在本诗集的开篇百句长诗《中国西行放歌》的前缀中写道："作为土生土长的中国西部儿子，满怀对祖国西部山川和人文历史的深厚情结，游历了西部所有省、市、自治区，并以执着的爱放歌为颂。"最后写道："西部儿子西部走，山川热土烫心口。万里江山游子泪，化作春雨润神州。畅游万里追鹏翼，豪情激越放歌喉。张开西部腾飞翅，故乡游子壮志酬。"完全可以说，他的诗既是用心吟出来的，也是用脚走出来的。

中国自古有"诗言志"之说。什么是"诗言志"？就是指用诗歌形式来表达"赋诗者"的情感、心迹和意志。从《中国西行放歌》来看，东涛也不例外地表现出了强烈的"诗言志"情怀。

其"言志"之一是高度关注"西部大开发"

东涛 2001 年 9 月在题为《进一步解放思想，努力张开西部腾飞的翅膀》的讲演中说："作为土生土长的西部人，作为黄土地的儿子、秦巴山区的儿子，故乡情、赤子心使我从感情上十分关注西部经济的发展。面对着养育了我的故乡故土经济上还处在相对贫穷落后的状态，内心深处的愧疚、不安、责任和义务之情油然而生。"这种感情化作了诗，他写道："黄帝生养中国龙，周秦开泰华夏风。汉唐雄踞世界东。关中几多伟人家，今日子孙该脸红。西部开发立新功。"

1999 年 6 月，时任中共中央总书记的江泽民同志提出了"西部大开发"的战略，2000 年 1 月国务院西部开发领导小组成立，正式部署"西部大开发战略"。面对此机遇，东涛立即开怀放吟："西部开发号令颁，江山翘首喜开颜。离乡游子情何在？当为桑梓献华篇。"

10 年来，每当"西部大开发"出台何项重大决策，或是取得何种重大成果，他都表现出极大的兴奋，立即写诗吟诵。例如 2004 年 12 月 30 日国家"西气东输"工程竣工运营，他兴奋地写道："西气东输送暖流，不尽热源涌九州。东部扬帆西跃马，开发大业上层楼。"2008 年 2 月 22 日国家西气东输二线工程开工，他又挥笔吟诵："长龙潜地又一条，横卧东西静悄悄。无踪无影涌黑浪，唯见熊焰照九霄。"

其"言志"之二是高度关注中国西部地区特别是边陲的统一、稳定和长治久安

从他所写西部诗词的数量来看，除了其家乡陕西之外，最多的就是新疆，其中有一首《学习中央对新疆生产建设兵团的十七号文件有感》："红头文件到新疆，兵团连夜传达忙……民族团结西陲定，甘为兵团奏华章。"这里的十七号文件是指中共中央和国务院 1998 年 3 月下发的关于增强新疆生产建设兵团在新疆的地位和作用的文件。

这其中还有一个鲜为人知的故事：1996 年夏，东涛随同国家体改委考察团到新疆维吾尔自治区及新疆生产建设兵团考察，应兵团请求，被国家体改委领导指派留兵团调研。他在调研中写道："西陲自古多骚乱，肩负重任到兵团。伊宁首将林公（指林则徐纪念馆）拜，霍尔果斯走边关。访遍团场腹成稿，生产军备两相兼。兵团地方应单列，民族团结社稷安。"他先后向中央呈送了 5 份调研报告，对中央制定出台 1998 年十七号文件起了一定的参考作用。

一个远在北京工作的东涛，一直把新疆的统一和稳定放在自己的心头。2002 年他写了《再访兵团》："屯兵千日功千日，富民安疆建弘勋。且举金樽酬谢意，共祝边陲处处春。"还有《喀什行》："汉时班超理疏勒，当今三师振南疆。兵地携手兴西部，国泰边安掩画廊。"2006 年他在《沁园春·南疆赞》中写道："岂容那，东突分裂者，气焰猖狂。"

其"言志"之三是人文精神

应该说，关注和研究西部大开发，增加西部人民的福祉，这本身就是对西部的人文关怀。东涛无论走到西部什么地方，总是惦记着当地的贫困乡村和贫困家庭，并为改善西部贫困地区的民生而不断鼓与呼。

他到宁夏调研，首先赶到国家级贫困县同心县最困难的村组调研，写道："地裂井枯满坡荒，诸多农家四壁墙。欲请留名不会写，少壮竟皆新文盲。归来泪满腔。"

在西藏，他来到海拔 5000 多米的米拉山下的贫困氆氇房，看到用热牛粪包裹着的新生婴儿，感慨地写道："米拉山下访藏村，氆氇帐中看新婴。哪朝哪门'高明术'，驱邪保温粪裹身。谁来传普新生法？胸中浪翻腾。"

在广西阳朔县城中心繁华区，他看到一瞎老头儿拉二胡乞讨，立即速记了下来："一个瞎子坐街头，衣衫褴褛面枯垢。脚前空空乞讨碗，频拉二胡诉饥愁。……是否公仆不知晓？是否老家无亲友？且向空碗投纸币，聊补饥肠慰心酬。"

他在《峨眉山试乘滑竿有感》中写道："攀登峨眉山，试试乘滑竿。乘者好悠闲，心中烈火煎。开价要六十，且加二十元。同行吵压价，我心阵阵酸。我与两抬工，娓娓把话攀。抬工未谈完，我泪已满面。和谐大社会，如何全实现？"

这些，无不体现了东涛深厚的人文情怀。

东涛的人文情怀不仅表现在对社会弱势群体的关爱，也表现在对国家社会方方面面建设的关注。比如，他到都江堰参观，以两千多年前李冰父子忠于职守的品格来呼吁我国当前党政干部队伍的廉政勤政建设问题："我们今天的某些官员，应当到都江堰好好体验。让李冰父子的明鉴，在自己的面前高悬。经常自我照照心和脸，把祖先的优秀品德承传。"

作为一个诗人，东涛用浪漫的诗歌来表达自己的思想和情怀。但作为一个国家干部、教师和经济学家，东涛深知浪漫的诗歌是当不了面包和牛奶的。因此，他总是以务实的精神深入研究西部大开发最需要的资金、项目和国家政策等"硬件"的大力支持。他提出："要使西部经济'火'起来，必须使思想观念'火'起来。""解放思想，黄金万两；观念更新，万两黄金"这句影响广泛的名言，既是思想，又是诗。用诗一样的语言来表达思想，这是一个经济学家兼诗人的突出特色。

东涛多年来在诗词创作上下了很大的功夫，形成了自己的特色。

充满激情而又诉诸形象。写诗要有感情，诗歌本身就是不可遏止的情感激流的表现。西部瑰丽的风光与悠久的历史，无不枨触着他的诗兴，激发着他的情感，他不由得放声吟咏，那是发自肺腑的热烈而真挚的心声的倾诉。东涛把抒情与形象的塑造结合起来，使人读起来觉得很有诗味。

题材广泛而又主旨鲜明。这部诗集，题材颇为广泛，既有对重大建设项目的礼赞，又有参加一些活动的感吟；既有对革命烈士的敬仰，也有对普通劳动群众生计艰难的同情。东涛注重挖掘历史文化的内涵，把追寻昔日的辉煌与当前西部的发展联系起来，使历史与现实相融汇，吊古而不伤怀，使人感受到一种慨慷奋扬的力量。

重视继承而又勇于尝试。从这部诗集看，东涛采用了多种形式，既有新体诗，又有旧体诗。新体诗中也是多样化。无论哪种形式，诗句都是朗朗上口，有韵律，便于吟诵。诗歌形式是人们关注的一个大问题。东涛与许多诗歌作者都在努力实践与探索，这是十分有意义的。

（本文载于《今日中国论坛》2011 年第 7 期、《中国社会科学报》2011 年 8 月 25 日）

加强中华诗词知识的传播与普及

  2010 年的全国"两会"，我有一个关于重视中华诗文吟诵的提案；2011 年的"两会"，我又有一个关于大众传媒加强中华诗词传播的提案；2012 年"两会"，我就进一步加强中华诗词知识的传播与普及继续提出建议。

  中华诗词是中华民族文化的精髓，中国古代丰富的诗歌遗产至今仍是传统文化中最受人关注和喜爱的部分，而且中华诗脉从未中断，历经厄运后又逐渐复苏。30 年前，中华诗词学会应运而生，同时各级、各个行业诗词组织大量涌现，2011 年隶属于国务院参事室、中央文史研究馆的中华诗词研究院成立，这些都是中华诗词事业蓬勃发展的反映，也是中华诗词旺盛生命力的体现。社会主义文化大发展、大繁荣，中华诗词的发展与繁荣应是题中应有之义。

  中华诗词事业有着丰富的内容，它不只是关于当代人如何写传统诗词，还包括诗歌遗产的继承、诗教的发展、吟诵演唱的开展、诗书画的结合等。诗歌遗产的继承是中华传统文化继承的极为重要的方面，诗歌在人文素质培养中的教育功能历来为社会所重视，吟诵是几千年来中国人学习传统文化的独特方式，诗书画结合则是中国文化艺术的特有形式，具有独特的魅力。

  当前中华诗词的发展还有很多不足之处，还有不少问题需要研究和解决，需要努力提高创作质量。普及诗词知识，让社会关注诗词事业，是要坚持做好的工作。例如，一些人一说诗歌就想到律诗、绝句、平仄、对仗等，其实传统诗歌有多种诗体，有"古风"和律诗，又有纯粹的古风、入律的古风、古风式律诗和纯粹的律诗等。古风即古体诗，相对于近体诗而言，形式有四言、五言、七言、杂言等，不要求对仗，平仄与用韵比较自由；近体诗指唐代定型并大量出现的律诗及绝句，其句数、字数、属对、平仄和用韵都有严格规定。从唐代到清代，古体诗和近体诗作为两大诗体同时并存，共同发展。现当代也有许多诗人擅写古体诗。又如，了解了中华诗韵的发展史及平水韵的形成过程，著名诗人用韵的实例，就会对诗韵改革的呼声有所理解。诗词知识的普及，结合实际状况的争论和探讨，必将对诗词事业的发展起到积极的推动作用。

在当代社会生活节奏不断加快、人们生活方式大为改变的背景下，大众传媒特别是电视已成为学习中华优秀传统文化、普及诗词知识最有效的工具。鉴于此，建议电视等传媒特别是中央电视台，要重视中华诗词的传扬。建议中央电视台在适当的频道开办固定的诗词节目，包括传统经典诗词赏析（如开办《一日一诗》栏目）、现当代诗词名家名作介绍、诗词创作知识讲座、诗教经验交流和当代诗词活动动态以及诗词与音乐、书画结合的探索等内容。建议各地电视台充分利用本地历史文化资源，并结合当前文化建设实际，在中华诗词传播的内容和形式上积极探索。同时建议其他大众媒体尤其是文化类传媒也要加强中华诗词的传播，开设有关节（栏）目，并办出特色来。

（本文载于《光明日报》2012 年 3 月 4 日）

喻园直是瑶之圃

　　2012 年是华中科技大学成立 60 周年，我曾应杨叔子先生之邀，写了一首小诗祝贺："周甲令名天下闻，道传业授总敦敦。喻园直是瑶之圃，学子莘莘尽瑾瑜。"华中科大随着共和国前进的步伐在不断发展，为国家培养了大批英才，所以我说华中科大就是产美玉的"瑶之圃"。"瑶之圃"是我国文学史上第一个伟大诗人屈原所向往的仙境。

　　华中科技大学是新中国自力更生办起的一所高校。尤其令我受到启发和鼓舞的是，学校在大力抓好专业知识传授的同时，重视人文素养的教育，重视中华传统文化的学习，而中华传统文化的瑰宝——中华诗词，更是受到学子的欢迎。华中科大拥有两个成立时间达 20 年以上的诗词团体，这在全国高校中是很少见的。其中，以传统诗词爱好者为主的瑜伽诗社于 1990 年 4 月成立，它是全国理工科高等院校中率先开展人文素质教育的一个典范。以新诗爱好者为主的夏雨诗社则历史更为悠久，它由一批学生诗歌爱好者自发组织并成立于 1981 年 6 月，是华中科技大学颇有影响的学生社团，也是最大的综合性文学社团。多年来，瑜伽诗社和夏雨诗社围绕弘扬中国诗词传统，组织诗词进校园，普及诗词知识，繁荣诗词创作，活跃校园文化生活，开展了丰富多彩的活动，取得了显著成绩，在海内外获得了广泛赞誉。

　　社会持续、稳定、全面地发展，不仅需要科学技术，还需要精神文明。对个人而言，既要有道德上的修养、心智上的开发，还应有审美能力的培育、精神情感的陶冶，这样才能促进人性的全面提升，使人生变得丰富多彩。因此，青年学子不仅要掌握专业知识，还要有人文的滋养。这也是孔夫子强调"游于艺"的意义。

华中科技大学 2012 年 5 月获批全国"诗教先进单位"的称号，9月 24 日的授牌仪式，既是对大家多年来取得成绩的肯定，也是对未来发展的期望，希望在座诸位能够在中华诗词学会、湖北省诗词学会等单位和学校领导的大力支持下，在以杨叔子院士、李白超教授等为首的一批老诗人的引领下，继续努力建设诗词教育、诗词创作的长效机制，巩固已有的成果，积极探索新的途径，为我国的诗教工作谱写更加辉煌的篇章！

（华中科技大学 2012 年 5 月获全国"诗教先进单位"称号，9月 24 日举行授牌仪式，本文为作者的贺信）

学习毛泽东"新体诗歌"论述的体会

　　很荣幸出席毛泽东诗词学术研讨会和中国毛泽东诗词研究会第十二届年会。最近我看了一些资料，对研究会的工作有了更多的了解。研究会成立十多年来，组织和团结一大批专家学者对毛泽东诗词进行多方位的深入研究，取得了丰硕成果。这次会议的论文目录，就反映了研究的不同视角和涉及领域的宽广。研究毛泽东诗词，不仅加深了对伟大领袖毛泽东的认识，而且加深了对中国现当代政治、军事、文化、文学的了解，对于当代中国文化的发展、社会主义核心价值体系的宣传以及中华诗词的复兴，都有着重要的意义。我谨代表中华诗词学会向会议的召开表示祝贺，并预祝会议圆满成功！

　　毛泽东是一个具有雄才大略的伟大的革命家、政治家，同时也是一个伟大的诗人。综观他传世的诗歌作品，创作时间超过半个多世纪，不仅题材多样，多数作品为其革命生涯的艺术记录，表现了广阔的胸襟、深远的境界和高尚的情操，而且纵横捭阖，气象磅礴，具有革命史诗的气魄。他对中国古典诗词格律运用自如，善于通过典故、神话和寓言以及赋、比、兴等手法，创造出新的诗意。这些都奠定了毛泽东在现当代中国文学史、诗歌史中的重要地位。毛泽东诗词自从公开发表以来，其所发挥的"诗教"作用，怎么估价都不过分。我们好几代人都深受毛泽东诗词的影响，毛泽东诗词的名句、境界、意趣，已成为我们重要的精神力量和滋养。特别是在那个传统文化受到不公正对待、旧体诗词几乎无存身之地的年代，毛泽东诗词的公开发表，意义尤为巨大，不仅彰显了旧体诗词的魅力和生命力，对于旧体诗词的保护、传播更起到了无可代替的作用。今天，许多同志喜欢写作旧体诗词，一个重要原因就是受到毛泽东诗词的影响和引领。

这次学术研讨会的主题是"毛泽东诗词与中国诗歌的发展道路"，我认为很重要，很有意义。关于中国诗歌的发展道路，诗歌界都很关心，许多人都在思考和探索，这既是一个理论问题，更是一个实践问题。我想认真学习毛泽东的有关论述，是很有裨助的。他在致陈毅的一封信中说："民歌中倒有一些好的。将来趋势，很可能从民歌中吸取养料和形式，发展成为一套吸引广大读者的新体诗歌。"

民歌即民间歌曲，又称民谣，是民间音乐的一个门类；民歌的文学部分（即歌词）属民间文学。民歌以口头创作、口头流传，不断再创作的方式生存于民间。对于真正的民歌，群众的再创作是其发展的重要环节。从中国诗歌发展的历程来看，就与民歌有着分不开的关系。孔子整理《诗经》305 篇，属于民歌的"十五国风"就占了 160 篇。屈原整理楚辞《九歌》，保留了不少南方楚国的民歌。汉代设乐府官署搜集民间音乐，使汉代的民歌得以保留。此后各个朝代都有人从事民歌的搜集与整理。唐代将民歌加工为曲子，五代北宋又将曲子再加工形成著名的词。1919 年"五四"以后，北京大学成立了歌谣研究会，出版《歌谣周刊》，载有民歌（歌词），从此民歌登上了大雅之堂。因此，毛泽东对民歌的推崇是符合实际的，中国传统诗歌的发展也一直离不开民歌的滋养。

毛泽东所期望的"新体诗歌"，能够吸引民歌中的"养料和形式"。这个养料，应该包括民歌丰富的内容、永无遏止的创造力、不同特色的风格等。民歌的形式，除七言体外，还有三、四、五、六、八言的，或多达十几字一句，章、段、句结构也多有不同。此外，民歌中多有运用比兴、夸张、重叠、谐音等手法，毛泽东一再强调诗要有"形象思维"，在民歌中就有着充分的体现。这些无疑都是"新体诗歌"所需要的。

这个"新体诗歌"到底是个什么样子？现在还很难说；能否最后形成，也还未知。但从毛泽东的论述看，有三点需要注意：一是需要创作界和理论界的积极参与。毛泽东说要"从民歌中吸取养料和形式"，那么靠谁来吸取呢？当然是写诗的人，研究诗的人，不仅要有自觉的追求，还应有一些规划等，以便共同努力，有所突破，有所成就。二是"新体诗歌"不应只是一个格式、一种样式，应如毛泽东所说是"一套"，即在基本的要求之下，有着可供选择的多种创作样式。三是这需要一个过程，如毛泽东所说是"将来趋势"，是"很可能"的，急不得，要符合诗歌生成的规律。但要有信心。以上是我学习毛泽东关于"新体诗歌"的一点体会。

目前中国诗坛有新旧两家，即旧体诗词（传统诗词）与新诗（白话诗）。

中国是诗的国度。中国古代诗歌经历了数千年漫长而不间断的发展。"五四"时期虽然受到打击，后来又被挤出了文学史，但仍然不绝如缕，仍然有着数量可观的作者队伍。特别是近30年来，随着对中华传统文化认识的回归，中华诗词也逐渐复苏，并呈现出蓬勃发展之势。现在，大学生的旧体诗社甚多，前几年中华诗词学会接受了河北沧州的一名中学生入会，当时才12岁，诗词格律熟练，诗写得很不错。如果毛泽东健在，相信他也会感到高兴。中华诗词的顽强生命力，在于它与我们古老民族的悠远历史和灿烂文明相联系，在于它是传统文化中最受关注和喜爱的一个部分，在于它与汉字这一极富形式感与表达力的文字的特点有关，除非我们彻底摒弃传统，除非我们完全废除汉字，否则，旧体诗词仍然有其存在、发展的土壤与条件。

作为旧体诗词，本身也是发展的。例如，中国古代诗歌的代表形式是律诗，其形成则有一个漫长的过程。《诗经》《楚辞》等已具备了一定的韵式，从《古诗十九首》至建安诗人创作已略具五言八句诗歌雏形，但真正从古风向律诗转化的关键是南朝齐梁新体诗，到唐朝则成熟定型。律诗就要守"律",毛泽东说:"律诗要讲平仄,不讲平仄,即非律诗。"他本人的律诗严守平仄,但在用韵上却突破了传统的"诗韵",例如《七律·答友人》(九嶷山上白云飞)四支、五微通押,《七律·长征》(红军不怕远征难)十四寒、十五删通押,《七律·人民解放军解放南京》(钟山风雨起苍黄)与《七律·和柳亚子先生》(饮茶粤海未能忘)都是三江、七阳通押,也就是说,把诗韵放宽到了词韵。而如《渔家傲·反第一次大"围剿"》,一句一韵,十句十韵,均押去声韵,分属十四愿、十五翰、廿八勘。按照词韵,十四愿(半)、十五翰可通押,廿八勘只能与廿九艳、三十陷通押,显然,这首词的用韵又突破了传统的"词韵"。但用今韵读来,却是押韵的。近年来,马凯同志提出"求正容变",即既提倡坚持格律,又支持改革创新,这也反映了中华诗词发展的趋势,适应了时代的变化和要求。

中国新诗即白话诗也有近百年的历史,虽然"迄无成功",但其成就还是相当可观的,影响也很大,一直占据着现当代诗坛的主流地位。

因此,中国诗歌的发展,是否可以走旧体诗词(传统诗词)、白话诗(新诗)以及将来可能产生的"新体诗歌"的鼎足而三、共同发展的道路呢?我以为是可以的。从中国诗歌发展历程看,新体的产生,并不影响原有体式的继续发展,有了律诗,古风仍然为诗人所重,真正的名家,譬如杜甫,都有大量的古风,"三吏""三别"就是古风。毛泽东说:"李白只有很少几首律诗,李贺除有很少几首五言律诗外,七言律他一首也不写。"毛泽东有律绝,又有五古、七古、六言、杂言等。有了词,传统诗歌照样发展;有了白话诗,传统诗歌仍然存在;同样,将来有了"新体诗歌",传统诗词也会继续有新的成就。诗坛应是多元并存、百花齐放的,应是互相借鉴、共同发展的。

近年来,中华诗词学会与中国毛泽东诗词研究会建立了良好的交流合作关系。毛泽东诗词研究的不断深入,既体现着毛泽东诗词研究的成果，又是中华诗词事业兴旺的一个反映。让我们进一步加强合作，与全国诗歌界的朋友一起，为探寻中国诗歌的发展道路共同努力！

（本文为作者 2012 年 9 月 23 日在在江苏启东召开的中国毛泽东诗词研究会第十二届年会上的发言）

此意竟萧条　行歌非隐沦

——谈谈杜甫的人格精神

　　唐天宝七载（748），杜甫第三次向曾为河南尹的尚书左丞韦济呈诗，请求其向朝廷推荐自己，这就是著名的《奉赠韦左丞丈二十二韵》。诗中陈述自己入仕无门、困居长安的境况，政治抱负不能施展，慨叹道："此意竟萧条，行歌非隐沦。"表示虽然困顿艰蹇，但仍且行且歌，绝不是避世的隐士。这两句既是诗人此前蹭蹬失意、骑驴长安的写照，也是此后 20 余年漂泊岁月、歌吟人生的预示，似成"诗谶"。

　　杜甫留给我们的 1400 余首诗歌，记录了历史的风云，反映了人民的生活状况，抒发了自己的心声；人们也从这些篇什中认识了杜甫，看到他诗歌的不朽价值，并且深刻地感受到贯穿其中的精神，这就是以天下为己任的胸怀和对天下苍生的赤诚之心，就是对社会的责任与理想的践履。这种精神，也就是杜甫的人格精神。它是一种巨大的力量，成为杜甫精神遗产的重要方面。

　　所谓人格，指的是个体特有的特质及行为倾向的统一性，又称个性。中国古代虽然没有"人格"的概念，但"人品"一词却大体具有"人格"的某些含义，有时甚至被当作"人格"来使用。中国传统理想人格核心是儒家人格。原初的儒家人格理想，是以"内圣外王""孔颜乐处"的圣贤气象，重义轻利、安贫乐道、自强不息的君子之风，"富贵不能淫，贫贱不能移，威武不能屈"的大丈夫气概为主要内容组成的，统驭着千百年来人们的精神追求和人格践履。当代人格学研究，有两种为大多数学者所共同认可的参照系：一是社会生活，二是文化影响。理想人格的构成，是智慧力量、道德力量、意志力量三种人格力量都得到长足的发展且形成协调的互补共生的格局。对于文学家、艺术家等文化人来说，审美力量的考察则显得更为重要和更具有现实意义（参见冯光廉等主编《多维视野中的鲁迅》第二章），这些理论和观点，对于认识杜甫的人格精神，也是很有帮助的。

人格的形成，先天的气质禀赋为不可忽视的基础，后天的环境为决定的因素。杜甫人格精神的形成，与其家世有着深刻的关系。这主要体现在三个方面：儒学影响、诗歌传统与个人幼年遭遇。

杜甫很为自己的家世所自豪，"奉儒守官，未坠素业"（《进雕赋表》）、"家声与令闻，时论以儒称"（《寄刘峡州伯华使君四十韵》）。他从小受着儒家思想的教育和熏陶，对孔孟倡导的忧患意识、忠恕之道、仁爱精神、恻隐之心等都有着深刻的理解并能身体力行，而对功名的渴望与对国家民族命运的强烈关注，也与其儒学观念有着内在的联系。儒家思想富于人文精神，对"人"特别重视，尤其是人格的完成与完美，而这又特别地集中于对"士君子"人格的认识上。《论语·述而》对此做了概括："志于道，据于德，依于仁，游于艺。"知识、道义与美的追求，人格完成、文化使命与社会责任，是浑然一体的，也就是真、善、美的统一。应该重视儒家思想在杜甫人格塑造中的积极作用。

杜甫在接受儒学教育的同时，又深受家庭诗歌传统的影响。他的祖父杜审言，其文才在当时享有盛名，少时与李峤、崔融、苏味道齐名，称"文章四友"；晚年与沈佺期、宋之问唱和，对今体诗形式的确立多有贡献。杜甫对这位自己并未见过的祖父推崇备至，不无夸大地称其"修文于中宗之朝，高视于藏书之府，故天下学士到于今而师之"（《进雕赋表》）。他把杜审言的诗学成就看成是家庭传统"吾祖诗冠古"（《赠蜀僧闾丘师兄》）；又谆谆教导其子"诗是吾家事"（《宗武生日》）。他又说"法自儒家有，心从弱岁疲"（《偶题》），认为诗歌创作法则早在先秦的儒家就有了。他从小作诗写文章都是以儒家典籍为依据的。人们普遍认为，杜甫的诗艺与杜审言一脉相承。儒家精神影响着杜甫的人格，而终生不辍的诗歌创作又充分体现着这一人格特征及其所蕴含的文化精神。

杜甫很小的时候，母亲去世，由其二姑母抚养。二姑亦有一襁褓中的儿子。有一次两个孩子同时患病，求问女巫，女巫说让孩子睡在厅堂前柱的东南方向比较好。二姑的孩子原就睡在那个地方，可是二姑却让杜甫睡在那里，把自己的孩子抱到别处睡。后来二姑的孩子不幸夭折，杜甫活了下来。杜甫长大后知道了此事，也常向朋友诉说，宾朋无不感动，把二姑呼为"义姑"。"义姑"精神对杜甫一生影响颇大（杜甫《唐故万年县君京兆杜氏墓志》）。

杜甫的人格特点，大致可概括为"窃比稷与契"的使命意识、"白首甘契阔"的士君子之风、"穷年忧黎元"的仁者情怀与"素练风霜起"的审美理想。

其一，"窃比稷与契"的使命意识。

崇奉儒家思想的杜甫，以人生与社会为关注的对象，把安邦济民视为自己的使命，采取积极入世的人生态度，具有强烈的使命感。杜甫济国匡时政治抱负的集中反映，就是"致君尧舜上，再使风俗淳"（《奉赠韦左丞丈二十韵》），即要辅助、引导皇帝成为尧、舜式的君主，政治清明，恢复淳朴的民风。因此，"许身一何愚，窃比稷与契"（《自京赴奉先县咏怀五百字》）。稷与契是传说中尧舜时代的贤臣，杜甫以稷、契自许，希望实现自己的政治理想。但是现实无情，他的仕途却十分艰难而且短暂。"安史之乱"发生，为了献身恢复事业，他只身逃出长安，投奔凤翔，"麻鞋见天子，衣袖露两肘"（《述怀》），被任命为左拾遗，虽只是一个从八品，他仍十分珍重，忠于职守，尽着做谏官的责任。就在做谏官的头一个月，他因"见时危机"，上疏营救被罢相的房琯，触怒肃宗，几受刑戮，从此屡遭贬斥。入蜀后他又曾为严武的节度参谋，仅有 6 个月的幕府生涯。"致君尧舜"是杜甫一生的政治理想和追求的终极目标，在其晚年仍明确表示："死为星辰终不灭，致君尧舜焉肯朽?"(《可叹》)他虽然自己仕途失意,但对朋友的升迁则由衷高兴,寄予厚望,给以勉励。元结任道州刺史,宁愿得罪朝廷,也不肯横征暴敛、压榨百姓,杜甫写诗表示极其钦佩,给予赞扬:"致君唐虞际,淳朴忆大庭。"(《同元使君〈春陵行〉并序》)严武被召回朝廷,他寄予很大期望:"公若登台辅,临危莫爱身。"(《奉送严公入朝十韵》)在他去世前一年,住在潭州江边舟中,听到裴虬任道州刺史,仍把希望寄托在裴虬身上:"致君尧舜付公等,早据要路思捐躯!"(《暮秋枉裴道州手札,率尔遣兴寄递,近呈苏涣侍卿》)人们都知道杜甫的"忠君":"葵藿向太阳,物性固莫夺。"(《自京赴奉先县咏怀五百字》)但人们也普遍认识到,杜甫的忠君思想与爱国、爱民的思想联系。在封建社会中,皇帝往往被看成国家的象征,对于封建士大夫来说,忠君与爱国是一致的。杜甫的忠君,是希望君主施行仁政,像古代尧舜那样的明君一样,以仁政治天下。

《新唐书·杜甫传》中批评杜甫"狂放不自检,好论天下大事,高而不切",这显然不符合事实。杜甫关心时局,有许多高明的见解,充分显示了他的政治才识。诸如提出推行德治仁政:"君臣重修德"(《伤春五首》其五)、"贤者贵为德"(《送韦沨上阆州录事参军》)、"圣哲体仁恕"(《壮游》);主张轻徭薄赋:"下令减征赋"(《宿花石戍》)、"万役但平均"(《送陵州路使君赴任》)、"吾闻聪明主,治国用轻刑"(《奉赠蒋十二丈判官见赠》)等。这些都是施行仁政的一些政治原则。此外,杜甫还提出许多关于当时朝政国事的意见,非常切实。至德二载(757年)春,叛将史思明等合兵围攻太原,企图夺取太原后长驱西进。杜甫作《塞芦子》诗,主张迅速扼守芦子关以阻叛军西犯,故诗题为《塞芦子》。此诗"筹时条议,剀切敷陈"(王嗣奭《杜臆》,转自《杜诗详注》卷四引),直如一篇奏议文。广德元年(763年),杜甫作《有感五首》,其二对河北降将李怀仙仍被任命为诸镇节度使深表不安,希望收集诸镇以实关中。仇兆鳌评曰:"此最当时大计,唯此计不行,而后有吐蕃之陷京,怀恩之犯阙,不胜纷纷多事矣。"当然，历史并未给杜甫施展政治抱负的机会。杜甫主要还是一位诗人。

　　杜甫始终持有"稷与契"的大臣怀抱，希望有所作为，这也充分体现在他对当代及历史上贤臣名相的推崇。安史之乱后，唐官军恢复东西两京，杜甫称赞肃宗的太子李俶（即后来的代宗）及郭子仪、李光弼、王思礼等整顿乾坤的将相："成王功大心转小，郭相谋深古来少。司徒清鉴悬明镜，尚书气与秋天杳。二三豪俊为时出，整顿乾坤济时了。"（《洗兵马》）在《八哀诗》中，怀念王思礼、李光弼、严武、王琚、李邕、苏源明、郑虔、张九龄等名臣贤相。对于历史上"稷与契"式人物，杜甫特别推崇诸葛亮，歌颂他"三顾频烦天下计，两朝开济老臣心"（《蜀相》）的伟大功绩，称赞他"伯仲之间见伊吕，指挥若定失萧曹"（《咏怀古迹五首》其五），拟之为辅汤的伊尹、兴周的吕尚和开创汉代基业的萧何、曹参，并对其"出师未捷身先死"的悲剧结局充满同情和惋惜。这其实也是杜甫"稷与契"怀抱的寄托。

　　其二，"白首甘契阔"的士君子之风。

　　"士不可以不弘毅，任重而道远。"（《论语·泰伯》）朱熹集注："弘，宽广也；毅，强忍也。非弘不能胜其重，非毅无以致其远。"以天下为己任的杜甫，始终坚持"志于道"，有着强烈的忧患意识，有着坚忍不拔的笃行精神，"居然成濩落，白首甘契阔"（《自京赴奉先县咏怀五百字》）；不仅甘于契阔，不怕劳苦，甚至"济时肯杀身"（《敬寄族弟唐十八使君》），表现了坚强的意志和献身精神。

　　杜甫始终关注着国家的安危和人民的命运，虽然有过种种不幸和委屈，有过内心的矛盾和冲突，但没有沉沦，也没有做遁世的隐者："非无江海志，潇洒送日月，生逢尧舜君，不忍便永诀。"（《自京赴奉先县咏怀五百字》）杜甫的可贵之处，在于超越了儒家的传统信条，即不管是穷是达，都要兼济天下；不管是否在位，都要谋政、议政。可以说，虽转死沟壑，仍心存国家，心存魏阙。《旧唐书》载：永泰元年（765 年）十月，郭子仪与回纥定约，共击退吐蕃，时仆固名臣

31

及党项帅皆来降。大历元年（766 年）二月，命杨济修好吐蕃。吐蕃遣首领论泣陵来朝。这时，流寓在夔州的杜甫听到这一消息，十分高兴，即写了《近闻》一诗："近闻犬戎远遁逃，牧马不敢侵临洮。渭水逶迤白日净，陇山萧瑟秋云高。崆峒五原亦无事，北庭数有关中使。似闻赞普更求亲，舅甥和好应难弃。"仇兆鳌《杜诗详注》评论道："此事，记吐蕃之修好也。渭水、陇山，内地清静。崆峒、五原，边外宴宁。北庭使至吐蕃通和也。"尾联又真诚希望恢复双方亲戚旧谊，常相和好。这一年，杜甫已 55 岁，4 年后逝世。他漂泊巴蜀一带，生计艰难，身体又不好，此前他刚写了一首题为《老病》的诗："老病巫山里，稽留楚客中。"但他仍然想的是国家安危，盼望着消弭战争，各民族和平共处。就在他的绝笔诗里还提出"公孙仍恃险，侯景未生擒"（《风疾舟中伏枕抒怀三十六韵寄呈湖南亲友》）。他仔细打听消息，观察形势，做着分析判断，一直做着返回长安的准备。

杜甫一生坎坷，辗转漂泊，体弱多病，还时刻保持着不衰的政治热情，这是很了不起的。我们了解一下他的患病情况，对他的执着和坚忍当会更加敬佩。杜甫年轻时身体很好，但后来疾病增多，且又是大病、重病。在长安期间，他"常有肺气之疾"（杜甫《进封西岳赋表》），就是肺病，肺结核。天宝十三载（754 年）秋天，他得了疟疾，病情严重："疟疠三秋孰可忍？寒热百日相交战。头白眼暗坐有眠，肉黄皮皱命如线。"（《病后过王倚饮赠歌》）在秦州期间，疟疾复发，难以忍受时，按当地人做法，穿上女人的彩衣，在脸上涂些脂粉，藏在偏僻角落，以躲避疟鬼的纠缠。这让他感到羞愧不堪："徒然潜隙地，有腼屡鲜妆。"（《寄彭州高使君适虢州岑长史参三十韵》）杜甫还患有头风病："目眩陨杂花，头风吹过雨。"（《龙门阁》）在成都草堂时常为肺病所扰，还患有下肢麻痹："老妻忧坐痹，幼女问头风。"（《遣闷奉呈严公二十韵》）又有糖尿病："消中只自惜，晚起索谁亲？"（《赠王二十四侍御契四十韵》）他在草堂开辟了一块药圃，种植了不少药材。在夔州期间，新增耳聋："亦知行不逮，苦恨耳多聋。"

（《独坐二首》其二）在人生旅途的最后 3 年，漂泊在荆湘的杜甫，又添了半身不遂的病："此身漂泊苦西东，右臂偏枯半耳聋。"（《清明二首》其二）他的绝笔诗《风疾舟中伏枕抒怀三十六韵寄呈湖南亲友》，就是在半身不遂的病苦中卧在船上写成的。

"士志于道"的信念，使杜甫敢于面对现实，也对未来未曾失望。他坚信："胡命岂能久，皇纲未宜绝。"（《北征》）相信官军一定会胜利。他警告入侵者："北极朝廷终不改，西方寇盗莫相侵。"（《登楼》）要他们不要猖獗侵扰、无端生事。大历三年（769 年），商州兵马使刘洽反，幽州兵马使朱希彩反；四年，广州人冯崇道、桂州人朱济时反，又年吐蕃入寇，河北又各拥兵（《杜诗详注》仇兆鳌注）。在这"天下郡国向万城，无有一城无甲兵"的年代，58 岁的杜甫仍然盼望着天下会太平，描绘了一幅理想的图景："焉得铸甲作农器，一寸荒田牛得耕。牛尽耕，蚕亦成。不劳烈士泪滂沱，男谷女丝行复歌。"（《蚕谷行》）停止战争，恢复生产，人民安居乐业。这是杜甫的"乌托邦"。我们不由得想起陶渊明的《桃花源记》。杜甫对这个世界仍然没有失去信心，仍然坚持着自己的追求。

其三，"穷年忧黎元"的仁者情怀。

"仁"是儒家思想的核心内容，其准确内涵是"爱人"。孔孟将对人的关爱看作人的本质与目的。仁的实现，是自我的实现。"仁远乎哉？我欲仁，斯仁至矣。"（《论语·述而》）孔子说，仁离得很远吗？我想要仁，仁就来了。杜甫有着广博的仁爱之心，是一个伟大的仁者。杜甫的仁爱情怀，主要体现在对天下苍生的关注与同情："穷年忧黎元，叹息肠内热。"（《自京赴奉先县咏怀五百字》）社会的动荡，仕途的失意，使杜甫在颠沛流离之中广泛接触到下层民众生活，有了深切的感受，倾注着深沉的感情，从而在《哀江头》《悲陈陶》《塞芦子》《洗兵马》以及著名的"三吏""三别"中深刻反映了"安史之乱"期间社会的动乱以及民间的痛苦和不幸，使这些作品具有了"诗史"的意义。杜甫的仁爱情怀，有三个特点：

33

一是对民生疾苦，不是简单地纯然客观地实录，或仅作寒苦之音、穷厄之叹，而是进行认真的思考，有着自己的看法，即在冷静的写实中抒发议论，有些议论还是相当深刻的，这就使其诗歌有了思想深度。"安史之乱"破坏了人民的家园与和平安宁的生活，使人民饱受饥寒交迫之苦。杜甫的"三吏""三别"即是反映这一历史时期的名篇。但我们在读"三吏""三别"时，却感到其中反映着诗人一种复杂的矛盾心理，既是反战，也是主战：一方面，对百姓所遭受的苦难表示深切同情；另一方面，为了国家安危，又鼓励劝勉他们奔赴前线："勿为新婚别，努力事戎行"（《新婚别》）、"送行勿泣血，仆射如父兄"（《新安吏》）。"因此从最深刻的意义上来说，'三吏''三别'并非只是揭露兵役黑暗、同情人民痛苦的讽刺诗，同时也是爱国的诗篇。因为在这些诗中也反映并歌颂了广大人民忍受一切痛苦的爱国精神。"黄家舒说："均一兵车行役之泪，而太平黩武，则志在安边；神京陆沉，则义严讨贼。"（《杜诗注解》序）从战争的性质指出杜甫由反战到主战同样是从国家人民的利益出发，是有见地的（引自游国恩等主编《中国文学史》第二册，人民出版社1979年版，第90页）。

二是推己及人。杜甫自许"稷与契"。孟子曰："禹、稷、颜回同道。禹思天下有溺者，由己溺之也。稷思天下有饥者，由己饥之也，是以如是其急也。"（《孟子·离娄下》）这种人溺己溺、人饥己饥的思想，其实也就是儒家民胞物与、推己及人的心怀，是"仁者爱人"的具体反映，这在杜甫身上有着充分的体现。他困居长安时，秋雨连绵，却想到"禾头生耳黍穗黑，农夫田妇无消息"（《秋雨叹三首》其二）；他在荒凉艰险的蜀道上苦苦挣扎时，想到的是"奈何渔阳骑，飒飒惊烝黎"（《石龛》）；他在自己"幼子饥已卒"的情况下，仍"默思失业徒，因念远戍卒"（《自京赴奉先县咏怀五百字》）；他在自己茅屋被风雨摧毁的处境中，还想到"安得广厦千万间，大庇天下寒士俱欢颜，风雨不动安如山。呜呼！何时眼前突兀见此屋，吾庐独破受冻死亦足"（《茅屋为秋风所破歌》）。这种崇高精神和博大胸襟，每次读来，都感人至深、催人泪下！

这种仁爱情怀的扩展，就是对一切有生命的东西都充满感情。杜甫写过许多有关树木的诗歌，赞美古柏新松，对受伤害的树木则表示伤悼惋惜。翻开杜诗目录，他曾一口气接连写了《病柏》《病橘》《枯棕》《枯柟》4首诗。相传成都草堂前有一棵200年的楠树，枝叶繁茂，有德于人，突然被风吹倒，连根拔起。"虎倒龙颠委榛棘，泪痕血点垂胸臆。"面对如此惨景，诗人慨叹："我有新诗何处吟？草堂自此无颜色。"（《楠树为风雨所拔叹》）橘树有病，"惜哉结实小，酸涩如棠梨"，但仍然要向皇帝贡献土产，作者却担心"汝病是天意，吾愁罪有司"（《病橘》）。

三是对民生疾苦的同情与对统治者的讽刺、抨击。杜甫以仁爱之心关注民生疾苦，洞察社会现实，必然会对统治阶级剥削、压榨、欺凌百姓的行为进行抨击，对不合理的甚至错误的政策进行批判。当然他不可能认识到这是制度问题，他的批判抨击也是有限度的。但是我们也应看到其在当时条件下的积极意义。

"炙手可热势绝伦，慎莫近前丞相嗔。"在《丽人行》中，诗人就杨氏姐妹游曲江写其场面、势焰，不着一讽刺语，而意在言外，句句皆含讽刺之意。天宝以来，唐王朝不断进行所谓"开边"，经常发生战争，给人民造成很大的苦难。杜甫在《兵车行》中写道："君不闻汉家山东二百州，千村万落生荆杞。纵有健妇把锄犁，禾生陇亩无东西。"同时尖锐地指出："边庭流血成海水，武皇开边意未已。"矛头直指皇帝。"安史之乱"前，他看到统治者残酷地剥削劳动人民，一方面"鞭挞其夫家，聚敛贡城阙"，另一方面则骄奢淫逸，挥霍享乐，"煖客貂鼠裘，悲管逐清瑟"，因此造成"朱门酒肉臭，路有冻死骨"的贫富尖锐对立的社会矛盾（《自京赴奉先县咏怀五百字》）。他提出要严惩贪官污吏："当令豪夺吏，自此无颜色。必若救疮痍，先应去蟊贼。"（《送韦沨上阆州录事参军》）

其四，"素练风霜起"的审美理想。

　　杜甫对于美有着敏锐的感觉，这既是他的重要的先天素质之一，也与他从小所受到的影响不无关系。开元五载（717 年），年仅 6 岁的杜甫曾在郾城观看过公孙大娘的《剑器浑脱》舞蹈。公孙氏是唐玄宗时内廷歌舞机构的一位优秀舞蹈家，擅长"健舞"（即武舞），舞时着军服，持剑。这给尚为童稚的杜甫留下了永未磨灭的印象。50 年后，年迈的杜甫在夔州看到公孙大娘的弟子李十二娘表演《剑器》舞，当年公孙大娘舞剑器的情形又历历在目："昔有佳人公孙氏，一舞剑器动四方。观者如山色沮丧，天地为之久低昂。㸌如羿射九日落，矫如群帝骖龙翔。来如雷霆收震怒，罢如江海凝清光。"（《观公孙大娘弟子舞剑器行》）公孙大娘矫健的舞姿，使杜甫充分享受到美的愉悦，对他一生的审美追求无疑也产生了影响。

　　杜甫审美理想的总体特征是雄美，就是雄健、雄壮、雄伟、雄阔等，体现一种胸襟开阔、大气磅礴、积极进取的阳刚之美。这无疑与他的政治抱负及笃行精神有着密切的关系。他写过许多咏鹰和马的诗，都突出了它们的雄健威武之美。他写一幅画中的鹰："素练风霜起，苍鹰画作殊。"（《画鹰》）画中的鹰神态威猛，使人产生一种风霜忽起的肃杀之感。他赞扬房兵曹的胡马体格非凡："胡马大宛名，锋棱瘦骨成。竹批双耳峻，风入四蹄轻。"（《房兵曹胡马》）他赞扬天子之马："是何意态雄且杰，骏尾萧梢朔风起。"（《天育骠骑歌》）杜甫对于具有雄劲气势的松柏等也多有吟诵。写老松："阴崖却承霜雪干，偃盖反走虬龙形。"（《题李尊师松树障子歌》）写古柏："霜皮溜雨四十围，黛色参天二千尺。"（《古柏行》）读后令人不禁神往。杜甫又有大量的山水诗："会当凌绝顶，一览众山小"（《望岳》）、"星垂平野阔，月涌大江流"（《旅夜书怀》）、"无边落木萧萧下，不尽长江滚滚来"（《登高》）等，都显示着他对于雄美的追求。"落日照大旗，马鸣风萧萧"（《后出塞五首》其二）、"吴楚东南坼，乾坤日夜浮"（《登岳阳楼》）等，这种审美感受充分体现着诗人的心境与胸襟。雄美固然是杜甫的主体审美特征，但我们还应重视其审美风格的多样性。这与主体风格是互补的。而且在那些柔美风格的作品里，我们同样会感受到蕴含其中的刚健之风。

　　这种雄健的审美意识，也自然反映在他的艺术观上。对于绘画艺术，他重视气韵的生动、精神的刚健。韩幹是唐代名画家，尤长于画马。马以矫健为上，但他画马多肉，不见骨相；将军曹霸却能画出马的风神。杜甫称许曹霸而对韩幹不以为然："幹唯画肉不画骨，忍使骅骝气凋伤。将军善画盖有神，必逢佳士亦写真。"（《丹青引·赠曹将军霸》）对于书法艺术，他主张应"瘦硬"："书贵瘦硬方通神"（《李潮八分小篆歌》）。在诗歌艺术上，他推崇庾信的"凌云健笔意纵横"（《戏为六绝句》其一）。他不满当时一般文士才力薄弱，赶不上庾信和"初唐四杰"，类似描摹"翡翠兰苕上"的纤丽之作间或有之，而咏"掣鲸""碧海"的雄伟诗文就看不到了："或看翡翠兰苕上，未掣鲸鱼碧海中。"（《戏为六绝句》其四）这说明杜甫推崇的是"掣鲸碧海"的雄浑、雄伟的美学风格。这种审美追求，也使杜甫的创作有了鲜明的基本特征，这就是"沉郁顿挫"。这 4 个字是杜甫在给唐玄宗的《进雕赋表》中对自己诗文特点的概括。杜诗内容上博大深厚、沉雄郁勃，形式上波澜老成、雄浑顿挫，语言上凝练雄奇、含蓄蕴藉，从而形成了千汇万状、浑涵汪茫、元气淋漓的美学风格。杜甫善于在有限的形式中开拓无限的境界，将严格的法度和开张的气势完美地结合在一起，使人们在抑扬顿挫的旋律中感受到"风骨"的力量。他的作品雄浑、深沉，虽然苍凉，但并不凄惨，仍然使人们领略到一种从容不迫的雄阔气概；尽管悲怆，却毫不绝望，仍然使人们生发出对社会、对未来的向往之情。

　　总的来说，杜甫的人格范型，是个体的天赋气质、持久不懈的努力并与中华民族历史文化精神综合作用的结晶，是中国古代知识分子人格理想的楷模。他的各项人格力量，都得到了突出且均衡的发展。比较而言，他的"穷年忧黎元"的仁者情怀，始终以天下为己任和系念天下苍生，更是凝聚和发扬了中国优秀的传统文化精神，具有历史和现实的意义。杜甫被称为"诗圣"，这个"圣"，既是对他诗歌成就的最高评价，也是对他伟大的人格精神的最高褒扬。杜甫以其雄厚多姿的艺术文本与丰富的人格践履，以其现实人格与艺术人格的相统一，在中国历史文化的长河中耸立起一座人格的丰碑，在人类精神世界的星空中闪烁着永远不灭的光辉。

（本文载于《中华诗词》2013 年第 2 期）

旧体诗和新诗应相互学习、相互交流

　　坦率地说，新旧诗体的界限在今日诗坛上还是一个客观真实的存在。某些写作旧体诗的人对新诗人抱有偏见，某些写作新诗的人对旧体诗人同样抱有偏见。我是赞成新诗旧诗互相学习、比翼齐飞、共同繁荣发展这样的观点的。因为无论形式怎样不同，但就诗的本质意义来说，新诗与旧体诗是相通的，绝对不是互相对立的两个艺术阵营，更不是所谓"两个诗坛"。

　　我认为许多新诗人拓展个人表现空间的意识和自由热情的书写方式，确实值得旧体诗人们进一步的关注和借鉴。尤其值得注意的是胡适、鲁迅、郁达夫、闻一多直至聂绀弩、臧克家、刘征等大家，都是新旧体诗的双面手。毕竟新诗已经有了近百年的发展和探索历程，必须承认它的创作成绩和重大影响，同时也应该认真研究和汲取其发展和探索过程中的经验和教训。

　　新诗的诞生虽然是在五四运动之前，但其蓬勃兴起却是和五四新文化运动密不可分的。说到新文化运动，不少的传统诗词的研究者、创作者中有一种观点，认为是五四新文化运动割断了传统诗词的文脉。我认为问题恐不那么简单。旧体诗词之所以在那个历史时刻衰落，一个重要原因是与当时的创作确实陷入了苍白枯涩的窘境有关。而新诗的勃兴和崛起，也是顺应了当年风起云涌的特殊时代要求的缘故。梁启超先生在《新大陆游记及其他》一书中说过："余虽不能诗，然尝好论诗。以为诗之境界，被千余年来鹦鹉名士（余尝戏名辞章家为'鹦鹉名士'，自觉过于尖刻）占尽矣。虽有佳章佳句，一读之，似在某集中曾相见者，是最可恨也。故今日不作诗则已，若作诗，必为诗界之哥伦布、玛赛郎（麦哲伦）然后可。犹欧洲之地力已尽，生产过度，不能不求新地于阿米利加及太平洋沿岸也。"这个观点，对我们是有启发的。试问黄遵宪、梁启超等为什么要提出"诗界革命"的口号？不正说明当时的诗人已感受到创作陷入了时代的危机吗？同样的道理，旧体诗在新时期尤其是 21 世纪以来从复苏走向复兴，也是历史积淀和现实发展的自然产物。旧体诗在当代文坛的复兴，并非人造景观，更非陈年古董。旧体诗词因为反映了新的感情、新的思想、新的时代风云，所以才能给当代读者重新带来新的美学享受，唤起人们新的美学共鸣。

新的历史时期以来，旧体诗与新体诗都在发展。负有盛名的《诗刊》现在每期都有介绍当代旧体诗的专栏，《诗刊》杂志社还成立了研究旧体诗词的"子曰诗社"，《中华诗词》杂志也设有《新诗之页》的专栏。我印象中过去的一些地方举办的评奖活动，似乎大都是新诗为主体。而 2013 年我参加的山西永济的鹳雀楼诗词大赛、宁夏的黄金海岸诗词大赛活动等，都是旧体诗和新诗联合征集，平分秋色。这从一个侧面说明诗歌界已经在悄悄改变过去对旧体诗的忽略和遮蔽的偏见。这是一个可喜的变化，也是一个美好的信号。

最后，我想以自己的一点体会，再说说新诗与旧诗的关系。2012 年，我参加北京恭王府的海棠雅集，写过这么一首绝句："岂负骚肠八斗才，海棠树下且徘徊。花时岁岁吟难尽，国艳合为诗客开。"生活的花朵鲜艳芬芳，为新诗人而开放，也为旧体诗人而开放。花时岁岁吟难尽，岂分新诗和旧诗？旧体新体开并蒂，泾渭无须太分明。

比如这首绝句也可"翻译"成一首新诗：

是花在催诗？
——良辰美景，八斗诗才。

是诗在催我？

——海棠花下，几度徘徊。

吟也吟不尽啊！

——岁岁青春，无边花海。

倾城还倾国啊！

——人为花醉，花为诗开。

这种"翻译"当然仅仅是一种尝试，选择旧诗还是新诗的形式，取决于诗人在生活中的真实感触。在厦门的第三届中国诗歌节，我也曾把舒婷的两句新诗"翻译"成旧体诗，在诗友们中间和媒体上受到过一些鼓励。我做这种尝试，其实还是想证明这样一个简单的道理，即无论形式怎样不同，但就诗的本质意义来说，新诗与旧体诗是相通的，绝对不是互相对立的两个艺术阵营，更不是所谓"两个诗坛"。

（本文写于 2013 年 10 月，未发表）

贺敬之的新古体诗

祝贺贺敬之老九十华诞，祝贺他的新古体诗《心船歌集》线装本的出版！

贺敬之同志不仅是一位诗人，而且是经历过炮火考验的革命战士，因此他的诗中始终充满着革命的精神、革命的理想；贺敬之同志不是一般的诗人，而是一位卓越的影响力巨大的诗人，在现当代诗歌史上具有重要的地位。尤为难得的是，他至今仍然保持了诗人的激情与创造力，创作的脚步从未停下来。《心船歌集》所收的最后一首诗歌《游台儿庄运河湿地公园》，写于 2013 年 6 月 11 日。

贺敬之同志是在诗歌创作上不断追求、勇于创新的人。青年的他即以少年时代的生活经验为素材，创作了一些自由体新诗，从而走上了诗坛。20 世纪 40 年代，他的歌颂中国共产党、革命领袖和人民军队，表现解放区光明生活景象的诗歌，多采用传统歌谣的形式，带有明显的叙事风格。新中国成立后，他的抒情诗（如《回延安》等）特别是长篇政治抒情诗（如《放声歌唱》《雷锋之歌》等），在内容上从广阔的角度反映了时代生活的重大问题，艺术上则多采用"长句拆行"的"楼梯式"，注意吸取中国民歌和古典诗歌的营养加以改造，把新诗自由体的灵活开阔与旧体诗的排比对称、音律和谐相统一，具有鲜明的艺术特色。从 20 世纪 80 年代以来，他又开始了新古体诗的探索。

中国是诗的国度，流淌了数千年的诗歌长河一直未有中断。五四以后旧体诗歌遭受厄运，但仍然有着强大的生命力。改革开放以来，旧体诗歌逐渐由复苏走向复兴。时代在前进，旧体诗歌也在继承中发展。这种发展，包括诗的体式、语言、用韵等多个方面。发展需要探索。贺敬之同志就是一位勇敢的探索者。

贺敬之同志对旧体诗词的继承与改革有着清醒的认识。1987 年中华诗词学会成立，他就表达了这种愿望："继承我国汉语古典诗词的优良传统，运用并发展这种诗体、诗律和诗艺，以表现新时代的新诗情，这不仅是可能的，而且是可以产生伟大诗篇和伟大诗人的。这已经为'五四'以来直到今天的实践所证明。在今天，许多佳作不仅受到广大老年和中年读者的欢迎，而且也受到不少青少年读者的欢迎。因此，在我们大力提倡和发展新体诗的同时，应当支持并开展对古典诗词的理论研究工作和用古典诗体和词体反映新内容的创作工作。"

1988 年他曾说过："关于运用旧体诗词形式写作是否必须绝对沿守旧格律，近年来有歧义。创作中的实际情况是，有许多作者现在多已不再严遵旧律。从文学史上看，自唐代近体格律诗形成后，历代仍有许多名诗人的名作不尽遵律。对此，有识之士未予诟病，亦有以'古绝''散绝'称之者。因此，对我们今天来说，我以为遵律严者固佳，不尽遵律者也应有一席之地。"

贺敬之同志之所以进行这种探索，用他自己的话说，是看到了旧体诗词对表现新的生活内容还有其一定的适应性、对某些特定题材或某些特定的写作条件还有其优越性的一面。他认为新古体诗就是一种"合适的较固定的体式"。这是一种或长或短、或五言或七言的近于古体歌行的体式，而不是近体的律诗或绝句。从贺敬之的《心船歌集》中看，这种体式具有以下特点："这些诗不仅都是节拍（字）整齐，严格押韵（用现代汉语标准语音），同时还有部分律句、律联。就平仄声律要求来说，绝大多数对句的韵脚都押平声韵（不避'三平'），除首句以外的出句尾字大都是仄声（不避'上尾'）。因此，至少和古代的古体诗一样，不能说它是'无律'即无任何格律，只不过是不同于近体诗的严律而属于宽律罢了。"

贺敬之的《心船歌集》，不仅是新诗体的探索，而且这二百来首诗以其丰沛动人的诗思、诗情，佳美的意境，醇厚的诗味，受到人们的喜爱。这充分反映在《富春江散歌》《川北行》《老人节访延边》等组诗中，而其中的许多佳句，如"父老心中根千尺，春风到处说柳青"（《皇甫村怀柳青》）、"知有黄金足招远，亦需文章胜蓬莱"（《咏烟台》之二）、"居庸岂庸居，老骥洗征尘"（《应题居庸关路居处》）、"风雨寻常事，石老解逍遥"（《望石老人礁岩之一》）等等，更给人留下深刻的印象，我们从中感受到诗思的飞动、诗情的洋溢、诗意的盎然，也领略到革命者的襟怀情趣和人生的哲理。正如他所说的："判断一首旧体诗的优劣高下，不能只是形式方面所要求的诗律，还必须要有从思想内容方面所要求的诗思、诗情；更必须要有使这种诗思、诗情得以艺术地显现的诗意，这才有可能从内容到形式做到整体表现的诗味。"

可见，贺敬之同志在新古体诗的探索上，有追求的目标，有理论的指导，有不懈的坚持，而且取得了重要的成果。

贺敬之同志是我崇敬的一位前辈诗人。2004 年《贺敬之文集》出版，他惠赠了一套，我曾写了一首七律表达自己的感想："令名早已满天涯，巨帙今看五色霞。健笔飞凌惊铁划，锦思驰骋响铜琶。氍毹有曲巧成典，韶護无私自咀华。烈士贵葆情万斛，依然荷戟对尘沙。"在他九十华诞之际，谨祝他健康长寿、诗思不已、诗情永葆！

（本文为作者 2013 年 11 月 2 日在中国毛泽东诗词研究会主办的"贺敬之同志新古体诗创作暨线装本《心船歌集》座谈会"上的发言）

志念凭营构　韶华任饰陈

中华辞赋有着悠久的传统，有着丰厚的底蕴，有着坚韧的生命力，是中华传统文化的重要组成部分。2011 年首届中华辞赋北京高峰论坛召开，我曾以一首小诗为贺："莫道已成尘，再生如有神。诗骚觞滥久，班马派流新。志念凭营构，韶华任饰陈。诸公高会日，浏亮蓟门春。""铺采摛文，体物写志"，时代需要辞赋，需要辞赋的发展与创新。辞赋创作的成就也反映了这一文体在今天的作用与活力。经过多年的努力，现在，《中华辞赋》杂志终于正式出刊，这是辞赋界的喜事，也是中国文化建设的大事，它适应了辞赋创作发展的需要，搭建了弘扬辞赋文化的平台，也是中华传统文化全面复兴的一个标志，因此有着重要的意义。我衷心地祝贺《中华辞赋》的正式出刊，也坚信在辞赋界的共同努力下，一定会越办越好！

（本文载于《中华辞赋》创刊号，2014 年 1 月）

一把感受王国维灵魂之美的钥匙

《人间词话七讲》，是叶嘉莹先生阐释王国维先生《人间词话》的一部著作。条分缕析的细腻叙说，典雅优美的清新绎解，读来令人齿颊生香，如饮醇醪。

王国维的词学著作《人间词话》，被称为"中国古典文学批评里程碑式的作品"。在这一作品中，王国维先生运用中国古典传统的词语形式，以古典诗歌作品为研究基础，挖掘前人词话的学术精华，并借鉴当时传入中国的尼采、叔本华等西方学术观念，在当年的词学研究和美学探索中都达到了一个崭新的学术层面。

不过，王国维先生虽接受了一些西方的启蒙，《人间词话》也试图把西方美学和文学理论成果融入中国古典词学的研究体系，但其古奥的叙述方式和抽象的晦涩视角，也遗留给当代人不少阅读障碍，更使一般读者望而却步。而叶嘉莹先生深入浅出、娓娓道来的清晰解说，则把这些阅读障碍一一消解，"自然""高古""神韵""境界"等诸多抽象甚至玄奥的词学概念，也都有了可亲可感的具象内容。

叶嘉莹先生少长京华，承家学而结缘诗词，得真传而登堂入室，正如她的老师顾随先生所说，"作诗是诗，填词是词，谱曲是曲"。叶嘉莹先生更将西方文艺理论成果引入中国古典诗词研究，取得了诗词界公认的丰硕成果。而在坚持创作和研究的同时，先生还有着长达70 余年的教龄，杏坛耕耘，桃李满园。正是有了这种深厚的人生历练和学术背景，先生的《人间词话七讲》才有了与众不同的深刻感悟。我认为，这本书有以下四个鲜明的特点：

一是诗心相通，知人论世，是"独立之精神、自由之思想"的异代回响。叶先生不同于一般解书者从文本到文本的"鲁叟谈五经、白发死章句"式的解说方式，她曾经撰写过《王国维及其文学批评》，在那本书中她就鲜明地提出过王国维"所追求的是真理"的观点。因此，她对王国维的理解是既见诗心，又见人心，更见自心和天地心。《人间词话七讲》就从王国维的人格力量讲起，使读者首先感受到其思想魅力和士子情怀。在第一讲，她引述了陈寅恪对王国维的评价："士之读书治学，盖将以脱心志于俗谛之桎梏，真理因得以发扬。思想而不自由，毋宁死耳。先生之著述，或有时而不彰。先生之学说，或有时而可商。唯此独立之精神，自由之思想，历千万祀，与天壤而同久，共三光而永光。"可以说，这是交给读者的一把神奇的钥匙。通过这把钥匙，打开久远神秘的大门，让读者感受王国维的灵魂之美。

在引用陈寅恪的话语时，叶先生发出了为何而读书的声音："士之读书治学的最高目的，不应该是为了一个学位，也不应该是为了以学问当作工具来求得私人的利益……读书是为了明理，是在追求真理。"这段话，我认为应该提醒今天的读者格外注意，它一定会使人受益无穷。

二是用宽广的环球视野来透视古典诗歌的恒久魅力。叶先生既有中国古典文学的深厚功底，又有西方现代文艺理论的新颖视角。二者结合，为《人间词话》的解说拓展了一个与众不同的宏阔境界和崭新层面。最可贵的是，叶先生并不是如当今某些诗评家那样弄些西方新名词来生搬硬套，她不赞成那种"表皮的附会，牵强、生硬、浅薄"的做法。所以，她的解说是把中国古典诗歌放在世界文学的大背景中来看，朴实直接地切入原作，使我们感受到王国维的心灵、智慧、襟抱和修养，感受到《人间词话》所营造的独特的美学气场和生命活力，这其实是一个令人惊叹的再创造过程。

三是独立思考的学术创见。叶先生对王国维有积极的肯定，也有自己的冷静判断："王国维的《人间词话》也有它不完全正确的地方……有时代的限制、知识的限制,但是他忠实于自己,也忠实于读者。"她在讲解里讲出"他的好处在哪里",也讲出"他的时代局限在哪里"。这种求是理念,展示的正是中国学人一脉相承的学术品格和治学精神。

四是颇具生命质感的阅读感受和学术感发。书中每一讲,都结合了叶先生个人的感受、感想与感怀。她风趣地把自己的这些个人的美学发现称作"添字注经"。值得赞赏的是,先生添的字,都是该添的,是更详细地帮助读者理解的"注",而没有脱离"经"自身的内涵和外延。

读叶先生的著作,常常想起《文心雕龙》中的一句话:"岂成篇之足深,患识照之自浅耳。"皇皇七讲,乍看如散珠坠叶,其实有一条看不见的神奇红线,把这些散珠完整圆融地串联在一起。这条红线,就是先生的一颗诗人特有的滚烫的、拳拳跃动的赤子之心。

《孟子》有言:"颂其诗,读其书,不知其人可乎? 是以论其世也。"我们今天读先生的著作,也不能不了解她"书生报国成何计,难忘诗骚屈杜魂"的铿锵操节,尤其是读一些先生的诗词作品,对我们深入了解她的诗学词学思想,更具体地感悟《人间词话七讲》,都是有益的。

（本文载于《解放日报》2014 年 11 月 14 日）

对于杭州建设诗词之都的感想与建议

    首先祝贺杭州诗歌节的举办。在说杭州诗歌前，我想先谈谈对杭州文化遗产保护工作的印象。这是因为我多年来在文物博物馆系统工作，与杭州的同行来往较多，同时我认为这与诗歌发展也是有关的。

    杭州是华夏文明发祥地之一，史脉悠远，文化炽盛。我20世纪末在国家文物局工作，曾考察过被誉为"中华文明之光"的良渚文化遗址，受到很大震撼，这儿出土的玉琮，清宫也有收藏，只是乾隆皇帝不知它的用途。杭州修雷峰塔，找到了我，我开会协调，通过了方案，圆了杭州人的一个梦。胡雪岩故居修复，投入2700万元，这在当时是个了不起的大数目。后来的西湖申遗、西溪恢复、南宋遗址保护等，都是杭州的大手笔。由《西湖通史》、《西湖全书》和《西湖文献集成》等系列图书组成的大型《西湖丛书》的整理出版，是西湖综合保护工程的姐妹篇。2011年，西湖列入《世界文化遗产名录》，杭州的文化遗产保护进入了一个新阶段。可贵的是，杭州把历史文化遗产的保护与合理利用结合了起来，使人们享受到了好处。这些都是有目共睹的。这一年我曾受王国平同志邀请，还专门来杭州游西湖、看西溪。

    以上都是看得见的物质文化遗产，它们见证了、记录了杭州的历史与发展，但杭州的文化遗产不止这些，现在杭州市又提出并强调杭州的另一重要身份——诗词之都，认识到诗词传统也是杭州的历史文化遗产，是独特的文化资源，这是符合实际的。杭州为人文渊薮，自古就以其独特的山水风情吸引着历代的仁人志士和文人骚客，唐、五代和北宋是杭州和西湖得到相继开发并开始名著天下的时候，同时也出现了诗歌艺术的高峰，尤以白居易、林逋、苏轼3位咏西湖的诗歌作品为最。明清两代，更是杭州诗词发展的黄金时代，在中国诗词发展史上占有相当重要的地位，产生过重大影响。在人们印象里，一说到杭州说到西湖，总会浮现出与之有关的一些诗歌来。

杭州市对于本地诗歌传统的重视，我想不仅因为这些诗歌积累是重要的历史文化资源，在杭州城市发展、形象塑造过程中曾发挥过不可替代的作用，更重要的是看到了它对于今天的城市文化生态建设、在市场化大潮中抚慰人们的心灵、保持精神世界的平衡发展，所具有的积极意义，即是说诗歌对于城市品格的形成和市民的生活方式都会产生重要的影响。文化建设既要抓有形的物质的东西，也要抓无形的精神的方面。诗歌的力量，是无形的，是精神的，但作用却是巨大的、长远的。因此杭州市提出建设（我不大赞成用"打造"一词）诗词之都，举办诗歌节，我认为很好，很有意义。

诗歌节对于引发社会影响、强化诗歌氛围、推动诗歌发展具有积极的促进作用，但每年也只能办一次。建设诗词之都，是一个需要不断持续努力的任务。对此，我谈几点感想和建议。

一、认真整理、研究杭州的古代诗歌文化遗产

历史上有关杭州的诗词十分丰富。前人已做了许多工作，例如，《国朝杭郡诗辑》，以3辑178卷的篇幅，前后搜罗了自顺治迄光绪年间杭州府诗人共计7937人，其中绝大多数为杭州府本地诗人，极少数为"寓居"杭州人士，时间跨度很长，数量十分庞大。但对清代以前的诗词的搜集整理，仍有待于继续努力。即使是清代的诗词，也需要下功夫整理。以西溪为例，诗词自晚唐才见滥觞，明末开始繁荣，

清代达到极盛，涌现出许多大型组诗或专书、专集、专卷等。浙江大学朱则杰、周末飞在《清代杭州西溪诗词鸟瞰》（《杭州师范大学学报》2012年第1期）一文中，按照时间脉络，对清代西溪诗词的基本情况和发展线索做了检阅，作者指出："整个清代西溪诗词的作家，至少达数百人。其作品总数，更加无法估算。"从保存文献的需要出发，历史上有关杭州的诗词，都应该认真搜寻整理。

整理诗词文献还要重视研究。研究这些诗词，探索诗词中的故事，对于杭州历史文化当会有更深入的认识，尤其是会了解许多生动具体的细节。例如清代康熙皇帝南巡5次到杭州、乾隆皇帝6次到杭州，都写有西湖、西溪的诗，并有大臣的赋和，对此进行研究，无疑是有意义的。故宫博物院已设立了清代帝王南巡的研究课题。

二、重视诗歌创作，加强诗歌教育

要在继承诗词遗产的基础上繁荣当前的诗歌创作。这包括旧体诗词与新体诗歌，可以探寻促进创作的多种方式。例如，倡导成立诗社、词社就是其中一种。本次诗歌节的邀请函就讲了南宋时杭州诗社之多，引用了南宋吴自牧《梦粱录》所载："文士有西湖诗社，此乃行都缙绅之士及四方流寓儒人，寄兴适情赋咏，脍炙人口，流传四方，非其他社集之比。"杭州从明代起就是全国结社的中心。吴庆坻在《蕉廊脞录》中记载："吾杭自明季张右民与龙门诸子创'登楼社'，而'西湖八社''西泠十子'继之。"接着又说到清代的"孤山五老会""驾山盟十六子""湖南诗社""北门四子""南屏吟社""潜园吟社""东轩吟社""秋鸿馆诗社""铁华吟社"，等等（吴庆坻《蕉廊脞录》卷三"杭州诸诗社"，中华书局1990年3月第1版，第96页）。清代西溪女子"蕉园诗社"是中国历史上第一个女性诗人社团。杭州依山傍湖，其自然环境和人文氛围非常适合举行集会，吸引了无数文人雅士来此唱和吟咏。诗社是诗人定期聚会作诗吟咏而结成的社团，反映着一定的审美倾向、诗学观念，有利于多样化诗词创作风格特点的形成。现在全国已有一些大学或团体以及民间成立了一批多种类型的诗歌社团，有的已产生了一定的影响。农民也成立诗社，湖南省沅江市三眼堂镇就有 7 个诗社。杭州有诗社传统，适应新的需要，成立新的不同形式的诗社、词社，坚持活动，相信会有所成就的。

当然不可能人人都成为诗人。重要的工作还是优秀的传统诗词的学习传承。流传至今的大量古代诗词包括现当代优秀诗词，蕴含着我们民族的基因，需要坚持"诗教"工作。诗词教育重形象、意境、含蓄，易诵易记，以其艺术感染力使人们从阅读、吟诵、鉴赏中，收到震撼心灵、陶冶情操的效果，而且是持久的长远的效果。这种长期的多种方式的诗歌教育，使人们热爱自己的城市，热爱祖国的大好河山，热爱我们民族的历史和文化，提高人文素质。

三、建议杭州市设立中国山水诗歌大赛奖——西湖诗歌奖

山水诗是指描写山水风景的诗歌，是中国古代诗歌的重要种类，产生于魏晋时期，并在南朝至晚唐随着中国诗歌发展与文学环境变迁而不断演变，至今不衰。山水诗标志着人与自然进一步的沟通与和谐，标志着一种新的自然审美观念和审美趣味的产生。山水诗的鼻祖谢灵运就是会稽始宁（今浙江上虞）人，浙江的许多山水曾是他吟咏的对象。白居易、苏轼等对西湖山水的吟唱，已成为千古名句，西湖山水也从此美甲天下。

"山水含清晖，清晖能娱人"（谢灵运《石壁精舍还湖中作》），说明了山水具有怡情养性的功能。另外，与山水亲近还可丰富知识，培养和提高审美情趣以及模山范水的能力。好的山水诗总是包含着作者深刻的人生体验。今天倡导山水诗，对于珍爱人类生存的环境、促进人与自然的和谐，有着特殊的意义。西湖自身的魅力以及通过诗歌的传扬，已成为美好山水的典范，成为人人羡慕的诗意栖居的"人间天堂"。由杭州市设立中国山水诗大奖赛——西湖诗歌奖，吸引海内

外诗歌爱好者参加,包括旧体诗词与新体诗,在每年杭州诗歌节时颁奖,这不仅使每年诗歌节有了一项固定的内容,而且会使更多的诗人关注杭州、关注西湖,其主题对于促进人与自然和谐、弘扬中华传统文化精神,都会产生积极的影响。

(本文为作者 2014 年 11 月 1 日出席杭州诗歌节的发言)

研习古诗词重在传习民族精神

　　人们都说中国是一个诗的国度，我理解，这不仅是指中国诗歌传统的源远流长，诗歌遗产的丰厚，也可以认为，诗歌已成为中国人生活的一种方式，是中国文化的一种特殊表现形式。古诗词有着诸多价值和作用，我以为今天研习古诗词，更应该重视传习蕴含在其中的民族精神。

　　民族精神是一个民族在长期发展过程中，所孕育形成的富有生命力的优秀思想、高尚品格和坚定志向的集中体现，是民族文化传统不断积淀和升华的产物，是一个民族赖以生存和发展的精神支撑。中华民族精神是中华文化精华的集中体现。在五千多年的发展中，中华民族形成了以爱国主义为核心的团结统一、爱好和平、勤劳勇敢、自强不息的伟大民族精神，民族精神又促进了优秀民族文化的不断发展。中华民族精神始终是维系中华各族人民共同生活的精神纽带，是支撑中华民族生存、发展的精神支柱，是中华民族之魂。

　　民族精神表现在多个方面，但在古诗词中又有着特殊的充分的反映。中国人重视诗歌的审美价值，更注重诗歌的社会功能。从诗骚以来，中国诗歌就形成了"言志"与"载道"的优秀传统。中华民族是一个不屈不挠、历经磨难而生生不息的民族。中国传统文化非常重视人的意志品质的磨炼和培育。屈原的"路曼曼其修远兮，吾将上下而求索"、曹操的"老骥伏枥，志在千里"、王之涣的"欲穷千里目，更上一层楼"、李白的"长风破浪会有时，直挂云帆济沧海"等反映传统知识分子向往理想人格、追求大丈夫浩然之气的名言佳句，洋溢着积极进取、奋发图强的精神，正是"天行健，君子以自强不息"的民族精神的生动写照。

民族精神的核心是爱国主义，即对乡土、国家执着的热爱。热爱祖国壮丽山河，"国家兴亡、匹夫有责"，为了国家可以"杀身成仁"。曹植的"捐躯赴国难，视死忽如归"、杜甫的"剑外忽传收蓟北，初闻涕泪满衣裳"、陆游的"死去元知万事空，但悲不见九州同"、文天祥的"人生自古谁无死，留取丹心照汗青"、林则徐的"苟利国家生死以，岂因祸福避趋之"等，其爱国情怀感人至深。尽管那时的爱国主义带有某种历史局限性，但在"位卑未敢忘忧国"的思想浸润下，涌现了众多民族英雄，创造了无数惊天地泣鬼神的爱国主义业绩，并将这种爱国热忱升华为崇高的道德责任。浩如烟海的古诗词一向以爱国主义、民本主义为主旋律，她是中国人的心灵史，也是中华民族精神的发展史。

民族精神是需要传习的，古典诗词在其中有着不可替代的作用。这不仅因其本身就蕴含着体现民族精神的丰富内容，而且是由诗词本身的性质、特点和教育功能所决定的。中国"诗教"传统由来已久。诗词教育重形象、意境、含蓄，易诵易记，以其艺术感染力使人们从阅读、吟诵、鉴赏中，收到震撼心灵、陶冶情操的效果，而且是持久的长远的效果。诗词与人文素质、与社会教育制度有着密切关系。我们对诗词的教育功能切不可低估。以诗育人，功德无量！

（本文载于《中华诗词》2014 年第 12 期）

沉浸浓郁　含英咀华

——漫谈诗词鉴赏

　　"沉浸浓郁，含英咀华"。这是唐代韩愈《进学解》中的名句，谓深入钻研并沉浸在典籍浓厚馥郁的书香墨韵之中，细致咀嚼并体味着其中的精华，指读书要懂得钻研，要仔细领会其中的含义才能读出书中的要义。诗词（这里的诗词，指中国古代的所有诗歌遗产以及现当代的旧体诗词作品）鉴赏是我们对诗词作品所做的理解和赏析，包括鉴别和赏析两个方面，是以诗词为审美对象的一种特殊精神活动。考察诗词鉴赏的目的与过程，也可用"沉浸浓郁，含英咀华"这8个字来概括。诗词鉴赏是个大题目，诗经、楚辞、唐诗、宋词、元曲等各种鉴赏辞典已层出不穷，专门讲诗词鉴赏的书也琳琅满目，我今天从3个方面与大家做些探讨：一、诗词鉴赏与接受美学理论；二、诗词鉴赏的基础；三、诗词鉴赏的方法。

一、诗词鉴赏与接受美学理论

　　诗歌鉴赏不同于一般意义上的阅读欣赏，也不同于带有比较浓厚理论思辨色彩的、重在对作家和作品进行审美判断和价值评价的评论活动，而是对艺术形象进行感受、理解和评判的思维活动和过程。这是读者凭借艺术作品所展开的一种积极的、主动的审美再创造活动。这里涉及鉴赏主体、鉴赏客体和鉴赏过程三个方面，从美学范畴上讲，属于接受美学的范畴。

　　"接受美学"（Receptional Aesthetic）这一概念诞生于德国康斯坦茨大学。姚斯的《提出挑战的文学史》（1969年）和伊泽尔的《本文的号召结构》（1970年）是接受美学实践的开山著作。接受美学的核心是从受众出发，从接受出发，确立了读者的中心地位。

　　姚斯认为，一个作品，即使印成书，在读者没有阅读之前，也只是半完成品。他指出，美学实践应包括文学的生产、文学的流通、文学的接受3个方面。接受是读者的审美经验创造作品的过程，它发掘出作品中的种种意蕴。艺术品不具有永恒性，只具有被不同社会、不同历史时期的读者不断接受的历史性。经典作品也只有当其被接受时才存在。读者的接受活动受自身历史条件的限制，也受作品范围规定，因而不能随心所欲。作者通过作品与读者建立起对话关系。当一部作品出现时，就产生了期待水平，即期待从作品中读到什么。读者的期待建立起一个参照系，读者的经验依此与作者的经验相交往。"期待水平"是引进科学哲学家K.R.波普尔的概念，为接受美学划定了一个新的独特的研究范围。期待水平既受文学体裁决定，又受读者以前读过的这一类作品的经验决定。作品的价值在于它与读者的期待水平不一致，产生审美距离。分析期待水平和实际的审美感受经验，还可以了解过去的艺术标准。伊泽尔则提出，文学作品的显著特征在于，作品中所描绘的现象与现实中的客体之间不存在确切的关联作用。一切文学作品都有某种程度的"不确定性"。读者通过个人的体验发现的也正是这一特性。读者有两种途径使不确定性标准化：或者以自己的标准衡量作品，或者修正自己的成见。作品在现实生活中没有完全一致的对应。这种无地生根的开放性使它们能在不同读者的阅读过程中形成各种情景。"期待水平"与"不确定性"是接受美学影响最大的两个概念。

　　但是这种理论把读者的自由强调得超越了文本，也超越了作者，是相当极端的，似乎一切由读者决定，没有了真假高下深浅之分。事实上，读者主体性不可能是绝对的，不可能不受到文本的制约。放任读者自由解读，就难免对文本的"过度阐释"。

人们在鉴赏中的思维活动和感情活动一般都从艺术形象的具体感受出发，实现由感性阶段到理性阶段的认识飞跃，既受到艺术作品的形象、内容的制约，又根据自己的思想感情、生活经验、艺术修养和审美理想，对作品中的艺术形象加工改造、补充和丰富，进行审美再创造。因此对于同一篇诗歌，在鉴赏上常常出现相同、相近和某些相异、相反的感受和评价。这是鉴赏中的多样性，也是差异性。毛泽东说："我认为对诗词的理解和解释，不必要求统一，事实上也不可能求得统一。在对某一首诗或词的理解和解释的问题上，往往会出现理解和解释人的水平超出原作者水平的情况，这是不足为奇的。"（转引自陈一琴选辑《聚讼诗话词话》，上海三联书店 2012 年版，第 179 页）

这种差异性与"诗无达诂"有相通之处。"诗无达诂"，是西汉董仲舒在《春秋繁露》中说过的话。"达诂"的意思是确切的训诂或解释。意谓对《诗经》没有通达的或一成不变的解释，因时因人而有歧义。同一部作品，鉴赏者见仁见智，各以其情而自得，说明艺术的鉴赏中存在着审美差异性。即西方所说的有一千个读者，即有一千个哈姆雷特。当然，承认审美鉴赏中的差异性，却不能因此否认审美鉴赏的共性或客观标准的存在，不承认前者是不符合审美鉴赏实际的；不承认后者则会导致审美鉴赏中的绝对相对主义，同样是不符合艺术鉴赏的历史实际的。

读者是鉴赏的主体，就必须具备必要的鉴赏能力，包括语言文字知识、文学历史知识、审美知识以及一定的人生阅历等。鲁迅说过："文艺本应该并非只有少数的优秀者才能够鉴赏，而是只有少数的先天的低能者所不能鉴赏的东西。……但读者也应该有相当的程度。首先是识字，其次是有普通的大体的知识，而思想和情感，也须大抵达到相当的水平线。否则，和文艺即不能发生关系。"（《集外集拾遗·文艺的大众化》）

二、诗词鉴赏的基础

诗词鉴赏的重要基础，就是要读懂诗词：

其一是理解诗词的语法现象，读懂"诗家语"。诗词因有字数、韵律等限制以及对偶的要求，要求凝练含蓄，在语言表达上就会有一些变化，如词类活用、语句省略、词序颠倒等。例如：

"春风又绿江南岸。"（王安石《泊船瓜洲》）"绿"是形容词，用作动词。

"岱宗夫如何？齐鲁青未了。"（杜甫《望岳》）"青"是形容词，用作名词。

"自是人生长恨水长东。"（李煜《相见欢》）"东"是向东流，方位词变作动词。

"投我以木瓜，报之以琼琚。"（《诗经·风·卫风·木瓜》）两句分别省去主语"你"和"我"。

"清新庾开府，俊逸鲍参军。"（杜甫《春日忆李白》）两句开头除省略了"李白"外，还都省略了谓语"可比"，意思是说李白诗清新可比庾信，俊逸可比鲍照。

"两个黄鹂鸣翠柳，一行白鹭上青天。"（杜甫《绝句》）省略了介词"于"。

"鸡声茅店月，人迹板桥霜。"（温庭筠《商山早行》）6个景象，没有一个动词连接，一个个的意象直接组合成了意象群。

"雨中黄叶树，灯下白头人。"（司空曙《喜外弟卢纶见宿》）二者似没有因果关系，却正是语言的断裂和空白产生了一种特殊的表意空间。

"晴川历历汉阳树，芳草萋萋鹦鹉洲。"（崔颢《黄鹤楼》）"汉阳树"和"鹦鹉洲"置于"历历""萋萋"之后，主语后置。

"香雾云鬟湿，清辉玉臂寒。"（杜甫《月夜》）"湿""寒"都是使动用法，"云鬟""玉臂"作宾语，放在前面，为宾语前置。

"香生帐里雾，书积枕边山。"（陆游《昼卧》）"香"作"雾"的定语，"书"作"山"的定语，为定语前置。

"人面不知何处去，桃花依旧笑春风。"（崔护《题都城南庄》）后句实际是"桃花在春风中笑"的意思，"春风"作"笑"的状语，为状语后置。

还有更复杂的，例如"红稻啄余鹦鹉粒，碧梧栖老凤凰枝。"（杜甫《秋兴八首》其八）怎么理解，众说纷纭，引起持久的争议，称赞的说"语反而意全"（宋人沈括语），批评者认为"徒见其丑拙"（清人李慈铭语）。这里引当代两位学者的解说。

周振甫《中国修辞学史·沈括》：

> 杜甫《秋兴》的两句，是"红稻鹦鹉啄余粒，碧梧凤凰栖老枝"，倒装成"啄余鹦鹉""栖老凤凰"，所以要倒装，是平仄关系。因为"鹦鹉"是平仄，第二字仄，是仄音步，这里要用个平音步，"啄余"是仄平，第二字平，是平音步，所以调一下。"凤凰"是仄平，是平音步，这里要用个仄音步，"栖老"是平仄，是仄音步，所以调一下，成了倒装。

启功《汉语现象论丛·古代诗歌、骈文的语法问题》：

> "红豆啄余鹦鹉粒，'红豆'，或作'红稻''香稻'，碧梧栖老凤凰枝。"它的语义是：那里有鹦鹉啄余的红豆粒，和凤凰栖老的碧梧枝。但作者在这首诗里主要是写那个地方风景之美，而不是要夸耀珍禽。红豆、碧梧是那个风景区中名贵物产，作者有意地把它们突出，所以放在首位。也就等于是说：红豆是喂够了鹦鹉的粒，碧梧是爬够了凤凰的枝。如果改为："鹦鹉啄余红豆粒，凤凰栖老碧梧枝。"句法并无不可，只是侧重写珍禽的动

作，稍与作者原来意图不同罢了。又如改为："红豆鹦鹉啄余粒，碧梧凤凰栖老枝。"除声律不调、艺术性差之外，不但内容未变，即在句法也不算有何谬误。

其二是了解诗词修辞艺术的一些特点，例如数字的用法。诗是情感的，数字是理性的，审美价值不同于科学价值，所以诗词中的数字往往并不科学，大抵是极而言之，并不以准确取胜，反之是以不准确更有诗意，例如：

"白发三千丈，缘愁似个长。"（李白《秋浦歌》）

"天台四万八千丈，对此欲倒东南倾。"（李白《梦游天姥吟留别》）

"霜皮溜雨四十围，黛色参天二千尺。"（杜甫《武侯庙柏》）

对杜诗中的古柏，沈括在《梦溪笔谈》中说："四十围乃是径七尺，无乃太细乎？……此亦文章之病也。"宋人黄朝英不同意沈括的说法："余谓存中性机警，善《九章算术》，独于此为误，何也？古制以围三径一，四十围即百二十尺，围有百二十尺，即径四十尺矣，安得云七尺也？若以人两手大指相合为一围，则是一小尺即径一丈三尺三寸，又安得云七尺也？武侯庙柏，当从古制为定，则径四十尺，其长二千尺宜矣，岂得以太细长讥之乎？老杜号为诗史，何肯妄为云云也。"（《细素杂记》）

"三万里河东入海，五千仞岳上摩天。"（陆游《秋夜将晓出篱门迎凉有感》）

毛泽东诗词喜用千、万，如"万水千山只等闲""万丈长缨要把鲲鹏缚""万木霜天红烂漫""横扫千军如卷席""北国风光，千里冰封，万里雪飘""万方乐奏有于阗""春风杨柳万千条"等。

有的数字在诗词中却是准确的，如"人生七十古来稀"（杜甫《曲江》）、"四月南风大麦黄"（唐·李颀《送陈章甫》）、"三春三月忆三巴"（李白《宣城见杜鹃花》）、"七月七日长生殿，夜半无人私语时"（白居易《长恨歌》）、"皇帝二载秋，闰八月初吉"（杜

61

甫《北征》）、"人民五亿不团圆"（毛泽东《浣溪沙》）等。

诗词的修辞艺术中，常有夸张手法，除了上述用数字的夸张外，还有其他的叙述式或描写式的夸张，如李白"燕山雪花大如席，片片落入轩辕台"（李白《北风行》）。"危楼高百尺，手可摘星辰，不敢高声语，恐惊天上人"（《夜宿山寺》）。

合理的夸张虽不符合事理，却符合情理。但这种夸张，应有现实基础，做到夸大其词而又合乎情理，鲁迅说"燕山雪花大如席"是夸张，但燕山究竟有没有雪花，就含有一点诚实在里面，使我们立即知道燕山有这么冷。如果说，"广州雪花大如席"，那可就变成笑话了。（鲁迅《漫谈·"漫画"》）这也是刘勰论夸饰时指出的："夸而有节，饰而不诬。"（刘勰《文心雕龙·夸饰》）

其三是对典故的解读。典故指诗词中引用古代故事和有来历的词语。在古代，用典叫用事，所以典故又叫事类。用典是我国古代诗歌创作中的重要表现手法。典故的来源及其故事和成语，足以扩大作品的情思内涵和触发联想，达到语少意多，词浅情长的艺术效果。从古人用典实际来看，有多种不同的运用方式，如正用与反用、明用与暗用、借用与化用，有用得贴切自然的，也有用得过滥过涩的。掌握典故方面的知识，需要多读书，日积月累，并借助文史工具书。

锦瑟

唐·李商隐

锦瑟无端五十弦，一弦一柱思华年。

庄生晓梦迷蝴蝶，望帝春心托杜鹃。

沧海月明珠有泪，蓝田日暖玉生烟。

此情可待成追忆，只是当时已惘然。

这首诗用典繁复，寓意传情尤为朦胧，也正因为如此，千百年来，给读者留下了无尽的想象。"锦瑟"这一意象在诗中只是起到比兴的作用，是为引出下面的回忆与抒情而设的。短短的 8 句诗，56 个字，却接连用了 4 个典故，而各个典故各有用意，丝毫不见重复，显示了诗家精深的造诣。

用典也有用得过滥过涩、隐晦不明的。钱锺书在《宋诗选注》中就批评王安石、苏轼、黄庭坚的诗中用典。他说黄庭坚学杜甫的"无一字无来处"："他的诗给人的印象是生硬晦涩，语言不够透明，仿佛冬天的玻璃窗蒙上一层水汽、冻成一片冰花。"然后总结说："'无一字无来处'就是钟嵘《诗品》所谓'句无虚语，语无虚字'。钟嵘早就反对的这种'贵用事''殆同书抄'的形式主义，到了宋代，在王安石的诗里又透露迹象，在'点瓦为金'的苏轼的诗里愈加发达，而在'点铁成金'的黄庭坚的诗里登峰造极。"

三、诗词鉴赏的方法

关于诗词鉴赏的方法很多，这里只介绍 3 种。

知人论世。即了解作者的生平与社会背景。"知人论世"出自《孟子·万章下》："颂其诗，读其书，不知其人，可乎？是以论其世也。"鲁迅对此也有重要的论述："世间有所谓'就事论事'的办法，现在就诗论诗，或者也可以说是无碍的罢。不过我总以为倘要论文，最好是顾及全篇，并且顾及作者的全人，以及他所处的社会状态，这才较为确凿。要不然，是很容易近乎说梦的。"（鲁迅《且介亭杂文二集·"题未定"草（七）》）

例如杜甫诗歌中最引人注目的是"忠君"思想和终生不辍的诗歌创作，这就与他的身世有关。杜甫很为自己的家世所自豪，所谓"奉儒守官，未坠素业"（《进雕赋表》）、"家声与令闻，时论以儒称"（《寄刘峡州伯华使君四十韵》）。崇奉儒家思想的杜甫，以人生与社会为关注的对象，把安邦济世视为自己的毕生追求，采取积极入世的人生态度，具有强烈的使命感。杜甫济国匡时政治抱负的集中反映，就是"致君尧舜上，再使风俗淳"（《奉赠韦左丞丈二十韵》），即要辅助、引导皇帝成为尧、舜式的君主，开辟政治清明，恢复淳朴的民风；因此，"许身一何愚，窃比稷与契"（《自京赴奉先县咏怀五百字》）。人们都知道杜甫的"忠君"，"葵藿向太阳，物性固莫夺"（《自京赴奉先县咏怀五百字》），但人们也普遍认识到，杜甫的忠君思想与爱国、爱民的思想联系。在封建社会中，皇帝往往被看成国家的象征，对于封建士大夫来说，忠君与爱国是一致的。杜甫的忠君，是希望君主施行仁政，像古代尧舜那样的明君一样，以仁政治天下。杜甫的诗歌创作又深受家庭诗歌传统的影响。他的祖父杜审言，其文才在当时享有盛名，少时与李峤、崔融、苏味道齐名，称"文章四友"，晚年与沈佺期、宋之问唱和，对今体诗的形成与确立多有贡献。杜甫对这位自己并未见过的祖父推崇备至，不无夸大地称其"修文于中宗之朝，高视于藏书之府，故天下学士到于今而师之"（《进雕赋表》）。他把杜审言的诗学成就看成是家庭传统："吾祖诗冠古。"（《赠蜀僧闾丘师兄》）又谆谆教导其子："诗是吾家事。"（《宗武生日》）

要深入读懂诗人及其作品，有时还需要全面了解诗人的其他作品。例如陶渊明是一个伟大的田园诗人："在后人心目中，实在飘逸得太久了，但在全集里，他却有时很摩登，'愿在丝而为履，附素足以周旋，悲行止之有节，空委弃于床前'，竟想摇身一变，化为'啊呀呀，我的爱人呀'的鞋子，虽然后来自说因为'止于礼义'，未能进攻到底，但那些胡思乱想的自白，究竟是大胆的。就是诗，除论客所佩服的'悠然见南山'之外，也还有'精卫衔微木，将以填沧海，刑天舞干戚，猛志固常在'之类的'金刚怒目'式。在证明着他并非整天整夜的飘飘然。"（《且介亭杂文二集·"题未定"草（六）》）

披文入情。语出刘勰《文心雕龙·知音》："夫缀文者情动而辞发，观文者披文以入情，沿波讨源，虽幽必显。"意思是作家创作，总是由内而外，即先有客观现实的感发而产生的内在情态，这种情态通过辞章表达出来，阅读文章的人通过文辞来了解作者所要表达的感情，沿着文辞找到文章的源头，即使是深幽的意思也将显现，被人所理解。

它阐述了从创作者如何形成文章，读者如何阅读理解的一个过程。披文入情很重要的一点就是反复诵读，在诵读中感知诗词的旋律、节奏及音乐美。

朱熹说过："某旧时读《诗》，也只先去看许多注解，少间却被惑乱。后来读至半了，都只将《诗》来讽诵至四五十过，已渐渐得《诗》之意；却去看注解，便觉减了五分以上工夫；更从而讽诵四五十过，则胸中判然矣。"（《朱子语类》卷一〇四）

吟咏背诵的过程也就是不断加深理解的过程。龙榆生《词学十讲·论欣赏和创作》："柳永《雨霖铃》'今宵酒醒何处？杨柳岸，晓风残月'，也可算是通体的'眼'，着此一句，而千种风情，万般惆怅，都隐现于字里行间，玲珑透彻，言有尽而意无穷。但这种境界，非反复吟讽，心领神会，把每一个字分开来看，再把整体的结构综合起来看，着实用一番含咀工夫，是不容易理解的。"

《红楼梦》第四十八回写香菱谈学诗体会："'渡头余落日，墟里上孤烟。'这'余'字合'上'字，难为他怎么想来！我们那年上京来。那日下晚便挽住船，岸上又没有人，只有几棵树，远远的几家人家做晚饭，那个烟竟是青碧连云。谁知我昨儿晚上看了这两句，倒像我又到了那个地方去了。"

香菱提到的这两句诗为王维《辋川闲居赠裴秀才迪》中的颈联，寥寥十字为我们描绘出了乡村渡头薄暮时的宁静景象，古朴淡雅，可谓写景如画。香菱读诗融入自己的生活经验，与诗人所写之景产生共鸣，可谓入情入境。

以意逆志。语出《孟子·万章上》："故说《诗》者，不以文害辞，不以辞害志；以意逆志，是为得之。""不以文害辞"即不可拘泥于文字而曲解词句的意思，"不以辞害志"即不可拘泥于词句而曲解作品的本意，也就是说在解读诗歌时不要断章取义，不要只就诗句的表面作解释，以致歪曲作者的本意；必须从作品的整体出发，去探索作者的意图，从而分析作品的内容。

　　"以意逆志"的"逆"是"迎合、揣摩"的意思，"志"是指诗人写诗的目的意图。对"意"的理解，历来有两种不同的观点：一种认为"意"是指读诗人的意，另一种认为"意"是指客观地存在于诗篇中的意。实际上，读者对诗的理解总是带有自己的观点和认识的，不可能完全和作者一致。己意如果是建立在对作品的客观分析基础上形成的，那就可以和诗篇客观的意一致。己意如果建立在偏见和主观猜测的基础上，那就会歪曲诗的本意。因此，要正确理解"以意逆志"中"意"的含义，应当把历史上两种不同的理解中的科学方面结合起来，才能使之成为一种真正科学的文学批评方法。

　　朱自清《诗言志辨·比兴》："以意逆志，是以己之意迎受诗人之志而加以钩考。"我们在鉴赏诗歌的时候常常结合自己的生活经验，也就是把自己当作诗人，然后"将心比心"，用自己的切身体会去领会、去推测诗人的本意及在诗中所寄寓的情感，由表及里、由浅入深地理解诗作的主旨。运用这个方法，就要努力展开形象思维的翅膀，通过联想和思考，挖掘情感，深入体味，激发情感的共鸣。况周颐《蕙风词话》卷一说："读词之法，取前人名句意境绝佳者，将此意境缔构于吾想望中。然后澄思渺虑，以吾身入乎其中而涵泳玩索之。"此虽为说词，读诗之法也不例外。还要善于比较，从多方比较中加深对作品的理解。前人已对诗词作品做过以意逆志的工作，主要反映在各种注释本、评点本以及其他论著等成果中，这为我们理解诗词作品提供了重要的资料。

　　（本文为作者 2017 年 8 月 13 日在中华诗词学会教育培训中心举办的第二届高级研修班上的讲稿）

寄语《诗词中国》

    诗词中国是一个形象的概括，说明中国是个诗歌的国度，有着绵延数千年而至今不断的优良传统；

    诗词中国是一项大型的活动，两届所获得的丰硕成果，广泛的群众参与，充分证明中华诗词的深厚基础与蓬勃生命力；

    诗词中国是一份重要的刊物，它的问世是诗词成果的新展示，是诗词交流的新平台；

    诗词中国更是一种美好的期盼，九州生气凤凰笔，千古文心瑰玮词，人间要好诗，好诗遍域中！

2015 年 12 月 1 日

（本文载于《诗词中国》创刊号，2016 年 2 月）

九州生气凤凰笔　千古文心瑰玮词

——中华诗词的百年回望与发展前瞻

欣逢新诗百年华诞，回望中华诗词的百年风雨，展望诗词事业的发展方向和美好前景，相信对于团结诗人们共同努力，推陈出新，携手攀登创作高峰，都有其积极意义。

一、夏玉敲金有慧遗：中华诗词的沧桑百年

传统诗词历经两千多年的风云激荡，已根植于华夏民族的血液之中，成为我们优秀的文化基因传承至今。回顾中华诗词的成长，尤其是近百年来的生存状态，感慨之余也令人欣慰。

1. 在打压中挺立，在风雨中成长。众所周知，新文化运动前后，白话文兴起，新诗诞生。同时，传统诗词受到严重打压，被贬称为旧体诗。当时新诗（白话诗）的开拓者们，无不把新诗和传统诗看作誓不两立的事物，他们不但自己和传统诗决裂，也反对别人写传统诗。在这种情形下，传统诗确实走入了低谷，进入了沉眠期。然而，"桃李不言，下自成蹊"，中华诗词并没有消亡，仍然顽强地生存并成长。

我们认为，1919 年至 1976 年是传统诗比较艰难的时期，半个多世纪的岁月里，传统诗词运交华盖，道路坎坷。但是，它还是在艰难跋涉的过程中留下了自己深深的足迹。大约 60 年的时间，可以划分为 3 个阶段。

第一阶段从 1919 年到 1931 年。这是新诗的萌生期，也是传统诗

的坚守期。这一阶段诗词的主要力量由 3 个方面组成：一是"南社"诗人。南社是辛亥革命时期的文学团体，它是中国近代文学史上规模最大的文学社团。成立于 1909 年 11 月 13 日，发起人为同盟会会员陈去病、高旭和柳亚子。南社社员人数达 1180 余人。1917 年因对"同光体"的评价发生争论，南社内部开始分裂。1923 年南社解体。虽然诗社解体，但其影响始终未绝。二是"学衡派"诗人。学衡派是一个因《学衡》杂志而得名的文化流派。1922 年 1 月，梅光迪、吴宓、胡先骕等 7 人，发起创办了《学衡》杂志，开辟"文苑"专栏，大量刊登传统诗词，除了黄侃、胡小石、汪东、王伯沆、胡翔冬等人外，还有陈三立、夏敬观、汪辟疆等同光体诗人与胡先骕、梅光迪、吴梅等原南社成员。虽然《学衡》在 1933 年 7 月终刊，但"学衡派"学人诗的骨干力量却成为"五四"后诗词创作的大本营。三是从事新文学创作却仍然坚持传统诗词创作的文学巨擘，如鲁迅、郁达夫、郭沫若等。新文艺工作者和新诗人写的诗词，为传统诗词突破陈旧狭窄的语言环境，开掘富于时代感的主题和构造新鲜生动的意象，以及造就诗歌语言新鲜活泼等方面，做出了重要贡献。

第二阶段从 1931 年到 1945 年。1931 年 9 月 18 日，日本侵华，抗日战争爆发，抗日题材的诗歌得到了空前的发展。抗战时期，是新诗继"五四"之后的第二个高潮，也是传统诗词焕发青春，走出困境，重登大雅之堂的重要时期。这一时期，是民族危亡的紧要关头，新诗的创作可谓波澜壮阔，诗人勇敢地吹响了抗日战争的嘹亮号角，形成了抗战"史诗"。而传统诗也一样佳作累累，发出时代强音。1941 年 5 月，在重庆的诗人聚会，决定以端阳节为中国诗人节。在宣言上签字的有艾青、王亚平、何其芳、戴望舒等新诗作者，也有于右任、汪辟疆、林庚白、田汉等传统诗作者，显示出新旧诗体不分畛域的动向。而且，从事抗战诗词创作的队伍也显得相当庞大而精锐。1997 年杨金亭先生编辑的《中国抗战诗词精选》收入抗战作者 237 人，2007 年解放军红叶诗社编辑的《抗日烽火诗词选萃》收入作者 266 人。其中包括毛泽东、朱德、董必武等老一辈革命家、军事家和抗日将士。他们创作的抗战诗词，谱写了中国 20 世纪文学史的光辉篇章，形成了恢宏翔实的抗战史诗。可以说，抗战诗词和新诗一样，是中国诗史上一座峭拔的高峰。

第三阶段从 1946 年到 1976 年。在大约 30 年的时间里，传统诗词再次走入低谷。这其中的原因主要有两个方面：一方面，是来自毛泽东同志对旧体诗词的认识，毛泽东虽然自己创作了优秀的诗词作品，但他在 1957 年 1 月 12 日写给臧克家等同志的信里说过："诗当然应以新诗为主体，旧诗可以写一些，但是不宜在青年中提倡，因为这种体裁束缚思想，又不易学。"由于毛泽东的特殊地位和特殊的影响力，以致中国的教育界、宣传界很少关注传统诗词，甚至是有意限制传统诗词的发展。另一方面，是来自史无前例的"文革"冲击。"文革"期间，一些人把传统诗词当作"四旧"一起批判，使本来就很脆弱的传统诗词再次受到重创。在这数十年间，传统诗词虽然受到压制，备受摧残，但没有销声匿迹，仍然顽强地生长着。比如大家熟知的聂绀弩先生，他的诗词创作，很重要的一部分内容就是在这一阶段完成的，而且达到了他个人诗词创作的高峰。

鉴于此，我们说在这近 60 年中，总的是传统诗在打压中挺立，在风雨中成长，同时也证明了传统诗强大的生命力与感召力。

2. 合时代脉搏，现复苏曙光。1976 年 1 月 8 日，深受人民爱戴的周恩来总理逝世。山岳低首，万民同悲，人们以各种方式进行悼念，但遭到了"四人帮"的无理阻挠和压制。4 月 5 日前后，在天安门广场形成了悼念的高潮。人们云集这里，将诗词贴在纪念碑周围，挂在松柏枝叶间，并在人群中朗诵。还有人当场谱曲，带领群众歌唱。这就是影响深远的"四五"事件。英雄的首都人民以革命的大无畏精神，冲破"四人帮"的重重禁令，写了成千上万的革命诗，沉痛悼念敬爱的周总理，愤怒声讨万恶的"四人帮"。例如著名的"欲悲闻鬼叫，我哭豺狼笑。洒泪祭雄杰，扬眉剑出鞘"等等。之前诗词一直处于低谷，不可否认这些诗词在格律上是存在缺憾的，但是诗词这种古已有之的形式在人们心中的地位，乃至表现新的社会生活、表达今人的思想感情的适应能力，却由此得到了雄辩的证明。

天安门诗歌运动是非常历史时期的特殊文学现象。这种现象再一次昭示着：传统诗词的形式不但没有过时，而且跳动着时代脉搏。"天安门诗抄"既有文学价值，也有着极为宝贵的史学意义。诗中所体现出来的那种忧国忧民的深沉思考、直面现实的战斗式人文精神，在很大程度上影响了新时期文学萌芽的思潮。尤其这些诗歌在 1977 年以后结集出版，使得"天安门诗抄"中的文学精神得以迅速广泛地传播，拉开了传统诗词复苏的序幕。

1977 年到 1987 年，中国进入改革开放新时代，一个不容忽视的文化现象应运而生，诗词的复苏呈现燎原之势。各地诗词组织、诗词刊物如雨后春笋一般，自发地产生，而且很快就遍及全国。特别是 1981 年，《当代诗词》杂志在广州创刊，向国内外公开发行，引起诗坛极大关注。在此期间，中华诗词学会从 1984 年开始筹备，1987 年 5 月 31 日正式成立。中华诗词学会从那时起，逐步地成为全国诗坛上组织活动、创作研讨、沟通联络、引领方向的最大诗词平台。中华诗词由此真正开始走向了复苏。

3. 抓发展机遇，筑复兴之路。1987 年到现在，由于经济和文化上的改革开放，久受压制的传统诗词获得解放，创作呈井喷现象。各地诗词组织与刊物也大量涌现，尤其是 1994 年《中华诗词》杂志的问世，中华诗词学会会员成倍增长。目前，学会会员已发展到 2.7 万余人，并且每年还在以两千余人的规模增长。《中华诗词》杂志发行 2.5 万余份，《中华诗词通讯》印发 2 万余份。据不完全统计，散布民间的传统诗词社团有 2500 多个，期刊上千种。全国各地诗人、诗词爱好者在 200 万人左右。进入 21 世纪以来，以中青年为主体的网络诗词尤为活跃，用手机、微博创作诗词、交流思想、抒发感情成为一种新的时尚。年轻人的加入，为传统诗词创作注入了旺盛的生命力，诗词的热度正在持续上升。而且，近年来，中华诗词的诗教工作发展迅速，截至当前，全国共授予"诗词之市（州）"20个，"诗词之乡"215个，"诗教先进单位"205个。我们所追求的"政府行为，社会效果"也初步显现，而且，各地的积极性还在不断地增长。

当然，复兴之路可能比较漫长，道路也并不一定很平坦。我们要抓住机遇，既要有信心，也要下大力气打造和推出诗词的精品力作，坚实地构筑起中华诗词发展的复兴之路。我们必须认识到，中华诗词学会在繁荣发展中华诗词上责无旁贷，理应以高度的文化自觉和责任担当，积极作为，有所建树。进一步解放思想，开阔视野，勇于探索，大胆实践，认真研究新形势下诗词事业发展繁荣的新情况、新问题以及应对的新举措，努力为传统诗词注入时代精神，激发各地诗词组织的生机与活力，使诗词事业呈现出新的气象和面貌。

二、吟魂千年自骛驰：中华诗词的社会功能与诗学本体

中华诗词是中华传统文化的重要组成部分。中华诗词文化反映了中华民族的创造和智慧，蕴含着天人合一、包容开放、平衡节制、中庸仁和等一系列优秀的精神财富。纵看古今，那些经受了历史检验的经典诗词作品，都包含着对时代问题的追问、对现实人生的观照、对社会生态的考察、对历史大势的深思；又无一不是以真求美、以质修文、以现实的深度赢得艺术高度的。正是它们，绵延不断、前后接续，形成了一部独特的社会文化史，动态地提升着一个民族的人文精神。也正是它们，不断地向后来者重申着诗词创作的根本要求：根植人民，观照时代，无愧历史，面向未来。

1. 兴观群怨的现代阐释。孔子在《论语》中言道："小子何莫学夫诗。诗可以兴、可以观、可以群、可以怨。"孔子又云："不学诗，无以言。"中华诗词历史悠久，博大精深。在数千年的历史长河里闪耀着夺目的光华，散发着醉人的芬芳。自古以来，中华诗词就作为中华文明的重要组成部分，塑造着华夏子孙的灵魂，孕育着中华民族的

精神。一直到今天，中华诗词仍然在陶冶性灵、抒发情感、启智育人、丰富生活等方面发挥着重要作用。

兴，有振兴、复兴、兴起、兴替、兴隆、兴旺、兴盛诸义。而诗之兴则可以弘扬正气，激发斗志，振奋精神，培养品格。爱国主义精神一直是中华诗词的主旋律和重要内容。"亦余心之所善兮，虽九死其犹未悔"（屈原《离骚》）；"人生自古谁无死，留取丹心照汗青"（文天祥《过零丁洋》）；"寄意寒星荃不察，我以我血荐轩辕"（鲁迅《自题小像》）；"拼将十万头颅血，须把乾坤力挽回"（秋瑾《黄海舟中日人索句并见日俄战争地图》）……这些气壮山河的优秀作品充分体现了诗人的远大理想和浓烈的爱国情怀。一腔忠愤无边浩气都在诗中喷涌而出，激励着一代又一代中华儿女在祖国危急时刻奋不顾身，勇赴国难。吹响了中华民族救亡图强的号角，写下了一页页用鲜血和生命凝成的檄文。改革开放以来，神州大地欣欣向荣，气象万千；诗坛生机勃勃，春意盎然。一批讴歌主旋律、反映新时代的诗词作品应运而生，热情地歌颂了华夏子孙为了实现伟大的中国梦而不懈努力的奋斗精神，描绘了改革开放以来的辉煌成就和人民群众安居乐业的美好生活。

观，是通过客观事物表象的观察，洞悉事物的本质、了解事物的内在规律，从而提高人们的辨识能力和感知能力。《毛诗大序》说："正得失，动天地，感鬼神，莫近于诗。"古往今来，前辈大贤都是在观察物象、体察时政、了解民情中获取信息、吸取教益的。如"欲穷千里目，更上一层楼"（王之涣《登鹳雀楼》）；"横看成岭侧成峰，远近高低各不同"（苏轼《题西林壁》）等，都是诗人通过对日常生活的细致观察，总结了自我的经验体会，悟出了人生真谛，成就了稀世箴言。

群，有集聚、凝聚、汇聚之意。"故近者聚而为群"（柳宗元《封建论》）。中华诗词自古就有凝聚感情、汇集人心、团结大众的作用。它可以鼓舞斗志、激发豪情，为一个共同的理想或愿望而舍生忘死、奋勇当先。如《诗经·无衣》："岂曰无衣，与子同袍。王于兴师，修我戈矛，与子同仇。"展现的是万众一心、同仇敌忾的冲天豪迈。清末维新志士谭嗣同面对丧权辱国的《马关条约》写下了"四万万人齐下泪，天涯何处是神州"的慷慨悲歌，读来忠愤满纸，字字血泪，给人以极大的心灵震撼和生命认同。这些作品强大的凝聚力同样会让人们对国破家亡的沉痛带来共同的自觉和醒悟。

怨，有怨恨、责备的意思，落在诗词之中，就是借用辛辣讽喻之手法，鞭挞丑恶，针砭积弊，谴责社会不良现象，起到除恶扬善、惩前毖后的作用。古人在这方面有过很多成功的范例。如宋代林升所作的《题临安邸》："暖风熏得游人醉，直把杭州作汴州！"诗中抒发作者对那些忘记"故国"之人的感慨和怨愤。一首诗把那些纵情声色的达官显贵的精神状态刻画得惟妙惟肖，跃然纸上。结尾"直把杭州作汴州"，是直斥南宋当局忘了国恨家仇，把临时苟安的杭州简直当作了故都汴州。辛辣的讽刺中蕴含着极大的愤怒和无穷的隐忧，入木三分，令人深思。而唐人王昌龄的《闺怨》："忽见陌头杨柳色，悔教夫婿觅封侯。"则是怨之手法在诗中绽放的另一奇葩，读来别有情趣，显得春意盎然。

诗词的兴观群怨有着极其深刻的精神内涵。弘扬诗词的兴观群怨可以从不同层面、多角度、大视野地观察社会，反映生活，讴歌时代。诗词也将因此而焕发出更加绚丽的时代光彩。

2. 中华诗教的时代价值。数千年的历史告诉我们：中华诗词和诗教始终伴随着中华民族的兴衰荣辱与生存发展，对中华民族精神气质的形成，有着无可替代的作用。中国是一个诗歌的国度，中华民族是一个诗歌的民族。同样，诗教也是中国传统教育的重要组成部分。诗词作为传统教育的主要手段，以诗育人、以诗化人是中华诗教的精髓所在。在中华儿女全面实现中国梦的伟大进程中，弘扬民族精神，继承优秀文化，传统诗教在今天仍然有着极其重要的现实意义和无法估量的时代价值。

（1）诗教对人品格修养的影响。诗教传统源自儒家文化。"诗教"

一词，始见于《礼记·经解》篇："温柔敦厚，诗教也。"由此可见，诗教可以作为国家的教化手段，可以用来丰富学识，修身养性。高尚的人格追求、远大的政治理想、深刻的人生哲理都可以在诗中得到完美的表达，从而使阅读者受到心灵的震撼和启迪，进而融入血液，注入灵魂，成为中华民族的文化基因。如："老骥伏枥，志在千里；烈士暮年，壮心不已"（曹操《步出夏门行·龟虽寿》）；"长风破浪会有时，直挂云帆济沧海"（李白《行路难》）；"会当凌绝顶，一览众山小"（杜甫《望岳》）；"数风流人物，还看今朝"（毛泽东《沁园春·雪》）等。读到这些经典佳句时，会让人油然而生豪气，不管人生有多坎坷，也不管前途有多迷茫，我们依然信念执着、一往无前。诗教的陶冶，有助于培养人的进取精神、开拓理念，有助于培养人的同情心理、悲悯情怀，也有助于造就人的赤子之心、担当意识。从某种意义上说，诗魂就是民族魂的重要组成部分，是一种富有魅力的能对人的精神起到潜移默化作用的主要构件。

（2）诗教对人创新能力的影响。诗词使中国人精神飞扬，灵气生动，感觉精微。追求高远深邃的精神家园和高雅粹美的生活境界，把人生价值与审美价值结合起来。所以，诗词能够促进和提升人的创新能力和进取精神，尤其能够提高人的想象力。而想象力是创新能力的关键所在。古人对诗词的创新有过很多描述，如："为人性僻耽佳句，语不惊人死不休"（杜甫《江上值水如海势聊短述》）；"请君莫奏前朝曲，听唱新翻杨柳枝"（刘禹锡《杨柳枝》）；"李杜诗篇万口传，至今已觉不新鲜"（赵翼《论诗》）。爱因斯坦也说："知识是有限的，而艺术开拓的想象力是无限的。"直观的形象思维，尤其是诗词丰富的想象力对创新思维的启迪有着巨大的作用。当今世界，科技突飞猛进，生活日新月异。高科技依赖高素质，高素质有赖于高潜能的人文修养的开启。开展诗词教育是一项培育创新思维、开放意识的长远规划，也是一项强基固本、修身齐家的重要举措。没有创新意识的民族，是没有竞争力和生命力的；同样，没有创新意识的人才也就会缺乏创造世界和改变世界的能力。

（3）诗教对当代文明的影响。通过诗词的阅读欣赏和实践创作来实现对人的教化，在古今中外的历史上都有着悠久且相似的传统。古希腊的著名哲学家柏拉图强调诗歌的道德价值，亚里士多德则主张诗教的审美愉悦功能。古罗马诗人、批评家贺拉斯则提出了"寓教于乐"的新观点。而中国诗教的形成和体系的完备是任何一个国家都无法企及的。从《诗经》《论语》到《神童诗》《千家诗》，中国都一直坚持以诗教为核心的美学教育，利用诗词的广泛性和普及性，在社会上开展以诗育人的教化活动，使诗教成为国人心中一项不可或缺的精神寄托和生生不息的人文源泉。如劝人热爱祖国的"扶衰忍冷君勿笑，报国寸心坚似铁"（陆游《大雪歌》）；劝人廉洁奉公的"粉身碎骨浑不怕，要留清白在人间"（于谦《石灰吟》）；鼓励战士奋勇杀敌的"黄沙百战穿金甲，不破楼兰终不还"（王昌龄《从军行》）；劝人孝敬父母的"谁言寸草心，报得三春晖"（孟郊《游子吟》）；教育人们珍惜时间、发奋学习的"三更灯火五更鸡，正是男儿读书时"（颜真卿《劝学》）；劝人珍惜粮食的"谁知盘中餐，粒粒皆辛苦"（李绅《古诗二首》）。这些经典作品的学习和理解对于今天的人们来说仍然具有极其重要的现实意义，对塑造人格精神、构建当代文明有着不可忽略的重大影响。

3. 诗言志、诗缘情的当代意义。"诗言志"是中国古典诗学的重要理论，具有纲领性和里程碑的意义。《尚书·尧典》最早提出了"诗言志"的论点。于是，先秦时期"必称诗以喻其志"的文化习俗成为上流社会公卿交往的标志性存在，"赋诗言志"也成为士大夫和文人墨客之间的一种艺术时尚。这种"志"并非诗人本身才华、性情和意志的表现，而是在儒家思想影响下所培养出来的那种修齐治平的政治抱负和理想才能的真实流露。诗的原则是"怨而不怒，哀而不伤"，"发乎情"而又"止乎礼义"。诗的主旨是满足"上以风化下，下以风刺上"的社会需求。

"诗缘情而绮靡"则是晋人陆机《文赋》中的经典语录。他明确了诗人的内在情感作为创作主体的文学作用,使个人情感自此摆脱了从属地位而成为诗歌的重要内容。陆机提出"颐情志于典坟""心懔懔以怀霜,志渺渺而临云"的主张,都强调诗词作品怡情悦性的主要功能,他把诗人的情感建立在对客体的审美观照之上,使之成为一种韵味无限的审美情趣。

明志言情乃为诗,志与情都是中国古典诗学的重要概念。"志"偏重在礼俗政教,它受人的思想观念的支配,带有很强的社会功利性。而"缘情说"打破了情感要遵循于"理""道"的传统,确立了情感在诗中独立的本体地位,使诗从政教功利的教化工具转为个体生命的歌唱。其实志与情也不是一成不变的,它在很多时候是互相转化、互相渗透的。情志统一、以情明志、以文达意也是诗人常用的表现手法。《礼记·乐记》和《毛诗大序》,都曾提出美刺谏讽说,充分阐明了"六义"(风、雅、颂、赋、比、兴)的真义,情与志的进一步融合构成了诗词作品的抒情特征。

千百年来,言志抒情就是诗人词家们表达意志、抒发情感的重要手段。诗词言志抒情在当下的意义取决于当代诗人的精神生活以及诗词在当代文化建设中的重要作用。在中国社会的整个发展进程中,传统诗词对整个社会文化的影响是极为深刻的。由言志缘情带来的古典诗词艺术,其审美价值之高、社会需求之广,都已无须论证。作为传统诗词的主要表现手法,它在人们鉴赏诗歌、陶冶性情以及各种文学创作中仍有其不可替代的作用。也就是说,当代诗词的创作和鉴赏仍然离不开言志和缘情这个范畴。从毛泽东、叶剑英、董必武、胡乔木到聂绀弩、李汝伦、刘征、霍松林等现当代诗人的作品,无一不是言志缘情的有机结合和生动体现。面对科技社会的迅速发展、国内外形势风云变幻、市场经济的激烈竞争和多元文化的不断冲击,人们有太多的志趣需要表达,有太多的情感需要抒发,有太多的压力需要释放。于是言志缘情的中华诗词便成为人们调适心灵、寄托情感的最佳载体。中国传统文化这种温厚丰富的精神资源，言志缘情这种精美绝伦的艺术表达，已成为当下人们理想的精神家园。随着传统文化的进一步回归，随着人们对经典阅读的渐次深入，言志缘情的中国传统诗词会在未来的岁月里绽放出更加灿烂的光华。中华诗词这一文化瑰宝也必将担负起更加重大的职责，为中国梦的伟大壮举放声歌唱。

三、满树繁枝犹有待：中华诗词的趋势前瞻和发展愿景

每个时代都有每个时代的精神。文艺是铸造灵魂的工程，文艺工作者就是灵魂的工程师。好的文艺作品就应该像蓝天上的阳光、春季里的清风一样，能够启迪思想、温润心灵；能够扫除颓废、振奋精神。这就要求我们的诗人和诗评家要志存高远，随着时代生活的创新，以自己的艺术个性进行创造。认真严肃地考虑作品的社会效益，讲品位，重艺德，为历史存正气，为世人弘美德，努力以高尚的职业操守、良好的社会形象、文质兼美的优秀作品赢得人民的喜爱和欢迎。

1. 新诗之崛起和诗词之开拓。中华诗词是中国传统文化的精粹，是中华情、中国梦的重要载体，凝聚着民族精神，体现着时代风貌。一位美国学者曾指出，无论人类的文化背景如何不同，作为宇宙间的万物之灵，它总有一种共通的、永恒的情感，成为人类终极的价值标准，那就是：悲悯、善良、奉献，以及对信念的坚守和对美好理想的追求。鲁迅先生说："无穷的远方，无数的人们，都与我有关。"中国梦与各国人民追求和平与发展的美好梦想是相通的。中国梦对世界来说，就是求和平、求合作、求共赢、建设和谐社会。这恰恰是诗人们的本质精神所在。可以说，中华诗词艺术是文化交流、思想交流、情感交流最温馨的工具。每一位诗人的心里，都有温柔敦厚的琴弦，不管他采用新诗的形式，还是采用中华诗词的形式，都会弹奏出深情的乐曲，以优美的作品歌唱人间的真善美，以增进自身的和谐和人与人之间的和谐。

20 世纪初期出现的胡适的《尝试集》和郭沫若的《凤凰涅槃》，

是最早升起在中国新诗天空里的灿烂星辰。闻一多的《死水》、徐志摩的《再别康桥》、戴望舒的《雨巷》、李金髮的《微雨》、艾青的《火把》、田间的《给战斗者》、阿垅的《白色花》、胡风的《时间开始了》、鲁藜的《泥土》、曾卓的《悬崖边的树》、穆旦的《赞美》，直到余光中的《乡愁》、纪弦的《你的名字》、贺敬之的《桂林山水歌》、郭小川的《秋歌》，再到食指的《相信未来》、舒婷的《致橡树》、顾城的《一代人》……伴随着百年长途的铿锵脚步，新诗为中华诗歌长河注入了澎湃激情和汹涌活力，也为中华诗歌宝库积累了崭新的创作成果、审美经验和艺术启迪。

传统诗词，并没有伴随着新诗的崛起而默默消失，而是注入了新的时代内容，接受了新的审美质素，开拓出了新的境界，呈现出新的面貌和活力。柳亚子、苏曼殊、陈去病、宁调元、陈三立、马君武、郁达夫、吕碧城、沈祖棻、聂绀弩等众多诗人，留下了数不胜数的名篇佳作。尤其是毛泽东、董必武、陈毅、叶剑英等众多中共领袖人物，激扬文字，指点江山，成为一时诗坛风尚。

百年回首，尽管新诗和诗词两种诗体的互相争论和辩诘之声不绝于耳，但是两种诗体并行不悖、共存共荣、比翼齐飞的现实发展，也给我们的诗坛营造了更加丰富多彩的文化生态。诗歌写作场域毕竟不是奥运会的赛场，诗人也毕竟不是奥运会的选手，我们不需要采用一种诗体战胜另一种诗体的竞技方式来分出胜负，也不用让新诗和传统诗在诗体层面分出高下输赢。两种诗体合力共存，在百年诗歌史上的艺术成就和美学贡献，都是有目共睹的。百年诗歌史，实际上也是一部百年的民族心灵史。可以说，崇尚新变的诗歌（无论传统诗还是新诗）每次都是勇敢地冲在时代思潮的前面引领风骚。无论怎样风雨如磐，怎样曲折坎坷，总是在时代脉动的第一时间传递心灵的火焰和思想的光辉。一篇篇闪耀着光辉的诗歌，为我们保存的实际上是我们民族奋进道路上的一份份精神标本和感情档案。

2. 排除偏见，诗坛共荣。新诗与诗词本应同气连枝，共同构建出中国诗坛的绚丽风光。可是令人遗憾的是，长期以来，两种诗体之间缺少互相沟通和理解。舒芜先生甚至曾经发出过"两个诗坛"的感慨。主要在于新诗界与诗词界都过于各自为政、自以为是，看不见自己的缺点，更看不到对方的优点，忽视了应该互相学习的问题。

谈到两种诗体的关系，坦率地说，双方都面临着一个排除偏见的现实瓶颈。就诗词界而言，摆正诗词和各种姐妹文体尤其是和新诗的关系，互相学习、互相竞赛、互相补充、比翼双飞，是一个需要认真研究和正确处理的现实问题。新诗和诗词，都是诗坛的一部分。新诗的崛起和诗词的开拓，是争奇斗艳、充满活力的诗坛风光。诗体虽有新旧之别，诗心却是相通的。百年新诗，留下了不少艺术瑰宝，但也留下了不少失败的教训和遗憾。散漫无缰、虚无缥缈、空洞无物的新诗作品令人生厌。百年诗词，有不少风骨清奇的传世佳作，但也有陈词滥调、附庸风雅、萎靡颓唐的陈旧作品。好的诗歌闪耀着一个时代的思想火花，承载了一个时代的精神分量、审美经验和生活智慧，是百年诗坛共同的文化珍宝。新诗与诗词，谁也不是谁的附庸，谁也无法忽略另一方的存在，谁也不要轻视另一方的成就。一花独放不是春，万紫千红春满园。新诗和诗词互相学习，互相沟通，加强交流和对话，相信我们的诗坛将呈现出另外一种更加和谐美好的发展愿景。

另外，对于一些借助新诗百年总结而刻意贬低诗词成就的偏见，我们也应该保持一份公正、公平、清醒的学术立场。2014 年 5 月 24 日海内外中华诗词高峰论坛通过的《海王子宣言》曾经指出："诗词界要尊重其他的文艺种类，社会各界也要尊重诗词的社会地位。应当看到，新文化运动兴起之际，一些领潮者在批判封建主义的时候有扩大化的倾向，把诸多传统文艺当作封建余孽而一概打倒。传统诗词是受冲击很严重的一个领域。时至今日，民族虚无主义的流毒得到一定程度的清理，但远没有彻底肃清。"目前，还有些人士不肯承认传统诗词也能反映新的时代，甚至公开反对诗词进入现代文学史的研究视野，反对当代诗词走进学校课堂，片面强调新诗的主体地位却不肯正眼看一看诗词的发展成就……不过，我们高兴地看到，关心诗词事业、研究诗词发展、为诗词振兴鼓与呼的同道者已经越来越多。不仅诗词的发展引人注目，楹联、辞赋等传统文体，也同样得到了社会各界更多的关心和关注。这是令人欣喜的一个文化现象。

3. 向新诗学习。柳亚子先生在 1942 年 8 月曾经预言："再过 50年，是不见得会有人再做旧诗的了。"他认为："平仄是旧诗的生命线，但据文学上的趋势来看，平仄是非废不可。那么，50 年后，平仄已经没有人懂，难道再有人来做旧诗吗？"社会的发展，证明传统诗词不仅没有死亡，而且还呈现出蓬勃发展的时代活力。很显然，柳亚子先生的忧虑，是没有依据的。如果说诗词格律在反映当代社会方面，面临自我束缚和制约等诸多困境，那是传统诗词作者没有真正掌握诗词的创作技巧和创作方法，抑或是传统诗词作者没有足够的语言积累和文学修养。传统诗词是典雅的文体形式、精美的艺术表达，有着精妙的表现手法和丰富的创作手段。它完全可以通过借代、借喻、通感、象征、寄情于物和借景抒情等艺术手法来达到反映现实生活的目的。我们有无数成功的现当代作品可以用来见证这一点。

诗词的魅力，需要用优秀的诗词精品来展现。诗词精品，要反映新的时代，要捕捉新时代里的生活感悟，要对优秀传统文化进行创造性转化和创新性发展，同时也需要汲取当代姊妹艺术尤其是新诗的艺术营养，从而起到精益求精、渐入佳境的作用。

近年来，诗词创作发展很快，怎样向新诗借鉴学习等问题也引起了很多人的关注。我认为以下几点，是诗词向新诗学习时尤其应该刻意加强的。

（1）学习新诗灵动的语感和鲜活的句式。诗词讲究凝练，讲究音韵，偏重书面语。缺点是规矩严苛，词汇偏旧，同质化、趋同化的语言现象比较严重。而新诗的语言接近口语，轻快自然，可以吸收众多新鲜的当代语汇，适应更多的当代读者。比如鲁藜先生的

《泥土》：

> 老是把自己当作珍珠
>
> 就时时有被埋没的痛苦
>
> 把自己当作泥土吧
>
> 让众人把你踩成一条道路

短短4句，内涵十分丰富。如果我们把这首诗中鲜活的口语硬性变成一首七绝，就可能无意中遗失了那种活泼自然的口语天籁之美。胡适先生在《谈新诗》中认为所谓"新诗"，即不受一切束缚，"不拘格律，不拘平仄，不拘长短；有什么题目，做什么诗；诗该怎么做，就怎么做"。这种自由活泼的思维方式和语言状态，确实值得传统诗词作者认真思考。而传统诗词在如何加强当代口语的运用方面，需要向新诗学习的地方也的确不少。最重要的是克服古奥生僻、照搬成语、醉心用典等毛病，在每行每句都限定字数、整齐划一的形式之外，尽量突破窠臼，学习借鉴新诗明白晓畅的灵动语感和新鲜句式。

（2）学习新诗的创新思维和敏锐思想。黄遵宪、梁启超诸前辈主张的诗界革命，为诗词史标树了一个鲜明的分界碑。但是回眸百年诗词的发展，诗词界当年进行的"以旧风格含新意境"的改良尝试，并没有真正突破传统观念的制约和束缚，相反倒是新诗却达到了"我手写我口，古岂能拘牵"的新境界，让诗歌得以"适用于今，通行于俗"。新诗本身就是伴随着五四新文化运动的时代洪流而诞生的。新诗形式也是新中国成立甚至打破格律之后的艺术产物。新诗在题材语言和表现手法方面已经有了更多的探索和实践。从新月派、七月派、九叶派到朦胧诗等等，从浪漫主义、现实主义到现代主义等等，新诗一直处在一种无拘无束、求新求变的探索过程，从而也构成了一幅丰富多彩、亮丽明媚的诗苑风景。相较而言，传统诗词则面目相似度比较高，缺少众声喧哗的自由氛围，确实面临着革新和提高的时代任务，需要进一步丰富和发展多元化的审美生态，更需要增加一份新诗那样的青春活力和蓬勃朝气。

（3）学习新诗的现代转型和表现技巧。新诗反映新世界，表现新思想，营造新境界，千变万化，值得仔细体味的表现技巧也丰富多彩。新体诗人们用现代精神和时代目光体悟生活、感应现实，善于从立体思维方式进行打破常规的现代发现。新体诗人们采用现代蒙太奇、时空变换、视角转移等等现代派的表现手法，也常常令人有耳目一新的阅读喜悦。目前诗词界不少诗友们开始注重在诗词创作中借鉴新诗的表现技巧，尤其是不少中青年诗人，也包括不少网络诗人，在这方面取得了很突出的成就，期待有更多的学者在这方面进行一些研究和总结。我也相信还会有更多的诗友进入到这一和新诗相互融合借鉴的诗词创作队伍中来。

（4）汲取民歌和外国诗歌的艺术营养。学习新诗，也不应该忽略向民间歌谣和外国诗歌进行学习。胡适曾经把民歌称作"一切白话诗的来源"之一。民歌清新活泼，接地气，近民心，是百姓喜怒哀乐的真实心声，也为新诗提供了丰富的情感空间、艺术空间和意境空间。民歌大胆的表达方式，泼辣的语言风格，赋比兴的原生态，都是思想和艺术俱佳的诗歌珍宝。传统诗词学习民歌长处，是历代诗人们的重要实践，也是艺术进步不容忽视的一个重要环节。而优秀的外国诗歌，同样给新诗的发展注入了新鲜血液和丰沛营养。无论是深刻的意蕴，还是灵动的意象、鲜活的表现手法，都为我们的诗词创新提供了广阔的发展空间和深厚的营养沃土。

因为本届海峡两岸论坛的一个重要背景是新诗百年纪念日的到来，所以我在这里谈论这一话题多了一些。总之，新诗和诗词互相学习，携手前行，将是诗坛一大幸事。同样，能够和两岸诗词家们共同出席一个论坛，探讨中华诗词的百年回望与发展前瞻这样一个有意义、有意思的学术话题，更是诗坛一大幸事，也是人生一大乐事。诗词文化是我们两岸诗词家"共同的宝贵财富，共享的精神纽带，共有的文化基因"。叶嘉莹先生曾经说过"诗词使人心不死"。我相信，诗词就是我们心头互相传递的熊熊圣火。圣火承传，光明普照。祝愿这种优秀传统文化形式在我们两岸同胞的手中继续发扬光大，为我们中华民族的伟大复兴注入深情，鼓呼歌唱！

（本文载于《中华诗词》2016 年第 12 期）

附注：本文题目与小标题的诗句，俱引自拙作，原诗如下：

出席中华诗词学会第三次全国会员代表大会感赋

其一

禹甸兴吟曾几时？诗骚并峙衍瑰奇。

云峰烟水三唐律，铁板珠喉两宋词。

无尽韶光留彩笔，有涯尘世记幽思。

故园风雅煌煌史，戛玉敲金有凳遗。

其四

兀然一会自嶙嶙，弹指廿年思旧尘。

正本坫坛寻坠绪，滋人兰畹继真醇。

休拈破帽呻吟语，但索锦肠金石音。

满树繁枝犹有待，殷勤鼓吹更耕耘。

其五

刚惜京华春事迟，欣逢盛会绿偏肥。

九州生气凤凰笔，千古文心瑰玮词。

耆彦正声犹俊健，霸才高格自嵚崎。

忝移前座惭惶甚，诗运中兴何敢辞。

中华诗词学会第四次代表大会
即将召开，马凯同志以七律为贺，谨步韵奉和

但有东风总未迟，不凋松柏喜抽枝。

岳灵六合犹弥漫，**吟魄千年自骛驰。**

国步殷殷寥廓梦，民情念念郁沉诗。

而今更待生花笔，秋菊春兰俱得时。

中华诗词的力量

所谓力量，犹如功力，也指能力，还指作用、效力。中华诗词就具有这种功力、能力和效力，因此就有一种特殊的力量。中华诗词是汉语言中最美丽的花朵，最灿烂的明珠，也是最温暖、最劲健、最有营养的文化力量。

中华诗词的力量体现在两方面：一是中华诗词自身的魅力，是其在中国传统文化中的地位所决定的。二是其传递出的力量，也即它的功能。例如叶嘉莹先生说过中华诗词使人心不死。

一、中华诗词自身有着无比的魅力

中华诗词的力量，首先是由其自身特点所决定的。从汉语言文字的特征着眼，大小一致的方块字决定了汉语诗歌在视觉上的"整齐美"，汉语单音节的特点决定了其在听觉上的"整齐美"，汉语音具有的四声现象构成了最基本的音调声律，汉字没有以辅音收尾的现象决定了汉语适合作诗。这些都充分反映在诗词创作上，具有了严格的体例和规范，例如：押韵是中华诗词的一个重要特点，因此就有音韵回环、铿锵悦耳的感染力；对仗是语言形式整齐美的最集中体现，因此具有体例严谨、对仗工稳的创造力；其声调讲究平仄交替、四声相间，从而产生语言的错综美和顿挫美，进而穿透人心，感人肺腑，因此具有平仄交替、抑扬顿挫的穿透力。

2017 年是中华诗词学会成立 30 周年，国务院副总理马凯同志专门写了一篇《美哉，中华诗词》的文章以为祝贺，这篇文章对中华诗词的"美"做了极为深刻、全面、准确，也是十分精彩的论述。这篇文章将在《中华诗词》杂志今年第 5 期刊登，让我们共同学习与分享。

马凯同志在文章中说：以格律诗为代表的中华诗词，从起源看，它与舞蹈、音乐同源；从功能看，它是心灵的"窗口"，诗言志、诗缘情，大凡好诗好词，无论是婉约还是豪放，都能给人以内心深处的触动；从形式看，它以汉字为载体，把汉字"独体、方块、单音、四声"的独特优势发挥得淋漓尽致，历经数千年先贤的千锤百炼，成为同时兼有"五美"的诗体，即其不仅具有其他诗体共有的"节奏美""音乐美"，而且具有其他诗体中只有个别诗作可以做到的"简洁美"，还具有以拼音文字为载体的诗体难以具备的"均齐美""对称美"；从内容看，大凡好诗好词，都是真情的流淌，并记录着中华文明的历史足迹，承载着中华文化的根和魂，它如乐，天籁悦耳；它如画，璀璨夺目；它如酒，沁人心脾；它如友，灵犀相通。格律诗是中华民族诗歌百花园中经古常新的一枝，在人类总是要追求美的规律作用下，只要汉字不灭，格律诗这一大美诗体就不会亡。

中国有着丰富的古代诗歌遗产。3000 多年前的第一部诗歌总集《诗经》和战国时期的《楚辞》，成为中国古典诗歌的两大源头。唐诗、宋词、元曲是中国诗歌艺术成就的 3 座高峰。唐朝将近 300 年诗歌的普及和繁荣，更加诗化了中国人的思维方式，为中华文化增添了诗的意兴和诗的美。宋词以其高度的繁荣与唐诗并称。经过宋代 300 多年上自朝廷下至市井的歌唱，中国文学有了更为细腻的感觉和表现，中国文化也呈现出更加丰富多彩的面貌。值得注意的是，中国诗歌在长期发展过程中形成了诸多的诗体，如四言诗、五言诗、七言诗、乐府诗、楚辞体诗以及词、曲等等。但有意思的是，新的诗体产生了，以往的诗体却并没有消失，而仍然存留了下来，不断丰富了诗歌的形式。这就出现了中国诗歌体式独特的运行方式，即各种诗体同时存在于某一时代。因此，一个诗人，他可能既写诗填词，又会写曲，或者尝试其他不同的体式，这也为诗人创作提供了更多的表现方式。

人们常说中国是一个诗的国度，这不仅是指中国诗歌传统的源远流长，是一条流淌了数千年的诗歌长河，诗歌遗产相当丰厚，且成为中华传统文化的鲜明象征；也可以认为，诗歌已成为中国人生活的一种方式，是中国文化的一种特殊表现形式。中国诗歌不仅是生活的记录、情感的抒发，还包括了中国人对于宇宙和人生的诗意的审美式把握，具有深刻的哲学内容。

正因为如此，中华诗词有着强大的生命力。从清末、民国到中华人民共和国成立后的 20 世纪是中国历史上天翻地覆的剧变时期。从五四开始，作为传统文化精华的旧体诗词，虽然遭受厄运，但不同于任何一种古典文学样式的是，它仍然在坚守中有所发展，表现出惊人的生命力，在承担现代使命方面发挥着重要作用。旧体诗创作自十一届三中全会以来得到复苏，现在正逐步复兴，并出现了发展的热潮。这首先与三中全会以来的思想解放运动有关，它使人们理智地回顾过去，其中包括长期以来对旧体诗人为的、简单粗暴的否定。思想解放了，禁区打破了，人们可以自由地、理直气壮地去创作。"诗为心声"。许多诗人为了在新的社会环境下表达心声而选择了旧体诗。几十年来的创作实践，证明这一文学体裁也可随历史前进获得新的生机，她不是凝固的、僵化的，仍然活在中国人的心里，而且能够表达新的社会内容，适应新的读者需要。在信息爆炸的当代，她又伴随着短信、飞信、微信、微博、QQ 等现代传播方式，有了更多的知音和用武之地。这也是中华传统文化的力量。也充分表明中华诗词所具有的穿越千年、凤凰涅槃的生命力。

二、中华诗词传递着巨大的精神力量

建立在审美基础上的诗歌艺术，其最终的功能，就是传达出诗人的审美情趣，进而潜移默化地影响读者的审美观。优秀的古典诗词，不管是写景诗、抒情诗，还是喻理诗、田园诗，都是用高度凝练的语言塑造形象，创设情境，表达感情，具有突出的美感特征，使我们从中感受到回环往复、一唱三叹的音乐美、凝练含蓄的语言美、强烈真挚的情感美以及鲜明生动的形象美、悠远深邃的意境美等。例如，"海阔凭鱼跃，天高任鸟飞""星垂平野阔，月涌大江流""两个黄鹂鸣翠柳，一行白鹭上青天""天街小雨润如酥，草色遥看近却无""春潮带雨晚来急，野渡无人舟自横"等，反映在其中的音乐美、语言美、情感美、形象美、意境美，我们都会有所体会。我这次来到南京，也想起了一些与南京有关的诗词，其中印象最深的有两首，一是唐人杜牧的《江南春》："千里莺啼绿映红，水村山郭酒旗风。南朝四百八十寺，多少楼台烟雨中。"辽阔的江南，到处莺歌燕舞，绿树映衬红花，第一句就概括了江南春景的美好。另一首是唐人刘禹锡的《乌衣巷》："朱雀桥边野草花，乌衣巷口夕阳斜。旧时王谢堂前燕，飞入寻常百姓家。"作者寄物咏怀，通过乌衣巷的沧桑之变，抒发了世事多变、荣辱无常的感叹，读起来却有一种蕴藉含蓄之美，使人余味无穷。这就是诗词的艺术感染力。

中国诗歌有着"言志"与"载道"的优秀传统。中国人重视诗歌的审美价值，更注重诗歌的社会功能。从诗骚以来，中国诗歌就形成了"言志"与"载道"的优秀传统。中华民族是一个不屈不挠、历经磨难而生生不息的民族。中国传统文化非常重视人的意志品质的磨炼和培育。屈原的"路曼曼其修远兮，吾将上下而求索"、曹操的"老骥伏枥，志在千里"、王之涣的"欲穷千里目，更上一层楼"、李白的"长风破浪会有时，直挂云帆济沧海"等反映传统知识分子向往理想人格、追求大丈夫浩然之气的名言佳句，洋溢着积极进取、奋发图强的精神，正是"天行健，君子以自强不息"的民族精神的生动写照。

民族精神的核心是爱国主义，即对乡土、国家执着的热爱。热爱祖国壮丽山河，国家兴亡、匹夫有责，为了国家可以"杀身成仁"。

曹植的"捐躯赴国难，视死忽如归"、杜甫的"剑外忽传收蓟北，初闻涕泪满衣裳"、陆游的"死去元知万事空，但悲不见九州同"、文天祥的"人生自古谁无死，留取丹心照汗青"、林则徐的"苟利国家生死以，岂因祸福避趋之"等等，其爱国情怀感人至深。尽管那时的爱国主义带有某种历史局限性，但在"位卑未敢忘忧国"的思想浸润下，涌现了众多民族英雄，创造了无数惊天地泣鬼神的爱国主义业绩，并将这种爱国热忱升华为崇高的道德责任。浩如烟海的古诗词一向以爱国主义、民本主义为主旋律，她是中国人的心灵史，也是中华民族精神的发展史。

三、"诗教"传统是中华诗词功能的重要体现

诗教的作用，是由诗词本身的性质、特点和教育功能所决定的。诗词教育重形象、意境、含蓄，易诵易记，以其艺术感染力使人们从阅读、吟诵、鉴赏中，收到震撼心灵、陶冶情操的效果，而且是持久的长远的效果。"诗教"传统由来已久，是中华民族持续时间最悠久的教育方式和教育内容。中国传统的儒家诗教观，强调通过《诗》的学习来提升人的内在精神，以达到礼义教化和塑造君子高尚人格的目的。"诗教"传统也是不断发展的。除了以儒家为主导的君子人格"诗教"外，还有一条以《诗经》和以后各时代以诗歌为内容的一切教育和美育方式的"诗教"长河，不仅包括"诗教"，也还包括教诗、学诗、写诗、欣赏诗，这是以诗人、诗论家、普通爱好者和民众为主体的"诗教"，是以诗歌、情感、自然、人生和美为内容的广义"诗教"。"诗教"，培养了知书达理又才华横溢的博雅君子，也熏陶出日常生活的风雅情意，更使人们通过诵读、体认、创造，绵延对华夏悠久文明的传承与光大。

在中华诗词创作复兴的同时，一定要重视持续地认真地学习古典诗词、传承中华民族文化的基因。这方面情况不容乐观。当下，一些人对学习古典诗词怀抱抵拒心态，甚至认为古典诗词诞生于传统社会，

不具备现代价值。2014 年 9 月 9 日，习近平总书记在北京师范大学看望师生时指出，很不赞成把古代经典诗词和散文从课本中去掉，"去中国化"是很悲哀的。应该把这些经典嵌在学生脑子里，成为中华民族文化的基因。

人类生活并不只是求新，还需要传承优秀的传统文化；不只是追求物质生活的丰富和变化，更需要精神的持守。在精神层面，人类以往许多的文化和智慧都具有永恒的意义和价值，不会被时间切割，不会被空间阻隔，闪耀着道义和智慧的中华古典诗词文化即属此类。中国历史上曾涌现出许多志士仁人，当后人缅怀这些光辉人物时，诗歌往往成为最为耀眼的闪光点。

中国的诗歌具有非常强大的功能，已成为深入人心的文化形态。今天，作为古代文学中最灿烂的经典，中华诗词在培养审美感受、塑造艺术趣味、陶冶生命情怀等方面仍发挥着巨大的影响，通过古典诗词的兴发感动，今人仍能获得精神上的提升与慰藉。古典诗词给我们提供着多方面的重要的精神力量，如凝聚人心、振奋民族精神的力量，抵御外侵、渴望国家统一的力量，陶冶情操、塑造品格的力量，寄情山水、崇尚自然的力量，热爱家乡、报效祖国的力量，鞭挞丑恶、歌颂正义的力量，也具有遇难而上、体现人间大爱的力量，等等。

上面我介绍了马凯同志的《美哉，中华诗词》一文，其实，他同时还填了《钗头凤》一词赞颂中华诗词的魅力，文与词相互呼应，相互映照。因此我也要向大家郑重地推荐这首词——《钗头凤——美哉，中华诗词》："霓裳袖，丝竹奏。泪盈潮涌心扉叩。格工对，律谐配。落寥寥笔，尽收霞蔚。美！美！美！　诗良友，词醇酒。万年难断香传口。真为贵，魂融内。敲平平仄，无穷滋味。醉！醉！醉！"

马凯同志的词影响很大，不少人有唱和之作，我也试着和了一首，作为自己学习的体会。这里，我也愿意把拙作献给大家，希望得到各位的指正。《钗头凤　敬和马凯同志》："舒吟袖，黄钟奏，雅风绵远心声叩。千岩对，群芳配，焕然诗国，老枝丰蔚。美！美！美！　平生友，酴醾酒，梦寻清韵烟村口。真情贵，衷肠内，百般思缕，几番回味。醉！醉！醉！"

　　（本文为作者 2017 年 4 月 19 日在在南京举行的"江苏诗歌教育联盟""江苏诗歌教育研究中心"成立仪式上的讲座稿）

坚定文化自信 发展诗词事业

近年来，习近平总书记多次提出要有文化自信，在第十次全国文代会、第九次全国作代会上的重要讲话中，他再一次深刻阐述了文化自信的重大意义，对坚定文化自信提出了殷切期望。他指出："文化自信，是更基础、更广泛、更深厚的自信，是更基本、更深沉、更持久的力量。坚定文化自信，是事关国运兴衰、事关文化安全、事关民族精神独立性的大问题。没有文化自信，不可能写出有骨气、有个性、有神采的作品。"

文化自信来源于对中华文化的文化价值及文化生命力、创造力的深刻认识。文化是一个民族、一个国家的灵魂。中华文化是一条奔流不息的长河。光辉灿烂的中华优秀传统文化、感天动地的革命文化和壮美宏伟的社会主义优秀文化，共同汇合成博大精深的中华文化，也构成了中华民族独特的精神旗帜。中华文化在 5000 年的发展历程中，既坚守本根又不断与时俱进，使中华民族保持了坚定的民族自信和强大的修复能力，培育了共同的情感和价值、共同的理想和精神，成为中华民族的突出优势，也是我们前进与发展的基础与底气。

习总书记关于文化自信的论述，对于中华诗词事业的发展也有方向性的意义。宏富的中华文学遗产是中华文化的重要部分，而中华诗词又是中华文学中最为瑰丽的部分，其中的经典篇章已融入中国人的精神血脉中，成为中华文化的一个重要象征，特别重要的是，中华诗词不只存在于历史典籍中，而且活在人们的生活中，至今充满着蓬勃的生命力。坚定文化自信，要充分认识中华诗词为中华民族铸魂养神的重要作用。要有责任感、使命感，发扬中华诗词的优秀传统，为社会主义现代化建设服务，为培育和弘扬社会主义核心价值观服务，要将文化自信转化为诗词创作的活力。创新是文艺的生命，是促进中华诗词发展的动力。中华诗词经过改革开放以来的复苏与复兴，呈现出令人鼓舞的好局面，但是提高创作质量、提升艺术价值，多出精品，仍是亟待解决的大问题。我们要深入生活，关注现实，大胆探索，锐意进取，在提高原创力上下功夫，在拓展题材、内容、形式、手法上下功夫，推动观念和手段相结合、内容和形式相融合、各种艺术要素和技术要素相辉映，让作品更加精彩纷呈，引人入胜。

（本文载于《中华诗词》2017 年第 1 期）

回眸才觉雨烟稠

　　徐山林同志曾长期担任陕西省党政领导职务，对陕西的建设与发展做出过突出贡献。

　　山林同志热爱诗词，工作之余创作了大量诗作。现在，他将50余年创作的诗词汇集成《山林诗草》，嘱我作序，我深感荣幸。

　　"诗言志，歌咏言。"《山林诗草》的200多首诗，是作者50年来工作、生活、情感的真实记录。山林同志主持和参与了陕西许多重大决策，经历了不少重大事件。陕西如何加快改革，扩大开放，脱贫致富，兴陕富民，都是山林同志认真思考并努力实践的大事，这些都生动地反映在他的诗作中。这些诗作都是时代的记录，在陕西的建设与发展中有着标志性的意义。

　　山林同志对人民群众怀有深厚的感情和强烈的责任心。1976年，他到安康担任地委副书记兼安康县委书记。赴任第一年，就遭遇到严重的大灾荒，农村许多户缺粮断炊，甚至吃草根、树皮。他日夜不安，徒步四百里，走村访户，了解灾情。他在《春荒》一诗中心情沉重地写道："青山枉多情，流水空弄声。灾重年大馑，万户炊难成。春荒燎似火，粮站人如云。阡陌麦熟远，心绪日日沉。"这种"日日沉"的"心绪"，浩茫，沉痛，充满着责任感。对于人民的这种深厚情感和强烈责任，使他敢讲真话，勇于担当，坚持从实际出发，解决群众的痛苦和问题。

　　山林同志热爱祖国山河，热爱传统文化，"登山则情满于山，观海则意溢于海"。名山大川，古迹胜景，都留下了他的思古幽情。他最热爱最牵挂的还是他的家乡安康。《山林诗草》收集的 200 多首诗词中，歌咏家乡安康的诗词多达 60 首。家乡小戏，紫阳春茶，崖畔的七里香，山间的潺潺溪流，羊山的风光，香溪洞的美景，对家乡建设成就的由衷喜悦，对家乡的深深思念，都生动真切地反映在他的诗词之中。家乡是生命的摇篮，它联系着自己的亲人，记载着自己的人生轨迹；家乡还是心灵的依靠、感情的寄托。思念家乡就是一种乡愁。"秦岭参天树，巴山五彩云。心藏金州月，梦生汉水情。"山林同志的这首《乡愁》，集中反映了他对家乡魂牵梦绕般的思念。

诗言志，诗也抒情。山林同志充满感情的诗作，既反映在他赠送、怀念朋友的作品中，也体现在对家人的真挚感情中。2015 年，他的夫人陈天芝因癌症不治去世，他在几年中先后写了 4 首怀念诗："听风听雨听虫鸣，秋深秋残秋煞人。落花落叶皆落泪，孤灯孤影孤独心。"（悼天芝之二）"耳畔又闻旧时声，尽是当年欢聚情。撩起往事知多少，决开心河意难平。"（《听旧时录音伤怀（悼天芝之四）》）情深义重，令人感动不已。

徐山林同志有着多方面的艺术爱好，他集邮、写字、写诗。

他的集邮史长达 70 年："三余好耕方寸田，两度沧桑五十年""莫道区区池水浅，秀水涓涓胜甘泉。"（《邮趣》）

他热爱书法，上小学时即学习颜体，后又兼习隶书，其书法作品受到好评。"守拙苦耕是正道，媚俏哗宠坠荒唐。面帖百家终有悟，写出自家味最长。"（《书法一得》）可见他对书法的感悟和所下的功夫。

写诗更是他的一大爱好，从诗稿上所收录的 1962 年的第一首诗算起，至今已坚持了 50 余年。他的许多诗，是在外出工作乘车途中构思出来的。他有一首《车中哼诗》，谈到了他的创作感受："难得走车有闲暇，一缕诗意漫升华。穷搜枯肠捕往事，潜入辞海苦寻佳。张郎信口诗如水，贾僧推敲始成家。吟成一首山乡赋，停车忘饮紫阳茶。"

　　山林同志身居高位，肩负重任，工作十分繁忙。他的这些爱好，说明他还有一个丰富的艺术世界。我认为，对一个领导干部来说，这些爱好相当重要，起码可以防止精神的偏枯，也有益于个人才能的全面发展。山林同志坚持写字、作诗、集邮、收藏，这些使他享受艺术创造的愉悦，体味人生的趣味，使心灵得到滋养，精神获得丰富。而他由于工作位置所具有的开阔境界、丰富知识和多样实践，又给他的艺术创作注入了特别的营养，使他的艺术爱好与本职工作相互补充，相得益彰。

　　读《山林诗草》，很有感触，遂拟小诗一首，既是自己的体会，也是对大作出版的祝贺：

回眸才觉雨烟稠，尽瘁生涯浪里舟。

尘老关中兴陕计，云深秦岭振农谋。

迹踪白首人如菊，吟絮黄楼月似钩。

新茗新年新色味，乡愁一缕到金州。

（本文载于《西安晚报》2017 年 2 月 15 日）

九天时雨诗中落　万里春风掌上来

——说说五年来的中华诗词

自党的十八大召开以来，在习近平总书记系列重要讲话精神指引下，在举国上下全面实现中华民族伟大复兴中国梦的火热实践中，中华诗词得到了迅猛发展，生机蓬勃，形势喜人。无论是诗词创作还是理论研究，无论是诗词队伍发展还是组织建设和诗词活动的开展，都呈现新的活力，焕发新的光彩。以下从几个方面来谈点个人印象。

一、中华诗词的繁荣发展已经成为国家的文化战略

2015 年 10 月 3 日的《中共中央关于繁荣发展社会主义文艺的意见》和 2017 年 1 月 25 日中共中央办公厅、国务院办公厅联合印发的《关于实施中华优秀传统文化传承发展工程的意见》中都明确指出："加强对中华诗词、音乐舞蹈、书法绘画、曲艺杂技和历史文化纪录片、动画片、出版物等的扶持。"2017 年 5 月 7 日，中办国办联合印发的《国家"十三五"时期文化发展改革规划纲要》中提到传承弘扬中华优秀传统文化时，专门提到"普及中华诗词、音乐舞蹈、书法绘画等，举办经典诵读、国学讲堂、文化讲坛、专题展览等活动"。2016 年 7 月 1 日，由中宣部宣教局、中宣部《党建》杂志社主办，中华诗词学会、党建网等单位承办的"诗词飞扬党旗飘"诗词征集活动在全国展开。2016 年国家教育部委托中华诗词学会研究制定诗词创作新韵典《中华通韵》，现在《中华通韵》草案已经完成。中央电视台《时代楷模发布厅》

节目运用传统诗词这一经典形式来歌颂当代英雄模范人物也开了国内媒体先河。另外央视两次诗词大会的成功举办和《诗行天下》系列片的推出，以及河北电视台《中华好诗词》栏目的开播等等，在神州大地上掀起了一股中华诗词的回归热潮。从中可以看到：中华诗词的建设和发展已经成为国家文化战略的一部分，传统文化的复兴和繁荣已经上升到了国家总体方针的高度。

二、中华诗词创作热情高涨，佳作迭出

5 年来，传统诗词创作方兴未艾，气象蓬勃。据不完全统计，目前国内从事诗词创作的人数已达两百万之众，创作的诗词曲作品更是以千万计，而且还有逐年增加的趋势。在众多的诗词创作大军中涌现出了一大批年轻有为、才华横溢的中青年诗人，成为当今诗坛的中坚力量。同时，也诞生了一大批诗词精品力作，点亮了中华诗坛的星空。在诗词内容上，既有反映时代风采的，也有歌颂山川新貌的；既有抒发爱国情怀的，也有讽刺贪腐恶习的。题材丰富，形式多样。而且在语言表达、修辞手法、意境拓展等方面都有不同程度的突破和提高，对当代人的思想情趣、日常生活和社会现状等都有一些新的探索和揭示。用"百花齐放，百家争鸣"来形容今日诗坛，一点也不为过。

三、中华诗词理论研究全面展开

5 年来，中华诗词理论的研究、挖掘和整理正在全国各地逐步展开。中华诗词学会每年一度的理论研讨会都会收到来自全国各地的 100 多篇理论文章。作者中有教授学者，也有诗人词家甚或普通诗词爱好者。每次都有一些有见地、有思想、有亮点的好文章，夺人眼目。另外像社科院、中华诗词研究院、诗刊社、国学中心、中华书局和各地高校文学所、古籍所，古代文学学会以及各省市诗词学会、诗词网站等都积极投身到诗词研究的行列中来。众多专家学者的加入，使诗词理论研究水平不断提高、研究领域不断深入、研究范围不断扩大。对当代

诗词的审美取向、价值标准、现实意义和历史定位等都有深入的探究和评判。对经典作品的解读、诗词流派的梳理和诗词古籍的挖掘以及对诗词艺术的剖析等，都有许多新发现和新观点。专家们也对传统诗词如何更好地表现当代生活，以及当代诗词进入中国文学史等问题做了深入的探讨。对诗词未来的发展走向也提出了规划和构想，并在一定条件下，试图使现当代诗词理论体系科学化、系统化、规范化。

四、中华诗词传统教育不断深入

5年来，中华诗词传统教育取得了显著成效。全国许多机关团体、企事业单位、各大中小学、各级诗词学会、老年大学和一些文化书院等，都在不同程度上开展了传统诗词教育。中华诗词学会多年来一直坚持诗词进机关、进企业、进学校、进社区、进农村、进景区的"六进"活动，在全国范围内开展"诗词之乡"建设。学会培训中心常年开设诗词创作培训班。《中华诗词》杂志社每年举办以创作培训为主要内容的金秋笔会，提高诗词作者的创作水平，普及和推广诗词基础知识。

各地的诗词教育，形式不拘且丰富多彩。内容上有诗词格律传授、诗词艺术鉴赏、诗词作品点评和诗词历史讲解等。形式上有课堂专家讲座、景区采风创作、诗词吟诵晚会和专题诗词论坛。另外还有各级政府和诗词学会主办的诗词大赛、研讨会和诗词基地的成立等等。诗词文化教育的普及推广，在人们陶冶情操、塑造品格、砥砺精神、丰厚学养等方面起到了积极的促进作用。中华诗词也成为道德教育的良好媒介，在寓教于乐的过程中，使诗教的意义得到了丰富和完善。

五、媒体、出版业大力助推了诗词事业的前进步伐

《中华诗词》《新华诗页》《子曰诗刊》《中华辞赋》等专业诗词刊物的创办，和各种诗词网站的开通、微信公众号诗词专页的启用等等，都极大地促进了诗词创作的普及和提高，激发了广大诗词作者的创作热情和创作灵感。以《中华诗词》杂志为例，它每年发表诗词

曲作品 7000 多首，诗词理论文章 100 多篇。但它根本满足不了广大诗词作者的投稿愿望，因为见登率不到 5%。目前《中华诗词》已经成为国内诗歌刊物里发行量最大、发行地区最广、拥有读者和作者群最多的一份诗词专业刊物。另据有关方面统计，全国各级诗词刊物已不下 1000 种，而且还在增长当中。各大出版社每年出版的各种古代经典和个人诗集以及五花八门的诗词读本更在数万种之多。快捷便利的新闻媒介、丰富繁荣的出版事业极大地推动了诗词事业的发展。利用大众传媒的互动优势，让中华诗词以多种方式走进千家万户，走进坊间里巷，也引导了更多的诗词爱好者加入到诗词创作群体中来，现在中华诗词学会会员已经接近 3 万人。各级诗词学会会员那更是几十万之众了。

这 5 年，业内人士习惯把它称为中华人民共和国成立以来诗词发展最好的一段历史时期，是诗词的春天也是诗词的黄金时期。

（本文载于《文艺报》2017 年 8 月 25 日）

点评李玉平部分散曲

一、【中吕·迎仙客】戏题手机 5 首

恋手机，似夫妻，不弃不离分秒依。枕边风，天下事，舍你谁知？虚拟人生戏。

伊在手，我无愁，八卦囦闻能尽搜。网难联，魂哪有？哪有活头？任把相思逗。

微信拴，梦中煎，一早打开朋友圈。抢红包，忙点赞，欲罢还牵，终日团团转。

扫二维，入群微，老幼乐乎伤颈椎。有穷哥，添靓妹，相赞知谁？姓啥何称谓？

将二维，刻石碑，简历包罗方寸内。墓铭存，青史垂，不怕风摧，微信随时会。

郑欣淼点评：

一组散曲，扑面而来的是鲜活的时代气息，体会到的是浓郁的时代生活，触摸到的是鲜明的时代精神。作者从 5 个方面描摹手机及对生活的影响，生机勃勃，鲜活可爱，机释妙藏，极尽散曲之妙，散曲之趣。5 首散曲好在一个"新"字：首先是题材新，新题材开拓了新领域，写前人之所无，反映时代生活，散发着浓浓的时代魅力；其次是语言新，

大量时尚口语、新词汇用于曲中，表达真实、亲切、人性，贴近我们的心灵，更贴近生活的原汁原味。当今世界瞬息万变，新事物层出不穷，新名词亦应运而生，五花八门，目不暇给，稍不留心，便恍如隔世。散曲写作要立足时代，贴近生活，写新事物，用新语言，勇于创新。

二、【中吕·山坡羊】梅花笛与晾衣杆

晾衣杆噪，梅花笛道，当年兄弟同山料。你一刀，我千刀，苦才演绎千秋调，任性光阴虚度了。鸣，惊叫好，糟，全自找。

郑欣淼点评：

从小事情，反映大主题，取材奇巧。从"晾衣杆""梅花笛"对话入手，以浅显之语寄寓人生道理，明白自然之中富于深意。用寓言形式，借助具体意象，反映生活，揭示人生哲理，由此也避免了说教的空洞和抽象，值得借鉴。

三、【中吕·山坡羊】屎壳郎与生态

屎壳郎怅，粪球儿傍，珊珊走路身摇晃。四肢僵，子孙伤，抗生素吃多超常量。牛粪作餐谁个抢？防，不胜防，毒，已共享。

郑欣淼点评：

抗生素滥用成灾，从而引发严重后果，甚至威胁到人类本身，这种题材很难写，如何下笔？率意为之，必然流于浅薄浮泛。作者用漫画形式切入，浓墨给屎壳郎画像，活泼新颖，涉笔成趣，引起读者好奇。"防，不胜防，毒，已共享。"极寻常却极深刻的回答，让读者恍然大悟。大悟之余却是深深的惊心警醒。事物是普遍联系的，屎壳郎以牛粪为食，牛吃了含抗生素的料，导致屎壳郎也成为抗生素的间接受害者，而人

类呢？直接使用抗生素，其严重后果，令人不寒而栗。

四、【南吕·一枝花】忆六月六大武古镇庙会

喜蒸白面馍，笑请姑爷客。龙王时雨落，麦子铁牛驮。大地飞歌，扫天开美在三秋乐，看谷秀梦求九穗驼。笑开颜浪鼓金波，忙散架仓归硕果。

【梁州第七】老爷庙呼胡捻抹，补梁山香火交和，琳琅盛会齐天乐。小炉匠配锁，杂耍哥鸣锣；闷驴拉磨，客店张罗。那边厢飞捻麻坨，这边厢修补铜锅。水图阁青雾飘香，马头庙烟花放火，三官楼商贩扎窝。花馍儿你夺，肥羊儿我拖，看不够西洋把戏开红萼，拍手猛声和。十里长街穿越着，记忆搜罗。

【骂玉郎】想当年窝头野菜衣衫破，日日里苦消磨，十年肚瘪时挨饿。兄妹多，山菜割，爹娘清泪偷偷落。

【感皇恩】治病清疴，包产牵骡。喜分田，争撒播，笑了阿婆。满登登丰收硕果，扢挣挣置办新罗。酒瓶拖，村口舞，地头歌。

【采茶歌】阿妹阿哥，戏场消磨。姑娘小伙送秋波，羞答答一首想亲亲羞煞我。火辣辣民谣一串串醉心窝。

【尾】畅游古镇池边坐，凭栏处想起荷塘水磨搓。抬眼见机场蓝桥俺村卧，看那飞鸟儿似梭，美那银鹰儿放歌，驾雾吞云翠霞抹。

郑欣淼点评：

首先起笔点题，紧接着用形象鲜活的语言极力铺排，声形兼备地把庙会浓烈的气氛、热闹的场面呈现给读者，短暂的回忆，衬托出眼前生活的美好。全曲谋篇布局精当，语言流畅，乡情民俗扑面，通篇洋溢着人情和乐之美。

五、【正宫·鹦鹉曲】鸡年鸡语其二

高枝不羡农家住，甘愿做报晓雄父。大将军不仅司晨，气象能知愁雨。【幺】舍身捐一把翎毛，尽掸四时霾去。做鸡汤抚慰心灵，不枉我锅中煮处。

郑欣淼点评：

代鸡立言，自当有所寄托，但寄托应自然，顺理成章，此曲前后意思缺乏连贯，多重意蕴的表达，冲淡了主题。

六、【正宫·鹦鹉曲】贺龙中学看望老师

重回母校情难住，来拜望课业师父。鬓苍苍隐去容颜，忽忆遮风遮雨。【幺】恍同桌粉线犹存，叹问那年何去？有欢歌也有迷茫，这里是青春舞处。

郑欣淼点评：

这样的题材不好写，从形式上看，合谱合律，文从字顺，无瑕可指，但从内容来看，却显得空乏肤浅，缺少曲情曲意曲味。回母校，应从所见、所闻中选取最典型、最难忘的事例、人物、感受着手，切忌浮光掠影，面面俱到。

七、【正宫·塞鸿秋】儿时趣事

大椿擀杖香檀案，蒜薹炒肉拉条面。叮当锅盖咕噜转，哗啦筷子呼哧咽。半年口水流，一顿肠儿断，阿娘笑喊声声叹。

郑欣淼点评：

前 4 句描写引人垂涎，中两句感慨精准有趣，可惜尾句结得不够响亮，难以托起全曲。

八、【仙吕·忆王孙】和高柱兄无头苍蝇乱窜

王孙像那绿头蝇，从此离开不夜城。侥幸逍遥逃判刑，也心惊，惟恐雷公还在等。

郑欣淼点评：

和曲当是曲友之间交往的一种方式，为增进友谊，提高曲艺，此作显然是为和而写，随意成分大，令人难以捉摸。

九、【正宫·塞鸿秋】陕西曲友龙城相聚

你河西我河东一衣带水常牵念，吕梁云太白雾铜琶铁板知交见。老腔洋洋洒洒雄风灿，皮影依依婉婉真情绚。看那答渭河古韵传，听这答汾水新声赞，手儿携肩儿并秦腔吼梆子应同攀曲径酬心愿！

郑欣淼点评：

衬字乃散曲特有艺术手法，是使语言更加口语化，此曲衬字累赘，似有喧宾夺主之感。

（《当代散曲丛书》之十，李玉平著《兰畹斋散曲》，线装书局，2018 年）

我理解的好诗人

马凯同志的《做好诗人 写好诗词》在今年第 5 期《中华诗词》杂志发表以后，在诗友们之中的反响颇为热烈，也引起我心中诸多共鸣，感触很深。

"诗祖文魂百代传，雅集盛会嗣群贤。"从诗骚以来，中国诗歌就形成了"言志"与"载道"的优秀传统。我理解的好诗人，应该有以下三点鲜明的标识：

第一，高品位。诗人要有高尚的情操。正如马凯同志所言："推敲落笔三分力，笔外七分品位先。"远大的理想、正直的心声、清洁的精神，都可以在当代诗词中得到完美的表达，同时使阅读者得到心灵的震撼和启迪。文艺是铸造灵魂的工程，文艺工作者就是灵魂的工程师。"心懔懔以怀霜，志眇眇而临云。"高品位的诗人志存高远，由小我走向大我，有正确的名利观，计国家利，争天下名。情系苍生，抒正气，弘美德，积极创新，勇于探索，大胆实践，为传统诗词注入时代精神，为当代诗坛留下高品位的精品力作。

第二，高格调。诗人要立足传递正能量。正如马凯同志所言："柔风吹句涟漪起，豪气当歌日月悬。"格调高则诗格高，恰似日月高悬，光耀千秋。无论是豪放的鼓角还是柔情的笛箫，当代诗人多角度、多层次的创作实践都令人感动。好的诗词作品就应该像蓝天上的阳光、春季里的清风一样启迪思想、温润世界，扫除颓废，催人奋进。值得特别说明的是，高格调绝不是唱高调，而是要艺术地传递正能量。讽喻现实、鞭挞丑恶、针砭弊端、谴责黑暗的作品，同样可以弘扬正气、激发斗志、砥砺精神、陶冶情操。古人说过："千首杜陵高格调。"透过杜甫的诗歌，我们真切自然地感受到了一个诗人细腻真实的心灵；同时，透过这样一个独特的精神样本，从侧面更真切地感受到穿越时空的丰富的时代细节，也看到了当代诗词乃至当代诗歌前行的一个坚实的方向。

第三，高水平。诗人要有攀登艺术高峰的雄心。"问渠那得清如许？为有源头活水来。"诗人深厚的底蕴、坚实的学养、精准的感觉、敏锐的观察，是提高诗词水平的重要基础。酒美宜人凭厚酿，万丈高楼重根基。诗词素养是人文素养的重要内容，是中华民族情怀、境界和精神之体现。当代诗词怎样更好地继承和发扬优秀民族文化传统，怎样求正容变，怎样返本开新，怎样增加艺术表现力，怎样从高原走向高峰等等，都是值得我们深入思考的诗学课题。

当然，成就一个好诗人的条件是多方面的，要深入生活、扎根人民，要有创新意识、探索精神等等。中华诗词经过改革开放以来的复苏与复兴，呈现出令人鼓舞的好局面。但是提高创作质量、提升艺术价值，多出精品，仍是亟待解决的大问题。我们要在提高原创力上下功夫，在拓展题材、内容、形式、手法上下功夫，推动观念和手段相结合、内容和形式相融合、各种艺术要素和技术要素相辉映，让作品更加精彩纷呈，引人入胜。

孔子曾经说过："不学诗，无以言。"习近平同志也曾经说过一段著名的话："学诗可以情飞扬、志高昂、人灵秀。"一篇篇闪耀着光辉的诗歌，为我们保存了中华民族奋进道路上的一份份精神标本和感情档案。诗体虽有新旧之别，诗心却是相通的。人生总会有许多起承转合，而与诗相伴、有诗同享，使我们的生命更多一些光彩，灵魂也更多一些分量。

（本文载于《中华诗词》2018 年第 6 期）

第二编

吟情如缕

旧体诗创作：从复苏走向复兴

2006 年，就旧体诗创作问题，作者接受《中国文化报》记者高昌采访。本文刊载于《中国文化报》2006 年 6 月 22 日，《新华文摘》2006 年第 19 期转载。

中国文化报：目前旧体诗创作队伍、作品数量都很可观，形成一种引人注目的文化现象。您也出版过《雪泥集》《陟高集》等受到许多读者赞赏的旧体诗集。我们应该怎样看待当前文化生活中出现的这一旧体诗热潮？

郑欣淼：现在的确有一股旧体诗创作热潮。我查了一下资料，仅中华诗词学会的会员就有 1 万多名，除去西藏，全国其他各省区市都有诗词学会，再加上一些市县的诗词组织，粗略估算，每年参加诗词活动的不下 100 万人。而从诗词刊物来说，公开与内部发行的有近600 种。中华诗词学会编辑的《中华诗词》杂志，发行量已达到2.5 万册，跃居全国所有诗歌报刊的首位。连我的家乡陕西省澄城县也有《澄城诗词》，每年一期，现已坚持出了十多期。诗词创作结集出版的也不少，就我所见，已有好几套丛书问世。特别是浙江文艺出版社 1998 年出版的《海岳风华集》（修订本），选收了 52 位中国当代中青年作者的近 1200 首旧体诗词，其中年龄最小的出生于 1975 年，他们有的是空军飞行员，有的是变压器修造厂职工，有的是机场海关职员，其作品之精美、功力之深厚，受到专家们的赞许。此外，还有众多的诗社、词社和诗词网站。特别是诗词网站，全国性、地区性的都有，为旧体诗的普及和繁荣做出了极大的贡献。

中国是一个诗的国度。相传尧时已有"击壤""康衢"等歌，舜时亦有"股肱"、"元首"及"卿云"等歌。而从"诗三百篇"到有清一代，不同时期流传下来大量的诗歌作品，更是绵延不绝，是我们文学遗产最重要的一个方面。在新文化运动反对封建主义的斗争中，旧体诗被作为"封建文学"受到批判。出版过我国现代第一部新诗集的胡适，就断言中国古典诗歌已到穷途末路，传统格律已成为绞杀诗情的绳索。他甚至还拿诗词格律与女人裹脚布相提并论，认为它们是"同等的怪现状"。从此旧体诗创作就出现了断裂。当然，这与当时旧体诗创作本身存在的内容空洞、思想陈腐等弊端不无关系，也是当时人们追求民主自由、思想解放的时代大势使然，和当时的社会状况很有关系。不过，因此就绝对化地对旧体诗创作采取否定的态度，我认为是不对的，是形而上学和民族虚无主义的偏颇，是一种简单化的倾向。

由此可见，旧体诗创作的戛然中断，不是艺术规律本身发展的结果，而是人为的结果。旧体诗有着深厚的文化底蕴，有着相当的群众基础，因此虽有人为的阻压，但它的发展仍然不绝如缕。多少年来，写旧体诗的现当代人还是不少。我们最喜欢列举鲁迅、毛泽东，一个代表着中国新文化的方向，一个是新中国的缔造者，他们脍炙人口的旧体诗为人所称颂，一些篇章列入学校的教材。周恩来早年也写过诗。朱德、陈毅、董必武等领导人都擅写诗。郭沫若、茅盾、田汉等文学大师的诗词都很出色。还有一个有意思的现象，现代一些著名的旧体诗作家，例如沈祖棻、程千帆、常任侠、陈迩冬等，年轻时都曾是新诗人。有的是既写新诗也写旧体诗，臧克家就说："我是一个两面派，新诗旧诗我都爱。"20世纪60年代，赵朴初、胡乔木的诗词都曾刊登在报刊上，引起很大的反响。但在某些人眼里，旧体诗的创作毕竟是个"另类"，不能进入现当代文学史。诗歌的一统天下是新诗，即自由诗。

中国社科院文学所编印的《中国文学年鉴》，当代旧体诗创作一句也不提及，这不是疏忽，而是固有观念的反映。

旧体诗创作自三中全会以来得到复苏，现在正逐步复兴，并出现了上述的热潮。我想，这首先与三中全会以来的思想解放运动有关，它使人们理智地回顾过去，其中包括长期以来对旧体诗人为的简单、粗暴的否定。"诗为心声"，许多诗人为了在新的社会环境下表达心声而选择了旧体诗。几十年来的创作实践，证明这一文学体裁也可随历史前进获得新的生机，它不是凝固的、僵化的，它仍然活在中国人的心里，而且能够表达新的社会内容，适应新的读者需要。思想解放了，禁区打破了，人们可以自由地、理直气壮地去创作。这一良好的环境，也为旧体诗创造了蓬勃发展的机遇。

从继承与弘扬中华传统文化来看，旧体诗的复兴有其必然性。汉字是中华民族的伟大创造，是中华传统文化的重要载体。汉字以其特有的声、韵、调，构成特有的韵律美。旧体诗就很好地体现了这种韵律美。例如，对偶是旧体诗的韵律美的一个重要体现。学会对对子，不仅是写好旧体诗的必然条件，也有益于继承与弘扬传统文化。1933年，陈寅恪在致清华大学文学院院长刘叔雅的《论国文试题书》中就说："对对子，能表现中国语文特性之多方面，可以测验应试者之国文程度与思想条理。"他建议高考试题应有这方面的内容。那年清华文科入学考试的试卷中就出现了对对子的内容。有考生用"胡适之"来对"孙行者"，留下一段佳话。无独有偶，2004年元月，北京大学的一场特长生选拔考试的试卷中也出现了对联试题，主联是"九天揽月，华夏英豪驰宇宙"，要求以"神舟"五号发射成功为内容来对下联，好多考生措手不及。对对子对平仄、词性都有严格的要求，分辨平仄、虚词实词，其实是一种综合性考试，也是进行旧体诗创作的一种锻炼方式。

如果再把这股旧体诗热潮放在中国诗歌发展的大背景来看，可以说它是人们对适应新时代诗歌的内容与形式的一种探索。"五四"以后，新诗虽然有了独尊的地位，但其存在的缺陷也是不容讳言的。鲁迅在

1934 年致窦隐夫的信中就曾说过："诗歌虽有眼看的和嘴唱的两种，也究以后一种为好，可惜中国的新诗大概是前一种。没有节调，没有韵，它唱不来；唱不来，就记不住；记不住，就不能在人们的脑子里将旧诗挤出，占了它的地位。"过去了 70 多年，鲁迅所说的问题仍然存在，旧诗仍未被"挤出"。我国古代诗歌源远流长，在漫长的历程中，也不断地发展、变化着。鸦片战争后，随着中国社会性质的逐渐变化，诗歌创作本身也发生着变化。例如，"诗界革命"就曾对旧体诗从内容到形式上进行过革新，包括描写新事物，"我手写我口，古岂能拘牵"（黄遵宪语）。虽然基本上仍然是古代诗歌的体制，但是近代诗人对古代诗歌的观念已经在更新。即如最受近人诟病的"同光体"，其实其中各派在艺术上也都有不同程度的创新，绝不同于明朝前后七子的模仿盛唐。目前的旧体诗热潮，正是人们这种探索的一个继续。我们说旧体诗可以适应新的生活，并不是说它就不需要变革了，需要变革的地方还有很多，任务还很艰巨，还要坚持不懈，要敢于尝试，欢迎不同流派的发展，这当然是一个比较长的过程。

新诗旧诗，并存是客观事实。现在留下的都是各自探索的足迹，同时也都面临继续探索的任务。两者不是你死我活的关系，而应互相借鉴学习。没必要融合为一种诗体，可并行不悖、比翼齐飞。

中国文化报：当代旧体诗界也遭到诸如人员老化、内容陈旧、词汇因袭等一些批评。旧体诗创作要健康发展，需解决哪些主要问题？

郑欣淼：人员老化不应该算是问题，因为人总是要老。一些老同志旧学根底很深，对旧体诗创作也有很大的影响。现在写诗词的不仅中老年，有些 20 世纪 70 年代出生的人写得也相当棒。不过，从思想认识上说，旧体诗倒是很怕"老化"。这一诗歌体裁是特定时代环境、语境下的产物，与新时代、新的生活内容能不能适应？实践证明是可以适应的，还出现了启功、聂绀弩等很活跃的一批旧体诗人。我坚持认为，在一定程度上讲，掌握格律并不难，难的是要有诗意，要有形象思维，即真正能"戴着锁链跳舞"。不然，徒具形式，诗味索然，有形无神，会倒了读者的胃口。这也是当前一些旧体诗受人攻讦的重要原因。

旧体诗创作要健康发展，我认为应该重点解决这么几个问题。

一是应该有一定的诗词创作的基础知识。要写旧体诗，必须掌握它的格律，知道平仄、用韵等一些基本要求，明白它的多种限制。现在有些人连平仄都不清楚，就大胆写作，并美其名曰"创新"，这是不可取的。词和音乐关系密切，许多词牌适宜抒发特定的感情，比如"满江红"这个词牌就多用入声韵，表达慷慨激昂的悲壮情绪。龙榆生在《唐宋词格律》一书中对此就有说明。诸如此类的知识，都应注意掌握。要多读一些经典性的诗词作品。古人说："熟读唐诗三百首，不会作诗也会吟。"这是有道理的。还要增加一些文史知识的积累。《老子》五千言，却有大智慧。《论语》也不长，是民族文化的精粹。从事诗词创作，就要对这些元文化有所了解，要有知识的积累，当然也包括生活的积累。

二是要有真情实感，要有鲜明的个性。不能无病呻吟，矫揉造作。诗歌是感情不可遏止的抒发。《毛诗序》说："诗者，志之所之也，在心为志，发言为诗。情动于中而形于言，言之不足，故嗟叹之，嗟叹之不足，故永（咏）歌之，永歌之不足，不知手之舞之、足之蹈之也。"就是说，有深厚的感情，压抑不住，所以要表现；表现为言还不够，所以要唱叹，也就是表现为诗的形式。我们所能铭记的古今诗歌的佳作，不管是咏物记事，还是怀人感时，都能从中体会到作者的感受、感情。乾隆皇帝一生写诗4万多首，接近《全唐诗》所收有唐一代诗歌作品的总和，但缺乏情致，总体艺术水平不算高，唯怀念结发妻子富察氏（孝贤皇后）的少数诗篇，被人们普遍称为佳作，就是因为直抒胸臆、感情真挚的缘故。

三是要注意创新。毕竟我们面对的生活环境与古代有很大不同。古人说"残灯如豆"，今人用的是电灯；古人说"更漏尽"，现在用的是钟表；古人说"细雨骑驴过剑门"，今人除了我前些年去新疆一些地区见过骑驴的兄弟民族的老人，大多数人出门都是车船飞机，谁还骑驴？当然，我们说创新也不是简单地使用几个新词汇，像"刘郎不敢题糕字"（宋祁《九日食糕》），最重要的是要与现实相通，要有现代意识，创造新的意境。传统诗词用典较多，现在有人反对用典。我认为，在用典上不可绝对化。我们反对"无一字无来历"，反对掉书袋、獭祭鱼，但不是说典故毫无用处。许多典故寓意丰富，运用得当，有利于创造启发读者更多联想的意象、意境，增加表现力。毛泽东、鲁迅的作品中，就多活用典故，使读者印象颇深。当然，我们反对用僻典，或者是生造，令人看不懂。鲁迅晚年曾为杨霁云书一直幅，引了晚清"诗界革命"一位诗人用《圣经》中的"典故"写的诗："帝杀黑龙才士隐，书飞赤鸟太平迟。"然后批评说："故用僻典，令人难解，可恶之至。"

四是要注重推敲修改。这于诗意的强化和诗境的提升很有意义。写时字斟句酌，认真推敲，写好了再做进一步的甚至反复的修改，这是"苦吟"即锤炼的过程。"二句三年得，一吟双泪流"，贾岛的话有些夸张；传为李白赠杜甫的"借问别来太瘦生，总为从前作诗苦"，虽是调侃，但说明写诗不容易，是个苦差事。王安石评张籍的诗："看似寻常最奇崛，成如容易却艰辛"，属于正常情况。因而有些人不仅自己改，还请旁人帮忙改，这方面的佳话很多。毛泽东写诗曾请郭沫若、臧克家推敲，胡乔木写诗曾请钱锺书斧正，还留下了彼此商讨的信札。中华诗词学会最近提出提高诗词质量问题。提高质量需要多方面努力，注重推敲修改不容忽视。现在有些人率尔下笔，只求数量，没有精品意识，这是不好的。

中国文化报：现在一些诗词刊物在用韵上大多实行旧韵、新韵并行的"双轨制"，《中华诗词》等刊物最近也发表了一些关于新、旧韵的争论。我读到的您的一些旧体诗作品用的是"平水韵"，您怎么看待新韵？

郑欣淼：诗韵是诗词界一直关注并热烈争论的问题。中国的古音，分上古、中古、近古 3 个阶段或 3 个系统。我们所说的诗词，主要是中古阶段的产物，也是依照中古音系统创作的。中古的韵书，从隋陆法言的《切韵》到经唐人修订的《唐韵》，再到宋人的《广韵》，韵部达到 206 个，声调为平、上、去、入 4 种，这么多韵部，在实际应用方面显然不适宜，就容许邻近的韵部"同用"。在此情况下，南宋刘渊编了《壬子新刊礼部韵略》，把韵部减到 107 个；金王文郁据此编了《新刊平水礼部韵略》，又把韵部减到 106 个。刘渊是平水人，平水即今山西省临汾市，所以称之为"平水韵"。从宋、金直到现在，106 个韵部的"平水韵"，已经运用了 800 年。现在诗歌创作用韵，大致有 3 种情况：一是完全恪守"平水韵"；二是用韵较宽，但原属入声今读平声的字仍作仄声用而不派入平声；三是完全用新韵，没有了入声（所谓"入派三声"），平仄按照今天普通话的读音。

我的诗词属于以上第二种情况。约在 1965 年，我买过一本上海中华书局出的《诗韵新编》，后来写诗用韵就按这本书，但我对原是入声今读平声的字，仍作仄声用。毛泽东、鲁迅也是坚持保留了入声，但在用韵上并未完全遵守"平水韵"。例如，毛泽东的七律《长征》《和柳亚子先生》分别为"寒""删"和"江""阳"通用，鲁迅的《无题·故乡黯黯锁玄云》3 个叶韵的字分别出自"真""文""元"3 个韵部，在当时和今天读来都很顺畅。

诗为什么押韵？就是为了声调、韵律上的和谐上口。诗歌和音乐联系比较紧，声韵是诗歌音乐美的载体，是诗歌易于流传的艺术要素之一。旧体诗歌以韵律精严著称。我个人认为，写旧体诗歌，平仄一定要遵守，它可使音节协调，产生一种抑扬顿挫、往复回旋的韵律，这是古人创作实践的总结。但在用韵上应注意语音的实际变化。有人主张，既是旧体诗，用韵则必须遵循"平水韵"，例如"十三元"，即使此韵中有的字在现代有多种读音，易与"先""真""文"等韵相混，也还要照用不误。我对此难以苟同。高心夔是清晚期的著名诗人，但他两次考试都因为在"十三元"一韵上出了差错，被摈为四等，"平生双四等，该死十三元"，成了终身的憾恨。难道我们还要今天的作者像当年的高心夔那般犯难？道理很简单，今人的诗是写给今人看的、吟的，随着时代递嬗，语音已经变化，还要坚持800年前的读音，那该多别扭！这不仅影响了人们的欣赏效果，也桎梏了旧体诗歌在今天的发展。

我认为诗韵应该改革，应该放宽，应以今天的实际语音为主。因此我是赞成新韵的。但是新韵宽到什么程度，这是个需要继续探索的问题。现在还有一些人习惯于"平水韵"，大多数诗刊仍是"平水韵"的天下。在这种情况下，我赞成中华诗词学会在《21世纪初期中华诗词发展纲要》中提出的主张，即一方面尊重诗人采用新韵或运用旧韵的创作自由（新、旧韵不得混用）；另一方面又要倡导诗词的声韵改革，大力倡导使用以普通话语言声调为审音用韵标准的新声新韵，同时力求懂得、熟悉乃至掌握旧声旧韵。总之，在较长时期内，应为诗词创作造成一个选择不同用韵的宽松范围。

中国文化报：我们今天应该怎样看待传统诗歌中的积极因素和消极因素？

郑欣淼：积极因素，传统诗歌中总体上很多，在树立社会主义荣辱观的教育中也有现实意义。前天晚上，我刚刚看过陕西创演的秦腔剧《杜甫》。这个戏勾勒了诗圣杜甫坎坷跌宕的生命历程，我认为不错。我读高中的时候，语文老师周老师曾送我一本清代仇兆鳌的《杜诗详注》。杜甫的1400多首诗歌，绝大部分我都读过，这对我的诗词创作起了直接的推动作用，也使我对杜甫十分敬仰。

杜甫是个伟大的诗人，他的诗歌很有代表性，可以说是中国古代诗歌中积极向上、忧国忧民的优良传统的典型体现。他对国家命运的关注，对民生疾苦的呼吁，"新松恨不高千尺，恶竹应须斩万竿"，对美与丑、善与恶的强烈鲜明的态度，千百年来影响深远。中国传统知识分子向往理想人格，追求大丈夫的浩然之气，这在诗歌中有着充分的反映，也成为激励今人的精神财富。例如，屈原的"路漫漫其修远兮，吾将上下而求索"，文天祥的"人生自古谁无死，留取丹心照汗青"，林则徐的"苟利国家生死以，岂因祸福避趋之"，等等，都成了广为传诵的名言佳句。对祖国山河的热爱，对田园风光的向往，抒发了诗人的美好情感，也都是有积极意义的。还有许多诗作，或表现人类共有的情感，或反映对事理的体悟，都有其不朽的价值。无论是浪漫主义还是现实主义，中国传统诗歌中都浸润着很多儒家思想，关心现实，强调自我道德的修养与完善，洋溢着爱国主义精神，体现了对社会的责任。

至于消极因素，传统诗歌中当然也不少，比如无病呻吟，"为赋新词强说愁"，囿于个人生活小圈子里的清高孤傲、幽怨怅恨，等等。传统诗词的积极因素又往往与消极因素结合在一起，不好截然分开。例如，屈原、杜甫的爱国主义就与他们的忠君思想分不开。这就需要坚持历史唯物主义，进行具体的分析，防止"摘句"带来的片面性。

中国文化报：传统文化形式（如国画、京剧、旧体诗词等）的继承和创新在社会主义文化建设中的作用如何？

郑欣淼：国画、京剧、旧体诗词等传统文化形式，是民族文化的典型体现，反映了我们民族的一些特有的审美观念、思维方式和价值观，已深深地扎根在国人的魂魄里。在今天，它对于我们坚持自己的文化传统，保持自己的文化身份、民族特性，提高国民文化素质，都发挥着积极作用。尤其是在当前经济全球化、市场一体化的进程中，忽略了这些传统文化形式的继承和创新，就容易迷失自我。

传统诗词创作目前实际已成了群众文化活动中的一个重要项目，成为民族精神和时代心声的重要载体。继承传统文化，有发展和弘扬的问题，但不能与当代文化割裂开来看。首先要继承，然后才能看清不足，推陈出新，有所发展。继承的过程实际也是研究的过程。不能非此即彼。

中国文化报：旧体诗歌在政治、外交和日常交际中是否有独特的作用？

郑欣淼：这是一个有趣的问题。旧体诗歌精练含蓄，形象生动，在政治、外交和日常交际中加以巧妙运用，能收到普通语言达不到的效果。舜说："诗言志。"（《尚书·舜典》）舜说的"诗"，属于泛指。孔子说："不学诗，无以言。"（《论语·季氏》）孔子说的"诗"，指的是《诗经》。古代常见"献诗陈志""赋诗言志"。《诗经》在外交和日常交际中发挥着表情达意的工具作用。当时贵族子弟学习"诗"，就是为了在政治活动和社交场合中陈志、言志。《左传·襄公八年》记晋国范宣子出使鲁国，意欲鲁国帮助晋国讨伐郑国，但不便直接言明，同时也想探探鲁国对伐郑的态度，于是就吟了一段《诗经·召南·摽有梅》里的诗句："摽有梅，其实七兮。求我庶士，迨其吉兮。"他用这段话作为外交辞令，表达了不要错过用兵时机的意思，显得婉转含蓄，也留有回旋的余地。

写出诗歌"藏之名山"，被看成是很神圣的事情，也是一种文化素养的体现。因此作诗诵诗，就成为中国政要的一个传统和特色。历史上许多帝王，从刘邦、项羽到唐太宗，都有诗篇传世；朱元璋文化程度并不高，相传也吟出过"大将南征胆气豪，腰悬秋水吕虔刀"这样的诗句。民国时期，孙中山、黄兴和其他同盟会领袖多有诗词传世，北洋政府也有涉猎风雅的人。袁世凯能诗，徐世昌诗、书、画俱工，连段祺瑞也有《正道居诗》。如前所说，我们共产党的一些领导人也能作诗，毛泽东的词尤为人称道。既然"诗言志"，那么，政余事诗，以志其怀，自然成为政治家的时尚。为什么我们一些退下来的老同志喜欢作诗？我想大概与这种传统有关。

诗词酬唱自古以来即是文人间的雅事，《全唐诗》《全宋词》里这类事例已经很多。毛泽东与柳亚子的唱和，更成为一段佳话。在国家政治外交活动中引用旧体诗词等民族文化瑰宝，可以很简练地表达很丰富的内容，不仅有历史感，也显示出中国文化的源远流长。这是我们的一个特色。2005 年布什访华，国务院总理温家宝引用北宋改革家王安石的著名诗句"不畏浮云遮望眼，只缘身在最高层"（《登飞来峰》），来比喻中美关系应该高屋建瓴，高瞻远瞩，妥善处理分歧，在海内外颇有反响。

　　总之，中国是一个诗的国度，中华民族是一个诗的民族，从历史长河看，这里的诗，指的都是包括古体诗在内的旧体诗。这种旧体诗，虽然曾在短时间内由于种种原因沉寂或不振，但至今仍然受到人们广泛的喜爱，并且从复苏走向复兴，已经证明它确实有着强大的生命力。我相信：旧体诗作为当代文艺百花中的一花，只要进行一些必要的改革，一定会更加繁荣昌盛！

赋的探索

　　很高兴出席今天的会。关于袁先生的作品，两年前我因为有事没有参加上海的研讨会，所以今天来了。冯其庸先生刚才谈的，对我很有启发。一方面，我想从袁先生本人能写这么多的赋，谈给我的启发；另一方面，从他的著作本身谈一点看法。他是一名官员，南通市的副市长，而且多年来从政，也搞研究。我发现，不光袁瑞良一个，各地涌现出了一批官员搞文学创作。《光明日报》搞了一个"百城赋"专栏，发表了许多赋。在这些作者当中，有许多是宣传部的部长、市委副书记，我看到后很振奋。我感到，改革开放以后，我们领导干部队伍的结构有了很大变化，特别是干部的文化知识普遍提高。作为一名干部，我觉得文化素养是基本的。有时候不单单是一个学历问题，而是长期文化沉淀的结果。对于一名干部，既有学历方面的知识，又有人文方面的素养，可能在他处事、待人、思考等方面就与一般人不同。所以我觉得袁瑞良先生作为一名干部，写这么多赋，而赋不同于一般的文体，除了自己的根底深外，主要在于他个人的文化素养。

　　另外，由袁瑞良的《神州赋》，结合当前《光明日报》搞的"百城赋"，给我的印象，赋作为一种文体，大家越来越重视。如果放到大的社会背景来看，它可能和我们传统文化的复兴有关系。旧体诗词，"五四"以来几乎没有提过，包括旧体诗词在内的赋的复兴，应该放在我们国家传统文化复兴的大背景下。这种文体，有它的弱点，有它不足的地方，但在清代它是比较繁荣的。此后它一下子停止，也是人为的停止。经过人们的反思，仍然可以发挥它的长处、作用。所以，我想赋的复兴可能与大的文化背景有关系。

此外，袁瑞良能一下洋洋洒洒写这么多赋，一个主题能翻来覆去写，也是不容易。而且，里面一看是有道理的，有一定的深厚根基，没有文学方面的功底，我想我是写不出来的，我很羡慕他。赋作为一种文体，现在可能处在被探索之中。赋的发展过程，也在不断演变之中。特别是唐宋古文运动的影响，赋出现散文化的变化，如苏东坡《赤壁赋》、欧阳修的《秋声赋》等。我记得 20 世纪 60 年代山东一作家写了《秋色赋》，和我们今天谈的赋还是有很大的区别。所以，袁瑞良给我们提供了他的一种写法。今天，我想赋能否更具有思想性，把批评一些不好的东西结合起来进行探索。袁先生的探索，给我们很多启发，希望他继续坚持下去，把我们的大好河山继续赋下去。

（本文为作者 2007 年 9 月 1 日在北京召开的袁瑞良赋体文集《神州赋》出版座谈会上的发言）

诗坛新帜　历史重任

　　今天是中华诗词研究院成立的大喜日子，我谨代表中华诗词学会表示热烈的祝贺！

　　30多年来，随着中国改革开放的步伐，中华民族的文化瑰宝——中华诗词，也逐渐由复苏走向复兴。这期间有两件大事，都具有标志性意义。一个是1987年中华诗词学会的成立，它顺应了在以经济建设为中心同时努力继承弘扬中华传统文化的时代潮流，反映了植根于深厚的民族文化土壤中的中华诗词要求复兴的不可遏止的生命力。学会的成立，20多年的辛勤，已使诗词事业出现了蓬勃发展的好局面。另一个就是今天成立的中华诗词研究院，它是中华诗词事业在新的基础上迈出新的步伐的标志，预示着一个新的发展阶段的骎骎到来。这都是时代的要求，也是中华诗词事业自身逻辑发展的必然结果。

　　中华诗词是发展的事业，是要不断进步、提升的工作。广泛的群众基础、丰富的创作成果是其生机与活力的反映，但是创作质量需要提高，需要理论指导，需要专家的研究，在创作与研究、探索与理论、普及与提高、群众与专家等关系上，相对来说，中华诗词学会更着重于基础性、普及性、群众性的工作，而中华诗词研究院则在理论研究、重点提高上做出了更大的贡献。这是相辅相成、互相促进的两个方面，两个方面都抓好了，中华诗词事业才会更加健康地发展。正因为二者的这种不可分割的关系，决定了学会与研究院应该是互相支持与共同合作的关系。

中华诗词研究院是应运而生的，浩如烟海的诗词遗产，方兴未艾的诗词创作活动，特别是依托于国务院参事室、文史馆这个人才济济的机构，更有领导同志的支持、文史界同行与各界朋友的支持，我们对中华诗词研究院的发展寄予厚望，给予美好的祝愿，相信研究院将以自己卓有成就的工作促进当代中华诗词事业云蒸霞蔚、高歌前进，从而不辜负我们伟大的祖国，伟大的时代，伟大的人民。

特以《鹧鸪天》一首，祝贺中华诗词研究院成立：

> 诗国长河几道湾，华章巨手待评铨。骚坛犹少金针样，史馆今增玉笋班。　宫苑露，鸟巢烟，京华秋意正新尖。忽闻动地歌吟起，始信心声不等闲。

（本文为作者 2011 年 9 月 7 日在中华诗词研究院成立大会上的致辞）

忽闻动地歌吟起　始信心声不等闲

　　厦门的秋天是美丽的，秋天的厦门是清新的。选择如此美好的时间和地点欢聚一堂，共庆中国诗歌节这样一个美丽温馨的佳节，令人诗兴大发，心潮澎湃。首先请允许我代表中华诗词学会向第三届中国诗歌节送上美好的祝愿，祝愿诗歌与时代共腾飞，祝愿诗潮比海潮更奔放、更给力、更壮观，祝愿厦门的明天更美好、更灿烂、更加诗意盎然。

　　我是第一次出席中国诗歌节。作为中华传统诗词方面的代表，我的感触很多。我认为，诗分新、旧，这是中国诗歌发展历程的反映。无论新诗、旧诗，尽管在表达形式上有所不同，但作为诗歌的本质则是相同的、相通的。著名的厦门诗人舒婷在《双桅船》里写道："雾打湿了我的双翼，可风却不容我再迟疑。"诗人感受到追求理想过程中的艰难与沉重，又同时感受到了时代的紧迫感和责任感。这两句新诗可以"翻译"成两句五言诗："雾湿双桅翼，风催一叶舟。"也可以"翻译"成两句七言诗："雾虽湿翼双桅重，风正催舟一叶轻。"可见新诗和旧体诗在意境上是相通的。无论你是写作新诗的诗人，还是写作旧体诗的诗人，伟大的时代都在召唤着我们，沸腾的生活都在召唤着我们。诗人的心灵之舟，只有驶向澎湃的时代和生活之海，才能领略那风云际会的壮观风景，体会到那弄潮冲浪的壮丽人生。为时代放歌，为人民立言，我们的诗人们重任在肩，责无旁贷。

　　目前，我们的诗坛已经形成了新诗和旧体诗词携手并进、比翼齐飞的良好局面。当代诗歌发展要有科学的生态观念，要珍惜和维护和谐团结、健康向上的生态环境。要用全面的、辩证的、对立统一的方法来观察纷繁绚丽的诗歌现象，要防止用孤立、片面、粗暴的方式和方法来对待诗坛上的异己性或异质性的美学趋势和变化。

发展当代诗歌必须有高度的文化自觉和文化自信，要着眼于提高人民思想道德素质和科学文化素质，要着眼于塑造高尚人格，要在中国特色社会主义的伟大实践中进行文化创造，要拥抱社会，切近民生，尤其应该注意克服某些小众化、圈子化的创作倾向，与人民群众共享诗歌创造和诗歌发展的伟大成果。

30 多年来，随着中国改革开放的步伐，中华民族的文化瑰宝——中华诗词，也逐渐由复苏走向复兴，方兴未艾，形势喜人。当代中华诗词创作有着广泛的群众基础和丰富的创作成果，充满生机与活力，但是也需要提高创作质量，需要科学理论指导，需要专家学者的研究。诗歌传统是一个动态的延续过程，而不是静态的固守过程，应该克服抱残守缺、一成不变的思想，尤其不能抱着宗教情绪来片面复古、拟古或崇洋、拟洋。只有正确地处理好继承和创新的关系，才能在继承的基础上创新，在创新的过程中更好地继承，才能进一步繁荣诗歌的创作与研究，为人民奉献更多更好的思想性、艺术性、观赏性相互统一的精神食粮，不断满足人民多样性、多层次、多方面的精神文化需求。

"忽闻动地歌吟起，始信心声不等闲"。这是我在祝贺中华诗词研究院成立时所写的《鹧鸪天》中的两句，是说诗歌的力量，诗歌的作用。时代需要诗歌，人民需要诗歌。浩如烟海的诗词遗产，方兴未艾的诗词创作活动，特别是有庞大壮观的诗歌作者和读者队伍，使我们有理由对中国当代诗歌的未来保留美好的愿景和瑰丽的想象，相信当代诗人一定会以自己卓有成就的工作，来促进当代诗歌事业云蒸霞蔚、高歌前进，并把当代风流写入明天的辉煌的诗歌史册。

（本文为作者 2011 年 10 月 15 日在厦门第三届中国诗歌节的致辞）

诗词大省的责任与气象

    在江苏省中华诗学研究会成立的喜庆时刻，我谨代表中华诗词学会表示热烈的祝贺！这可说是一次诗人的雅集，诗歌的庆典，也是中国诗歌界的一大盛事，祝这次大会圆满成功，祝与会的各位诗人、诗歌理论家、评论家和各界朋友们身健笔健、诗思泉涌！

    前几天，李长春同志在致中国诗歌学会全国代表大会的贺信中指出："作为文学桂冠上的明珠，诗歌历来是民族文化宝库里的瑰宝。"的确，诗歌是我国文学桂冠上的璀璨明珠。写诗，使岁月更加灿烂；读诗，使心灵更加生动；研究诗，使生活更加丰富多彩。正是因为有了这个不同凡俗的"诗"字，我们江苏省中华诗学研究会的事业更增添了一些情韵，一缕风骚，一份格调。相信由江苏省的诗学专家、著名诗人、大学教授、诗学爱好者组成的这一理论研究型社会组织，一定会成为诗歌专家和爱好者的一个良好的交流平台，成为全国诗歌界了解江苏诗坛的一个重要的艺术窗口，对于繁荣诗学研究创作、弘扬传统文化必将起到积极的推动作用。

    江苏省有一家全国著名的诗歌刊物，叫《扬子江诗刊》。如果把我们波涛汹涌绵绵不息的民族文化长河比喻成扬子江的话，那么诗歌就是其中最优美、最丰富、最有活力的那一道风景线。从屈原、陶潜到李白、杜甫，从苏轼、辛弃疾到关汉卿、马致远，到高启，到纳兰性德、龚自珍，到鲁迅、毛泽东，到艾青、田间、臧克家，无数脍炙人口、催人奋进的优秀诗篇滋养和培养着我们民族的优秀文化品格，滋养和培养着以爱国主义为核心的民族精神和以改革创新为核心的时代精神。

我特别欣赏江苏省中华诗学研究会把新诗和旧体诗词共同纳入研究视野和交流平台的极富创意的做法。坦率地说，新旧诗体的界限在今日诗坛上还是一个客观真实的存在。某些写作旧体诗的人对新诗人抱有偏见，某些写作新诗的人对旧体诗人同样抱有偏见。我是赞成新诗旧诗互相学习、比翼齐飞、共同繁荣发展这样的观点的。前不久，我参加北京恭王府的海棠雅集，写过这么一首绝句："岂负骚肠八斗才，海棠树下且徘徊。花时岁岁吟难尽，国艳合为诗客开。"生活的花朵鲜艳芬芳，为新诗人而开放，也为旧体诗人而开放。花时岁岁吟难尽，岂分新诗和旧诗？旧体新体开并蒂，泾渭无须太分明。

比如这首绝句也可"翻译"成一首新诗：

是花在催诗？
——良辰美景，八斗诗才。
是诗在催我？
——海棠花下，几度徘徊。
吟也吟不尽啊！
——岁岁青春，无边花海。
倾城还倾国啊！
——人为花醉，花为诗开。

这种"翻译"当然仅仅是一种尝试，选择旧体诗还是新体诗的形式，取决于诗人对诗体形式的掌握以及在生活中的真实感触。2011 年第三届诗歌节，我也曾把舒婷的两句新诗"翻译"成旧体诗，在诗友中和媒体上受到过一些鼓励。我做这种尝试，其实还是想证明这样一个简单的道理，即无论形式怎样不同，但就诗的本质意义来说，新诗与旧体诗是相通的，绝对不是互相对立的两个艺术阵营，更不是所谓"两个诗坛"。

我们刚刚欢度完五四青年节。作为以研究创作传统诗词为主的中华诗词学会的会长，我对这一特殊的节日有着一份特殊的感慨。一段时期以来，不少的传统诗词的研究者、创作者中有一种颇为流行的观点，认为是五四运动割断了传统诗词的文脉。我认为问题不那么简单，要看到，旧体诗词之所以在那个历史时期衰落，是因为当时的创作确实陷入了苍白枯涩的局面，有其自身的问题。而新诗的勃兴和崛起，则是顺应了当年风起云涌的特殊时代要求的缘故。试问清末的黄遵宪等人为什么提出"诗界革命"的口号？不正说明了当时的诗人自己也感受到创作所面临的危机吗？同样道理，旧体诗在新时期尤其是 21 世纪以来从复苏走向复兴，也是历史积淀和现实发展的自然产物，也反映了旧体诗歌的生命力。旧体诗在当代文坛的复兴，并非人造景观，更非陈年古董。文章合为时而作，歌诗合为事而作。旧体诗词因为反映了新的感情，新的思想，新的时代风云，所以才能给当代读者重新带来新的美学享受，唤起人们新的美学共鸣。当然，旧体诗与新体诗的作者要互相借鉴。对于旧体诗来说，既要传承，又要革新，要有所发展。时代前进的铿锵有力的步伐，人民奋斗的壮丽恢宏的事业，蕴藏着也为我们提供了无数可歌可泣的诗思和诗情，值得新体诗人和旧体诗人们共同挥洒激情，放声歌唱。

在贯彻落实十七届六中全会精神的热潮中，在纪念毛泽东同志在延安文艺座谈会上的讲话发表 70 周年的历史时刻，祝愿江苏省中华诗学研究会团结广大旧体诗人、新体诗人，团结广大喜爱旧体诗和新体诗的诗学专家和爱好者，为人民抒情，为时代放歌，为我们的民族诗歌宝库增添新的灿烂明珠，谱写更绚丽瑰奇的当代文化壮歌。

（本文为作者 2012 年 5 月 5 日在南京江苏省中华诗学研究会成立大会上的致辞）

三痴第一是诗魂

　　五月江淮，风光正好。我们欢聚在这里，共同欣赏和研讨梁东先生的诗词，别有一番意味。2012 年 2 月 1 日晚上，在钓鱼台芳菲苑举办中华诗词吟唱会的时候，梁东先生对我说，安徽的诗家们将在合肥举办"梁东诗词研讨会"，我非常高兴地表示一定参加。

　　梁东先生是中华诗词学会的老领导，也是当代诗词大家，在中华诗教方面也做出了重大贡献。中华诗词学会对梁东先生的成就与贡献十分重视，我个人对梁东先生也非常尊敬。

　　梁东先生的故乡是安徽安庆。这是一方厚土，他从小受到大江绿浪的洗浴，受到安庆故里的滋养，受到桐城文学的影响，也受到维扬文化的熏陶。他的诗词、他的书法、他的散文，还有他对戏曲的痴迷，都积淀着、灿烂着中华民族的文化精神，也凝结着他的高标壮志，体现着他的趣味追求，反映着他的人格才华。

　　激发民族正气，抒发爱国情怀，是梁老诗词艺术创作的主旋律。诗词绝不是理论说教，爱国主义之于诗词，也不能是政治口号，而必须是鲜活感人的形象。梁东先生许多重大题材的诗作，也都是他真实感情的凝结，是从心底发出的吟唱。

　　梁东先生是一位诗词书法戏曲的"三痴"，而"三痴"的基础是"三知"。何谓"三知"，我体会，对梁东先生来讲，是知诗、知书、知戏之谓也。他的诗词厚重高格，热情洋溢，轻松自然，真所谓"有境界自成高格"（王国维《人间词话》）；他的书法飘逸洒脱，真有"提笔云翻龙泼墨，回眸珠落手操弦"（《梁东诗词选》，第 17 页）的潇洒；他的戏味神韵自在，有"曲终人已醉，余韵共徘徊"的味道（梁东《开窗放入大江来》，第 102 页）。而这"三知"，恰是中华传统文化中最典型、最突出的代表，梁东先生有"三知"而至"三痴"，可见其对中华传统文化爱之深厚。

梁东先生还有一句诗："三痴第一是诗魂。"（1993 年 8 月 1 日《鹧鸪天·诗魂梁东诗词选》，第 168 页）诗词是中华文化的精髓，是中国文学皇冠上的明珠，也是诗人思想、文化、个性的反映。我以为，在梁东先生的"三知"中，最厚重、最丰满、最能代表他自身形象的，还是他那许多优美的诗词作品。

今天恰逢母亲节。梁东先生有着对故乡、对父老兄弟的深情厚谊，有着对祖国母亲的深情厚谊，这份浓浓的感情融进他的诗词作品中。这种博大的爱心，也是每一个诗人词家都应该具备的。

最后，我谨以小诗一首祝梁东先生健康长寿，诗情长怀，吟诵不断：

心中有兰蕙，鸿雪自芳芬。
玉振长江浪，锦舒天柱云。
传诗情宛转，纵笔气氤氲。
杖履犹豪兴，庐州绿欲醺。

（本文为作者 2012 年 5 月 13 日在合肥举行的梁东诗词研讨会上的讲话）

"诗词中国"活动的意义

"诗词中国"传统诗词创作大赛是个很有意义的活动，出席今天的启动仪式，我有3点感想。

第一，"诗词中国"是个很好的主题。我们引为自豪的是，中国是诗的国度。诗歌是与中华民族的历史、文化联系在一起的，经数千年发展而从未中断。泱泱诗国，浩浩诗流，气象万千，蔚为大观。人为什么要作诗？我们的古人早就指出，"诗言志"，这个志，既有意志，又包括情感。诗是人们表达抒发意志、情感的重要形式，是意志情感不可遏止的产物。诗与人们的生活联系在一起。中华诗词是传统文化的瑰宝，有着顽强的生命力与魅力，只要汉字不废除——当然不可能废除，只要传统文化不摒弃——当然不可能摒弃，中华诗词就会继续存在与发展。因此，以"诗词中国"为主题，说明诗词在中华传统文化中的地位、在中华民族中的影响、在当代中国文化繁荣发展中的作用。这种地位、影响和作用，不仅体现在过去，还反映在当前与今后，因此是很有意义的。

第二，参加这个活动的机构共有6家，有在中国影响最大的大众传媒机构——中央电视台，有一直支持中华诗词事业、在知识文化界享有盛誉的光明日报，有成立百年、以整理出版古籍为主、在文化积累方面做出重大贡献的专业出版社——中华书局，有异军突起的新兴通信企业——中国移动集团，有专门研究中华诗词的中华诗词研究院，还有成立 20 多年、会员超过两万人的学术团体——中华诗词学会，媒体、出版、通信、研究单位、学术团体，这些不同的机构合在一起，共同推动中华诗词的发展，是令人高兴的，也是令人鼓舞的。这说明，对于中华诗词的重要性、对于它的发展，社会已达成了共识，这是中华诗词事业开始复兴的一个标志，一个机遇；同时，这也说明，中华诗词事业的发展，需要多个方面的支持，尤其是大众传媒、新闻出版以及新兴的通信科技、互联网的支持。伟大诗人杜甫曾说"诗是吾家事"，今天看"诗是大家事"，有大家的关注和支持，中华诗词事业一定会有更大的发展。

第三，我们都注意到，这次活动标明是"首届"，既是"首届"，就会有"二届""三届"，甚至会不间断地办下去。这表明了主办方的一个决心，一个愿望，就是持续不断地推动中华诗词事业。诗词竞赛是动员社会参与以及多出精品的好形式。预祝这次活动取得丰硕成果！谢谢大家。

（本文为作者 2012 年 9 月 28 日在"诗词中国"启动仪式上的致辞）

永远的杜甫

　　杜甫不仅是一位生活于 8 世纪中国诗歌巅峰上的巨人，而且是中国"四千年文化中最庄严、最瑰丽、最永久的一道光彩"（闻一多《杜甫》）。2012 年恰值这位文化伟人诞辰 1300 周年，中华诗词学会、中国诗歌学会、中华诗词研究院为此共同举办学术研讨会，探讨他的诗歌成就与人生经历，加深对其艺术追求与人格践履的认识，继承他的精神遗产，这对于我们今天弘扬优秀的中华传统文化，建设社会主义精神文明，推动中华诗词事业的发展，无疑有着积极的意义。

　　杜甫始终以人生与社会为关注的对象，把安邦济民视为自己的使命，采取积极入世的人生态度，具有强烈的使命意识。他虽然有过种种的不幸和委屈，有过内心的矛盾和冲突，但没有沉沦，也没有做遁世的隐者。他的可贵之处，在于超越了儒家的传统信条，即不管穷达与否，都要兼济天下；不管是否在位，都要谋政、议政。他一生坎坷，转死沟壑，西南漂泊，老病孤舟，保持着不衰的政治热情，对这个世界仍然没有失去信心，仍然坚持着自己的追求。

　　杜甫是一位伟大的仁者。"穷年忧黎元，叹息肠内热"（《自京赴奉先县咏怀五百字》），他对天下苍生始终给予关注与同情。社会的动荡，仕途的失意，使杜甫在颠沛流离之中广泛接触到下层民众生活，有了深切的感受，倾注了深沉的感情，从而在《哀江头》《悲陈陶》《塞芦子》《洗兵马》以及著名的"三吏""三别"中深刻反映了安史之乱期间社会的动乱以及民间的痛苦和不幸,使这些作品具有了"诗史"的意义。人们也从这些篇什中认识了杜甫,看到他的诗歌的不朽价值,并且深刻地感受到贯穿其中的精神,这就是以天下为己任的胸怀和对天下苍生的赤诚之心,就是对社会的责任与理想的履践。杜甫是中国古代知识分子人格理想的楷模,在他的身上,凝聚和发扬了中国优秀的传统文化精神,具有历史和现实的意义。

在杜甫之前,中国诗歌已积累了丰厚的遗产,杜甫对这些遗产抱着认真研究、虚心学习的态度。他对于从《诗经》《楚辞》到汉魏乐府、汉代文人五言诗,建安、正始及南朝诸诗人直至初唐四杰,都有所探析,从而知其长短,并在创作实践中努力汲取借鉴这些长处。特别可贵的是,杜甫对前代诗人的艺术成就,坚持实事求是,不是轻易否定。他既反对南朝诗歌的浮靡风气,又高度评价其在丽辞和声律方面的艺术成就。他的主张是"别裁伪体亲风雅,转益多师是汝师"(《戏为六绝句》其六)、"不薄今人爱古人,清辞丽句必为邻"(《戏为六绝句》其五)、"颇学阴何苦用心"(《解闷十二首》其七)。杜甫诗歌创作取得伟大成就,与他的兼收并蓄、转益多师的态度是有重要关系的。

"文章千古事,得失寸心知。"(《偶题》)杜甫有着严肃的创作态度,并且富于创新精神,无论在诗歌的艺术形式上还是在其所反映的社会内容上,都有着非凡的成就。正如后人所评价"子美集开新世界"(王禹偁《小畜集·日长简仲咸》)。他的创作千锤百炼,精益求精,使其诗歌达到了炉火纯青的境界。他是古典诗歌语言艺术的大师,既重视继承、吸收前代书面语言,也注意民间口语的运用,元稹就指出了这一点:"杜甫天才颇绝伦,每寻诗卷似情亲。怜渠直道当时语,不著心源傍古人。"(《酬孝甫见赠十首》之二)"语不惊人死不休"(《江上值水如海势聊短述》),杜甫在"炼字""炼句"方面倾注了大量心血,自铸伟辞,使语言更为精妙,使诗意更为精辟。他在诗歌的意象经营与章法布局上也都付出了巨大的努力,取得了惊人的造诣。

杜甫回顾自己的创作历程时说："晚节渐于诗律细。"（《遣闷戏呈路十九曹长》）这个"诗律"，既指诗歌创作的一般的规律、法则，也包括律诗艺术。杜甫是唐代律诗艺术最高成就的体现者，他善于在有限的形式中开拓无限的境界，将严格的法度和开张的气势完美地结合在一起，使人们在抑扬顿挫的旋律中感受到"风骨"的力量。他的作品雄浑、深沉，形成了千汇万状、浑涵汪茫、元气淋漓的美学风格。

诗国绵绵，诗海泱泱，诗圣不朽！

纪念杜甫，学习杜甫，弘扬杜甫精神！

（本文为作者 2012 年 11 月 28 日在中华诗词学会、中国诗歌学会、中华诗词研究院共同举办的纪念伟大诗人杜甫诞辰 1300 周年学术研讨会上的致辞，载于《中华诗词》2013 年第 1 期）

继承诗圣遗产　无愧伟大时代

2012 年是世界文化名人、中国诗圣杜甫诞辰 1300 周年。由中华诗词学会、中华诗词研究院、河南省文联、河南诗词学会共同举办的《"诗圣杯"纪念杜甫诞辰 1300 周年海内外诗词大赛》圆满结束。今天，我们在这里举行颁奖典礼，既是对整个大赛活动的总结，也是乘党的十八大精神的东风，继续推进诗词文化繁荣发展的实际行动。我们向伟大的诗圣杜甫表示崇高敬意！向前来参加典礼的朋友们表示热烈欢迎，向本次大赛的所有获奖者表示衷心祝贺！向为组织这次大赛付出辛劳的同志们表示诚挚的问候！

中原是杜甫的桑梓之地。故乡，永远是诗人最敏感的神经，最深刻的牵挂。杜甫一生，漂泊他乡，艰难苦恨，但他始终没有忘记自己的故乡。公元 770 年，也是在寒冷的冬天，杜甫的伟大生命结束在长沙到岳阳的一条破船上。公元 813 年，才由他的孙辈把停在岳阳的灵柩归葬故里。他的遗骨在外漂泊了 43 年。所有参与大赛的人们，不仅是创作诗词作品的过程，也是学习杜甫精神的过程。我们从杜甫的诗歌里认识诗歌的不朽价值，感受杜甫情注社稷家国的高尚品格，学习他强烈的社会责任感和对天下苍生的赤子之情。

中原是中华民族的发祥地，也是中华诗词文化的繁盛之地。改革开放以来，中华诗词在中原复苏并不断繁荣。河南诗词学会，从 1987 年成立以来，引领中原诗词发展二十五度春秋，涌现了众多的诗人词家，为悠久厚重的中原文化增华添彩。创办 22 年的《中州诗词》，在几代编辑出版人的不懈努力下，推出了大量精品力作，培养了一大批诗词作者，其影响遍及全国，成为中原诗人词家十分珍爱的创作园地，也成为全国诗友喜爱的诗词文化品牌。

2012 年以来，全国各地乃至海外，都举办过以杜甫诞辰 1300 周年为主题的纪念活动。这充分说明杜甫的人格和杜甫的艺术对中华文化的巨大影响力。在中原，组织这次"诗圣杯"海内外诗词大赛，有着更深刻的内涵。这个活动由诗圣故乡的诗人们主动发起和组织，诗人们是吟唱着"月是故乡明"的著名诗句参与其中的，河南人民会为杜甫这座文化丰碑而增添自豪感，会为这座丰碑在新时期进一步光华灿烂而思索，而奋斗。这次活动是以诗词大赛和杜诗研讨同时进行的，我们在艺术创作和学术研讨两个方面都取得了丰硕的成果。

河南诗词学会各位同人，怀着对诗圣杜甫的无比崇敬，以高度的重视和耐心，筹备和承办本次大赛，持续时间长，工作量大，克服了许多困难，其情感人，其意可嘉！大赛过程，组织严密，程序规范，评审严谨，获奖作品具有一定的思想高度和艺术水准。诗圣地下有知，一定会感到欣慰！

杜甫不朽！杜甫是中华文化中"最庄严、最瑰丽、最永久的一道光彩"。杜甫最伟大的精神品格是，永远站在人民中间，永远关心着国家和民族的盛衰兴亡。前不久，习近平总书记在参观《复兴之路》展览时的即兴讲话中，分别引用了 3 句诗，以说明中国的昨天、今天和明天，诠释中华民族的伟大梦想。这也充分说明了中华诗词的博大精深和无穷魅力，对中华诗词界也是个鼓舞和鞭策。所有当代诗词家们，都应当以杜甫为永远的典范，与人民同呼吸、共命运，贴近实际、贴近生活、贴近群众，不断创作出思想性和艺术性相统一、振奋人们精神的诗词作品，为伟大的中国梦付出自己的心血才华。

（本文为作者 2012 年 12 月 16 日在"诗圣杯"纪念杜甫诞辰 1300 周年海内外诗词大赛颁奖典礼上的致辞）

诗词创作与发展三议

一、热烈祝贺"新洲雅集"的开办！《中华诗词》是随着诗词事业发展而不断成长的一份杂志。她以鲜明的办刊宗旨，严谨的编辑态度，刊登了大批诗词力作，推出了一批诗词新人，见证和记载了中华诗词事业发展的历程，在很大程度上也反映着中华诗词发展的水平，在海内外诗词爱好者中有着广泛的影响。《中华诗词》杂志的提高和发展有赖于一代又一代编辑同人的辛勤与努力。由杂志社出面开办"新洲雅集"，我认为很好。雅集，雅会，即风雅的集会，是一项有着悠久传统的文士的活动。东晋穆帝永和九年，即 1600 余年前，王羲之与谢安等 41 人会于兰亭，曲水流觞，共得诗 37 首，王羲之因此写了著名的《兰亭集序》。这就是一次有名的雅集。雅集的形式，就诗词创作的问题进行讨论，无拘无束，畅所欲言，这对诗词事业的发展很有好处。另外，杂志社有自身的优势，通过大量的来稿，与诗词界的广泛联系，对诗词事业发展的现状与问题体会较深。因此所讨论的题目，会有针对性。在创办这一活动时，刘征先生等前辈名家，大力襄助，今天杨金亭、周笃文诸老以及中华诗词研究院的周兴俊、蔡世平等都前来出席，说明大家都很看重这一活动，对她寄予希望。我和大家一样，希望这个雅集能坚持下去，有所提高，成为一个裨助于诗词理论建设、推进诗词发展的有影响的论坛。

二、诗词创作总是关乎时代风云。诗词是人创作的。诗人是社会的人，总是在一定的社会中生活，即如鲁迅所说，人不可能揪着自己的头发离开地球。诗人的作品中，总能看到时代的影子，所不同的是自觉地反映还是不自觉地反映，是反映得多还是反映得少。历史上的诗人有的关注政治、直面现实，其作品被誉为"史诗"；有的着重抒写个人的遭遇，如果"知人论世"，也能从中看到时代风云、社会浪花；还有一些诗人感触喟叹似乎缺乏时代性，但很可能就是一个时代的精神写照。"夕阳无限好，只是近黄昏"，李商隐的《乐游原》，人们从中所看到的是晚唐帝国的衰落与诗人自我信念失落交织的一幅景象，因此很有意义。

三、功夫在"诗外"也在"诗内"。对于诗人，我们提倡关注民族命运、关注社会民生、着力反映时代风云。这也是中国诗歌的优良传统。诗人应该有明确的是非、强烈的爱憎，既有对美好事物的歌颂，也有对丑恶现象的鞭笞，还有对不合理状况的批评。既要强调功夫在"诗外"，也要讲究功夫在"诗内"。所谓"功夫在诗外"，即要有一定的才、学、识，要有敏锐的观察力，有明辨是非的能力，能见微知著，一芽知春，一叶知秋。诗人不是政治家也不是哲学家，但诗人离不开政治，也不能没有理性的认识，应有一定的理论修养，知大局，明是非。在当前，更应有忧患意识，关心国家发展、社会安定。这样的作品才可能会有给人启迪的东西。

"功夫在诗内"，即一定要认识诗歌的特质，遵循诗歌创作的规律。现在一些反映重大历史事件的作品，读后总感到似曾相识，一般化，是应景之作；待时过境迁，这些作品就被人忘记了。其缺点在于，缺乏真情实感，更缺乏通过具体形象来表现。举个例子，欧阳修在《归田录》中讲，宋人评诗，说如何表现富贵，认为"老觉腰金重，慵便枕玉凉"，未是富贵语；而"笙歌归院落，灯火下楼台"，全不用"金""玉"字样，却表现了富贵气。古人讲诗有六义，重视赋比兴，毛主席强调形象思维，说明诗歌表现方法有其独特之处。诗歌的一个重要特点是抒情，而感情总是具体的、生动的，因而就决定了诗歌必然具有鲜明的个性色彩。诗人的感情忌用口号式的语言，也避免人云亦云。应该通过具体物象来表现生活、抒发情感。这就要求诗人深入生活，对生活中的人和事加以细致精微的观察，有自己的独特感受，有自己的真切感情，同时在艺术表现上精练含蓄，就能够启人思维。这样的作品才耐读，才会有生命力。

（本文载于《中华诗词》2013 年第 5 期）

以诗词的风雅奉献世界和平的伟大梦想

孔子曰：有朋自远方来，不亦乐乎！

来自五湖四海的中华诗人词家，欢聚在惠州，我们将要完成两项任务：第五届华夏诗词奖颁奖和海内外中华诗词高峰论坛。

我代表中华诗词学会，向各位获奖作者表示衷心祝贺，向来自各国、各地区的诗家朋友们表示热烈欢迎！

这次会议的两项任务，其实是一个主题，都是为了中华诗词文化的繁荣发展，增进全球诗人词家和诗词爱好者之间的友谊和团结，让我们的社会、我们的世界更加和谐健康。

乘着改革开放的春风，中华文化复兴繁荣，曾经是三千年主流文化，并且是优秀传统文化的中华诗词也开始复兴。在一批老一辈革命家和中华文化大师们的推动下，在党和国家宣传、文化主管部门的关心支持下，于 1987 年成立了中华诗词学会。时任中共中央政治局委员的习仲勋同志到会祝贺。他在讲话中指出："过去，我们从来没有这样一个全国性的诗词组织。现在，把这个空白补起来了。"这是改革开放后，中华诗词文化复兴繁荣的里程碑。为了推进中华诗词精品战略的实施，从 2006 年开始，每两年在全球范围内举行一次华夏诗词奖评选活动。这是目前国内最具权威性的、最有影响力的中华诗词奖项，至今已成功举办了 5 届，推出了许多精品力作。

正是由于连续 5 届华夏诗词奖活动和中华诗词文化在全球华人中

的广泛影响，所有中华诗词家的血脉都在诗词的长河里涌流沸腾，才有了回顾、总结、交流、推动的共同愿望，也才产生了举办一个海内外诗词家高峰论坛的设想。恰在这时，因为有中国作协领导的关心和机关的协调，我们与高度重视中华文化建设的海王子公司有了交往，双方的合作，促成了今天在惠州举办第五届华夏诗词奖暨第一届海内外中华诗词高峰论坛。我对海王子公司把传承和光大中华优秀传统文化作为企业责任和担当的远见卓识，深表赞赏！对他们全力促成这一盛会在惠州海王子学习型酒店举办深表感谢！

第五届华夏诗词奖颁奖暨高峰论坛在惠州举办，也是全球诗词家与惠州人民的缘分。惠州的领导对这个活动非常支持，我代表中华诗词学会和与会代表们向他们表示衷心感谢！

惠州人是幸运的。中国历史上伟大的文化巨匠——苏东坡曾从京城被贬谪到这里，因此成就了一段灿烂的中华文化光彩，永留这片多情的土地。当时，苏轼身处逆境，却不戚戚于怀，把深浓的情致，灌注在南疆的奇山异水之中。1000年后的今天，全国和全世界的百位诗词家们，怀着对苏轼的景仰之情，怀着繁荣诗词文化的强烈愿望，欢聚在惠州。新时期惠州"四东文化"之一的"东坡文化"浓烈地荡漾在我们心里，我们仿佛忘记了地域，忘记了国界，心里想着，我们是千古一脉的炎黄子孙，为着同一个目标来到惠州！这既是全球华人诗词家的盛会，也是当代诗词家与古代诗词大家的心灵对接，更是所有与会者与惠州人民诗意情感的交流。

中华诗词是中国传统文化的精粹，是中华情、中国梦的重要载体，凝聚着民族精神，体现着时代风貌。中华诗词在全球各地的传播源远流长，影响广泛。公元前100年以前就开通的丝绸之路，是物质文化之路，也是精神文化交流之路。唐代有70多个国家的使臣、商人、留学生云集首都长安，更是中外文化交流的繁荣时期。这种文化交流中，诗词文化是重要内容。例如东瀛日本，由于历代天皇的崇尚和奖掖，汉诗文化和创作繁盛于唐，先后产生的汉诗集有700多种。浙江天台是历史上有名的沟通中日诗词文化的"浙东唐诗之路"。当代日本的汉诗创作和吟诵，仍然非常盛行。从东晋开始，楚辞就在我们的近邻朝鲜半岛传播，曾经推进半岛拟骚文学的空前繁荣。南邻越南对屈原人格和作品非常熟悉和推崇。明清时期，越南的文官出使中国，都要在途经沅湘时凭吊屈原，这种现象持续了200多年。160多年前，《楚辞》译文就开始在欧美传播。那是美国的淘金热年代，最早背井离乡到美国谋生的中国人，也把寄托亲情的中华诗词文化带到了旧金山。中华诗词成为与其他国家友好交往的桥梁和纽带，推动着其他国家的人民对中华文化的认同。

到了现当代，中华诗词在海外的传播更加广泛。从20世纪50年代，毛泽东诗词就被介绍到了许多国家，产生过巨大影响。中华诗词学会从创办之日起，就有域外诗词家的参与。随着改革开放的深入发展，身在海外的中华诗词家也越来越多。例如居住在美国的中华诗词学会顾问谭克平先生，曾获得了"中华诗词特殊贡献奖"的殊荣。现在全世界有440多所孔子学院和640多个孔子课堂遍布在120多个国家，其教学内容中都有中华诗词。国内一些诗词刊物，也经常刊登海外诗词家们的作品。湖北黄冈的《东坡赤壁》杂志，还专门辟有"广宇飞鸿"栏目，刊登过很多海外诗友的佳作。古人说，有井水处有柳词。现在可以毫不夸张地说，有华人处就有中华诗词。

习近平同志说，中华文化源远流长，积淀着中华民族最深层的精神追求，代表着中华民族独特的精神标识，为中华民族生生不息、发展壮大提供了丰厚滋养。在政治多极化、经济全球化、科技信息化、改革常态化的当今世界，中国正以自身的发展与活力促进着世界的和谐与精彩，以和平、发展、合作、共赢的崭新理念引领国际新的潮流。中华民族是对人类文明做出卓越贡献并对当今世界具有突出影响、负有重要责任的国家，中国正在开启新一轮改革，并正在努力以中国梦开创合作共赢的对外关系新局面。一位美国学者曾指出，无论人类的文化背景如何不同，作为宇宙间的万物之灵，它总有一种共通的、永恒的情感，成为人类终极的价值标准，那就是：悲悯、善良、奉献，以及对信念的坚守和对美好理想的追求。鲁迅先生说，"无穷的远方，无数的人们，都与我有关"。中国梦与各国人民追求和平与发展的美好梦想是相通的。中国梦对世界来说，就是求和平、求合作、求共赢、建设和谐社会。这恰恰是诗人们的本质精神所在。可以说，中华诗词艺术是文化交流、思想交流、情感交流最温馨的工具。每一位诗人的心里，都有温柔敦厚的琴弦，不管他走到哪里，不管他是什么民族，都会深情地弹奏兴观群怨的乐曲，以优美的诗词歌唱人间的真善美，以增进自身的和谐和人与人之间的和谐。

这次论坛是个开端，我们还将共同完成一个宣言，代表所有中华诗词爱好者向全世界宣示，中华民族繁荣昌盛的伟大梦想，人类的和谐进步，同样需要无数诗词家们为之奋斗，为之鼓呼，为之吟唱。我们将与有关各方密切友好合作，让中华诗词在社会和谐、世界和谐中发挥更大更好的作用。巴金先生曾说："一个作家、一支笔可能起不了大的作用，但是一滴水流进海洋就有无比的力量。"已经醒来的中国睡狮，是一只和平、可亲、文明的狮子。中国梦是追求和平的梦，是追求幸福的梦，也是奉献世界的梦。诗人词家，都有追求和平、幸福的美好心灵。我们共同的吟唱，就会变成追求人类和平、幸福的精神力量。

让我们携起手来，用心灵的感动，以诗词的风雅，吟唱美丽的乐章，奉献世界和平、和谐的伟大梦想吧！

（本文为作者 2014 年 5 月 23 日在广东惠州第五届华夏诗词奖颁奖大会暨海内外中华诗词高峰论坛上的开幕词）

让"中国诗歌之城"焕发光彩

2014 年 5 月 29 日至 30 日,作者应邀到宜昌参加屈原故里端午文化节活动。29 日晚,作为颁奖嘉宾参加由文化部和省政府主办的首届"中国屈原诗歌奖"颁奖暨端午诗会,当日下午 4 时 30 分,作者在桃花岭饭店接受了本报记者肖敏的独家专访。本文载《三峡日报》2014 年 6 月 16 日。

诗意宜昌,源远流长

记者: 郑先生,欢迎您来到宜昌! 感谢您接受我的采访。

郑欣淼: 你好! 这次来宜昌,我非常高兴!

记者: 您之前有来过宜昌吗? 对宜昌有没有特别的感情?

郑欣淼: 30 年前,也就是 1984 年,我从重庆到武汉,曾乘船路过宜昌,当时葛洲坝给我留下深刻印象。后来我在国家文物局工作时曾到武汉办事,专门来过一次宜昌。2012 年,由海峡两岸关系协会、中华文物交流协会、台湾沈春池文教基金会等共同主办的"海峡两岸文物交流 20 年暨重走三峡活动",我受邀来宜昌进行文物考察,边走边看一个星期。当时的启动仪式就在秭归凤凰山。2014 年来出席屈原诗歌颁奖活动,我一下飞机就直接去了秭归,算是故地重游吧!

宜昌城市建设有很大变化,我上次看了好多有关移民和文化修复方面的工作，看了好多迁移的城镇，给我留下了难忘的印象。今天上午我又去了屈原祠。这是一种情结，看一次总是又有一些新的收获，而且每一次的感受都是不一样的。

记者：您怎么看待端午文化在宜昌具有的典型代表性？

郑欣淼：端午节是中华民族一个特殊节日，它与宜昌、与屈原的家乡有特别的关系，我来这里感到很亲切。

屈原是伟大的诗人、中国文学史上第一个鼎鼎大名的诗人，他给我们留下的端午文化以及民族爱国主义，都是宜昌文化发展史上的重要组成部分，也是中华民族精神里重要的遗产。今天我看了非遗展览，再次体会到，民俗是跟大家的生活联系在一起的，比如中秋节、清明节、端午节等，这都是必不可少的。这次在宜昌、在屈原的家乡过端午节，而且是跟一大批诗友在一起过节，意义更大。

记者：宜昌是楚文化的发祥地，后有巴文化的融合，是文化富集的区域，尤其是以屈原为代表开创了浪漫主义诗歌的先河。如何让"诗歌之城"焕发光彩，您作为文化部领导、学者、诗人，能与大家分享您独到的见解吗？

郑欣淼：宜昌是一座有灵魂、有文化深度的城市。离屈原家乡不远的三游洞，我去过两次，那也是宜昌有代表性的名胜古迹。唐代的、宋代的还有其他历史时期的诗人、文学家啊，在那里留下那么多的摩崖石刻，可以看出宜昌丰厚的文化沉淀。我在那里看时，觉得到处都是诗歌。

我认为，宜昌获得诗歌之城是名副其实的。我觉得诗歌之城不光是吟诗、写诗，更在于我们要诗意地生活，诗意地居住。城市的优雅气质，反映在我们市民的追求上，我想这个应该是更重要。我在祝贺宜昌获得诗歌之城的基础上，觉得还要注意将诗歌与生活结合起来，对城市品德可能就有一个新的提升。

我希望在发展新诗的同时，对旧体诗要给予保护和传承，做到新旧结合。好诗歌不管是新诗还是旧体诗，只要写得好，都是提倡的。

写新诗的和写旧体诗的人也要互相交流、互相学习、共同发展，因为不管新诗也好，旧诗也好，目标是一致的。

我在这里提出来，既要重视新诗也要重视旧体诗词，旧体诗有它的生命力，也有它特别的影响，在中国古代文学的样式里，其他都是遗产了，唯有旧体诗词有生命力。宜昌有基础，希望两方面都能抓一下，效果会更好一点。

魅力三峡，如诗如画

记者：您对"诗歌在民间"持什么观点？

郑欣淼：中国的诗歌发展，源就在民间。这一次去秭归，得知在屈原家乡乐平里有个农民办的诗社，从明代就有了，一直延续到今天，这非常不容易，这也确实证明了，诗歌离不开民间，民间确实有高人。

民间诗歌是个很大的概念。我们中华诗词学会曾举办过一个诗词活动，在全国范围内征集了大量诗歌，其中很多优秀诗歌的作者是在城市打工的，也有生活在农村的。这也就说明了，诗歌并不是少数所谓精英人士风雅聚会的，而是人们在生活中所需要的，就像我们现在很多脍炙人口的诗歌，都是过去人们在劳作中产生的一样。

将诗歌在民间上升到文化引导方面，我觉得可以进行试点。国风就是在当时各地区征集起来的。我想，我们宜昌在文化引导方面，能不能把诗歌在民间，从群众文化方面再上一个层次，有一个长远的计划和目标。比如在民间开展一些持续的活动或搞一些试验，必要时进行组织和领导，给他们提供一些创作的方便和平台，我们要增强这种意识。

记者：宜昌荣获"中国诗歌之城"的称号，您有什么希望？

郑欣淼：把诗意融入城市。

不一定每一个人都成为诗人，但每一个人或多数人都能喜欢诗歌。从诗歌里面，不仅得到一些思想方面的鼓舞和激励，在审美方面也能得到提升。

中国传统诗歌施教侧重艺术性，我们看屈原的诗歌，既是一种伟大的爱国主义，从他的诗歌里也可以得到很多审美的东西，可以看出他是一个生活丰富多彩的诗人。说爱国主义诗人是对他，包括他的一生，是为了民族、为了祖国无私奉献的一种评价，而从他的作品本身的色彩缤纷来看，对人们的影响就多方面了，包括对大自然、对生活的热爱，对理想的追求等等，都是一种诗意的。

我认为诗歌对群众的教育，不仅仅是当个"三好""五好"，而是对人在真正内心上的洗涤和升华，而且这是我们传统诗歌在这方面比较缺失的部分，希望宜昌今后发展方面能多注重，真正做到诗融城、城如诗。

端午文化，两岸一家

记者：弘扬中华文化，离不开国学教育，在实现"中国梦"的过程中，您觉得国学具有什么样的作用和地位？

郑欣淼：国学研究有 100 多年了。这一次研究与前两次国学研究的内涵和重点有所变化，这次国学很大程度上与我们说的传统文化有些相似，我认为可能与我们国家各项改革变化有关。

因为文化是一个民族的标识，在这个大格局里面，每一个民族的发展、存在，一定是为了他今后的新的发展。从世界文化发展看，我们也感到文化上的掉队，中华民族在 100 多年来，好不容易扬眉吐气，大家也感到在国际上更加需要文化上的自信，在我们精神家园方面的建设说到了文化自信的词，这不是说说而已，而是要认真整理我们的传统文化。

我们要领会中国传统文化的文化精神，我想就要适应当前的发展，包括新的文化的建设，我们通过整理和新的认识，找到我们是怎么来的，包括传统的文化方面价值的转换。最近习总书记对传统文化有些精辟的论述，从 2013 年以来一直在说，我想也是国学存在潜在价值。

文化是流动的，文化是开放的，我们不能说，我们的过去一切是好的。现在更加接受海外、世界上优秀的文化。我们现在仍然需要学习传统文化中的优秀的部分，还有近代的、现代的、当代的文化以及革命的文化，这样才能发展兴旺。对传统的东西，要进行转化，因为那毕竟体现的是，旧的时代的价值观，但屈原的爱国精神，包括岳飞精忠报国的精神，都是要传承和发扬的。总之，我们要让传统文化为今天所用。

记者： 这几天，"根的记忆" ——台湾屈家故里行活动也正在宜昌举行。有来自台湾彰化的工商界人士、屈家村民，围绕屈原文化、端午文化开展文化交流活动。曾记得您说过，两个故宫博物院之间的交流，也是两岸文化的一种交流，是传统文化赋予两岸同胞的一种民族认同感。最近网络上比较热传的，有关两个故宫博物院能否统一。您能为宜昌人民讲讲，两岸故宫博物院各有什么不同侧重点和共同点？

郑欣淼： 故宫只有一个，故宫博物院有两个。两个故宫博物院是特殊环境带来的，因为抗战时期，我们一批文物最后是运到台湾去了。

两个博物院最大的共同点就是，藏品都出自清宫，且两个博物院的文物具有互补性，只有把两岸的文物放在一起，才能看到一个比较完整的。

这两个博物院，都在世界上有相当的影响，都是在弘扬中华文化。故宫本来就在北京，故宫是世界文化遗产。因此北京故宫博物院的任务和责任就更大。

记者： 您在故宫工作多年，在对故宫文献资料研究的过程中，有关端午文化或屈原诗歌的评价有什么新发现？您个人对屈原有什么见解？

郑欣淼： 宫廷文化与民间文化比较，有其特殊性，它与民间文化不一样。我们所说的"端午"本身所体现的是一种民间文化、民俗文化，但可以肯定的是，清宫里面也过端午节，也吃粽子、划龙舟。

有什么区别呢？那应该是粽子，不同的时代有不同的表现，但我知道，宫廷里过端午节，不仅五月初五这天吃，还要吃上好几天。再比如划龙舟，在清朝初年，就是在北海这块划，后来到了乾隆时期，就在圆明园划，但与民间还是有不同。

记者：请您为宜昌写一句勉励的话，谢谢！

郑欣淼：诗意宜昌、诗意生活。

中西已铸迦陵学　今古方摛锦绣词

　　请允许我代表中华诗词学会，向著名诗词大家、诗教大家叶嘉莹教授九十华诞致以衷心的祝贺！在此，借用辛稼轩的词句，祝叶教授"更看一百岁，人难老"！

　　叶嘉莹教授少长京华，承家学而结缘诗词。就学于诗词名家，得真传而登堂入室。正如她的老师顾随先生所说"作诗是诗，填词是词，谱曲是曲"。读叶教授的诗词作品，能感受到横溢才情、宏阔境界、深邃思致；能感受到哀乐情怀、浓郁乡情、报国心志；能感受到寓意高远、章法缜密、词句华美，进而通过多层面、多角度的意象和境界，感受到中华诗词的传统之美，沐浴到中华民族传统文化的光辉。

　　叶嘉莹教授从事教学70年来，学贯中西，学养深厚。被美国、加拿大，以及港、澳、台地区多所大学聘为教授、终身教授，并当选为加拿大皇家学会院士，获得了崇高的荣誉。然而，正如缪钺老先生说的那样，叶嘉莹教授"怀京华北斗之心，尽书生报国之力"，怀着终身许国的一腔真情，自20世纪70年代末以来，返回大陆讲学。并将研究西方文艺理论的成果，引入中国古典诗词教学和研究，取得了诗词界公认的丰硕成果。尤其是叶教授对诗词作品兴发感动作用的论述，古典诗词"可以使人心不死"的宏论，对于人们冲破物欲羁绊，还古典诗词应有的地位，具有十分重要的意义。

　　叶嘉莹教授在诗词创作、诗词理论研究、诗教实践等方面，都做出了卓越贡献。2008 年 12 月，中华诗词学会授予叶教授"中华诗词终身成就奖"。叶嘉莹教授是中华诗词学会的发起人，也一直是我们学会的顾问，对学会的建设和工作，给予了多方面的指导和帮助。对此，我代表中华诗词学会向叶教授表示衷心的感谢！

诗教是中华民族最具特色的传统之一。中华诗词学会以促进当代中华诗词事业的全面振兴与繁荣为中心，重视诗教工作，在各有关方面的支持下，以创建中华诗词之乡、中华诗教先进单位为载体，着眼国民诗教，在校园诗教、社会诗教上持续地努力。目前，全国已有 16 个诗词之市，137 个诗词之乡，133 个诗教先进单位，促进了当代中华诗教的发展。今天，来自海内外的专家学者欢聚一堂，共同研讨中华诗教，这对诗教事业必将起到有力的推动作用。我们相信，以弘扬中华民族优秀传统文化、振兴中华诗词事业、发展中华诗教为己任的诗家学者，一定会抓住机遇，继续努力，开创诗教和中华诗词事业的新局面，为促进文化大发展大繁荣做出新的贡献！

最后，我以一首小诗，祝贺叶嘉莹教授九十华诞暨中华诗教国际研讨会的召开：

> 合教诗国有珠玑，九秩犹看绰约姿。
>
> 沧海风云游子念，弦歌岁月畹兰滋。
>
> 中西已铸迦陵学，今古方搞锦绣词。
>
> 更喜芳辰聚多士，兴观群怨韵传时。

（本文为作者在叶嘉莹教授九十华诞暨中华诗教国际研讨会上的致辞，载于《中华诗词》2014 年第 6 期）

伟哉中国梦 根本有斯文

时光匆匆！第三届中国诗歌节的激情吟唱仿佛就在昨天，那隆重热烈的人文盛景至今历历在目，今天我们又迎来了盛大祥和、诗情洋溢的第四届中国诗歌节。不少宝刀不老的老诗友继续口吐珠玑，许多才华横溢的新诗友更是英姿勃发。美丽的中华诗园里姹紫嫣红，一派盎然生机。群贤毕至，盛会重开。我在此谨代表中华诗词学会，对第四届中国诗歌节的成功举办表示热烈祝贺，祝来自海内外的各位诗友们诗思泉涌，心情愉快，身体健康！

本人过去在工作之余致力于政策学、鲁迅学和故宫学等领域的研究，诗歌创作对我来说真正是业余之业余。但是，蓦然回首，感慨平生，我发现正是诗歌伴随我从少年、青年、中年到现在这样一路走来，正是诗歌使我心灵的天空变得辽阔而澄明。孔子曾经说过："不学诗，无以言。"习近平同志也曾经说过一段著名的话："学诗可以情飞扬、志高昂、人灵秀。"说句玩笑的话，像我这样年纪的人，外表上的灵秀可能谈不上有多少，不过说到"情飞扬、志高昂"，我则有很深刻的切身体会。作为生活在我们这样一个不平凡时代里的一位诗人，能够有幸亲身参与到为实现伟大中国梦而纵情歌唱的队伍里，很自然地就会经常想起曹孟德"幸甚至哉，歌以咏志"的慷慨诗句。

中国古代丰富的诗歌遗产，至今仍是传统文化中最受人关注和喜爱的部分之一。但不同于任何一种古典文学样式的是，中华诗词不是沉默在古籍中的死文字，不是束之高阁的老古董，更不是没有血液和体温的生物化石，而是从遥远的古代流淌至当下并能与时俱进的一条文化长河，这一古老的诗歌形式仍然呈现出强盛的生机与活力，她在承担现代使命方面仍然发挥着重要作用。在信息爆炸的当代，她又伴随着短信、飞信、微信、微博、QQ 等现代传播方式，有了更多的知音和用武之地。这也是中华传统文化的力量。

中华诗词在当代从复苏走向复兴，从复兴走向振兴，留下了一路杂花生树、美不胜收的迷人风景。近 200 年来，随着国门的打开，一方面西风东渐，西方文化大量涌入国内；另一方面，大量中华儿女走出国门，向全世界传播中华民族的智慧和文明。如果说，过去诗词只是在中华大地上生根开花，那么到了 20 世纪末 21 世纪初，情况则有了很大的变化。据统计，目前，全球有 6000 多万旅外华人，分布在世界的每一个角落，他们之中有许多诗词爱好者。海外诗友们纷纷组织诗社、创办诗刊，举行诗词唱酬、吟咏活动，通过诗词联络感情，抒发他们在异国他乡的生活感受，倾吐他们对祖国和故土的思念之情，出现了不少激动人心的作品。可以说，凡是有华人聚居的地方，都有中华诗词的爱好者在活动。中华诗词艺术成为文化交流、思想交流、情感交流最温馨的工具。每一位诗人的心里，都有温柔敦厚的琴弦，不管他走到哪里，不管他是什么民族，都会深情地弹奏兴观群怨的乐曲，以优美的诗词歌唱人间的真善美，增进着自身的和谐和人与人之间的和谐。我们高兴地看到，除了大陆诗家外，已出现了实力强劲的"海外诗词兵团"。前不久，我们在广东惠州的海王子学习型酒店召开了一次海内外中华诗词高峰论坛，就有近 40 位来自五大洲（亚、欧、南北美、非、澳）的诗友翻山越岭、远渡重洋来赴会。论坛结束时，诗人们还通过了一份《海王子宣言》，呼吁繁荣诗词创作，提高创作水平，积极推出精品力作；排除偏见，正确处理诗词和各种姐妹艺术的关系，恢复诗词在当代文艺格局中的正常地位；加强联络、加强交流，让诗词更好地走出国门、走向世界。

那么如何让中华诗词在当代社会进一步发展？这既要有创作主体上的清醒认知，又要有艺术空间中的时代开拓，还要有传播方式上的现代嬗变。

一个时代有一个时代的文学。反本开新、求正容变是植根于中华文化沃土的中华诗词永葆青春的关键所在。要深入挖掘和阐发中华诗词讲仁爱、重民本、守诚信、崇正义、尚和合、求大同的时代价值，认真汲取含蕴其间的中华优秀传统文化的思想精华。古人说："问渠那得清如许，为有源头活水来。"经世致用是一篇大文章，让现实生活的清风来吹皱这一池春水，就能激活这一古老的文化基因，并使之焕发出生命的光彩和活力。

来到绵阳，就不能不说到诗仙李白。我查了一下资料，据说李白在绵阳生活了 25 年，陇西院、天宝山、磨针溪、大匡山、读书台、戴天山等 20 余处曾留下了李白的仙踪。台湾诗人余光中先生说他："酒入豪肠，七分酿成了月光／余下的三分啸成剑气／绣口一吐，就半个盛唐。"李白飘逸豪迈、雄浑壮丽的光辉照亮了中国 1000 多年的文学史。老子有言："不失其所者久，死而不亡者寿。"李白虽然只活了 61 岁，但他的名字是闪耀在中华文明宝库中的一颗永恒的星辰。李白是一位浪漫主义的诗人，他不肯摧眉折腰事权贵，显示了他的风骨和气格，但并不能仅从"浪漫主义"这 4 个字，说他就代表了一种脱离现实的创作倾向。他说"但用东山谢安石，为君谈笑静胡沙"，不正是表现了他内心深处对经世致用的渴望和向往吗？这和杜甫"致君尧舜上，再使风俗淳"的主观意愿其实是一致的。

当然，就个人爱好来说，我更喜欢和李白并称为双子星座的杜甫。每次读杜甫的诗，尤其是从他字里行间感受到的那颗滚烫炽热的情牵山河、魂系社稷、关注苍生的赤诚之心，总是让人油然而生敬意。他诗里蕴含的深厚的家国情怀，焕发出强烈的情感冲击力和美学感染力。不同诗人的作品在思想内涵、价值取向及情感表达上自然是千差万别、异彩纷呈，而敢于面对现实，反映社会民生，鞭挞恶丑，则是一切优秀诗歌和诗人的直接鲜明的重要标识。透过杜甫的诗歌，我们真切自然地感受到了千古诗圣沉郁苍凉的心灵密码，感受到了波澜壮阔、风起云涌的唐王朝由盛转衰的时代轨迹和历史细节，也给当代诗词乃至当代诗歌的前行带来重要的启示。

今天，中国人民正在为实现全面建成小康社会、建成富强民主文明和谐的社会主义现代化国家而努力奋斗。国家富强、民族振兴、人民幸福，这是国家的梦，也是国人的梦，当然也是每一位诗人、每一位诗词家的梦。中国历史上，诗歌与时政及世运有着密切的关系，古代诗人关注社会的品质以及古典诗歌中"言志"与"载道"的传统，是留给今人可贵的遗产。在实现中国梦的征途上，需要诗词的鼓舞，需要诗词的抒发，需要诗词的滋养，需要诗人们把民族优秀传统中所蕴含的富强、民主、文明、和谐、自由、平等、公正、法治、爱国、敬业、诚信、友善等正能量传递出来。

2013 年 6 月，中国作家协会诗刊社"子曰诗社"在北京成立。诗社的名称来自孔子的"不学诗，无以言"。我写了一首小诗祝贺："兹社休言小，新声天下闻。无邪思子曰，大雅出诗云。灵府方充沛，凡尘已郁芬。伟哉中国梦，根本有斯文。"我在第三届中国诗歌节上的发言主题，是呼吁新旧诗的加强交流、互相学习、共同发展。子曰诗社的社员包括了一批写新体诗与旧体诗的诗友。我从这个小社看到社会与诗坛更多的共识与探索，看到新旧诗合作与交流的前景与希望。中国梦的基础是文化建设，是斯文传续。不管新诗还是旧诗，都担负着同样的任务。伟大的时代、伟大的事业、伟大的人民，需要伟大的诗篇。让我们投身到伟大的时代洪流之中，关注社会人生，发扬家国情怀的传统精神，用手中的笔为时代而鼓与呼。

（本文为作者 2014 年 7 月 15 日在四川绵阳第四届中国诗歌节上的致辞）

寸心如可赠　两岸不相忘

　　荆楚大地，是中华文化的沃土，是出现过伟大爱国主义诗人屈原的地方，是创造了中华诗史高峰楚辞经典的地方。中华民族的天空上诗星闪耀，当代杰出的诗文大家聂绀弩先生就是其中的一颗。海峡两岸中华诗词论坛和聂绀弩诗词奖在湖北发起，既是两岸诗词家们的机缘和合，也是中华民族文化复兴繁荣使然。我有一个感觉，我们今天正在做的事情，正在开展的活动，也是要载入中华诗词发展的史册的。

　　所以，我对这一盛事开端深表欣慰，对首届获得聂绀弩诗词奖的诗词家们表示热烈祝贺，对湖北党政领导的远见卓识致以诚挚的敬意，对为此付出辛劳的诗词界的朋友们表示衷心感谢！

　　此刻，两岸诗词家们正站在同一个论坛上。源远流长、瑰丽灿烂的中华诗词，是两岸诗词家共同的宝贵财富，共有的精神纽带，同样的文化基因。我们都是梦想的追逐者，更是灵感诗意的歌吟者。诗人的梦，是两岸人民福祉的梦，是人生理想的梦。诗词家们这种价值观念，是激发艺术灵感、催生精品力作最深层的动力。在崇尚民族灵魂，热爱中华诗词文化的理念上，两岸诗词家从来没有分歧，现在没有，将来更不会有。

　　如果说，中华优秀传统文化是民族自强不息的基因，那中华诗词就是最美丽、最茁壮的一组。孔门弟子曾子说，"士不可以不弘毅，任重而道远"。诗人词家，都应当仰望天空，从更高的文化平台上俯视中华民族复兴的前景，共享根脉相通的心灵感受，书写共同的文化价值追求，以防止"去中国化"的悲哀，携手畅游在中华民族优秀传统文化的长河里。

中华诗词学会顾问，中国台北故宫博物院林恭祖先生有诗句曰："寸心如可赠，两岸不相忘。"两岸诗词家们血同缘、书同文、语同声，有相互交融的心，让我们一起呵护着中华民族文学皇冠上这颗明珠，深入探讨新的时代中华诗词的繁荣发展，开展广泛的学术、艺术交流，让这种优秀文化薪火相传、发扬光大，为我们民族的伟大复兴注入深情，鼓呼歌唱！

我相信，海峡两岸中华诗词论坛会越办越好！聂绀弩诗词奖的作品也会越写越好。

（本文为作者 2014 年 10 月 9 日在武汉海峡两岸中华诗词论坛暨聂绀弩诗词奖颁奖大会上的致辞）

毛泽东的秋词

　　很高兴出席这次毛泽东诗词学术研讨会暨中国毛泽东诗词研究会第十四届年会，我谨代表中华诗词学会向会议的召开表示热烈祝贺！

　　这次研讨会的主题为"毛泽东诗词与中华古典诗词的文化历史渊源及深远影响"，我认为很好，很有意义。中华文化源远流长、博大精深，载体众多，古典诗歌是其中十分重要的方式，是中华文化宝库中异彩纷呈的奇葩，集中体现着中华民族特殊的审美追求。毛泽东诗词与中华古典诗词的文化历史渊源，其实质是毛泽东思想与中华传统文化的关系。

　　毛泽东诗词的非凡成就，与中华古典诗词有着深刻的关系。这种关系，体现在他对中华古典诗词的学习、继承与发展上，毛泽东诗词创作于他所战斗、生活的 20 世纪 20 年代至 60 年代，但从他的这些诗词中，我们可以体味到数千年中华古典诗词对其创作的影响，感受到作者中华传统文化的深厚根基。

　　对于毛泽东诗词与中华古典诗词的文化历史渊源，一直是研究者关注的课题，成果甚多，但仍需不断地深入探讨。例如，读毛泽东诗词，特别是《沁园春·长沙》《采桑子·重阳》《忆秦娥·娄山关》《清平乐·六盘山》《浪淘沙·北戴河》诸词，他对于秋天壮丽景色的描写，他的豪迈的革命乐观主义精神，给人们留下深刻的印象。一些论者认为，毛泽东的秋词，一反中国古典诗词的"悲秋"情调，开辟了一个新的天地、新的境界。这话有道理，但还可以做进一步的研究。

"悲秋"确是中国古典诗词的一个传统主题。"悲秋"意识的形成与积淀，有自然的、人生的、文学的多种原因，已有悠久的历史，秋的意象和情致深深植根于中国文化的土壤中，展现了中华民族独特的气质追求。"悲秋"有着丰富的内涵。"悲秋"不只是愁苦哀伤，不全是消极的。"悲"与思相联系，许多悲秋诗词有着深沉的忧患意识，抒发了忧国忧民的心声，如杜甫的《秋兴八首》《登高》等；"悲秋"中也时见悲壮之音，如范仲淹的《渔家傲·秋思》、辛弃疾的《水龙吟·登建康赏心亭》等，悲凉、沉郁与雄浑、遒劲兼具。秋天是收获的喜庆季节，秋天又有疾风劲草、天高气朗、境界开阔的特质，古代"颂秋"的诗词也不少，曹操的《步出夏门行·观沧海》、刘禹锡的《秋词》《始闻秋风》等，就使人常有意远神清、俗念顿消、奋起振作之感。

认真研读毛泽东秋词，可见他对于中国古典诗词中的"悲秋"传统，不只是简单的"反"，而是有所继承、借鉴，这其中既有"悲秋"意识，也包括"颂秋"遗产。毛泽东秋词的创新发展，最主要的是时代的不同，作者有着新的理想、强烈的使命感和必胜的信念，因此境界更为开阔，在审美上发展了壮美的一面，减少了悲的成分，而且运用了多种表现方式（秋色、秋声，秋风、秋月，静的秋与动的秋等），充分反映了中华文化中那种"天行健，君子自强不息"的精神。

毛泽东秋词研究是个大题目，以上举例，只是想证明毛泽东诗词与中华古典诗词之间有着重要的联系，有着文化历史的渊源，探讨这种联系与渊源，就是需要我们不断深入研究的任务。

（本文为作者 2014 年 11 月 15 日在毛泽东诗词学术研讨会暨中国毛泽东诗词研究会第十四届年会上的发言）

纪念宣南诗社

史料记载：宣南诗社是清代嘉庆、道光年间，活动在宣武门南一带的北京的文人社团。最初名消寒诗社，由嘉庆七年（1802年）进士、著名诗人，湖南人陶澍（1779—1839年）于嘉庆九年（1804年）发起成立，到嘉庆十九年（1814年）冬，由翰林院编修董国华提议，更名为"宣南诗社"。宣南诗社集当时改革派人物陶澍、梁章钜、胡成珙和中国近代杰出的思想家林则徐、黄爵滋、龚自珍、魏源等人。据不完全统计，先后参与者有60多人。范文澜先生在《中国近代史》上编第一分册第一章第六节中说："林则徐是中国封建文化优良部分的代表者，又是清代维新的重要先驱者。他在道光十年（1830年）与黄爵滋、龚自珍、魏源等结宣南诗社。"这里不能说明宣南诗社是由林则徐发起，只能说明林则徐是继陶澍、董国华之后的又一个诗社活动的中心人物。林则徐、黄爵滋发动禁烟运动，龚自珍、魏源发扬维新思潮，魏源根据林则徐的《四洲志》编成了著名的《海国图志》，在当时乃至近代史上影响很大。林则徐所撰《云左山房文钞》卷一有一篇《龙树院雅集记》，记录了当时社中34人文酒聚会的情况；并有《题潘功甫舍人宣南诗社图卷》七言古诗一首，其中有"国肥不使一家肥"的誓言，又有"乃知温柔敦厚教，贵取精华弃糟粕"的文学主张。可以说宣南诗社是一个人才群体，以其活动时间长、诗社成员广、社会影响深，而成为当时最突出的文化团体，对当时诗词创作和社会发展都起到了积极的作用，其爱国主义思想和积极向上的诗风也一直影响着近现代诗人和学者。

党的十八大把弘扬传统文化、培育社会主义核心价值观提高到精神文明建设的重要地位，特别是习近平总书记在几次讲话中，都强调了弘扬优秀传统文化的重要性。值此宣南诗社 200 周年之际，举办纪念活动，对于继承和发展传统文化、弘扬爱国主义精神、培育社会主义核心价值观，对于中华诗词的普及和提高都具有一定的推动作用。

习近平同志指出：实现中国梦必须弘扬中国精神。这就是以爱国主义为核心的民族精神，以改革开放为核心的时代精神。中华诗词文化的繁荣需要弘扬这两种精神。民族精神主要体现在继承上，时代精神强调在创新上。民族精神是一个民族在长期发展过程中，所孕育形成的富有生命力的优秀思想、高尚品格和坚定志向的集中体现，是民族文化传统不断积淀和升华的产物，是一个民族赖以生存和发展的精神支柱。中华民族精神是中华文化精华的集中体现。宣南诗社 1000 人中，"不是朴素笃学之士，就是持正不阿的政界中铮铮人物"，从政声到学问，从诗风到人品，非当时社会中一般人物所能比。"天下兴亡，匹夫有责""修身、齐家、治国、平天下"是他们所坚守的经世致用的人生观与价值观。也正是在"位卑未敢忘忧国""苟利国家生死以，岂因祸福避趋之"的思想浸润下，成就了他们的业绩、孕育了其爱国主义思想。民族精神是需要传习的，这不仅因其自身就蕴含着体现民族精神的丰富内容，而且是诗词本身的性质、特点和教育功能所决定的。纪念宣南诗社，不仅要弘扬他们的爱国主义思想，还要学习他们经世致用的时代精神；不仅要学习他们温柔敦厚、积极向上的诗风，还要发扬抒情载道的学习形式。当前，在各级诗词学会和诗词组织的共同努力下，全国各地诗词创作和理论研讨活动十分活跃，特别是以诗社为单位的诗词活动呈现出许多突出特点。例如：山西诗词学会会长时新同志组织的学习型诗社，他们定期确定一个共同的学习目标，先学习例文，读懂之后，再仿照创作，最后通过评比，评价学习效果。江苏吴江市社区服务中心的松韵诗社立足为社区服务，他们负责各个社区的诗教、节日庆祝和诗词吟诵活动，不但服务到社区，还延伸到家庭。因为接地气，不但收到了较显著的社会效益，还提高了诗词创作水平。由此可见以诗社为单位，开展各具特色的诗词活动，是古之有承、行之有效的形式，我们各级诗词学会要在今后的工作中，注意引导、扶持下属诗社，开展好诗词创作和诗词服务社会的各项活动。

（本文为作者 2014 年 12 月 24 日在中华诗词学会、北京诗词学会、北京楹联学会主办的纪念宣南诗社成立 200 周年座谈会上的讲话）

应运而生的中华诗词学会散曲工作委员会

    2014 年，第二届散曲创作学术论坛在古城西安召开时，我们曾共聚一堂，同议散曲创作与发展之事。今天我们又再次相聚西安，共庆中华诗词学会散曲工作委员会的成立。在此，我代表散曲工作委员会，对大家的到来表示衷心的感谢。

    党的十八大以来，社会主义文化强国建设迈出强劲步伐，有力地推动了中华诗词事业的繁荣发展。习近平总书记在弘扬中华诗词和传统文化上更是率先垂范，把诗情画意引入伟大的中国梦，强调"古诗文经典已融入中华民族的血脉，成了我们的基因"，并亲自赋诗填词，引领一代风骚。2015 年 10 月，中共中央又下发了《关于繁荣发展社会主义文艺的意见》，强调要"加强对中华诗词、音乐舞蹈、书法绘画、曲艺杂技和历史文化纪录片、动画片、出版物等的扶持"，这是第一次把中华诗词的发展写进中央文件，是一个令人非常振奋的消息，对于包括散曲在内的诗词事业的发展必将起到极大的促进作用。

    在这样一个大好形势下，作为中华传统诗歌的重要组成部分——散曲，怎样适应当前的发展，尽快赶上诗词发展的总体水平，迈向新征程，这是摆在我们各地诗词、散曲组织领导者和广大创作者面前的现实而又紧迫的问题。为了解决这个问题，诗词界、散曲界的许多有识之士，经过多次酝酿讨论，逐步形成了一些共识，其中最重要的一条，就是尽快在中华诗词学会下设立一个能够促进散曲创作和理论研究的专职机构，以此指导全国散曲创作队伍，推动全国散曲创作事业发展。

为此，2014 年 8 月，陕西省散曲学会、湖南潇湘散曲社、山西黄河散曲社 3 家联名给中华诗词学会领导写信，建议在学会之下，设立一个散曲方面的专业机构。学会很重视这一建议，经过多次研究，提出了一个设立方案，后因学会面临换届，此事有所延缓。2015 年 9 月，学会四代会顺利召开后，成立散曲组织之事再次提上议事日程。国庆前夕，陕西、山西、湖南 3 省散曲组织联名报来了《关于成立散曲工作委员会的实施方案》，10 月 13 日，会长办公会通过了该实施方案，决定成立"中华诗词学会散曲工作委员会"。

这是我们响应中央号召、顺应时代潮流做出的重要决定。我们要看到，散曲从产生伊始，就扎根于人民的火热生活中，扎根于社会的现实生活中。用当时的语言写当时的人和事是散曲最大的特点。在很多地方，反映了寻常百姓的喜怒哀乐，悲欢离合，或褒或贬，或雅或俗，都表达了人民的心声。正如习近平同志所讲的："文艺创作方法有一百条、一千条，但最根本、最关键、最牢靠的办法是扎根人民、扎根生活。"显而易见，创作散曲就是对这句话最好的诠释。但是，改革开放以来，中华诗词得到了长足的发展，诗词大军已有 200 万之众。而散曲却一直是诗歌中的短板，全国写散曲的作者也就一两千人。因而我们希望，通过成立散曲工作委员会，能够促进当代散曲创作，让散曲创作跟上诗词发展的总体步伐。同时，学会决定，把散曲工作委员会办公地点设在西安。我们知道，西安作为世界闻名的十三朝古都，文化底蕴深厚，元明时又是散曲繁盛的中心之一。到今天，陕西的散曲事业依然是发展快，作者多，成绩大，机构健全，活动丰富，在全国产生了一定的影响。更重要的是，这里有张勃兴老省委书记的鼎力倡导和支持。我们尊敬张书记，他虽居高位，可心在文化，心在诗词曲赋。他不但大力扶持支持文化事业，更是带头开展诗词曲赋创作活动。他以八旬高龄率先倡导写曲，并聘请名家为广大曲友做散曲创作报告，开展散曲创作座谈会，出版个人散曲专集。张书记这种为诗词曲执着追求、甘愿奉献的精神为我们树立了典范。我们相信，在老书记的大力支持下，在各位诗友、曲友的齐心努力下，散曲工作委员会一定会为散曲发展开拓出一片新天地。

同志们，时代赋予了我们使命，我们有义务有责任把散曲的创作和理论研究繁荣起来，有义务有责任把散曲队伍壮大起来，把地方散曲组织发展起来。

要完成这个使命，必须清醒认识前行的道路仍然很艰难，需要我们付出百倍的努力。散曲兴起于金代，成熟于元代，与唐诗、宋词一起构成了我国诗歌史上的3座高峰，产生了以"关白马郑"四大家为代表的一大批散曲名家，为我们留下了非常宝贵的文学遗产和文化遗产。到明代，散曲依然延续着它的辉煌，名家非常多，康海、王九思、朱有燉、陈铎、杨慎、李开先、冯惟敏等，可谓群星璀璨，天下敬仰，曲韵绕梁，今犹在耳。但是，到了清代散曲的命运发生了极大的变化，清代文人重视考据之学，于诗歌创作方面也只是重视诗词。他们视散曲为雕虫小技，非文人雅士所为。所以，清代对散曲不大重视，创作虽仍有一定的数量，个别作品也反映出反民族压迫、反外国侵略的时代精神，但艺术上缺乏明显的特色，逐渐成为诗词的附庸。特别是朱彝尊、厉鹗等人的一味崇雅，把作词的方法带到散曲中来，使散曲逐渐丧失亢爽激越的风格；新兴的民歌时调，也不时对散曲有所影响，终于使它的特点日渐消失，生命力越来越弱了。

到了近代，经王国维、胡适、吴梅、任讷、卢前、孙为霆、于右任等大师的极力倡导，散曲在民国时才在研究与创作方面获得了新发展。在这里，我们还要注意一点，散曲与诗词在民族解放战争中，尤其是抗日战争中，以其特有的影响力，极大地发挥了鼓与呼的作用，对凝聚人心、激发斗志立下了不可磨灭的功勋。

中华人民共和国成立以来，由于种种原因，传统诗歌一直不能发展起来，散曲尤甚。当时尽管在港台地区和海外有一批专家学者努力坚持着，如罗锦堂、罗忼烈、顾毓琇、卢元骏、萧继宗、叶嘉莹先生等，但是大陆除赵朴初、丁芒、萧劳、羊春秋、萧自熙先生外，余皆乏善可陈。

改革开放之后，随着中华诗词学会的成立，伴随着诗词的发展，散曲也大有起色，如学会过去的副会长袁第锐、汪普庆先生等，都致力于散曲创作，亦有成就。进入 21 世纪以来，散曲有了很大发展，相继成立了一批地方散曲组织。说到这里就不能不说到山西，那里的诗词学会最先认识到应该倡导散曲创作，他们率先成立了黄河散曲社，创办了《当代散曲》，培养了一大批散曲作者，涌现了以李旦初先生为首的不少散曲大家，开创了华北散曲发展的新局面。

同志们，回顾散曲发展的艰辛历程，我们更深刻地感受到：散曲工作委员会的成立是时代的需要。我们应积极团结广大诗友曲友，一起为散曲创作事业集思广益，博采众长，共同发力，更好地发挥散曲这一韵体文的功能与作用，创作出更多有筋骨、有道德、有温度的散曲作品。

今天，散曲工作委员会成立，我们考虑首先应该抓好以下几项工作：

一、加强宣传力度，提高对散曲的认识，普及散曲知识。现在，还有不少诗词组织和个人对散曲缺乏正确的认识。被胡适先生称之为"最伟大的文学"的散曲，却被一些人看作是"卑俗之作"，难登大雅之堂。散曲作品被很多大赛拒收，很多诗词刊物也拒登。他们并不知道散曲是中国诗歌走下圣坛，走出文人小圈子，走向民众，走向社会的产物。散曲的这种特质，也正好符合今天"二为"方针，因此，散曲作者应当坚定信念，坚持自己的创作态度，认真地做下去。今人写散曲就应当充分发挥和利用散曲造句新奇、声韵自然、文字通俗、描写逼真、取材丰富这些长处，写出无愧于时代的好作品来。

二、利用中华诗词学会的丰厚资源，促进散曲创作。中华诗词学会现有个人会员 23000 多名，团体会员 260 多个，是全国最大的诗词组织。《中华诗词》杂志拥有数万订户，是全国最大的诗词刊物。下一步，我们将充分利用这些优势，通过在《中华诗词》杂志上多发表散曲作品，学会领导带头写散曲，来加大对散曲的普及和推动，让散曲创作蔚然成风。

三、整合资源，将一些成功的并得到全国诗词界、散曲界广泛认可的活动事项统筹到散曲工作委员会之下。譬如"当代散曲创作学术论坛"，2012 年由山西诗词学会和黄河散曲社主办了第一届，在山西吕梁召开；2014 年由陕西省诗词学会和陕西省散曲学会主办了第二届，在西安召开。两次会议都取得了成功，影响很大。今后论坛仍将两年举行一次，散曲工作委员会就可以作为第一主办者。若条件成熟，明年就可以举办第三届。另外，由陕西、湖南、山西、北京 4 家协议编辑的"人世情"散曲丛书，由散曲工作委员会牵头，各省市散曲组织积极配合，共同完成，真正打造出一批散曲精品。

四、搭建平台，加强全国散曲组织的联系和作者的交流。今后，散曲工作委员会将与中华诗词网积极合作，开辟一个散曲新专栏；同时大力支持山西、广西办好已有的散曲刊物，努力为广大散曲研究者、创作者搭建一个作品发表、理论研究和创作经验交流的平台，以切实行动促进散曲创作水平的提高。

以上几点还望同志们再斟酌，有机会我们再讨论，再协商，也欢迎大家对我们今后的工作多给予支持，多提宝贵意见。

同志们，让我们携起手来，在散曲工作委员会带领下，积极开展活动，掀起新一轮创作热潮，让散曲这朵文苑奇葩更加绚丽夺目。

（本文为作者 2015 年 11 月 16 日在西安召开的中华诗词学会散曲工作委员会揭牌仪式上的讲话）

亲近诗词　滋养心灵

　　"前几天，我的一个考古学同事给我转发了几条微信，谈的就是这次'中国诗词大会'，这让我很惊讶，因为他平日里对诗词并不是很在意的。"2017 年 2 月 6 日，中华诗词学会会长郑欣淼在北京接受本报记者专访时表示，他也是"中国诗词大会"第二季的热情观众。

　　"上海女孩武亦姝会背 2000 首诗很了不起，但让我感触最深的不是她的背诗能力，而是她人文素养之高。"郑欣淼认为，诗词素养是人文素养的重要内容，诗词是中华优秀传统文化的精华，亲近诗词，能让人受益终身。

　　"我们鼓励孩子从小学古诗词，是因为诗词能涵养一个人的精神。中华诗词学会一项很重要的工作，就是诗教。我们不可能让人人都写诗，但可以要求每个人都接受诗的教育，从诗中汲取营养，丰富自己的心灵。"郑欣淼说。

　　中国是一个诗的国度，中华诗词是中华民族文化的精髓，中华诗脉从未中断。诗词遗产的继承是传统文化继承极为重要的方面，诗词的教化作用得到了国家有关部门的高度重视。

　　"随风潜入夜，润物细无声"。郑欣淼希望现代教学不要走向功利性，要重视增长见识、开阔思维的教育，使孩子们在潜移默化中接受诗词熏陶。"对多数人来说，会背几十首、几百首诗词也是一件很好的事。"普及诗词知识不是为了让每个人都写诗，而是人人需要用诗词来丰富心灵、塑造人格，提高人文素养和审美情趣。

事实上，许多科学家、数学家都具有很高的文学素养，苏步青、杨振宁、李政道等人对诗词艺术都颇有研究。许多地方，诗词已成为当地文化的重要特征，如白居易、苏轼等大诗人为杭州西湖所创作的诗词作品，历千年而光辉依旧，大家一读到"水光潋滟晴方好"就知道说的是西湖。

"国学的概念太大了，相比之下，诗词是传统文化的小切口，形态更为具体。"郑欣淼认为，学校教育尤其是中小学，应该更加重视诗词文化的传承教育。

2012 年，郑欣淼就提出了加强中华诗词知识传播与普及的建议。他呼吁主流媒体特别是中央电视台重视中华诗词的传扬，可以在适当的频道开办固定的诗词节目，包括传统经典诗词赏析、现当代诗词名家名作介绍、诗词创作知识讲座、诗教经验交流和当代诗词活动动态等。

"看到这个节目这么受欢迎，我很欣慰。"郑欣淼期待央视趁着这个好势头继续推出新的举措。

诗词作为最纯粹的中国声音，我们该如何将它推向国际？对于外国人来说，学汉语已经很难了，是否还有必要学古诗词？

"我们要向世界传播好中国声音，而诗词无疑是中国声音里最为悠扬动听的一种。"郑欣淼肯定中华诗词走向国际的必要性，就像中国人熟悉俄国的普希金、德国的歌德、美国的惠特曼一样，外国也有很多被中国文化吸引而对李白、杜甫等文化名人做深入研究的学者。对普通外国朋友来说，学习中国诗词不仅可以提高对汉字的认识，也会对中华传统文化有更多的了解。

他说，目前在国外传播中国传统文化的载体，有设立在各国的孔子学院等。我们需要建立起更多有影响力的中华诗词国际传播渠道。

传承离不开创新。郑欣淼认为，诗词文化的创新包含两个方面，一是传承方式的创新，二是对精品诗词作品的创作鼓励。

"我每次出差都带回来满满一行李箱当地诗词作者的作品，可惜精品力作不多。"郑欣淼说，诗词作者要精益求精，好好下功夫才能出精品，只有精品才会产生好的社会效果。

除了对精品创作的呼吁，郑欣淼也特别注重传承方式的创新。"以前我们学习诗词靠书本，现在有了各种新媒体技术，这是传承手段的升级。2016 年上海举办了全球华语大学生短诗大赛，江苏举办了全国少儿诗会。中华诗词学会每年也会联合各地举办各类诗词比赛。"在郑欣淼看来，这些活动的主办方都很认真，正是这股认真劲儿，才能有力推动诗词的复兴。

"中华文化的复兴，诗词的传承和发展是很重要的一个方面，诗词素养是人文素养的重要内容，是中华民族情怀、境界和精神之体现。有国家的重视和支持，有无数喜爱诗词的人，我对中华诗词的未来充满信心。"郑欣淼说。

（2017 年 2 月 6 日，作者就"中国诗词大会"的举办接受了《浙江日报》记者吴重生、郑文的采访。此文发表于《浙江日报》2 月 7 日）

散曲发展的形势与任务

在这春光明媚的日子里，我们相聚在西安，召开散曲工作委员会自成立以来第一次全体委员会议，令人十分高兴。最近，中央又颁布了《关于实施中华优秀传统文化传承发展工程的意见》，明确指出对中华诗词等中华优秀传统文化要大力扶持，让其焕发新的光彩。我们的全委会议在此形势下召开，应该说是非常及时、非常必要。

一、一年多来工作回顾

长期以来，我们把目光重点放在了诗词方面。从学会来讲，没有一个明确的以抓散曲创作的机构，广大散曲创作者没有归属感。记得是 2014 年的 6 月，学会 3 位主要领导同时收到陕西、湖南、山西 3 省散曲组织联合署名的一封信函，建议中华诗词学会设立一个专门机构抓散曲创作，以期达到补短板、促发展的目的。这个建议引起我们的高度重视，经过学会研究同意设立"散曲工委"，并复函 3 省散曲组织对人事安排提出建议。后来，因为学会面临换届，人员会有变动，此事暂缓。到了 2015 年 10 月，学会做出了《关于成立中华诗词学会散曲工作委员会的决定》。委员会由学会和 10 个省市区的代表组成，我兼主任，址设西安。11 月 16 日，散曲工作委员会揭牌仪式在西安举行。学会顾问、中共陕西省委原书记张勃兴同志出席并揭牌，湖南、山西、广西、北京以及陕西省诗词界、散曲界代表 70 余人参加了会议。

诸多新闻媒体报道了此次活动。由此散曲工委开始展开工作。

1. 《人世情散曲丛书》的编选工作

散曲工作委员会成立后在第一次主任办公会议上，接受了陕西、湖南、山西、北京4省市散曲组织的建议，把统筹、策划出版《人世情散曲丛书》纳入委员会近期最为重要的工作之一。该丛书计划第一批先出4卷，即《故乡情》《山水情》《父母情》《校园情》。第一卷《故乡情》由陕西省散曲学会主持编选，共收录全国各地207位作者的作品；第二卷《山水情》由湖南潇湘散曲社主持编选，共收录全国各地283位作者的作品，前两卷已出版发行；第三卷《父母情》由山西黄河散曲社主持编选，共收到全国各地388位作者的作品，已经初步选出252人的作品，正在编排中；第四卷《校园情》将由北京散曲研究会主持编选，正在征稿中。至于要不要继续编第二批，如手足情、爱恋情、战友情等，以及由哪家散曲组织主持编选，下午的会上再讨论。同志们不要小看了这套书的价值。我们写人间真情就是弘扬优秀传统文化，就是歌颂真善美，就是传递正能量，这里面包含了很多"第一"。通过编书壮大了我们的创作队伍，提高了大家的写作水平，同时也扩大了我们工委的影响。

2. 开办网络窗口

2015年12月5日，"中华诗词学会散曲工委"栏目在"中华诗词论坛网"官方认证区内开版，当即就受到全国曲友的关注。本栏目是向全国发布散曲工作委员会信息的正式窗口，是全国散曲创作者和研究者展示作品的园地。本栏目支持反映时代风貌、内容健康的原创格律散曲作品和理论文章。经过一年多的运行，共发表作品5600多篇，高峰时每日的回帖都在五六百之多。通过办栏目，加强了散曲工委与全国曲友的联系，配合了工委的其他工作，达到了预期的效果。

3. 积极筹备"第三届当代散曲创作学术论坛"

散曲工作委员会成立之初，就决定将一些成功的并得到全国散曲界、诗词界广泛认可的活动事项统筹到散曲工作委员会之下。例如"当代散曲创作学术论坛"，已经由山西、陕西办过两次，两次都很成功。散曲工作委员会作为主办方之一，将再次与陕西省散曲学会及相关党政部门合作，在 2017 年秋季举办"张养浩康海王九思散曲作品研讨会暨第三届散曲创作学术论坛"。希望大家认真准备论文和散曲作品，积极参会。

4. 促进其他省市区成立散曲组织

在散曲工委成立以前，全国已有 9 个省区市有了散曲组织，它们是山西、湖南、陕西、贵州、广西、湖北、宁夏、北京、江西，其中陕西和广西为本省区一级社团组织，具有法人资格，其他均属当地诗词组织下属的二级组织。实践证明，在诗词学会下面成立一个二级组织最为简洁。工委成立后，我们积极促成一些省市区成立散曲组织。2015 年 12 月，安徽省散曲学会挂牌成立；2016 年 10 月，山东曲阜市成立散曲研究会；最近，内蒙古、浙江也决定成立散曲组织，这两个省区万事俱备，只欠一个成立大会了。这一可喜局面的出现，与中华诗词学会采取的一系列举措不无关系，我相信今后两三年内会有更多省份成立散曲组织。

5. 首家"散曲文化教育基地"在北京马致远故居挂牌

北京散曲研究会成立以来，积极推动将马致远故居建成散曲文化教育基地。马致远故居位于北京门头沟区王平镇韭园村，紧邻京西古道遗址，是马致远曾经生活过的地方，其代表作散曲小令《天净沙·秋思》就是在这里写的。近年来，当地政府修葺了马致远故居，开发了"古道西风瘦马"等旅游景点，游客络绎不绝。鉴于此，经散曲工作委员会相关同志实地考察，认为此地适宜建立"散曲文化教育基地"。2016 年 5 月，散曲工委为其挂牌，我陪同张勃兴老书记出席了挂牌仪式。

6. 调研并推荐山西省原平市成为"中华散曲之乡"

近年来，山西省原平市的农民散曲创作蜚声省内外。他们在全国散曲界有着几个第一：如建立全国第一家农民散曲组织；创办全国第一个农民散曲刊物；出版第一本农民散曲评论集；举办第一次全国农民散曲大赛等。他们的创作活动引起散曲工委的高度关注。2016 年 4 月，工委的几位副主任到原平调研，对原平的创建工作以及申报材料提出了不少指导意见；12 月初，又会同范诗银副会长到原平考察调研，召开研讨会，讨论全国诗教工作出现的原平新现象，向学会提交《关于授予原平"中华散曲之乡"的几点建议》。2016 年 12 月 12 日，学会第 17 次会长会议决定授予山西原平市"中华散曲之乡"称号（原平创造的第五个第一）。从此，在"中华诗词之乡""诗教先进单位"的评选中又多了一个新种类，相信它必将会产生深远的影响。

二、大力推动"中华散曲之乡"创建工作

散曲工委成立以来，为振兴散曲，提出创建中华散曲之乡的构想。这一构想，已在山西省原平市取得了成功，并且受到了学会的高度重视，确定今后"中华散曲之乡"创建工作和"中华诗词之乡"创建工作同等对待，同样标准考察验收。我们怎样做好这一个工作，我想谈 3 点：

第一，为什么要创建"中华散曲之乡"？

1. 创建"中华散曲之乡"是形势发展的需要。唐诗、宋词、元曲构成了我国诗歌史与文学史上的 3 座高峰，三者鼎足而立，不可替代。因而只有诗词曲都发展了，才能实现真正意义上的传统诗歌的全面复兴。因此，我们要借鉴改革开放以来诗词创作发展的重要举措，进行中华散曲之乡建设，让散曲活动开展比较好的地区带动薄弱地区发展，形成一个由点到面的新局面，真正让散曲在全国兴旺起来。通过中华散曲之乡创建，让它成为凝聚散曲人才的重要纽带，成为繁荣散曲创作的重要平台，成为引领散曲评论的重要窗口，成为推动散曲研究的重要阵地。

2. 创建"中华散曲之乡"是创新性发展的体现。中共中央办公厅、国务院办公厅的《关于实施中华优秀传统文化传承发展工程的意见》中提出，"中华优秀传统文化要坚持创造性转化和创新性发展"。而

要有创造性和创新性首先就是要抓住一个地方的文化特色、文学特色。这次原平成功创建"散曲之乡"就是一个有力的例证。原平的散曲扎根农村，以农民为主，活动开展得丰富多彩，成效突出，吸引了周边的群众不远百里来参加。可是，原平的诗词创作很薄弱。我们是抓住这一特色树立典型呢，还是按照固有模式，放弃这一特色呢？我想，我们肯定是要抓住这一特色。授予"诗词之乡"，显然难以服众；给原平量身裁衣，授予"散曲之乡"就很合适。通过原平现象，我希望同志们能着眼于一个地方的文化特色、文学特色，有散曲基础的地方可以建议当地党委政府的宣传文化部门，围绕"美丽乡村"文化建设这一主题，加强培养，做好指导，鼓励大众参与，争取在原平之后，会有更多的"散曲之乡"出现。

第二，"中华散曲之乡"的标准是什么？

为推动中华散曲之乡建设，我们参照中华诗词之乡的考评标准，具体如下：

1. 散曲活动在本地区具有广泛的群众性，有较多的人口在自觉自愿的基础上投入散曲的创作、吟唱和其他有关活动。散曲成为群众文化生活中经常性的、不可或缺的项目，深受群众喜爱。

2. 既重视普及，也重视提高。散曲创作具有一定的水平，部分作品具有较高水平，在省内以至全国产生积极影响。能够推出精品力作，培养出具有较高散曲创作水平的拔尖人才。

3. 领导重视，工作到位。把散曲工作列入本地区精神文明建设规划，由领导人分工负责，持之以恒地抓好。从人力物力财力上给散曲事业以可靠的支持。

4. 有良好的传播媒体和活动空间。力戒豪华，力戒形式主义，既讲节约，又把活动开展得有声有色。

5. 持之以恒地开展成人散曲培训工作，广泛开展中小学散曲教育教学活动，保证质量，做出显著成绩。

6. 散曲建设和本地区的经济、政治、文化建设相协调，对培养良好的社会风尚起到积极的推动作用。

这 6 条标准环环相扣，面面俱到，是我们创建"散曲之乡"的行动指南，是我们振兴散曲的有力举措。我们第一条标准就是根据散曲的最大特点确定的，元代散曲本身来自于下层社会，很多反映的是人民的心声，就是后来文人创作散曲也很注意这一点，如张养浩的《山坡羊·潼关怀古》、王磐的《朝天子·咏喇叭》就是这方面的杰作，因此我们的散曲一定会为群众所喜闻乐见，会扎根于人民心中。第二条，这也就是马凯同志提出的，在巩固和发展 "普及"成果的同时，更要注重"提高"。因此，我们必须紧抓这一条，做好人才培养和作品质量提高。否则，一件事情不进步，就会落后，就会被淘汰。第三条，是根据当前国家对传统文化的政策要求制定的。中央的《关于实施中华优秀传统文化传承发展工程的意见》中指出："加强党的领导，充分发挥政府主导作用和市场积极作用，鼓励和引导社会力量广泛参与，推动形成有利于传承发展中华优秀传统文化的体制机制和社会环境。"因此，同志们要大胆去干，放开手脚去干，做好一个地方文化发展的参谋和排头兵。第四条，要做好宣传和开展好活动，宣传是为了让更多的人参与，活动是载体和平台，没有载体和平台，人民参与进来干什么呢？因此在这方面也希望同志们能花大力气，下苦功，讲方法、讲技巧，做好各方面工作。第五条，这是我们是否能薪火相传、持之以恒做一件事情的关键。没有年轻人，没有学生，那 20 年、50 年、100 年后，我们的事业该怎么办？这就需要我们抓好散曲兴趣培养和散曲进校园工作，这是我们的希望所在。第六条，其实是在前 5 条的基础上的一个升华，前 5 条做好了，自然会促进一个地方的经济、政治和文化发展，培养起良好的社会风尚，这也是我们的最终目的。总之，希望同志们能围绕这 6 条标准，做好创建"散曲之乡"的各项工作，不负人民所盼，无愧时代所托。

第三，散曲工委在创建散曲之乡活动中的作用。

开展中华散曲之乡创建工作，工委应当尽自己所能，为相关地方或者单位提供帮助，如指导开展散曲活动、申报材料的撰写、专题宣传片的制作、散曲作品集的编辑等。同时，散曲工委也应该不断地发现典型，积极地向学会有关部门推荐，学会将参照中华诗词之乡的相关程序，确定是否授予该地区"中华散曲之乡"。

各位委员，同志们，朋友们：我相信通过大家的不懈努力，在全国范围内一个创建"中华散曲之乡"的活动将会积极展开，将会有更多的"中华散曲之乡"诞生。为了继续扩大散曲文化影响，促进创作，我们还计划以工委的名义颁授"散曲文化教育基地"，借以扩大人民群众对散曲的认知；对于那些已在散曲创作方面做出相当成绩，但一时还达不到6条标准的地方可以先授予"中华散曲创作基地"的称号，以鼓励他们继续前行。会前办公室制定了两个暂行办法，供大家下午讨论完善。另外，对散曲工委下一步的工作，比如人世情散曲丛书、编撰年鉴、办刊物、设立散曲奖项等问题，也请大家发表看法。大家还有哪些好的建议也希望畅所欲言。

（本文为作者 2017 年 3 月 12 日在西安召开的中华诗词学会散曲工委第一次全委会上的讲话）

传统诗歌的复兴需要"诗词曲"的全面发展

2017 年 3 月 12 日，中华诗词学会散曲工作委员会第一次全体委员会在西安召开，将在全国范围内创建"中华散曲之乡"。中华诗词学会会长郑欣淼在接受华商报记者独家专访时表示，中国诗歌的壮丽风光可说是千岩竞秀、万壑争流，令人有"从山阴道上行，山川自相映发，使人应接不暇"之慨。其中唐诗、宋词、元曲构成了我国诗歌史与文学史上的 3 座高峰，三者一脉相承、鼎足而立、不可偏废。只有都发展了，才能实现完整意义上的传统诗歌复兴。

一、诗词曲鼎足而立、不可偏废

华商报：全国诗词热潮方兴未艾，中华诗词学会为什么要创建"中华散曲之乡"？

郑欣淼：唐诗、宋词、元曲构成了我国诗歌史与文学史上的 3 座高峰，三者鼎足而立、不可偏废，只有都发展了，才能实现完整意义上的传统诗歌复兴。中华诗词学会 2017 年成立 30 年了，这些年我们一直坚持"双轮驱动"的工作思路，一个轮子是诗词精品创作，一个轮子是诗词教育普及。目前，全国已有 20 多个中华诗词之市，200 多个中华诗词之乡，200 多个中华诗教先进单位。经过认真的考察之后，发现散曲在很多地方还是有群众基础的。比如陕西、湖南、山西、安徽、北京等地，既然有这么多诗人、爱好者和读者群众喜欢，我们就应该重视对这批人的组织引导，同时我们也有把这种文学样式发扬光大的责任。因此我们要借鉴改革开放以来诗词创作发展的重要经验，进行中华散曲之乡建设，让散曲活动开展得比较好的地区带动薄弱地区发展，形成以点带面的新格局，真正让散曲在全国兴旺起来。比如山西省原平市的散曲创作扎根农村，以农民为主，活动开展得丰富多彩，甚至吸引了很多外县的散曲爱好者不远百里来参加。可是，原平的诗词创作并不像散曲创作这么集中，我们是抓住当地这一特色树立典型呢，还是按照固有模式放弃这一特色呢？我想，肯定是要抓住特色进行引导和支持。既然授予"中华诗词之乡"不符当地实际，那么授予原平"散曲之乡"就称得上量体裁衣了。通过原平现象受到启发，我们的工作还是应该着眼于一个地方的文化特色、文学特色。有散曲基础的地方可以建议当地党委政府的宣传文化部门，围绕"美丽乡村"文化建设这一主题，加强培养，做好指导，鼓励大众参与，争取在原平之后，会有更多"散曲之乡"出现。

华商报：为什么会确定山西原平市成为第一个"中华散曲之乡"？

郑欣淼：原平市委宣传部副部长杨丽娟同志在中华诗词学会散曲工作委员会第一次全体委员会的讲话我听了很感动，那里的农民朋友如此热爱散曲，非常值得关注。原平市的农民散曲创作蜚声省内外，他们在全国散曲界有着几个第一：建立全国第一家农民散曲组织；创办全国第一个农民散曲刊物；出版第一本农民散曲评论集；举办第一次全国农民散曲大赛等。前段时间，中华诗词学会散曲工作委员会的工作人员到原平进行了调研和研讨，2016 年 12 月 12 日，中华诗词学会四届第 17 次会长会议决定授予山西原平市"中华散曲之乡"称号，从此，在"中华诗词之乡""诗教先进单位"的评选中又多了一个新种类，相信它必将产生深远影响。

二、散曲最便于反映人民心声

华商报：原平农民散曲繁荣发展，散曲是不是更容易被普通的人民接受，更加接地气？

郑欣淼：诗词讲究含蓄蕴藉，推崇的是弦外之音、言外之意，语言一般也要求典雅，需要读者去体会、玩味。散曲就不是这样，它是一种比较奔放的文字，作者心里有什么，笔下就写什么，嬉笑怒骂皆成篇章，没有含蓄隐藏的余地。因为它本来就是一种唱词，不浅显，听众怎么能听得明白？不贴近百姓生活，听众怎么能听得下去？它是中国诗歌走下圣坛，走出文人小圈子，走向民众，走向社会的产物。以口语化取胜，诙谐幽默。所以它接地气，有温度，反映了人民心声。像我们都熟悉的马致远《【越调·天净沙】秋思》中的"枯藤老树昏鸦，小桥流水人家，古道西风瘦马"，张养浩《【中吕·山坡羊】潼关怀古》中的"峰峦如聚，波涛如怒，山河表里潼关路"等，已经算很雅的，大家也都能听懂，雅而显豁，不用僻字僻典。但你细细品味，它里边却总有灵光闪现的一个绝妙之句。

我这里想举原平农民的几首作品，来说明散曲以口语化取胜、诙谐幽默的特点。例如原平农民弓志芳写的《【仙吕宫·一半儿】会友》："一声电话喜心间，三笔成妆外套衫，五步飞出门外边，跳跟前，一半儿相迎一半儿喘。"张玉武的《【中吕·山坡羊】正月里闹红火》："红灯儿高挂，蛾眉儿轻画，这狮舞龙腾还数高翘儿霸。眼巴巴，笑哈哈，比不上那跑水船打花鼓的婆姨们风姿飒。整整地看了一天身板儿累了个垮。他，拉个娃；她，搀个妈。"杨素花的《【正宫·塞鸿秋】农民散曲社办到俺心坎上》："心潮潮涌动情豪迈，田园园神韵飞天外，山歌歌吼起原声态，村姑姑也上诗台赛。草根根入曲牌，沃土土出诗帅。泥腿腿们也把风流卖。"王润宝的《【正宫·塞鸿秋】打工愿》："东奔西走维家计，走南闯北求生意。为得子女能成器，贪黑起早心如蜜。汗滴和水泥，头顶飘蒸汽，胶锤锤敲出一片新天地。"原平的农民朋友们用散曲把发生在身边的事物用诙谐的口语表现出来是那么的自然畅快。这与散曲的特色分不开。散曲可以重韵、可以增加衬字和语气词等生动活泼的手法，使作品增加反复、排比、递进等变化着的俗语、

185

口语的乐趣。常常通过一个短小的情节，写出人物正在活动着的情绪。这种写法带有一种戏剧性的效果，比诗词更显得生动。

华商报：散曲工作委员会设立在西安，第一次委员会也是在西安召开，您对陕西散曲的发展有什么展望吗？

郑欣淼：目前，陕西散曲在张勃兴老书记的支持下，在陕西省散曲学会的带领下，活动开展得如火如荼，有好几个活动都很有特色，走在了全国的前列，如编选的《当代散曲百家选》等。有一批对这份工作充满喜爱、充满理想、充满责任感的人，尤其像张勃兴老书记这样80多岁的老人，他对这件事如此热爱、如此执着，我相信陕西的散曲事业今后一定会再上一个新台阶。

三、"中国诗词大会"对中华诗词的发展推动极大

华商报：诗教工作是中华诗词学会的重要工作，在当代社会推广诗词教育的意义是什么？

郑欣淼：诗教其实是从孔子时期就开始的。我们不是要把人培养成诗词家，不是要人人都会写诗，而是希望每个人都能接受诗歌的熏陶，在诗篇中滋养人们的心灵。诗歌解决不了吃饭就业问题，但它可以使你工作得更好，人生更有意义。诗歌是对人的心灵的培养，对人的情操和精神的影响。比如其中的担当精神、爱国主义精神，它是可以代代相传的，这其实就是一种文化的基因。

华商报：听说您也一直关注《中国诗词大会》这个节目，它引发的诗词热，您觉得是偶然现象吗？

郑欣淼：这里有一个积累的过程，它的热播其实是诗词引起社会共鸣的一个直观例证。两届"中国诗词大会"的举办，引起了强烈的社会反响，得到了各方面的关注和好评，这充分体现了中华诗词在新时期生命力依然旺盛，繁荣发展中华诗词具有广泛的社会基础。"中国诗词大会"为中华诗词发展提供了新的机遇，我们要学会乘这个东风，认真总结经验，继续加强中华诗词传播、推广和创作方面的工作，

为中华优秀传统文化的创造性转化和创新性发展尽自己的一份力量。

华商报：您觉得这样的节目对诗词的发展、推广有什么样的帮助？

郑欣淼：我 2012 年两会期间就提过一个正式提案，提出在电视台设立关于诗词的固定栏目或者专门频道，当时可能比较困难。这一次电视台用了这样的一个方式，定位比较准确，可以说想要达到的目标已经基本达到了。"中国诗词大会"对诗词的发展起到极大的推动，应该说"中国诗词大会"的举办，让中华诗词的教育和普及进入了一个新的阶段，节目播出之后，好多人给我说，很多关于诗词的书都已经卖完了，可见这个节目的影响。我也很期待"中国诗词大会"节目的新发展和新创造。

（2017 年 3 月 12 日，作者就发展散曲创作问题，接受了《华商报》记者罗媛媛的采访，本文刊载于《华商报》3 月 18 日，原题为《传统诗歌复兴："诗词曲"一个都不能少》）

原平散曲创作的经验与启示

    首先，我代表中华诗词学会和全国广大诗友，向原平市创建为全国第一个中华散曲之乡，表示热烈祝贺！

    原平这块土地上，有着深厚的散曲文化积淀。元好问、白朴等诗词散曲大家，都曾游历过这个地方。近几年，又涌现出了一支以王文奎、邢晨为代表的农民散曲创作队伍，出现了令人振奋的农民散曲现象：自发成立了8年多的农民散曲社，已发展为23个分社，280多名社员，分布在18个乡镇100多个村庄社区，创作散曲近2万首，编印散曲报《田籁之歌》21期，社刊《农民散曲》5期，出版个人散曲及诗词集14部。集市、庙会、节日庆典等大型活动时，采取多种方式展示散曲作品。日常生活中，夫妻、姐妹、母女、姑嫂、父子写散曲、打擂台已成为时尚。这些散曲，是地地道道的农民写、写农民的本色散曲。能让人感受到吹过沟沟壑壑的风，流过春夏秋冬的景，麦米黍豆的清香，五谷丰登的喜悦。能感觉到皱皱的皮肤，浑浊的眼神，酸臭的汗味，纯朴的心的跳动。能触摸到时代的脉搏和正能量的冲击，让人振奋，让人感动。农民的创造引起了原平市委市政府的重视。市委市政府以此为支点，确定创建散曲之乡，并成立了创建工作领导小组，确定实施了"六大工程"，带来了全市文化生态的变化。原平市先后获得全国文化先进市、中国诗歌之乡、中国民间文化艺术之乡称号，而且由于农民散曲社的直接影响，还获得了全国十佳乡村文明建设单位称号。

这些，为原平市成为全国第一个散曲之乡创造了条件，值得称道，值得点赞！

中国是一个诗的国度。唐诗、宋词、元曲所代表的三大高峰，为我们这个诗国立于世界文化之林赢得了地位和荣誉。中华诗词学会成立以来，一直把诗词曲作为一个整体看待，无论是强调诗词创作，也无论是强调诗词普及，都包括了散曲的内容。学会组织的 6 届华夏诗词奖，有不少散曲作品获奖。学会召开过的 30 届学术研讨会，也有不少关于散曲研究的文章。《中华诗词》杂志也一直遴选登载优秀散曲作品。1995 年以来，学会把诗教作为中华诗词事业的基本建设工程，着眼国民诗教、校园诗教、社会诗教，倡导开展创建中华诗词之乡、中华诗教先进单位活动，受到省市县政府和人民群众的普遍欢迎，得到了广泛开展和不断提高，为推进诗教走向社会大众，推进包括散曲在内的中华诗词事业的复苏振兴，推进社会主义文化大发展大繁荣，发挥了积极的、应有的作用。

党的十八大以来，中华民族优秀传统文化，尤其是"最能反映中华民族和中国人民的特性和风尚"的古典诗词，受到前所未有的重视。习近平总书记两首诗词的相继发表，以及他关于中国传统文化以及古典诗词的精辟论述，赋予了诗词新的功能与定位。《中共中央关于繁荣发展社会主义文艺的意见》强调加强对中华诗词的扶持，使诗词界的诗人词家散曲作者，受到极大的鼓舞和鞭策，诗词曲创作和诗教工作都呈现蓬勃发展的好形势。特别是散曲的作者队伍在明显扩大，散曲作品在大幅增加，散曲复兴已显现端倪。为了适应形势发展的需要，中华诗词学会在 2016 年上半年成立了散曲工作委员会，加强了对这方面工作的指导。前不久，中华诗词学会对原平市散曲创作出现的新现象，对诗教提出的新问题，以及促进诗词散曲全面发展应采取的新举措，进行了认真调查研究，决定在全国诗教工作中开展创建"中华散曲之乡"活动，并授予山西省原平市为第一个中华散曲之乡。

中华散曲之乡创建是诗教工作中出现的新事物。当前，可以依照中华诗词学会关于《创建中华诗词之乡（市）暨中华诗教先进单位有关规定》指导工作，抓好落实。希望各地各级诗词散曲组织，结合实际，在推进创建中华散曲之乡工作健康有序开展的同时，积极发现新问题，提出新建议。中华诗词学会将在适当时机召开全国诗教会议进行研究。也希望原平市进一步总结经验，发掘潜力，研究长效机制，不断巩固提高，为全国散曲之乡创建工作发挥好典型示范作用。

中华诗词曲经典，为我们民族的历史铭刻上了"诗史"的标签，为我们的国家赢得了"诗国"的美誉，为我们民族的发展壮大提供了丰厚的精神滋养。我们要科学认识与把握其当代定位与文化价值，积极适应社会发展需要，扎实做好具体工作，全力打磨诗词曲精品，为我们的时代放歌，为我们的生活高唱，为社会主义文化大繁荣大发展，为中国梦的实现做出应有的贡献！

（本文为作者 2017 年 4 月 21 日在山西原平市"中华散曲之乡"授牌仪式上的讲话）

把握历史机遇　加快发展步伐
开创中华诗词事业新局面

——庆祝中华诗词学会成立 30 周年大会上的讲话

各位领导，各位来宾，同志们，诗友们！

今天，我们在这里隆重集会，庆祝中华诗词学会成立 30 周年。这是个重要的日子。30 年前，伴随改革开放的铿锵步伐，合着朝气蓬勃的时代潮流，我国有史以来第一个全国性的诗词组织——中华诗词学会宣告成立。30 年来，我们奋力同心，积极进取，取得了有目共睹的成绩，开创了可喜的局面，中华诗词事业总体形势越来越好。抚今追昔，我们感慨万千。这应归功于党和国家的高度重视与正确指引，归功于社会各界的大力支持和各地诗词组织、广大诗友的共同努力。在此，我谨代表中华诗词学会，向各位领导和社会各界的朋友们表示诚挚的谢意！向曾为中华诗词学会的创立和发展做出重大贡献的包括已故的老前辈、老诗友们表示深切的怀念和敬意！也向全国的广大诗友们以及诗词工作者、诗词评论者和诗词爱好者们表示诚挚的谢意！

一、中华诗词的复苏历程和学会 30 年工作回顾

中华诗词是我们民族文化传统的重要组成部分，是我们民族精神的重要载体。中华诗词历经 3000 年的风云激荡，已植根于我们民族的血液之中，成为我们民族的文化基因。然而，新文化运动在高扬民主与科学旗帜的同时，对中国传统文化尤其是中华诗词，却予以全盘否定，致使中华诗词在长达半个多世纪的岁月里，被冷落歧视，处于困境之

中。即使这样，中华诗词也显示了它的顽强的生命力。辛亥革命前成立、前后延续30余年的"南社"，以及新文化运动中的不少有识之士，依然坚守着这块阵地。抗日战争爆发后，中华诗词一度焕发青春，吹响了抗战的嘹亮号角，形成了抗战"史诗"。特别是毛泽东同志，以自己的创作实践，为中华诗词的生存与发展开辟了道路。1976年的天安门广场诗歌运动，充分展示了中华诗词的时代性和战斗性。党的十一届三中全会以后，我国进入改革开放的历史新时期，中华诗词也随着国运的昌隆而复苏，逐渐蓬勃发展起来，催生了中华诗词学会的成立。1987年5月31日（农历端午节），中华诗词学会第一次全国会员代表大会在北京召开。时任中共中央政治局委员、国务院副总理的习仲勋同志，代表党中央、国务院到会祝贺并作重要讲话。他郑重指出："成立中华诗词学会，这是件大好事。过去，我们从来没有这样一个全国性的诗词组织。现在，把这个空白补起来了。""对我国古典诗词这一优秀的文化遗产，不仅要努力加以抢救和研究，还要不断创新，使我国的古老文化能够发扬光大。这是摆在我们面前的一个重大任务。"从那时起到今天，中华诗词学会已经走过了30个春秋，迈入了而立之年。经过艰苦创业，艰难发展，中华诗词学会成为全国诗坛上组织活动、创作研讨、沟通联络、引领方向的最大诗词平台。中华诗词由此真正开始走向了复苏。放眼当今中华诗坛，诗词队伍庞大，诗社林立，诗刊遍布，诗作纷呈，诗赛连绵，呈现出一派喜人景象。

30年来，中华诗词学会同全国各省、市、自治区诗词组织一起，做了许多扎实的工作，也取得了一定的成绩，主要有以下几个方面：

第一，努力营造诗词文化生存发展的良好环境，确立中华诗词在群众文化生活和社会主义精神文明建设中的应有地位。中华诗词要振兴、要发展，必须要有一定的生存空间和环境。这个空间和环境有历史的机遇，也需要我们通过积极的努力去争取、去营造。为此，我们在前人努力的基础上，做了大量工作。我们通过多种形式的诗词活动，正本清源，充分评价中华诗词的历史地位和作用，并对新文化运动冲击传统诗词文化的功过是非做了实事求是的科学分析。为恢复中华诗词在群众文化生活中的应有地位，为确立中华诗词在文学艺术格局中的应有地位，我们和社会各界有志之士一道，利用各种会议（包括全国两会）、各种场合，大声疾呼，积极宣传，唤起人们对诗词文化的理解、重视和支持。我们积极倡导声韵改革，提倡以普通话为标准的新声新韵，提倡诗词语言和诗词体裁应与时俱进。初步完成了教育部委托我们的中华新韵研究课题。我们把"深入生活、兼收并蓄、求新求美、雅俗共赏"作为会刊《中华诗词》的主旨，被广大作者和读者所认可。《中华诗词》成为我国各类诗歌刊物中发行量最大、影响力最强的读物。我们制定了《21 世纪初期中华诗词发展纲要》，在诗词界引起强烈反响。特别是党的十八大以来，习近平总书记高度重视传统文化，《追思焦裕禄》和《军民情》两首诗词的相继发表，引领中华大地诗风浩荡。我们积极适应形势发展，争取社会媒体加大对中华诗词的宣传力度，《人民日报》《光明日报》、人民网、光明网、中央电视台等主流媒体都开辟了诗词栏目，增大了对诗词文化宣传推介的分量。积极组织参与中宣部和我们联合开展的系列活动，中华诗词开始进入主流舆论宣传阵地，在时代大舞台上展示风采。通过 30 年的艰苦工作，中华诗词应有的社会地位已经被越来越多的人所承认，许多优秀的诗词作品反映了时代的主流和人们的心声，爱好中华诗词的人越来越多，参与的积极性不断增强。2017 年春节期间中央电视台"中国诗词大会"节目的热播热议，就从一个侧面反映出了中华诗词发展的大好形势。

第二，大力实施精品战略，诗词创作水平不断提高。诗词作品的水平和质量决定着诗词的社会地位和发展空间。学会成立 30 年来，一直把出好诗、出精品作为诗词工作的着力点。学会每年的工作部署，所举办的各项重大活动，都突出强调精品意识并提出明确要求，鼓励诗人们向着艺术高峰努力迈进。学会已经连续举办了 6 届两年一度的"华夏诗词奖"，推出了不少优秀作品和优秀诗人。中华诗词学会与一些省、市、自治区诗词组织合作，数十次组织全国著名诗人赴延安、唐山、兰考、汶川等地采风，出了一批接地气、高质量的弘扬主旋律的诗词作品集，受到社会好评。中华诗词学会每年都联合各地诗词组织以及一些市县级政府，举办大量的不同主题、不同形式的诗词大赛，在扩大诗词影响、传播诗词知识、提高诗词创作水平等方面发挥了积极作用。作为弘扬主旋律的主流方阵之一的军旅诗词，其创作和研究也有了长足发展。《中华诗词》杂志的"时代风云"栏目、青春诗会、金秋笔会等，已形成品牌效应，推出了一批新人和高质量的诗词作品。当然，我们的创作水平还有待进一步提高，真正堪称传世精品的力作还是不多。

第三，积极抓好诗教和诗词组织建设，诗词活动空前活跃。普及诗词知识不是为了让每个人都写诗，而是人人需要用诗词来丰富心灵、塑造人格、提高人文素养和审美情趣。中华诗词学会成立30年来，一直着眼国民诗教，着手校园诗教，着力社会诗教，积极组织开展创建诗词之乡、诗教先进单位活动。截至2016年底，全国共有"诗词之市（州）"20个，"诗词之乡"238个，"诗教先进单位"269个。这些先进典型产生了很好的示范和带动作用，推动了诗词事业的普及和繁荣昌盛。我们还认真贯彻中宣部等6部委文件精神，积极指导开展诗词朗诵、吟诵、演唱等活动，诗词入乐（音乐）也取得积极进展，推动了中华诗词的普及传播。我们把壮大队伍作为繁荣诗词创作的重要任务，始终抓住不放，诗人队伍、诗词组织得到较快增长。目前，各省、市、自治区和港、澳特区以及绝大多数市（地）、县（区）级都有诗词组织。中华诗词学会现有个人会员近3万名，团体会员260多个。加上各地各类诗词组织成员和广大诗词爱好者，中华诗词大军已有百万之众。近几年，网络诗词成为诗词创作传播的新领域，网络诗人增长迅速，且以中青年为主，也有百万之众。为培养人们对诗词的兴趣，为提高会员和诗词爱好者的水平，中华诗词学会和各地诗词组织采取办班培训，请专家授课；书面辅导，用通信的方式修改作业；

举行诗会，大家相互切磋交流等形式，都收到了良好的效果。

第四，诗词理论研究不断深化，图书编辑出版工作取得新成绩。中华诗词学会成立以来，我们一直重视理论研究和评论工作，为中华诗词事业的发展提供有力的理论支撑。《中华诗词》、《中华诗词学会通讯》和中华诗词学会网，除发表诗作外，还发表了大量理论、评论文章，同时编辑出版了《中华诗词十年作品选》《中华诗词二十年作品选》《中华诗词十年论文选》《中华诗词二十年论文选》，在诗词界乃至整个思想文化界都产生了一定影响。我们每年都要举行一次学术研讨会，就诗词发展所面临的重大问题，从学术层面上进行探讨，至今已连续举办了 30 届，出版论文集 30 本，受到广大诗友的欢迎。同时，中华诗词学会每年还与各地联合举行一些专题研讨会，发挥了诗词理论对诗词创作的引领和指导作用。诗词精品图书的整理、编撰、出版工作，一直被学会看成是推出优秀作品和优秀诗词人才、发展诗词事业的重要环节。30 年来，先后组织专家编撰出版了《中华诗综》《中华词综》《中华曲综》《当代中华诗词集》等。从 2007 年开始，《中华诗词文库》陆续出版，精选近现代诗词作品、理论评论、文献，涵盖了近现代诗词名家个人作品专辑和各省市区、港澳特区及台湾地区诗家及会员作品合集，目前已出版 80 多卷。我们从 2013 年开始启动了《当代中华诗词集成》大型诗词文库的编辑出版工程，得到各省、市、自治区积极响应。首批的湖北、新疆、内蒙古等 5 省区和军旅卷，有望 2017 年内出版。各地诗词组织和许多诗友都先后出版了大量的诗词作品集和诗词理论读物，为诗词事业的繁荣做出了贡献。在学会成立 30 周年之际，《中华诗词学会三十年大事记》《中华诗词学会三十年论文集》《中华诗词学会三十年诗词选》3 本书的出版，集中展现了学会的有关成果，反映了学会的发展历程。

第五，拓宽了诗词文化领域，内外交流取得新进展。30 年来，我们主要从两个方面着力。一是积极主动与辞赋、新诗、书法、绘画、戏剧、音乐、楹联等姐妹艺术形式进行交流与合作，成功组织了多次大型诗书画大赛和当代诗词作品吟唱会，让诗词插上翅膀，传播得更远，赢得更多的受众。2010 年我们成立了中华诗词学会书画委员会、音乐委员会，成功举办了纪念中国共产党成立 90 周年诗书画大赛并出版了获奖作品集，编辑出版了《中华诗词歌曲集》。2016 年成立了散曲工作委员会，以期推动诗词曲的全面发展。为鼓励中华诗词与书法、绘画的结合，2016 年设立了"沈鹏诗书画奖"，决定每两年举办一次。2017 年首届沈鹏诗书画大赛已圆满结束。二是积极推动海峡两岸、港澳地区以及海内外华人之间的诗词文化交流活动。先后多次与香港、澳门诗词界举办诗词学术活动。2006 年和 2009 年，中华诗词学会与福建省龙岩市联合举办了两届"海峡两岸诗词笔会"，与台湾近百名诗友共同采风。2011 年 12 月，中华诗词学会参访团赴台湾访问交流，获得圆满成功。在武汉连续举办了两届海峡两岸中华诗词论坛暨聂绀弩诗词奖颁奖大会，来自海峡两岸、港澳地区诗词界的专家学者 300 余人参加交流探讨，在海内外反响热烈。2006 年和 2008 年，中华诗词学会与日本汉诗学会吟诵团两次在北京举办诗词吟唱会。2014 年 5 月，中华诗词学会在广东省惠东县举办了"海内外中华诗词高峰论坛"，来自世界五大洲的近百位诗人、学者和社会各界人士参加。会议在充分酝酿讨论的基础上，通过了《海内外中华诗词高峰论坛海王子宣言》。这是中华诗词发展史上的创举，扩大了中华诗词在海内外的声誉，初步展示了"海外诗词兵团"的魅力。我们还同美国纽约诗词学会开展诗家互访，进行诗词交流。这些交流互动，扩大了中华诗词的影响力，增进了国际文化交流。

二、对 30 年来诗词工作经验的思考

中华诗词学会成立 30 年来，我们和全国诗友一起，见证了中华诗词长期被打压冷落之后，走出低谷，经历复苏，开始走向复兴的艰难历程。从工作实践中我们深深体会到，要搞好学会工作，要持续健康地发展和繁荣中华诗词事业，必须认真解决好以下几个问题：

1. 正确把握继承与创新的关系，始终坚持在继承中创新，在创新中发展。我们对中华诗词的态度和对待一切民族文化遗产的态度是一致的，可以用两句话来概括，即批判地继承，创造性地发展。继承的目的正是为了发展。采用辩证的方法，对诗词文化遗产客观地判断是非优劣，以便扬弃和选择。习近平总书记在文艺工作座谈会上的重要讲话中指出："传承中华文化，绝不是简单复古，也不是盲目排外，而是古为今用，洋为中用，辩证取舍，推陈出新，摒弃消极因素，继承积极思想，'以古人之规矩，开自己之生面'，实现中华文化的创造性转化和创新性发展。"我们认为，对于传统诗词文化的继承，包括两个方面：一是用博大精深的诗词经典作品来满足当代人的文化需求，滋养当代人的精神世界；二是用相对成熟和规范的艺术形式和艺术经验，来表现今天的新生活。诗词是艺术规范很严谨的艺术。不掌握诗词所特有的艺术规范，不熟悉诗词表现的基本手法，不懂得历史上的诗词经典，就不可能自如地进行诗词创作。中华诗词的创新，首先体现在内容上，需要它的作者从已经熟悉的题材圈子里走出来，走向现实生活的广阔天地，到时代的大潮中汲取诗意诗情，使历史悠久的传统形式和生动活泼的现实生活统一起来，才有可能产生富有时代感的好诗。诗词的创新还涉及声韵问题。诗词之所以要押韵，要讲平仄对仗，是为了达到形式上的美与和谐。诗词的声韵离不开语言的声韵，随着历史的发展变迁，我们的民族语言在词汇和发音方面都发生了很大变化，诗词的声韵不可能凝固不变。长期以来，中华诗词学会按照"求正容变"的思路，一直倡导以普通话为依据的新声韵，同时，主张双轨并行，得到诗词界的广泛认同。

2. 正确把握普及与提高的关系，始终坚持在普及的基础上提高，在提高的引领下普及。30年来的工作实践使我们深深体会到，普及与提高，如同诗词事业发展繁荣车之两轮，鸟之双翼，缺一不可。我们这样的社团组织，既是群众性很广泛的社团，又是诗词专业性很强的社团。群众性是诗词生成之源，专业性是诗词生存之本。既要顶天立地，又要铺天盖地,两者相互依存,相辅相成。学会成立之初,我们就提出了"适应时代,深入生活,走向大众"的方针,围绕这一方针,我们坚持不懈地从 3 个方面入手。一是抓扩大队伍,只要热爱诗词并已具备了一定的写作能力者,就吸纳他们入会。如今,中华诗词学会会员加上各省、市、县诗词学会会员,人数超过百万,发表诗词的各种刊物多达 800 余种。二是抓繁荣创作,每年发表的诗词新作,数量近百万首(还不包括网络上发表的诗词作品)。三是抓社会诗教,促进诗词进学校、进机关、进农村、进企业、进社区、进景区,使诗词普及的路子越走越宽,诗词的社会基础越来越厚。在大力抓好普及的同时,我们十分重视提高的工作,坚定地实施"精品战略"工程。通过理论引导、大赛催生、培训提高、研讨交流、推出新人新作等多种形式,营造有利于精品力作产生的环境,使广大诗词作者提高诗词素养,树立精品意识,在诗词创作上精益求精,力戒粗制滥造,力求创作出思想新、感情新、语言新、声韵新、意境新、艺术新的优秀作品。诗词的魅力在于质量。一个时代的艺术水平,归根结底是以精品力作作为标志的。一首感人至深的精品力作胜过千百首平庸之作。中华诗词普及与提高的路还很长,我们永远在路上。

3. 正确把握主旋律与多样化的关系,始终坚持正确的创作导向。白居易说过:"文章合为时而著,歌诗合为事而作。"一个时代有一个时代的诗词。30 年来,学会历届领导班子始终保持清醒头脑,认真贯彻执行党和国家的大政方针和有关文艺工作的指示精神,坚持以人民为中心的创作导向。在学会每年工作方案的制订、每届理论研讨会思路的确立、重要赛事活动主题的把握、诗教工作的引导等重要环节上,都把主旋律的要求摆到突出位置,引导广大诗人和诗词爱好者把个人情感融入时代的大潮及党和人民的视野之中。在诗词创作中坚持把思想性和艺术性更好地统一起来,用诗词记录历史、讴歌时代、赞美英雄、陶冶情操、滋养心灵,反映社会生活主流和精神风貌,使当代诗词成为传播社会正能量的工具。提倡诗人以自己的艺术个性进行创作。

在题材、内容、手段、风格上展现多样性，形成宽领域、大视野、多层次的创作氛围。美刺并举，扬善惩恶，营造积极健康、宽松和谐的诗词生态环境。

当代诗词的主旋律和多样化不仅体现在思想性、内容创新等方面，在诗词的体裁和风格上也应提倡多样化。我们认为，唐诗、宋词、元曲构成了我国诗歌史上的3座高峰，三者鼎足而立，不可偏废，只有都发展了，才能实现完整意义上的传统诗歌复兴。散曲扎根民间，以其清新活泼、诙谐幽默、浅显易懂等独特方式，贴近百姓生活，反映人民心声，接地气、有温度，更易为普通百姓所接受。历经数百年的发展，至今长盛不衰，在全国许多地方仍很活跃。在当前构建社会主义核心价值观特别是"美丽乡村"建设中，具有很大的发展潜力。我们借鉴"中华诗词之乡"的创建模式，开展"中华散曲之乡"创建活动，已批准山西省原平市为全国第一个"中华散曲之乡"。这项活动已得到山西、陕西、广西、湖南、北京、安徽、内蒙古、浙江等地的积极响应。创建争先活动又多了一个新种类，相信它必将产生深远影响。

4. 正确把握诗词创作与诗词评论的关系，始终坚持补评论短板，促精品力作。我们在实践中体会到，诗词创作要繁荣，诗词事业要发展，就需要强大的思想理论来支撑，来引领。为此，我们除了坚持办好每年一届的全国性诗词理论研讨会外，每年还联合各地诗词组织举行各种形式的小型、专题、个性化的研讨会、座谈会，探讨当代诗词在发展进程中所遇到的重大理论和实际问题。通过讨论与争鸣，澄清一些模糊认识，活跃诗坛，开阔思路，扩大视野，促进创作繁荣。习近平总书记在文艺工作座谈会上的重要讲话中指出："文艺批评是文艺创作的一面镜子、一剂良药，是引导创作、多出精品、提高审美、引领风尚的重要力量。文艺批评要的就是批评，不能都是表扬甚至庸俗吹捧、阿谀奉承。"我们每年创作和发表的诗词新作多达几十万首甚至百万首，这么多诗词作品，可以说是良莠不齐，瑕瑜互见，亟待评论者加以品评、筛选，从中推出好诗。不然，诗词精品都被平庸之作淹没了。而且，优秀诗词的艺术经验也要进行总结，以便学习推广。进行诗词理论研究和评论，需要有实事求是的科学态度，不看身份，不看背景，不看人脸，真正出以公心，不能一味说好，一味吹捧。总体来看，这些年来诗词评论有了长足进步，但仍显得薄弱。诗词评论落后于诗词创作，理论研究落后于创作实践，评论队伍小、散、弱（即队伍小、力量分散、研究能力弱），这些问题亟须予以解决。

三、中华诗词学会今后工作的基本构想

30 年来，中华诗词学会励精图治，砥砺前行，在中华传统文化，特别是中华诗词文化的传承发展上，发挥了重要作用，取得了可喜成果。展望未来，任重而道远。我们要发扬成绩，奋力进取，开创诗词事业的新局面。下面我就今后的工作谈几点意见。

1. 坚持正确方向，突出时代主题，进一步繁荣当代诗词创作。

习近平总书记的系列重要讲话精神特别是文艺工作座谈会重要讲话精神，贯穿着党的执政理念，是指导一切工作的行动指南，也是我们中华诗词创新发展的工作指针和不竭动力。习总书记在文艺座谈会上的重要讲话中明确指出："伟大的时代需要伟大的精神，文艺的作用不可替代。"而"博大的精深的中华文化为中华民族克服困难、生生不息提供了强大的精神支撑"。中华诗词是中国传统文化的一颗璀璨明珠与重要的文学载体，在这一新的时代，我们要紧跟时代节奏，紧扣时代主题，感国运之变化，发时代之先声，为亿万人民、为伟大祖国鼓与呼，为诗词事业的繁荣做出贡献。

繁荣诗词创作，要坚持"二为"方向，与时代合拍。要把握诗词发展的正确导向，以人民的精神需求为己任，唱响时代的主旋律，为实现伟大的中国梦呐喊助力，就要叫响"面向大众""走向大众"的口号。诗词创作只有走向大众、扎根大众才有生命力。我们必须看到，新中国成立 60 多年来的发展，特别是党的十八大以来对中华传统文化的重视与传承，人民大众的文化层次有了很大提高，富裕起来的人们

精神需求强烈，其欣赏、鉴赏能力也不同以往，诗词已不再是少数人的奢侈品了。诗词这门文学体裁已经深入人心，活跃在社区、学校、田间地头。因此，诗词创作面向大众，走向大众，以人民大众为创作主体，以人民大众生活为创作的源泉，进一步推动诗词繁荣，正当其时。

繁荣诗词创作，要坚持"双百"方针，发扬"艺术民主"。要形成诗词创作与学术研究的宽松环境与氛围，鼓励不同流派、不同观点的争鸣与竞争。只要是统一在实现伟大的中国梦、为社会主义文艺服务这个大前提下，不同的诗词理念、诗词体裁、诗词风格都允许讨论、切磋与探索。目前，我们的诗词流派与风格不是多了，而是少了。我们要通过不断创新与改革，通过不断探索与争鸣，形成既有"阳春白雪"，也要有"下里巴人"；既有"典雅派"，也要有"土豆山药派"；既鼓励诗人们的个性创作，也要引导诗人把自己的个性与人民性、民族性、时代精神有机地结合起来，充分发挥诗词创作在新时代的认知、教育、讽喻、娱乐等作用，造成一个既宽松活泼又昂扬向上的繁荣局面。

繁荣诗词创作，要重视发挥诗词组织的联动作用，使其成为诗词传承发展的领头雁与排头兵。目前，省、市、自治区及大部分市、县，包括港澳台地区和海外的诗词组织，还有社会团体、学校、社区的诗词组织，越来越庞大，这些都是诗词文化传承发展的重要力量。各级各行业诗词组织要通过各种平台与形式做好普及推广工作，把广大诗友带动起来，把诗词事业推向前进。中华诗词学会要积极与各地诗词组织密切合作，针对重大社会主题、重大纪念日、重大政治事件，联合举办诗词活动，上下联动，优势互补，发挥各自特长，使各级诗词组织成为繁荣诗词事业的排头兵。

2. 立足新形势，不断开拓新思路，创造性地落实好《21 世纪初期中华诗词发展纲要》。

中华诗词学会在 2001 年就制定了《21 世纪初期中华诗词发展纲要》，这是中华诗词学会发展史上里程碑式的文件。该发展纲要实施17 年来，对诗词事业的发展起到了重要的推动作用。直到今天，该发展纲要提出的许多理念、目标与课题仍有现实的指导意义。我们要结合新的时代主题，拓宽思路，加钢淬火，创造性地加以贯彻落实。

坚定走诗词改革之路。任何事物的发展都是一个不断变化扬弃的过程，诗词的发展也不例外，也需要改革超越、推陈出新。一是要善于在继承中挖掘新主题、丰富新内涵。传统诗词在我国文学史上有着特殊的地位，需要我们很好地继承与学习。但是，学习继承不是泥古仿古，食古不化，追求古诗的原汁原味。而是要善于"老瓶装新酒"，运用前人所积累的艺术经验和创造的艺术形式表现时代新内容。要善于创造新意象，善于将大众语言化成新诗语，讴歌新事物，书写老百姓生活的新诗篇，最大限度地发挥诗词的社会功能。二是坚持"倡新知古，双轨并行"，稳步推进新声韵改革。作为优秀的文化遗产，古韵理应保留，以传承其中国传统诗词的基因。但时代在发展，特别是新中国成立以来，国家制定了推广普通话方案，且一直在不断推进与完善之中。在整个社会都使用普通话发音的当下，倡导新韵入诗也是广大群众与诗词作者，特别是新生代诗词作者的普遍要求，是时代发展的必然。我们要在巩固诗韵改革成果的基础上，与教育部门一起，进一步做好以普通话为基础的新声韵改革和推广工作。三是倡导与新诗相互借鉴，共同繁荣。中华诗词与新诗同是诗歌园地的两枝奇葩，虽诗体各异，诗性却相同。其用以表达主题的意象意境多是相通的，许多诗词前辈都是两栖诗人。我们不妨多懂一点新诗，开阔眼界，学习新文化，让诗词作品更有新意。四是鼓励新诗体的创造与探索。从几千年诗歌的发展历史看，诗经、乐府，唐诗、宋词、元曲等，一代有一代之诗，且词兴而不废诗，曲兴而不废词，这是中国几千年文化发展已证明了的事实。反映社会变革的文学形式永远是求新求变的，而当今时代的发展与社会的繁荣，同样需要创造新诗体加以表现。一切有益的探索都要受到尊重，我们希冀新的诗体问世。

要重视网络媒体对诗词发展的推动作用。随着信息时代的到来，网络信息的传播呈几何式发展，网络媒体在现阶段的信息传播中发挥着极其重要的作用。我们要高度重视自身的网络建设，通过对网络平台的拓展与完善，实现在全国扛大旗、聚能量、打品牌的领军作用。2009 年，中华诗词学会建立了自己的网站，几年来总的运行情况是好的。但在网站的建设质量、规模与影响力上，与中华诗词学会在全国诗词界的地位远不相称。2017 年 6 月四届十七次会长会做出决定，要增加投入，重组力量，扩大规模，强化效能，对中华诗词学会网实施重大拓展，建立"中华诗词学会在线"网，增加音视频、图片等多媒体功能，实现网络教学；增加诗友互动论坛，增加各省、市、自治区诗词学会板块与行业诗词组织专栏，将"中华诗词学会在线"网建成全国第一流诗词门户网站。通过网络平台，进一步强化中华诗词学会在诗词发展中的重要作用。

实施"三个倾斜"，改善队伍架构，扩展队伍规模，培养诗词新人。诗词精品创作与诗词普及教育，是推动中华诗词事业向前发展的"两个轮子"。近几年来，我们通过各种形式的诗教活动、诗词大赛、诗词理论研讨等措施，取得了良好的成效，但还远远不够。从现在起，我们要加快步伐，从改善诗词队伍结构、扩大诗词队伍规模、提高诗词队伍素质等方面着手，加大扶持力度，实施"三个倾斜"，即"向青年主体倾斜，向社区乡村倾斜，向大中院校倾斜"。并通过配套措施，比如组织诗词专家有计划地走进社区、乡村、校园开办诗词讲座与研讨，面对面地开展诗教活动，解诗友之所需，解诗友之所疑，圆基层诗友诗词之梦；主动参与社区、学校诗友们举办的诗词比赛、创作采风、诗词吟诵等活动，义务担任评委、辅导老师，贴近服务，贴近传教；利用《中华诗词》杂志、学会网站、微信公众号等诗词平台，开办"青年诗页""基层诗社作品精选""海外诗韵"等栏目，鼓励诗词创作，推出诗词新人；办好全国范围的诗词大奖赛与理论研讨活动；等等。用措施和行动引导发展，依托机制与平台培养诗词新人。

3. 进一步加强诗教工作，把创建与巩固提高结合起来，着力推动新时期基层诗词事业再上新台阶。

我们要在现有的基础上，进一步总结经验，加大工作力度，使诗教成为落实习总书记在文艺工作座谈会上的重要讲话精神，落实诗词走向大众、走向社会的一项战略工程。一方面要继续抓好中华诗词之乡、中华散曲之乡、中华诗教先进单位创建工作。在深入宣传、争取党委政府重视、落实创建标准、抓好具体工作上下功夫，做到创建一个成功一个。突出重点，帮助一些省级单位解决空白问题，促进全国平衡发展。另一方面要注重抓好巩固提高工作。一些开展比较好的省份，既要注意总结经验，建立长效机制；也要注意搞好"回头看"，在巩固的基础上提高创建水平。同时，要着眼发展，探讨创建工作新样式、新途径，包括考核标准定量化、程序规范化、管理归口化、资源集成化、经验材料共享等等。拟在合适时间召开全国诗教工作现场会，分析形势，交流经验，拿出新举措，不断把这项工作推向前进。要把创建诗词之乡的外延，向诗书、诗书画、楹联、诗词唱诵等方面延伸，使创建活动的内容更丰富，形式更多样，舞台更广阔。

4. 切实做好全国性诗词活动的制度性安排，培育学会工作的永恒活力，为中华诗词事业的持续发展打下坚实基础。

我们在工作实践中积累了不少经验，创建了许多行之有效的工作模式，探索了许多独有的工作方法。我们要利用这次庆祝学会成立30周年的契机，从中华民族伟大复兴的高度，从新时期繁荣社会主义文艺的高度，从弘扬传统文化的时代要求的高度，从中华诗词学会长远发展的高度，进行认真梳理与总结，求正容变，避短扬长，形成工作机制，做出制度性安排。目前的工作格局，可概括为"二三三四六"，即实施两项诗词战略工程，打造3块诗词品牌，坚持办好3个诗教项目，倡导建立4个涉及诗词传承发展的长效措施，举办6项全国性诗词活动。

具体是：要继续推进精品战略与诗教创建活动两个战略工程，出台政策，跟上措施，积极扶持，以期长效；打造《中华诗词》《中华诗词学会通讯》、中华诗词学会网站 3 块诗词品牌，突出时代主题，体现诗词特色，畅通信息，凝聚人气，发挥导向作用；办好诗词骨干高级研修班、中级函授培训班、网络诗词教学栏目，为诗词普及、培养师资及提升诗词创作水平助力；积极推动、倡议建立诗词基金会、中华诗词出版社、中华诗人节，利用大学教育资源推进建立中华诗词学院；组织好华夏诗词奖、青春诗会、金秋笔会、沈鹏诗书画大奖赛、全国中华诗词研讨会、海峡两岸中华诗词论坛等 6 个大型诗词活动。注重质量，提高档次，形成长效机制，为繁荣中华诗词事业，夯实坚实基础。

同志们：九天时雨诗中落，万里春风掌上来。中华诗词的春天已经到来了。30 岁的中华诗词学会正值而立之年，经过岁月的洗礼，已经走向成熟，是干一番大事业的时候了。今天，我们正处于一个伟大的时代。中国的崛起，实现全面小康的伟大实践，政治、经济、文化、社会的全面繁荣，为中华诗词的传承、发展与创新，提供了广阔的天地。中华诗词学会肩负着时代的责任、诗友的重托，必须抓住机遇，以只争朝夕的精神，以干大事的责任感，以时代的使命担当，把诗词事业推向一个新阶段，创造一个新未来。同志们、诗友们！让我们大家携起手来，同心协力，为诗词事业的进一步繁荣做出自己应有的贡献。谢谢大家！

（本文为作者 2017 年 6 月 1 日在庆祝中华诗词学会成立 30 周年大会上的讲话，载于《中华诗词》2017 年第 6 期）

诗歌爱国主义传统的当代性和诗人写作

　　金秋如诗，宜昌如画。在这如诗如画的美好氛围里相聚在第五届中国诗歌节，我的心中高兴之余，也有很多感慨。人生总会有许多起承转合，而与诗相伴、有诗同享，使我们的生命更多一些光彩，灵魂也更多一些分量。江山代有才人出，长江后浪推前浪。每一届中国诗歌节都能听到老诗友们口吐珠玑，也能结识更多的英姿勃发的新诗友。我谨代表中华诗词学会向参加本届诗歌节的各位嘉宾、各位诗友表示诚挚的问候和美好的祝愿，祝大家诗思泉涌，健康吉祥！

　　本届诗歌节是在迎接党的十九大的喜庆气氛里和传承发展优秀传统文化的深远背景下召开的。党和国家的文化战略调整，为中华诗词的传承发展提供了难得的历史机遇。新诗百年纪念的重要历史节点，也使我们拥有了更为宽广的学术视野，为我们提供了更多元、更广泛的研究课题和思考空间。组织方提供给我的讨论题目是"诗歌爱国主义传统的当代性和诗人写作"。风雅中国，弦歌不断。抚今追昔，心潮澎湃。可以说爱国主义传统是诗歌的永恒主题，也是一条串联诗歌史的红线。下面谈一谈我对这一题目的思考和感受，期待着来自新旧体诗界的朋友们的进一步交流，也期待听到各位方家的指正和批评。

　　中华诗词是我们民族的优秀文化基因，爱国主义传统则是其中最高亢、最悲壮、最激昂的心灵脉动。传承至今，光辉依然。围绕这个题目，我想先和大家一起分享两首今古绝句。

一首题目是《示儿》：

> 死去元知万事空，但悲不见九州同。
> 王师北定中原日，家祭无忘告乃翁。

一首题目是《香港回归口号》：

> 七月珠还日，百年耻雪时。
> 老夫今有幸，不写示儿诗。

前一首的作者是宋代的陆游，后一首的作者则是我们诗歌节举办地湖北省的诗人贺苏。两首诗一者以悲，一者以喜，写在不同时代、不同情境，而炽热的爱国情怀却是遥相呼应的。

我们还可以来回忆《诗经·无衣》中的声音："岂曰无衣，与子同袍。王于兴师，修我戈矛。与子同仇。"郭沫若先生在抗战爆发后写下过"四万万人齐蹈厉，同心同德一戎衣"这样的慷慨悲歌。两者相距的年代更久远，但展现的同样是万众一心、同仇敌忾的冲天豪迈，同样给人以极大的心灵震撼和精神冲击。

屈原说："亦余心之所善兮，虽九死其犹未悔。"文天祥说："人生自古谁无死，留取丹心照汗青。"秋瑾说："拼将十万头颅血，须把乾坤力挽回。"以及孙中山的"顶天立地奇男子，要把乾坤扭转来"，鲁迅的"寄意寒星荃不察，我以我血荐轩辕"，毛泽东的"四海翻腾云水怒，五洲震荡风雷激"，陈毅的"此去泉台召旧部，旌旗十万斩阎罗"……正所谓戛玉敲金有憨遗，爱国主义传统充分体现了诗人们的高远境界和时代情怀，同样也提升了当代诗词的美学空间和人文精神。到了社会主义建设时期，吟诵伟大的时代、歌唱新生活的创造、鼓舞人们奋发前进，又成为爱国主义传统的悠扬回声……大家熟知的湖北诗人聂绀弩先生的诗词创作，尽管打印着深厚的个人生活印记，同样也有很重要的一部分内容是对祖国和民族命运的真挚热爱和深沉关照。改革开放以来，中华诗词随着时代的脉搏跳动，爱国主义精神焕发出新的生机和魅力。我们当中的许多诗友都有幸见证乃至参与其中，这里不再一一列举。从一代一代诗人的创作实践中，我们可以清楚地感受到伟大的民族精神、高尚的社会风尚和炽烈的报国深情。

值得特别说明的是，爱国主义诗歌传统不一定都是颂体诗，讽喻现实、鞭挞丑恶、针砭弊端、谴责黑暗的作品，同样可以弘扬正气、激发斗志、砥砺精神、陶冶情操。古人在这方面有过很多成功的经验，当代诗人也有不少的多角度、多层次的创作实践。高尚的人格、远大的理想、深刻的哲理，都可以在爱国主义精神的当代诗词中得到完美的表达，从而使阅读者得到心灵的震撼和启迪。爱国主义诗歌传统绝对不是简单地贴一个政治标签，喊几句标语口号。当代诗词怎样更好地发扬中华诗词的爱国主义传统，怎样求正容变，怎样避免概念化，怎样提高艺术性，怎样研究和推广新韵，怎样从高原走向高峰等等，都同样是值得我们深入思考的课题。这就要求我们的当代诗人志存高远，存正气，弘美德，积极创新，勇于探索，大胆实践，努力为传统诗词注入时代精神，下大力气打造和推出诗词的精品力作。

因为我们的中国诗歌节是新旧体诗人共同的节日，所以我想就当代诗词借鉴新诗和外国诗歌营养的话题，多说几句话。

无论怎样风雨如磐，怎样曲折坎坷，当代诗词总是在社会律动的第一时间传递心灵的火焰和思想的光辉。一篇篇闪耀着光辉的诗歌，为我们保存下民族奋进道路上的一份份精神标本和感情档案。诗体虽有新旧之别，诗心却是相通的。柳亚子先生在1942年8月曾经预言："再过50年，是不见得会有人再做旧诗的了。"柳亚子先生的忧虑，也不是没有依据的。旧体诗词格律在反映当代社会方面，的确面临自我束缚和制约的诸多困境。比如"马列主义""两个一百""伟大祖国"这样仄声的新词汇，就无法直接写进旧体诗中去。而新诗，则因其口语化和大众化而更加容易得到现代读者的审美共鸣。我认为以下几点，是诗词向新诗学习时尤其应该着意加强的。

1. 学习新诗灵动的语感和鲜活的句式。新诗的语言接近口语，轻快自然，可以吸收众多新鲜的当代语汇，适应更多的当代读者。胡适先生在《谈新诗》中认为所谓"新诗"，即不受一切束缚，"不拘格律，不拘平仄，不拘长短；有什么题目，做什么诗；诗该怎么做，就怎么做"。这种自由活泼的思维方式和语言状态，确实值得旧体诗词作者认真思考。最重要的是克服古奥生僻、醉心用典等等毛病，在每行每句都限定字数、整齐划一的形式之外，尽量突破窠臼，学习借鉴新诗明白晓畅的灵动语感和新鲜句式。

2. 学习新诗的创新思维和敏锐思想。新诗本身就是伴随着新文化运动的时代洪流而诞生的。新诗在题材语言和表现手法方面已经有着更多的探索和实践。从新月派、七月派、九叶派到朦胧诗等等，新诗一直处在一种无拘无束、求新求变的探索过程。相较而言，旧体诗词则面目相似度比较高，缺少众声喧哗的自由氛围，确实面临着革新和提高的时代任务，需要进一步丰富和发展多元化的审美生态。

3. 学习新诗的现代转型和表现技巧。新体诗人们用现代精神和时代目光体悟生活、感应现实，善于从立体思维方式进行打破常规的现代发现。新体诗人们采用现代蒙太奇、时空变换、视角转移等现代派的表现手法，也常常令人有耳目一新的阅读喜悦。目前诗词界不少诗友们开始注重在诗词创作中借鉴新诗的表现技巧，尤其是不少中青年诗人，也包括不少的网络诗人，在这方面取得了很突出的成就。

4. 汲取民歌和外国诗歌的艺术营养。学习新诗，也不应该忽略向民间歌谣和外国诗歌进行学习。民歌清新活泼，接地气，近民心，是百姓喜怒哀乐的真实心声，也为新诗提供了丰富的情感张力、艺术想象力和意境空间。民歌大胆的表达方式，泼辣的语言风格，赋比兴的民间升华，都是思想和艺术俱佳的诗歌珍宝。而优秀的外国诗歌，同样给新诗的发展注入了新鲜血液和丰沛营养，无论是深刻的意蕴，还是灵动的意象、鲜活的表现手法，都为我们的诗词创新提供了广阔的发展空间和深厚的营养沃土。

从《诗经》《楚辞》到李杜苏辛,都有不少闪耀着爱国主义光辉的名篇佳作。即使是陶渊明、谢灵运、李清照这样注重内心表现和个人情感抒发的诗人,爱国主义也是他们创作中的一个重要内容。诗歌的爱国主义传统不但融汇了先贤的智慧、风骨、胸怀和操守,而且凝聚了前人对人生、社会、自然万物的文化省察。爱国主义诗词是人们陶冶情操、净化灵魂、砥砺民族气节、培养爱国操守的精神食粮。爱国主义传统是历代诗人心头互相传递的熊熊圣火。相信这种优秀的民族文化传统在我们当代诗人的手中一定会继续发扬光大,为我们中华民族的伟大复兴添砖加瓦,放声歌唱。

祝福我们伟大的祖国,祝福我们伟大的民族,祝福我们伟大的中华诗词!

（本文为作者 2017 年 9 月 12 日在湖北宜昌第五届中国诗歌节的致辞,载于《中国文化报》2017 年 9 月 18 日）

关于新诗的发展、珍惜传统与写出好作品

一、如何看待新诗的发展

2017 年是新诗产生一百年，回顾一下中国诗歌发展的历史，对于认识新诗产生的必然性以及新诗与传统诗词的关系，很有必要。中国是诗的国度，诗的传统源远流长，是一条流淌了数千年的诗歌长河。《诗经》是中国第一部诗歌总集，它与战国时期兴起于楚国的《楚辞》，成为中国古典诗歌的两大源头，一直"诗""骚"并称。汉代最重要的是乐府民歌，它的杂言体与五言体影响了新的诗歌形式的创造，五言诗代替了四言诗。魏晋南北朝是五言古诗兴盛的时期，七言诗也在这一时期确立下来。魏曹丕已有完整的七言诗。建安诗人已重视文采，晋宋诗人更发展了对偶，齐梁时沈约等人进一步提出了四声八病的规格，产生了"永明体"这种新体诗。它是我国律诗的开端。唐代在诗歌体式上的最大成就是形成了具有固定的格律形式的律诗，有五律、七律。七律到杜甫手中才正式成熟，特别是他晚期的作品。此后律诗逐渐在诗坛上占据了主导地位。唐诗的又一重要体式是绝句。词是"曲子词"的简称，萌于唐而大盛于宋。词源于民间，长于言情。唐代，民间的词大都是反映爱情相思之类的题材，所以它在文人眼里是不登大雅之堂的，被视为诗余小令。词的体制风格与诗相比有所不同，王国维说："词之为体，要眇宜修。能言诗之所不能言，而不能尽诗之所能言。"元曲原本来自所谓的"蕃曲""胡乐"，首先在民间流传，

被称为"街市小令"或"村坊小调"。随着元灭宋入主中原，先后在大都（今北京）和临安（今杭州）为中心的南北广袤地区流传开来。一般来说，元杂剧和散曲合称为元曲，杂剧是戏曲，散曲是诗歌。散曲是新的诗歌形式，元代散曲作品广泛反映现实，且形成新的艺术风格。总的来说，词发端于唐而兴盛于宋，曲滥觞于唐宋而兴盛于元，中国古典诗歌的体式至此基本完备。这些都是中国文学史、诗歌史的常识。

但是，我们必须看到，每一种新诗体的产生，并不意味着以往诗体的消失，而是诗歌形式的不断丰富，这就出现了中国诗歌体式独特的运行方式，即各种诗体同时存在于某一时代。现当代写旧体诗的人，一般是诗和词都写。例如毛主席，既写诗，又填词，既写律诗、绝句，还写古风。现代还有如吴梅等大家，诗词曲俱擅。大体而言，前代的诗体渐趋古雅，近起的诗体趋于新俗，往往在其文学思想的表达与社会功能的承担方面也各有侧重。

一百多年前，辛亥革命发生，推翻了两千年的封建帝制，社会大变革，思想大解放，新文化运动兴起，适应这种需要，新诗的产生就有其必然性。但是从中国诗歌发展的规律和特点看，新诗产生了，并不意味着传统诗体就要消亡，而是中国诗歌园地里多了一种新花，诗坛多了一个表现形式，中国诗歌体式则更丰富了，应该共存共荣。而那种人为的打击、挤压传统诗词，特别是至今仍然以新诗为正宗、对旧体诗词不屑一顾，显然是不了解中国诗歌发展的规律与特点。我们现在常说鲁迅、郭沫若等一批大家，开始以新诗出名，后来又主要写旧体诗，其实从中国诗歌发展的特点看，这是十分正常的，新体诗为他们提供了新的表现形式，无论新体诗、旧体诗，都是他们可以使用的形式，我们也期望今后这样的诗人越多越好。

二、珍惜传统，写出好作品

现在孩子喜欢读旧体诗，我觉得主要还是因为它的韵味，有中国语言的特点。中国诗歌传统中典雅的东西应该继承，这是我们民族语言中最精华的部分。今天的诗人一定要继承传统，传承民族文化中最优秀的部分。例如旧体诗喜用典故，今天我们写作就要认真对待，既反对滥用，但适当运用也可能收到好的效果。坚决摒弃肯定是不行的，因为有些典故已经成了我们日常不自觉运用——一种很自发的形式。2017 年 9 月我在湖北宜昌第五届中国诗歌节谈到爱国主义诗歌创作时，引用了两首绝句，一是宋代陆游的《示儿》："死去元知万事空，但悲不见九州同。王师北定中原日，家祭无忘告乃翁。"一是当代一位湖北诗人的《香港回归口号》："七月珠还日，百年耻雪时。老夫今有幸，不写示儿诗。"我认为两首诗一者以悲、一者以喜，写在不同时代、不同情境，炽热的爱国情怀却是遥相呼应的。湖北诗人的诗，巧用了陆游诗的题目，也可以说是用了典故，但显然用得好。

写新诗和写旧体诗的人互相学习是相当重要的，这不仅仅是队伍的团结，更是互相借鉴。让诗歌的生态环境很好地发展，越来越取得共识。新诗有灵动的语感和鲜活的句式，旧体诗要学习新诗的创新和敏锐思想，学习新诗的现代转型和表现技巧，吸取民歌和外国诗歌的艺术影响。现当代旧体诗也要写入诗歌史、文学史，这个呼声很高。古典诗词中还有散曲，在民间仍然有土壤，有社会力量参与，但需要组织、引导。中华诗词学会就成立了中华散曲工作委员会，在一些地方建立了散曲创作基地。传统在群众中，我们要去发现。

写旧体诗词的队伍很庞大并且越来越大，我们感到必须强调在创作上下功夫，不能率尔成章，甚至粗制滥造。真正好的诗词要锤炼、要推敲，精益求精。我个人认为，旧体诗词作品可以有多种风格，但总体上应该追求典雅，传承中华文化中的优秀部分。现在诗韵改革的呼声也很高。中华诗词学会多年来提倡诗韵改革，求正容变。《中华诗词》杂志开辟有新声韵专栏，鼓励用新声韵。现在多数人还是习惯使用平水韵。要积极推广普通话诗韵，当然不能新韵和旧韵掺杂在一起，同时也应尊重那些坚持使用平水韵的人。这样，旧体诗创作的天地就会越来越宽广。

（2017 年 10 月 24 日，《中国文化报》举办第 18 期"艺海问道"文化论坛，主题为《中华诗词：活的传统，活的创造》，作者与谢冕、吉狄马加等出席，本文为作者的发言。论坛全文发表在《中国文化报》2017 年 11 月 20 日）

第三编

佳什如醴

何金铭的题画诗

　　一幅生动传神的国画，配有一首韵味十足的题画诗，且为不同凡响的书法家所写，画意、笔情、诗境融合在一起，相得益彰，成为一件完整精美的艺术品；而这样的百幅画、百首诗、百件书法作品汇集起来，璧合珠联，云舒霞卷，令人爱不释手。这就是我翻阅《诗书画三百》时的感受。

　　诗、书、画3种不同门类艺术的结合，是中国特有的一种艺术表现形式，其来有自。早在唐代，有个人叫郑虔，长山水画，并工书、善诗，曾画《沧州图》，玄宗于其画尾题"郑虔三绝"，名噪一时。说明唐人就很重视这3种艺术及其姻缘关系。真正在画面上将诗、书、画融合在一起，构成艺术整体的，大概首推宋徽宗赵佶。这位政治上昏庸无道的帝王，艺术造诣却颇高，工花鸟画，能诗词，擅书法。在他传世的一些作品中，曾用独具风格的瘦金体书写了自己创作的题画诗。例如现藏故宫博物院的《芙蓉锦鸡图》，画面上一枝芙蓉斜欹，一只华丽丰润的锦鸡紧抓花枝，回首凝视翩翩飞舞的彩蝶，并有赵佶的题诗："秋劲拒霜盛，峨冠锦羽鸡。已知全五德，安逸胜凫鹥。"人们多认为此画不是赵佶的作品，为画院高手所作，但题诗却分明是他的。诗情画意，浑然一体，其独有的魅力反映了中国人的审美观念。

　　历来诗、书、画结合的作品，多是同一个作者；也有画作与诗作为不同的人；而画家、题诗者、书写者分别为3个人，似不多见。何金铭同志从画家朋友赠他的画中选出 107 位画家的 107 幅作品，由他一一配诗，并请 100 余位书法家另纸书写，自成一件件书法珍品，合此而编成《诗书画三百》一书，亦属创举。《诗书画三百》中的书画家，不乏名人大家，包括刘勃舒、李琦、亚明、罗明、陈忠实、刘文西、霍春阳、邵秉仁、王西京、沈启鹏、马西光、陈少默等，陕西省知名书法家大多都书写配诗，襄助盛事。这些无须多说。我想谈谈读了何金铭同志题画诗的体会。

何金铭同志的题画诗，句式整齐，基本是传统诗歌的五七言形式，但不拘平仄，用韵也以今天的普通话读音为准，此外还有少量的三字句（如《雏鸡迎春图》）、四字句（如《老来颜色似火红》）、六字句（如《翠鸟枇杷图》），甚至八字句（如《陕北姑娘》），以及长短参差的自由体（如《秋馨图》）等，变化较多。他的诗歌的最大特点，是明白如话，不掉书袋，一气呵成，品评时饱含深情，白描中蕴有哲理，朴实的诗句中能感到灵气的飞动。

题画诗所表现的对象是绘画作品。金铭同志的许多题画诗，运用白描手法，以优美形象的语言，具体描绘画面形象，将画境转化为诗的意境，给人以美的享受。作为造型艺术的绘画作品，是经过画家的立意构图、具象设色，从而创造出意境之美，这一形象可感的美学特征，决定题画诗适宜于运用意象品评的手段，再现绘画的艺术美。这也是题画诗常用的一种艺术手法。例如，《花公鸡》的题诗是："上垂葡萄紫，下铺野草青。戴帽如火炬，穿衣比彩虹；颈毛勃勃起，脚趾蠢蠢动。闻君有五德，文武仁智勇。"前两句，写画面上鸡的背景与环境；中间 4 句，是对画中公鸡的具象摹写，从鸡冠到鸡身，从颈毛到脚趾，描述生动；后两句，用了《韩诗外传》中"鸡有五德"的说法。全诗意象流动，色彩鲜明，纯写画中雄鸡英姿，不着观感，而诗人对公鸡的品评，也包蕴在意象表现之中了。其他如《雄鹰》《旅蜀图》等，都很好地运用了这一手法。

绘画作品是画家进行艺术创造的成果，题画诗由造型艺术转换成语言艺术，不是画面的简单重现，而是对画作内在意蕴、构思匠心的申发、扩展，是一种艺术再创造活动。在何金铭同志的一些题画诗里，我们也有这种体会。绘画是视觉艺术，适宜于描绘具体物象，但难以表现人们的多种感觉，题画诗则可以自由发挥诗歌的艺术长处，弥补这方面的缺憾。例如有一幅《风牡丹》的绘画，画面上的风中牡丹已向一侧倾去，但仍然拼力挺住，展现了娇艳欲滴、迎风怒放的绰约风姿。牡丹向称富贵花，开在美好的季节，金铭同志却一反传统，借风中牡丹之景象，把牡丹与风雨、挫折、磨难联系起来，突出了牡丹的"傲骨"，并用了拟人化手法："我有傲骨在，毅然抗秦庭。寂寞长安西，热闹洛阳东。我有傲骨在，毅然对恶风，绿叶带怒卷，摇曳花更红。"通过这些感情充沛、形象生动的诗句，将画家难以入画的生活体验恰当而鲜明地表现出来，扩展了画作的内蕴，这显然是在吃透画作基础上的艺术再创造的产物。

何金铭同志的题画诗，更多的是观看绘画以后的审美感受以及主观情感体现，是从画面意象生发的启迪和愿望，重视蕴含其中的精神价值。也有的是借题发挥，抒发感慨，或联系现实，抨击时弊，给人留下深刻的印象。例如，在绘画《兰花》中，几株兰花开在幽深的山谷间，寂寞而自得其乐，画家已有"兰以比君子，所贵者幽深"的题词，何金铭同志则联想到兰花已在市场化大潮中成为有钱人的玩物，遂题写了这么几句："昔将兰草比君子，称其所贵在幽深。今则入盆入花市，卖予有钱有闲人。豪宅大院成新居，灯红酒绿为比邻。未知高洁能保否，不屈不移亦不淫。"这不只是对兰花本身命运的担忧，也是对时下社会风尚、人类良知出现的问题的忧愤，是对世相的批判。

七十而不逾矩。何金铭同志今年七十有五，从领导岗位上退下来已整15年。这15年中，他出了七八本书，写了大量的文章，活得忙碌、潇洒而又快乐。他曾说，自己总是要做一些事的，其原则有三：爱好、力所能及，快乐。这本《诗书画三百》就是这三原则的产物，既见证了他与书画家朋友的友谊，也反映了他热爱生活的情趣，更表现了他的豁达洒脱的人生态度。过了 70 岁，世事的体味，人生的智慧，自会达到一个新的境界；该放弃的放弃了，而应得到的，相信在努力之中也会得到。对以文字为乐趣的何金铭同志来说，肯定又在构思着新的篇章，会继续他的笔耕生涯的。

（本文写于 2006 年，收载于郑欣淼著《紫禁内外》，紫禁城出版社，2008 年）

洪涛的行吟

　　郝洪涛同志是甘肃人，毕业于西北师范大学中文系，中央党校法学研究生，在甘肃长期从事党政、政法工作。曾任康县县长、陇南地委副书记、甘南藏族自治州州委书记、省公安厅厅长、省政府秘书长。现任甘肃省高级人民法院院长、党组书记、二级大法官。我们相识在中央党校省部级干部进修班。虽只有近半年的交往，但他给我留下了很深的印象：学习刻苦，工作勤奋，生活朴素，为人厚道，尤喜文史研究和诗词创作。多年来，他已经出版了《文史散论》《郝洪涛诗词选》，主编并出版了《甘肃历史人物》。《洪涛行吟集》则是他24年来诗词创作的自选集。

　　诗是感情触发的产物。特别是诗人到了一个新的环境，目触心感，诗情沛然，所谓此景此情，往往不由得一吐而快。《洪涛行吟集》中的"行吟"二字，道出了他的诗歌的大致特点，即多与"行"有关，它不是静夜的深思、哲理的玄想，而是眼前事、心中感，诗是他行走的记录、工作的历程。"密林可蔽日，顿觉气萧森"（《林中即景》），"晓起推窗雾入室，始知身在老山林"（《夜宿冯坪村》），"策杖小桥缓步过，天然美景眼中收"（《考察包家沟茶园》），皆描写下乡调研的生动情景。"谁人染得千山绿，陇南儿女弄丹青"（《雨后山行》），"漫步五里新堤岸，回首万家灯火中"（《傍晚白龙江新堤》），"金戈铁马无遗迹，绿海碧波有菽粱"（《谒祁山武侯祠》），

"岸边杨柳鹅黄浅，田里麦苗翠绿深"（《春雨》），"烟雨之中闻牧歌，煞是江南鱼米乡"（《雨中过游龙川》）等，描绘了改革开放给陇南山区带来的巨大变化。《多架山电站开工有感》《考察金矿》《参观舟曲果园》，真实地记录了他在甘南下基层调研的感受。他还以清新的笔调描绘了藏区的独特风情："蓝天白云如羊群，草原羊群似白云。白云羊群两悠悠，草原蓝天游牧情。"（《玛曲偶成》）《记百日严打斗争》《国家法官学院学习》《法官抒怀》《告诫法官》《第三次上中央党校学习》等，则记录了他的警察、法官生涯与精神世界。作者在工作之余还喜欢看书、写字、登山、散步、练太极拳剑等，这在他的诗词作品中均有反映。

这个"行"，不只在工作上，还充分体现在海内外的游历中。洪涛同志热爱自然，喜欢消遣于林泉，足迹遍及省内各地，饱览祖国名山大川，也在出国考察途中游览了一些名胜古迹，步履所至，多有吟咏。在山川纪胜中，借景抒情，情景交融。特别是作者怀着虔诚的朝圣的心情，瞻仰了毛泽东、邓小平、朱德同志的故居，参观了南湖、井冈山、延安、遵义、会宁、腊子口等革命纪念地，吟诗赋词，反映了对老一辈无产阶级革命家的无限崇拜和对红色革命圣地的无限敬仰。"驻足流连久，伟业记心间。"（《水调歌头·韶山毛泽东故居》）"塑铜像，铸宝鼎，建展馆。追思三起三落，引水当思源。"（《水调歌头·邓小平故居》）"革命到底，晚节犹红胜朝霞。"（《望海潮·朱德故居》）"党性勤修养，征途不歇肩。"（《水调歌头·在延安参加党性集中教育》）这些诗句，立意高，有气势，展现了作者坚定的理想和积极进取的人生态度。

人们是需要诗的，需要诗的情怀、诗的境界、诗的纯美，以及诗的精神上的提升。洪涛同志的诗歌创作就是一个反映。他在艺术上追求通俗晓畅的现实主义风格，语言朴素、清新，多用白话入诗，很少用典，用典也用一些大家熟知的典故，不用生僻字。言之有物，没有无病呻吟的句子。虽然不拘于格律，但由于感情真挚，读后令人很有教益。

　　总之，这是一本好书。从一个侧面反映了时代风貌，体现了作者对弘扬民族文化的执着追求。

（《洪涛行吟集》，兰州大学出版社，2007 年）

相约远方踏歌行

　　中国是一个诗的国度，中华民族是一个诗的民族。相传尧时已有"击壤""康衢"等歌，舜时亦有"股肱"、"元首"及"卿云"等歌。从"诗三百篇"到有清一代，不同时期留下来大量的诗歌作品，更是绵延不绝，成为我们文学遗产最重要的一个方面。源远流长的诗词艺术，展示着中华民族深厚的文化底蕴。一句诗词就是一处风景，一位作家就是一部传奇。诗家词人浓缩了鲜活深刻的人生体悟，抱着"十年磨一剑"的创作态度，用千锤百炼的语言铸就了精美隽永的诗章，他们的生命之花就在其中绽放。这些诗词作品代代传承相继，曾和许多不同时代、不同身份、不同民族读者的激情一起燃烧飞扬，直到今天，仍然时时拨动着读者的心弦，使我们感动、震撼，让我们在咀嚼回味之后有着一种强烈的冲动，想要将它告诉给更多的读者，想要将读诗赏词的惬意与浪漫和更多的青年人分享。

　　诗因地成，地以诗名。经典诗词作品产生的地方成了旅游景点，文化和景物相结合构成了多层次的旅游资源。旅行和读诗赏词历来都是有品位的人生享受。散布在祖国山水间的诗词佳作，是促使人们寻诗稽古的动力，它使山水充满诗情，使旅行富有趣味，使远方不再陌生。山水古迹因为有了诗、有了词的描摹而灵动鲜活起来，诗词因为有了山水、有了古迹的衬托而丰富饱满起来。行走在山水古迹之间，有千年流传的诗词陪伴，旅行就有了别样的情趣，风景也有了人的灵性。耳畔回荡着不同的旋律，在同一首诗词的指引下，来自五湖四海的游客心中可能充满着同样的激动。古典诗词，不论是唐诗还是宋词，当年大都可以和乐而歌，许多诗词名作就是当年的流行歌曲。20 世纪毛泽东的诗词也大都已经谱曲传唱。在略显枯燥的旅途中回味着这些当年的老歌，寻觅着浸透沧桑的感动，游人会更加深刻地体味人生。凝结在山水间的诗词作品就是远方对旅人的呼唤。"今人不见古时月，今月曾照古时人。"读诗赏词使现代人思接千载、视通万里，读者可以逆时光而上，也可以神游钦慕已久的远方。远方有约，踏歌而行！躺在松软的海滩上晒太阳，穿梭在呼啸的山风中感受飞翔，在诗词艺术的殿堂里流连徜徉，都使人心动、神往！

《远方有约——读诗赏词游中国》是一部将文学和旅游结合起来的作品。作者游遍千山万水，搜罗古城名域，点检典籍风情，以旅游为主线，提纲挈领，引领读者留心于山水美景，漫步于辞海诗林，获得精神的放松，实现文化视野的开阔。该书内容做到了以实景印证诗词，以诗词连接实景，力避旅游景点说明式的纯客观介绍，而是富于景物文化的张力，以浓郁的诗性化特征，观赏自然景观和名胜古迹，评说人文传承的历史，为古人的诗情画意和今人的胸中块垒提供了交流共鸣的诗性平台。这样，既淡化了诗词鉴赏的阅读障碍，又暗合了人们对人文山水的心理期盼，使人在饱览胜迹、忘情山水之时，读史阅世，体味人生，怡然而自得。

本书章节题目的安排简约大度，艺术匠心独具，其带领大家从千年帝都长安出发，自西到东、从北到南，从神秘瑰丽的雪域高原，到五岳之首的泰山之巅，从大漠孤烟直的漠北塞外，到春雨杏花的水乡江南，跋山涉水，通关越岭，或寄情山水快意人生，或游历古迹怀古伤今，一路走来，在游历名山大川、探访名胜古迹与凭吊古今风流人物的同时，享受山水之旅与诗词之旅的一场精神审美的盛宴。

该书文笔优美流畅，可谓是"诗的鉴赏，鉴赏的诗"。作者自觉追求文字表达的美化与雅化。读过一遍，我深感作者写作时的认真推敲以及遣词用语的讲究。在感受着优美语言的同时，我也赞赏本书作者的识见。这是一本好书，值得向读者推介。

（王华旭、李量著《远方有约——读诗赏词游中国》，西安出版社，2008 年）

西部气象

邹东涛同志是中国当代颇有声望的经济学家，而这部《中国西行放歌》，又使我们看到他同时是一位充满激情、勤于吟哦的诗人。

无论是经济研究还是诗歌创作，东涛同志都有一个引人注目的主题：西部！他的经济学研究的步伐是从西部家乡迈开的。《什么粘住了西部腾飞的翅膀》一书，可见他30年来探索西部发展的思想轨迹和学术方向；而即将面世的《高扬西部腾飞的翅膀》，则集中了他为西部振兴出谋献策的研究成果。他在《中国西行放歌》中说："作者作为中国西部的儿子，走遍了中国西部所有省、市、自治区，特放歌为颂。"西部是中华文明的重要发祥地，在漫长的中国历史上占有相当重要的地位，但在今天，西部却处于滞后发展的状况。西部的腾飞关乎全国小康社会的实现。东涛同志浓郁的西部情愫，不是狭隘的乡土观念，而是着眼于全国的大局、立足于中华民族的复兴。这反映在他的诗歌里，就有了一种雄大的气象。

《中国西行放歌》收录了作者从1974年至2005年的诗歌六七十首，时间跨度30余年。综览这些诗歌，我感到有这么3个特点：

一是充满激情而又诉诸形象。写诗要有感情，诗歌本身就是不可遏止的情感激流的表现。我们在东涛同志的诗中对此有深切的感受。西部瑰丽的风光与悠久的历史，无不牵触着他的诗兴，激发着他的情感，他不由得放声吟咏，那是发自肺腑的热烈而真挚的心声的倾诉。感情是重要的，但形象、意境的创造同样不可或缺。东涛同志注意到这一点，他把抒情与形象的塑造结合起来，使人读起来觉得很有诗味。可能与他从事理论研究有关，在他的诗中往往融合着理性的思考，使诗有了一定深度，也更耐读。

二是题材广泛而又主旨鲜明。这部诗集，题材颇为广泛：既有对重大建设项目的礼赞，又有参加一些活动的感吟；既有对革命烈士的敬仰，也有对普通挑夫等劳动群众生计艰难的同情。诗中更多的吟咏对象则是西部的风物名胜，有对历史遗迹的感怀，有对历史人物的评骘等。东涛同志念兹在兹的是西部的发展与腾飞，这也成了他的诗歌的主旨。因此他注重挖掘历史文化的内涵，把追寻昔日的辉煌与当前西部的发展联系起来，使历史与现实相融汇，吊古而不伤怀，使人感受到一种慷慨奋扬的力量。

三是重视继承而又勇于尝试。从这部诗集看，东涛同志采用了多种形式，既有新体诗，又有旧体诗。新体诗中也是多样化，既有自己创造的格式，也有学习信天游一类的民歌形式。无论哪种形式，诗句都是朗朗上口，有韵律，便于吟诵。也有一些旧体诗，从中可见东涛同志有着良好的中国传统诗歌的修养，但他又不完全受旧体诗词格律的局限。我们看到有些分明按照"水调歌头"、"浣溪沙"、七律、七绝等格律写的诗词，却并不标出词牌等，说明作者对格律有所突破，同时也是为了淡化格律，而着重在诗情、诗魂上下功夫。诗歌形式是人们关注的一个大问题。东涛同志与许多诗歌作者都在努力实践与探索，这是十分有意义的。

祝东涛同志第一部诗集出版，也相信他今后会有更多的好作品奉献给读者。

（邹东涛著《中国西行放歌》，人民文学出版社，2011 年）

诗词与教化

当我阅读《当代中华诗教文论选萃》这部书稿时，仿佛看到中华诗词学会老一代领导同志和全国诗词、诗教专家们为传承、发展中华诗词事业，为在全国普及弘扬诗教、培育新人所进行的执着探究和辛苦奔劳，不禁油然而生敬意。

中华诗词学会从诞生之日起，就明确地把繁荣诗词创作和普及弘扬诗教作为长期的战略任务和崇高的历史使命。1994 年 3 月，孙轶青等 6 位政协委员在全国政协八届二次会议上，发表题为《振兴传统诗词，促进精神文明》的联合发言，振臂高呼振兴中华诗词、中华诗教的主张，受到上自中央领导同志、下到民间各界人士的重视、赞同和支持。中华诗词学会主持制定的《21 世纪初期中华诗词发展纲要》，也明确提出加强当代诗教的任务。2005 年 4 月，中华诗词学会成立"中华诗教委员会"和"中华诗教促进中心"，使诗教工作有了专门的机构，也逐步走向经常化、专业化、制度化。

20 多年来，中华诗词学会的许多老领导、老诗人、老专家顶烈日、冒严寒，奔波于大河上下、长城内外、白山黑水、塞北江南，从城市到乡村，从大中小学到工矿社区，去宣讲传承发展中华诗词文化的重大意义，协助地方组织开展对青少年和社会公众的诗词文化教育培训，去创建一批又一批"诗词之乡"和"诗教先进单位"。这些长期的、可贵的诗教实践，已在全社会产生深远影响并结出可喜成果，使越来越多的大中小学生和社会各界人士与诗词结缘，成为中华诗词文化的爱好者、受益者、传承者。

弘扬、实践中华诗教的常青之树，必然绽放出灿烂的思想之花，结出丰硕的理论之果。这部《当代中华诗教文论选萃》便是多年来诗教实践的思想理论成果。它的结集出版，可喜可贺，必将播惠久远，灌溉后人，有力推动当代和未来中华诗词、诗教事业的阔步前行，发展创新！

诗教，是中华民族文化的优秀传统。中华诗词学会老会长孙轶青同志指出："中国历史上所以看重诗教，诗词与人文素质、与社会教育制度所以有着密切关系，根本地说来，这是诗词本身的性质、特点和教育功能所决定的。诗词的教育功能是一种客观存在，不以个人意志为转移的。诗词的教育功能还表现为，它注重形象、意境、含蓄，不仅能以理服人，更重要的是以情感人、以其艺术感染力使人们从阅读、吟诵、鉴赏中，收到震撼心灵、陶冶情操的效果。中华诗词一向以爱国主义、民本主义为主旋律，是增进国民文化素质的百科全书。"他强调说："我们对诗词的教育功能切不要低估。"

正是基于这一认识，我们感到，对于当今高速发展、迈步走向世界的中国来说，诗教是不可或缺的；诗教对于提高整个中华民族的文化素质、人文精神、人格品德，诗教对于增强国家的文化软实力和中华民族的凝聚力，已经并将长久地发挥巨大的作用。以诗育人，功德无量！中华诗词学会将继续高扬中华诗教的大旗，自觉地承担起以诗育人、诗化中华的伟大历史使命，坚持不懈地抓紧抓好诗教工作，为中华民族以自己富于诗意的民族精神、民族文化、民族素质立于世界民族之林，尽我们的心力和责任。

当代中华诗教是伴随着国家的复兴、中华诗词的复兴而同步展开的。自改革开放以来，中华传统诗词焕发出崭新的生命光辉。许多地方的教育工作者和诗人，不失时机地开展诗教工作，积累了很多好的经验。中华诗词学会老领导和许多诗人、诗教专家非常重视这些经验和收获，在身体力行弘扬实践诗教的过程中，进行着深入、严谨的理论思索和探究。他们在百忙之中撰写论文，发表演讲，深刻地揭示出中华诗教事业在当代和未来的国家发展、民族振兴、社会进步和谐以及民族文化传承、创新中的重要战略地位和强大社会功效。这些有关诗教的文论，系统阐述了当代诗教对传统诗教理论的继承、弘扬和发展；论述了当代诗教的性质和定位，创造性地提出当代中华诗教立德、启智、健心、育美、燃情、创新的社会功能观，进而阐明当代诗教的文化学、教育学意义，并预示当代中华诗教的远大灿烂的前景。

通读全书，我深感本书作者们为开创、确立当代诗教理论体系做了可贵的奠基、开拓、原创性的工作。这是当代中华诗教理论的第一部正式出版的、有代表性的选集，是献给当代中华诗词事业和教育、文化事业的一份珍贵的、影响深远的重要文献，对今后在更深广的范围内推进诗教工作，将发挥积极的作用。

中华诗教委员会和中华诗教促进中心的诗人、专家们为编辑本书，为把《当代中华诗教文论选萃》呈献给广大读者，不惮酷暑，挥汗于斗室中，奔走于烈日下，付出了艰辛的劳动，这种献身事业的精神，令我们十分感动。

谨为序。

（《当代中华诗教文论选萃》，中国文联出版社，2011 年）

红诗的意义

　　中华诗词源远流长，是生发孕育民族精神、传统道德和人文素养的深厚土壤。它不但融汇了先贤的智慧、风骨、胸怀和操守，而且凝聚了前人的人生、社会、自然万物的文化省察，是人们陶冶情操、净化灵魂、砥砺民族气节、培养爱国操守的精神食粮。中华诗词铸就了中华民族的灵魂，使我们在精神生活中拥有高雅的情趣和隽永的情韵。杰出的诗歌不仅诗化了我们的人生，而且健全了我们民族的心智，它影响贯穿在中华民族的全部历史中。我们为中华诗词自豪，因为它不仅给了我们智慧，而且给了我们一颗世代相传的浪漫的诗心。

　　中华诗词的长河流淌到现当代，在多姿多彩的诗坛上，出现了可以称为"红诗"的诗歌，它们继承了中华诗歌的优秀传统，在中国现当代革命与建设的土壤上绽放出奇异的光彩。所谓红诗，即其属于红色文化范畴，是在如火如荼的革命战争年代，由共产党人、先进分子和人民群众共同创造出的极具中国特色的先进文化，体现了历史发展的方向。这些诗歌的共同特点，是对祖国前途、民族命运的关心，"灵台无计逃神矢，风雨如磐暗故园。寄意寒星荃不察，我以我血荐轩辕"（鲁迅）是对革命理想的坚守，"四海翻腾云水怒，五洲震荡风雷激。要扫除一切害人虫，全无敌"（毛泽东）是一种勇当大任的革命英雄主义，"万象阴霾扫不开，红羊劫运日相催。顶天立地奇男子，要把乾坤扭转来"（孙中山）是不怕任何艰难困苦、勇于进取的革命乐观主义，"停马太行侧，十月雪飞白，战士仍衣单，夜夜杀倭贼"（朱德）是为了革命理想而勇于献身、视死如归的大无畏精神，"断头今日意如何，创业艰难百战多。此去泉台召旧部，旌旗十万斩阎罗"（陈毅）是对反动派的鞭挞，对丑恶事物的批判，"千古奇冤，江南一叶，同室操戈，相煎何急"（周恩来）是对震惊中外的皖南事变表达的悲愤之情，"谷撒地，薯叶枯，青壮炼铁去，收禾童与姑。来年日子怎么过？我为人民鼓与呼"（彭德怀），是对人民深沉的爱，对人民疾苦的萦怀，等等。到了社会主义建设时期，吟诵伟大的时代、歌唱新生活的创造、鼓舞人们奋发前进，又成为红诗的主线。在这些诗词中我们仿佛听到屈原的天问、杜甫的忧时，感受到陆游的豪情、辛弃疾的奔放。红诗是时代精神的反映，是中华诗歌优秀传统的发展。

　　习近平同志在《领导干部要读点历史》一文中指出："从一代一代众多仁人志士的人生实践中，从中华民族传诵千古的诗文里，我们可以清楚地看到伟大的民族精神、高尚的社会风尚以及那些治国理政的思想精华。"这其中也包括红诗。红诗是重要的精神力量。正是基于这一深刻认识，企业家及诗歌界朋友倡导并选编了这本《红诗精选》（珍藏版）。所收的红诗，既有中国共产党历届领导人的代表作，革命烈士的代表作，也有辛亥革命爱国志士的代表作，还有百年来社会各界人士的代表作，可谓收录广泛。红诗的社会作用，是人所共知的。现在一些企业家从培育企业精神、树立企业正确的价值观的需要出发，让员工吟诵红诗，发挥红诗的感召作用，这自是有远见之举，值得嘉许。

　　红诗是境界，红诗是精神，红诗是力量！

［《红诗精选》（珍藏版），线装书局，2012 年］

四时风物入吟怀

　　我与罗辉同志相识，乃是 2011 年 10 月的事情。经我的老同学——湖北省第十届人大常委会副主任韩忠学同志介绍，罗辉同志专程来北京邀请我参加湖北省诗词学会理事会议，这也是我兼任中华诗词学会会长后第一次参加地方诗词学会的会议，在这次会上罗辉同志当选为湖北省诗词学会会长。由于我与罗辉同志年龄相近、经历相似，并都对古典诗词怀有浓厚的兴趣，对中华诗词事业充满深厚的感情，此后彼此就成了诗词挚友。最近，罗辉同志将其诗词新集《四时吟草》送我，并希望我为之作序。读罢这本用"古韵今声一笔吟"的方式写成的诗词集，我也好像置身于一年四季的绮丽风光之中，犹如时序在手中一页页地翻过，情感在心中一波波地流淌，确是别有一番滋味。

　　然而，既是作序，还须从头说起。罗辉同志曾将他的另一本词集《流光情寄鹧鸪天》赠我，该集的副标题为"试将古韵今声一笔吟"，也是作者"一笔吟"的试验之作。而这一本则是以春夏秋冬为时序，将古韵今声与诗情画意融为一体。罗辉同志率先倡导"一笔吟"，即把创作的诗词同时译为散文，让自己既是旧体诗词的原创者，又成为白话散文的意译者。对于"一笔吟"之观点，可能见仁见智，尚待探讨，但细考作者提倡"一笔吟"之初衷，写诗词之"今声"显然不是目的，诗翁之意则是"欲教淑女着婚纱"（罗辉《鹧鸪天·咏雪》），使和者甚寡的"阳春白雪"化为众所周知的"一江春水"，通过"弦上之音"去领会"弦外之音"，甚至是"无弦之音"，此乃作者心意之所在也。罗辉同志现兼任湖北诗词学会会长，他的视角与一般的诗词爱好者不大一样，这点我亦颇感同身受。中华诗词作为中华传统文化皇冠上的一颗明珠，在新形势下加大普及与推广的确是一个值得认真探讨的问题。对于一般作者来说，可能将注意力集中在如何写好格律诗词上，而对于各级诗词学会的负责人来说，则还须考虑如何提高社会对古典诗词的"认知度"，扩大中华诗词队伍。

　　今人对于古典诗词的疏离感，无疑是我们弘扬中华诗词文化的障碍。我以为，如何让各个层次的读者对古典诗词产生兴趣，甚至比创作本身更具意义。当代文学评论强调，文学活动不单指文学创作，文学接受同样属于其中的重要环节。只有引导读者进入，并经过读者的认可，文本才能最终转化为作品，实现文学的社会功能。如果不能解决好文学创作和文学接受之间的相互联系和制约，必将影响文学本身的发展。当前，古典诗词之所以存在"边缘化、小众化、老龄化"现象，就与读者的"认知度"不够有关。有鉴于此，罗辉同志希望通过"一笔吟"方式加深读者与作者之间的交流，则是一项有益的尝试。

　　罗辉同志前有流光寄情，今又有四时咏物，这两本诗词集都与"时光"相关，岁月成为他诗词吟唱的主旋律。这一点对于我们两个同龄人来说，也是"心有灵犀一点通"。《文心雕龙·物色》写道："春秋代序，阴阳惨舒，物色之动，心亦摇焉。"陆机《文赋》亦曰："伫中区以玄览，颐情志于典坟；遵四时以叹逝，瞻万物以思纷；悲落叶与劲秋，喜柔条于芳春；心凛凛而怀霜，志渺渺而临云。"从创作论上讲，人事代谢、风物变迁是诗人灵感的动力源泉，而大地自然是中国士大夫最终的精神归宿，天人合一的观念由来已久，田园山水被许多诗人视为诗歌艺术最高境界的追求。罗辉同志的资历颇为丰富，充满风风雨雨，现在已过花甲之年，而追梦之心不减，奋进之履不息，从自然到社会，从峥嵘到淡泊，从理工到崇文，从政务到诗词。如果说人生春华秋实、水到渠成，那么在精神领域，他似乎也找到了一份独特的平和宁静、逸秀明真。与古代诗人不同的是，作者完全没有那种消极出世的思想，而是充满了欣逢盛世的喜悦，以及对大地母亲丰厚馈予的深深感谢。

　　大致而言，罗辉同志的这部作品，风物吟怀，互为表里，自然状貌为花，儒家精神是核。罗辉同志在他的首本诗词集《四维吟稿》后记中说明了这样"命名"的原因，那就是他的诗词在一定意义上也是他学习与践行管子"四维"思想的体会："礼义廉耻，国之四维，四维不张，国乃灭亡。"中华儒家精神的精华一直深深地影响着他，在他创作的各个时期无处不在。《流光情寄鹧鸪天》秉承了这一风格，既写自然也写社会，如同"流光"的意义，除了释为"光阴"，还有"厚德者流光"一说；《四时吟草》则继续深化这一特征，使自然和心灵两方面的张力凸显得更加强烈。在这本诗词集的 4 个部分中，可以说"春之梦"进取，"夏之情"勤勉，"秋之兴"旷达，"冬之怀"修洁，这里不妨各举一例。

七律·油菜感赋（春）

一野黄花自在身，繁枝滴翠不争春。

饱经风雪尤知暖，历尽烟云未染尘。

难解诗坛忘碧野，可怜骚客愧春心。

粗茶淡饭人为本，但愿梁园赋此珍。

望江东·三伏午天（夏）

杨柳生烟午阳烈，在凉处，难安歇。梦中尽是旧情结，忆往事，人鲜活。

当年酷暑忙时节，赶双抢，追星月，栉风沐雨思贤哲，苦心智，劳筋骨。

南乡子·踏秋有怀（秋）

红叶作书笺，岁月催人未敢闲。落木有情生画意，新颜，争上秋光百尺竿。

开卷一生欢，忘味闻韶自结缘。仙子天香何处是，婵娟，明镜高悬读圣贤。

摊破浣溪沙·冬日棉田（冬）

遍野枯棉倚碧空，漫身硬朗立霜风，更有残桃吐余热，寸心忠。

但愿柴火炉火旺，甘为尘粉梦魂通。无悔无忧无怨恨，世情浓。

"春之梦"部分，涉及春雨春花，春风春事，春游春感，但归其要，多有寸草报春之思。在百花争艳的春天，作者对油菜吟咏良多，情有独钟，这是值得注意的。油菜花对人类生活如此重要，所以被漫山遍野地大量栽培，因为它的无私奉献，最终得以后其身而身先，不争春而春存。许多诗人都因其最朴实的功用而疏忽油菜花的审美价值，而罗辉同志从中看到的却是"仁"的儒家内涵。

"夏之情"部分，反复吟唱莲花之高洁无染，莲子之寡欲清心，间杂林泉寄语，松竹明志，都能表现作者的审美追求，格调大体清幽旷远；但如果仔细体味，则会发现其中蕴含以苦为乐的劳动观，而这首《望江东》可称点睛之笔。苦勤人生，唯有首先接受风雨的洗礼，才能在劳动后享受片刻诗意的神悟和悠闲。

"秋之兴"部分，作者或登高远眺，静夜凝思，或题寄黄花红叶，感悟落木萧萧，皆无悲凉之态，多旷达之情。心之所触，有"岁月催人未敢闲"的感悟；兴之所托，是"争上秋光百尺竿"的清豪。在静旷的季节，作者"开卷一生欢"，"明镜高悬读圣贤"。内心的热烈点亮了寂寥的秋色，无言的感慨伴随着岁月的炎凉，不免让诗歌在"儒"的色调背后浸染了一缕"禅"的余味。当然，这也不是消极的。

"冬之怀"部分，多写梅花风骨，冰雪情怀，抑或荷枯藕壮，菊残枝傲，而这并不是最后的终结，如本首"冬日棉田"，残桃吐余热，枯枝化春泥，大有舍生取义之气概、继往开来之决心。一年的冬季过去了，又一年的春天已经到来，生命轮回，周而复始。

诗集的内容如此，对格律形式的把握又如何呢？如果读者细心，

239

将会发现本书在格律方面较之诗人的前作更加用心。值得一提的是，罗辉同志还有一本《诗词格律与创作》，是他为推广诗词格律的殚精竭虑之作。对于前人总结的传统诗词创作的"拗救"体系，他做了认真探讨，将五言与七言格律诗句的平仄格式，概括为"四种定格与三种变格"，这一"截弯取直"的简化方式，较大地减轻了诗词格律这副"镣铐"的重量，让广大诗词爱好者易于记忆，便于掌握与运用。罗辉同志一贯主张诗词创作应该遵循"有形、有则、有魂"的原则，认为格律诗词创作在形式上要继承传统，规范用韵；原则上应讲究平仄与对仗；创作内容要练字琢句，注重意境等。可以说，罗辉同志的诗词创作正在向"中存风雅，外严律度"的方向不断前进，也预祝他的诗词创作在"有魂"上进一步加大力度，不断取得新的进步。与此同时，我还希望罗辉同志作为湖北省诗词学会会长，在不断提高自身诗词创作水平的同时，还要争当全国地方诗词学会排头兵，在推广普及古典诗词、搞活诗词学会工作、弘扬中华传统文化等方面做出新的贡献。

（罗辉著《四时吟草》，中国文联出版社，2012 年）

古文字学家的诗文

　　张颔先生是著名的古文字学家、考古学家，他的专业成就与贡献早为海内外的公众所敬重，而《作庐韵语》则让我们看到他的另一面，他的才情、灵性、素养，以及偏好、交游等，看到了他的丰富的精神世界。

　　诗文创作对张颔先生来说，应是"余事"。但他所涉足的诗文范围也很广，有诗歌、小品、笔记、杂感、碑铭、序言、题跋、联语等，合200余篇，为数亦夥矣。他勇于创新，每一种体裁都没有固定样式，似乎随心所欲，但又分明合于大的规制。即以诗歌而言，既有传统的七古，更多的是杂体诗，也不乏自己的创造，不拘于格律，而又富有诗意，直抒胸臆，别具一格。

　　作者毕竟是大学者，文史根基深厚，又整天沉浸在传统文化之中，因此他的一部分创作，特别是一些有关文物或文史材料的题跋，或重于考证，或有所质疑，或意在商榷，或别有新解，都言之有物，有理有据，俱见学养功力，亦可视为学术小品。

　　与这些大雅的内容相比，还有一些可视为大俗的作品，这突出体现在联语中，即用大量俗语入联，又引经据典，说明其来历的久远，颇有趣味。更多的是雅俗结合，往往妙趣横生，令人解颐。

　　惜墨如金是张颔先生诗文的特点。其作品多为短章小制，文字极为简约，足见锤炼的功夫。

　　诗文最能体现作者的个性。对不学无术者的讽刺，对社会丑恶现象的鞭挞，显示着张颔先生分明的爱憎、热烈的好恶。而他惯有的幽默与达观，也跃然纸上，更让人感佩的是他的真诚，他的实事求是，他对同行、对师长的尊重。

张颔先生又是著名的书法家、篆刻家，蜚声艺坛，我曾写过一首诗，对他的成就表示祝贺：

河汾风雨老，张子思犹遒。
履屐留三晋，盟书著九州。
诗文须铁板，篆刻见银钩。
鲁殿灵光在，江山期俊流。

学问家的张颔与文艺家的张颔，是一个人不可分割的两个方面，把这两方面都了解了，才能说真正懂得了张颔。因此，我郑重地向读者推荐《作庐韵语》，相信大家能从中受到教益，也能真正领略张颔先生的风采。

（张颔著《作庐韵语》，三晋出版社，2013 年）

雷锋永在

50 年前，一个响亮的名字传遍神州大地——雷锋！

雷锋，一个普通的战士，"把有限的生命投入到无限的为人民服务之中去"是他的座右铭。他利用节假日、出差等各种机会到车站、码头、工地上帮忙，努力为人民服务。他生活艰苦朴素，乐于助人，把节约下的钱捐给灾区和困难的同志、群众。他谦虚谨慎，做好事不留姓名，受到赞誉不骄傲。他在平凡的岗位上，做出了不平凡的事迹。平凡中孕育着伟大。雷锋是一个平凡的人，也是一个伟大的人。

"向雷锋同志学习！"领袖的号召，人民的响应，学习雷锋好榜样、弘扬雷锋精神活动在半个世纪的中国长盛不衰。

雷锋是我们这个伟大的时代的新人，是中国最有代表性的具有共产主义精神的英雄模范典型人物。但这种精神不是凭空产生的，它又汲取、承继了中华传统的优秀美德。这是真善美的统一。因此这种精神不只是一种高尚的理想，而是存在于与每个人相关的日常生活中，是具体的、生动的、可以感知的实践活动。这是一种精神，有了这种精神，人人都可以去做，也是可以做到的。"人皆可以为尧舜"，每个人都这样做，并且坚持做下去，我们的社会就会有更多的清新的风气，就会有更多的温馨与和谐，我们也会看到毛泽东主席所期盼的"六亿神州尽舜尧"的美好图景的到来。

雷锋精神不会过时，因为这是一种崇高的、美好的品德，是人类精神世界的灿烂花朵。它有强烈的时代性，又与时俱新，被赋予着适应新变化、新生活的丰富的内涵。半个世纪的风雨沧桑，雷锋并没有离开我们，雷锋的队伍不断扩大，郭明义、杨善洲、沈浩、张丽莉……一个个闪光的名字，又为人们所传扬。不同的时代，相同的理念；不同的岗位，相同的贡献。在今天，我们更需要雷锋，更需要雷锋精神。

关注时代风云是中国诗歌的优良传统，讴歌美好与抨击丑恶是诗人的天职。当雷锋这一典型在中国出现时，敏感的诗人们就满怀激情地唱出了时代的最强音。我仍然记得 1963 年 4 月诗人贺敬之《雷锋之歌》带给我的震撼："在我们革命的／万能机床上，／雷锋——／你是一个／平凡的，但却／伟大的——／永不生锈的／螺丝钉！／哪里需要？／看雷锋的／飞快的／脚步！／哪里缺少？／看雷锋的／忙碌／身影！……"抽象的理念与具体可感的形象相融合，豪迈与深情、深邃与开阔相统一，读来令人热血沸腾！诗人站在时代的高度，从历史发展的角度阐发了以雷锋为代表的新人出现的现实根源。董必武副主席的《咏雷锋同志》我也记忆犹新，其中的"螺丝钉不锈，历史色长新。所作平凡事，皆成巨丽珍。普通一战士，生活为人民"，概括了雷锋的品质和精神，典雅、工整，朗朗上口，体现了旧体诗的特点与优长。这个时候，有无数的歌咏雷锋的新体与旧体诗歌问世。这些诗作，对于传播、弘扬雷锋精神起了不可替代的作用。

在 50 年后的今天，这本荟萃当代歌颂雷锋与郭明义等一批新时代雷锋精神践行者的诗集——《雷锋之歌》又要面世，其中以传统诗词为主，也有新体诗；作者来自各个方面，有诗坛老将，更多的是诗苑新秀。这是在整理近年来歌颂雷锋诗歌基础上所编选的一个集子。我们期望，同时也相信，今后还不断会有更多的、更好的歌颂雷锋的诗歌涌现，因为雷锋精神长在，因为"再使风俗淳"的诗歌传统长在！

（诗词集《雷锋之歌》，中国书籍出版社，2013 年）

持之以恒　必有大成

中华诗词是人类的宝贵精神财富。青年才俊周清印带着文化传承与创新的人文理念，深情投入诗词曲赋创作。综观诗集，格律体与古风体并重，华美与古朴相映；抒情写意豪婉兼备，追求东方中和之美。一些诗章语奇思瑰，或气势雄迈，或气韵生动。期待清印同志继续求索诗道，诗思长涌，佳作不断，创作出更多打上个人特质和时代特色的精品力作。持之以恒，必有大成。

（《周郎诗三百》，蓝天出版社，2013 年）

红英寥落在风尘

　　余识章明于丁亥夏日京华金宝席上，时其袖诗来访。读其诗也，清词丽句，吐属天拔，非至情至性者不能到。昔少陵一生漂泊，味尽人间寒凉，然则诗散天下之至温；东坡屡陷泥途，然则笔泻明月，语带清风，清雄之气不减；稼轩无路请缨，然则化一腔豪气为大丈夫词。由是观之，非情怀不足以见其品，非际遇不足以厚其诗。今观是集，复可证也。大抵所作古体，古拙渊雅。近体则蕴藉绵邈。风华宛转，绽春花之韶秀；兰杜自况，寄兴象于深微；气格沉雄，立风骨于遒劲。此其诗之大者，亦足见其性情。山川云雾，草木花实，吐其一腔郁勃也；风起青苹，云烟明灭，运其天地之思也；歧路蹭蹬，世道汹汹，验其性情之厚也。是故偃蹇一隅，不废吟哦，深得风人之旨。一如陌上之碗花，随风摇曳，风致宛然。壬辰早春，章明求序于故宫御史衙门，余爱其淡然古意，故不辞为之序。

（徐章明著《碗花集》，故宫出版社，2014 年）

诗意盎然的黄河金岸

　　九曲黄河，万里龙蟠，乾坤流转，意气飞扬。黄河是中华民族的母亲河，泽被天下民生，哺育华夏文明。之于宁夏，黄河孕育了宁夏平原，其流域以占宁夏43％的国土面积集中了宁夏64％的人口、80％的城镇和86％的城镇人口，创造了宁夏90％以上的GDP和94％的财政收入，造就了"沃野千里，塞上江南"的景观，成就了"十大新天府"的美誉，是宁夏精华地带和经济发展的龙头，是呼包银经济区、陕甘宁革命老区和能源化工"金三角"的重要组成部分，也是黄河上游地区发展条件最好的区域之一。

　　逐水而居是自古至今人类生存与发展一直遵循的基本原则。水孕万物，灵动柔韧，饱含生机与活力。古往今来，世界繁盛城市群皆是因河而生、依江而建、靠海而兴。历史证明，中华民族每一次亲近黄河，总能带来新的发现，创造新的财富，缔造新的文明。古人诗云："贺兰山顶草，时动卷旗风。"2009年，宁夏提出了"建设沿黄城市带（群）、打造黄河金岸"的战略目标，旨在通过构建黄河"生命保障线、便民交通线、经济命脉线、生态景观线、特色城市线、黄河文化展示线"六大功能，打造西部最具潜力、最有特色、最富魅力、最适宜人居的精品城市带（群），这是宁夏贯彻落实科学发展观，抢抓时代机遇，推进区域城镇化和城乡一体化，促进全区经济社会跨越式发展做出的重大举措，得到了干部群众的热烈响应，得到了中央领导的充分肯定。

随着黄河金岸建设拉开序幕，几年间，《全国主体功能区规划》和《国家"十二五"规划纲要》将宁夏沿黄城市带经济区列为 18 个国家级重点开发区之一，沿黄经济区建设上升为国家发展战略，黄河金岸的战略地位和作用进一步提升。沿黄经济区是宁夏资源优势、人文优势、政治优势、民族团结优势的一次优化组合，释放出宁夏实现跨越式发展的"超能量"。在宁夏开展的生态移民民生工程中，黄河金岸的建设为中部干旱带和南部山区百万移民实现逐水而居的梦想创造了条件，为宁夏与全国同步进入全面小康社会奠定了坚实的基础。

文化金岸，梦想宁夏。在沿黄经济区的建设中，宁夏充分利用黄河文化的母体性、根源性、资源性，以产业为支撑、以生态为依托、以开放为平台、以文化为灵魂的总体规划，突出了黄河文化这个灵魂，感召全国乃至全球华夏儿女涌向宁夏这片热土，感受黄河，感恩黄河，回哺黄河，凝聚世界华人的向心力，为古老的黄河文明赋予崭新的内涵。

涛声壮，金岸雄，黄河金岸为宁夏描绘出一幅壮美长卷，成为宁夏的一张亮丽名片。由宁夏回族自治区党委宣传部、中华诗词学会共同举办的"中国·宁夏黄河金岸诗词赋联大赛暨中国·宁夏黄河金岸诗歌节"，是贯彻落实党的十八大精神、弘扬中华民族优秀传统文化、推进社会主义文化强国建设的实际行动，也是传承黄河文化的一个重要载体。据本次大赛组委会提供的资料，大赛期间共征集到来自全国 31 个省区市和美国、澳大利亚、新加坡等国家和地区近 3600 位作者的 28000 余件参赛作品。有百余件作品获得了优秀以上的奖项。参赛作品围绕的中心都是中国梦、黄河情、宁夏美，歌颂神奇宁夏的人文风光，讴歌改革开放以来宁夏欣欣向荣的发展成就，抒发宁夏人民艰苦奋斗、勇于创新的精神风貌，推出了一批具有一定思想高度和艺术水准的精品力作。这些作品对于宣传宁夏，推介宁夏，振兴西部地区的诗词文化事业，都具有积极的促进作用。在全国诗词赋联作家的倾情吟咏之下,如今的黄河金岸,已逐渐成为诗意金岸,激情金岸!

(《中国梦 黄河情宁夏美——中国宁夏黄河金岸诗词赋联大赛暨第二届黄河金岸诗歌节作品集》,黄河出版传媒集团、阳光出版社,2014年)

从《关雎》唱到今天的渭南诗歌

在我国日益珍视民族精神遗产、传承民族文化血脉、构建民族精神家园的今天，中共渭南市委、渭南市人民政府编辑出版这部上自先秦、下迄当今的《渭南诗词大全》，无疑是具有文化建设意义的盛事。

渭南，地处关中东部，为古都长安的京畿之地。2000多年间，她近距离地目睹了周、秦、汉、唐等13个王朝的盛衰兴替，领略了大半个中国历史的风云变幻。这块神秘的土地，不仅有周、秦文化的根脉，还是汉、唐雄风的舞台，又是诗歌艺术的渊薮。这里的山山水水得天独厚地收录了两汉乐府的五彩画卷和悦耳清丽的音韵，这里的村村落落也曾踏着平平仄仄的节拍走进李、杜的诗行。这里，是诗的故乡，诗的韵律与百姓的心弦共振，与风雨共鸣，融入了渭河两岸的天籁。

李白仰望华山，写下了"西岳峥嵘何壮哉，黄河如丝天际来"的不朽诗章。杜甫曾生活在渭南，为官在渭南。他以渭南人的视角和诗人的良知在这里写下了《三吏》、《三别》和《自京赴奉先县咏怀五百字》等不朽诗篇。其中"朱门酒肉臭，路有冻死骨"的千古佳句，就是诗人在渭南的见闻。由此，渭南的元素便浓墨重彩地走进了唐诗的殿堂，镌刻在历史的记忆中。

与李白、杜甫齐名的渭南诗人白居易，旗帜鲜明地反对自六朝以来的形式主义诗风，倡导"文章合为时而著，歌诗合为事而作"的创作宗旨。他引领并践行了新乐府运动，开一代新风。他的长篇叙事诗《长恨歌》《琵琶行》如诗歌天宇中的双子星座，永远闪烁着不灭的文化光辉。无愧于渭南大地和这个时代，白居易成为唐代影响最为深远的诗人。

子曰："《诗》可以兴、可以观、可以群、可以怨。"这是说诗歌具有抒发感情、观察社会、教化群众、鞭挞丑恶的功能和作用。中国的诗歌，从《诗经》的风、雅、颂开始，就以"经"的神圣和崇高寓精神道德于诗行，融天地正气于平仄。汉唐以来，随着社会的变迁发展，诗歌也从早期的四言发展到五言、七言，再到词、曲，直至今日的新体诗，可谓百花争艳，无限春光。可字里行间不变的还是对真、善、美的追求，对民族的大爱，对祖国的忠诚，对家园的礼赞。其浩然正气、铮铮铁骨、拳拳之心则是诗歌永恒的灵魂，是世代相传的文化基因。

中共渭南市委、市政府以重视民族文化的大智慧，兼容数千年文明的大胸怀，编辑出版这部《渭南诗词大全》，是功在当代、利在千秋的济时树人的大工程，是继承传统文化、强化软实力、储备正能量的百年大计。

"春风放胆来梳柳，夜雨瞒人去润花。"在全国人民贯彻落实党的十八大精神的日子里，愿《渭南诗词大全》如春风春雨，去浸润百花，去滋养心灵。愿古老而充满诗意的渭南大地春意盎然，蓬勃向上。

（《渭南诗词大全》，陕西人民出版社，2014 年）

反腐倡廉　正气浩然

　　赵焱森同志一首七律《南岳论廉》，有300多位诗友、诗家写了和诗，成了一次诗家的友谊唱和。其中北京等地的诗家有20多位，衡阳市的诗人有130多位，岳阳市的诗人有80多位，湘潭、长沙、郴州、常德、株洲、娄底、湘西等市州，也有诸多诗人写了和诗。据焱森同志跟我讲，省内外和诗的诗友，有不少是名重吟坛的诗家，有几位是已有90高龄的诗坛前辈。为了不让这一批珍贵的资料散失，他拟把这批诗稿集中编辑出版，并约我为这部诗集写个序言。

　　焱森是一位长期从事党政工作的负责同志。他工作勤勉，为政清廉，工作之外没有别的爱好，就是热爱传统诗词文化，并一直为此执着追求。他担任过中华诗词学会顾问、副会长，现在又担任顾问，并多年担任湖南省诗词协会会长，湖南省的诗词工作一直是全国最好的省份之一。他个人已出版3部诗词专集，主编过数十部诗词作品集，是我国当代诗坛一位做出过诸多贡献的诗人。我担任中华诗词学会会长之后，焱森同志多次约请我参加湖南诗词方面的活动，我对湖南的诗词工作是肯定和支持的。这次焱森提出要我写序言，又给我提供了一些必要的资料，从我们的工作关系和个人的友谊出发，更从反腐倡廉这个高度着眼，便欣然应承了这个任务。

　　《南岳论廉》这首诗，为何能一石击起千层浪，得到诸多诗家的支持和酬唱？首先当然是其主题反映了时代的根本要求。我们党历来都坚持反腐倡廉。党的十八大以来，以习近平同志为总书记的党中央，继承发扬党的优良传统，坚决惩治腐败，坚持"老虎""苍蝇"一起打，取得了一个又一个的胜利，讲民心工程，这应当是最大的一项民心工程。党中央提出"四个全面"的治国理政总方略，全面从严治党是总方略之一。党中央向全党发出的"三严三实"的号召，严以修身，严以用权，严于律己，都是反腐倡廉的严格要求。在反腐倡廉的号角声中，《南岳论廉》奏出的是符合党心民意的一个音符，这便是引起众多诗人重视并同声唱和的一个根本因素。其次，《南岳论廉》诗人互为唱酬，也是诗人之间的学习需要和友谊的体现。自古诗通肝胆，义结金兰，讲的就是诗人为友谊而聚，为友情而歌。当代诗人担负着社会主义精神文明建设的使命，为培育和践行社会主义核心价值观，诗人的互相学习、共同提高已是诗词创新的需要和时代要求。再次，《南岳论廉》这首诗的象征性较强。焱森同志不仅是一位诗人，更是党的纪检监察战线的一位老同志。他的诗作大都与党风廉政建设有关。在《南岳论廉》中，以南岳的山石松月开宗明义，比喻党的崇高形象，歌颂共产党人立党为公，为实现远大理想而奋斗的坚强意志和广阔胸怀，并以此扬清激浊，鞭挞腐败。在这种情景交融、寓意于诗、意在诗外的作品，在艺术上往往容易引起诗人的共鸣，这也正是此次诗词唱和小范围开始而至不断外延扩大的原因之一。

至于《南岳论廉》众多作品的品评论述，焱森同志的前言以及其他同志的论文都已谈到，我就不做具体品评了。不过，各位诗家的作品有如风云际会，它所释出的时代光亮是极具价值的。它必将启迪于当前，也将流传于后世。是为序。

（赵焱森主编《南岳论廉》，香港文艺出版社，2015 年）

白岩山气嘉

郑伟达先生主编的《八闽岳祖白岩山》一书，即将付梓，嘱我作序。我虽然还没游览过白岩山，但神往已久。翻阅郑先生送来的书稿，便被神奇的南国名山所吸引，被郑先生美好的设想所感动。于是，对写序的事，便欣然答应了。

白岩山位于福建省闽清县东南部三溪乡境内，被南宋著名学者朱熹赞誉为"八闽岳祖"。此山得名源自山顶色白如玉的石峰。古人说："仰望白岩山，悚然若白莲之始开。"据说这是一套发育最为完整、典型的火山岩系，地质上此类地貌即以白岩山主峰石帽峰命名，称为"石帽山群"。山上危峰兀立，怪岩嶙峋，林深壑幽，苍翠葱郁，让游者乐而忘返，令闻之者急欲往游。

随着我国经济快速发展的步伐，人们的生活质量不断提高，度假旅游的前景十分可观。另外，旅游养老作为一种新的旅游方式和一种新的养老模式，也逐渐被大众所认识，并开始付诸实践。伟达先生对这一形势的发展，有着十分敏锐的观察和思考。他决心要把白岩山开发成集旅游观光、度假养生于一体的新型旅游区。这是一个很好的构想。伟达先生是中医师，又是诗人。他对白岩山，另有一个浪漫的规划，就是要把这里打造成一座诗词之山。我对此举尤为赞赏。

中国的诗歌既有广泛性，又有深刻性，对于移情陶性有着十分重要的意义。孔子说："不学诗，无以言。"他一再强调诗歌"可以兴，可以观，可以群，可以怨"的作用，也就是通过诗歌观察社会，了解社会，团结群体，表现自我，调节心理。确实，中国的古典诗词博大精深，内涵深刻，意存高远。学一点古典诗文，有利于陶冶情操，加强修养，丰富思想，有助于弘扬祖国的优秀传统文化，增强民族自信心和自豪感。把名山胜水与诗词融合起来，可以培养善良的品性，旷达的心境，保持心理的平衡。也就是说，通过诗词的陶冶，使人心胸开阔，淡泊名利，从而神闲气定，增强了免疫力，达到了健康长寿的目的。

伟达先生的美丽构想，本身就像一首耐人寻味的好诗，前景十分美好。试想，游人徜徉于清幽洁净的仁山圣水之间，与清词丽句为邻，与清风白云为伴，真是一程令人陶然忘机、怡然沉醉的诗意人生之旅啊！正所谓"山气日夕嘉，飞鸟相与还，此中有真意，欲辩已忘言"（陶渊明《饮酒》之五）。

从目前看，开发旅游度假区，暴露出来的问题也不容忽视，某些现代旅游的过度开发，会导致旅游资源的破坏、环境污染和生态破坏等负面影响。我们希望伟达先生重视白岩山旅游区的可持续发展原则，秉持保护优先原则、适度开发原则、综合效益原则和追求特色原则，把白岩山打造成我国东南旅游名胜。

江山有待，前景诱人。一书在手，聊当神游。故乐为之序。

（《八闽岳祖白岩山》，中国书籍出版社，2015 年）

在研讨中前进

中华诗词学会自成立以来，已举办过 28 届全国诗词研讨会。第 28 届是在海南的临高县和儋州市举行的。会后出版了《海南论诗——全国第 28 届中华诗词研讨会论文集》。2015 年的第 29 届中华诗词研讨会将在内蒙古自治区通辽市的科尔沁举行。因研讨会后接着召开中华诗词学会第四次全国会员代表大会，进行换届，所以第 29 届研讨会论文选集——《塞北论诗》就在换届之前付梓。

"但有东风总未迟，不凋松柏又添枝。岳灵九土犹弥漫，吟魄千秋自骛驰。"塞上风清，神州春远，人到草原心情爽、精神振、诗兴浓。8 月 17 日到 19 日，相聚的时间虽短，我们研讨的内容却很广泛、很深入，留给诗词界也是一个很美丽很有意义的年度记忆。

当代诗词事业就像一棵大树，年轮一圈圈扩大，树根越扎越深，树干越长越高，树枝上的花朵越来越鲜艳，结出的果实也越来越丰硕、越来越甘甜。从东南到西北，从海角到塞外，中华诗词学会成立近 30 年来，我们已在全国各地连续举办过 29 届研讨会，这是当代诗词事业从复苏走向复兴的美好历程中的一个引人注目的文化现象，同时也让我们真切感受到当代诗词理论建设的巨大影响力和必要性。

第 29 届研讨会的主题是："以习近平总书记在全国文艺工作座谈会上的讲话为指导，重点研讨当代诗词如何继承传统改革创新、如何'三贴近'弘扬主旋律，如何提高当代诗词的思想及艺术水平等现实问题，以便更好地为实现中华民族的伟大复兴服务。"围绕这一主题，全国共有 100 多位专家、学者、诗人提供了 100 多篇内容丰富的论文。论文编委会编委从中选出 50 多篇提交研讨会交流，同时从交流论文中选出 40 多篇交由出版社出版发行。到今天，这一工作已在科尔沁诗人节组委会及中国书籍出版社的全力支持帮助下顺利完成。

从论文集目录看，这届研讨会论文的内容及形式都较以前有所拓展。不仅有对毛泽东诗词、习近平词的解析，还有对杜甫、纳兰性德等古代诗人词家的论述，以及对叶圣陶、聂绀弩、刘征等现当代诗人词家的评论；不仅有对深入生活、继承创新、唱响主旋律方面的深思，还有农村题材、军旅题材诗词以及有关诗词语言、格律等方面的专论。遵循"百花齐放、百家争鸣"方针，本书未对论文的观点进行全面梳理统一，也无法全面梳理统一。所以，每篇论文只代表论文作者本人的看法与主张，读者则可根据自己的判断，择善而从。总之，无论在哪里论诗，都是为了交流、切磋，借以促进诗词的写作、创新与传播。而科尔沁不仅创办了诗人节，还建起了诗词馆，在这里举办研讨会谈诗论词就更加有说服力，出书也就更加有底气。因为，做任何事情都要讲天时、地利、人和。《塞北论诗》的提前问世，当然也是天时地利人和的美好成果。

"国步殷殷寥廓梦，民生念念郁沉诗。而今更待生花笔，秋菊春兰俱得时。"相信我们的诗词事业、我们的诗词理论建设的明天，一定会更美好。

（《塞北论诗——全国第 29 届中华诗词研讨会论文选编》，中国书籍出版社，2015 年）

田园的诗意

　　我与顾闻同志过去并不认识，现在也未曾谋面。他托朋友送来他的诗稿，嘱我看看。经了解，顾闻同志20世纪80年代毕业于农业大学，作为优秀的青年干部选派到乡镇工作，这一干就是20年。他热爱自己的工作，对生活也充满着希望。他常在节假日邀朋呼友游历名山大川，近几年因工作关系，履迹更广，见闻尤多。可贵的是，他在参观游历中，把自己的见闻和感想用诗歌记录下来，反映出来。他的诗歌，特别是一些短篇，隽永清新，很有味道，如："孤帆抖张渐远去，夕阳低垂近黄昏。不知烟霞迷离处，拭泪回望可是君？"（《送别》）"春风晓渡绿满川，白云深处访终南。苍松翠柏掩日月，不知何洞有神仙？"（《终南山中》）"千山无语待落雪，万壑清幽望明月。远处一点星光泪，流尽相思成银河。"（《无题》）"人间真情似春风，相逢一笑愁绪平。不求日日常相见，但使月月明月明。"（《赠友人》）"楼高百尺有极尽，人过千年名依存。"（《登太白楼》）

　　读顾闻的诗，有几点感想：

　　其一，顾闻在大学学的是农业，从事的也是农业、农民、农村的"三农"工作，但却乐于写诗。佛说人皆有佛性，我们不妨说，人皆有诗性。诗歌是感情不可遏止的抒发。《毛诗序》说："诗者，志之所之也，在心为志，发言为诗。情动于中而形于言，言之不足，故嗟叹之，嗟叹之不足，故永（咏）歌之，永歌之不足，不知手之舞之、足之蹈之也。"就是说，有深厚的感情，压抑不住，所以要表现；表现为言还不够，所以要唱叹，也就是表现为诗的形式。写诗不是学文学的人的专利。事实上，各个时代都有不同职业的诗词名家。当然，必须有一定的文学基础和诗歌常识。顾闻同志就具备了这些条件。顾闻在《自序》中说自己"常常情不自禁，有感而发。"

其二，山水、田园对人的精神有着良好的滋养陶冶作用。顾闻同志喜欢游历名山大川，喜欢田园风光，这些都对他有着积极的影响。"山水含清晖，清晖能娱人"（谢灵运《石壁精舍还湖中作》），"山气日夕佳，飞鸟相与还"（陶渊明《饮酒》其五），说明了山水田园具有怡情养性的功能。另外，与山水田园亲近还可丰富知识，培养和提高审美情趣以及模山范水的能力。中国文学史上有山水田园诗派。诗人们以山水田园为审美对象，把细腻的笔触投向静谧的山林、悠闲的田野，创造出一种田园牧歌式的生活，借以表达对现实的不满，对宁静平和生活的向往。顾闻的山水田园诗总是包含着他的人生体验，有对不平现象的批判，也有对丑恶事物的抨击，但总的风格是恬静的，语言清丽，诗境比较优美。他的诗集分"清风明月"与"绿水青山"两个部分。这8个字，体现出澄明的心怀，高远的境界，积极的进取精神。我想，顾闻能在乡镇安心20年，始终能保持平和的心态，壮丽的山川与朴实的乡野给了他一份精神的养料。

其三，顾闻同志喜欢诗，喜欢写诗，但对旧体诗的一些格律还缺乏更深入的了解。应该说，顾闻遇到的问题带有普遍性。他过去没有学过。这反映了中华诗词长时期的地位和影响。但是人的心底有诗，这是遏止不了的。中华诗词之所以随着政治的清明而逐渐复苏、复兴，人民的需要就是最根本的原因。平仄等困扰着顾闻，给他带来很大的压力："设定规矩成方圆，方圆常抑才气眠。"（《论诗词之规律》）但他并未却步不前，而是大胆尝试："为鸣不平强作诗，韵脚平仄当不知。但凭一腔忠诚血，燕雀乐在蓬间啼。"（《自嘲》）于是就"写成大多数不符合旧体诗押韵合仄要求的古风诗篇"。顾闻同志还很年轻，表示今后要继续努力，进一步提高写作能力。我建议顾闻能读些有关平仄等诗词格律的书籍。平仄是构成律诗的最重要因素。之所以这样要求，是因为汉语语音就有高低、升降的声调，近体诗正是依据平仄两类声调的特点，组成声调交替变化的形式。讲求平仄，就是为了追求音律有规律的起伏变化，使之具有音乐上的美感。这个其实不难学，学了也不一定非写近体诗；但掌握了这些知识，对于欣赏古今诗词，提高自己的创作水平，肯定是有好处的。顾闻同志处女作的出版，值得祝贺！我们也相信顾闻同志会不断地下功夫，有所提高，有所进步，创作出更多的好诗篇来。

（《顾闻古风》，内部印行，2015 年）

《中兴以来绝妙词选》

故园风雅，千古文心。中华诗词是华夏文化宝库的重要组成部分，历久弥新，长盛不衰。词又称长短句，可以配乐演唱，盛于宋代，名家名作辈出，是中国文学发展的又一高峰。或“山抹微云”、或“晓风残月”，词以其音律和谐、意境深远而动心摄魄，别具高格，广受文人、大众喜爱，王国维在《人间词话》中亦指出“词以境界为最上。有境界则自成高格，自有名句”。随着词的逐渐繁荣，词选的编纂亦日益兴起，南宋时期所编的《中兴以来绝妙词选》便是其中的佳品。

《中兴以来绝妙词选》为南宋淳祐年间黄昇编集，10卷，选录南宋间词作，始于康与之，终于洪瑹，凡八十九家，博观约取，收罗宏富。黄昇本工于词，去取颇为精审，书中所选各家，皆系以小传，间附评语，既可考见词人生平，亦可供探究各家词风流派，此为以前选本所无。

《四库全书总目提要》对《中兴以来绝妙词选》给予了很高的评价，称其“搜罗颇广”“所录多典雅清俊，非《草堂诗余》专取俗体者可比”，历来为研究者所重，为宋人词选中的上品。词选最大特色在于“选诗存史”，黄昇选词颇具见识，对不同时期、不同流派的作品均有所反映，不拘于花间尊前，而是较为广泛地收录了不拘一格的作品，显一代词坛之风范。正如黄昇在自序中说道：“佳词岂能尽录，亦尝鼎一脔而已。然其盛丽如游金张之堂，妖冶如揽嫱施之法，悲壮如三闾，豪俊如五陵。

花前月底，举杯清唱，合以紫箫，节以红牙，飘飘然作骑鹤扬州之想，信可乐也。"

所选各家亦并非"平分秋色"，而是对大家名作大胆收录，不限数量。其中尤其表露了对于豪放派词作的欣赏，如录辛弃疾42首，其余不知名作家仅录三四首，形成了以豪放清雅为主流、多种风格并行的词史结构，反映出南宋中叶词坛对于词的演化的审美期待，对后人词选颇多启发之处，如清人周济《宋四家词选》"绪论"与冯煦《宋六十一家词选》"例言"，均可见其影响。

中华诗词是中华民族文化的精髓，是人类的宝贵精神财富。党和国家历代领导人都高度重视中华诗词的传承，习近平总书记在讲话中也曾多次引用传统诗词，2012 年在谈到中美关系时，习近平引用《中兴以来绝妙词选》中收录的词人辛弃疾所作的《菩萨蛮·书江西造口壁》中一句"青山遮不住，毕竟东流去"，以表明中美两国的合作关系的趋势。2014 年教师节习近平考察北京师范大学时指出：古代诗词会成为终生的民族文化基因。古代诗词传统仍绵延至现代，为中华民族的精神气韵与民族性格增添了一抹诗意而亮丽的光辉。在当下，如何更好地继承与发扬中华诗词文化，是文化工作者，亦是每一个有文化担当的中国人应不断思考的重要命题与不懈使命。

《中兴以来绝妙词选》曾是收藏于紫禁城内的"天禄琳琅"旧物，供清朝皇帝阅读的珍籍善本，历经辗转，虽故宫的昭仁殿内已是书去楼空，但这套古籍有幸保存下来，不得不说是一件幸事。而今重印使该书得以焕发新的生命，意味着更多人能够共享这一珍贵文化遗产的恩泽，对于曾在故宫工作多年且一直致力于故宫学及诗词学研究的我来说深感欣慰。

今影印出版的《中兴以来绝妙词选》为宋淳祐九年（1249 年）刘诚甫刻本，宋版刻本极为珍贵，版印精美，足可赏鉴。此次原版重印，旨在令更多人切身了解、接触文化经典的魅力，拂开历史的故灰，真正走进泛黄的书页与熠熠生辉的珠玑词篇，此为世人之幸事，亦为文化之乐事。让我们乘着诗人的心灵之舟，回归古典精神，领受先哲思想滋养，感受中华诗词的深厚魅力，再展传统文化的灿烂篇章。

（《中兴以来绝妙词选》影印本，文物出版社，2016 年）

最是依依人世情

早在 2000 年前，人们就用"情动于中而形于言"的话来说明诗歌创作的特点。古代文学理论大家刘勰也说："万趣会文，不离情词。"也就是说，没有较为强烈的生活感受和情感，文学创作是难以想象的；不直接或间接借助于形象表现真挚情感的文学作品，是不会感动读者、产生强烈效果的。明代冯梦龙写的《山歌》："不写情词不写诗，一方素帕寄心知。心知拿了颠倒看，横也丝（思）来竖也丝（思），这般心事有谁知。"作者写此作的用意无非是说心思、情感才是诗歌的灵魂。

散曲是俗文学兴起的产物，故而曲的语言通俗自然，很多作品还诙谐幽默，读之让人忍俊不禁。然而能搞笑的散曲不一定都是好作品，好作品仍然须以情感人。散曲创作与其他文学创作一样，都是在燃情。从某种意义上讲，散曲是一种比较奔放的文字，作者心里有什么，笔下就写什么，不避俚语俗言，高兴了放怀大笑，难过了放声痛哭，没有过多含蓄隐藏的余地，因而比较容易入情、抒情。明代曲学大家王骥德在《曲律》中说："诗不如词，词不如曲，是故渐近人情。……快人情者，要毋过于曲也。"现代曲学大师吴梅说："余尝谓天下文字，惟曲最真，以无利禄之见，存于胸臆也。"二人所论，归纳为一点，就是"曲尽人情"。可见，散曲较之诗词更容易表达情感。

2015 年 5 月，陕西、北京散曲组织的负责人共赴太原，与山西散曲组织的负责人一起，探讨了当前散曲创作的诸多问题，并就合作出书达成协议；此后又征得湖南散曲组织的支持。他们有意识地选择了一些便于大家抒发情感的题目，布置给 4 省市的曲友们去完成，并打算分类结集，起名曰"人世情散曲丛书"，以期达到促进本地区散曲创作的目的。同年 10 月，中华诗词学会决定成立散曲工作委员会。在第一次主任办公会议上，接受了 4 省市散曲组织的建议，把统筹、策划出版"人世情散曲丛书"纳入委员会近期最为重要的工作之一，征稿范围也由原来的 4 省市扩大到面向全国。

该丛书计划第一批先出 4 辑，即《故乡情》《山水情》《父母情》《校园情》。如果大家创作的积极性高，还可能出版第二批，如《军旅情》《爱恋情》等等。这就需要散曲工委全体成员以及各地散曲组织的同志们紧密配合，广泛征稿，认真编选，争取把一套高质量的散曲集子奉献给广大读者。通过此次征稿希望在全国再次掀起一个学散曲、写散曲的热潮来。

第一辑是《故乡情》，由陕西省散曲学会主持编选。故乡是我们每一个人的出生地或长期生活过的地方；长期生活的地方，一般又称为"第二故乡"。古人对故乡有许多雅称，常见的有桑梓、家山、故国等。故乡，是我们每一个人的根，是我们终生魂牵梦萦的地方。"举头望明月，低头思故乡"、"露从今夜白，月是故乡明"、"莲舟同宿浦，柳岸向家山"等，从古迄今，许多文人墨客都把故乡作为描写的对象，写下了大量思乡的美丽篇章，它已经成为古今文学作品的永恒主题。这一次我们不过是要求大家用散曲这种文学体裁来写出自己的故乡情。

第二辑是《山水情》，由湖南潇湘散曲社主持编选。古往今来，大凡名山秀水，无不有动人的佳话。人们钟情于自然山水，在愉悦精神、陶冶性情、增长才干、激发爱国情怀的同时，更希望探寻生命的价值和永恒意义。多少志士仁人，寄情山水，于变幻莫测的青山绿水之间，汲取"挽狂澜以济苍生"的气蕴和力量，创作出许多传世佳篇。山水成为他们展示卓越才华的瑰丽舞台。祖国风光秀美，人文荟萃，众多自然和历史人文相结合的景观，也为我们提供了丰富的创作素材，相信也一定能写出寄情山水的散曲佳作。

第三辑是《父母情》，由山西黄河散曲社主持编选。父爱如山，母爱如水。绝大多数情况下，父母是唯一可以不顾一切帮助儿女的人，因为父母的爱是世界上最无私的爱。中华民族历来崇尚受恩不忘、知恩必报，这是做人的基本道德，也是一个人的起码良知。因此，自古以来表达对父母的感恩之情的文学作品不可胜数。比如《诗经》就有"哀哀父母，生我劬劳""无父何怙，无母何恃"的名句，最为人广泛传播的应属唐代孟郊的诗："慈母手中线，游子身上衣。临行密密缝，意恐迟迟归。谁言寸草心，报得三春晖。"今天，就让我们以散曲为载体，来歌唱父母的殷殷之爱，或许更有助于我们亲切、率真地表达对父母的深沉情感。

第四辑是《校园情》，由北京散曲研究会主持编选。校园是每个读书人眷恋的地方，校园生活值得回味终生。学子们在那里度过了激情飞扬的青春年华，增长了知识，放飞着梦想。人们对校园的情感包括许多方面，譬如师生情、同窗情等等，而这些情感发自校园却延续一生。今天，有人用"春蚕到死丝方尽，蜡炬成灰泪始干"的古诗句来赞美恩师的辛勤劳作；也有人用"人生结交在终始，莫为升沉中路分"的诗句来说明延绵同窗情谊的要旨所在。这些都为我们用散曲书写校园情提供了借鉴。

从以上大概介绍可知，选编"人世情散曲丛书"就是为广大散曲作者提供抒发情感、展示才情的阵地。重情乃人性使然，缺了感情就缺了"人味"。有人说：重情之人必有大德！然而，现实生活中不乏薄情寡义者，他们心中只有自己、眼里只有钱财。因此，我们才有必要呼唤良知、呼唤人的本性的回归。我们写人间真情就是弘扬优秀传统，就是歌颂真善美，就是传递正能量。我们应当充分发挥和利用散曲造句新奇、声韵自然、文字通俗、描写逼真、取材丰富这些长处，写出无愧于时代的好作品来。

党的十八大以来，社会主义文化强国建设迈出强劲步伐，有力地推动了中华诗词事业的繁荣发展。习近平总书记在弘扬中华诗词和传统文化上更是率先垂范，把诗情画意引入伟大的中国梦，强调"古诗文经典已融入中华民族的血脉，成了我们的基因"，并亲自赋诗填词，引领一代风骚。作为我国传统诗歌的三大体裁之一，散曲从产生伊始，就扎根于人民的火热生活中，扎根于社会的现实生活中。用当时的语言写当时的人和事是它最大的特点。在很多地方，反映了寻常百姓的喜怒哀乐，悲欢离合，或褒或贬，或雅或俗，都表达了人民的心声。正如习近平同志所讲的："文艺创作方法有一百条、一千条，但最根本、最关键、最牢靠的办法是扎根人民、扎根生活。"显而易见，创作散曲就是对这句话最好的诠释。改革开放以来，中华诗词得到了长足的发展，诗词大军已有两百万之众。而散曲却一直是诗歌中的短板，全国写散曲的作者也就一两千人。因而我们期望，通过成立散曲工作委员会，通过编选"人世情散曲丛书"等措施，能够吸引更多人从事散曲创作，让散曲创作跟上诗词发展的水平。

2016 年 3 月

（本文为"人世情散曲丛书"总序）

泰州学深　板桥韵远

　　具有五千年文明史的泱泱华夏，民族传统文化源远流长。诗歌作为汉语言文学中最早成形的文学体裁，发展也最为充分。这种简短、精辟的文体，以其独特的形式生动地反映先民的生活情况和内心祈愿，也充分展现出中国民族语言的力量。翻开中华民族光辉灿烂的文明史，浩如烟海的经典诗词不胜枚举，更涌现了一批批名垂青史、千古流芳的优秀诗人。这些经典诗作和优秀诗人，为促进民族文化发展和鼓舞民族精神，发挥了不可估量的积极作用。

　　传统格律诗词不仅是世界文学宝库中的璀璨明珠，也堪称中国传统文化的精髓。习近平同志指出："中华优秀传统文化，是中华民族的突出优势，是我们最深厚的文化软实力。""提高国家文化软实力，要努力展示中华文化独特魅力。在五千多年文明发展进程中，中华民族创造了博大精深的灿烂文化，要使中华民族最基本的文化基因与当代文化相适应、与现代社会相协调，以人们喜闻乐见、具有广泛参与性的方式推广开来，把跨越时空、超越国度、富有永恒魅力、具有当代价值的文化精神弘扬起来，把继承传统优秀文化又弘扬时代精神、立足本国又面向世界的当代中国文化创新成果传播出去。"

　　古泰州滨江临海，"州建南唐，文昌北宋"，人文底蕴丰厚，乃中国历史文化名城和全国文明城市。"扬州八怪"之代表人物、一代廉吏郑板桥生于斯长于斯。泰州还孕育了"泰州学派"创始人王艮、

《水浒传》作者施耐庵、评话宗师柳敬亭、京剧艺术大师梅兰芳等等，堪称名贤辈出。泰州风景名胜也极富特色，有中国人民解放军海军诞生地纪念馆，有"江淮第一楼"素称的望海楼，有国家 5A 级景区溱湖国家湿地公园，有享誉"淮左第一园"的乔园，等等。

为弘扬中华优秀传统文化，展示泰州底蕴深厚的自然景观和人文景观，推动地方经济发展，促进泰州"文化名城、生态名城、医药名城"的建设，中华诗词学会和泰州市人民政府联手举办"郑板桥杯"全国诗词大赛。大赛正式启动后，在全国诗词界乃至海外产生了广泛影响，广大诗词作者积极响应，踊跃投稿。应征作品题材丰富，风格各异。作者均能围绕征稿主题，发挥灵感。综观 2000 余首应征作品，不乏思想性、艺术性、时代性、可读性俱佳的好作品。由此可见，中华传统诗词具有与时俱进的文学魅力和社会影响力。

现在，主办单位编印《"郑板桥杯"全国诗词大赛作品选》，借此奉献给关心支持泰州经济和文化发展的社会各界人士和广大诗词爱好者，该书的问世，也系统地展现了中华传统诗词所具有的古典与现代相结合的双重魅力。

（《"郑板桥杯"全国诗词大赛作品选》，内部印行，2016 年）

情到深处见真淳

    孟建国同志的诗集《城南诗草》，收录了作者近年诗作160余首，其吟诵对象涉及山川江河、草木虫鱼、历史人文、社会变迁、民俗风情等，体裁则兼及古风、歌行、律绝、词曲以及新诗。作者将其分为家国恋情、物事动性、山水逸情、酬唱寄情4辑，诗集表现了作者对历史、人文、山水、风物、世事、友情等的审美情趣，读来饶有兴味。

    建国的诗，给人的最强烈的感觉是真实自然。王国维说："元曲之佳处何在？一言以蔽之曰，自然而已矣。古今之大文学，无不以自然为胜。"大文学如此，一般文学也应如此。建国长期在县、市工作，身处生活基层；又雅好诗文，观察仔细；对历史文化挚爱，了解颇深，因而为诗为文，自然真切，不饰不矫。他的怀古诗，如《长安怀古》、《雍城怀古》、《宝鸡之恋》乃至《武汉行吟》等，对这些地方的历史变迁的勾画描述，形象生动，使人体味到厚重的历史沧桑感，增添了对文化风情的热爱眷恋。多首诗写及从古长安到西安的历史变迁，对其既往的辉煌做了铺陈式的赞美，对其衰落表示了深深的惋叹，同时对其振兴发展、再续汉唐雄风寄予了莫大的期冀，表现了作者的家国观、历史观、人文观，也给人以多重美的感受。

    建国的诗感情充沛，耐人咀嚼。作者对工作过的地方，多所眷恋，情深意厚；对亲人挚友，情感深沉；对祖国山水，情丝深长。如岐山、宝鸡、凤翔、泾阳、西安等这些曾经跋涉奋斗、历经风雨的地方，都留下了情意绵绵、感人心田的诗篇。如写古城凤翔："湖柳干云，拂我别情，直上碧空。……叹星月，纵新声古调，怎尽余衷！"深情翩然纸上。写陕西："终南浩浩，渭水泱泱。何以解忧，西凤之酿。何以壮怀，大秦之腔。"写对山水之美的热爱之情，又是一番风韵。作者诗中对亲友的真挚之情，感人至深，特别是怀念父亲的几首诗，深沉厚重，古意绵长。

建国同志诗集中，为数不多的揭露社会弊端的篇什，也值得重视。如《【中吕·普天乐】观渠》《【中吕·山坡羊】观楼》两首散曲，前者对高产宜粮农田被大批挖建，使千年名渠浇灌的膏腴之地不再，表达了愤慨和"心寒"；后者则对目前司空见惯的高楼建了拆、拆了建，造成大量资源浪费、环境污染的现象做了鞭挞讽刺。一句"盖，GDP；拆，GDP"，一针见血，发人深省。两首散曲尽显了作者关心建设发展、担忧社会弊端的责任感、正义感。还有一些抨击社会不良现象的诗，既尖锐又真恳，既刺世又劝善，是其诗词的又一个侧面。

除了旧体诗词，作者还写了不少新体诗。如《心是一面镜子》《太白山·李白诗》《乌克兰的雪》《漠河之夜》等，无论写事、写景，皆真切有情致。

《城南诗草》的出版，是作者在诗词道路上的又一个风景驿站。"欲穷千里目，更上一层楼"，我们祝愿他不断地攀登，创作出更多更好的诗歌，不辜负这个伟大的时代！

（《城南诗草》，陕西人民出版社，2017 年）

佳句遗珠记新场

　　诗词文化是中华民族文化园林中的瑰丽花朵，滋养着中国人的精神世界，这种诗意的生活方式流淌在中国人的血脉当中，代代相传，绵延不绝。中华诗词文化博大精深，其内涵包罗万象。其中，家乡的风土人情是文人墨客笔下的重要主题，名篇佳句迭出，尤为凸显诗人的主体意识与艺术情感，是中华诗词宝库中的重要组成部分。这些吟咏家乡的诗作，文笔典雅，妙趣横生，既可赏风物美景，又可识历史变迁，是了解家乡历史人文内涵的很好途径，也是一地文化软实力的重要组成部分。如何令诗词与当下现实社会发生紧密的联系，令好词佳句重现光辉，是当下诗词传承者应面对的重要课题。

　　今遍览历代新场诗人诗作，取其名篇，或咏家乡风景，或记节庆物事，结集成册，出版发行，意在唤起人们对新场古镇文化的重视，令故纸堆中的佳句遗珠重新焕发光彩。一句"红叶满林藏古寺，夕阳影里一僧归"，便将读者思绪引至深秋红叶密布的南山寺，遥想深林古刹的静谧安宁；"下沙赛会新场戏，绿女红男皆若狂"，又令人感受到下沙赛会的欢闹盛况，重温历史上的新场人平凡而喜悦的生活片段。这些动人的诗句，穿越岁月时光，将不同时代的新场人紧密联系在一起，穿梭在诗句中，既可与赵孟頫、董其昌叙新场水乡风景，又可同朱豹、叶映榴共话新场变迁。在这里，人与人，人与故土，人与历史，共同交织在诗篇中，交相辉映，积淀出历史的重量，构成了新场的文化灵魂，也是中华民族诗词文化的宝贵财富。

诗词的身影在故宫的典藏中亦屡见不鲜，无论是器物或是字画，少不了文人墨客的题诗咏对。寥寥几句意韵风雅的诗词点缀，便使文物的欣赏价值高出甚多，物也就有了人的色彩感受，承载了中华民族的精神内核。新中国成立后故宫博物院第一任院长兼党委书记，也是我的前辈吴仲超先生，同样是南汇籍人士，就曾长期工作、战斗在新场，既是一位久经锻炼的革命家，又是新中国故宫文博事业的开拓者，曾担任故宫博物院院长达 30 年，为我国文物征集、保护工作做出重要贡献。从他的身上，我们也看到了新场人对文化传承事业的重视，更有那份坚守的执着，令人无不感动敬佩。新场文化的传承与创造离不开一代代新场人的努力，新场文化又不断滋养着新"新场人"奋发进取。

古往今来，在新场这片土地上，有众多风流人物，孕育出许多扣人心弦的诗篇。这些诗句有的被收录到经典巨著《四库全书》中，它们历久弥新，长盛不衰，不仅能够启迪思想、温润心灵、陶冶性情，更应随着时代的脉搏跳动，在当下重新焕发出新的生机和活力。新场是新场人心中永远诗意的原乡，新场的诗是新场人灵魂中最为亮丽的底色。让我们一起薪火相传，呵护新场文化，让诗意流淌进当代新场人的血脉，熔铸成新场永恒的精神力量。

应中国华夏文化遗产基金会古籍专项基金主任、"四库书房·新场雅集"创办人、《沪上盐乡枕水情——新场古诗词选集》主编刘鹤然同志之邀，特作此文为本书序。

（《沪上盐乡枕水情——新场古诗词选集》，中国文史出版社，2017 年）

中华诗词学会 30 年：历程、积累与记忆

——《三十年大事记》《三十年论文选》《三十年诗词选》总序

"闲云潭影日悠悠，物换星移几度秋。"不知不觉里中华诗词学会已经走过了 30 个年头。30 年前的今天，在钱昌照、周谷城、赵朴初等著名文化界、诗词界人士的倡导下，中华诗词学会在北京宣告成立。时任中共中央政治局委员、国务院副总理的习仲勋同志代表党中央、国务院到会祝贺并做了重要讲话。钱昌照先生被选为第一任会长。自中华人民共和国成立以来，我国有了第一个全国性的诗词组织，它的成立标志着传统诗词在沉寂了半个多世纪以后，开始了复苏、复兴的征程。

30 个春夏秋冬，30 载风霜雨雪。中华诗词学会从无到有，白手起家。从东城区北兵马司的四合小院到西城区太平桥大街的 4 号 9 层，东西两地虽然相隔不是很远，但中间的坎坎坷坷、跌宕波折却远非人们想象的那么简单。这中间充满着历届党和国家领导人的亲切关怀，浸润着历届学会领导的无私奉献，饱含着历届学会工作人员的辛勤劳动。还有海内外诗人词家、专家学者、数千万诗词爱好者以及社会各界有识之士对中华诗词学会的关注和支持。正是由于大家的同心协力，众志成城，才有了中华诗词学会现在的发展态势，才有了中华诗词事业又一个春天的到来。

习近平总书记 2013 年 3 月在中央党校 80 周年校庆时的讲话中明确指出："中国传统文化博大精深，学习和掌握其中的各种思想精华，

对树立正确的世界观、人生观、价值观很有益处。学史可以看成败、鉴得失、知兴替；学诗可以情飞扬、志高昂、人灵秀；学伦理可以知廉耻、懂荣辱、辨是非。""诗为六艺之首。""不学诗，无以言。"千年古训至今犹在耳边回荡。传统诗词是中华民族优秀文化的代表，是中国历史长河中最耀眼的明珠。多少年来，它虽然历经磨难，历尽风霜，但依然精光四射，灿烂无比。中华诗词自古以来就孕育着我们的精神、陶冶着我们的情操、塑造着我们的灵魂。在中华民族全面实现"中国梦"的伟大进程中，重视诗词的认识、教化、娱乐、讽喻和审美功能，充分展示传统诗词在现实生活当中的作用和意义，让中华诗词真正走向大众、深入生活、服务时代，成为中华民族生生不息的精神血液和文化基因，是中华诗词学会今后不断地努力实践与认真总结的重点工作。

中华民族是诗歌的民族，中国自古就有着诗国之美誉。创作诗词、整理文献是中华诗国千年不变的传统。周代就有采诗制度。班固说："孟春之月，群居者将散，行人振木铎徇于路以采诗。献之太师，比其音律，以闻于天子。"（《汉书·食货志》）这里所说的行人，指的是天子派出的使者，负责采集各地的歌谣。《汉书·艺文志》亦称："故古有采诗之官，王者所观风俗，知得失，自考正也。"这就是我们常说的"王官采诗"。到了秦汉时期，国家成立了专门的音乐文学机构——乐府。乐府除了创作诗文歌词、谱曲演奏以外，很重要的一项工作就是整理乐工创作的诗词音乐作品和收集民间原生态的民歌民谣并逐步完善汇编成册。

中华诗词学会成立已经 30 周年了，30 年的风雨征程见证了当今社会发展的突飞猛进，也见证了中华诗词事业从复苏、复兴到逐步繁荣的整个过程。用大事记的形式整理记录中华诗词学会成立 30 年来的一系列重大事件、重要文献和主要工作，是非常必要的。整理大事记，保存一份完整的历史资料，全面系统地展示中华诗词学会 30 年来的发展过程，记录中华诗词学会的历史变迁，不仅让后人对中华诗词学会能有一个全面深入的了解，而且对于中华诗词学会回顾走过的道路、认真总结经验、迈出新的前进步伐，也有着重要的历史意义。

大事记从 1983 年中华诗词学会最初的缘起开始撰写，一直到 2016 年。时间跨度为整整 34 年。其中有党和国家领导人的题词、讲话、贺信，有历任会长简介，有中华诗词学会历届领导成员名单，有历届中华诗词研讨会的内容介绍，还有 1987 年中华诗词学会成立时的详细资料；有 1988 年《中华诗词年鉴》首卷的出版纪要，有 1991 年首届夏承焘词学奖颁奖大会的记录，有 1994 年《中华诗词》杂志创刊的情况记录；也有中华诗词终身成就奖、历届华夏诗词奖和历届中华诗词学会主办的诗词大奖赛以及历届中华诗词吟唱会、诗会的情况记录等等。可谓资料翔实，弥足珍贵。透过历史的尘埃，再来回忆往日的点点滴滴，我们会觉得前人的不易和艰辛，也会觉得历史的厚重和永恒。

同样，30 年来，中华诗词理论的研讨和发展也取得了长足的进步。诗词理论体系的构建和打造对于把握诗词方向、引导诗词潮流、梳理诗词流派、指导诗词创作、总结诗词经验、探寻诗词规律、开展诗词鉴赏、批评、考证等各项工作都有着极其重要的现实意义。它为诗词的创作、传播、普及和研究提供了坚实的理论基础。

30 年来，主体理论不断强化，创新研究不断深化。这次学会编辑出版的《三十年论文集》里既收录有马凯同志的《再谈格律诗的求正容变》，也有周谷城老的《论诗的重要性》；既有孙轶青老的《开创社会主义时代诗词新纪元》，也有霍松林老的《总结经验，发扬优秀传统》等专论。该论文集分为 6 个部分，分别是"综合论述""诗词的继承与创新""毛泽东诗词研究""诗词创作与精品战略""诗词流派与边塞诗""诗词普及与诗教"等。每个栏目都有重点作者和重点文章。该论文集中既有老一辈诗人词家和文艺理论家的诗论作品，也有中青年实力派和后起之秀的诗论力作。可以说该论文集基本上反映了中华诗词学会成立 30 周年以来的诗词研究成果。《三十年论文集》

的问世也集中展示了老中青诗词理论工作者的研究风采，起到了联系纽带和沟通桥梁的作用，它的出版丰富和充实了中华诗词理论文库，进一步推进了诗词理论的研究和发展，使中华诗词的百花园更加艳丽多彩。

诗词创作是诗人的生命线，是中华诗词学会的重心所在，也是中华诗词事业赖以发展的源头活水。历届学会领导都要求广大诗人词家写出精品力作，写出传世名篇。学会一直把打造诗词精品工程作为重中之重，作为学会的头等大事来抓。《中华诗词》杂志是中华诗词学会创办的海内外发行量最大的专业刊物。多年来她为海内外的诗词读者奉献了大量形象生动、意境优美、思想深刻、语言凝练的优秀作品，为社会奉献了众多堪称传世经典的精神食粮。中华诗词学会也通过各种诗词大赛的举办，推出精品，鼓励创作，挖掘新人。事实证明，各种诗词大赛的成功举办，能极大地激发广大诗人词家的创作激情和创作灵感，每次大赛结束都能收获一大批优秀的诗词作品。这次《三十年诗词选》就是以 30 年来全国各大赛事获奖作品为基础编选的，同时也特别收录了一些其他有代表性的诗词。其中有领导人的，如马凯的《写在中华诗词学会第四次代表大会召开之际》等；也有老一辈诗人，如孙轶青的《晤远别老抗日战友》、霍松林的《写给孩子》、叶嘉莹的《水龙吟·秋日感怀》、刘征的《红豆曲并序》、李汝伦的《日本投降》等；还有中青年诗人的一批佳作。虽尚未臻群贤毕至、老少咸集之佳境，但也大体上反映了中华诗词学会成立30周年以来的创作水平和创作风貌。

这 3 种书籍的编辑出版，既是对中华诗词学会 30 年发展历史的回顾，也是对学会 30 年诗词创作和理论研究的梳理和归纳。我们不能说就是在书写历史，但对过去的 30 年做一个阶段性的总结，会让后人对学会 30 年来的发展历程有一个总的印象和判断。它为我们自己找到一面镜子，照出我们的得失、照出我们的优劣、照出我们的不足和希望；也可以为我们的未来找到一个定位、一个坐标，一个参照。以史为镜，观今鉴往。继承老一代诗坛前辈的优良传统，弘扬经典文化，推动诗词建设，是我们义不容辞的责任和义务，也是我们这一代人肩负的使命和荣耀。

在此，我代表中华诗词学会对参与 3 种书籍编辑出版的所有工作人员致以真诚的谢意！由于时间紧、任务重，由于资料的不够完备和编辑人员的水平所限，差错和遗漏在所难免，恳请读者朋友批评指正！

丁酉年春月

（本文为中华诗词学会《三十年大事记》《三十年论文选》《三十年诗词选》总序，3 书由中国文史出版社 2017 年出版）

以诗证史的不懈探求

2001 年 10 月，时代文艺出版社出版了《张福有诗词选》。事隔 16 年，《张福有诗词选续辑》也在时代文艺出版社出版。这 16 年间，福有组织"中华诗词论坛·关东诗阵"搞了 17 次采风，主编并出版了 27 本诗词集，却把出版自己的诗词放在后边，足见福有的情怀和境界。福有是中华诗词学会第二届和第三届的副会长，根据有关任职规定，第四届就做了中华诗词学会顾问。福有在任中华诗词学会副会长的 10 年中，倾心尽力地为诗友服务，在《呼唤》《海棠雅集》《蟹岛唱和》等多次全国性的诗词创作活动中，努力开展工作，推荐一半的作者和 2/3 的作品，成效显著，深得全国诗人的盛赞和好评。

培育和建设长白山诗词流派，坚持以诗证史，是福有多年来矢志不渝的一项工作。这也是吉林诗词现象的重要内容和标志。从 2005 年小年开始，张福有坚持领唱贺春诗。到 2016 年，已从乙酉到丙申，完整地支满一轮。共得全国 31 个省、市、区加港、澳、台地区和美国、新加坡等国，1400 多位诗人所和 4200 多首诗，经过精心选编，选出 2600 多首佳作，编辑出版了《春韵满神州》。这一盛况，前所未有。

以诗证史，是福有多年来致力颇多、建树颇大的一个领域。这对于东北包括吉林来说，具有特殊意义。福有同志勤于研究，经他考证，隋炀帝的《纪辽东》，定格、联章、配乐，而且配的是燕乐。燕乐是词的特征，宫乐是曲的特征。据此，福有认为《纪辽东》是词的源头之一。福有归纳、整理了《纪辽东》词谱，在 3 年多的时间里，全国的诗人创作《纪辽东》4000 多首，福有从中选出 1815 首，吉林人民出版社出版了《纪辽东》专辑。古往今来，少有一个词牌有这么多作品。福有同志努力探索，新创《一剪梅引》《海龙吟》等词牌，得词作 2000 多首。这是福有对发展繁荣中华诗词所做的一个突出贡献。

福有的第一本诗词集，吉林文史出版社 1993 年出版，收诗词曲 160 多首。第二本诗词集，时代文艺出版社 2001 年出版，收诗词曲 600 多首。这次收录到续辑中的，共有 2200 多首。福有是代表东北诗词家出任二、三届中华诗词学会副会长的，是国内诗词界包括东北诗词界公认的诗词活动家和诗界领袖。周笃文先生称赞张福有是"骆驼精神，殆罕其匹"，带出一支关东铁军。刘征先生在 20 年前就指出：福有"从政复游于艺，能诗能书能篆刻能摄影，大荒之新人也"。丁芒先生在 20 年前评价说：福有的"诗风有了明显变化，而且词及为数不多的曲，几乎面目一新，清新流畅，佳句迭出，所达到的境界使我惊异"。

福有这本续辑，包括了很多考古调查方面的诗词。近 15 年来，福有根据吉林省委的安排，主要负责东北史地重大问题研究，走遍东北 3 省扶余、高句丽、渤海国全部古墓群、古城和其他重要遗址，自觉地将文献研究与文物遗迹调查结合起来，有 30 多项考古新发现，填补了一些空白，纠正了一些误识误读。福有的这些重要发现和收获，基本都有诗词记录下来。这本身就是以诗证史的创造性实践。诗中有史，史中有诗。这是长白山诗词流派"质朴贞刚"风格的形成路径和一个显著特点。

福有的诗词，内容丰富，资料性强，在抒发性情、表达情感方面，还有很大的空间和余地。相信会在今后的创作实践中，不断改进和提高。

（《张福有诗词选续辑》，时代文艺出版社，2017 年）

山峻汉江邈　云横楚地宽

杨叔子先生，余久仰者也。

杨先生是机械工程领域的权威学者，是著名的高等教育家，是成就卓著的院士，也是遐迩闻名的诗人。尤其是先生担任华中理工大学（华中科技大学前身）校长期间，凡20余年致力于中华诗教工作的研究与推进，筚路蓝缕，呕心沥血，浇花育草，培土剪枝，赢得四海传颂。

先生幼承庭训，饱读诗书，"三余"坚持诗词写作近70年。虽然先生谦虚地将自己的诗词选集命名为《槛外诗词选》，但是读过这本《槛外诗词选》的读者包括我本人在内，都会有一个中肯的评价——杨先生并非诗词的"门外汉"，而且是久在"槛内"，造诣颇深。我注意到，先生的诗词对多种诗歌体裁做了积极探索，可谓异彩纷呈。其中涵盖了绝句、律诗和词以及古风，也有新诗和新古体。先生对新诗民族化、传统诗词现代化的尝试，尤其令人难忘。"山峻汉江邈，云横楚地宽"。请允许我用这两句拙诗来比拟先生开放的学术胸襟和宽阔的艺术视野。先生丰厚的科学、人文学养以及对中华诗词、中华诗教的高度热情与创造性的认识、主张，大都水乳交融于其热忱、清朗、劲健的诗词创作实践之中了。

先生的诗词选题丰富多彩，洋洋大观。无论是歌民族之兴、英模之魂、科技之光，还是抒山河之恋、即事之感、校园之美，或是记人生之旅、师友之谊、天伦之情及病中之吟，都燃烧着炽热的情感，洋溢着昂扬的精神，充满了生活的芬芳，寄托着高远的境界，雕刻着鲜明的时代印记。先生的纵情歌吟，为当代诗词的深脉长河注入了一股潺潺活水，也为当代诗词的美丽星空增添了一抹新的绚丽和光耀。

爱国主义、民族精神、家国情怀是杨叔子院士诗作的主旋律。书中相当数量的作品以与国运民生、社会发展相关的重大事件为题材，秉承《诗经》以来的现实主义和以杜甫为代表的诗史传统，以诗见证着中华民族的伟大复兴。先生为我国第一颗人造地球卫星上天欢呼："喜满春风今更告，炎黄此日访鸿濛！"为南水北调中线工程丹江水库竣工而歌："真如云梦真非梦，绿了神州日日新。"因游昭君墓而赞美沙漠新城、民族团结："春风醒莽野，朔漠涌新城。曲曲琵琶诉，弦弦骨肉情。"系念着迎春的中国梦："诗家彩写中国梦，驮并芳春日畔来。"关爱灾区同胞："千情万爱汇汶川，举国同舟破浪行。"以国家富强鼓舞自己病中康复："纵然微恙何须说，一派春光万里盈。"念念不忘告诫年青一代："如潮问号需求解，服务人民第一章！"

清代叶燮在《原诗》中指出：诗以"理、事、情"为表达内涵，总而持之以"气"；以"才、胆、识、力"为诗人内秉，并强调以识为先。杨叔子院士的不少作品不唯理，不唯情，经纬时事，神完气足，体现出综合理性、感性与价值思维的现代诗性智慧。从对领袖的由衷热爱"木叶萧萧举国哀，撕心噩耗咽长街""填海移山垂泪念，开天辟地感衷怀"，到"最美"人物之颂"纯真代代承传统，最美朝朝领世风。丑岂遮天徒蔽日，潮终涤垢永向东"！从凭吊革命先烈"三山誓覆身何惜，十指凭穿志不降。岁月砥磨光彩异，崖头俏立傲冰霜"到歌颂改革先锋"血盟手印三张契，义聚群情一座坟。时代先锋存处处，英雄岂独上岗村"。在"英模之颂"篇章中，多有这类以事迹为线索，以价值为导向，情理相融的佳作。

从传统说，风、雅、颂中，以"颂"最不易写好；在赋、比、兴中，以"赋"最为基本，且较难用好。以赋为颂的近体小诗满足宏大叙事、反映时代的需要，困难可知。杨叔子院士诗词中颇有些赋得较生动的时代、人生之颂。如《临江仙·洪水·精神·科技》："裂岸奔空呼啸过，洪峰巨浪重重。侵堤摧坝势汹汹。指标开纪录，直欲撼空濛。沧海横流撑砥柱，神州荆楚英雄。长城血肉傲天公，军民成铁壁，科技缚苍龙！"杨叔子院士作为杰出科学家、教育家而雅好诗词，其中长达半个多世纪的"科技之光"篇章，借赋颂艺术探索科技题材的创作，记录了当代中国巨大的科技进步。例如，颂深海深空双突破："巧手高科精对接，灵心妙技创深潜。龙宫气象真殊俗，玉殿烟霞别样新。"颂科学先驱："萧条寂寞称前觉，万岁千秋启后昆。泪湿衫襟瞻伟迹，为民尽瘁总怀仁。"颂科技强军、首艘航母入列："歌悲壮士周天撼，血染中华大业铭，幸赖长缨今在手，信朋安老与怀婴。"颂个人成长的大好机遇："科学春天好，欣欣万物苏"，"回眸伤浩劫，策马莫踟蹰"。赋科技，颂复兴，扬正气，励人心。从科学之真中，赋出了人文精神的美善光辉。在知识经济时代，科技是当代诗词不可或缺的题材，杨叔子先生的创新探索有一定的启示意义。

秋老偏宜沉郁气，春深尤惹浩茫思。在北京陟山门街的一间静室里阅读杨叔子先生的诗词稿样，心里颇不平静。有击节赞叹的冲动，也有壮怀激烈的共鸣。于先生诗词选集付梓之际，略赘数语如上，向先生贺，为先生寿，呼同好共赏。

谨为序。

2015 年 10 月 12 日

（《杨叔子槛外诗选》，高等教育出版社，2017 年）

黄河之都的吟诵

　　豪迈壮阔的万里黄河，是我们中华民族的母亲河，她孕育了伟大的中华文明，生生不息，历久弥新，在世界文明史上具有十分显赫的地位。她自青藏高原奔腾而下，浩荡东流，百折不回的气势，铸就了中华儿女博大的胸怀和坚忍不拔的品格，创造了灿烂的古代文明和当代辉煌的发展成就。黄河，是中华文明的摇篮，也是中华文明的象征。继承和弘扬中华民族优秀文化传统，也可以说即是传承、开发和发扬黄河文化精神，为中华民族实现百年强国梦，提供强大的文化动力。

　　砺山带河的西北重镇兰州，地处中国陆域中心、古丝绸之路的咽喉要道，是黄河唯一穿城而过的省会城市。她因河而生、因河而存、因河而盛。黄河是她悠久历史的见证，黄河文化就是兰州文化的灵魂和最突出的主体文化。自古以来，兰州以其险要的地理位置，成为历代兵家必争之地和古丝绸之路上的非常重要的交通枢纽。清初陕甘分治后，及至今日，兰州就始终是甘肃省政治、经济、文化中心及中国西北的中心城市。这里多民族共居，多宗教并存，各种文化相互激荡、交融互渗，铸就了兰州博大包容、多姿多彩的性格特征。千百年来，兰州以黄河为依托，充分展现"座中联六"的自然和社会地理位置优势，不断地开创自身文化的新境界，描绘出一幅幅浓墨重彩的历史画卷，留下了许多光辉灿烂的不朽篇章，成为黄河文化及中华文明光彩耀目的一页。新中国成立后，特别是改革开放以来，在新的历史起点上，兰州又聚集并迸发出巨大的能量，开始了天翻地覆的变化。如今，一个日新月异的兰州——黄河之都，又以崭新的姿容，向世人展现出她无穷的魅力。

随着中国"丝绸之路经济带"建设的战略构想和甘肃省华夏文明传承创新区建设的部署实施，兰州文化事业和文化产业的发展又迎来了新的历史机遇。研究、开发黄河文化，以黄河文化为统领，整合提升兰州文化旅游资源优势，探索文化与旅游相互促进、共同发展的契合点，提升兰州文化旅游的品位和层次，全方位宣传推介兰州特色文化，扩大兰州市的影响力和美誉度，树立兰州城市形象，打造以黄河文化为核心的兰州都市文化圈，是我们新的目标。正是为了顺应时代的呼声和需求，围绕这一新的目标，中华诗词学会、兰州市人民政府主办，甘肃省诗词学会、兰州历史文化研究开发领导小组承办，举行了全国"黄河之都"中华诗词楹联大赛。大赛征稿从 2012 年 4 月份开始，至 2013 年 3 月底截稿。经过认真评选，最后从所有来稿中共评选出 655 首（阕、副）作品，给予表彰奖励，并结集出版。

所有评选出来的这些作品，风格多样，内容充实，坚持弘扬时代主旋律，传递社会正能量，具有较高的思想和艺术水平。它们从不同的方面，用高度艺术化的手法，描写、歌颂了黄河源远流长、气势磅礴的雄姿，表现了博大精深、丰富多彩的黄河文化，展示了兰州瑰丽多姿的山水风光和底蕴厚重的人文历史，抒发了当代中华儿女热爱祖国、建设祖国的炽烈感情，也记录了当代人民群众开拓奋进的足迹，表达出了全市、全省人民富民强国的伟大梦想。这些诗、词、楹联代表了当代中华诗词的较高水平，对于提升"文化兰州"形象，创建兰州历史文化名城，促进兰州对外文化交流，必将发挥积极的作用。另外，为了比较全面地反映以黄河和黄河之都为题材的诗词作品，书中还精心选录了历代部分有关兰州及黄河的代表性诗词联赋，以期更好地满足广大读者了解兰州和兰州文化的需求，弘扬黄河文化精神。

"黄河之水天上来，奔流到海不复回。"得天独厚的自然资源，底蕴丰厚的人文精神，必将使兰州的文化发展充满不竭的活力，在新的历史机遇期，迎来新的辉煌！

（《黄河之都中华诗词楹联大赛获奖作品集》，中国文史出版社，2017 年）

石韫玉而山辉　水怀珠而川媚

　　雅风绵远，梦寻清韵。焕然诗国，老枝丰蔚。百般思缕，几番回味。中华诗词的美丽令人陶然，中华诗词的魅力令人沉醉。陆机《文赋》有言："石韫玉而山辉，水怀珠而川媚。"中华诗词恰如美玉和珍珠，能够使我们的人生世界变得更加明媚和鲜妍。叶嘉莹方家为玉明先生起别号"韫辉"，其中可谓大有深意焉。

　　子曰："小子何莫学夫诗？诗可以兴，可以观，可以群，可以怨。迩之事父，远之事君，多识于鸟兽草木之名。"夫子之言，流布颇广，影响深远。以我在中华诗词学会工作多年的体会来说，对"诗可以群"的观点感受尤其深刻。可以说，通过诗词这样一个特殊的精神纽带，使我有缘结识海内海外、社会各界才情兼美的众多师友。诗人院士王玉明先生，就是这众多师友中的一员。

　　虽然彼此际遇有别，术业各异，对先生专业领域的成就和相关知识了解甚少，互相之间在生活中的接触也不多，但是因为诗词的缘故，我和玉明先生又可谓神交多年。通过他的诗词作品，我对先生的内心世界有了更多的了解，对先生的艺术追求有了更深刻的印象。灯前展卷，静夜吟哦，跃动在他字里行间的那份珍贵的赤子之心，我认为尤其值得点赞。

　　玉明先生自述 1962 年春天在清华大学读书时尝试写格律诗，屈指算来，与诗词相伴已经超过半个世纪的风雨时光。先生曾亲身参加四五运动,在《天安门诗抄》留下动人的篇章。近年更得叶嘉莹方家指点,诗词作品缤纷绚烂,更臻新境。玉明先生能够在紧张的科研之余坚持诗词创作,科学与人文并重,流体密封与推词敲句齐行,悠然出入于文理之间,遨游于形象思维与逻辑思维的双重世界,且能做到相融相促、相激相进,殊为难得。这些诗词跨越时空,列阵而来,不仅是玉明先生本人的生活记录、情感抒发,还包括了他对于宇宙和人生的诗意的审美式把握,具有深刻的哲学思考意味。他对"纯洁、纯真"的重视,对真善美的追求,都是令人深切感动的。

人类生活并不只是求新,还需要传承优秀的传统文化;不只是追求物质生活的丰富和变化,更需要精神的持守。在精神层面,人类以往许多的文化和智慧都具有永恒的意义和价值,不会被时间切割,不会被空间阻隔,闪耀着道义和智慧的中华古典诗词文化即属此类。苍苍者天,悠悠者水,草木曼发,春风万里。源远流长、瑰丽灿烂的中华诗词,联系起一颗颗滚烫的心灵。薪火相传、发扬光大,为时代注入深情,为人民鼓呼歌唱!我相信,有生命力的诗作必定是从心底的清泉里流淌出来,与人民的感情、冷暖、命运紧密地联系在一起的。曾子有言:"士不可以不弘毅,任重而道远。"在玉明先生新书付梓之际,略赘数语如上,聊以志贺。

(王玉明著、叶嘉莹审阅点评《心如秋水水如天——韫辉诗词百首》,高等教育出版社,2017 年)

榆林诗词

　　《榆林历代诗词全集》经过7年的努力，终于告竣，听到这个消息，我十分高兴，同时翻阅了李涛同志寄来的部分作品，对这部书有了较多了解，对榆林诗词也有了不少感触。

　　陕西南北长达880多公里，是一个面积不算太大的省份，但却有着多种特色鲜明的地域文化，共同构成了陕西丰富多彩的历史文化内涵。关中平原，八百里秦川，中华文明的重要发祥地，深厚的周秦汉唐历史印痕；秦岭以南的秦巴山区，属长江流域，交织着中原文化、楚文化与巴蜀文化；陕北高原的榆林一带，与毛乌素沙地交接，是黄土高原与蒙古高原的过渡区，融合了草原文化、游牧文化。陕西各地的地理特征与历史文化积淀，形成了各地的文化性格乃至诗歌的精神风貌，如果说关中是沉郁厚重，陕南是秀美委婉，陕北特别是榆林则显得慷慨悲壮。当然这只是我个人的一点笼统印象，不一定准确。

　　古代榆林诗词，以反映边塞军旅生活的边塞诗为主。我读了这些诗词，对榆林在古代的战略地位有了更多的了解，也进一步加深了对这些诗词的认识。

　　边塞诗是以边疆地区汉族军民生活和自然风光为题材的诗。唐代是边塞诗发展的黄金时代，特别是盛唐，涌现出一批著名的边塞诗人与脍炙人口的作品。在唐代的边塞诗中，有不少与无定河有关的诗，其中两首影响很大，一首是晚唐诗人陈陶的《陇西行》："誓扫匈奴不顾身，五千貂锦丧胡尘。可怜无定河边骨，犹是春闺梦里人。"还有一首无名氏写的《杂诗》："无定河边暮角声，赫连台畔旅人情。函关归路千余里，一夕秋风白发生。"在中国文学史上浩瀚的边塞诗中，这两首都是难得的佳作。

无定河是黄河著名的一级支流，也是榆林最大的一条河流，其流域占到榆林全境面积的70%，可以说是榆林的母亲河。自古以来，无定河流域就是民族地域的接壤地带（直到今天都是蒙、回、汉的接壤地带）。从秦汉到宋、明，这里一直是中原汉族与北方游牧民族反复争夺的土地。匈奴、鲜卑、羌族、氐族等都曾在这里策马扬鞭。无定河的这种军事战略地位，成为兵家必争之地。无定河目睹了无数次战争，也见证了民族的融合。今天一提起无定河，人们就不由得想起"可怜无定河边骨，犹是春闺梦里人"这句诗，它穿越千年边塞烽火，其间渗透着的悲悯和凄美，仍能引起强烈共鸣，启人深思，这也使无定河在中国历史和文化中成为一个带有苍凉、厚重、悲壮意味的独特意象。

从榆林诗词中收录的杜甫的《塞芦子》，可以看到当年控制无定河谷的战略意义。汉代无定河谷曾是匈奴向南出击的主要通道。统万城建立后，此道更是联系统万城与长安之间的最近的道路。在统万城基础上建立的夏州，不仅防御来自正北方面的进攻，还要防御来自东面和西面的迂回。到唐代也是如此。安禄山起兵后，叛军史思明等合兵10万围攻太原，企图夺得太原后，长驱西进。唐肃宗驻地彭原（今甘肃宁县）、凤翔一带受到威胁。杜甫在诗中说："延州秦北户，关防犹可倚。焉得一万人，疾驱塞芦子？"表达了对此道的担忧，认为应迅速派兵扼守由太原西来的通道芦子关（在今安塞县西北），挡住安史叛军西犯。后人叹服杜甫的洞见，评此诗直如一篇奏议文："筹时条议，剀切敷陈。"（王嗣奭《杜臆》）虽然安禄山并未取此道南下，但后来的吐蕃则是一再由西向这里进攻。

榆林诗词中所收录的新民主主义革命时期的作品，特别是反映边区人民革命斗争的篇什，光彩夺目，尤有特色，被人称为"红诗"，此当以毛泽东同志的《沁园春·雪》为其代表。中华人民共和国成立以来，榆林诗词反映的内容更为宽广，塞上风光、名胜古迹、建设成就、人民生活等等，都成为吟诵的对象，涌现出一批批出色的作品。

我在读榆林历代诗词时，常常引起共鸣，我想大概是觉得自己对榆林还算是比较熟悉的缘故吧。我在陕西工作过多年，多次出差去榆林，每个县也都去过。记得第一次去榆林是 1985 年的秋季，陕西省人民政府在榆林召开全省植树造林表彰会，会议由常务副省长徐山林同志主持，我作为省委研究室副主任参与会议有关具体工作。那次跑了大半个榆林，感受深刻。几年前我还专程去了趟靖边县统万城，并在古遗址边住了一宿，白云山道观更是去过多次。读这些诗词，就有了一种别样的感情，脑海里不由得浮现出榆林的山水、人民，联想到这片土地不平凡的历史，也展望着它的美好前景。

《榆林历代诗词全集》无疑是很有意义、很有价值的一部书，它既是有关榆林地区诗歌发展史的一个勾勒，也是榆林历史文化史的一种叙说。诗歌的形象性使得悠远的榆林历史文化有了更多生动、丰富的细节，也为榆林增添了无穷的魅力。

《榆林历代诗词全集》是由榆林诗词学会编纂的。这对我很有启发，看到作为社会团体的诗词学会，能够不断地放宽视野、开阔思路，为社会做更多的事情，这是应该肯定的。特别值得称道的是，榆林诗词学会抓了这个项目后，就全力以赴，坚持 7 年，努力不辍，终于圆满地完成了任务。例如，他们在大力查阅、搜集历代诗词作品的同时，重视当代作品的征集，但是当代作品比较少，怎么办？为此便面向全国征稿，并举办了"咏榆林诗词大奖赛"，仅此收到 1500 余件作品，最后通过多方努力，共收集古今作品万余件。他们也不是简单的收集，还组织专人认真地编排、进行注释等，做了大量的组织、协调、督促工作。而这些工作，不仅费心，而且费力，需要全身心的付出。当然，还应该感谢榆林诗词学会会长李涛同志，他是中华诗词学会常务理事，在他的领导下，榆林诗词学会的工作不仅活跃，而且干了一些大事、实事，包括这部大型系列诗卷的编纂，产生了很好影响。

　　《榆林历代诗词全集》即将付梓，李涛同志嘱我作序，遂写了上面一些文字，主要是我的感想，也希望能与大家交流。

（《榆林历代诗词全集》，陕西人民出版社，2017 年）

黄河扬波浪叠浪

　　原平市中华散曲之乡授牌仪式的热烈气氛还没有散去，又传来黄河散曲社编辑的"当代散曲丛书"即将付印的消息，对此，我表示诚挚的祝贺。丛书一次性推出了以李旦初、张四喜、李玉平、原振华等为首的山西16位曲友的10本散曲集，这无疑又走在了全国散曲前列，据悉这是山西散曲的第八个全国第一。粗略浏览这套丛书，其内容之丰富、题材之广泛，真可谓生机盎然，繁花似锦。更重要的是这些作品既有散曲当行本色，以俗为尚，穷形尽相，又与时代紧密结合，散发着质朴畅爽的晋风晋韵。

　　唱响主旋律，发挥正能量是丛书最可贵的特点。翻开丛书，社会发展，英雄人物，大好山川，时代精神，自不必说。就老百姓关注的热点而言，如《【南吕·一枝花】敲山震虎并序》（嘤鸣斋散曲），反映了老百姓对贪官污吏的痛恨，《【南吕·一枝花】咏焦裕禄》（青衫斋散曲）写了对人民公仆的敬爱。此外如《【中吕·朝天子】神九飞天》尽显对社会发展的讴歌。这些重大题材，都能感受到一种昂扬的精神和气场透入我们的襟怀，从中感受到的是曲家们的主旋律意识。无论是大学教授，还是草根农民，他们都以饱满的热情弘扬真善美，以生花的妙笔突出主旋律，进而唤起读者对世界、对人生、对社会的热爱。在元曲避世、隐逸、闲适的基调上，山西曲家们对散曲进行了文学精神基底的大逆转，勇于打出弘扬主旋律的旗帜，发挥出了文学正能量的功能。

继承传统体式，创新表现内容是"当代散曲丛书"作品创作上的探索。"运用元散曲的传统体式说现代的事儿"是在当代散曲创作上的探索。散曲体式有小令、带过曲、套曲，写作手法有对仗、排比、铺陈等。散曲字数不限，篇幅不限，形式是为内容服务的，在散曲创作中，可以根据题材内容自由选用恰当的形式结构，选用相应的曲谱、韵脚。散曲这一特点令唐诗、宋词等文学形式望尘莫及。而元曲则相当于今天的流行歌曲的演唱，更多运用活的语言，更直接表露思想情绪，与社会生活更贴近，是一种特别适合反映社会现实、反映时代精神的文体。"说现代的事儿"，就要把握时代脉搏，当代人写当代事，当代人用当代人的表现手法和语言艺术，反映当代事件，抒发当代人的情感，始终是任何一种文学作品的主流。山西曲人善于从生活的某一个点切入，来展现或大或小的主题，让个人感情与时代脉搏相容，让读者不仅有直观的真切感，又能留下广阔的思考、想象空间。

老中青曲人相互映照，搭起了散曲发展的台阶。历史上，山西散曲之所以出现发展和繁荣，很重要的一个原因是作家群效应。一方水土养一方人，这片包蕴历史文化的土壤，在新的历史时期养育出了新的曲家和曲人。丛书显示出当代山西已形成了以李旦初为首的散曲作家群，不仅有一大批卓有成就的老曲家和创作旺盛的中年实力派曲家，还有一大批锋芒初露的写曲新手，老中青结合，组成了颇为壮观的作者阵容，搭起了散曲发展的台阶。老一辈的曲家旦初先生，散曲作品两度获华夏诗词奖，虽年过八旬，仍激情盈怀，宝刀不老，时有新作问世。旦初先生诗德高尚，诲人不倦，培育了山西散曲的万紫千红，扶持了山西散曲作家群的快速成长。尤其4位70后的作者，更是逐浪而上，作品迭出，活跃在当今曲坛，这是散曲文化传承发展的希望所在。

笔墨凝香，丛书在一定程度上继承了元曲作家的人文精神，做到了丰富和厚重、优美和通俗，更从另一个侧面显示了当代山西曲人弘扬传统文化所做的努力。我相信这套丛书的出版，必将对山西乃至全国的散曲创作产生有力的推动作用。我期待黄河散曲社在中华文化大发展的浪潮中，奋力前行。是为序。

　　（山西黄河散曲社编"当代散曲丛书"，线装书局，2017 年。本文曾载于《太原日报》2017 年 7 月 26 日）

海雨天风扑面来

　　海天风的诗词典雅鲜活，大气厚重。有境界，有韵致，有情趣，有巧思，恰似"珠错樱桃红欲醉，露滋梅李绿初鲜"，风光无限，回味无穷。静夜展卷灯前，一读再读，本已不忍释手。再加上陕西的情分，则更令我心热眼热，又平添了一番亲切的感慨。正所谓"品诗如识面，同慨认知音"。虽然南船北马，东奔西忙，但是诗神缪斯的纽带总能把爱诗的心灵紧紧地联系在一起。

　　近年来，传统诗词的兴起，已成为中华传统文化复兴的一项标志。一方面，主流媒体以普及为主的形式，传诵古代的经典之作；另一方面，上百万的传统诗词爱好者，孜孜不倦地进行创作，或交流于朋友圈，或发表于网络论坛和传统平媒。这种趋势的形成，一是随着国力日益增长，民族文化自信的恢复；二是得益于互联网和微信的普及。现在一首新作的传播，只在手指轻轻点击之间。而在古代，题于长亭、楼观或寺庙的一首诗词，流传开来又要多长时间呢？

　　《海雨天风总入怀》作者海天风，原名高友群，曾是北京到延安地区插队的老三届知青，后到《陕西日报》当编辑和记者，并在中国人民大学完成了新闻专业的学习，再调入陕西省委做秘书工作。那时我在陕西省委研究室工作，我们之间有过来往，他的儒雅好学给我留下深刻的印象，但在文学创作方面却还未进行更多的交流。海南建省后，他又调到海南省政府经济部门任职，参与了特区的开发和建设。尽管他的工作几经转换，但读书和笔耕始终是一种生活习惯。在陕西时，他常有文艺作品发表于报刊。历史小说《姑苏残云》在《花城》发表后，转载于当年的《小说月报》，香港《文汇报》进行了连载。现在他退休后致力于研究诗学，勤于创作，除在《诗刊·子曰》《诗潮》《燕赵文学》《诗国》等平面媒体发表诗词作品，陆续有诗作获奖和收入各种合集，还活跃于网络的诗词论坛。

正是作者的丰富经历，加之勤学不懈的努力，乃有呈现于我们面前的此卷选集。它体现了作者对传统诗词如何反映现实生活，如何学习和继承先贤的馀绪，如何创造当代诗词的积极探索。

读海天风的诗词，觉得总体有如下3个特点。

一、取材广泛，拓展新意

"劝君莫蹈宋辞章，婉约朦胧费考量。"（本集《漫成二首》其一）我读过某些当代作者的诗词，从文字与技巧而言，应说比较圆熟。但无论从题材到情感，都是陈陈相因，说为古人之作亦可。海天风的作品有取材广泛的特点，古今中外、天上人间，有的题材是前人从未或无法涉及的。如太阳系和地球的形成（《望星空》），微信、人工智能和科幻小说等。这就贴近了传统诗词与当代生活的距离。但仅以求新为满足，也易失之肤浅。作者在表现这些新题材时，同时也传达了当代的环保意识、核武威慑下的和平呼吁以及对人类在宇宙中的定位思考等。这样，从题材到思想皆有别于前人之作，对开拓传统诗词的表现范围起到了推动作用。

二、以学载诗，厚积薄发

"我欲取架列万卷，芸香古木对鸡窗。"（本集《古船木家具歌》）从作品来看，作者在历史和中国书画研究方面做过不少功课。书中涉及历史的作品有20多首，或直叙本事，或述评结合，或借史警今；还有不拘泥于一朝一代的得失成败，从通史中概括提炼具有普遍意义的经验教训（本集《咏史》4首）。古风《四十韵黄公望富春山居图歌》中对浅绛山水和"南宗"的描写，词《千秋岁》序对唐寅、仇英的论及，都体现了作者在艺术鉴评上的学识储备。诗之沉郁厚实，情感为一方面，诗里包含的知识容量同样重要。严羽在《沧浪诗话》中说："诗有别材，非关书也。"如离开当时"以议论为诗""以才学为诗"的宋诗环境理解，则会否定多读书对于诗词创作的作用。当今不少人的诗词，读一两首或有巧思佳句，但看多篇后，浅薄的毛病就暴露无遗。除了其他因素，学识不足是重要原因。

三、学习古典，推陈出新

"微言存大义，汨水是精魂。"（本集《吟者八首》）作者诗歌所承袭的前贤源流，应主要包括屈原、杜甫和李商隐。在《读刘慈欣〈三体〉歌》中，屈原的《天问》就是全篇的发端。那些针砭时弊的诗，是杜甫精神的延续，如《海天盛宴七绝句》《大师》《无人幽宅》等。律绝中的工致密丽者，则是汲取了李商隐的养分。部分古风，受白居易的影响明显。作者的继承并非亦步亦趋的模仿，而是得鱼忘筌，以旧瓶装新酒。要创造当代的传统诗词，认真学习古典的精髓，犹如书法临帖般地重要。学习古典，并非机械地背诵或改头换面地抄袭，而是要从中细细体会何为诗词精神，何为诗词气质，何为诗词境界，何为诗词语言。融会贯通，古为今用，才可能为后人留下当代的诗词佳篇。

海天风诗词来自对生活的真切感悟，来自对社会的深入思考，其中充盈的悲悯情怀，尤其令人感动。我愿意全文引述他的《北漂群租族歌》："长安居不易，青春为梦想。抛家百千里，身入群租党。着装亦光鲜，所归非穷巷。入门即架床，百平十余框。对号梦蝴蝶，薄板隔鸳鸯。如厕必排队，洗漱每仓皇。鼾声若雷霆，呓语是乡腔。牛女忘情处，辗转孤身郎。幸赖微信递，亲友可相望。闯荡江湖日，惟愿老安康。凤城金玉聚，物华真琳琅。香车出东第，琼楼集富商。儿女蓬蒿族，无本拼爹娘。拜金新世代，笑贫谁笑娼？竞争大潮里，求存唯自强。蚁居非苦事，斗志犹高昂。夙兴如马奔，地铁公交旁。一饼聊充饥，抖擞杀职场。"这首诗朴素真挚，能够感受到老杜的沾溉，也洋溢着浓郁的当代忧患意识。诗人观察入微，宅心仁厚，字里行间寄寓着深深的同情和关切，回响着陈子昂"忧济在元元"的遥远感叹。这样的作品是带着重量的，也是带着温度的。

"文有缘，诗有缘。"中华诗词之河浩浩汤汤，绵绵不绝。正如海天风在《沁园春》词中所言："继灵均肝胆，苏辛绝唱，渊明风骨，李杜雄篇。远望登楼，凌霄龙举，莫舞浮名钓誉前。长吟罢，看泥沙淘尽，万古高天。"相信我们中华诗词的明天一定更加美好，也相信我们的诗人海天风还会写出更多唤起共鸣的佳章美什。诗心常在，诗人不老！

（《**海雨天风总入怀**》，陕西人民出版社，2018 年）

推荐《中华诗词读本》

　　《尚书·尧典》曾载："诗言志，歌咏言，声依咏，律和声。"数千年来，诗词一直作为中华民族言志抒怀、表情达意的主要载体，在中华传统文化的大河里汹涌澎湃、奔腾不息。从《诗经》《楚辞》到汉乐府民歌，再到唐诗、宋词、元曲，千年经典，源远流长。从屈原、曹操、陶潜、谢朓到李白、杜甫、苏轼、关汉卿，历代诗星，光耀九州。白云苍狗，沧海桑田。透过历史的尘埃，传统诗词虽然历经浩劫，但它百折不挠，顽强生长，在新时代复兴崛起，更加鲜活地展现在世人面前。习近平同志说过："我很不赞成把古代经典诗词和散文从课本中去掉，'去中国化'是很悲哀的。应该把这些经典嵌在学生脑子里，成为中华民族文化的基因。"正如他所说的那样，诗词是中华民族的文化基因，诗词早已成为中华优秀传统文化最重要的组成部分。它承载着陶冶情操、塑造品格、净化心灵、丰厚学养的重要功能。直到今天，中华诗词依然是亿万百姓最津津乐道且喜闻乐见的文学形式。

　　江苏自古以来文风兴盛，诗人词家辈出，诗歌遗产丰富。近10多年来，诗词事业发展迅速，诗词之花遍地开放，诗教工作走在全国前列，江苏省诗词协会为此做出了极大努力。近日，江苏省诗词协会会长凌启鸿先生以新编《中华诗词读本》见示，并嘱为序。

　　翻开厚重的诗词选，一股浓郁的墨香诗韵便扑面而来。细读之下，整个人就不由自主深深地沉浸在字里行间了。全书以弘扬和践行社会主义核心价值观为指导，以落实江苏省委宣传部关于提高诗教"六进"水平，编选中华诗词系列读本的要求，组织有关专家学者，反复筛选，精心注释，历时两年之久，终于在 2017 年初完稿并交付出版社刊行。

综观全书，强调思想性是本书的重要特点。编者在浩如烟海的史册典籍之中，以沙里淘金的眼光、一丝不苟的精神，百里挑一，好中选优，选录了 300 首经典作品，作为本书的基本内容。这些诗词大多具有崇德尚美、贬恶扬善的教化功能，有着强烈的爱国主义精神和浓重的家国情怀。根据作品内容的不同，全书分为：爱国报国、忧民爱民、为政清廉、修身励志、思想修养、劝学勉行、勤劳节俭、友善和谐等八大类。每类又分为若干小项，可谓纲目分明，条理清晰。内容涉及社会的各个层面，大到爱国壮举，小到个人修为等都有所涉及。比如写忧国情怀的有辛弃疾《永遇乐·京口北固亭怀古》、林则徐《赴戍登程口占示家人二首》、鲁迅《自题小像》等。歌颂英雄正气的有王昌龄《从军行（其四）》、岳飞《满江红》、文天祥《过零丁洋》等。鼓励读书求知的有苏轼《和董传留别》、朱熹《劝学》和文嘉《昨日歌》《今日歌》《明日歌》。赞美人间真情的有孟郊《游子吟》、王维《九月九日忆山东兄弟》、秦观《鹊桥仙·七夕》等。洋洋洒洒，不一而足。但皆有所指，有所悟，爱憎分明，一身正气。东坡尝云："诗须有为而作。"山谷亦云："诗文惟不造空强作，待境而生，便自工尔。"信然！

编者在选择诗词作品时，还注意到了历史史实和当今社会的结合；注意到了作品的思想内容和现实生活的结合，注意到了传统经典和当代文明的结合。所以一些革命领袖诗词作品的入选，就成了本书的一大亮点。比如：毛泽东《七律·登庐山》《沁园春·雪》《西江月·秋收起义》，周恩来《无题》，朱德《出太行》，瞿秋白《卜算子·咏梅》，陈毅《梅岭三章》《卫岗初战》，恽代英《狱中诗》，夏明翰《就义诗》，叶剑英《八十书怀》，谢觉哉《透视心脏肠胃》等。这些老一辈无产阶级革命家的作品，为本书注入了强烈的时代特征和现实意义。尤其是气势磅礴、境界开阔的毛泽东诗词更是革命英雄主义和浪漫主义相结合的光辉典范，也是中国共产党几十年革命征程的艺术展现。"诗乃人之行略，人高则诗亦高，人俗则诗亦俗。一字不可掩饰，见其诗如见其人。"（清·徐增《而奄诗话》）故学习领袖们的经典作品，重温历史的精彩瞬间，感受他们的深刻思想，对于当下的我们仍然具有无法替代的历史意义和深远影响。这些闪耀着智慧光芒的作品也必将成为我们实现中国梦的精神力量和人格源泉。

在强调思想性的同时，融艺术性与知识性于一炉是本书的又一特点。中华诗词之所以能够传唱千年而不衰，很重要的一个原因是它语言优美，风格典雅，抑扬顿挫，韵味悠长。它能够给读者以强烈的审美视觉和动人的音韵美感。比如："山重水复疑无路，柳暗花明又一村"（陆游《游山西村》）、"小荷才露尖尖角，早有蜻蜓立上头"（杨万里《小池》）、"昨夜西风凋碧树，独上高楼，望尽天涯路"（晏殊《蝶恋花》）等等，读来皆圆满温润，清心怡神，真有不忍释卷之感。又如："别裁伪体亲风雅，转益多师是吾师"（杜甫《戏为六绝句之六》）、"踏破铁鞋无觅处，得来全不费工夫"（夏元鼎《绝句》）、"不相菲薄不相师，公道持论我最知"（袁枚《论书绝句》）等，又能使人从中感受到哲理的启迪，让人感知事物发展的客观规律和普遍意义。读诗给人智慧、令人达观通透；读诗使人明理，教人好学多思。

书中所选传统诗词作品的精神内核足以渗透到个人成长的每一个节点，触及社会生活的每一个细微处。如果常读此书，相信它会给人们带来许多新的不一样的感受。"好书不厌百回读""好书常读意常新"。一首好诗可以砥砺精神、催人奋进，一首好诗可以治病救人、惩前毖后。好诗佳句使人终生受益。习总书记在党的十九大报告中指出：优秀的中华传统文化是社会主义核心价值观的源头，践行社会主义核心价值观就要弘扬优秀的中华传统文化。本书的出版无疑是彰显中华优秀传统文化的有力举措，也是江苏省诗词协会推进诗教"六进"

工程的具体实践。本书的问世也必将为丰富人们业余生活、提高人们艺术修养起到积极的促进作用。佳句入心，可涤万般腐恶；好书在手，尽揽千载风骚。我为此书的出版深感欣喜和快慰！谨致斯文，权以为序。

（《中华诗词读本》，江苏凤凰美术出版社，2018 年）

中华诗词应为更多的艺术形式立言

　　法国文学批评家圣伯夫曾说："最伟大的诗人并不是创作得最好的诗人，而是启发得最多的诗人。"实际上，这句话也适用于其他艺术形式，所有伟大的艺术均是启发的艺术。

　　无论是诗歌还是雕塑，抑或是书法、绘画等其他艺术形式，同样需要给欣赏者制造出想象与再创作的空间，也就是能够提供从作品本身演变为新的作品的灵感源泉，才能称之为优秀的作品。

　　这本《文脉千年》即是一个很好的印证。诗人们的灵感来源是吴为山先生一系列以中华文化名人为题材的写意雕塑作品，诗词内容取材不但包括文化名人本身所承载着的历史价值与精神涵养，还涵括现实雕塑作品中所倾注的雕塑家的理念和态度。在此基础上，诗人再以其特别的审美视角、灵动情思，用语言艺术化雕塑为诗歌，努力提升中华文化名人的社会感召力和影响力。

　　诗词是一种语言艺术，可以说是传播美学的最好的途径。其他所有的艺术形式均可以通过诗意的语言予以记录、表达和传递。这本书把写意雕塑与中国传统诗词艺术紧密结合，有助于文艺相长，相得益彰。

　　这样的表现形式作为中国博大精深的优秀传统文化的融合与发展，不但是对万变不离其宗的中国传统美学的发扬光大，更是对新时代文化艺术形式的创新与开拓，值得大力倡导。

　　中华诗词不仅可以与雕塑艺术相结合，还可以与书法、绘画、音乐、舞蹈,甚至是建筑、美食、服装、器具等更多的中国传统艺术形式相结合,为更多的艺术形式立言。衷心希望此书的出版可以为社会文艺创新提供借鉴,让古典诗词成为新时代文化的富有生机和活力的传播载体。

是为序。

2018 年 1 月 17 日

[《文脉千年——题咏吴为山写意雕塑(一)》,人民出版社,2018 年]

一个努力前进的诗社

晋北小城忻州，古称秀容，这里山川俊秀，人杰地灵。写出"问世间，情为何物，直教生死相许"这一千古绝唱的金元大诗人元好问即诞生于此。元曲四大家之一的白朴、大诗人萨都剌，都是这块土地上孕育出来的一代巨星。风云激荡，世事沧桑，时至今日，忻州依旧文风不减，诗家竞秀，近年来崛起的"秀容诗社"就格外引人注目。

秀容诗社成立于 2011 年春。它由退休老同志为骨干，联络社会各界诗词爱好者组成。他们中既有曾主政一方的县、局级官员，也有长期埋头文案的杂志、电视主编，还有宣传文化部门干部、老教师、自由职业者、下岗职工，以及忻州师院师生等，长年坚持活动的有 30 余人。

成立诗社容易，但要有活动并且能坚持下去，就不容易了。秀容诗社做到了这一点。诗社活动以自学为主，每星期一碰头一次，互相交流，雷打不动。忻州师院提供方便，有固定活动地点，大家把自己的诗词作品写在黑板上，指指点点，反复切磋，共同提高；有争论的问题，请学有专长者辅导讲解。有时也办小型讲座，或请专家，或围绕主题自己讲，人人讲，充分讨论，帮助提高。

我认为这些活动很重要。因为诗社成员多是退下来的老同志，他们普遍有着丰富的阅历以及对社会现实的深切认识，更有强烈的责任感和使命感，有对诗词创作的热情，这是优势；但存在的问题也是共同的，即原来都不是专业诗人，有的甚至没有写过一首诗，程度不同地缺乏有关诗词的知识，有些还需要加强文史知识的学习，而这又不可能一蹴而就，需要一个过程，需要时间，需要积累。多年来，从逻辑思维向形象思维转变，从不懂音韵到逐渐掌握直到比较顺利地写作，许多人付出了艰辛的努力，诗社的水平也有了较大提高。

《秀容诗社古体诗词选》可以说是秀容诗社的一次实力展现。入选诗作1000余首，作者30余位，洋洋洒洒，蔚为大观。这些作品大多能贴近现实，关注民生，亦重视艺术性的追求，虽然水平上也参差不等，但总体上看，是一个反映忻州诗词新成果的好集子。

放眼神州，中华诗词事业正蒸蒸日上，生机无限。希望秀容诗社今后在诗词艺术追求上，继续努力，再下功夫，日积月累，不断提高，以期在未来的诗词创作上能有新的突破和提高，为繁荣诗词事业、弘扬经典文化做出应有的贡献。

郑欣淼

丁酉冬至后三日于京华

（《秀容诗社古体诗词选》，燕山出版社，2018年）

依依再续人世情

　　承蒙诸位同人及广大曲友的热情参与与襄助，"人世情散曲丛书"前4辑（《故乡情》《山水情》《父母情》《校园情》）已顺利出版发行，周览之余，不胜欣慰。大家自然也都看到，从写稿的人数和作品质量来看，都已超出预期。在这几辑中，有全国20多个省市数百个县的曲友踊跃投稿，大家纷纷打开记忆与情感的尘封，面对阳光，敞开心扉，以人性为本，以才情为墨，从不同角度，以不同感受，尽将源于心底而终生难以忘怀的凡情衷愫凝于笔端。从而将一篇篇生动感人的文字萃聚成册，以与读者共同分享这些纯挚而温馨的情感，一起领受和体悟真善美，培养博爱之心，进而热爱生活，珍惜人生。

　　由于许多题材的散曲在情感表达方面的率性与显豁、幽默与诙谐，因此，这一文学样式已越来越受到许多古典文学爱好者的情有独钟，或使一些人走出偏见，而对其重新审视。从这4辑丛书所反映的艺术效果来看，虽说作品的质量高下不一，对曲语的运用有些也并非那么娴熟，但大家对散曲的喜爱与执着却是显而易见的。之所以有了这些令人鼓舞与振奋的变化，正是由于近年来从上到下对传统文化，尤其是对散曲特加重视、提倡和引导的结果。仅仅在过去的一年里，国内各地有关散曲的重大活动就接连不断，这些都为散曲的复壮与繁荣起到了有力的助推作用。

　　我们高兴地看到，自中华诗词学会在2015年上半年成立散曲工作委员会以来，各地散曲的作者队伍明显扩大，散曲作品大幅增加。2017年伊始，中华诗词学会就做出了《关于在全国诗教工作中开展中华散曲之乡创建活动的决定》，而这个决定则是应一些散曲创作特别活跃的省市基层组织的要求，又经过实地考察才决定的。两年来的实践表明，这项具有重大文化意义的活动正有力地推动着散曲创作与推广的进程。

2017年3月12日，中华诗词学会散曲工作委员会第一次全体委员会在西安召开。我和中华诗词学会顾问、中共陕西省委原书记张勃兴同志以及各地委员、代表40余人出席。会议特别强调，创建"中华散曲之乡"和创建"中华诗词之乡"同等地位、同样重要。经过会议充分讨论，通过了中华诗词学会散曲工作委员会《关于确定并授予"散曲文化教育基地"的暂行办法》和《关于确定并授予"中华散曲创作基地"的暂行办法》。其中"散曲文化教育基地"在后来的实践中接受各地散曲组织的意见，更名为"中华曲文化教育基地"。会议期间，我曾接受华商报记者专访，于是有了那段话："唐诗、宋词、元曲构成了我国诗歌史与文学史上的三座高峰，三者一脉相承，鼎足而立、不可偏废。只有都发展了，才能实现完整意义上的传统诗歌复兴。"

2017年4月21日，山西省原平市"中华散曲之乡"授牌仪式在原平市举行。此举在全国诗词界引起了极大的轰动，标志着散曲再也不是诗和词的附属，而是和诗、词并峙的传统诗歌样式。各地因此纷纷开展创建"中华散曲之乡"的活动。一批省级的"散曲之乡"随之诞生，如陕西的潼关县、洛南县、澄城县，湖南的绥宁县等。根据散曲工委全会的安排，2017年我们先后授予陕西武功县康海墓园、潼关县岳渎景区，浙江长兴县臧懋循纪念馆、兰溪市芥子园、遂昌县汤显祖纪念馆，江西省高安县周德清纪念馆、汤显祖纪念馆、铅山县蒋士铨纪念馆"中华曲文化教育基地"称号，授予陕西澄城县"中华散曲创作基地"称号。这项工作受到了当地领导和群众的欢迎，也鼓舞了当地的散曲创作，潼关县和兰溪市都表示要努力创建"中华散曲之乡"。

2017年9月17日，由中华诗词学会散曲工作委员会、陕西省文学艺术界联合会、陕西省散曲学会联合举办的"张养浩、康海、王九思散曲作品研讨会暨第三届当代散曲创作学术论坛"在西安开幕。来自全国各地的代表共 80 余人出席了会议。与会的专家学者与散曲作者代表在讨论中，对张养浩、康海、王九思的散曲作品做了深入的分析，总结了他们的创作方法和经验；同时，也对当前散曲创作中存在的问题及如何真正实现散曲的复兴发表了各自的见解。就是在这次会议期间，由工委主管的散曲刊物《中华散曲》与大家见面。

散曲工委成立两年来，由于我们采取了包括选编"人世情散曲丛书"在内的种种措施，全国的散曲创作队伍不断扩大，从原来的两千人左右发展到五六千人。每一本"人世情散曲丛书"的分册出版，其作者队伍中都可以看到许多新的面孔。应广大曲友的要求，各地纷纷成立散曲组织。先是内蒙古、浙江两省区在诗词学会之下成立散曲社，再是贵州、湖北两省把原有的散曲组织升格到省诗词学会的二级组织，继山西原平市之后，湖南岳阳市、陕西蒲城县又相继成立了具有法人资格的组织。截至目前，全国这类正式的散曲组织已有 5 个，另外还有像湖南涟水、贵州罗甸、安徽宣州和阜阳、江西武宁、江西女子、黑龙江伊春等散曲社成立，有的是当地诗词组织的下属，有的是省级散曲组织的分社。有了组织就有了活动，总之形势是好的。

为了适应形势发展的要求，我们决定继续编"人世情散曲丛书"。第五辑《军旅情》由江西散曲社主持编选。军旅生活虽非所有人都经历过，但见证军人生活、军民情深以及长期在工作和学习中，接触、聆听、阅读军队纪实和军人风采，认知将士浴血疆场、保家卫国情怀，均每每激励着一代代人民群众。2017 年是中国人民解放军建军九十周年，用散曲来讴歌军队生活、军民情意，更显得极其必要。《军旅情》体裁广泛，内容涵盖面宽。既可写开国将帅的战斗事迹，又可写革命战争中具体战役的丰功伟绩，以及新中国成立后军队守边戍疆、救灾抢险、援外抗敌、航天巡海等等。

第六辑《爱恋情》再次由陕西省散曲学会主持选编。散曲的倡导者元好问说过："问世间，情为何物，直教生死相许？"这里的"情"指的就是恋情、爱情。足见恋情和爱情是人世间最重要的情感组成，因而《爱恋情》也应是"人世情散曲丛书"中不可或缺的一个分册。无论古今中外，爱情又是文学作品永恒的主题之一。古诗词中有大量描写爱情的作品，散曲也不例外。如元代姚燧的《【越调·凭阑人】寄征衣》："欲寄君衣君不还，不寄君衣君又寒。寄与不寄间，妾身千万难。"让我们用散曲这种题材描述一段自己的或者别人的爱情故事吧！

第七辑《民族情》由广西散曲学会主持选编。我国有 56 个民族。不同的民族在中华大地上创造了光辉灿烂的文化，它们在中华民族悠长的历史中不断为历史添辉，在中华壮丽的河山中不断为河山增彩，并在相互的学习包容中不断地繁荣发展，兄弟姐妹般的情谊也日益增长，涌现了数不清的相互间团结、支持、拼搏、奋进的人和事。这些人和事，都值得我们去学习和歌颂。作品可以描写我国各民族之间的手足情谊；也可以赞美少数民族的传统文化、民风民俗，以及聚集区的风光美景，借以抒发作者对少数民族的情意。

第八辑《手足情》由浙江省之江散曲社主持选编。人世间兄弟姐妹来源于同一血统，古人以"手足"形容其密不可分的关系，所谓手足情深就是喻指兄弟之间血肉相连的情分。《手足情》当然是"人世情散曲丛书"中不可或缺的一部分。古人用诗歌来描写手足情的作品俯拾皆是。王维有"遥知兄弟登高处，遍插茱萸少一人"，白居易有"感时思弟妹，不寐百忧生。万里经年别，孤灯此夜情"，王安石有"少年离别意非轻，老去相逢亦怆情"。今天，我们要用散曲来抒写自己的或者他人的手足深情。

愿我们的丛书越编越好，愿我们的散曲创作事业越来越红火。

2018 年 1 月

（《人世情散曲丛书》续编，从 2018 年开始陆续出版）

诗意地生活

　　胡德生同志告我，他与爱人宗凤英的诗词集已整理告竣，准备出版，嘱我作序，我很高兴地答应了。德生同志夫妇都曾是故宫博物院的研究馆员，且同在宫廷部工作，一个是宫廷家具专家，一个是宫廷服饰专家，都有专著刊布，同为行业内的名家。

　　我认真读了他们创作的约170首诗词作品，又与德生同志聊过两次，看了他所提供的一些资料，感触很多。总的感觉是，德生夫妇不仅是难得的科研人才，也是充满情趣的人，热爱生活的人。

　　德生同志很自谦地说过："提起诗词，我绝对是外行。因为我从未正经上过关于古诗词的课，也没认真学习过平仄格律，只是初中时尤其是'文革'时期爱读爱背毛主席的诗词。亦配合形势依古词牌填过几首，也只是凑字而已。好诗不多，也从来没有底稿。"没有受到专门的诗词教育是事实，但说好诗不多则未必。多年前，我在故宫博物院的《故宫人》小报上偶然看到他的《登黄山》，觉得不俗，留下很好的印象。此诗为五言古风，用词文雅，叙述有层次，意境好，也有气势，例如："振衣拂云松，拾步踏烟岩。幸哉临绝顶，瞩目万象全。俯身观云海，好似站岸边。远眺众峰顶，飘摇如小船。近视不老松，苍翠遮青天。深呼一口气，赛过活神仙。"特别是最后一句，都是俗语、平常话，但由于紧接以上端雅的叙述，这种雅俗的结合，使诗有了一股流动的灵气，读来也有跌宕之感，或许可看作他个人的风格。自是一首好诗！

德生夫妇诗词的特点，大致有这么 3 点：一是在反映的内容上，多和自己的工作性质有关，主要是与家具有关，包括对古典家具的推崇，对古树名木的礼赞，对家具业继承优秀传统的期许等，此外较多的是对祖国美好山河的歌颂，但关注多的还是其中的古建筑、民族建筑等。二是作品中洋溢着强烈的感情。情感是诗歌的生命。《毛诗大序》说："诗者，志之所之也。在心为志，发言为诗。情动于中，而形于言。"这是一种发自内心的真情实感，一种真挚的热爱，它反映在所从事的工作中，体现在所赞颂的事物上，寄托在所热爱的大好山河里。三是在诗词形式上，比较多样。诗以古风为多，其中又以数十句的五古为主；若干首四言诗（如《赞广西铁梨木大案》《广西三江鼓楼》《南京云锦》《周庄水乡》等），很有特点；也有一些标为七律、七绝的作品，但不拘平仄，用韵很宽；有词作 48 首，用过 8 个词牌，有小令类的《卜算子》（17 首）《采桑子》（8 首）、长调类的《沁园春》（4 首）《满庭芳》（1 首），以及中调类的《渔家傲》（5 首）《西江月》（7 首）等，虽然按词谱而填，但对平仄及押韵要求，未予注意。总的来说，德生夫妇的诗词，虽然一些在格律上未能注意，但作者所吟咏的对象，都是他们所熟悉的事物或人，其中饱含着他们的深厚感情，且表现形式多样，用语凝练雅致、形象生动，饶有诗意与诗趣，因此是有一定感染力的。

德生夫妇 1975 年同时从北京大学历史系毕业来到故宫博物院工作。德生同志负责古代家具的保管与研究。故宫现共藏明清家具 6400余件。朱家溍、王世襄两位先生对明清宫廷家具有着深入的研究，德生有幸与他们结缘，认真地向他们求教，特别是师从朱先生，加上自己的刻苦钻研，逐渐成长为一个有相当影响的明清家具专家。朱家溍先生担任主编并撰写导言的《故宫博物院藏文物珍品全集·明清家具》对清宫明清家具的发展源流、艺术特点做了全面、系统的论述。该书所收录的 467 件明清家具的说明文，就由胡德生执笔，朱先生审订。

胡德生并著有《明清宫廷家具》，这是他 30 年来在故宫从事明清宫廷家具保管与研究的总结之作。宗凤英本是研究织绣及服装的，但她在研究古代织绣品时，逐渐发现织绣品与古代家具在中国的历史长河中有着密不可分的关系。她退休后又到陈丽华董事长的紫檀宫博物馆工作，看到那么多珍贵、精美的仿古家具，也逐渐喜欢上了古典家具。

他们夫妇二人认识到家具是反映中国传统文化最为丰富的物质载体之一，认识到自己工作的重要意义，因此有着传播古代优秀家具文化的自觉性。他们写的不少赞颂古典家具的诗词，其中有对家具造型、纹饰、工艺等的描述，体现了他们的专业知识，也深含着他们与家具的感情。

德生同志在家具界很有影响，还担任国家文物鉴定委员会委员、中国文物学会专家委员，但他退休后不去参加社会上那些收费鉴定活动，而是热心参与公益事业，在中国文化促进会木作文化工作委员会任学术委员会主任，经常参加有关的学术研讨会，或与一些企业共商家具设计与款识问题，鼓励企业继承传统、德艺兼修，提出"仿旧须宗雅则，肇新亦有渊源；匿大美于无形，藏万象于极简"等等，这些在他们的诗词中都有所反映，如《木作委赴大连养心堂座谈纪事》《应邀赴青岛参加大易红坊执行"红木家具国家标准"座谈会》《赠海南黄花梨协会》等。

德生夫妇在故宫博物院工作，他们的诗词，也有具体工作的反映。例如，宫廷部地面文物库房分散，故宫百年大修中，宫廷部的库房曾一再搬迁，时间紧，任务重，文物种类又多，有的搬运难度相当大，还必须保证文物的安全。胡德生与他的同事们认真负责，克服困难，终于很好地完成了任务。2006 年 1 月 4 日，宫廷部总结 2005 年全年工作，要求每个科组准备一个小节目，胡德生遂写了 10 首"卜算子"，叙述库房搬迁工作。如："卤簿特别长，乐器沉甸甸，玻璃宫灯薄如纸，真得小心搬。""乐器多垫垫，宫灯泡沫缠，轻拿轻放轻脚步，件件保安全。"打油的口吻，实在，亲切，反映了紧张、忙碌的工作，体现了视文物为生命的故宫人精神与团结努力、克服万难的团队精神。

他们热爱祖国壮丽山河,喜欢旅游,这又多是受各地博物馆等邀请,参加与家具有关的一些活动。2014 年,他们到了世界屋脊,参观了布达拉宫,至此,已跑遍包括港澳台在内的全国各省市区。旅游的乐趣,充分反映在《逍遥游》里:"人老心不老,全国各地跑。北乘乌苏船,南到天涯角。西朝布达拉,东临秦皇岛。如今跨东海,下榻北海道。醉意赏樱花,朵朵凌空翘。蓓蕾欲吐颜,含苞待开窍。美丽频争赏,不论老与少。颜色鲜又艳,举世称奇妙。散发清香气,沁脾又醒脑。湖光山有绿,峰顶水中倒。随处浮孤屿,松柏苍苍茂。满眼皆仙境,悉为天地造。极目浩瀚景,游客兴致高。亲朋与好友,摄影留佳照。精神倍愉快,满脸泛欢笑。身心得舒畅,增岁超耋耄。"作为家具鉴定专家,作为对木材情有独钟的人,他们很自然地更关注古建筑,关注文化遗产。如"周庄古镇,四湖环抱。港汊分歧,井型河道。古桥十四,元明建造。世德永安,相倚成角。人行其上,一步两桥。更有张厅,设计巧妙。临河水阁,阜岸廊庙。乌篷小船,你来我绕。"(《周庄古镇》)"广西三江,侗族村寨。耸立鼓楼,灵魂所在。形如宝塔,泥瓦覆盖。八角攒尖,庄严姿态。"(《广西三江鼓楼》)等。德生夫妇还有一些欣赏山川风物的诗词,清新可喜,也值得一读。

故宫博物院是个学术机构,从成立以来,因同人们忙于各自业务,写诗的人并不很多。现在喜欢写诗词的人多了起来,有的还获过奖项。这是个好现象。诗歌创作是感情的抒发,是精神生产,诗意地生活,或人生艺术化,有利于人性的全面发展,有利于丰富精神生活,因此我觉得德生夫妇是有情趣的人,是热爱生活的人。也正因为如此,我愿意为他们的诗词集作序,也希望他们继续努力,不断提高,创作出更多更好的作品来。

(本文写于 2016 年 9 月 11 日,《胡德生夫妇诗词集》,内部印行,2018 年)

第四编

旧作如茶

《雪泥集》后记

　　"人生到处知何似？应似飞鸿踏雪泥。"（苏轼《和子由渑池怀旧》）收在这个集子里的200来首旧体诗词，是从我的几近30年的诗作中选出来的，也可从一个侧面看到自己人生历程的雪泥鸿爪。

　　1965年11月的一个星期天，我从骊山脚下的一所学校，徒步30里，来到柳残草衰的灞桥，探望一位正在那里服役的同学，感受甚深，回来后情不能已，遂试着写了两首七律，可算是自己的处女作。现在这个集子的开篇，即为其中之一，收在这里，不是敝帚自珍，权作一个记录吧。此后又断断续续写了一些，直到1967年，约30来首。这些学步之作，好在大都保存下来了，集子中选了4首。此后10年，由于多种原因，未有吟咏的兴致。随着春风解冻，神州焕发青春，沉寂十年的我也不觉"技痒"——虽然我于此"技"并不精熟，只是偏好——工作之余，又陆续写了不少，不计工拙，只为遣兴而已，其中报刊上发表了七八十首，有时署笔名"方石"。在这期间，受到一些同志的鼓励。

　　旧体诗词由于格律的精严，今天的人们特别是青年人确实不大好掌握，也不必去下那么大的功夫。毛泽东同志以及当今不少名家都有这样的劝告。当然，如有兴趣，也不妨一试，事实上现在也有这么一个作者队伍和读者群。我个人认为，既写旧体诗词，就应掌握它的基本要求，例如写近体诗，就要懂得辨别平仄，讲究粘对，正确用韵等。

道理很明显，这些格律是古人创作实践的总结，是为了音调铿锵，更好地感怀言志。但是，时代毕竟在前进，对于其中的一些要求，又不能胶柱鼓瑟。就拿韵书来说，从隋代的《切韵》、宋代的《广韵》、金代的《平水韵略》，直到元代的《群府韵玉》等，都是有所发展变化的，即使被奉为正统的"平水韵"，也存在"音同韵异"和"韵同音异"的问题。今人作诗，除个别孤芳自赏者外，大都是愿意人们看的，要让今天的人读起来顺口，就不能完全拘泥于过去的韵书以及繁难的要求，而应以实际变迁的语音为准。古代有的名家，为了好的诗句，亦往往不惜冲破格律的某些藩篱，今人更不必在格律面前诚惶诚恐，不敢越雷池一步，而应尊重格律又不泥古，从当今实际出发，有所创新和前进。这是就形式而言。在我看来，掌握旧体诗词格律毕竟还不算太难的事，最难的是真正能写出有诗意的作品来，否则，一切合乎格律，但味如嚼蜡，会使人徒觉面目可憎。作为一个稍有涉猎而又学养浅陋的初学者，以上仅是我的一点体会。

感谢陕西教育出版社，愿意把我的这些学步之作刊印出来。感谢一些关心此书出版并为之付出辛勤劳动的朋友。特别要感谢的是，赵朴初先生为书名题签，不仅使拙作生色，更是对一个初学者的鼓励和鞭策，我当铭记在心，继续努力，有所进步。

郑欣淼

1994 年 1 月 18 日于北京

（《雪泥集》，陕西教育出版社，1994 年 6 月）

《陟高集》后记

　　未来总是充满魅力的。在这世纪交替、千年更迭之际，很自然生发了把以前写的一些东西，其中包括自己多年来作的旧体诗歌进行一番整理的念头，也算从一个侧面做个回顾和小结，以裨弃旧图新。这样忙碌了一阵子，便有了《陟高集》的问世。

　　为什么取名《陟高集》？读者自然知道"陟彼高冈，我马玄黄"（《诗经·卷耳》）的名句。需要说明的是，这个集子里的诗、词、曲，虽然起于 1993 年，迄于 1999 年，每个年头都有一些，但在总数约 190 首中，却有 140 多首，也就是说，70％以上作于我在青藏高原工作期间，亦即 1995 年 9 月至 1998 年 11 月。当然很抱憾，我人上了"高冈"，马未"玄黄"，自己却因气候不适应及劳累过度而病倒，实际工作时间并不太长。但高原曾经是我生活乃至生命的一个重要部分。我永远不会忘记那在我一生经历中值得珍藏的一段日子，深深怀念那些热情、率真、纯朴，令人灵魂荡涤的广大干部和各族人民，怀念那静谧得近乎神秘的昆仑山、宝石蓝般的天空、深邃广阔的青海湖，怀念那地方风味浓郁的高亢的"花儿"、美丽的"酥油花"以及味道醇美的青稞酒——互助头曲……书名《陟高集》，既是集子里内容的反映，也是表达我对高原生活的真挚的纪念。

　　这是我继《雪泥集》后出的第二本诗词集。写旧体诗歌，只是个人的爱好。对于报刊上有关新诗、旧诗之优劣得失的争论，我认为是有意义的。有争论，就说明认识不够一致。新诗、旧诗并存是客观事实，在我看来，两者之间有互相借鉴、学习的地方。这里的旧诗，不只是当代人写的旧体诗歌，更包括大量的古人留下的精华。旧体诗歌作为中国的传统诗歌，所体现的审美方式、生活态度、文化传统，已深扎在国人的魂魄里，对它在今天的继承、发展，恐怕不可轻易否定。其实新诗、旧诗，写好都不容易。特别是旧体诗歌，既要有相当的文史素养作基础，又要懂得它的格律。我坚持认为，在一定程度上讲，掌握格律并不难，难的是要有诗意，要有形象思维，即真正能"戴着锁链跳舞"。不然徒具形式，诗味索然，则会倒了读者的胃口。这也是当前一些旧体诗受人攻讦的重要原因。

旧体诗歌以格律精严著称。我个人认为，写旧体诗歌，平仄一定要遵守，它可使音节协调，声调铿锵，这是古人创作实践的总结。但在用韵上则应注意语音的实际变化。有人主张，既是旧体诗，用韵则必须遵循"平水韵"，例如"十三元"，即使此韵中有的字在现代有多种读音，易与"先""真""文"等韵相混，也还要照用不误。对此观点，愚期期以为不可！清人高心夔两次考试都因为在"十三元"一韵上出了差错，被摈为四等，"平生双四等，该死十三元"，成了终身的憾恨。难道我们还要今天的作者像当年的高心夔那般犯难？道理很简单，今人是写给今人看的、吟的，时代嬗变，语音变化，还要坚持六七百年前的读音，那该多别扭！这不仅影响人们的欣赏效果，也是桎梏旧体诗歌在今天的发展。我认为应以今天的实际读音为主，也正基于此，笔者多年来用的是上海编的《诗韵新编》。还需要说明的是，为了服从内容，在有的篇章中，笔者在平仄上做了一定的变通。

编完这个集子，北京户外的寒风一阵紧似一阵。再过半个月，就是新年，人类即将跨入新的千年，新的世纪也在紧叩门扉。"弃我去者昨日之日不可留。"但愿在这个集子里，还能大概留下自己这多年来的一些踪迹。在此，我还得感谢卫俊秀先生，鲁迅研究的共同事业使我们成了忘年之交，而在交往中他恬淡、大度、重操守的人格又成了我学习的榜样，他在九十又二的高龄为拙作欣然题写书名，我受到的感动和激励是不言而明的；我也同时感谢那些为本书的打印、出版以及帮助校订而付出大量心血的朋友，没有他们的无私帮助，这本书也是无法面世的。

郑欣淼

1999 年 12 月 16 日

于北京沙滩红楼

（《陟高集》，中国青年出版社，2000 年 8 月）

《郑欣淼诗词百首》后记

　　余年十七八初习旧体诗词，率由兴趣而发，仅与二三同好切磋，未有公开发表之念也。20 世纪 80 年代初，始偶尔见诸报刊。是后时作时辍，以迄于今。旧体诗词须严守声韵格律。余既缺根基，又乏家学，唯拜古人为师，与书本为友，潜心求索，努力探研。虽寒来暑往，渐悟门径，但堂奥庭深，难窥涯涘。探索之中，于平仄、声韵诸事稍有体味，亦形成些许看法，曾公之于世，颇有回应者。此余习研旧体诗词之大端也。

　　余所作，或因事寄语，或感时咏怀，或山川纪胜，或师友唱酬，情缘物动，物感情迁，不计工拙，聊志鸿爪而已。40 年间，累积盈帙，凡 500 余首，其中大部曾结集为《雪泥集》《陟高集》出版。今机缘巧合，遂请王素先生于拙作中各选诗、词 50 首，编为《郑欣淼诗词百首》，以与读者交流，非敢自谓能与是道也。

　　本书之编选、排版及印刷，曾得到众多朋友帮助。在此，谨向这些朋友致以衷心的谢忱及诚挚的敬意！

郑欣淼

2006 年 9 月 15 日

（《郑欣淼诗词百首》，线装书局，2006 年 6 月）

《丑牛集》弁言

　　余夙喜旧体诗词，间有吟咏，亦为积习耳。2009 年甫过，检点箧中，是年所得，又至八十有七首，不可谓不夥。

　　余之吟咏，多由工作激发，或纪胜，或抒感，如同见猎，所谓欲罢不能者是也。另为游历之什，耳闻目睹，心会情生，所谓不能自已者是也。余工作之一斑，心迹之一程，据此亦可想见云尔。

　　余之吟咏，多为自娱，公开发表者甚少，此八十余首，仅两次访台之作曾载于报刊，其余则皆未示人。有友人提议编为一集，公诸同好，自娱之不如众乐之，余曰诺唯，遂有本集问世。

　　唯本集所收诗词，均为丑牛之作，且多系率尔而成，未及细加推敲，可议之处当复不少。因而不做公开发行，仅自印若干册，分送诗家吟友，既为交流，亦含乞正之意焉。

　　本集全部诗词系请王素先生帮助修订，书名题字系请施安昌先生从《西岳华山庙碑》《张景造像土牛碑》（南阳出土）中辑出，编务、装帧则烦冯印淙女士、陈晓东先生、李猛先生主持。此外，还有一些朋友，亦曾为此书付出劳作，在此一并致谢。

郑欣淼

2010 年 2 月 20 日

（《丑牛集》，2010 年 3 月，内部交流）

《寅虎集》弁言

　　2010 年春首，余尝将己丑年所作诗词辑为一册，名曰《丑牛集》，自印若干，分赠友朋，非仅嘤鸣求友也，亦请匡谬指正焉。袁行霈先生于奖劝之余，谓此乃佳趣，嘱虎年再辑《寅虎集》。熊召政兄亦请不应中辍，须有续者。余不胜感荷，且悄然心动。

　　然则付之实行，亦非易事！盖缘事务繁冗，余所诗词，或匆匆草就，或仅为断章，整理既需时日，完成尤费精力。幸辱承师友厚意，亦思为旧岁诗词作一小结，以兹为念，遂集中旬日，琢削磨砻，此心不负，竟尔告成。本书收庚寅年诗词凡 70 首，虽稍逊于《丑牛集》，然亦夥矣。

　　本书仍劳故宫历史学者、古文献专家王素先生帮助修订并统一体例，"寅虎集"三字仍请故宫碑帖专家施安昌先生从《乙瑛碑》、《王基碑》及《西岳华山庙碑》中辑出，故宫李文君博士承担编辑事宜，还有一些故宫同人为本书编辑出版付出辛劳，在此一并谨申谢忱。

郑欣淼

2011 年 2 月 15 日

（《寅虎集》，2011 年 3 月，内部交流）

《卯兔集》弁言

　　余曩日尝将己丑、庚寅二岁诗词，先后编印为《丑牛集》《寅虎集》矣。兹辛卯，岁又逝，商诸友朋，皆谓既成骑虎，自是不宜中辍。遂依前例，编印《卯兔集》，收录 2012 年诗词 100 首，其中诗 87 首，词 13 首。

　　写诗诚非易事！然当今之世，矻矻于此者却甚众。何也？盖因"诗言志"也。所谓"心之忧矣、我歌且谣"（《诗·魏风·园有桃》）、"心之忧矣，永啸长吟"（嵇康《赠秀才入军诗》之十二）也。心声之不可止，内情之不可遏，乃发为诗。是故人人皆可为诗人也。

　　然写好诗更非易事！如乐天所云："诗者：根情，苗言，华声，实义。"（《与元九书》）；欲至如斯境界，则弗能但求自娱，亦需交流切磋。古时写印不便，传播更难，以至旗亭旅邸，皆成吟唱之所。今之条件远胜于昔，岂可不利用以求余诗之进取乎？余写诗印诗，皆为此也。而丑牛、寅虎二集，已有诗友指出多处瑕疵，余不胜感激。

　　本集诗词之修订，仍请王素先生协助。"卯兔集"三字，仍请施安昌先生分别从《尹宙碑》《袁博碑》及长沙马王堆帛书中辑出。二位皆为故宫博物院同人，连续 3 年助余编辑诗词集。余心存感激，在此略作介绍。

　　王素先生为故宫研究员，历史学家、古文献研究专家。长期从事汉唐历史研究与出土文献整理研究。先后参加或主持《吐鲁番出土文书》

《新中国出土墓志》《长沙走马楼三国吴简》《长沙东牌楼东汉简牍》等多卷本出土文献整理。个人出版专著 13 部，发表论文 200 余篇。因幼承庭训，文史兼修，故于诗文等亦颇有研究。

施安昌先生为故宫研究员，碑帖研究专家。退休前曾任故宫研究室主任。除历代碑帖外，于文字史、书法史及敦煌文献、中西文化交流等亦皆有所研究。曾师从马子云先生整理鉴定故宫所藏历代碑帖，并赴全国各地访碑。1992 年至 2002 年，与法国国家科学中心敦煌组合作，整理法藏碑帖 6000 余件，并编目附图出版。

本集之编排、印刷、装帧等，仍得到故宫出版社同仁协助，中华诗词杂志社高昌先生亦给予帮助，在此一并谨申谢忱。

郑欣淼

2012 年 3 月

（《卯兔集》，2012 年 3 月，内部交流）

诗画版《卯兔集》序

近数年来，承友朋相助，余将往岁所作诗词略加整理，自印若干，分赠诗友，非仅为交流，亦望指瑕是正也。先后问世者，有《丑牛》（2009年）、《寅虎》（2010年）、《卯兔》（2011年）诸集。然皆非正式出版物，坊间亦未见流传。

同事赵国英女士本业美术史，阅余诗而思绘事，商诸画家李子牧先生，拟从《卯兔集》选数首诗词，以画绎其意。子牧先生者，亦余之旧友也。艺文既精，画道复广，读拙作亦心有所动焉。先画10余幅，竟觉难以罢手，又续作10余幅，加之余之肖像素描，凡得25幅。内容丰富，中外古今，尽收眼底。笔法繁多，人物场景，各具妙味。主题之提炼，图色之构造，亦俱见匠心与功力。不啻诗意获得更佳阐释，本身亦为艺术杰构。子牧先生为此不惮劳苦，工作竟达半年之久，纵是趣味相投，亦令余铭感不已。今故宫出版社决定公开刊布诗画版《卯兔集》，使拙诗得附子牧先生画作并行于世，岂非因缘幸事也哉！

原《卯兔集》印行时，按例撰有弁言，现予保留。子牧先生数年前曾有画集出版，猥蒙不弃，邀余代撰序言，述渠画作之风格与特点，现亦转载于此，俾世人增进对子牧先生之了解。今本书付梓在即，不嫌仓促，聊赘数言，非敢自谓能通诗画，盖欲述其原委，以见成书之不易云尔。

郑欣淼

2012 年 12 月

（诗画版《卯兔集》，故宫出版社，2013 年 3 月）

《郑欣淼诗词稿》自序

　　我开始学习写作旧体诗词是 1965 年，那时还是一名高中学生。不久，"文化大革命"发生，我此后再未进过校门。对于我这个年龄段以及这样经历的人来说，写作旧体诗词自然受到当时社会文化环境以及个人素养的诸多限制。值得庆幸的是，虽然断断续续，这一爱好还是坚持了下来。正因为是个人爱好，不考虑能否发表，也不需要征求别人意见，聊为遣兴而已。又由于这个原因，也使自己长时期缺少与他人的切磋交流。1994 年，在一位搞出版的朋友的支持下，我出版了第一部诗词集。诗集出版于我最大的作用，是使我正视自己的作品，省察其中的得失。此后我更重视中华诗词遗产的学习，重视向时贤的学习，也以更严谨的态度进行创作，力求不断有所提高，有所进步。

　　旧体诗歌从所运用的外在形式即体裁划分，大致为古体与近体两种。其中近体诗有一定声律格式，句数、字数、平仄、用韵有严格的要求。我认为，这些都是古人创作经验的积累和总结，自有其深刻的道理。今人写旧体诗歌，就应该遵循这些格律，尊重传统。但是由于时代的发展、语音的变化，许多人在重视"平水韵"的同时，也在探求诗韵的改革。中华诗词学会在《21 世纪初期中华诗词发展纲要》中提出，一方面尊重诗人采用新韵或运用旧韵的创作自由（新旧韵不得混用），另一方面又要倡导诗词的声韵改革。马凯同志也提出"求正容变"的主张。对于这些，我都是持赞成态度的。

　　我的诗词创作，大致有 3 方面内容：一是亲友之情，其中有对亲人的思念，有与朋友的交往，或贺寿，或伤悼，甚至过访聚会，多反映在其中；二是名胜游记，我固喜好旅游，特别是到文物部门工作以来，常有机会探访名山大川、古刹民居，怀旧思古，情不能已，发而为诗；三是自己工作的反映，可谓记事诗，特别是在故宫博物院工作期间，一些重大活动、事项，例如两岸故宫博物院的交流等，都在诗歌中可以看到。我以为，诗歌并无特定的题材，什么都可以入诗，关键是如何写，要真正符合诗的要求，要有诗情。

　　《郑欣淼诗词稿》共收录我从 1965 年至 2013 年的诗词作品 800余首。其中约 450 首选自我曾公开出版过的 3 个集子，为《雪泥集》（1994年，陕西人民出版社）、《陟高集》（2000 年，中国青年出版社）、《卯兔集》（2013 年，故宫出版社），其余为从 2000 年以来未曾发表过的作品选出。对于发表过的作品，这次做了一些修订。需要说明的是，从 1999 年至 2013 年，这期间我还写有一些诗歌，但尚需进一步推敲整理，这本《郑欣淼诗词稿》因与他人诗集同时出版，出版社催得急，这次来不及整理，只能待以后了。

　　本书的目录编排，是按诗词写作时间排列的，大致为我人生的几个主要阶段：卷一为《雪泥集》，从 1965 年至 1995 年 8 月，包括我在陕西及北京工作时的作品，《雪泥集》一书收录诗词为 1965 年至1992 年，这里虽用“雪泥集”之名，但收录诗词却多了几年；卷二为《陟高集》，从 1995 年 9 月至 1998 年 11 月，为我在青海工作时的作品，原《陟高集》收录诗词则从 1993 年至 1999 年；卷三为《红楼集》，从 1998 年 12 月至 2002 年 9 月，为我在国家文物局工作时的诗词，国家文物局这时期主要在原北大红楼旧址办公，故名；卷四、卷五为《紫垣集》，从 2002 年 10 月至 2012 年 1 月，为我在故宫博物院工作时的作品，因数量较多，分为两卷；卷六为《海山集》，我现在的办公地址在北海与景山之间，故以名之。

　　回顾 50 年学诗之路，我体味到跋涉的不易，也感受到其中的乐趣。

这条路是没有尽头的。我决心常葆诗心，坚持学习，在中华诗词的园地里继续耕耘。

诗词稿的整理、修订，高昌同志给予协助，编辑周思远女士也付出很大努力，赵安民同志在出版上予以指导，在此一并感谢。

郑欣淼

2014 年 2 月 12 日于故宫御史衙门

（《郑欣淼诗词稿》，中国书籍出版社，2014 年 5 月）

《浣尘集》序

乙未春正，尚古书房陈世军先生过访，言欲为吟坛耆旧雕印诗集，初拟数种，余幸忝其列。又言，选其精者，百首上下，可也。余欣然允诺，感慨莫名。

余自耽诗词，迄今已五十载矣。不敢谓已窥门径，唯求适情尽兴，工拙非所计也。曩岁跋涉陕青，近年劳碌京华，问计畎亩，寄怀文物，皆有赖于斯。桑梓之念，友朋之思，亦赖此物宣道。余之于诗词，可谓未尝须臾离于左右也。

然年近古稀，检点旧作，竟甚茫然！盖视角不同，感觉亦异，己以为精者，读者未必亦以为精也。遂恒思之：倘能托诸友朋，依读者之视角，选为一帙，或有胜于己之选者。

余与河北徐君章明相识近十载，素知其工诗，有《碗花集》行世，于品鉴亦甚具眼目。遂请代为遴选，并蒙惠允，成就此编。徐君于拙诗多有发掘，深契鄙意，故俱从之。

《浣尘》之名，取自拙作《念奴娇·武当山》其二之结句："红尘轻浣，净心应对斜月。"五十载风尘，原本且行且浣；今初衣再着，轮菌婵媛，岂非余求道之本意耶？

尚古书房以弘扬国学为己任，刊印经典多矣，蜚声业界，极堪嘉许。拙集即将付诸梨枣，聊赘数语，代申谢忱。

郑欣淼撰于故宫御史衙门

乙未三月廿五日

（《浣尘集》，故宫出版社，2017 年 10 月）

中华诗词之美

写在前面

2018年，我把自己此前有关诗词的专文、讲演、发言、访谈以及序跋等95篇，结集为《诗心纪程》，由人民出版社出版，于此大致可见我的诗路历程。

从2018年至2021年，我又有些关于诗词的文章，现辑为《中华诗词之美》。2022年我发表《我亦鸿泥留吟絮，平仄藩篱偶涉》一文，谈我的诗词之路，现置于此集之前，以下分为三编，略作说明如下：

第一编，为讲演、发言、专文等12篇。2019年6月至11月，国务院参事室、中央文史研究馆主办了第二期中华艺术大家讲习班，我受邀担任诗词班导师。作为中华诗词学会的会长，我也认为这是自己义不容辞的责任。来自不同行业的9位学员，在5个多月的时间，集中学习与采风创作结合，又通过微信群，一直进行着认真的交流、切磋。最后都拿出了优秀的结业作品。教学相长，在讲授、交流中，我从他们身上也学到了很多。这一辑收入与讲习班有关的5篇文章。其中《中华诗词之美》《倾心余事作诗人》《谈谈清代康、雍、乾三帝的诗歌》《总结和希望》4篇已收入中央文史研究馆编的《文脉传承：第二届中华艺术大家讲习班文献集》（广西师范大学出版社2021年）一书。《中华诗词之美》一文，原有"科举与诗歌"一节，后摘出整理为《略谈科举与诗歌》，作为2019年11月30日在广东惠州学院的讲座，现亦收入本书，相应地，《中华诗词之美》一文中的"科举与诗歌"部分则删去。

　　还需要说明的是《当代散曲五年》一文。2015年10月，中华诗词学会成立"散曲工作委员会"，我兼任工委主任。散曲工委成立以来，积极开展工作，促进着散曲事业的复兴。散曲复兴对于中华传统诗歌的全面发展有着重要意义。2020年10月21日在中国（岳阳）举办第五届当代散曲创作学术论坛，我在开幕式上的讲话，全面回顾总结了散曲五年来的发展状况。收录此文，既为保存文献，对我个人也有点纪念意义，因为一个多月后，我就离开了任职十年之久的中华诗词学会会长的岗位。

　　第二编是《中华诗词三十一首赏读》。这是由我主编的《干部美育手册》（中共中央党校出版社2021年）的一个组成部分。美育是审美教育，也是情操教育和心灵教育，对人的言谈举止和礼仪规范具有重要作用。对各级领导干部来说，美育的重要意义是不言而喻的。中华民族伟大复兴，离不开一大批有理想、有信仰、有担当、有情怀、懂审美的高素质人才。美育手册包括典籍、诗词、戏曲、音乐、绘画、书法、雕塑、工艺、设计、摄影、电影、建筑、城乡建设、博物馆等诸多方面。因为篇幅的限制，我写的31首诗词只选了28首，每篇的注释也删去了，现在一并补全。

　　第三编，是为7部诗、词、曲作品写的序言。

　　"中华诗词之美"书名取自我在2019年的讲座题目。我很喜欢这个名字。中国是诗的国度。诗歌是与中华民族的历史、文化联系在一起，经数千年发展而从未中断。泱泱诗国，浩浩诗流，气象万千，其美无比。诗与人们的生活联系在一起。中华诗词是传统文化的瑰宝，有着顽强的生命力与魅力，只要汉字不废除——当然不可能废除，只要传统文化不摒弃——当然不可能摒弃，中华诗词就会继续存在与发展。

郑欣淼

2022年1月于故宫

清稽查内务府御史衙门旧址

我亦鸿泥留吟絮，平仄藩篱偶涉

——我的诗词之路

郑欣淼

近日，《心潮诗词评论》杂志常务副主编姚泉名同志联系，说恭喜我入选2022年"聂绀弩杯"年度诗坛人物，杂志拟做一个栏目，刊登我自己撰写的诗词创作体会，并说有旧文亦可。关于创作体会类文章，我从来没有写过，但又不忍拂了刊物的好意，同时感到也确实有必要做些回顾，便大致进行了一番梳理总结，试着从学诗概况、学习继承、创作实践及创作态度四个方面来谈谈我的体会。

一　倾心余事作诗人

1964年我上了高中，因喜欢古典文学，买了王力先生主编的《古代汉语》，开始了对古代汉语知识的系统学习，也为后来的继续自学打下了基础。1965年，我买到了北京出版社出的王力先生写的《诗词格律十讲》和中华书局上海编辑所出版的《诗韵新编》，便开始试着学写旧体诗词。这本精装版《诗韵新编》我至今还保存着。

1965年11月的一个星期天，我从骊山脚下的一所学校，徒步30里，来到柳残草衰的灞桥，探望一位正在那里服役的同学，感受甚深，回来后情不能已，遂试着写了两首七律，依《诗韵新编》用韵，可算是自己的处女作。此后又断断续续写了一些，直到1967年，约30来首。

这些学步之作，好在大都保存下来了。《郑欣淼诗词稿》（2014 年）中，就收有 1965 年及"文革"初期的 4 首诗。此后 10 年，由于多种原因，未有吟咏的兴致。随着春风解冻，神州焕发青春，沉寂十年的我也不觉"技痒"——虽然我于此"技"并不熟，只是偏好——工作之余，又陆续写了不少，不计工拙，只为遣兴而已。20 世纪八九十年代，我在报刊上发表了七八十首，有时署笔名"方石"。在这期间，受到一些同志的鼓励。此后工作又多次调动，庆幸的是，虽然断断续续，这一爱好还是坚持了下来。正因为是个人爱好，不考虑能否发表，不需要征求别人意见，也因此使自己长时期缺少与他人的切磋交流。

我出版的第一本诗词集是《雪泥集》（1994 年），后有《陟高集》（2000 年）。诗集出版于我最大的意义，就是作品印成了铅字，扩散到社会上，就要正视自己的作品，考虑它的社会效果，倾听社会的评论，省察其中的得失。此后我更重视中华诗词遗产的学习，重视向时贤的学习，也以更严谨的态度进行创作，力求不断有所提高，有所进步。

此后我还出版过《郑欣淼诗词百首》（线装，2006 年）、《郑欣淼诗词稿》（2014 年）、《卯兔集》（线装，诗画版，2013 年）、《浣尘集》（雕版，2017 年）等。《郑欣淼诗词稿》（庚子增订本）选编了我从 1965 年到 2020 年创作的诗词曲约 1200 首。我有关诗词的研究论文、演讲、访谈等，收录在《诗心纪程》（2018 年）、《中华诗词之美》（2022 年）二书中。

检点屐痕，我还自印过《丑牛集——郑欣淼二〇〇九年诗词》（87首）、《寅虎集——郑欣淼二〇一〇年诗词》（70 首）、《卯兔集——郑欣淼二〇一一年诗词》（100 首）三个年度的诗词集，各印若干，分赠友朋。三本集子为繁体竖排，烦劳故宫历史学者、古文献专家王素先生帮助修订并统一体例，书名则请故宫碑帖专家施安昌先生从《乙瑛碑》《王基碑》《西岳华山庙碑》等名碑及长沙马王堆帛书中辑出，使得这几本书的装帧古意盎然。时在紫禁城出版社工作的李文君等同志亦用心编辑。对于几位故宫同仁的襄助，我至今犹心存感激。

拙作《雪泥集》出版时，承蒙赵朴初先生为书名题签，这是对一个初学者的鼓励，我一直铭记在心，力争不断有所进步。《陟高集》由著名的鲁迅研究专家、中国现代书法名家卫俊秀先生题写书名。按照原来的设想，我在国家文物局工作时写的《红楼集》，故宫博物院十年期间的《紫垣集》，以及2012年以后的《海山集》，都拟分别出小册子，并先后敬请饶宗颐、冯其庸、沈鹏、刘征诸位先生题写了书名，我受到的感动和激励是不言而明的。2014年"中华诗词文库"拟收入拙作，我就改变了再出小册子的想法，而把此前本不算多的所有作品合在一起，编为《郑欣淼诗词稿》。但多年来萦怀于心的是，被我视同拱璧的诸位先生的题签，似乎无从展现。令我欣慰的是，在《郑欣淼诗词稿》（庚子增订本）中，六位先生的珍贵题签分别以插页的形式列入各有关部分，弥补了我的遗憾。每当我看到这些熠熠闪光的墨宝时，就想到六位先生的道德文章，也就成为时时鞭策我努力向前的力量。

中华诗词学会成立于1987年。我是1995年7月加入学会，会员编号为5072。截止2022年5月底，学会会员累计数已是4万多。从2010年至2020年，我忝任中华诗词学会第三、四届会长十年。中华诗词学会是个颇有影响的全国性社团，从创建以来，聚集、团结了一大批中国当代最优秀的诗人词家，坚持数十年，在推动中华诗词的复兴、繁荣方面做出了重大贡献。第四届会长任内学会完成的一件大事，是制定新中国语言体系中的第一部新韵书——《中华通韵》，并由教育部、国家语委颁布全国试行。因学会工作关系，我有幸能够结识许多诗词大家、名家，并有机会向他们请益求教。

评论《雪泥集》的第一篇文章出自房日晰先生之手，1996年发表在一个省级学术刊物上。房先生是陕西师范大学教授，著名的古典文学研究专家，我久闻大名，但可惜缘悭一面。《陟高集》等出版后，评论多了起来，最早的几位作者如王科、古耜 、郑伯农、张德祥等，当时我都不认识，其中前两位至今也无缘相识。我由衷地感谢他们的关注，这种温情成为我继续努力的力量。我曾委托王素先生代编《郑欣淼诗词百首》，他的《情缘物动 物感情迁》代序对拙作评论的剀切，为人所称许。2006 年 6 月，《中国文化报》刊载了中国文化报高昌同志与我的题为《旧体诗创作：从复苏走向复兴》的访谈录，此文又为《新华文摘》转载，引起较大反响。高昌多年担任中华诗词学会副会长、《中华诗词》杂志主编，一直关注着我的创作，写过多篇评论。报刊上评论我的诗词曲的文章，有 32 篇选入《问学之旅·郑欣淼著作序跋评论集》（故宫出版社，2022 年）一书。

在 50 多年来的学诗写诗过程中，我常反躬自问：我为什么要写诗？没有人强迫过我，也没有其他功利的要求，完全是自觉自愿，出于自己的爱好。我逐渐明白了"诗言志"的理论："诗者，志之所之也。在心为志，发言为诗。"诗的产生是诗人内心情志表达的需要。诗是中国人生活的一部分。许多人在做好本职工作的同时，热爱诗歌，写诗填词，使得自己在精神和审美层面有更高的提升。这也回归到了诗歌本身的特点和价值。我在诗词欣赏与创作中，就感受到了精神的超越、灵魂的飞扬以及生活中诗意的愉悦。韩愈有诗："多情怀酒伴，余事作诗人。"我和许许多多的中国人一样，就是在这样似乎不自觉的状态下学诗写诗并自得其乐的。

二　千古文心瑰玮词

我的体会，要写好诗，需要认真地坚持不断地学习，努力充实自己，打好基础。这种学习，包括人生历练与专业知识两个方面。

新时代的诗人不仅要在辞藻、技巧、形式上下功夫，更要有一定的才、学、识。诗人不一定是政治家，也不一定是哲学家，但诗人离不开政治，也不能没有理性的认识，要知大局，明是非。

诗词知识的学习相当重要，其目的就是要认识诗歌的特质，遵循诗歌创作的规律，运用前人所积累的艺术经验和创造的艺术形式表现时代新内容。对于诗词专业知识的学习，我的体会是，一要向古人学习，学习经典；二要向时人学习，当代有很多优秀的诗人和佳作可作借鉴；三是还要向优秀的新诗学习。

首先是认真学习经典。中国是诗的国度，诗歌遗产丰富，传世精品很多，是学不完的。经典更是值得反复学习的。但对诗人、对创作者来说，这种学习，不同于以背诵记忆为主的中小学生的学习，也有别于一般诗歌爱好者以赏析为主的学习，而是着重以借鉴创作经验为主的学习。因此，就要慢慢地揣摩、体味、领悟，且联系自己的创作，有所收获。例如，诗词因有字数、韵律等限制，有的还须对偶，要求凝练含蓄，在语言表达上就会有一些变化，如词类活用、语句省略、词序颠倒等。诗词的这种语法现象，叫做"诗家语"。我就努力学习如何运用"诗家语"，力求在诗词的结构与表现方式上有所提高。又如，用典是我国古代诗歌创作中的重要表现手法。典故的来源及其故事和成语，足以扩大作品的情思内涵和触发联想，达到语少意多、词浅情长的艺术效果。读古人诗词，我就留心典故的多种不同的运用方式，如正用与反用、明用与暗用、借用与化用，我发现有用得贴切自然的，也有用得过滥过涩的，这样用心领会，并在自己的创作中有所借鉴。对于诗词名篇，历代评点者甚多，如明胡应麟对杜甫《登高》这首"古今七律第一"的章法、句法、字法的全面解析（《诗薮》），钱钟书对王安石《书湖阴先生壁》用典的推崇（《宋诗选注》），俞平伯对李煜《虞美人》的"诗词之作，曲折似难而不难，唯直为难"艺术特色的赏析（《读词偶得》），梁启超对辛弃疾《摸鱼儿》的"回肠荡气，至于此极。前无古人，后无来者"的评语（梁令娴《艺蘅馆词选》）等等，而结合自己的创作实践去读这些评点，常有更为强烈的共鸣与深切的体会，从而获得更多教益。

我也注重向当代诗词家学习。当代诗词创作水平整体上还需要提高，需要向高峰迈进，但每年都有不少精品问世。翻开《中华诗词》《中华辞赋》等刊物，每期几乎都有令人眼前一亮的好作品。全国每年也有不少多种形式的诗词比赛活动，所评出的获奖作品，好多也值得一读。这些作品反映的是当代的中国，反映的是火热的生活，反映的是作者的真情实感，都在形式和内容的结合上做出了努力。可贵之处，就是对传统不生搬硬套，有其鲜活之处。我特别重视这些作品的语言运用，看他们如何反映新生活，如何创造新意象，讴歌新事物。每读这些新作，对我都会有所启发。

我还重视向新诗学习，这可能与我的经历有关。我十四五岁时有了写诗的冲动。这时虽然背诵了不少古典诗词，但没想到去写旧体诗，而是尝试着写新诗，并且大胆地多次向《诗刊》投稿。当时我是初中学生，记得常避开同学去学校传达室看有无我的信件，结果收到的都是厚厚的退稿信。到高中后我开始了旧体诗词的习作，但仍然喜欢读新诗。20世纪60年代我买过李瑛的《红柳集》、严阵的《江南曲》等诗集，能够背诵贺敬之、郭小川的不少诗。

我认为，诗分新、旧，这是中国诗歌发展历程的反映，同是诗歌园地的两枝奇葩，诗体虽各异，诗性却相同，因为其用以表达主题的意象、意境多是相通的。许多诗词前辈都是两栖诗人。我认为，写诗词的不妨多读一点新诗，学习新诗的创新和敏锐思想、灵动的语感和鲜活的句式，以及吸取民歌和外国诗歌的艺术影响。开阔眼界，吸取这些作为营养，可使我们的诗词作品更有新意。

我与著名诗人雷抒雁先生是"文革"初结识且后来一直有来往的朋友，他写新诗，我写旧体诗，我们常互赠作品。我在赠他的一首《贺新郎》词的后半阕表达了对新旧两体关系的看法："玉台一雁高颉颃。振金声、放歌小草，杜鹃啼血。我亦鸿泥留吟絮，平仄藩篱偶涉。漫嗟叹，诗肠自热。好句非关新与旧，但真情、今古相连结。且共勉，莫停歇。"

2011年10月我在厦门的第三届中国诗歌节致辞中，曾把著名诗人舒婷的两句新诗"翻译"成旧体诗。舒婷在《双桅船》里写道：

雾打湿了我的双翼，

可风却不容我再迟疑。

诗人感受到追求理想过程中的艰难与沉重，又同时感受到了时代的紧迫感和责任感。这两句新诗可以"翻译"成两句五言诗：

雾湿双桡翼，风催一叶舟

也可以"翻译"成两句七言诗：

雾虽湿翼双桡重，风正催舟一叶轻。

可见新诗和旧体诗在意境上是相通的。这在诗友中和媒体上受到过一些鼓励。

有时我也把自己的旧体诗"翻译"成新诗，从中感受新诗在表现形式方面的特点。2012 年，我参加北京恭王府的海棠雅集，写过这么一首绝句：

岂负骚肠八斗才，海棠树下且徘徊。

花时岁岁吟难尽，国艳合为诗客开。

这首绝句就可"翻译"成这么一首新诗：

是花在催诗？

——良辰美景，八斗诗才。

是诗在催我？

——海棠花下，几度徘徊。

吟也吟不尽啊

——岁岁青春，无边花海。

倾城还倾国啊，

——人为花醉，花为诗开。

这种互相"翻译"的过程，对我来说，不仅加深着对新、旧体诗关系实质的了解，也有利于在旧体诗创作中诗思的开阔与表现方式的灵动性。

三　快心哪复计穷工

我的旧体诗词创作，在总体上追求一种典雅的风格。我也重视典故的活用，重视对诗歌语言锤炼的"炼字""炼句"，以及特殊的表现手法的掌握等。我的作品比较平易顺畅，不晦涩难懂。我虽然作了许多努力，但囿于自己的学养基础等，取得的成就是有限的。

从 1965 到 2020 年的 55 年间，我创作了约 1200 首诗词曲，其中诗 900 多首，词 200 多首，曲 30 首。数量是不算多的。我的创作水平是逐步提升的，成果也是参差不齐的。下面分别说说我的诗、词、曲创作。

1. 诗

在我的 900 首诗作里，有七绝约 520 首，内容庞杂，数量当然也最多。

从 2009 到 2011 年的三年里，我曾四次访问台北故宫博物院，留下四组 72 首七绝，每首诗前有小记，纪盛抒情，亦在存史。如：

三月一日至三日，或阴或雨；三月四日离台，则艳阳高照。

草自青青花自妍，别离喜见艳阳天。

人间毕竟晴方好，放眼圆山云水宽。

三月三日午后，出席台湾艺术家出版社为拙作《天府永藏》繁体本举办的发表会。

流光碎影看绳绳，天府珍琛启玉扃。

惭愧虽无燕许笔，赤心但有一壶冰。

同日晚，举行雍正展开幕式。展室大门，由两岸故宫院长同时按钮开启，宣告展览开始。

已是年来望眼穿，殊珍至宝本骈连。

大门徐启看雍正，盛世鸿泥总斐然。

十月九日，赴台湾政治大学演讲，按约定时间早到半小时，余云："到早了。"文学院周院长连声答："不早不早，已晚了六十年。"

直似桃源世外天，秋云翠麓小河潺。

一声答问心头暖，今我迟来六十年。

我写过240多首七律、85首五律，占到诗作总数的三分之一以上。这与杜甫的影响有关。我曾很认真地学习杜甫，研读他的诗，并写过《此意竟萧条　行歌非隐沦——谈谈杜甫的人格精神》的论文。当然学得很不够。我的七律中常有联章体作品，一般一组四首，也有一组五首、甚至十首的，如《杂感十首》（1996年）、《台北故宫博物院周院长一行来访感赋四首》（2009年）、《纪念杜甫一千三百年诞辰，用咏怀古迹韵五首》（2012年）、《七十咏怀五首》（2017年）等。但我深感，这是需要相当功力的，自己写时常感才力的不足，造成有的一组作品中质量的不够均衡。

"对仗"是律诗的表现形式之一，它增加词语表现力，体现着作者的才思功力，历史上许多名作就是因佳对而流传不朽。我在五七律诗的写作中，除了注意整篇的布局与结构外，也很重视颔联、颈联的推敲。

五律的颔颈联，如："山峻汉江邈，云横楚地宽"（《登武当山》）、"色蚀千村树，香残万亩荷"（《磁州秋色》）、"曲直一河水，高低两御碑"（《崖口》）、"周匝骆驼草，间开红柳花"（《玉门关》）、"槐绿百年树，榴红五月花"（《端午》）、"天际难眠月，年关不夜人。霜欺秦晋道，风肆柳杨津"（《母亲逝世三周年述哀并序其一》）、"平生气常壮，盛世语多危"（《拜望谢辰生先生并贺乔迁》）、"短杖孤松影，幽怀空谷音。世人崇考古，夫子贵知今"（《悼张忠培先生》）、"纵乏回天力，犹存掷地声"（《悼徐苹芳先生》），等等。

七律的颔颈联，如："霁月溶溶消吝鄙，要言淡淡长精神。双眉不画趋时样，一口常为违世音"（《纪念张宏图同志逝世十周年》）、"土窑曾孕风云策，沟壑深藏龙虎韬"（《雨中登延安宝塔》）、"时有檄文惊鼠窜，偶成佳句叹神来"（《毛锜同志赠诗，步韵奉和》）、"一种根基当马列，三分风骨自浏阳"（《陈烈先生赠＜田家英与小莽苍苍斋＞》）、"人生风雨识途马，世事苍黄孺子牛"（《谢辰生先生以七律见贶，抒文物保护之心志，谨步韵奉和》）、"庙堂空有犬豚辈，畎亩元存华夏魂"（《鸦片战争一百四十七周年 其一》）、"碧水无波哀玉碎，苍天有意使神全"（《老舍故居》）、"雪峰饱看五千仞，紫阙欣聆六百年"（《七十咏怀 其一》）、"红尘难觅三生幸，紫苑方赓十载缘。往迹栖栖待追忆，襟期落落任评铨"（《卸任故宫博物院院长感赋》）、"甲申烽火周期率，戊午风云改革旗"（《甲午春节感怀》）、"中西已铸迦陵学，今古方摛锦绣词"（《叶嘉莹先生九十华诞》）、"原上晴烟鸪鹆鸟，耳边潇竹板桥篴。红尘紫陌荣和辱，苍狗白云浮与沉"（《余方住院，舍弟调外地工作，克日报到，病室话别》）"行伴秋风送蝉子，坐看夏雨长桐孙"（《病中杂吟其四》）、"和陶清句水云境，劝稼至言黎汉村。载酒堂传读书种，桃榔林记逐臣魂"（《儋州东坡书院》）、"嘉应看山皆入画，梅江流水尽成诗"（梅州）、"人境曾容呵壁客，庙堂谁省补天才"（《黄遵宪故居》）、"文绣公馀浑似锦，诗吟马背直如珠"（《读卢法政诗文》）、"九州生气凤凰笔，千古文心瑰玮词。耆彦正声犹俊健，霸才高格自嵚崎"（《出席中华诗词学会第三次全国会员代表大会感赋》）、"杯里风波笑谁等，人间丘壑待吾曹"（《纪念杜甫一千三百年诞辰，用咏怀古迹韵　其五》），等等

我在歌行体上也做过努力，写过10多首，自己比较满意的有《卡伦曲》《玉路歌》《宝笈歌》等。

我体会到，歌行体写作既要有激情，也要对所述事物有充分的甚至专业的认识，例如白居易《琵琶行》对音乐知识的掌握。我写《宝笈歌》，就对《石渠宝笈》做过深入了解。2015年故宫建院九十周年，举办《石渠宝笈》特展，我出席开幕式后到国外探亲一个多月。通过网络，我看到这个展览深受观众喜爱，出现早晨午门一开就有千人跑步冲向武英殿的情形，被网友戏称"故宫跑"。我深知这对于故宫的意义，便用近十天写了长达百句的《宝笈歌》。这是我截止目前创作的歌行体中最长的一首。诗的开首以12句简介《石渠宝笈》的编纂及意义：

乙未清秋碧虚渺，江山如洗歌窈窕。
紫垣缃帙映星辉，晋唐风华烟霭绕。
忆昔宝笈初编纂，入目尽为一时选。
七十四年三编竣，锦缥绣褫遍宫苑。
玉丁宁，花绚烂，千载耿光蕴其间。
宝笈甫出天下惊，斯文脉远传一脉。

接着用50句略述《石渠宝笈》的散佚、征集及修复。后以38句

描述院庆展览的盛况：

蓦然回首日月驰，故宫院庆迎九秩。

院庆筹划何其多，心血经年在宝笈。

天华爽霁秋旖旎，千呼万盼幕启时。

君不见武英殿变石渠阁，延禧宫成凤凰池。

兰亭真迹世无容，承素双钩走神龙。

不使鼠须并蚕茧，也浸山阴水琮琮。

潇散伯远古澹神，王氏真迹在一门。

不是周公能解意，今日安得涵此芬？

游春图染青绿早，即今犹明隋川草。

卧听春山过马蹄，晓风吹绉杏花水。

清明上河市语纷，翻出汴京十丈尘。

人畜楼舍千家树，择端笔下千般春。

五朝宸翰拔其萃，清帝艺趣堪体味。

金题玉躞精光射，鹄立俱是争睹者。

莫道风流已渐衰，禹甸大雅存魂魄。

且看斗牛间，紫气又凝团。

聚我合浦珠，扬我丰城剑。

剑合珠还应有日，凤阙再看锦绣篇。

九十犹是庆十九，

自是文物渊薮含英咀华总当年。

我的古风有40余首，自己比较满意的有《父亲逝世百日纪念》《老槐四季歌》《老腔》等。例如《老腔》：

黄渭洛汇处，艺文亦渊薮。　自古孕奇声，老腔一枝秀。

秦人尚武烈，秦声自赳赳。若论雄壮者，无出老腔右。

351

开腔全身力，其声屋瓦透。弹拉逐兴高，板凳挥在手。

但到动情处，忽作狮子吼。帮腔拉坡声，起伏又悠久。

酣畅淋漓际，满台风雷走。每看演出时，观者如醉酒。

莫讶太家常，莫嫌近粗陋。人贵原生态，原生见重厚。

溯源汉唐远，寻根众人口。此花不凋零，此花总带露。

2. 词

我的学习填词与写诗是同时开始的。200 多首词作中，常用的词牌是《浣溪沙》《鹧鸪天》。在《郑欣淼诗词稿》（庚子增订本）中，收有《浣溪沙》34 首、《鹧鸪天》26 首。我第一次用《浣溪沙》是1989 年，写有《浣溪沙·回乡见闻五首》，其四曰：

半绕修桐锁雾烟，百年老屋旧容颜，剥风蚀雨尚安然。　　双柏窑边争上下，簇花檐底竞芳妍，恼人春色菜蔬园。

赵晓明同志自 1998 年底任我的司机，至 2017 年 9 月 30 日退休，我们相处 19 年，大家都说难得，我也深有感触，特拟《浣溪沙》相赠：

回首才惊十九春，生涯甘苦伴车轮，相看俱是白头人。　　一路风霜穿冀豫，几行宫柳守晨昏。个中有味自堪珍。

记得十来年前我有次见到刘征先生，他笑着对我吟出了"瓜压架，豆爬篱，燕郊风物老来宜"，我很吃惊，这是我 2009 年为老妻六十生辰写的《鹧鸪天》中的句子。说明刘老看了，也还是欣赏的。原词是：

六十年华不可追，衰颜犹记嫁时衣。胼胝曾织桃源梦，濡沫同吟赤壁词。　　瓜压架，豆爬篱，燕郊风物老来宜。何时最是多生趣，一抹斜阳雨后畦。

《鹧鸪天》写多了，觉得比较顺手，常用来记事摅怀。20 世纪 80 年代我在西安工作，曾给《羊城晚报》写过一篇文章，我的日记记载此文刊登在 1981 年 9 月 22 日的该报，便托高志忠同志查找。他的本事真大，竟寄来一份当年报纸，我既惊又喜，遂填《鹧鸪天》一阕：

　　恰似飞鸿来五羊，卅年尘事入微茫。长安陌上春方绿，斗室灯前梦亦香。　　头半白，纸全黄。川流如此不商量。斜阳芳草浮生短，鱼跃鸢飞回味长。

《南歌子》《减字木兰花》《临江仙》等词牌也多次用过。近十多年来我每年都例赠单霁翔同志诗词。他于 2019 年 4 月卸任，按他的说法，也成了"前院长"，我写有《南歌子》相赠：

　　千古烟云老，七年擘画新。回眸盛事总缤纷，最是平安二字印深痕。　　天阙霜晨月，和风御柳春。缘分当有又逢辰，我辈此生无悔故宫人。

我把此词也发给了台北故宫博物院前院长冯明珠女士，她回复："深有同感，十分感动，眼眶泛潮！"

2001 年 4 月我有武夷山之行，与时任市文物局局长的张传新同志相识，后彼此退休多年，至今 20 来年亦未再见，但每届春节传新同志必馈大红袍茶，未曾中辍，不胜感慨，2013 年初曾以《临江仙》纪此事：

　　秀水奇峰闻苑地，雨犹挟绿潇潇。武夷四月更清娇。棹歌游九曲，朱子似相招。　　别后十年悭一面，岩茶犹记香飘，当时品饮已神交。不忘湖海里，岁岁大红袍。

我写的长调不少，几乎占到全部词作的三分之一。长调又以《贺新郎》为最，从 1992 至 2020 年，写有 35 首，另有《水调歌头》《念奴娇》《高阳台》《水龙吟》等 28 首。

我的第一首《贺新郎》写于 1992 年 1 月。一批老三届同学与老师聚于陕西骊山之麓秦始皇陵旁的一个饭店，气氛热烈，我用《贺新郎》记述了这次活动，也留下了初学者的步履：

> 春意弥楼透。喜相逢，同窗谊广，严师情厚。梦里朱颜犹可见，当日翩翩俊秀。叹已往，风狂雨骤。黝黝骊山泥鸿爪，待追寻、悲歌须敲缶。煮鹤事，莫回首！　人生艰寒悠悠路。论从头，学书学剑，垄田耕耨。两鬓微霜评得丧，熟视春花秋柳。日正午，精神抖擞。我辈殷勤濡以沫，更应知、砥砺相砭灸。助壮语，进清酎。

我的《贺新郎》较多内容是访古探胜。例如《贺新郎·梅岭古道》（2011 年）：

> 梅岭何奇崛！更雄关、扼喉抚背，楚天南粤。十万秦兵存迹否？开凿唐功尤烈。念往昔、阛阓�

踵接。野草休看侵古道，石阶残、多少风云阅。天地转，几时月？　擅名梅国梅堪说。一枝春、红梅如火，白梅如雪。迁客流人梅折处，留得诗中凝血。又遍诵、将军三阕。隐隐粉云苞正孕，老干枝、商略冲寒发。且骋望，自心热。

北京出版集团为我出版文集，进行了持续五年的整理、编辑工作，于 2022 年 6 月，21 卷 22 种、710 万字的《郑欣淼文集》终告编讫，我特赋《贺新郎》抒感：

> 回首寻鸿爪。总难忘、秋风渭水，垄间寻道。幸得迅翁相陪伴，明月心头常照。算大抵、缘分天造。紫阙九重重重秘，二十年、一帜扬精要。几多事、未曾了。　累然卷帙方编好。且存留、

鱼书蝶梦，往时沤泡。岂是孜孜名山业？莫敢韶华草草。但惴恐、灾梨祸枣。堪慰今生平仄乐，漫推敲、快意长吟啸。笑此叟、不知老！

"一帜扬精要"，是指我于 20 年前提出的"故宫学"，今已蜚声学界，蔚为大观。

我的不少诗词记录着故宫博物院的工作，长调更是反映了一些重大事件。2011 年 9 月故宫在午门推出年度大展——"兰亭特展"，110 余件展品，有来自国内外兄弟博物馆的珍藏，故宫则拿出晋陆机《平复帖》、王珣《伯远帖》、唐代虞世南、褚遂良和冯承素等最早、最接近原作的摹本和历代名家临本，乾隆帝集诸家大成的"兰亭八柱"帖也是首次全部与观众见面。围绕展览主题还举办了全国诗词比赛活动。我以《水龙吟·故宫兰亭大展》一阕助兴：

合教大雅长存，兰亭一序传千古。暮春好景，临流觞咏，晋人风度。信笔行书，骋怀遣兴，直惊天助。看世殊事异，斯文犹在，山阴道，芳如故。　　谁识太宗心绪？夕阳中，昭陵无语。唐摹宋刻，乾隆迷醉，情衷碑柱。浪涌波翻，泽绵恩永，九霄飞羽！正人间盛事，四方神品，午门欣聚。

3. 散曲

我写有散曲 30 首。开始于 1999 年，应该是当时心血来潮，想尝试一下。这一年我先去了甘肃秦安县，这里有著名的大地湾遗址等，便一气写了八首【仙吕·一半儿】，如：

大地湾遗址

彩陶灵气亦今奇，殿址巍然寻旧遗，乍见文明一缕曦。遍沟陂，一半儿分明一半儿谜。

戏赠马文治同志

腹装稗史雨前茶，口吐市廛带露花，笔底龙蛇横又斜。漫无涯，一半儿村言一半儿雅。

后来我又去了河南洛阳，写了【正宫·醉太平】《洛阳怀古》四首，如：

北邙

黄丘今曼衍，岁月已稽淹。公卿帝后俱成烟，一坯曾九碗！到而今满城哪见排云殿，世人尤爱牡丹苑，传来但有洛阳铲，悠悠回顾间。

我也感受到散曲写作中的趣味。但散曲的重要特点是吸收方言俚语，诙谐，幽默，突出的是本色之美，我觉得自己要做到这一点比较费力，就未再继续写。

在当代中国的散曲发展中，陕西起了重要的推动作用。原陕西省委书记张勃兴同志积极筹集资金，支持成立陕西省散曲学会，并联合湖南、北京、山西等省散曲组织，致函中华诗词学会，期望重视散曲工作，并成立专业机构。顺应这种形势，中华诗词学会成立了散曲工作委员会，工委会就设在西安，由我兼任主任。张勃兴同志也是我在陕西工作时的老领导，中华诗词学会顾问。我很敬佩他的为人，距第一次写作散曲的 15 年后，便重作冯妇，于 2014 年写了两首【双调·水仙子】敬奉张勃兴同志，如：

曲坛已举复兴旗，画苑犹寻僻野蹊，念年前是封疆吏。秦川经略纪，几多风雨依稀。访河上，探翠微，清韵怡怡。

此后主要是工作需要，又陆续写了十多首。山西省原平市许多农民写散曲，而且写得好，正式出版了《原平农民散曲选》。我曾到该市乡村考察散曲创作，并写了【双调·水仙子】《原平四咏》，如：

同川梨花

岑嘉州笔下雪白茫，李供奉窗前月似霜，谢韬元柳絮从天降。正梨花飘淡香，看原平沟峁春光。前人句难挥去，新鲜词费考量，搜尽枯肠。

散曲工委徐耿华先生等筹划出版散曲创作丛书，嘱我一定要写几首，我便为《父母情》《校园情》写了两组九首。如：

厢厦槽头马，村口涝池蛙，日暮时分绕树鸦。人小无牵挂，爱雨后天边彩霞。正贪玩耍，娘亲不唤不回家。（【仙吕·醉中天】《思亲》四首之一）

想烟峦烽火高台，绣岭春回，照眼榴开。桃李弦歌，华清水暖，勤勉吾侪。忽剌剌骊山起霾，痛煞煞煮鹤堪哀，岂是飞灾？梦里前尘，不尽伤怀。（【双调·折桂令】《校园情》五首之四）

2018 年散曲工委在在四川遂宁开会，正是当地千年古银杏满树金黄的季节，要求与会者须有咏银杏作品，我就写了一首：

僻乡，道旁，苗寨精魂傍。短枝长干一盖张，树影三千丈。秋染金黄，夏成青幛，见几回沧海桑。傲霜，自强，总不变婆娑样。（【北中吕·朝天子】《千年古银杏》）

四 唯有琢磨珠玉在

我认为，诗词创作一定要有认真的态度。这主要是指我任中华诗词学会会长时对于所谓"应景"或"应酬"类作品的创作态度问题。

在我任会长的十年间。共写有诗词曲 640 余首，其中与学会有关的 120 多首，占到同时期作品六分之一以上，花费了我大量的精力。这些作品，或为耆老庆寿，或悼怀诗翁，或为诗词组织致贺，或纪念重大活动，或与诗友唱和，等等，大部分可以说属于应景性或应酬性的。有人说，这类作品，不必太费心。但我认为，自己绝不能以应景、应酬的态度去写，因为这是我作为中华诗词学会会长工作的一部分，是一项严肃的任务，也是一种真诚的心灵沟通方式。因此，自知水平有限，但我还是下了功夫的，努力琢磨，写得都很动感情，也很尽力。当然下没下功夫，读者一看便知道。

诗词界有影响的老先生，也是中华传统文化的瑰宝。以诗为他们贺寿，本身就是一件雅事。我是以恭敬的态度全力以赴去写，写有贺寿诗 16 首。

2010 年 6 月，沈鹏先生八秩华诞，周笃文先生以《南歌子》一阕见示并嘱和，遂步原玉，兼申贺忱：

> 鹤发神犹旺，童心气必清。尧天舜地祝遐龄，杖履春风谁谓日西倾？　四海书坛骋，三馀吟草成。沈家标格世皆惊，君子自强不负洗心经。

2015 年，我在西安拜访了中华诗词学会顾问、九四高龄的霍松林先生，他还送我一本当年新出的《宋诗举要》，有诗纪事：

秀出芳林不老松，朗声敏思气犹雄。

沧桑几度秦州月，桃李三春雁塔风。

文雅广传唐韵味，墨香精绎宋诗踪。

清秋今又蝉吟际，皓首书斋夕照红。

当然，也会悼怀仙逝的老诗人。如，2012 年周汝昌先生去世，我填《减字木兰花》悼念：

学行彪炳，自在红楼寻梦影。吟坫旗扬，赏会诗词锦绣肠。　　私心向慕，但憾无缘陪杖屦。惊坠文星，遗泽宛然惠后生。

与中华诗词有关的活动很多，我也积极参与，主要是写诗填词，表达一份心意，给予应有的支持。如：

2011 年 5 月，首届中华辞赋北京高峰论坛召开，我的贺诗是：

莫道已成尘，再生如有神。诗骚觞滥久，班马派流新。

志念凭营构，韶华任饰陈。诸公高会日，浏亮蓟门春。

2011 年 8 月 30 日，中华诗词研究院成立，我出席大会并致贺词《鹧鸪天》：

诗国长河几道湾，华章巨手待评铨。骚坛犹少金针样，史馆今增玉笋班。　　宫苑露，鸟巢烟，京华秋意正新尖。忽闻动地歌吟起，始信心声不等闲。

《诗刊》杂志创办于 1957 年 1 月，我出席了 2017 年 1 月 24 日中国作家协会举办的纪念《诗刊》创刊 60 周年座谈会，并写诗一首：

锦绣毛公十八章，当年领唱破天荒。

风华卷卷六旬庆，骚雅堂堂一帜扬。

无限江山堪骋目，有情时月总回肠。

欣看《子曰》横空出，诗国云程共颉颃。

2017年4月，我在京外参加一个活动，获悉浙江之江诗社散曲研究会成立，即以一首【越调·天净沙】为贺：

赵家庄上琵琶，长生殿里胡笳，十种笠翁俗雅。复兴光大，之江曲和云霞。

1987年应运而生的中华诗词学会起了带动作用，全国大多数省市的诗词学会也在1987、1988两年间纷纷成立。到了2017、2018年，各地学会的三十年庆贺自然少不了。凡是请我写贺诗的，我不仅不能推辞，还要争取写好。这也要下功夫。例如：

贺广东中华诗词学会成立三十周年
情愫两间发，天南一帜张。风华有余绪，坛坫起新腔。
粤海潮波涌，花城吟兴长。三旬当壮岁，骋目共飞觞。

贺浙江诗词与楹联学会成立三十周年
两浙人文秀，风骚岂等闲。吟声潮起处，藻思鹜飞间。
有味唐诗路，多情谢客山。险峰藏好景，携手共登攀。

贺湖南省诗词协会成立三十周年
有才唯楚盛，骚雅自绵连。屈子怀南土，毛公颂夕烟。
复兴新帜举，而立大名传。诗满芙蓉国，高吟彻九天。

这十年中，我还有不少唱和诗，这是诗友间交流联谊的一个重要方式，也是传统的风雅之举。其中一些又与学会工作有关。2012年春，恭王府海棠盛开，举办海棠雅集，中华诗词学会积极参与，马凯同志亲自出席，还写了首七律《咏海棠》。他在小序中说："叹观海棠老树，岁愈百年，春华秋实，生机依然。又闻海棠诗社重启，凑为几句，聊以助兴。"诗曰：

老干新枝也出墙，嫩芽争放送清香。
风来漫地梨花雪，雨过摇身碧玉妆。
难怪苏家常上火，顿怜贾府总回肠。
而今只待金秋到，肥果胭红装满筐。

马凯同志热情支持、推动中华诗词事业的发展，为广大诗人所敬重，和之者众，我当然也有和作：

繁花老树拂西墙，独占春光一段香。
夕月翻移疏密影，朝暾映衬浅深妆。
每教明艳摩昏眼，直欲清纯洗俗肠。
莫笑骚人吟不尽，诗囊早已改诗筐。

凡有重大纪念活动，学会还常统一组织安排有关诗词创作的任务，我也会认真完成。2021年是中共建党百年，学会筹划组织了《百年史》的诗词创作，拟出一批题目，具体分到个人。我作为名誉会长，接到写两首的任务：《大兴学习之风》与《运20首飞成功》。我是认认真真完成的：

大兴学习之风
回首一何壮，昂然百炼身。指针宗马列，活水赖人民。
实践时无尽，研磨理自新。风云多变色，学习葆青春。

运 20 首飞成功

背负青山自在身，倏然已带九天尘。

鲲鹏万里无穷意，奋翼常看日又新。

　　对我来说，这种认真的创作态度，还反映在对自己作品的反复修改、不断琢磨上。我在写作时字斟句酌，认真推敲，不能率尔为之；但有了初稿也不轻易公开，还要作进一步的甚至反复的修改，有时候改动很大。我深感，这个过程必要而且重要，对于诗意的强化和诗境的提升很有意义。我也注重向诗友求教，与他们切磋。他们会从不同角度提出一些修改建议，因对诗意的理解不同，这些意见不一定全部接受，但对我来说总是有启发的。

　　多年来我曾向不少诗友征求修改意见，例如河北省广平县的徐章明同志，就提出过重要的修改建议，我的《浣尘集》也是委托他编选的。经常来往的主要有故宫博物院的王素先生与《中华诗词》主编高昌同志。他们二人都写诗，是我多年的诗友，有话彼此都能直说，高昌并有丰富的编辑经验，所以他们提出来的意见我很重视。我想举以下几例：

　　2013 年 4 月，我写了《金缕曲·奉和叶嘉莹先生癸巳恭王府海棠雅集新词》，词曰：

　　　　又到花时节。正春酣、天香庭院，海棠芳醑。红蕾乍生惊明艳，浅晕更添新叶。漫体味、胸无俗物。韵致自宜诗与画，一湖风、轻漾融融月。园茟锦，地铺雪。　　柔枝老干高墙拂。忆年年、堂前王谢，泡沤曾阅。无餍权臣光焉葆？末世亲王日拙。风雅事、斋中晋帖。如此江山如此树，旧楼台、谁见芳菲歇？但不语，绕花蝶。

　　其中"一湖风、轻漾融融月"，我的初稿是"一湖水、况有融融月"，王素先生建议把"水"改为"风"，把"况有"改为"轻漾"，一下子画面就灵动起来了。

庚子腊月二十三，俗谓小年，我应邀出席由国家文物局原副局长董保华同志召开的《中国文物志》复审会，这是他主持五年努力完成的一项大工程，与会的都是文物系统的老同志，大家都很高兴。我写了首诗纪念：

> 今到小年年味浓，一堂欢聚沐春风。
>
> 等身卷帙董家笔，妙手工夫天外峰。
>
> 文物千秋当有志，劬劳五载自留踪。
>
> 放言贯耳犹如昨，留影细看皆是翁。

王素先生建议把"董家笔"的"家"改"狐"，相应地，对句"工夫天外峰"五字建议改为"类编王象功"。我的"董家笔"是指董保华，他担负了文物志的编纂任务。王素先生则从另一个思路出发，用了以能直笔著称的春秋晋太史董狐之典，与之相对，又用了王象，王象是三国魏大臣，奉命编撰《皇览》，为类书之祖。王象编类书倒可与保华同志编文物志联系起来。王素先生读书多，腹笥丰赡，我就依了他的修改。王素先生还建议末句"皆是翁"的"是"改"老"，我以为可改可不改，就未动。

我还常与高昌同志联系，每有新作，一般都会征求他的意见。他有时也把自己的作品发我，让我改改。

2016 年我有银川之行，写了《银川小记》五首，定稿为：

> 伟业雄才寻爪痕，秋风斜照李家坟。
>
> 贺兰山阙烟消尽，世上犹留西夏文。（《西夏王陵》）

> 古堡残基接远峰，如棋世事有无中。
>
> 此间果蕴洪荒力？一种雄奇西北风。（《西部影视城》）

沙平雾薄忆胡笳，湖岸蒹葭杂野花。

最是撩人晨夕景，一汪青碧半天霞。（《沙湖》）

湖沼珠连楼影斜，路边绿鲜马兰花。

艺文更重银川韵，一宿依依印象家。（《印象家酒店》）

不负才名折翅身，天教斯土富斯文。

灵台原有菩提树，塞上今眠牧马人。（《咏张贤亮》）

　　查看当时手机微信记录，我与高昌两人对此组诗的修改讨论持续了好几天，我也整体改过三次。《西夏王陵》首句原来是"万古长河杨柳村"。高昌提出"万古长河和杨柳村搭得有点远。当地有特别的地理？请酌"，我的回答是"想以楊柳村的亘古长存与李元昊的李氏王朝的一段存在相比较"；他又提出"西夏王陵烟消尽可否风烟散？另，西北缺水，杨柳村有出处吗？"我告他"天下黄河富宁夏"；他说"还是觉得杨柳村有些歧义。可否万古长河度杨柳？"他一再坚持，我也感到这句不理想，就改成现在的"伟业雄才寻爪痕"。高昌认为"影视城最棒。洪荒力用的新鲜灵动"。《沙湖》首句"忆胡笳"的"忆"字，初稿是"想"，他建议改为"忆"。末句"一汪青碧"的"青"字，我自己第二稿改为"流"字，他不赞成改，说："因汪的妙处，在静"。《印象家酒店》第三句初稿是"温馨总是艺文韵"，现在的"艺文更重银川韵"，是我觉得有必要而修改的。他说："张贤亮一首，'原有'一词平了些。可否改个形容词？"我的"原有"，强调的是人的内心本来就有向善的一面，所以未改。我们也分享着这种切磋互动的乐趣。

　　2020年7月，新冠疫情方炽，我在"云"上出席第17届《中华诗词》青春诗会，写了一首《鹧鸪天》：

　　　　勃勃诗情岂可拦？江山自不负华年。室中当觉风烟少，云上才知天地宽。　　　渔浦路，剡溪船，晋风唐韵总依然。青春唤我吟心起，乘兴何妨啸傲间？

高昌同志提议把第三、四句的"当"改"未"、"才"改"尤"，便是"室中未觉风烟少，云上尤知天地宽"，我以为很好。原来的意思也不错，但这两个字的变动，意境就更开阔了。最后一句，他提出可改"啸傲风云追古贤"。我认为"追古贤"三个字好，在此基础上，我改为"啸傲何妨追古贤"。

近年来我的散曲作品，曾请教于陕西省徐耿华、山西省张四喜等先生。

以上拉拉杂杂，回顾自己诗词之路，略谈学诗断想。我在多年前请人刻了一枚"欣淼学诗"的闲章，常钤在奉赠给诗友的拙作上。我虽年事已高，但有那么多诗情澎湃、老当益壮的老诗人在做榜样，我当然不该偷懒。在诗词之路上，我仍然要活到老，学到老，写到老！

注：文章题目与四个小标题，分别来自作者的文章与诗作。

"我亦鸿泥留吟絮，平仄藩篱偶涉"，出自《贺新郎·赠雷抒雁先生》。

"倾心余事作诗人"，为作者2019年6月20日在在第二届中华艺术大家讲习班诗词班上的讲话题目，此文收入中央文史研究馆编：《文脉传承：第二届中华艺术大家讲习班文献集》，广西师范大学出版社，2020年。

"千古文心瑰玮词"，出自《出席中华诗词学会第三次全国会员代表大会感赋五首》其五："九州生气凤凰笔，千古文心瑰玮词。"

"快心哪复计穷工"，出自《〈雪泥集〉出版自题　二首》其一："但得依稀踪迹在，快心哪复计穷工！"

"唯有琢磨珠玉在"，出自《和马凯同志贺中华诗词学会成立二十周年诗》："唯有琢磨珠玉在，岂无唱和胆肝留。"

（本文载《心潮诗词评论》2022年第8期）

第一编

风雅绵绵

中华诗词之美

今天有幸参加这个讲习班，和大家交流我学习中华诗词的一些体会。我讲四个问题：一是诗性民族；二是诗歌长河；三是诗韵之美；四是诗与诸艺。因为我们讲习班有书法、绘画、戏曲，这些和诗歌都有关系，因此最后一个问题讲讲诗与书法、绘画、戏曲的关系。今天在座有这么多大家，张立辰先生、龙瑞先生、尼玛老朋友，还有吴江先生，我感到压力很大，讲得不对的请你们批评指正。

一、诗性民族

人们都说中国是一个诗的国度，这不仅是指中国诗歌传统源远流长，诗歌遗产相当丰厚，而且诗是中国文化的一种特殊表现形式，成为中华传统文化的鲜明象征；同时诗性智慧、诗性思维，"诗"作为中国人一种精神方式，已渗透到中华文化艺术的方方面面。可以说，中华民族是一个诗性民族。形成这一特性的原因，主要有文化背景和诗教传统两个方面。

（一）独特的文化背景

从深层次来说，这与中华民族生存的地理环境和文明起源类型有关。中华民族地处东亚大陆，东南是广阔的海洋，西面有喜马拉雅山，北面是气候寒冷的东西伯利亚，在国境的周围有明显的天然屏障，形成了一个相对封闭的地理区域。这一特点说明，作为古代东亚文明摇篮的中国北方地区几乎完全与世隔绝，因此中华文明只能是本地起源的。

中华文明是由农业发展起来的。夏商周三代是中华文明的第一个高峰。农业社会培养了中国人"天人合一""以人为本"的宇宙观和人生观。《易传》提出"三才之道"，视天、地、人为一整体，认为天、地、人存在着普遍的联系。这种思维的集中体现就是"天人合一"。这个"天"，既指自然时节的、具法则意味的天，也指一种超越自然、超越人力控制的宗教意味的天。与西方人相比，中国人的宗教观念比较淡薄，重视人生的价值，又逐渐将宗教人文化。在中国人看来，人世间的一切都是按照天的自然法则而生成，人与自然界的统一和谐是最佳状态。

农业文明的起源来自中国人对于天地运行规律和万物生长规律的掌握。一年四季寒来暑往的自然规律，周而复始的物候、节令，都与农业生产的春耕夏耘、秋收冬藏紧密相关。例如，从需要出发，我们的先民就在天文学方面积累了丰富的知识，天文星象也成了诗文描述的对象。顾炎武说："三代以上，人人皆知天文。'七月流火'，农夫之辞也。'三星在天'，妇人之语也。'月离于毕'，戍卒之作也。'龙尾伏晨'，儿童之谣也。后世文人学士，有问之而茫然不知者矣。"（《日知录》卷三十）这里所引的星象都来自《诗经》，其中说的"农夫之辞""妇人之语""戍卒之作"和"儿童之谣"，表明当时农、兵、妇、孺各阶层人，"皆知天文"。我们今天对"七月流火"为什么有不正确的解释？因为我们不知道它是一个天文现象，火是大火星，以色红似火而得名，为二十八宿之一，有星三颗。它是夏天夜晚空中主要亮星之一，是有名的红巨星，对于古人授时定候有着重要的指示作用。它每年夏历六月黄昏时出现在正南方，是正中和最高的位置，到七月黄昏时位置开始偏西向下移动，古人称之为"流火"。到了这个时候，妇女们就该赶制棉衣，为亲人们准备冬装了。这就是中国人的天人合一，也是我们传统文化里很重要的一个方面。我们古人认为天地人是相通的，人和大自然是很亲近的，而且把大自然拟人化，给大自然赋予了人的一些情感，所以我们看到的天地万物都是诗意的，比如月亮、牛郎织女星，我们给她（大自然）创造了很多美丽的故事和传说。

说到诗性思维，我们知道19世纪意大利哲学家维柯在《新科学》一书中就认为，原始人把自己与大自然分得不清楚，人与大自然融为一体，对世界的反应是一种独特的、富于诗意的"诗性的智慧"，或者说诗性思维，其特征是主客体不分、心物合一的圆融境界。这是建立在感性基础之上的具有丰富想象力的创造性思维。中国人的诗性思维是天人合一的自然立场所化育、培养的。诗性思维是中国文化很重要的传统。所谓诗性，顾名思义，就是"诗"之特性：以己及物，由物言情，予物以生命化、人格化，最高境界是物我相融，物我皆忘，天人合一。因此，在思维方式上更深层次表现为重比兴与联想，重自然，重情感，重古人的经验，重感悟等。

中国人怎么看待诗歌的起源？既然天与人是相通的，人的性情都能与天（自然外物）相应，天与人无时无刻不在产生着感应、交流，即感物兴情。受此观念的影响，中国人认为诗歌起源是人的心灵受外物感动的结果，这就是"物感说"。这是中国诗学理论的一个重要命题，涉及包括诗歌在内的中国艺术的起源问题。

如果和西方关于艺术起源的理论来比较，我们可能对中国人的思维特点理解得就更深刻了。我们知道西方从苏格拉底、柏拉图到亚里士多德，主要倡导的是"模仿说"，这也是西方文论最重要的观点。柏拉图有个"三张床"理论：第一张是"理式"的床，那是床之所以为床的道理，他认为这是床的真实性；等二张是木匠依据"理式"所创造出来的床，这张床是对"理式"的模仿；第三张是画家模仿木匠的床所创造的艺术的床，这是一种模仿的模仿，它和真实体隔着三层。它们分别代表了世界的三个层次：理式世界、现实世界和艺术世界。因此，他们认为真正的美就是对事物逼真的模仿，形似高于神似。其

371

文学更多地具有叙事传统的现实性，其文艺思想具有明显的逻辑理性。需要说明的是，古希腊的艺术模仿说，一直支配到欧洲的 17 世纪，直到康德的《判断力批判》出来，对美的成立、艺术的成立，才开始了真正的反省。

中国人则秉持"诗言志"的观念："诗者，志之所之也。在心为志，发言为诗。"认为诗的产生就是诗人内心情志表达的需要。《毛诗序》对此做了进一步的阐释："情动于中而形于言，言之不足，故嗟叹之；嗟叹之不足，故咏歌之；咏歌之不足，不知手之舞之，足之蹈之也。"可见诗是情志的结合，情与志是浑然不可分的。这已说到了诗的本质。但是，中国人对情感的抒发又有明确的规定："发乎情，止乎礼义"，即诗中所表达的情志要合乎礼义规范，就是要有节制。

两种不同诗学观的差异，体现着两种不同文化系统的特征。西方人所面对的世界是一个存在和实体的世界。实体只能由原子组成或上帝创造。这就使西方文化总是把自然作为被认识、被探索、被征服的对象。西方人的思维中表现出通过语言、逻辑工具追求一种明晰，强调由外及内的对客观世界的感受和理解。因此，对诗的本质认识，古代西方人偏重"真"，而中国人则偏重"善"，追求一种模糊无形、浑然一体的艺术最高境界。这也反映了中国人的整体思维特征。中国的艺术创作、艺术鉴赏都是注重整体的把握，所谓"雄浑""自然"，所谓"气象""神韵""格调"等，都是艺术家注重的整体美感和文艺作品给予欣赏者的整体感受。

物感说影响了中国审美艺术的重要特点——意境，是中国人对审美最高的表达，一切景语皆情语。而模仿说的典范成果是典型，它要求在典型环境中通过典型性格形成过程的描写，真实再现生活的本质。这也是为什么中国是抒情传统、而西方是叙述传统的重要原因。

（二）诗教传统的浸润

我们说中华民族是诗性民族，既有先天的特征，还有一些外在的、长期的影响，其中一个就是诗教传统的浸润。

所谓诗教，是指中国古代儒家诗学传统中，关于《诗经》的社会审美教育作用的一种观念。汉代人所作的《礼记·经解》中有一段假托孔子的话："入其国，其教可知也。其为人也，温柔敦厚，《诗》教也……其为人也，温柔敦厚而不愚，则深于《诗》者也。"这里的"诗"指《诗经》。这段话虽然是假托，但是符合孔子的思想，所以几千年来，关于诗经社会伦理教育作用的这种观念绵延不绝。孔子对于诗的作用大家都知道，概括起来，"小子何莫学夫《诗》"，小子是他儿子，是他教导儿子，你怎么不学《诗》？"《诗》可以兴，可以观，可以群，可以怨。迩之事父，远之事君，多识于鸟兽草木之名。"（《论语·阳货》）

孔子的诗教观有两点最重要，一个是"温柔敦厚"的人格理想，标志着诗教对人性潜移默化的效果尺度；另一个是对诗歌"兴、观、群、怨"功能的总结，概括了诗的感发精神、认识世界、沟通社交和宣泄情感的价值。我们也可看到《诗经》是当时百科全书式的"宝典"，用途甚广。这两个方面构建了孔子的艺术性与思想性和谐共生的诗教理念。孔子诗教的目标，就是用"以诗化民"的方式，来培育平和、理性、通达的人格，并由个体上升至国家、民族、天下，意在构建一种雅正中和的社会范式。

现在我们就很清楚了，诗教的实质是什么？是教人读诗、爱诗、懂诗。诗教说到底是一种美育，是要培养诗性的人，孔子就是一个诗性的人，他也要把他的学生、儿子培养成诗性的人。今天我们中华诗词学会也还在搞诗教，提倡诗歌要进课堂、进社区、进企业、进军营等。这不是要求每个人都要成为诗人，那是不可能的。自古以来都很重视诗歌的教化作用，所以孔子说"小子何莫学夫《诗》"，他没有说让他去写诗，而是要教人读诗、爱诗，从诗中接受滋养。

《诗经》在春秋时期广泛流传，主要是它的实用价值。孔子为什么说"不学《诗》，无以言"？因为当时常见"献诗陈志""赋诗言志"，《诗经》在外交和日常交际中发挥着表情达意的工具作用。钱穆先生尝盛赞春秋贵族文化之雅艳，外交之赋诗、引诗为其大宗。当时贵族子弟学习"诗"，就是为了在政治活动和社交场合中陈志、言志。比如，这个国家要求那个国家出兵帮助其去打另一个国家，直接说，害怕人家拒绝，于是他用《诗经·摽有梅》里的诗句："摽有梅，其实七兮。求我庶士，迨其吉兮。"这首诗，其实是一首女子的求爱诗，意思是说，梅子纷纷落地，树上只剩下七成了，喜欢我的小伙子，赶快抓紧这大好时光，不要轻易错过。引用者则用这段话作为外交辞令，表达了不要错过用兵时机的意思，显得婉转含蓄，也留有回旋的余地。可见用诗的人不管这个诗本来的意思，完全是"断章取义"，为我所需。但是对方能听懂诗，明白引用者的意思，说明这在当时是必备的知识。当然，如不熟悉赋诗，或赋诗不当，不仅斯文丧尽，有辱国体，甚至招来灭顶之灾。

先秦的用诗形成了中国文化"以诗为证"、引经据典、动辄"子曰诗云"的思维模式，影响深远。这反映在诗歌创作中，就是重视融采前贤诗句，喜欢用事用典。而引用经典古诗词表达个人的心志、进行各种交往，更是至今不衰。特别是外交场合，我们不少领导人都喜欢引用古诗词。中华诗词多名篇警句，不仅是精神上难得的滋养，也是外交的宝贵资源，恰当地引用，既反映文化素养与精神境界，也体现政治智慧与言说技巧，作用是很大的。

诗教之所以能发挥这么大的作用，还是由诗词本身的性质、特点和教育功能所决定的。因为诗词押韵，朗朗上口，又重形象、意境、含蓄，易诵易记，即使一下子不明白它的意思，也比较容易记住，而且记下来是持久性的，小时候记下来可能一辈子都忘不了。

从孔子始，诗教传统绵延不绝，诗文化蔚为大观，诗人队伍前赴后继。几千年来，诗教培养了令人仰慕、知书达礼、才华横溢的博雅君子，诗教也熏陶出日常生活的风雅情意；诗教，使我们时时驻足于华夏民族的优秀文化之中，通过诵读、体认、创造，绵延对华夏悠久文明的光大与传承。诗教对人的熏染，是潜移默化，会影响到一个人的审美观念、生活方式，无声中滋润人的心灵。

孔子重视诗教，主要强调通过《诗经》的学习来提升人的内在精神，以达到礼义教化和塑造君子高尚人格的目的。受此观念影响，中国人重视诗歌的审美价值，更注重诗歌的社会功能。重视精美的诗词作品，更重视诗人的人品。其实历史上有一些人的诗词写得相当好，但是因为他们的人品、节操有亏，就影响到他们诗词的评价与传播。像汪精卫，曾谋杀清摄政王载沣，事泄被捕，被判处终身监禁，于1911年10月武昌起义后出狱。他在狱中半年有余，所作诗词共20多首，如"引刀成一快，不负少年头""一死心期殊未了，此头须向国门悬""行去已无干净土，忧来徒唤奈何天"等等，为人称许。陈毅元帅《梅岭三章》中的"南国风烟正十年，此头须向国门悬"的后一句，就是借用汪精卫的诗。但是因为汪最后做了汉奸，成了卖国贼，为国人所不齿，除过研究外，他的诗词就不为人们关注了。这是因为中国人注重民族气节，注重爱国主义精神。

新中国成立后的三十年，可以说是"毛泽东诗教"时期，其实我和冯馆长等，我们多数人都受过毛泽东诗词的教育，毛泽东1957年1月在《诗刊》创刊号公开发表18首旧体诗词，后来人民文学出版社出版《毛主席诗词十九首》《毛主席诗词》（37首），我都背过，毛泽东的诗在20世纪六七十年代各种版本印了4亿多册。名画家画了不少毛泽东诗意画，毛泽东诗词又被谱成歌曲，各种艺术门类都在传播毛泽东诗词。那时候鲁迅的诗也有流行，但主要还是毛泽东的。这是一个"一花独放"的特殊年代。我曾在一个会上说过，毛泽东诗词自从公开发表以来，其所发挥的作用，怎么估价都不过分。我们好几代人都深受毛泽东诗词的影响，毛泽东诗词的名句、境界、意趣，已成为我们重要的精神力量和滋养。特别是在那个传统文化受到不公正对待、旧体诗词几乎无存身之地的年代，毛泽东诗词的公开发表，意义尤为巨大，不仅彰显了旧体诗词的魅力和生命力，对于旧体诗词的保护、传播更起到了无可代替的作用。今天，许多同志喜欢写作旧体诗词，一个重要原因就是受到毛泽东诗词的影响和引领。

现在习近平主席十分重视中华诗词的当代价值。2014年9月9日习主席到北师大考察，明确提出，"我很不赞成把古代经典诗词和散文从课本中去掉，'去中国化'是很悲哀的。应该把这些经典嵌在学生脑子里，成为中华民族文化的基因。"随后他又强调，古诗文经典已融入中华民族的血脉，成了我们的基因。我们现在一说话就蹦出来的那些东西，都是小时候记下的。语文课应该学古诗文经典，把中华民族优秀传统文化不断传承下去。

中央电视台举办的中国诗词大会为什么引起这么大的社会反响？值得我们沉思。其实它唤醒的是一个诗性民族的传统和基因，因此举国振奋，引起重大的反响。

对中国人来说，"诗"不仅是一种语言艺术，更是营造诗意人生与趣味生活、培养高尚人格与高雅情致的资源和途径。今天我们应重拾经典，以"美善合一"的诗教观念为指导，培养雅正、崇高、庄严、神圣、美善的审美境界，提升整个社会道德理性和人文素养。

二、诗歌长河

中国诗歌长河源远流长而又从未中断，其中高峰迭起，诗家如林，留下了丰富的古代诗歌遗产，至今仍是传统文化中最受人关注和喜爱的部分之一。下面重点介绍中国诗歌史上最有影响的六个时期及其作品，其实都是文学史上的常识，只是想强调一下其中的重点。

（一）《诗经》

《诗经》是中国第一部诗歌总集，离现在已3000多年。它是中国文学的光辉起点，对此后的中国诗歌发展产生了长远而深刻的影响。这种影响主要反映在三个方面：

一是抒情特色。除了《雅》和《国风》中的少数诗篇外，《诗经》

其他篇章都是抒发自己情感的抒情诗，这为中国文学奠定了以抒情传统为主的发展方向，与古希腊荷马史诗奠定了西方文学以叙事传统为主的发展方向形成鲜明的对照。

二是现实性特征。《诗经》中的作品除少数篇章处、其他都是以现实生活为题材，讲的都是老百姓过日子的情景，有很多爱情诗，当然还有尖锐的讽刺诗。而且诗人以严肃的创作态度表现着他们对人生对社会的深刻体验与强烈关怀，表现了积极反映现实的现实主义精神和自然朴素的艺术风格。对于诗的"兴观群怨"的社会功能与巨大作用，千万不能小看，秦始皇焚书坑儒，排在第一位的就是《诗经》，这是为什么？说明了诗的力量。

三是"赋""比""兴"的表现手法。"赋"是铺叙，"比"是打比方，兴就是联想，触景生情，因物起兴，由这件事情引出来的却是另一件事情。"赋"和"比"都是一切诗歌中最基本的表现手法，而"兴"则是《诗经》乃至中国诗歌中比较独特的手法。当然在创作的过程中，不会限于某一种表现手法，往往"赋兴"相间，"比兴"同具，甚至"赋比兴"三者兼而有之。

（二）楚辞

《楚辞》是在楚地民歌基础上发展起来的，具有浓厚的地方色彩，并以屈原为其光辉代表。《离骚》代表了屈原创作上的最高成就，也是中国古代空前绝后的最为宏阔壮伟的长篇抒情诗。《楚辞》开启了中国诗歌史中继《诗经》以后的第二个辉煌历程，"诗""骚"并称，成为中国古典诗歌的两大源头。《楚辞》对后世诗歌创作的巨大影响反映在三个方面：

一是由屈原《离骚》所奠基的浪漫传统成为后世诗歌的主流之一。《国风》和《离骚》分别开创了中国文学现实主义和浪漫主义的诗歌传统。

二是发展了《诗经》的比兴手法，把《诗经》原来的比兴材料，如草木、鱼虫、鸟兽和风云雷电都赋予了生命让它们活动，甚至让它们有人的意志，用以寄托诗人的思想感情，即"寄情于物""托物以讽"，这种表现方法对我国古代文学，特别是诗歌，有着极大的影响。

三是屈原爱国精神、人格力量的感召与影响。屈原是一位伟大的爱国者，是具有崇高人格的诗人。在中国历史上，对屈原的敬爱、纪念甚至影响到中国的民俗，据传屈原是在农历五月初五日投江自沉的，在他逝世不久，民间就开始以独特的民族文化形式来纪念他，那就是每年在端午节包粽子、划龙船。2018 年端午节，中华诗词学会与中华诗词研究院共同发起倡议并在荆州试办了首届中华诗人节，发表了《首届中华诗人节致海内外诗人书》，就是为了纪念伟大的诗人屈原，继承屈原的精神。

（三）建安诗歌

建安是汉献帝的年号，文学史一般所说的建安文学，是建安前几年至魏明帝最后一年（239）这段时间的文学，实即曹氏势力统治下的文学，而创作主要是在建安年间。建安文学的代表人物是"三曹"和"七子"，而以曹氏父子"三曹"为核心。曹操是建安文学的领袖和开创者，他的诗歌造诣极高，今存不足 20 篇，全部是乐府诗体，开用乐府旧题写时事的先河。曹丕的《燕歌行》是现存最早的七言诗。其所著《典论·论文》，是中国文学批评史上的重要著作，提出了"风骨"的概念，还提到"文人相轻，自古使然"的现象，认为文学是"经国之大业，不朽之盛事"，第一次将文学摆在了一种前所未有的位置上。曹植是这一时期最负盛名的作家，流传下来的作品 90 多首，是建安诗人中最多的，而且无论是诗歌还是文赋，均"华美而壮大"。

建安时期是中国文学的自觉时代，形成了中国文学史上第一次文人诗的创作高潮。奠定了五言诗的地位，树立了"建安风骨"。

（四）唐诗

唐代是一个诗家辈出的时代，也是一个全民族诗情郁勃的时代。

唐代在诗歌体式上最大成就是近体诗（和唐以前的古诗、古风等古体诗相对而言）。它有固定的声韵格式，例如要押平声韵，因为唐人创作近体诗一般要入乐歌唱，平声便于长声曼唱。从唐代以来，近体诗成了中国诗歌的主流。

闻一多先生说："一般人爱说唐诗，我却要讲'诗唐'。诗唐者，诗的唐朝也。"（《说唐诗》）唐朝将近 300 年诗歌的普及和繁荣，更加诗化了中国人的思维方式，为中华文化增添了诗的意兴和诗的美。

唐诗不仅在诗歌史上有着崇高地位，而且有着极其丰富的现代价值。唐诗不仅仅为今人诗歌创作提供了借鉴，而且告诉今人如何诗意地生活。唐诗中包含的美好情感需要发掘，唐诗中的精神价值需要彰显，唐诗是今人生活的高尚元素。唐诗是诗中的经典，而经典是常读常新的。

在唐诗的地位确立及整理推广上，清代有许多重大举措。清康熙年间曹寅、彭定求等奉敕编纂《全唐诗》，该书架构是在明代胡震亨《唐音统签》和清代季振宜《唐诗》的基础上，又旁采碑、碣、稗史、杂书之所载，拾遗补缺而成，共收录唐、五代 350 年间诗歌 48900 余首，收入作家 2246 人。《唐音统签》原本及抄补之足本现藏故宫博物院。康熙皇帝在《全唐诗》的御制序文中说："诗至唐而众体悉备，亦诸法毕该。故称诗者必视唐人为标准，如射之就彀率，治器之就规矩焉。"

（五）宋词

我们惯称的"宋词"，其实在宋朝之前的唐五代，词已经有了 300 年产生、发展和成熟的过程。例如晚唐温庭筠，其《金荃集》收词 70 首，是我国第一本个人词集，是民间词转为文人词的重要标志。又如李煜，把词境、词艺推上了前所未有的高度。

说到宋词，绕不开柳永与苏轼这两个人。柳永有"奉旨填词柳三变"的故事流传，并有"凡有井水饮处，即能歌柳词"的佳话。他的贡献主要是创制慢词，长于铺叙，拓展题材，雅俗兼陈，对后世产生了极为重大而深远的影响。苏轼则打破了词为"艳科""小道"的藩篱，以诗为词，用词书写士大夫的性情怀抱，遂开一代词体创作的新风气。

宋词以其高度的繁荣与唐诗并称。经过唐五代 300 年的产生、发展和成熟，特别是宋代 300 多年上自朝廷下至市井的歌唱，中国文学有了更细腻的感觉和表现，中国文化也呈现出更加丰富多彩的面貌。

（六）散曲

作为有元一代文学代表的元曲，包括散曲和杂剧两部分，前者是诗歌，后者是戏曲，两者的艺术形式不一。散曲有南北之分，元散曲主要是北曲，明清则盛行南曲。我们今天通常讲的散曲，主要是指北散曲，它比元杂剧要先出世。散曲又可分为小令与套曲两类。

散曲的地位原来并不高，元代散曲作家本身不多，明代比元代好，清代又不如明代，王国维写了《宋元戏曲史》，包括一些曲学大家的努力，在 20 世纪二三十年代散曲的地位被确定。

散曲和诗歌最大的区别在于，大量吸收民间的方言俚语，具有以往诗歌中少见的诙谐和幽默，突出的是本色之美。什么叫本色？就是自然之美，总的来说它是以俗为雅，大俗之中有大雅。如张鸣善的《水仙子·讥时》："铺眉苫眼早三公，裸袖揎拳享万钟。胡言乱语成时用，大纲来都是哄。说英雄谁是英雄？五眼鸡岐山鸣凤，两头蛇南阳卧龙，三脚猫渭水飞熊。"揭露世风的龌龊败坏。语言犀利泼辣，比喻极具特色。

现在写散曲的人很多，中华诗词学会为此成立了散曲工作委员会。全国有十来个省都成立了散曲组织。我到山西的原平市考察，这个市有一个乡，上百人写散曲，他们也多有不符合格律的地方，但总体上还是把散曲的基本特点掌握了。前几年三晋出版社出版了一本《原平农民散曲选》，受到诗词界的关注。

以上大略回顾了中华诗词的历程，需要明白的是，"唐诗、宋词、元曲"，只是说诗、词、曲这三种诗体，在这三个时代分别获得了空前的发展，是这三个时代最为辉煌的文学成果，但不等于说唐以后无诗、宋以后无词、元以后无曲了。就这几种诗体而论，实际上都是贯串了以后的各个时代，而其中诗又是主流。这就形成了诸多诗体同时存在的现象。即新的诗体产生了，以往的诗体却并没有消失，不仅仍然存留了下来，而且继续得到发展，不断丰富了诗歌的形式。这就出现了中国诗歌体式独特的运行方式，即各种诗体同时存在于某一时代。这也为诗人创作提供了更多的表现方式。现当代写旧体诗的人，一般是诗和词都写。例如毛主席，既写诗，又填词，既写律诗、绝句，还有古风。现代还有如吴梅等大家，诗词曲俱擅。大体而言，前代的诗体渐趋古雅，近起的诗体趋于新俗，往往在其文学思想的表达与社会功能的承担方面也各有侧重。

三、诗韵之美

（一）音律美

诗歌的格律是以语音特征为基础的。声调是汉语的主要特征。古人将平上去入四声分为平仄两大类。平仄是近体诗最重要的格律因素，我们讲近体诗的格律，主要就是讲平仄。

节奏是诗歌音乐性的主要因素。中华诗词的语言特点就是通过平仄交替、四声相间的作用，使全诗产生抑扬顿挫、高低起伏的节奏感，使之具有音乐上的美感。毛泽东致陈毅谈诗的信中说："你的大作，大气磅礴。只是在字面上（形式上）感觉于律诗稍有未合。因律诗要讲平仄，不讲平仄，即非律诗。"

押韵是中华诗词的一个重要特点。同一个元音在诗句的特定位置有规则的重复，叫作押韵。其作用是为了便于唱诵记忆，追求诗歌的音律回环之美。由于中国语文的特质，中华诗词都是在句末叶韵，韵脚字即全句最后的一个字。近体诗的押韵有严格的规定，叶韵不但要求韵母相同（或相近），还要声调相同。同一首诗的不同韵字必须在韵书的同一个韵部中。

为给押韵提供依据，从隋唐起，各个时代都编有韵书。现在仍在流行的《平水韵》，为金代平水人王文郁所编。一首近体诗只能用《平水韵》中的一部，除首句可用邻韵外，它处若误入它韵，便不合格，诗家称为"落韵"或"失韵"。唐以后诗人作近体诗如果"落韵"的话，平时要为内行所笑，科场上则会直接影响到功名。清人高心夔考试两次，都因为在"十三元"一韵上出了差错，被摈为四等。被人调侃为"平生双四等，该死十三元"。事实上，"十三元"韵中字，现代有多种读音，极易与"先""真""文"等韵相混。除此以外，现在许多同韵之字，在《平水韵》中却分列为两个不同的韵部，如"一东"和"二冬"韵中所收各字就是，现代各种方言都不能区别。

（二）对称美

作为诗歌格律形式之一的"对仗"，是由两个字数相等、词性相对、结构相同或相近、平仄相反的句子构成，其两两相对，如古代公府仪仗结队而行，故名。

1932年清华大学夏考前，陈寅恪先生受委托为国文科目命题，一为作文题"梦游清华园记"，一为对子题"孙行者"。对后一题的考试情况，陈先生说："现在国文考卷，尚有少许未完，且非尽我一人评阅，但就记忆所及，考生所对之较好者可提出一二。对'孙行者'有'祖冲之''王引之'，均三字全对，但以王引之为最妙。因引字胜于冲字，王字为姓氏且同时有祖意——如王父即祖父之意——是为最佳。对'少小离家老大回'无良好者，记得有一考生以'匆忙入校从容出'尚可。中国文学研究所三言对'墨西哥'，字少而甚难，完全测人读书多少，胸中有物与否，因读书多，始能临时搜得专名词应对。某生对'淮南子'，末二字恰合，已极难得。"[1]

---

① 参陈寅恪著，《讲义及杂稿》，北京：生活·读书·新知三联书店出版社，2002年，第449页。

陈寅恪以对对子为大学考题，在南北学界引起一阵风波，"以此招致纷纷非议"。他在"答记者问"中做了具体说明："'对对子'即是最有关中国文字特点，最足测验文法之方法。且研究诗词等类的文学，对对子亦为基础知识。出对子之目的，简言之即测验考生（1）词类之分辨：如虚字对虚字，动词对动词，称谓对称谓，代名词形容词对代名词形容词等；（2）四声之了解：如平仄相对，求其和谐；（3）生字（Nocabulary）大小及读书多少：如对成语，须读书（诗词典故）多，随手掇拾，俱成妙对，此实考生国学根底及读书多少之最良试探法；（4）思想如何：妙对巧对不唯字面上平仄虚实尽对，'意思'亦要对工，且上下联之意要'对'而不同，不同而能合，即辩证法之'一正、一反、一合'。例如后工字厅门旁对联之末有'都非凡境''洵是仙居'，字面对得甚工，而意思重复，前后一致，且对而不反，亦无所谓合，尚不足称为妙对。"[①]从发生在87年前的"对对子"轶事中，可见"对仗"的意义。

王力先生则认为："总的来说，近体诗的对仗不像平仄那样严格，诗人在运用对仗的时候有更大的自由。诗人善于用对仗，可以增加诗的艺术性；但是太拘泥了就束缚思想内容的表达。宋诗在对仗上比唐诗纤巧，风格也往往卑下一些。"[②]

（三）精警美

在修辞学上，有一种使简短语句具有理性光辉的修辞方式，称作精警格。运用这种修辞方式锤炼的语句，具有浓缩性、独到性、穿透性和警醒性等特点。中华诗词在内容上就有这种特点。

因为字数的限制，诗词的语言必须以少胜多，以一当十，高度浓缩，在短短的诗句里包含丰富的内容。如杜甫的《登高》，明胡应麟《诗薮》

---

① 同上，第447页。
② 王力，《古代汉语》，第四册，北京：中华书局，1981年，第1538页。

称"此诗自当为古今七言律第一，不必为唐人七言律第一也"。此诗仅用 56 个字，就极其形象地写出了瞿塘峡的特点、长江的气势、诗人的外在状态，以及他的内心世界。

> 风急天高猿啸哀，渚清沙白鸟飞回。
>
> 无边落木萧萧下，不尽长江滚滚来。
>
> 万里悲秋常作客，百年多病独登台。
>
> 艰难苦恨繁霜鬓，潦倒新停浊酒杯。
>
> ——杜甫《登高》

为了创作出最凝练、最优美、最富有音乐感的语言，诗人往往呕心沥血、字斟句酌，"语不惊人死不休"。中国古代诗歌创作有所谓"炼字""炼句"之说，即是指对诗歌语言的锤炼。为了达到高度凝练和形象化，诗歌语言又具有自己特殊的表现手法，如主谓语及其他句子成分的省略，语序的颠倒，词义词性的转换等，这是"诗家语"的运用。

（四）蕴藉美

所谓蕴藉美，是一种含蓄深邃之美。用宋人梅圣俞的说法就是"状难写之景如在目前，含不尽之意见于言外。"（宋·欧阳修《六一诗话》引）

毛泽东给陈毅谈诗的信中说："又：诗要用形象思维，不能如散文那样直说，所以比、兴两法是不能不用的。"

形象思维，也叫艺术思维。即艺术家在创作过程中始终伴随着形象、情感以及联想和想象，通过事物的个别特征去把握一般规律从而创作出艺术美的思维方式。形象思维能力的大小往往决定一个人的审美水平。形象思维始终伴随着形象，是通过"象"来构成思维流程的，就是所谓的神与物游。形象思维始终伴随着感情，形象思维离不开想象和联想。

比、兴属于《诗经》的六义范畴。刘勰在《文心雕龙·比兴》中把比兴作为一个不可分割的整体来看，"比"涉及艺术形象的形式，"兴"则关涉艺术形象的意蕴。"比兴"不仅是中国文学创作的重要方法，同时也是中国传统思维的一个重要特点。比兴手法的运用，能激发读者的联想，增强意蕴，产生形象鲜明、诗意盎然的艺术效果。

四、诗与诸艺

诗词是语言艺术，绘画、书法是造型艺术，戏曲是综合艺术。中华诗词与绘画、书法、戏曲有着重要的关系。以下三点，是它们共有的美学特征。

一是意境。意境是中国古典美学传统的一个重要范畴。中国古典诗、画、文、赋、音乐、建筑、戏曲都十分重视意境。意境就是艺术中一种情景交融的境界，是艺术中主客观因素的有机统一。意境是需要创造的，将意境创造作为艺术追求的极致，充分体现出中国艺术重表现、重抒情、重写意的美学传统。

二是虚实。中国传统艺术讲究虚实结合。明代戏曲理论家王骥德说："剧戏之道，出之贵实，而用之贵虚。"[①]中国戏曲的舞台表演是虚实结合的，演员手上一根马鞭和几个程式化动作，可以让观众感觉他骑在马上走过了万水千山。中国绘画中的空白绝不是多余的部分，南宋画家马远的画中总是留出一角空白，被人戏称为"马一角"。清代画论家华琳认为画中之白已经与不作绘画的纸素之白有了本质的不同，因此他把画中之白称为绘画六彩之一，认为无画处正是画中之画、画外之画。中国书法也同样讲究布白，强调"计白当黑"，甚至把书法中字的结构就称之为"布白"。因此，中国诗文追求言外之意，中

① 《曲律》卷三《杂论》上。

国绘画追求画外之情，中国戏曲表演注重虚实结合，都是要通过有限的艺术形象达到无限的艺术意境。

三是神韵。神韵，指诗文书画的风格韵味，也指一种理想的艺术境界，其美学特征是自然传神，韵味深远，天生化成而无人工造作的痕迹，体现出清空淡远的意境。由于受到古代哲学形神问题的影响，古代的画论比较早地提出了形神的关系问题，重视画的"神韵"。南齐谢赫、唐代张彦远、明代董其昌等，时以"神韵"品画。文学批评方面，南朝钟嵘的"滋味说"，唐代司空图的"韵味说"，严羽的"兴趣说"等，也都与神韵有关。清人王士祯更提出"神韵说"，作为诗歌批评的审美原则。戏曲艺术也重视追求神韵。

下面再分别略谈一下诗词与书法、戏曲、绘画诸艺的关系。

（一）诗与书法

诗与书法的关系，正如钱锺书先生所说："中国诗文常与书画有密切联系，是'姐妹艺术'，书法艺术也从观察自然界万物姿态而得到启发。"[①] 书法开始是一门实用的技术，经过不断发展，有了新的境界追求，并向着艺术的范畴发展，最终在美的角度中与诗歌殊途同归。两者之间存在着不可分割的联系。

这种联系的一个显著表现，就是诗风与书风的发展演变有着相同之处，即一种兴盛的诗风热潮，必会影响当时的书法观念。明代许学夷就将不同时期的书体特征与诗体风格联系起来，采用比拟的方法进行对比观照："诗体之变，与书体大略相类。《三百篇》，古篆也；汉魏古诗，大篆也；元嘉颜、谢之诗，隶书也；沈、宋律诗，楷书也；初唐歌行，章草也；李、杜歌行，大草也；盛唐诸公近体不拘律法者，行书也；元和诸公之诗，则苏、黄、米、蔡之流也。"[②]

① 陆文虎编，《钱锺书研究采辑1》，生活·读书·新知三联书店，1992年，第33页。
② 许学夷，《诗源辩体》，人民文学出版社，1987年，第328页。

　　不仅是诗歌与书法的体裁具有相似或相通的关系，由于文人书法家这一创作主体的决定性作用，诗歌与书法的创作风格也有诸多相似相通之处。诗歌之雄浑、冲淡、沉着、典雅、绮丽、自然、豪放、婉约，未尝不是书法常见的风格；而书法的清奇、飘逸、旷达、流动、古朴、苍劲、遒劲、严谨，又都可以用来表现诗歌风格。同一创作主体笔下的诗歌与书法有着丰富多变却又主调一致的艺术风格，这是由其个性、涵养、学识共同融注笔端而形成的。①

　　随着诗歌与书法的结合程度不断加深，书法逐渐成为体现诗歌意境的一个载体。其中最为人珍重的是文人自作诗书法作品。自作诗书法与其他抄录旁人诗歌的书法作品相比较，诗歌内容与书法形式之间具有更加密切的关联。它是文人生命动态、思想情绪及创作主体审美风格的充分展现。

　　苏轼《黄州寒食诗》就是自作诗书法的一个代表。此帖是苏轼被贬黄州第三年寒食节所抒发的人生之叹。诗写得苍凉多情，表达了苏轼此时惆怅孤独的心情。此诗的书法也正是在这种心情和境况下有感而写的。通篇书法起伏跌宕，光彩照人，气势奔放，而无荒率之笔。此帖最大限度地达到了诗、书、情、境的完美统一，被称为"天下第三行书"，现保存在台北故宫博物院。

　　北宋蔡襄《行书自书诗卷》（《石渠宝笈三编》著录，现藏北京故宫博物院）、南宋陆游《自书诗卷》（《石渠宝笈初编》著录，现藏辽宁省博物馆）、明代文徵明的《自书诗卷》等作品，真正实现了诗歌与书法的互通与互补：互通在于诗中有书，书中有诗；互补则体现出诗歌需要书法的表达，书法需要诗歌的素材。在这种彼此相互需要、彼此又完美契合的条件下，诗歌与书法才达到真正融合的境界。

　　《中国书法》杂志 2017 年第 14 期刊登了一篇题为《高校书法专

---

　　① 路薇《文人自作诗书法的文化内涵及价值探析：以南宋陆游为例》，《大众文艺》2018 年第 15 期。

业"诗""书"一体化之构建》的文章①，指出目前高等书法教育诗、书脱节的现象十分普遍，提议高等书法教育应该采取诗书一体化的教学模式，其相关举措主要有：保持诗风与书风的一致性，在取法诗歌的同时应以相似书法实践与之对应；以诗法启示书法创作，强调诗法在书法创作中的运用；以诗学观引导书法创作观；利用诗歌史研究书法史；诗书相融，注重以自作诗词为内容的书法创作和书画题跋。文章认为，诗词与书法都具备抒情性，诗歌与书法间相通之处颇多，尤其诗歌创作中的虚实、开合，诗眼等方法，亦可用之于书法，从而丰富书法作品的表现力度。这篇文章把诗与书法的关系说透了，所提建议也很好。

（二）诗与戏曲

中国戏曲，即传统戏剧，是一种融音乐、舞蹈、诗歌、绘画乃至手工艺等多种艺术形式于一炉的综合表演艺术。在戏曲的艺术形式上，戏曲与诗歌有着太多的相似性。在艺术表现形式上，戏曲与诗歌也有着千丝万缕的联系。

在中国古代的文艺理论批评中，一直认为戏曲是由诗词乐舞等传统艺术变化发展而来，因而戏曲在艺术归属上应属于诗艺的领域，中国古典戏剧理论也因此常被叫作曲论。既然戏也是诗，那么写戏的人也属于诗人词家，他们从事的戏剧创作被称为"度曲填词"。也正是在这个意义上，"国剧运动"的发起人之一余上沅认为："古代的歌舞虽不可考，而关汉卿、王实甫、白仁甫、马致远、高则诚、汤临川、洪昉思、孔云亭这些人，都是戏剧诗人。宋元的杂剧、明清的传奇，又何尝不是诗……而且在意境上，在字句上，有许多地方，还能媲美诗圣诗贤而无愧。曲要可以上管弦，诗又何尝不要上管弦。诗与非诗

---

① 宋立：《高校书法专业"诗""书"一体化之构建》，载《中国书法》，2017 年，第 14 期。

之别不在外形，而在它的本质。所以我们也应该承认关、王、白、马是诗人——而且是戏剧诗人。"① 当代著名戏曲理论家张庚更直呼戏曲为"剧诗"。

戏曲是中国诗歌文化的派生物，由《诗经》《离骚》所开创的抒情诗传统对中国古典戏曲影响最深的主要有两点：一是托物比兴、情景交融的造境方法。王国维极力推崇包括戏曲在内所有文学作品中意境的创造。《人间词话·乙稿序》说："文学之工与不工，亦视其意境之有无，与其深浅而已。"《宋元戏曲史·元剧之文章》说，元剧最佳之处，"一言以蔽之，曰：有意境而已矣。"重视戏剧意境的营构为中国戏曲美学的一大特色。二是意在言外、含蓄蕴藉的艺术风格。例如，戏曲舞台上虚拟的程式化使得演员能够任意操纵和变幻着时间和空间，并给予观众无限想象的空间。然而，这种虚拟的表演并不是凭空想象的，而是经过加工的艺术的真实。

比较中西戏剧，对中国戏曲的这一"诗性"特点会有更深入认识。西方戏剧植根于史诗和神话的土壤，是一种重客观叙述、再现现实生活的艺术，所以，黑格尔的"剧诗说"重写实、重情节、重剧作人物的行动意志等叙事因素，它更偏重于"剧"的因素；而中国古典戏曲根植于抒情诗的土壤，是一种重主观表现、重抒情的艺术，因此，戏曲的诗性表现在重写意、重情境、重人物情感的抒发等抒情性因素，更偏重于"诗"的因素。

从结构方式看，中国戏剧常常是由情节推移和抒情高潮配合而成的。情节的推移一般只是"过门"性质，当情节移转到表现感情的适当场合时，如《牡丹亭》杜丽娘的游园，就会有以一连串的抒情歌词联结而成的长时间的抒情场面，而这往往就是全剧的"高潮"。西洋戏剧常常一开始就小心翼翼地布置冲突因素，最后让冲突因素不可避

---

① 余上沅：《论诗剧》，见《余上沅戏剧论文集》，长江文艺出版社，1986 年，第157–158 页。

免地碰在一起而爆发出高潮，然后全剧结束。西洋戏剧并不是没有抒情的场面，但像中国式的由一组抒情诗累积而成，则极少见到。中国戏剧并非没有冲突，但像西洋式针锋相对的万钧张力，却是绝无仅有。这说明，西洋人最高的文学境界是"戏剧性"的，中国人则是"抒情性"的。[1]

在戏曲产生和发展的过程中，无一例外地借鉴、吸纳了诗词艺术，形成了颇具特色，既源于诗词又不完全同于诗词的唱词艺术。因此我们在中国古代戏曲作品中，处处可见诗化的优美唱词，如王实甫的《西厢记》以非常丰富的手段继承了诗词传统。到了明清时期的传奇作品曲词渐趋雅化，颇具典雅清丽的文人风格，表现出诗学传统中以抒情性、写意性为主的审美特征。例如《牡丹亭·惊梦》中华丽含蓄的语言、诗情画意的场面更具《西厢》之风。戏曲曲词的美学意义，就在于传递和表述了中国诗词的美学意义。在塑造人物需要的同时，这种诗和词也充分韵律化了，即戏曲唱词具有了诗词的格律和押韵的美。

（三）诗与绘画

严格来说，这里的诗与绘画，应是中华诗词与中国绘画的关系。中国画是近代为区别明末传入的西画而出现的名称。中国画狭义上指以中国独有的笔墨等工具材料按照长期形成的传统而创作的绘画品种。

诗歌与绘画的关系，一直是艺术史上最具争论的问题之一。一为语言艺术，一为造型艺术，作为两种不同的艺术载体，二者在材料、感官、媒介、表现手法等方面都确实存在着不小的差异。但究其本质，二者又同为艺术的表现手法，存在着千丝万缕的联系。

无论在中国或是西方，学者、艺术家们都注意到诗歌与绘画之间的紧密联系。在西方曾有"诗画同质论"，即认为诗和画在本质上是

---

① 吕正惠：《形式与意义》，载蔡英俊主编《中国文学的情感世界》，合肥：黄山书社，2012年，第20页。

相同的东西，古希腊诗人西摩尼德说："画为不语诗，诗是能言画"；达·芬奇说画是"嘴巴哑的诗"，而诗是"眼睛瞎的画"[①]等。中国古代诗画家强调诗画"异体而同貌""异迹而同趣"。宋代张舜民说"诗是无形画，画是无形诗"[②]。18世纪德国莱辛的《拉奥孔——论绘画与诗的界限》，分析了古典绘画（雕刻）与诗歌独有的艺术特质及表现手法的差异，论证了造型艺术与诗的界限，指出各自所具有的特殊本质和表现规律。他们追求的是诗歌和绘画按照自身的创作规律发展，使各自的艺术个性得到充分的展示。而中国对于诗歌和绘画之间的关系问题则是重一致而轻差异，自觉选择了与西方不同的理论倾向。

中国画的观察认识方法，追求遗貌取神，创作上重神似，在造型上提倡不拘于形似甚至"妙在似与不似之间"，构图布局不拘于特定的时间与空间；并体现了中国人特有的审美习惯及善于缘物寄情的特点。画家通过形象记忆，发挥想象，形成熔铸了作者品格、情操与感情的胸中意象。

对于画与诗在精神上的融合，把握最清楚的是苏东坡。他说："味摩诘之诗，诗中有画；观摩诘之画，画中有诗。"[③]又说："论画以形似，见与儿童邻。赋诗必此诗，定非知诗人。诗画本一律，天工与清新。"[④]

"天工与清新"是他提出的诗与画共同的美学追求。所谓"清新"，实际上是指画工之外的清韵，而其最显著的特征就是自然天成。他要求绘画不能单纯描摹外在事物，而要具有深远意境，寄托画家志趣，使人如读诗歌；而诗歌不是单纯抒发作者情志，而要创造生动意象，使人如对图画。因此，诗歌和绘画对"意境"的共同追求，成了中国诗画高度融合的契合点，唐代王维的诗画作品达到了情景交融、亦诗亦画的至高境界，故被苏轼称为"诗中有画，画中有诗"。

[①] 钱锺书，《七缀集》，上海古籍出版社，1985年。

[②] 张舜民，《画墁集》卷一。

[③] 《东坡题跋·书摩诘〈蓝田烟雨图〉》。

[④] 《书鄢陵王主簿所画折枝二首》。

诗与画在同一画面形成完整的统一体。徐复观先生称之为画与诗的融合。但经过了相当长的历程。第一步是题画诗的出现；第二步则是把诗作为画的题材；再进一步，便是以作诗的方法来作画。唐代的题画诗，并不是写在画上。北宋的题画诗，大概和画跋一样，只是写在画卷的后尾，或画卷的前面，而不是写在画面的空白地方。就目前所见，从形式上把诗与画融合在一起的，当始于宋徽宗的《蜡梅山禽图》等。"但画面题诗的风气，实入元而始盛。赵孟頫及元季四大家，乃此风气中的中坚人物。以后便成为寻常的格式了。"①

关于题画诗。在中国画的空白处，往往由画家本人或他人题上一首诗，诗的内容或抒发作者的感情，或谈论艺术的见地，或咏叹画面的意境，诚如清方薰《山静居画论》所云："高情逸思，画之不足，题以发之。"这种题在画上的诗就叫题画诗。但入画的诗，自然以出于画家本人者为上，因为本人对自己作品体会最深，所题写的才真是从画的精神中流出的。他人所题的诗，除了少数大家外，便往往成了应酬性的东西。

唐代题画诗不少，有王维、李白、杜甫、岑参、怀素、白居易等，其中李白写过6首，杜甫写过18首，是最多的。杜甫具有很高的画学修养，他的题画诗，有5首是画山水，4首是画马，3首是画鹰，每一首都是全力以赴去写，因此特别精彩，其中对于韩干、曹霸画马的"骨肉"之辨，体现了唐代绘画的历史真实性。我这里还想说的是，杜甫的画学素养也影响到了他的诗歌创作。如唐代青绿金碧山水为山水画主流，杜甫所看的也是典型的青绿山水画，到四川后所作山水诗就深受山水画影响：诗中善于着色，注重微妙的光影和色彩变幻，为山水画技法的运用；善于经营位置，重空间意识，为山水画散点透视的运用。他写人的诗作也受到唐代人物画、分段体连环人物画笔法和构图的影响，

---

① 徐复观，"中国画与诗的融合——东海大学建校十周年纪念学术讲演讲稿"，收录于《中国艺术精神》，上海：华东师范大学出版社，2001年，第289–293页。

如《饮中八仙歌》，宛如唐代人物群像长卷，已为一些研究者所指出。这也可以看作绘画对诗歌的影响，即诗与画的互相启发。

历代题画诗很多，有不少佳句名篇。北宋僧人惠崇，擅诗、画。苏轼为惠崇画作《春江晚景》题诗二首，其一是："竹外桃花三两枝，春江水暖鸭先知。蒌蒿满地芦芽短，正是河豚欲上时。"图画虽好，但画面是定格的，苏轼的题诗，通过艺术联想拓宽了绘画所表现的视觉之外的天地，将无声的、静态的画面转化成有声的、活动的诗境，使诗情、画意得到了完美的结合。虽然今天看不到画了，但这首诗却流传千古。

惠崇还有一幅《溪山春晓图》，现藏北京故宫博物院。乾隆皇帝为这幅画题了三首诗，第一、二首就画面谈画意，第三首却是对画家发议论："个僧工画又工诗，妙构溪山春晓时。若识本来无一物，淡皴浓抹更奚为？"意思是说，这个出家人，能画画还能写诗，凭着巧妙的构思，画出了溪山春晓时的美景；你如果知道这个世界本身就是不存在的，一切都是空的，何苦淡皴浓抹，画这个干什么？乾隆一生共写诗 43630 首，其中题画诗多达 4800 多首，这两个数字都是古今诗人之冠。他的一些题画诗写得也还有意思，如《秋海棠》："多向墙阴冷处生，向隅独本斗芳容。即看含媚还含戚，尚似怀人一片情。"

宋代注重绘画的诗意化，即绘画不再单纯追求形似与逼真，而去追求画外意、画外音，追求绘画诗一般的境界。宋代宫廷宣和画院在授业方面多开设文学、诗文之类的课程。诗意性除了在画中实体地作为艺术形象表现出来，还体现在文人画士的思维方式上："其为人也多文，虽有不晓画者寡矣；其为人也无文，虽有晓画者寡矣。"（邓椿《画继》）这说明对于一个画家来说，诗性思维的培养也许比绘画技法的锻炼更为重要，通晓诗性的文化构思后，"晓画"就变得顺其自然了。

宋人记载：徽宗兴画学，尝自试诸生，所试之题，有"野水无人渡，孤舟尽日横""乱山藏古寺"等。还有"以'万年枝上太平雀'为题，无中程者。或密扣中贵，答曰：'万年枝，冬青木也。太平雀，频伽鸟也。'是时，殿试策题，亦隐其事以探学者。"① 以诗文命题作画，既要重视笔墨技法，又要重视思想，更重视画外之音。这就要求作者切中诗意，并以艺术的形象，既含蓄又准确地表达诗文的神妙之意，达到诗中有画，画中有诗的绝妙境界。

诗画的完全融合，是在元代实现的。最早在元代提倡书法入画的是赵孟頫，他有一幅著名的《秀石疏林图》，图中题有一首诗："石如飞白木如籀，写竹还应八法通。若也有人能会此，方知书画本来同。"指出了书法和绘画的贯通关系。在这个时代，文人画家们将诗书画印在画面中进行了新的融合，以此来深化主题，丰富画意，又起到平衡画面布局的作用，从而使中国画成为以画为主体并有诗、书、印相辅相成的小型综合艺术。

（本文为作者 2019 年 6 月 17 日在第二届中华艺术大家讲习班的讲座，地点在中央文史研究馆。此文与下文《倾心余事作诗人》，俱收入中央文史研究馆编：《文脉传承：第二届中华艺术大家讲习班文献集》，广西师范大学出版社，2020 年）

---

① 宋·方勺：《泊宅编》卷一。

倾心余事作诗人

很荣幸和大家聚在一起，有这样一个缘分进行诗词的交流。按照原来安排，今天上午是高昌同志介绍我的诗词创作，明天上午是我的一个讲座，题目是《中华诗词的生命力与复兴发展——百年诗词路》，就五四以来中华诗词一百年的发展历程进行回顾与展望，共四个部分：一、厄运中的坚持。讲述五四新文化运动后诗词发展的困境和坚持。二、抗战心声。抗战时期是传统诗词创作的一个高峰。三、顽强的生命力。20世纪50年代以来中华诗词不绝如缕，顽强地生长，毛泽东诗词的作用，《天安门诗抄》的标志性意义。四、在发展中提高。应运而生的中华诗词学会，从复兴到繁荣，从高原迈向高峰，与新诗比翼齐飞。根据讲习班的要求，我与高昌同志都做了认真的准备。但是，我们商量后，觉得只有两天时间，十分宝贵，九位学员都要发言，还要讨论，我们主要想听听大家的意见、建议，重点是交流。因此决定，他对我的介绍就不讲了，我的讲座也不做了，把时间留给大家。今天上午，我就先说几句，开个头。

一、关于"诗人"

在我要介绍我个人之前，想到一件事，就是我们对"诗人"身份的认知与定位问题。因为最近有一个人请我给他的诗集写个序，他一再说自己不是个专业诗人，这引起了我的思考：什么是专业诗人？现在到底谁是专业诗人？好像没有。这位同志其实是个挺专业的人，他大学本科是计算机，后来是政治经济学硕士、国民经济学博士、风险管理博士后，一直在金融部门工作，现为某金融机构战略发展部的一级专家。就是说，他的本职工作是金融，写诗是业余爱好。他认为的专业诗人就是专门写诗的人。现在完全以写诗为生的，作为自己终生事业的非常非常少，我接触的绝大多数诗人都是非专业性的，写诗完全是一种个人化的行为，它和我们个人的工作性质不能说没有关系，但不是说必然要有联系。就是说，写诗不一定是中文系学生的专长，各个行业都有写诗的人，有的诗词写得相当好。这种趋势还在发展，我认为这也是在回归诗歌本身的特点和价值，是诗词事业大发展的一个反映。试翻开《全唐诗》，所收录的诗人，有帝王、士大夫、布衣、农夫、渔夫、樵夫、木工、征人、乞丐、僧道、妇女等等，这一广泛的社会涵盖性就可看出唐诗繁荣的一个重要基础。今天，我国中华诗词事业已由复兴走向繁荣，许多人在做好本职工作的同时，热爱诗歌，写诗填词，我认为是值得称道的。这是一种高雅的兴趣，是艺术创作，能使人享受艺术创造的愉悦，体味人生的趣味，促使着心灵的滋养，精神世界的丰富，于个人自是一种全面的发展，其作品也是对社会的贡献。这样的人，艺术的爱好与本职工作，不仅互不妨碍，反而相得益彰。

我们今天在座的九位学员，来自不同行业，有省政府工作部门负责人、出版社编辑、诗社文化工作者、注册会计师、保险公司纪委干部、诗词研究基金会负责人、诗社研究员、大学外国语学院诗歌研究所所长、大学机械电子工程副教授等，各位不仅诗词写作水平较高，有的已有一定的影响，而且在各自领域当中对诗词文化传播推广也具有突出贡献。我们这么多人走上诗词创作的道路，经历不尽相同，但是有一个相同点，即都是基于自己的爱好，没有谁强迫我们。

韩愈有诗："多情怀酒伴，余事作诗人。"对"余事作诗人"这一句，长期以来有一种解释，即以诗歌为文章余事，或以诗歌为政事、德行之余事。一些研究者认为，这是对韩愈诗的误读，"余事作诗人"其实是韩愈对席夔的赞许。"余事"不是"末事"，乃政事之余，也就是闲暇时刻。这是韩愈对席夔作为官员、文人身份的全面表达。席夔在属于他自己的空间（闲暇）之内，是完全可以被承认、赞扬的"诗人"。宋王安中《直舍有书》云："年来方寸湛如水，照见霜空无一尘。写出禅家有眼句，不妨余事作诗人。"这里接续了韩愈原诗余意，借用此语以点染诗人的韵致。"诗人"，曾是古人所追求的美好身份形象。在今天，能有余暇去吟咏，保持一颗诗心，使自己在精神和审美层面趋近于真正的"诗人"，是难得的。讲这么多，是要我们看重"诗人"的身份，这里没有专业与不专业之分。

二、我的学诗简历

我在 1970 年参加工作以来，在县、市、省、中央等各级都工作过，因工作与爱好的关系，在几个领域有所涉猎和探讨，并有所积累，出版过一些著作：曾在陕西省委、中央政策研究室工作多年，从事调查研究，为决策服务，撰写过不少调查报告，出版过《政策学》《畎亩问计——郑欣淼陕青调查掇拾》；在国家文物局与故宫博物院工作，研究文物、博物馆工作，研究遗产保护，力倡故宫学，出版过《从红楼到故宫——郑欣淼文博文集》《天府永藏——两岸故宫博物院文物藏品概述》《故宫学概论》等；从 20 世纪 70 年代中期开始研究鲁迅著作，并着重鲁迅思想研究，出版过《文化批判与国民性改造》《鲁迅与宗教文化》《鲁迅是一种力量》；从 20 世纪 60 年代中期学习诗词创作，至今未辍，出版有《郑欣淼诗词稿》《诗心纪程》等。虽然我在这些方面都曾做过努力。但说来惭愧，自己在这些方面的成就，实在是"如鱼饮水，冷暖自知"，不由得想起《荀子·劝学》中"锲鼠五技而穷"的话。我也常说自己是"万金油"。因此，我有着清醒的自知之明，知道自己的不足。

我开始学习写作旧体诗词是 1965 年，那时还是一名高中学生，平时喜欢古典诗词，买了王力主编的《古代汉语》，使我逐渐对古代汉语知识有了初步的较为系统的掌握，也为后来的自学打下了基础。中华书局上海编辑所出版的《诗韵新编》（1965 年 4 月第 1 版），我 6 月 30 日就在陕西省临潼县新华书店买到了。同时我也买了北京出版社出的王力著《诗词格律十讲》。这两本书对我影响很大，我也是从这一年开始试着学写诗词，用韵就依《诗韵新编》。以上 3 本书我至今保存着。不久"文化大革命"发生，我成了"老三届"，此后再未进过校门。对于我这个年龄段以及这样经历的人来说，写作旧体诗词自然受到当时社会文化环境以及个人素养的诸多限制。值得庆幸的是，虽然断断续续，这一爱好还是坚持了下来。正因为是个人爱好，不考虑能否发表，也不需要征求别人意见，聊为遣兴而已。又由于这个原因，也使自己长时期缺少与他人的切磋交流。1994 年，在一位搞出版的朋友的支持下，我出版了第一部诗词集。诗集出版于我最大的作用，是正视自己的作品，省察其中的得失。此后我更重视中华诗词遗产的学习，重视向时贤的学习，也以更严谨的态度进行创作，力求不断有所提高，有所进步。

我从 1965 年迄今，共创作诗词曲约 1300 首。2013 年出版《郑欣淼诗词稿》，共收录我从 1965 年至 2013 年的诗词作品 800 余首。这本书的目录编排，是按诗词写作时间排列，大致为我人生的几个主要阶段: 卷一为"雪泥集"，为我在陕西及北京工作时的作品；卷二为"陟高集"，为我在青海工作时的作品；卷三为"红楼集"，为我在国家文物局工作时的诗词，国家文物局这时期在原北大红楼旧址办公，故名；卷四、卷五分别为"紫垣集"上、下，为我在故宫博物院工作时的作品，因数量较多，分为两卷；卷六为"海山集"，是我从故宫院长退下来的作品，因办公地址在景山与北海之间，故以名之。这次讲习班所印

《郑欣淼诗词选》，目录编排完全依据《郑欣淼诗词稿》，分为七卷，卷七是从 2014 年至 2018 年的 300 多首中所选，名为"海山集下"。看我的诗词作品，大致可以看到我的人生之路，所以也有人说，我的诗就是我的自传。

我的诗词创作，大致有三方面内容：一是亲友之情，其中有对亲人的思念，有与朋友的交往，或贺寿，或伤悼，甚至过访聚会，多反映在诗词中。二是名胜游记，我固喜好旅游，特别是到文物部门工作以来，常有机会探访名山大川、古刹民居，怀旧思古，情不能已，发而为诗。三是自己工作的反映，可谓纪事诗，特别是在故宫博物院工作期间，一些重大活动、事项，例如两岸故宫博物院的交流等，都在诗歌中可以看到。我以为，诗歌并无特定的题材，什么都可以入诗，关键是如何写，要真正符合诗的要求，要有诗情。

2017 年是我的古稀之年，回首往事，感慨良多，遂写了一组律诗抒怀。其中第二首是："心头骚雅耳边钟，相伴今生有两公。春望秋兴感沉郁，鹰飞鲸掣思宏雄。热风已得燃犀烛，直面才看贯日虹。鲁迅锋芒工部韵，殷殷尽在不言中。"这两公，一位是诗圣杜甫，他把我引入到诗歌的天地，使我在诗词的欣赏与创作中，感受精神的超越、灵魂的飞扬以及生活中诗意的愉悦；另一位是鲁迅先生，他的著作和遗产，他的热烈与冷峻，他的清醒与深刻，使我的精神有了依靠、有了底气，使我学到了怎样观察社会、认识人生以及把握自己。这两位深刻地影响了我的一生。我感到自己是幸运的。

从 2010 年以来，我有幸担任中华诗词学会会长，到明年初换届，就整整十年了，马上就要退下来。在这两届会长任上，我开阔了眼界，看到了自己的差距，有机会向一些前辈诗人和名家学习请益，促使我以更认真的态度搞创作。当然会长的责任主要是服务。《郑欣淼诗词选》选了不到 500 首，但我特意选了多首为一些 80 岁、90 岁老诗人祝寿的作品，我是以恭敬的态度全力以赴去写，绝不视为应酬之作，因为他们也是中华文化的瑰宝。我还要为各地诗词学会的换届赋诗，这也是我的工作，但《诗词选》只收了一首。

多年前我请人刻了一枚"欣淼学诗"的闲章，常钤在奉赠给诗友的拙作上。我在诗词道路上的座右铭是：活到老，学到老，写到老！

三、中华诗词的继承与发展

从清末、民国到中华人民共和国的 20 世纪是中国历史上天翻地覆的剧变时期。从五四以来，作为传统文化精华的旧体诗词，虽然遭受厄运，但不同于任何一种古典文学样式的是，她仍然在坚守中有所发展，表现出惊人的生命力，在承担现代使命方面发挥着重要作用。

旧体诗词即传统诗词的创作从三中全会以来得到复苏，现正在复兴中不断发展。几十年来的创作实践，证明这一文学体裁也可随历史前进获得新的生机，它不是凝固的、僵化的，而是仍然活在中国人的心里，并且能够表达新的社会内容，适应新的读者需要。

但是，我们说传统诗词可以适应新的生活，并不是说它不需要变革了。我国古代诗歌源远流长，在漫长的历程中，也不断地发展、变化着。鸦片战争后，随着中国社会性质的逐渐变化，诗歌创作本身也发生着变化。例如，"诗界革命"就曾对旧体诗从内容到形式上进行过革新，包括描写新事物，"我手写我口，古岂能拘牵"（黄遵宪语）。虽然基本上仍然是古代诗歌的体制，但是近代诗人对古代诗歌的观念已经在更新。即如最受近人诟病的"同光体"，其实其中各派在艺术上也都有不同程度的创新，绝不同于明朝前后七子的模仿盛唐。

目前的旧体诗热潮，正是人们这种探索的一个继续。一种文艺思潮、一种文艺样式的回归，在文学艺术历史上是屡见不鲜的。但是，回归绝不是复旧，绝不是后代对前代的依样画葫芦。而是在继承基础上的创新发展。这种发展，包括诗的体式、语言、用韵等多个方面。

要鼓励新诗体的创造与探索。从几千年诗歌的发展历史看，诗经、乐府，唐诗、宋词、元曲等，一代有一代之诗，且词兴而不废诗，曲兴而不废词，这是中国几千年文化发展已证明了的事实。反映社会变革的文学形式永远是求新求变的，而当今时代的发展与社会的繁荣，同样需要创造新诗体加以表现。一切有益的探索都要受到尊重，我们希冀新的诗体问世。

四、中华诗词与新诗互鉴共荣

100多年前，辛亥革命发生，推翻了两千年的封建帝制，社会大变革，思想大解放，新文化运动兴起，适应这种需要，新诗的产生就有其必然性。

"五四"以来，新诗虽然有了独尊的地位，但其存在的缺陷也是不容讳言的。鲁迅在1934年致窦隐夫的信中就曾说过："诗歌虽有眼看的和嘴唱的两种，也究以后一种为好，可惜中国的新诗大概是前一种。没有节调，没有韵，它唱不来；唱不来，就记不住；记不住，就不能在人们的脑子里将旧诗挤出，占了它的地位。"过去了80多年，鲁迅所说的问题仍然存在，旧诗仍未被"挤出"。毛泽东1965年给陈毅谈诗的一封信中说："但用白话写诗，几十年来，迄无成功。"这也过了50多年，似乎仍然还在探索。我认为，不能因为新诗存在这样那样的问题就否定它的影响与地位，新诗还是在不断发展。

我很不赞成这样一种说法：传统诗词今天之所以还有一席之地，是拜新诗缺陷之赐。似乎只要新诗大力发展，就可独霸诗坛，传统诗词则会销声匿迹，无立足之地了。这种认识之所以是错误的，是因为不了解中国诗歌发展的规律和特点。前面已说过，在中国诗歌史上，诗的多种体式以及词、曲等形式是逐渐丰富的，且共同存在的。因此新诗产生了，并不意味着传统诗体就要消亡，而是中国诗歌园地里多了一种新花，诗坛多了一个表现形式，中国诗歌体式则更丰富了。我们现在常说鲁迅、郭沫若等一批大家，开始以新诗出名，后来又主要写旧体诗，似乎很奇怪，其实从中国诗歌发展的特点看，这是十分正常的，新体诗为他们提供了新的表现形式，无论新体诗、旧体诗，都是他们可以使用的形式，我们也期望今后这样的诗人越多越好。

中华诗词与新诗同是诗歌园地的两枝奇葩，虽诗体各异，诗性却相同。其用以表达主题的意象意境多是相通的，许多诗词前辈都是两栖诗人。我们不妨多读一点新诗，学习新诗的创新和敏锐思想、灵动的语感和鲜活的句式，以及吸取民歌和外国诗歌的艺术影响。开阔眼界，吸取这些作为营养，使我们的诗词作品更有新意。

五、诗外、诗内都要下功夫

这次中华艺术大家讲习班，宗旨是"高原之上，培育高峰"，这是个宏伟的目标；对诗词班来说，能不能实现，我心中无数，但看到各位已有相当的基础和继续努力的精神，使我也有了信心，作为导师，我会尽力的。我没有什么"秘笈"可传授，想起了"汝果欲学诗，工夫在诗外"两句老话，谈点感想。这是宋代陆游在他去世的前一年，给儿子陆子遹传授写诗经验的诗中的话。这两句大家都很熟悉的老话老道理，并没有过时，还是有意义的。

我们提倡诗人关注民族命运、关注社会人生、着力反映时代风云。这也是中国诗歌的优良传统。诗人应该有明确的是非、强烈的爱憎，既有对美好事物的歌颂，也有对丑恶现象的鞭笞，还有对不合理状况的批评。既要强调工夫在"诗外"，也要讲究工夫在"诗内"。

"工夫在诗外"，就是不仅要在辞藻、技巧、形式上下功夫，更要有一定的才、学、识，要有敏锐的观察力，有明辨是非的能力。诗人不是政治家也不是哲学家，但诗人离不开政治，也不能没有理性的认识，应有一定的理论修养，知大局，明是非。在当前，更应有忧患意识，关心国家发展、社会安定。这样的作品才可能会有给人启迪的东西。

　　"工夫在诗内"，即一定要认识诗歌的特质，遵循诗歌创作的规律。要重视传统诗词的学习与创新，运用前人所积累的艺术经验和创造的艺术形式表现时代新内容。要善于创造新意象，善于将大众语言化成新诗语，讴歌新事物，书写老百姓生活的新诗篇。这些都需要下大功夫，不断地探索，逐步提高。这是一个长期的没有止境的过程。

　　（本文为作者 2019 年 6 月 20 日上午在第二届中华艺术大家讲习班诗词班上的讲话，地点在北京太湖世界文化论坛）

谈谈清代康、雍、乾三帝的诗歌

　　大家刚才去故宫参观，上了故宫城墙，从午门向东，经东南角楼、东华门城楼、东北角楼，再从神武门下来，走了整个故宫城墙的一半。城墙开放时间不长，参观的人很多。在城墙上俯视故宫，一片金黄色的屋顶，放眼四方，又多是当代的建筑，古代与今天交融，历史与现实对话，自然感慨多端。

　　北京是明清时代的都城，有着坚固的城墙，分为外城、内城、皇城与宫城，其中外城包着内城，内城包着皇城，皇城又包着宫城。宫城就是今天的故宫，它是帝制时代的皇宫。可见，当年故宫是在三重城墙包围之下的"城中之城"。故宫从外观看十分规正，平面呈长方形，南北长 960 米，东西宽 750 米，周长 3420 米，周围筑有城墙，就是我们今天上的城墙。城墙上窄下宽，断面呈梯形，高 9.3 米，墙基厚约 8.56 米，顶部厚约 6.63 米。城墙主体结构为内以夯土为核心，外包砖砌体形式，磨砖对缝，平整坚实。城墙顶部外侧筑雉堞，即"女儿墙"，是禁军防守的垛口，内侧砌字墙，下有沟槽，排泄雨水。城墙四个方向开有四座城门，城门上建有城台和城楼。

　　中国古城墙是古代文明的重要组成部分，它是冷兵器时代的军事防御设施，蕴涵了古代的军事政治制度、生产生活方式、工程技术与材料、城市变迁等信息，是我们民族珍贵的历史文化遗产。故宫城墙是我国现存规模最大、保存最完整的皇家宫殿城墙，蕴涵着丰富的历史、文化、军事信息，具有重要的考古、科学价值。

下面，我给大家谈谈康熙、雍正、乾隆三位帝王的诗歌。

其实清代帝王都喜欢写诗，多有文集传世。故宫博物院朱家溍先生在 20 世纪末编选了一套《故宫珍本丛刊》，依次收入从顺治至光绪，清人入关以来 9 个皇帝的御制诗文。除过康、雍、乾三帝，顺治帝作诗不多，未编御集，仅有一组 30 首为母亲孝庄皇太后祝寿的《万寿诗》。嘉庆帝有《味余书室全集》《御制诗》等，诗作 11760 余首。道光帝有《养正书屋诗文全集》《御制诗》，收诗 2008 首。咸丰存诗 372 首，同治 336 首，光绪 603 首。咸、同、光三帝的诗是我计算的，也可能有几首的误差。有清一代，最有影响的当然还是康、雍、乾三帝。

康、雍、乾时期，也是所谓的"康乾盛世"。三代皇帝持续统治时间长达 134 年，清代从清兵入关，建立全国性政权算起，直至 1911 年辛亥革命被推翻，总计为 268 年，而康、雍、乾时期就整整占了一半，这是清朝统治的最高峰，盛世局面下也隐藏着巨大危机。康熙、雍正的诗歌，我都读过，乾隆的诗太多了，读过一部分。三帝诗歌既是"康乾盛世"时代风云的形象反映，是清廷文治政策的具体体现，也是帝王文化素养、审美趣味乃至个人心理的生动观照，自有其一定的价值和意义。

一、康熙的诗

康熙（1654—1722）14 岁亲政后，先后定三藩，统一台湾，并粉碎了西北厄鲁特蒙古准噶尔部上层分子的分裂阴谋，抗击沙俄的侵略，基本上实现了国家的统一，大力发展生产，为"康乾盛世"奠定了基础。

（一）康熙在诗歌学习、创作上是下过功夫的

康熙是八旗入关后出生的第一代旗人。他从小就刻苦读书，系统

学习了儒家经典，而对于他的诗文创作发生重大而直接影响的，则是康熙十六年（1677）"南书房"的开设，这一年他23岁。

"南书房"是内廷翰林的值班办事之处。这些人最初只是作为皇帝的文学侍从，随时应召侍读、侍讲，备顾问、论经史、谈诗文。因此也常代皇帝撰拟诏令、谕旨，参与机务。地位虽不显要但备受敬重。最早入值南书房的是侍讲学士张英、内阁学士衔高士奇。张英是桐城派的开创者之一。康雍乾时期，张英、张廷玉父子先后被皇帝倚重，都是一代名臣。张英主要辅佐康熙治《四书》《五经》《通鉴纲目》等经史之道。高士奇也是一位在文史哲诸方面都有贡献的学者，主要辅助康熙的诗文探求，以陶铸文学素养。

据中国第一历史档案馆保存的《南书房记注》载，从康熙十六年十二月到十九年这3年多，高士奇精选了大量优秀古代诗文以供康熙学习。诗歌则几乎是清一色的唐诗。康熙学得很认真。如康熙十七年六月初三日，他在读唐诗时说："诗以吟咏性灵，如唐太宗诸篇，未有不以天下黎民为念者。"并背诵唐太宗的诗33首，"一字不遗"。又有一次背诵唐人五言律诗67首，"姓名、诗题一字不遗"。康熙从诗史的高度对唐诗有了新的认识，认为："唐人诗，命意高远，用事清新，吟咏再三，意味不穷。近代人诗虽工，然英华外露，终乏唐人深厚雄浑之气。"（康熙十七年《南书房记注·二月十九日》）在所有唐诗中，他更指出李白、杜甫的诗歌为"唐诗绝调"。康熙对我国的文学遗产、诗歌传统，进行了认真的学习和研究，有自己的体会与思考。

高士奇在《蓬山密记》中，记载了一段康熙的读书心得："当日初读书，教我之人止云熟读四书五经而已。及朕密令内侍张性成抄写古文诗文，读之久而知张性成不及。后得高士奇，始引诗文正路。高士奇夙夜勤劳，应改即改。当时见高士奇为文为诗，心中羡慕如何得到他地步也好。他常向我言：'诗文各有朝代，一看便知。'朕甚疑此言。今朕迩年探讨家数，看诗文便能辨白时代，诗文亦自觉稍进，皆高士奇之功。"可以说，高士奇是康熙诗文的引路人。

《南书房记注》还记载对于康熙所作诗文，君臣共同探讨的一些情形。康熙十七年，康熙先后把自己 20 多首新作让侍臣点评。他还鼓励身边的文臣修改自己的诗作。如康熙十七年八月某一天，康熙命侍臣观御制诗集，并下旨说：“朕万几之暇，偶有吟咏，未能深造古人。因尔等在内编纂，屡次请观，故出以示尔等。中有宜改定处，明言之，毋隐。”由于君臣名分的关系，臣子自然不会“明言”，但康熙皇帝这种开阔的胸怀，无疑创造了一个诗歌交流的良好氛围。在政事之暇，康熙还和侍臣频繁唱和，不仅有利于提升自己的创作水平，对翰林们也是一种鞭策。如康熙诗集中就收入写于康熙十七年的《夏日登景山同翰林张英、高士奇作》《下戒坛将至潭柘马上同高士奇联句二首》等。

“南书房”是康熙十六年（1677）开设的，现存康熙的诗歌，据《康熙诗词集注》（王志民、王则远校注，内蒙古人民出版社，1993年版）一书考订，被认为是康熙十七年（1678）以前的作品不过区区 4 首，而写于康熙十七年的就有一百多首，占到一生诗作的百分之九。这说明他创作的热情和勤奋，也说明南书房在康熙诗歌学习道路上的重要作用。

（二）康熙的诗学观

康熙从维护封建统治长治久安的需要和自己帝王身份的责任着眼，通过对儒家经典《诗经》的研究与中国诗歌史的考察，提出了明确的诗学观点：

他重视诗歌的作用。他说：“诗者心之声也，原于性而发于情，触于境而宣于言。……故曰感天地而动鬼神，莫善乎诗。”（《诗说》）

他重视诗教的作用。“诗之为教也，所从来远矣。……思夫伯鱼过庭之训，‘小子何莫学夫诗’之教，则凡有志于学者，岂可不以学诗为要乎？”（《圣祖仁皇帝庭训格言》）康熙的一系列诗论始终贯穿着“温柔敦厚”这根诗教主线，以期发挥诗歌“正人心”“厚风俗”的现实作用。

他提倡清雅醇厚。他在《训饬士子文》中明确提出"文章归于醇雅，毋事浮华轨度"，后又表彰《皇清文颖》内大学士陈廷敬所作的各体诗"清雅醇厚"。"醇雅"的文章观与"清雅醇厚"的诗歌观体现了康熙完整的文学观。

他认为熟读经史有益于诗赋创作。"吟诗作赋虽文人之事，然熟读经史，自然次第能之。"（《圣祖仁皇帝庭训格言》）

（三）康熙的诗作与成就

康熙存有《圣祖仁皇帝御制文集》176卷，囊括了饬谕、奏书、表、辨、序、古今体诗等多种文体，其中古今体诗1135首，词12首，赋18篇。

康熙诗歌题材广泛，内容丰富。与一般帝王诗作迥然不同的地方在于，他的诗歌极少描写宫苑、朝廷之间的琐细事件，而是紧密接触社会现实，全方位地反映他在重大政治、军事等各个领域的活动，以及他的个人感情的真诚抒发，不作无病呻吟之唱，更无浮靡轻艳之作。这与他奉为楷模的唐太宗形成鲜明的对照。在唐太宗的100多首诗作中，以宫中咏物和出游为内容的约占半数。《唐诗纪事》记载了虞世南对唐太宗喜作宫体诗的劝谏。康熙诗的这一特色，是他作为一个政治家的良好素质的体现，为后代诗歌爱好者所注目。

康熙诗写得最有影响的是他在平定三藩、收复台湾、征讨噶尔丹、抗击沙俄侵略等期间所写的反映征战的军事篇什，如《收复岳州作》《滇平》《瀚海》《夜至三鼓坐待议政大臣奏事有感而作》《赐奉命大将军杰淑二首》《中秋日闻海上捷音》《赐宁古塔将军巴海诗》《入喜峰口》《山海关》等等。这些作品，抒怀言志，体现了作者维护国家领土完整、反对分裂割据、抵御外侮的爱国主义思想，熔铸了作者亲临战阵、身处边塞的生活感受、体验，充溢着金戈铁马之声，气格雄浑壮美。康熙三次亲征噶尔丹，作诗约90首。例如，作于康熙三十五年（1696）第二次亲征时的《瀚海》一诗，为人称道不已，诗曰："四月天山路，今朝瀚海行。积沙流绝塞，落日度连营。战伐因声罪，驱驰为息兵。敢云黄屋重，辛苦事亲征。"王士禛在《带经堂诗话·御笔类》中认为康熙征伐噶尔丹所写的《瀚海》等诗篇，"气象高浑"，胜过唐太宗李世民、唐玄宗李隆基的诗作。这话虽然包含有臣子对当朝皇帝的溢美成分在内，但"气象高浑"，却非常准确地指出了康熙征噶尔丹诗的特点，并非过誉。

关心民生、关心农事、关心民瘼的"勤民"题材，在康熙诗中占到一半的比例。正如他在《春雪》中写的："农事东畴堪播植，勤民方不愧为君。"他写了大量祈求丰穰、勤恤民隐的诗篇。康熙一生，经常出巡，江南塞北，近畿远徼，省方问俗，察吏安民，多以"勤民"为务。例如治理淮黄、视察永定、奖励垦殖中，就有不少的"勤民"之作。就是他在"六下江南"之时，虽然写了很多流连风景的诗篇，但"勤民"之什亦不在少数。

康熙在《御定历代诗余选序》中认为，词虽"风华典丽"然亦可"归于正"，与诗有同样的"扬厉功德，铺陈政事"的功用。他从帝王的角度，对以缠绵悱恻为特点的词的文学艺术性功用有所轻视，但仍肯定了词体在文学中的地位。康熙又大胆尝试，有词作 12 首存世。他 46 岁填了第一首词，这是康熙三十九年（1700）出巡塞外之时，题为《柳梢青·咏岭外金莲盛放可爱》。词的上阕以轻灵散淡之笔，描绘了岭外金莲盛放的可爱，下阕刻画了词人身居岭外"幽雅处"的"清闲"心境。除过康熙，清代帝王填过词的还有咸丰。

康熙的诗词，直抒胸臆，真率自然，洋溢着一种昂扬进取的精神。王国维在《人间词话》中曾说："纳兰容若以自然之眼观物，以自然之舌言情。此由初入中原，未染汉人风气，故能真切如此。"用来评价康熙，也是合适的。康熙诗作的不足，主要是往往注重伦理教化，一些作品说教味较重，削弱了其艺术性，也有不少粗糙浅陋之作。正如他晚年的自我评价："小诗自觉乏文丽，可尽衷肠对士民。"（《忆陕西二首》）

（四）康熙时期编纂了一系列诗词选本和工具书。

"御选"是清代特有的诗文选现象。清以前的御选诗文多是为御览服务的，清代的御选则是为天下士子准备的，是统治者文化政策的一部分。康熙帝推崇唐诗，大力推广唐诗。康熙四十六年（1707），900 卷的《全唐诗》问世，他在御制序文中说："诗至唐而众体悉备，亦诸法备该。故称诗者必视唐人为标准，如射之彀率，治器之就规矩焉。"五十二年（1713）《御选唐诗》完成。《四库全书总目》高度评价这部书的价值："自明以来，诗派屡变，论唐诗者亦屡变，大抵各持偏见，未协中声。唯我圣祖仁皇帝，学迈百王，理研四始，奎章宏富，足以陶铸三唐。故辨别瑕瑜，如居高视下，坐照纤微。"康熙帝最终通过编纂大型诗集和御制序文的形式，完整而明确地表述了以唐诗溯源诗教、以诗教辅助文治的政治意图，对当时诗坛产生了重大影响。与此有关的是，有清一代，一大批教材性质的唐人试帖诗选和唐诗选本应运而生，其中最为风行的是乾隆时期孙洙以"蘅塘退士"署名的《唐诗三百首》。

出于对诗词的热爱，康熙还亲自组织近臣编选了《四朝诗选》《咏物诗选》《历代题画诗类》《历代诗余选》等诗词总集。以朝廷之物力，以内府所藏之文献为基础，较之私人纂辑，显然在完整性等多个方面均高出一筹。他还亲自为这些书作序，虽有教化、导引之嫌，但也体现了一代帝王对文学创作的认同。尤其是第一次以官方的名义编纂的《钦定词谱》《钦定曲谱》《佩文韵府》都具有经典性意义，特别是《佩文韵府》，这是一部至今仍有使用价值的著名类书。

二、雍正的诗

雍正（1678—1735）名胤禛，康熙第四子，是满人入关后的第三位皇帝。他勇于革新、勤于理政，对康熙晚年的积弊进行改革整顿，一扫颓风，使吏治澄清、统治稳定、国库充盈、人民负担减轻。雍正在位 13 年，是"康乾盛世"的重要中间环节。雍正素性刻薄，是一位复杂而矛盾的历史人物。

（一）雍正的诗学观

雍正的诗学观与康熙一脉相承，总之是重视诗歌的实用价值。对于自身来说，诗歌可以陶冶人的性情，对于黎民百姓，诗歌有教化的作用。因此，诗是有重要作用的。

从尚用观点出发，雍正不喜欢大量写诗，并自认为不善于写诗。他在《〈雍邸诗集〉序》中说："朕素不娴声律，每于随从塞北，扈跸江南，偶遇皇考命题属赋，勉强应制，一博天颜欢笑，初不计字句工拙。至于宴赏登临，触物寓感，有会而作，因诗记事，借以陶写性情而已，岂曰与文人墨客较论短长耶？"等到登上帝位，"向之优游恬适，今则易而为惕励忧勤，花朝月夕之吟，皆成祈寒暑雨之思矣"。

他告诉人们，写诗的目的是陶冶性情，是优游恬适之人才干的事情，一旦手中有宏图大业，写诗就不应成为日常生活必不可少的内容，就不应该"与文人墨客较论短长"。怎能想象一个朝乾夕惕的帝王还能整天风花雪月？在他执政的 13 年，只写了 160 首诗，每年还不到 13 首。这也等于在解释他为什么不喜欢和不能大量写诗的原因。

不喜欢大量写诗并不表示不重视诗歌的作用。作为帝王的主要事功就是政治统治。雍正从帝王、从政治的角度出发，从他自己的利益出发，所倡导进行的诗歌活动都具有强烈的政治实用目的。诗歌只是一种工具。他不提倡臣子吟诗作赋，作风花雪月之辞，很少让他们应制诗文。但是，在他登基以后所作诗集《四宜堂集》中的第一篇《苦次苦哀》，他却曾要求"翰林诸臣"依他的原韵"呈送朕览"。这是首七言古风，作于康熙六十一年（1722）的康熙皇帝丧中，他刚继位当了皇帝。苦，旧时居丧睡的草席。苦次，就是指居亲丧的地方。"慕思君父泪千行，四十余年顾复长""海水可枯石可化，终天仰恋谁能忘"等等。"苦次"述哀，如他所说"此篇乃中心迫切不能自禁之词"，思亲之情恳切动人。但要"翰林诸臣"来和，既宣示他的孝心，显然还有着更深层次的政治意义。

在雍正四年（1726）的钱名世"名教罪人"案中，雍正命令臣子写诗集中批判钱名世，把诗歌作为斗争的利器，也是空前绝后的创造。钱名世，康熙年进士，翰林院侍讲，参加过《佩文韵府》等书修订，曾赠诗年羹尧，有"分陕旌旗周召伯，从天鼓角汉将军"及"钟鼎名勒山河誓，番藏宜刊第二碑"之句。年羹尧遭到雍正打击制裁，牵连了钱名世。雍正认为钱名世"颂扬奸恶，措辞悖逆"，革职发回原籍，亲自书写了"名教罪人"四字，还要做成匾额，悬挂在罪人的宅子里，让人天天观瞻。又命在京举人、进士出身官员385人"咸为歌诗，以刺其恶"。这些诗歌被辑录成《名教罪人》一书。雍正的上谕说，之所以没有处死钱名世，是因为"死不足蔽其辜，生更以益其辱"，而"益其辱"的方法，就是书匾额和群官作诗编纂《名教罪人》，也就是由诛身转为"诛心"。雍正很认真地审阅这些作品。詹事府詹事陈万策以钱名世的名与字（钱字亮工）分别与戴名世和周亮工相同，作诗云："名世已同名世罪，亮工不异亮工奸。"雍正认为此诗利用名字的巧合，属对工整，称赞为好诗。侍读吴孝登因诗作得不好被革职，发配到宁古塔为奴。两位侍读学士与一位翰林的诗作被斥为"谬误舛错""文理不通"，都被革职，发回原籍。围绕钱名世的这场诗歌批判，说明雍正虽然自己不大喜欢作诗，但十分重视诗歌的力量，在政统需要的时候，他会以诗文的形式及时地激励或是有力地进行打击，从而达到巩固统治的目的。这是一种极端尚用的诗歌观。当然，这不仅是对钱名世的"诛心"，同时也对这些作诗的文臣，乃至读诗的士人都带来巨大的震慑。

（二）雍正诗歌的特点

雍正有《世宗宪皇帝御制文集》30卷，其中文集20卷、185篇；

诗集两部 10 卷，一部是《雍邸集》7 卷，382 首，为登基之前在雍邸的作品，雍正三年雍邸升为行宫，名为"雍和宫"；另一部是《四宜堂集》3 卷，160 首，为御极之后 13 年间的作品，诗集因在圆明园中修建的"四宜书屋"建筑群而得名。两集共收录诗歌 542 首。雍正的诗歌是他的内心世界和生活经历的客观再现，也是他的诗歌审美观的体现，成就可观，有其个人的风格。

雍正诗风的总体特征是闲适清雅。雍正的《雍邸诗集》序，第一句就是："朕昔在雍邸，自幸为天下第一闲人。"据他解释，所谓"闲"有两重含义：一是指"境之所处闲"，"位列亲藩，寝门定省之余，无他事事"；二是指"情之所寄闲"，宣称自己"赋性不乐浮华"，既不求富贵，也不烦贫贱，只期望能够"消融机巧，遂觉随处乐天"。他说，这一"闲人"，他做了四十余年。对此，他在《御制〈悦心集〉序》中又进行了申说："朕平生淡泊为怀，恬静自好，乐天知命，随境养和。前居藩邸时，虽身处繁华，而窹寐之中，自觉清远闲旷，超然尘俗之外。"

史学界普遍认为，雍正帝反复强调自己的"闲"，实际并非如此。他在未继位之前，费尽心机争夺储位，其实心不闲，境也不闲。这确是事实。康熙帝曾仿汉族王朝之制，册立皇后所生嫡子胤礽为皇太子，但是胤礽不争气，胡作非为，两立两废，争夺储位的局面十分复杂。雍亲王胤禛使用两面派手法进行活动，欺骗对手，塑造"富贵闲人"形象，并讨好康熙帝，增强父子感情，终于得登大宝。"闲"是雍正的政治策略，是自我保护的手段。

另一方面，这种"闲"，我们也无妨看作是雍正克服自己"喜怒不定"毛病的一种努力。康熙帝于康熙三十七年（1698）册封 18 岁以上的六位皇子为郡王、贝勒，时已 20 岁的胤禛被封为贝勒而非亲王。据《清圣祖实录》记载，康熙帝说，"四阿哥为人轻率"，将来看其奋勉情形再为加恩。过了 10 年，胤禛被封为雍亲王，康熙帝回顾往事，说皇四子少年时好犯"喜怒不定"的毛病，朕用"戒急用忍"教导他。胤禛深知，喜怒不定是为人品德的重大缺陷，这是贵人所不允许有的毛病。

他决心改正，把"戒急用忍"四个字置于居室，以便朝夕观览，谨言慎行。他在储位斗争时，编辑《悦心集》，研究佛学，就是动心忍性的表现。这些应是雍正闲适清雅诗风形成的重要背景。

雍正的抒情诗，或吟咏四时风物，或读书赏画，或出游交友，或寻仙访道，不带有明确历史背景和政治色彩，总数超过200多首，占有很大分量。这些诗，在题目上就可看出来，如《春日泛舟》《立夏》《立秋日怡情亭》《冬日早朝》，反映的是四季景物；《书斋坐雨》，与雨有关；《元夕》《元旦》《七夕》，与节庆有关；咏月的更多，《山月》《池月》《楼月》《船月》等；咏植物，最多的是梅、竹、松、荷。还有题画诗，写读书的诗歌等。这些都描绘了作者观景、读书、赏画、交游等一幅幅闲适生活的图景，也展现了作者对大自然和人生的独特感悟。

胤禛诗歌艺术自成一家，用词讲究，有声有色，富于优美的意境和柔和温婉的浪漫气息。如《夜坐》："独坐幽园里，窗开竹影斜。稀闻更转漏，但听野鸣蛙。活活泉流玉，溶溶月照沙。悠然怡静境，把卷待烹茶。"有的诗富于哲理，有的甚或以禅入诗，但语意明白晓畅，毫无扞隔之感，富有感染力。如"识得如如妙中妙，尘尘刹刹任悠悠"（《偶成二首》其一），"一息不停新绿水，四时相对旧青山"（《初夏西苑游瞩》）等。而他的"斜倚筠笼睡起时，丹唇皓齿瘦腰肢。毕竟痴情消不去，缃编欲展又凝思"（《美人展书图二首》之一）所展现的香艳纤秾风格，完全可以侧之于《花间集》《玉台新咏》。但这是康熙、乾隆坚决反对的吟咏对象。

雍正注重炼字，多有巧对。如"浪暖鱼吹沫，泥香燕作巢"（《初夏至玉泉山》），"村畔砧声听渐暝，林端蝉翼噪逾幽"（《临流》），"溪风吹缓带，夜色逼吟肩"（《月下闲步》），"酒幔篱边飐，渔舟苇畔歌"（《运河舟中之一》）。还有叠字的运用，如"远村烟淡淡，野老意悠悠"（《运河舟中之二》），"萋萋芳草春将去，冉冉韶光酒莫空"（《月夜对落花有感》），"寂寂荒村临水际，翩翩飞鸟向云边"（《早行》），"处处相酬三角黍，家家笑馈五时花"等等，对仗工巧自然，且朗朗上口，十分传神。

雍正诗集中除过反映闲适的作品外，与康熙有关的诗有着特殊的意义。雍正在为皇子期间，曾30多次随从康熙帝出巡、避暑、打猎、祭祀。他也写了大量随驾纪行的诗歌，如《大猎》《秋狝扈驾》《热河园中避暑》《瞻仰盛京宫阙》《谒福陵》《渡扬子江》《阅永定河应制》《恭谒五台过龙泉关偶题》《运河舟中二首》等等。这些诗的主题，主要是歌颂升平之世，歌颂康熙的文治武功，歌颂父爱皇恩。对雍正来说，随驾的经历以及这些诗作都有重要意义，这使得他能参与军国大事，了解民情，接受康熙的教诲与熏陶，为以后执政积累经验。在他做皇帝的13年间，再没有过南巡、北狩以及东巡、西巡。而雍正诸多的应制诗，可以看作是在父皇逼迫下的作品，也正是在这个过程中，使不爱写诗的他提高了诗歌的写作能力，陶冶了文学素养。

康熙对雍正的影响是多方面的，特别是治国理政的一些基本理念，这在诗歌中也有反映。例如，勤政恤民，尤为关心农事生产。康熙曾命宫廷画家焦秉贞绘制反映水稻耕种的"耕图"与丝麻纺织生产过程的"织图"各23幅，每幅亲题诗1首，共46首，并有长序。雍正也写过《耕图二十三首》《织图二十三首》，分别对耕、织过程及多种农具形象地进行了描述，可以看出作者对生产过程比较熟悉，表现了奖励耕织、惜民爱物的思想，与康熙的思想一脉相承。又如，反对分裂，坚决维护国家统一。康熙朝就曾向西北准噶尔部蒙古用兵，但并未征服。雍正继位七年以后，又开始用兵西北，但也没能完全解决问题，直到乾隆时方彻底平定西北边疆。西北用兵是清朝的大事，康熙、雍正、乾隆都有诗纪之。雍正曾写过不少征讨准噶尔的诗，如《己酉夏南甸大阅》两首是雍正命将西征誓师时写的，还有《国家为准噶尔跳梁，不得已有用兵之举。自己酉以来，将帅士伍枕戈负盾，野宿风餐，三载于兹矣，朕每一廑念，食不甘味，寝不安席，因避居便殿，停御宴会，日与廷臣筹计军需，唯冀上苍默佑师旅早旋，论功颁赏，朕怀始释。爰作截句四首以见意》等。

三、乾隆的诗

乾隆（1711—1799），是清代第四位皇帝，也是中国历史上掌权时间最长以及最长寿的皇帝，他当了 60 年皇帝和 3 年太上皇，活了89 岁。他是一位雄图大略颇有作为的皇帝。他在位期间，多次用兵统一疆土，对于清朝统治全盛局面的形成，对于中国疆域版图的最后形成，有着重要作用。康雍乾盛世是中国封建社会最后一个盛世，康熙、雍正是盛世的上升阶段，而乾隆则是盛世的高峰和终结。乾隆帝又是一个有着深厚的汉文化传统素养的帝王，相当重视文化事业。

乾隆有《御制乐善堂全集定本》及《御制诗》初集、二集、三集、四集、五集、余集，现存诗歌总数为 43630 首。乾隆又有《御制文》初集、二集、三集、余集，共著文 1041 篇，有论、说、序、记、跋、杂著、表、颂、赞、箴、铭、赋等 10 多个门类。北京故宫还藏有《乾隆御稿》约 45000 页，为乾隆帝从康熙六十一年（1722）至嘉庆三年（1798）长达 76 年间诗文创作的手稿（大部分为诗稿，小部分是文稿）与词臣的清抄稿。

（一）乾隆的诗学观

乾隆接受的是儒家传统文学观念，再加上治理国家的需要，便形成了以"醇雅"为中心的文学观。在创作上反对无的放矢，反对"风云月露"之辞，在诗歌功用上强调诗应用以载道，教化世心，即重视诗歌的社会政治功能。

《御选唐宋诗醇》选本，则体现了乾隆以唐诗为尊、以杜甫为尊的观点。有评论认为，经过顺、康、雍三朝帝王的励精图治，乾隆时清朝步入了全盛时期。昌明盛世，客观上需要雍容典雅、格高调响的盛世宏音来宣扬文治武功。

乾隆朝发生了一件在清朝也是中国科举史上的大事，即在乾隆二十二年（1757），清代会试开始加试律诗。随后一系列科举考试中均增加了诗歌的内容。我国科举考律诗，主要在唐宋，元明两代则不考，清代也是建国100多年后才加考的。中国科举在长达470多年间不考律诗。乾隆进行的这一重大变革，使试律诗在唐宋之后再次成为国家储才、选才及用人行政的重要标准，对清代中后期的士林风气影响深远。这也反映了乾隆对诗歌重要性的认识。

（二）乾隆诗歌：使命感与不懈追求

乾隆从小喜欢诗，这种爱好一直坚持了下来："余虽不欲以诗鸣，然于诗也，好之，习之，悦性情以寄之。"（《沈德潜归愚集》序）

写诗也是乾隆的一种娱乐方式："然几务之暇，无他可娱，往往作为诗古文赋，文赋不数十篇，诗则托兴寄情，朝吟夕讽。"（《御制初集诗小序》）

乾隆帝这样明确地表达他的诗歌创作宗旨："予向来吟咏，不为风云月露之辞，每有关政典之大者，必有诗纪事。即游艺拈毫，亦必于小中见大，订讹析义，方之杜陵诗史，意有取焉。"（《惠山园八景》诗注）这里面有三层意思：一是他所经历过的军国大事，一定要以诗的形式记下来；二是即使是寻常题咏，他也会小中见大，因文见道；三是以杜甫为榜样，"诗以纪史"，让自己的诗歌成为诗史，为后人留下有价值的东西。

从乾隆元年开始，乾隆每12年编一本诗集，在位60年，共编得5集。他总结诗歌内容："凡坛庙祭祀，用人行政，省方问俗，关心旸雨，廑念农桑，并几暇辨订经史子集，阐发儒先奥义，或游览所至，或一名一物，抚笺染毫。"乾隆特别强调，这些作品"皆有为"，并在"为"字后专门注了"去声"两个字。说明这些诗都是有所为、有缘故、有意义的，绝非无病呻吟之作。他退位后直至去世的3年，又写了750首，也是"皆有为"的作品，收入五集之外的《余集》。

　　1796 年，85 岁的乾隆把皇位禅让给儿子嘉庆，实现了他在"御极六十年"退位的诺言。他说，他不做皇帝了，"应娱老罢咏"，因还要"训政"的缘故，"不敢自耽逸豫，每关几务之大及课量晴雨，涉笔成吟，犹不能自已也"，"而例成之作，可以大简于昔矣"。他是正月初一退位，至正月十九，共写了 47 首诗，他算了一下，这比上年同期已少了 15 首。为什么写得少？不是作者身体问题，也不是时间安排问题，更不是创作热情，唯一原因是作者认为他不当国了，"例成之作"可以不写了。

　　从乾隆的叙说中可以看到，他写诗有明确的目的，也是有计划的，许多是"例成之作"，必须写，这是他作为皇帝的责任。诗意不是第一位的，他已十分得心应手："我闻古人语，诗以道性情，题韵随手拈，易如翻手成。"（《遣兴》）激励他的是留下"诗史"，榜样是杜甫："五集诗成四万多，每惭杜老有前哦。"（《观历年诗集即事》）他始终充满着写诗的激情。

　　嘉庆四年（1799）正月初一，89 岁的乾隆写了七律《己未元旦》，初二写了五律《望捷》，初三去世，走完了他的政治家品格与文人气息相结合的一生。《望捷》是他的绝笔诗，附有 200 多字的注，说白莲教蔓延是官员轻忽的结果，殷切期望平乱能"计日藏功"，捷报快传。作品虽已毫无诗意，但他这种着眼于国家治乱以及一息尚存、吟诗不止的精神，确实令人敬佩。

　　乾隆这些诗的纪实价值，不仅是诗歌本身，更重要的是他关于诗的序和所加的注。打开他的诗篇，几乎每一首都有注释，常常是几行诗歌正文，两边几乎都是密密麻麻的注释小字。乾隆注释的特点，是一般都会把某件事的来龙去脉说清楚。这些被历史学者公认为是有重要价值的历史资料。20 世纪 30—40 年代，故宫前辈学者章乃炜等先生依据大量历史档案原件及宫廷秘籍编成《清宫述闻》，孟森先生为之作序并给予极高评价。乾隆的诗注或跋作为第一手材料在本书中占有相当分量。如在述及乾隆三十二至三十四年清宫的维修工程时，就引用了乾隆《冬令还宫》《戊子春仲经筵》《题静怡轩》三首诗注。

乾隆如此倾心诗歌，引起一些议论。乾隆十年（1745），江西道御史李慎修劝谏乾隆帝勿以诗为能，恐"摛翰"有妨政治。乾隆召见了他，问："是何渺小丈夫，乃能直言若此？"李慎修回答："臣面陋而心善。"乾隆为之大笑，还写了一首诗，题目就是《李慎修奏对，勿以诗为能，甚韪其言，而结习未忘焉。因题以志吾过》。乾隆认为他是直言，说得对，这是"吾过"，但强调自己"结习未忘"，等于说已不可改了。

这种非议显然一直萦绕在乾隆心头。对这种传统观点，他其实是不认同的。在他88岁时，通过自己作诗历程的回顾，对他大量写诗有妨政治之说进行了驳正。他说："予初非以韵语一事与文人学士絜量多寡也。夫诗以言志，言为心声，非仅缔章绘句如词人东涂西抹之为。且为人君者，若专以吟咏为能，亦即溺情之一端，自古有戒，予曷肯出此？实因予临御六十余年，中间大功屡集，鸿仪叠举，兼以予关心民事，课雨量晴，占年省岁，数十年如一日。而阅事既多，析理尤审，即寻常题咏，亦必因文见道，非率而操觚者。此乃质言，非虚语也。"（《鉴始斋题句》后记）他治理的国家已到盛世之巅，国家发生过这么多大事喜事，他怎么能不歌之咏之？因此他钟情于诗当然不是"过"了，而他所积篇什"几与全唐一代诗人篇什相埒，可不谓艺林佳话乎"？并自信可与中国历史上最著名的诗人比肩："白傅陆监较过彼，李狂杜苦亦殊其。"他认为他的这些被目为"意溺诗"的诗歌经得起后人的论说："谩使人评意溺诗"。（《鉴始斋题句》）

乾隆的儿子嘉庆皇帝继承了他父亲的这一传统。他执政25年，写诗超过万首，是紫禁城写诗最多的第二人。他的诗也以记事为主，但附注几乎看不到了。

（三）乾隆诗歌特点

乾隆诗歌题材范围广泛，是他一生政治活动和日常生活的实录，是他的"起居注"。如前所述，在他执政期间帝国所发生的所有重大事件都可从诗中看到，甚至水灾之重、人民苦难之深等都有不同程度反映，可使人们对"康乾盛世"有更全面更深入的了解。从某种意义上来讲，他的诗可以说是 18 世纪中国的一部诗史。

值得关注的是，乾隆还写有大量文物鉴赏的诗。这个量是很大的。国家图书馆出版社 2014 年出版了一本石光明选编的《新编乾隆御制文物鉴赏诗》，收有乾隆题咏绘画、玉器、陶瓷、漆器、石砚的诗 6000 余首，其中绘画类 4800 余首，玉器类 700 余首，陶瓷类 200 余首，漆器类 60 余首，古砚类 200 余首。其实乾隆有关工艺类的诗还不少，例如玉扳指，他就写过近 50 首。这些诗占到乾隆全部诗歌的十分之一以上，反映了乾隆的文化艺术素养和审美情趣。

乾隆书画鉴赏诗最多。题画诗更能体现乾隆的文人心态，或描述画面，或借题发挥，由此及彼，启人思考。如《题李白春夜宴桃李园图》："飞觞醉月共游盘，银烛烧阑兴未阑。漫惜光阴如过客，于今已作画图看。"借图中情景来抒发自己对光阴如梭的感受。这幅画为明代仇英所作，现藏于北京故宫博物院。由于乾隆看的是原迹，身边又有一批饱学之士的交流，这些题画诗就保存了大量与原作有关的资料，尤其是诗中的小注及诗后的跋语，更具资料性、知识性，给研究者不少启发和提示。

乾隆在书画鉴赏中，也时有不寻常之举。乾隆五十三年（1788）七月，乾隆在题宋人李迪的《鸡雏待饲图》时，因念荆州方遭水灾，饥民望赈，正如鸡雏的待饲，于是"摹画泐石，遍赐诸行省为民父母之官"。乾隆五十六年（1791）正月，又将王縠祥《春雏得饲图》题句刻石分赐官员。他在《春雏得饲图》题诗的跋中说："政在养民，诚当保赤。良有司俾各发天良，与我共治也。"《鸡雏待饲图》是南宋画家李迪创作的一幅绢本设色画。图中绘两只雏鸡，一卧一立，描绘传神，将雏鸡嗷嗷待哺的情态表现得真切感人。现藏于北京故宫博物院。《春雏得饲图》为明画家王縠祥绘制，描绘雏鸟被母鸟喂食的情景，笔墨刻画细腻到位，将禽鸟间的母子情展示得淋漓尽致。现藏于天津博物馆。

乾隆的咏瓷诗运用于瓷面上，则促进了中国瓷艺的发展。康熙、雍正时期，御制诗在瓷器上虽亦时有所见，但数量上并不多。乾隆时一改古瓷题于底部的做法，而大量地运用于瓷面，并以配画诗的形式出现，诗意亦由咏叹之美而转为对画面的感悟和释义，从而使瓷艺风格发生重大转变。乾隆御制诗瓷器不仅促使书法装饰瓷器更为流行，还使诗、书、画、印相结合的国画形式几乎成为一种定例。据郭葆昌辑《清高宗御制咏瓷诗录》，清宫旧藏中乾隆御题的瓷器有 199 件。

吟咏玉器的诗文更多，刻有御制诗的玉器，两岸故宫博物院都有收藏。例如北京故宫博物院的"桐荫仕女图"山子，就是俏色玉中的佼佼者。器底阴刻了乾隆的"御题诗"和"御识文"，高度赞扬了慧眼识良材的玉工，体现了他赏玉的独特眼光。

乾隆诗歌艺术也颇有特色。他的许多诗形象生动，写景更尽其似，状人栩栩如生。如《帝京岁暮八咏拟乐府并序》，简直就是一组风俗画，将腊八粥、祭灶、立天灯、贴门神等风俗习惯写得绘声绘色。他的怀人诗、悼亡诗为人称道。他在诗中出色地使用迭字和对仗，增添了诗的语言美。

乾隆诗的不足之处，是以文为诗的习气太重，将散文的章法、布局引入诗歌，大量使用虚词，使许多作品神气索然，为人诟病。

乾隆很多诗作缺乏新意，一个重要原因是同类作品太多。每逢节庆大典或重要活动，他都要"依例"写诗。同一处建筑，同一个活动，我们惊异于乾隆能不断地、反复地吟诗。例如文华殿的主敬殿为经筵之所，《日下旧闻考·国朝宫室》中收录了乾隆五年至五十年与此有关的诗 25 首。编纂者又做了说明："臣等谨案：节年恭逢经筵，俱有御制诗，谨绎有关纪述事实者恭载卷内，余不备录。"就是说，他写的经筵诗远不止这些。这样写诗，难免公式化，很难写出新意。又由于产量太高，每天数首，当然来不及推敲，有些作品就显得粗糙。

（四）乾隆诗歌与文臣

乾隆在《御制乐善堂全集定本》序中说："盖是集乃朕夙昔稽古

典学所心得，实不忍弃置，自今以后虽有所著作或出词臣之手，真赝各半。"这说明，他的诗作并不完全是自己所写，除《御制乐善堂全集定本》中的作品之外，其余诗集均有文臣代笔之作。这些诗作由词臣或代录润色，或填补缺句，有时甚至代为吟唱。

赵翼的《檐曝杂记·圣学二》，这样记载了乾隆写诗与身边文臣的关系："或作书，或作画，而诗尤为常课，日必数首，皆用朱笔作草，令内监持出，付军机大臣之有文学者，用折纸楷书之，谓之诗片。遇有引用故事，而御笔令注之者，则诸大臣归遍翻书籍，或数日始得，有终不得者，上亦弗怪也。……余值军机时，见诗片乃汪文端（汪由敦）、刘文正（刘统勋）所书，其后刘文定（刘纶）继之。由诗片抄入诗本，则内监之取。迨于文襄（于敏中）供奉，并诗本亦手自缮写矣。"作者特加注："御制诗每岁成一本，高寸许。"

可见，汪由敦、刘统勋、刘纶、于敏中等人经常为乾隆代笔，或草拟文章呈由乾隆删改，或记录乾隆的只言片语，补充润色再记录于诗集。虽如此，但这些诗作皆为乾隆之属意。北京故宫所藏的约45000页《乾隆御稿》，应是当年的"诗片"，每年写的整理为一小叠，用一手指头宽的纸条束起来。乾隆的多是朱笔书写，也有墨笔。我看过《乾隆御稿》一小部分，其诗稿多有修改之处。

乾隆赋诗好与词臣商榷。他曾以《觉生寺大钟歌》示沈德潜，其中有句是"道衍伊拜荣将命"，沈德潜校进时，改"将"为"国"。乾隆便说这是用黄帝铸钟人事，字没有误。他于是说："载籍极博，有朕知汝不知者，亦有汝知朕不知者。悉心校正，无用嫌避。"又每出诗稿，令儒臣注释。《塞上雨猎》诗中用了"製"字，众皆莫晓。乾隆笑着说："卿等尚未尽读《左传》耶？"他用的是齐陈成子帅师救郑篇的"衣製杖戈"，注曰："製，雨衣也。"乾隆还让沈德潜为他整理诗稿。

乾隆四十三年发生徐述夔《一柱楼诗》案，连累到被乾隆称为"天子门生兼故人"的沈德潜。沈已死去9年，仍被追夺阶衔谥典（文悫），撤出贤良祠内牌位，扑毁所赐祭葬碑文。野史说，乾隆如此对待沈德潜，是因为沈曾为乾隆捉刀或受委托对乾隆诗集有所删润，乾隆发现这些作品竟又收入沈的诗集。显然事实并非如此。乾隆并不讳言词臣的协助，他的诗歌的总体水平和风格也是比较稳定的。乾隆如此惩处沈德潜，完全是基于维护皇权的政治原则性。

四、康、雍、乾三帝与文人学士

康雍乾时代极为重视文治，非常关注文风建设，帝王常通过训饬与御选总集的方式来引导文坛创作方向；又通过各种文艺政策、文学活动以及与文人的交往来左右文人心态，影响当时文坛的走向。

这突出的表现，就是三帝身边都聚集了一批当时声望极高的文人学士。康熙朝有张英、高士奇、王士禛、姜宸英、陈维崧、朱彝尊、纳兰性德、尤侗、查慎行等。纳兰性德那首著名的《长相思》："山一程，水一程。身向榆关那畔行。夜深千帐灯。风一更，雪一更，聒碎乡心梦不成，故园无此声。"就是康熙二十一年（1682）扈从康熙出关告谒先祖行程中所作。雍正朝最受重用的是张廷玉。雍正多次赐给张廷玉匾额题词和对联。历事康雍乾三朝，或事康雍二朝的，有蒋廷锡、方苞、朱轼、张廷璐等。乾隆朝著名文人学士更多。乾隆晚年作了不少怀旧诗，其中有《五词臣》诗五首，讲述了他与梁诗正、张照、汪由敦、钱陈群、沈德潜五位汉族文人官员的特殊友谊。康、雍、乾三帝还经常通过赐诗的方式，加强与词臣的联系。康熙诗集中明确标为赐诗的即有60首，雍正赐赠诗有34首，乾隆的则更多了。康熙、乾隆常与文臣唱和。应制诗、恭纪诗是文臣的经常性任务。康熙朝查慎行的《敬业堂诗集》中，"纪恩""恭和"等应制之作约近千首，几占全部诗的五分之一。他的一位弟子升任翰林后，他即有诗曰："未妨小变平生格，从此须工应制诗。"

清代宫廷文学活动最有影响力的形式是君臣联欢的宴饮赋诗。

赐宴与联句相当于一般文人雅集，文人雅士大多借宴会之际切磋诗艺，交流感情。自康熙朝始，欢宴联句就成为君臣诗文交往的主要方式之一。吴振棫的《养吉斋丛录》载："康熙间，赐宴臣工，或于乾清宫，或于瀛台，恩礼稠叠，不可殚述。若内直诸臣，扈从宴游，诸家纪载尤夥。"乾隆亦好此举，几乎每年都举办联句活动。

康熙二十一年（1682）正月，因云南底定，"三藩"乱平，康熙欣然举宴庆贺。与宴之日几乎囊括了所有能诗会文的朝臣。关于此宴的目的，康熙是这么说的："宜共成篇什，以绍《雅》《颂》之音。朕发端首倡，效'柏梁体'，班联递赓，用昭升平盛事，冀垂不朽云。"

内阁大学士等93员集于太和殿下。康熙首唱"丽日和风被万方"，内阁大学士勒德洪、明珠都说不通汉文，康熙便为二人代咏"舞云烂漫弥紫阊""一堂喜起歌明良"，且戏曰："二卿当各釂一觞，以酬朕劳？"二臣果然捧觞叩谢。此次联句，辑有《升平嘉宴同群臣赋诗用柏梁体并选》，收入康熙诗作中。过了十天，康熙不仅让诸臣恭阅御制升平嘉宴诗序，而且亲书诗序，同时命沈荃书诗，将其勒石，"移贮翰林院敬一亭中"。后来更将这"柏梁体诗"制成诗册，赐予宴诸臣每人一册。可见康熙对这一次宴会的重视。

而康、乾两朝宫中的四次千叟宴，又是古往今来规模最大的宫廷文学活动。第一次千叟宴于康熙五十二年（1713）在畅春园举行，参加者4240人，年龄皆在65岁以上，故名千叟宴。康熙六十一年（1722），在第二次千叟宴上，康熙帝分两次，赐宴年65岁以上的文武大臣以及致仕退斥人员共1020人。期间，康熙帝席上赋七律一首，诸大臣和者13人，其他千余人各赋七绝一首，后编成《御定千叟宴诗》4卷，共1030首。这些作品的基本内容和风格，正如《四库全书总目提要》所称："化国之日舒以长，治世之音安以乐，具见于斯。"乾隆五十年（1785），千叟宴第三次举行，参加人数超过了3000人。乾隆帝席上御制七律一首，赞与乃祖康熙同举盛事："祖孙两举千叟宴，史册饶他莫并肩！"大臣酬和者 23 人。乾隆帝又与群臣赋柏梁体联句诗一百韵，其他与宴者皆自由赋诗一首或数首。后编成《钦定千叟宴诗》36 卷，共 3429 首。第四次千叟宴在嘉庆元年（1796），坐上宴席与列名邀赏者总计 8000 人以上。太上皇乾隆帝依康熙帝当年的千叟宴诗原韵赋诗，新登基的嘉庆帝率诸大臣恭和，与宴者也各有诗。这次未汇编成册，否则其部头当远在前两部《千叟宴诗》之上。嘉庆以后，因清廷财政困窘、国力衰竭，千叟宴不再举办。

雍正四年九月九日重阳节，雍正帝召集皇子、诸王、大学士、学士及翰詹科道等官员能诗者 94 人，在乾清宫共赋柏梁体诗。雍正先自赋诗一句"天清地宁四序成"，然后王公大臣们纷纷赋诗联句，无非都是"赓歌拜手颂升平""仁风四洽天宇清"之类歌功颂德之句。雍正对作诗本不太热心，为什么这一次兴致如此之高呢？我们从他的《九日宴群臣拟柏梁体诗》序言可知，这次的重阳节诗会主要是为了效法其父康熙皇帝，模仿古代帝王君臣赴会，上下同心，为营造盛世氛围而举办的庆典。此时，君臣赋诗的形式对雍正的统治是能够起到有效的作用。后将柏梁体诗 200 册赏赐各省总督、巡抚、提督等官。

著名的重华宫茶宴联句也是清代宫中重要文化活动之一。乾隆年间，常于正月初择吉日在重华宫举行茶宴联句，参加者起初人数不定，多为诸王、大学士、内廷翰林等，每次由皇帝选定。开始时只 12 人，后增至 28 人。大体皇帝出题并先出御制句定韵，然后群臣依韵恭和，均仿每句用韵的"柏梁体"，内容皆颂扬盛世之吉语。起初还要求当场写出，后来人数渐多。不会作诗的人也命参加，只好由内廷词臣事先预备好发给大家，到时填个姓名即可。当时视为韵事，并列为典礼之一。乾隆时共举行 44 次，嘉庆时举行 10 余次，道光时还举行过 1 次，以后就停止了。重华宫茶宴之"茶"，不用一般茶树之叶，而用松实、梅花、佛手烹茶，故名三清。此宴亦从来不赐馔、不赐酒，而以果类为席。宴毕，每人所特用之瓷杯亦赐，间或赐石砚、画卷等物。

围绕着皇帝的这些人、这些活动，织成了一个影响天下、带动士林的网络，共同推进着大清帝国"文治"政策的实施。

（本文为作者 2019 年 6 月 21 日上午为第二期中华艺术大家讲习班诗词班所作的讲座，地点在清稽查内务府御史衙门旧址）

略谈科举与诗歌

科举制是中国从隋唐开始的设科考试以选拔官吏的制度，延续至清末，存在了1300多年。以下着重介绍唐、宋、清三个朝代的科举与诗歌。三个朝代共存在了870多年，其中实行诗赋考试近600年。唐、宋两代，都是中国诗歌最为辉煌、最有成就的时代，清代的诗、特别是词亦蔚为大观，其价值与地位仅次于唐、宋两代。

关于科举与诗歌的关系，比较复杂，需要具体分析。我个人认为，二者关系密切，总的来说，科举制度对中华诗词发展的积极作用还是主要的。因为科举首先作为一种社会导向，在大多数时期，鼓励着人们对诗艺的追求；同时作为一个社会行为，科举又不仅局限于科场之中，而且涉及到整个社会的文化教育，文化教育则是诗歌发展的基础。

一、唐代的科举

科举制始创于隋，成熟于唐。关于唐代科举与诗歌的关系，一直有两种对立的说法，一种认为唐代以诗取士，促进了唐诗的繁荣；对立的意见则认为起过一定的消极作用，你想考试的内容和形式格律都是限定的，能作出好诗吗？有人则认为科试诗赋的讲究声韵对偶，刺激了文人对声律的研究，也是值得肯定的。唐代以诗赋取士是唐朝建立一百多年后的事，这已经过了诗歌上的初唐，进入了盛唐，一大批诗人涌现。有人就说到底是科举促进了唐诗的繁荣，还是因为唐诗的繁荣才有了科举上的以诗赋取士？我认为这两个方面还是互有影响的。

科举制在唐代渐趋完善。进士科从初唐开始，就是一门偏重文学的科目，到了高宗、武后时期，又以加试杂文的形式，强化了其文学色彩。以诗赋作为进士录取的主要标准是在天宝年间最后确定的。唐宋时由尚书省礼部主持举行的考试叫省试，为通过省试而作的应试诗称为省试诗，中国科举史上最有名的两首省试诗就出现在开元、天宝时期。一首是祖咏的《终南山望余雪》："终南阴岭秀，积雪浮云端。林表明霁色，城中增暮寒。"按例当写六韵十二句，他仅写四句即交卷，考官问其故，祖咏回答："意尽。"是说虽只有四句，但已经表达完整。当考官让他重写时，他还是坚持自己的看法，认为不能画蛇添足，考官很不高兴，结果未被录取，也有说因这首诗写得好而被录取了。另一首是钱起的《省试湘灵鼓瑟》，传诵一时并奠定了钱起在诗坛的不朽声名，是公认的试帖诗范本，最为人称道的是"曲终人不见，江上数峰青"两句。

唐朝科考不糊名，由考官决定录用与否。考官根据考生的社会声望和才德评价制成一个名单，供录取时参考，叫作"通榜"。考官也欢迎有名望的人推荐。为了能上通榜，考生应试前需要将自己的诗文佳作投献给有名望的公卿名士，以求得到赏识后向考官推荐，这叫作"行卷"。天宝年间，主管科考的礼部侍郎韦陟，认为以往皆以一场考试优劣来决定去取，这样难以充分考察一个人的实际才学，于是决定进士科举子将平日所写的代表性作品交来参阅，以便在考前便对考生的实际水平有一个全面的了解。由于是将举子平时所作诗文卷轴向尚书省所在官府——礼部交纳的，所以这一做法又称为"纳省卷"。可见，"纳省卷"是一种自荐，"行卷"则是求人推荐，唐朝的科考成了考试与自荐、推荐的相结合。

有一个著名的行卷故事，说白居易到长安参加科考，带了诗文谒见当时大名士顾况。顾况看了名字，开玩笑说："长安米贵，居大不易。"
但当翻开诗卷，读到《赋得古原草送别》诗中"野火烧不尽，春风吹又生"
两句时，不禁连声赞赏说："有才如此，居亦何难！"朱庆馀的《近
试上张水部》（又题为《闺意献张水部》）也很有名："洞房昨夜停
红烛，待晓堂前拜舅姑。妆罢低声问夫婿，画眉深浅入时无？"张水
部是水部员外郎张籍，当时以擅长文学而又乐于提拔后进与韩愈齐名。
朱庆馀平日向他行卷，已经得到他的赏识，临到要考试了，还怕自己
的作品不一定符合主考的要求，因此写下此诗，看看是否投合主考官
的心意。

这种三结合的办法刚实行效果还不错，时间一长问题就来了，主
要是走后门、依靠权势求取科第、考生呈送的平时诗文作品有许多是
假手他人而无法判明等。据《唐才子传》记载，中唐时的杨衡，诗写
得好，常自赏其作，高兴得击掌大笑，他最重自己"一一鹤声飞上天"
这一句。他的一位中表兄弟偷了他的诗文到京都行卷，竟然考中及第。
杨衡闻知后，就从隐居的庐山跑到长安寻这位中表，怒斥其偷袭行为，
并说："我的那句'一一鹤声飞上天'还在不在？"那人回答道："知
道表兄最爱惜这一句，不敢连这句也偷了。"到了宋代，通榜和纳省
卷等做法就废止了。

唐朝进士地位的不断提升与影响，也与进士科及第者在放榜后的
一系列游宴庆祝活动有关，这主要有曲江宴会、杏园探花、雁塔题名
的风尚。

曲江是唐代京城长安东南的风景名胜之区，当新科进士泛舟于曲
江之上宴饮之时，请宫中教坊派乐队演奏助兴，长安城士女百姓争相
观看，万人空巷，有时皇帝也登临曲江南岸的楼台观看，成为唐代京
城的一大景观。

杏园探花是在杏花园举行"探花宴"，以新科进士中少年俊秀者
两人为探花使，也称探花郎，骑马遍游曲江附近或长安各处的名园，
去采摘名花，以助雅兴。最有名的是孟郊的《登科后》："昔日龌龊

不足夸，今朝放荡思无涯。春风得意马蹄疾，一日看尽长安花。"他曾多次落榜，写过一首《再下第》诗："一夕九起嗟，梦短不到家。两度长安陌，空将泪见花。"

如此，唐朝进士的社会地位也相当高。高宗时名相薛元超，任相七年，多次辅佐中宗监国，死后陪葬乾陵。他曾经说过："吾不才，富贵过分，然平生有三恨：始不以进士擢第，不得娶五姓女，不得修国史。"薛元超贵为宰相，却一直为个进士出身而耿耿于怀，可见进士头衔对一个士人的价值了。

我们翻看《全唐诗》，会发现五言律诗特别多，这是什么原因呢？这与科举有关。唐代科举省试，一般是五言六韵的律诗，写好五律诗就等于在为科举考试练兵，这一制度直接促使士人注意学习五律诗的写作技法。闻一多先生在《唐诗杂论·贾岛》中说："做五律就等于做功课。"沈祖棻先生在《唐人七绝诗浅释引言》里也说："五言律诗之所以发达，是和进士科举有关的，因为当时考试规定要做五律。"整个唐代，就数量而言，五律诗约为七律诗的两倍，占《全唐诗》总数的三分之一以上。

唐代进士科的考试，对诗赋用韵要求极为严格，当时应试的举子入场考试，是可以而且是必需带韵书的。由于现实需要，使得从中唐时起，韵书大为发达，《切韵》及有关《切韵》补缺刊谬本在社会上广为流行。宋代《宣和书谱》记载，有一位年轻女子叫吴彩鸾，工于书法，"以小楷书《唐韵》，一部市五千钱，为糊口计。"吴彩鸾一生写了近百部王仁昫《切韵》。故宫博物院现藏一部《刊谬补缺切韵》，为唐王仁昫撰，题为唐吴彩鸾写本。此书共24页，楷书体颇具唐书风韵，60375字。装帧形式为龙鳞装，宋人称为"旋风叶"，是传世仅有的一件古书旋风装的实物。书的卷首、末钤有宋宣和及清乾隆帝诸玺，收入清《石渠宝笈初编》，后被溥仪盗携出宫，流落民间。1947年复又为故宫博物院购得，仍完整无缺。

二、宋代的科举

多数学者认为，宋朝以后，中国基本上是一个科举社会，朝廷、士大夫及学术文化经由科举而紧密结合。宋代科举大体沿唐代之旧。在北宋初期，进士科设有赋诗考试内容，即使是明经考试，在最后殿试时仍然要进行赋诗考试。宋代科举更为严密与开放。废止了唐代的通榜公荐法；殿试用糊名，即试卷均糊其姓名，使试官难于徇私作弊，糊名在宋代通常称为"封弥"。为了防止考官通过辨认考生的字迹和剥换卷首的方法作弊，又将考生的试卷交由专门的誊录者抄成副本，再给阅卷官批阅。这种方法称为誊录试卷法。为此又专门设立誊录院，由专职书吏誊抄试卷。

北宋中叶，科举的经术与诗赋之争愈演愈烈，许多著名人士都卷了进去。大体划分，范仲淹、司马光、王安石等属于经术派，欧阳修、苏轼等属于文学派。后王安石变法而改革考试制度，以策论代诗赋考试，仅维持十五年左右，北宋元祐年间及南宋时，进士科分为诗赋进士、经义进士两科。整个北宋一朝，科举重视诗赋，已经为广大士人所乐于接受，王安石变法并没有从根本上改变这种局面。北宋初到神宗之前很长时期的科举考试重视诗赋考试，使整个社会形成了广大的诗赋创作群体，这种情况反过来就会要求科举考试内容应当包含诗赋水平的测试。由此而带来的结果，是科举与诗赋的关系更加密切，诗赋水平因科举考试的需要，而得到了制度上的有力保证。

南宋偏安"临安"153年之久。但北宋时期已经成为士人仕进阶梯的科举制度并未受到冲击，反而通过进一步健全而成为影响广大士人的最重要、最有价值的制度之一。南宋洪迈《容斋随笔》中记载了当时流传的得意诗："久旱逢甘雨，他乡见故知。洞房花烛夜，金榜挂名时。"好事者续以失意诗四句曰："寡妇携儿泣，将军被敌擒。

失恩宫女面，下第举人心。"得意、失意，都有科举，可见科举在社会上深刻而广泛的影响。

三、元、明两代的科举

元代从公元 1206 年成吉思汗建蒙古国到 1368 年元朝灭亡，162 年间实际上共施行科举 45 年，时间短，规模小，所以可说是中国科举史上最低落的一代。元代科举以经义取士，基本上将诗赋文学排除在考试内容之外。元代科举让一些文人疏离了政治和权力，淡出了治国和明道这两种实现其人生价值的途径，他们不参与政治，远离朝廷，更重视自身的价值和文士的独立品格，以纯文人的心态和眼光读书，从事诗文创作。

明代科举的新特点是以经义为取士内容、以八股文为形式。科举以其在选拔人才上的独尊地位影响着诗歌。既然明代科举以经义取士，与诗歌无涉，在这样一个大的时代背景下，围绕八股文形成了一套文化环境，其中诗歌的生存空间被极大地挤压。明代科举也塑造了明代人功利的诗歌价值观，有功名的诗人备受赞扬，而有诗名无功名的诗人则不受推崇。这样，读书人在未有功名之时，以八股文为主要学习内容，极力排斥诗歌，诗歌活动也不为社会所赞赏；而一旦取得功名，则往往会积极从事诗歌活动，以能诗为荣。这种看似相背其实相通的诗歌观，沟通的基点就是科举的功名。

由于明代诗人学习诗歌的时间较晚，而且不得其法，所以明代诗歌所具有的模仿性、无趣及含有暮气等审美特征都与科举有关。启功先生《论诗绝句》其一曰："唐以前诗次第长，三唐气壮脱口嚷。宋人句句出深思，元明以下全凭仿。"此外，由于八股文与诗歌存在结构上的共通性，明代人常以八股的起承转合法学习、品鉴诗歌，使得明代诗歌带有八股文机械结构的痕迹。可以说，科举对明代诗歌造成的影响主要是消极的。

四、清代的科举

清代开科取士始于入关后的顺治元年（1644）。清承明制，乡试、会试、殿试这三级最重要最基本的考试均不考试律诗，直到乾隆二十二年（1757），才恢复科举试诗。

但是，清初康熙十八年（1679）的博学鸿儒科意义重大，影响深远。清承唐宋旧制，于正常科举考试之外，增设制科取士，博学鸿儒为其中之一。此为清廷首开制科。这次又试以诗赋，为《璇玑玉衡赋》一篇、五言排律二十韵《省耕诗》一首。应试者不乏遗民诗人。

考试的录取工作由康熙亲自主持。与常科考试不同，这次考试尽量放宽评卷标准。据《清稗类钞》等书所记，施闰章的《省耕诗》在用韵上将押韵的"旗"字误写为"旂"，在诗的结句还用了"清夷"二字，此处"夷"为"平"之意，"清夷"即是"清平"。但"夷"又是对少数民族的一种侮辱性称呼，将"清"和"夷"连在一起，这极容易引起对文字表达敏感的清代统治者的误解。后施闰章仍被列入二等。无锡布衣严绳孙虽然被迫应试，但考试时只作了《省耕诗》一首，并未作赋，希望能不被录取，但阅卷官还是将他列入三等，名单进呈皇帝以后，康熙将他改为二等，并说；"史局不可无此人。诸臣独不闻唐祖咏'南山阴岭秀'二十字入选乎？"严绳孙遂被选入翰林，授检讨。朱彝尊试卷诗中有句"杏花红似火，菖叶小于钗"，康熙帝问"菖叶安得似钗"？阅卷官回答"此句不甚佳"。康熙就说"斯人故老名士，姑略之"。

以上三则，可看到康熙的意思很明确，即不作深究，广为收录。这次诸臣荐举的博学鸿儒共 143 人。当时天下名士，除顾炎武、黄宗羲等人拒不接受荐举外，其他如朱彝尊、汪琬、毛奇龄、施闰章等都应选录取，入翰林院纂修《明史》。清初朝廷就准备为前明修史，但由于遗民拒不合作而搁置。这次征召博学鸿儒，说是为了修史，这点正中遗民心意。《明史》为后世史家评为历代修史中较为成功的一部，这些人无疑做出了重大贡献。

这次考试的开设，对于消弭汉族士大夫的反满思想，促进满汉统治阶级的进一步合流，也产生了积极影响。上面所说无锡布衣严绳孙，以后擢升为日讲起居注官，这一殊遇使他有亲近康熙皇帝的机会，态度逐渐发生了转变。他在主持山西乡试中，对考选工作极为认真，被擢中允。当他归里时曾作《南乡子》一词，表达了对皇帝的感激之情，词曰："烟月满渔村，一道飞书下九阍。圣主临轩初试日，逡巡。白发青衫拜至尊。隐矣又焉闻，归去空留土木身。何意片词亲检自枫宸。九死从今总负恩。"这说明，康熙的博学鸿儒科达到了怀柔遗民的社会效果。

自康熙中期以后，朝野上下共同觉察到，士人作诗的水平普遍下降，其中原因又与科举有关。《儒林外史》第三回写到一个童生交卷，说："童生诗词歌赋都会，求大老爷出题面试。"那学道就变了脸色道："'当今天子重文章，足下何须讲汉唐。'像你做童生的人，只该用心做文章，那些杂览，学他做甚么？况且本道奉旨到此衡文，难道是来此同你谈杂学的么？"虽是小说，也是康、雍及乾隆初期社会文化的真实反映。

在康熙朝后期，康熙帝已经觉得科举考试内容需要改革，有"减判增诗"计划。乾隆二十二年，谕旨恢复科举试诗。这距离清代立国已100多年，在社会上引起极大的反响，受到文人的普遍欢迎。如袁枚曾作《香亭自徐州还白下将归乡试作诗送之》诗，送弟回浙应乡试，中有"圣主崇诗教，秋闱六韵加。今年得科第，比我更风华"之句。随后一系列科举考试中均增加了诗歌的内容。对清代中后期的士林风气影响深远。

清代学校制度有科试、岁试。科试是参加乡试的生员必须通过的考试。岁试是学政每年对所属府州县生员、廪生举行的考试。乾隆年间又规定，如诗不佳者，科试不能取得乡试资格，岁试不准拔取优等。

这给读书人造成的压力是巨大的。岁试又叫岁考，因此有一句俗语："讨饭怕狗咬，秀才怕岁考。"

光绪三十一年（1905），清廷颁布上谕，废止科举，在中国实行了 1300 多年的科举制度从此结束。

（本文为作者 2019 年 6 月 17 日在第二届中华艺术大家讲习班讲座《中华诗词之美》的一部分，后摘出整理为《略谈科举与诗歌》，2019 年 11 月 30 日在广东惠州学院的讲座）

总结和希望

尊敬的各位领导，各位导师，各位学员朋友：

首先，祝贺第二届中华艺术大家讲习班圆满结业！

国务院参事室、中央文史研究馆作为国家机关，作为我国政府决策的智力支持机构与国家文史研究机构，主办中华艺术大家讲习班，这一举措对于包括中华诗词在内的各类传统艺术的普及与传播，已产生了积极的影响和引领作用，意义重大！希望积累经验，继续办下去，越办越好。

我很荣幸受邀担任第二届中华艺术大家讲习班诗词班的导师。同时，作为中华诗词学会的会长，我也认为这是自己义不容辞的责任。我深刻地感受到，社会各界都在助力于中华诗词事业，中华诗词在新的时代有了更为广阔的天地与新的发展前景。

作为导师，我很高兴结识了一批非常优秀的学员。他们来自文化、教育、出版、金融甚至科技等社会各界，又多是年轻人。他们不仅诗词写作水平较高，有的已有一定的影响，而且在各自领域中对诗词文化的传播推广也有相当贡献。这么多行业不同的人成为诗词同道，充分说明中华诗词的社会基础非常广泛、深厚。他们对中华诗词艺术的执着追求令我感动。大家充分利用这五个多月的时间，一直进行着认真的交流、切磋。虽然人在各地，但是一个微信群把我们联系在了一起。教学相长，在讲授、交流中，我从他们身上也学到了很多。诗词班还与书画班进行了交流，很有收获。

我当然还要感谢助理导师高昌，他作为中华诗词学会副会长、《中华诗词》杂志主编，不仅做了很多具体工作，而且以自己创作与理论的专业造诣，与学员始终有着良好的互动。我也感谢联络员汪芬，这位来自中华诗词研究院的工作人员，在诗词班尚未结束时，就被某大学录取为诗词专业的博士研究生，也向她祝贺。

讲习班开始时，诗词班各位学员都带来了自己的一些作品，还有我和高昌的，讲习班专门印了一大厚本。令我们特别高兴的是，还包括了第一届诗词班的作品。这对大家互相了解、学习是有重要帮助的。通过5个月的学习与创作，现在又拿出了自己的结业作品。这些以庆祝建国70周年和学习贯彻党的十九届四中全会精神为主题的作品，总的看是关注社会现实的，有着真情实感，在形式和内容的结合上做出了努力。作品体式体现了各人的特点。有的喜欢填小令，有的则擅长调，有的律绝较多，还有歌行等，包含了多种诗体，显示学员在古代诗学传统方面积淀之深。在内容上贴近现实，紧密联系新时代，重视书写日常的生活，从中体现时代特色，也反映作者的情怀。艺术上总的是追求古雅的韵致，对传统不是生搬硬套，有着鲜活之处，重视创造新意象，讴歌新事物。这个很重要，就是在前人经验的基础上，结合新的时代、新的生活，有所进步。当然也有不足之处，提升的空间还很大。我感受深的还有一点，就是在微信群里，对有的作品，学员能一起斟酌，或指出这个词欠妥，或用什么词好等，反复地修改。这是很好的风气，我希望结业后能继续保持。

我们很珍惜这难得的五个月。

最后，衷心感谢国务院参事室、中央文史研究馆的领导，感谢所有为讲习班付出心血的同志，感谢书画班、戏曲班的支持！

（本文为作者 2019 年 11 月 29 日在第二届中华艺术大家讲习班结业式上的发言）

守望风雅

国务院原副总理马凯同志十分支持"诗词中国"活动。第四届"诗词中国"传统诗词创作大赛颁奖典礼决定于2019年9月在西安西周丰镐遗址举办，我与"诗词中国"的组织者包岩女士向他汇报工作并请他为这次活动题诗，他很高兴地写了一首七绝："缘何风雅领风骚，味厚情真品自高。悦耳小童脱口诵，兴观群怨待新潮。"马凯同志还说："从诗经发端，中华诗词事业源远流长，生生不息，继往开来，大有希望。"

马凯同志的题诗突出了风雅的意义，给我很大启发。我今天演讲的题目就以"风雅"来作主题词。《诗经》是华夏文学诗词之源与经典，"风雅"一词来自《诗经》的《国风》与《大雅》《小雅》，既指代《诗经》，并具有了诗文方面的特定含义以及高贵、典雅指代的多重意义。我这篇演讲中的风雅有两种含义：一是自诗经开始的古老的诗歌传统，二是中华民族特有的诗性思维和诗意人生态度。"守望"一词出自《孟子》，我这里采用的是守护瞩望的意思。

一、在《诗经》诞生地与风雅的心灵对话

这次大赛颁奖典礼安排在丰镐遗址，是有深意的。

丰镐是西周的都城。商朝末年，在西方诸侯之长周文王的带领下，

周的势力日益强盛。周文王灭"崇"（位于陕西关中）后，便在沣水西岸营建丰邑（今西安西南），将都城从岐周迁至于此，即《诗经·大雅·文王有声》所载："文王受命，有此武功。既伐于崇，作邑于丰。"文王去世，武王继位，又在沣水东岸建立了镐京，即《诗经·大雅·文王有声》所载："考卜维王，宅是镐京。维龟正之，武王成之。"镐京也称"宗周"，简称"周"。二都中间仅隔沣水，相去不过10公里左右。

自武王建都镐京后，丰邑继续使用。丰邑是宗庙和园囿的所在地，镐京为周王居住和理政的中心，合称丰镐。西周早、中期，诸王及大臣常居丰邑处理国家大事。这有不少铜器铭文作证。而镐京为西周都城，自武王至周幽王被犬戎攻杀、平王东迁洛邑，凡十二王，其间虽发生过穆王、懿王、厉王的徙都或出奔，均为临时出居。在三百余年间，丰镐一直是西周王朝政治、经济、文化中心。丰镐两京的遗址面积总计近17平方公里，是一个巨型都城遗址，其内涵十分丰富。

公元前11世纪的周朝的建立，并不只是后世那种中国历史上常见的朝代递嬗，而是整个文化体系与政治秩序的重新组合。周文化以理性精神和礼乐文化为基本内容，敬天命、尊祖先、喜事功、讲实用、重历史、尚理性，从此奠定了中国文化系统的一些基本特色。作为礼乐文化创造者的故乡，丰镐见证了它的诞生和完善的发展进程。同样，《诗经》不仅反映了这种礼乐文化精神，与丰镐更有着直接的关系。

《诗经》是中国第一部诗歌总集，简称《诗》，或称"诗三百"。西汉时期将它正式奉为垂教万世的经典，才称为"诗经"，并沿用至今。《诗经》收录了自西周初期至春秋中叶（约公元前11世纪至前6世纪）大约500年间的诗歌305篇，分为《国风》《雅》《颂》三大部分。其中的《国风》是15个诸侯国的土风歌谣，共160篇。《雅》是西周王畿地区的正声雅乐，共105篇，又分大雅和小雅。《颂》是统治阶级宗庙祭祀的舞曲歌辞，又分"周颂"31篇，"鲁颂"4篇，"商颂"5篇，共40篇。另有6篇只存篇目。

《诗经》作品的来源，主要是通过"采诗"与"献诗"制度搜集的。古籍记载周朝廷设采诗之官，称"行人"或"遒人"，这些人每年孟春之月，就摇动着"木铎"，即一种铜质木舌的铃铛在路上巡游，采集老百姓随口而唱、发自心声的歌谣以献给乐官，由其配好音律，再演唱给周天子听，供天子了解民情风俗、政治得失。事实上，《诗经》所涉题材很广泛，有许多反映普通百姓生活的作品，如果没有采诗制度，它们恐怕很难进入《诗经》。

又据文献记载，周朝还有献诗制度，即公卿士大夫有目的地作诗，在一定场合献给王者，意在"补察其政"。在《左传》《国语》中，我们还能看到大臣对君主以诗相谏的事例。《诗经》有相当一部分作品是大臣为讽谏君主而作并且献给朝廷加以保存，后来就编入了《诗经》。这类作品多是批判朝廷时弊的怨刺诗，有的相当辛辣尖锐，被儒家称为"变雅"，当然还有"变风"，认为这是乱世的产物。

《诗经》作品来自多个渠道，它的选录、结集，是由周王朝的乐官完成的。成书后的《诗经》，许多地方留下了乐官采录编选的痕迹。据研究，《诗经》的采录和编辑也不是一次完成的，而是经历漫长的时段，反复进行了多次。通过引诗、赋诗发展轨迹的记载推断，至迟在西周穆王时期，《诗经》已经有早期的传本，它的最终编定，则是在季札观乐之后，应在春秋晚期。（参阅李炳海著《中国诗歌通史·先秦卷》，人民文学出版社，2012 年）

以上说明，丰镐二都是《诗经》的重要诞生地。不仅如此，还应看到"秦声"在《诗经》中的地位。

"雅"诗占到《诗经》的三分之一。"雅"和"风"一样，是一种乐歌名，是朝堂宴飨和宗庙祭祀的乐歌，在西周礼乐文化中有着极为重要的地位。对"雅"的解释是有歧义的。一般认为，"雅"即"正"。周、秦同地，在今陕西省。"雅"又与"夏"通。周王畿一带原为夏人旧地，周人时常也自称夏人。王畿为政治文化中心，其言称正声，又称雅言，意谓标准音、"普通话"。相对于地方乐而言，当时宫廷与贵族所用乐歌即为正声、正乐，这反映了当时的尊王观念。这种王畿之乐其实正是秦地的乐调，即秦声。对于秦声，李斯在《谏逐客书》中曾这样形象地描述："夫击瓮叩缶，弹筝搏髀，而歌呼呜呜快耳者，真秦之声也。"至于雅乐的大、小之分，或与音乐之不同和产地、时代之远近有关。

《诗经》中的周代陕西诗歌，包括《周颂》全部，"二雅"的绝大部分，"十五国风"中的《秦风》《豳风》，以及《召南》《周南》中的一部分诗歌。计有风诗 30 篇，雅诗 101 篇，颂诗 31 篇，共 160 余篇。这些乐调体现的是王朝正声，即秦声。《诗经》中的周代陕西诗歌，不仅是数量上的半壁江山，而且是《诗经》的主体。这一切都与当时陕西的特殊地位尤其是曾为先进文化的周文化密切相关。

例如，《小雅·采薇》和《秦风·蒹葭》被公认为《诗经》中的双璧，经典中的经典。《采薇》中的"昔我往矣，杨柳依依；今我来思，雨雪霏霏"，据《世说新语·文学》载，当年谢氏家族品评《诗经》名句，谢玄即推此四句为《诗经》之最佳名句。而《蒹葭》（蒹葭苍苍，白露为霜，所谓伊人，在水一方）一诗，王国维认为"最得风人深致"（《人间词话》）。

离现在已 3000 多年的《诗经》，是中国文学的光辉起点，对此后的中国诗歌发展产生了长远而深刻的影响。这种影响，既有它的抒情特色，也有"赋""比""兴"的表现手法，更重要的是它的现实性特征。《诗经》中的作品除少数篇章外，其他都是以现实生活为题材，"饥者歌其食，劳者歌其事"，其抒情写志都是从日常生活、日常经验中生发出来，表现着鲜明的现实性特征。《雅》与《国风》中那些直面现实政治，批判统治者举措失当和道德败坏的诗篇，尤其反映出诗人们积极地面对现实、关注国家命运、注重民生疾苦的严肃创作态度。《诗经》开创的这种立足于人生与现实的"风雅"传统，深刻地影响着中国诗史。它被当作一种标准不断纠正着后来诗歌创作中情感浅浮、流于游戏或唯美主义的创作倾向，使诗歌发挥出它的社会功能。

我们现在所处的是建在丰镐遗址上的"诗经里"小镇。"诗经里"的建设以《诗经》文化为魂，将《诗经》所涉及这块土地上的风物、民俗、音乐、人物，都转化为现实的景观和建筑。漫步在西安沣滨小镇诗经里，走访国风广场、鹿鸣食街、关雎广场、小雅书社等等用诗经命名的地方，到处诗意满满，诗经文化、诗经元素，就这么美好地呈现在我们面前。特别是昨晚颁奖典礼以《诗经》为主题的文艺演出，分别围绕闾巷情歌、王畿宴歌、宗庙乐歌进行的"风""雅""颂"主题演绎，显示了中国诗歌源头的独特魅力。一个个充满古典情怀的节目，仿佛穿越几千年的时光，让我们充分领略桃之夭夭、在水一方以及维叶萋萋、黄鸟于飞的美好意境，感受到西周王朝古朴大气的审美风格和吟风诵雅的礼乐文化。这也是我们与风雅的一场心灵对话。

说到这里，大家就明白，这次"诗词中国"颁奖典礼为什么要选择在西周丰镐遗址举办？因为这里是《诗经》诞生的地方，是我们诗词文化的原乡。回到《诗经》故里，回到诗歌诞生的地方，这次活动实在是实至名归；同时，也是表达我们的一种意愿，是一个宣示，即要永远继承风雅传统，弘扬中华诗词文化。

二、风雅弦歌中延续中华诗脉

中国古代丰富的诗歌遗产至今仍是传统文化中最受人关注和喜爱的部分，而且中华诗脉从未中断，历经厄运后又逐渐复苏。三十多年前，中华诗词学会应运而生，同时各级、各个行业诗词组织大量涌现，2011年隶属于国务院参事室、中央文史研究馆的中华诗词研究院成立，这些都是中华诗词事业蓬勃发展的反映，也是中华诗词旺盛生命力的体现。社会主义文化大发展、大繁荣，中华诗词的发展与繁荣应是题中之义。

中华诗词事业有着丰富的内容，它不只是关于当代人如何写传统诗词，还包括诗歌遗产的继承、诗教的发展、吟诵演唱的开展、诗书画的结合等。诗歌遗产的继承是中华传统文化继承的极为重要的方面，诗歌在人文素质培养中的教育功能历来为社会所重视，吟诵是中国人学习和传承传统文化的独特方式，诗书画结合则是中国文化艺术的特有形式，具有独特的魅力。

风雅是中华传统文化的重要组成部分。中华诗词文化反映了中华民族的创造和智慧，蕴含着天人合一、包容开放、平衡节制、中庸仁和等一系列优秀的精神财富。纵观古今，那些经受了历史检验的经典诗词作品，都包含着对时代问题的探询、对现实人生的观照、对社会生态的考察、对历史大势的深思；又无一不是以真求美、以质修文、以现实的深度赢得艺术高度的。正是它们，绵延不断、前后接续，形成了一部独特的社会文化史，动态地提升着一个民族的人文精神。也正是它们，不断地向后来者重申着诗词创作的根本要求：根植人民，观照时代，无愧历史，面向未来。

"诗言志"是中国古典诗学的重要理论，具有纲领性和里程碑的意义。《尚书·尧典》最早提出了"诗言志"的论点。于是，先秦时期"必称诗以喻其志"的文化习俗成为上流社会公卿交往的标志性存在，"赋诗言志"也成为士大夫和文人墨客之间的一种艺术时尚。这种"志"并非诗人本身才华、性情和意志的表现，而是在儒家思想影响下所培养出来的那种修齐治平的政治抱负和理想才能的真实流露。诗的原则是"怨而不怒，哀而不伤"，"发乎情"而又"止乎礼义"。诗的主旨是满足"上以风化下，下以风刺上"的社会需求。

"诗缘情而绮靡"则是晋人陆机《文赋》中的经典语录。他明确了诗人的内在情感作为创作主体的文学作用，使个人情感自此摆脱了从属地位而成为诗歌的重要内容。陆机提出"颐情志于典坟"，"心懔懔以怀霜，志眇眇而临云"的主张，都强调诗词作品怡情悦性的主要功能，他把诗人的情感建立在对客体的审美观照之上，使之成为一种韵味无限的审美情趣。

　　明志言情乃为诗，志与情都是中国古典诗学的重要概念。"志"偏重在礼俗政教，它受人的思想观念的支配，带有很强的社会功利性。而"缘情说"打破了情感要遵循于"理""道"的传统，确立了情感在诗中独立的本体地位，使诗从政教功利的教化工具转为个体生命的歌唱。其实志与情也不是一成不变的，它在很多时候是互相转化，互相渗透的。情志统一、以情明志、以文达意也是诗人常用的表现手法。《礼记·乐记》和《毛诗大序》，都曾提出美刺谏讽说，充分阐明了"六义"（风、雅、颂、赋、比、兴）的真义，情与志的进一步融合构成了诗词作品的美学特征。

　　千百年来，言志抒情就是诗人词家们表达意志、抒发情感的重要手段。诗词言志抒情在当下的意义取决于当代诗人的精神生活以及诗词在当代文化建设中的重要作用。在中国社会的整个发展进程中，传统诗词对整个社会文化的影响是极为深刻的。由言志缘情带来的古典诗词艺术，其审美价值之高，社会需求之广，都已无需论证。作为传统诗词的主要表现手法，它在人们鉴赏诗歌、陶冶情性以及各种文学创作中仍有其不可替代的作用。也就是说，当代诗词的创作和鉴赏仍然离不开言志和缘情这个范畴。从毛泽东、叶剑英、董必武、陈毅到柳亚子、郭沫若、赵朴初、聂绀弩、李汝伦、刘征、霍松林等现当代诗人的作品，无一不是言志缘情的有机结合和生动体现。面对科技社会的迅速发展、国内外形势风云变幻、市场经济的激烈竞争和多元文化的不断冲击，人们有太多的志趣需要表达，有太多的情感需要抒发，有太多的压力需要释放，于是言志缘情的中华诗词便成为人们调适心灵、寄托情感的最佳载体。中国传统文化这种温厚丰富的精神资源，言志缘情这种精美绝伦的艺术表达，已成为当下人们理想的精神家园。随着传统文化的进一步回归，随着人们对经典阅读的渐次深入，言志缘情的中国传统诗词会在未来的岁月里绽放出更加灿烂的光华。中华诗词这一文化瑰宝也必将担负起更加重大的职责，为中国梦的伟大壮举放声歌唱。

三、风雅在兴观群怨中焕发美学力量

秦始皇焚书坑儒的事大家都知道。《史记·秦始皇本纪》记载，始皇三十四年（前213），秦始皇下令：除非博士官所职掌，天下敢有收藏《诗》《书》、诸子百家著作的，统统送交地方官一并烧掉。具体规定相当严酷：有敢于两人谈论《诗》《书》的要处死，借古非今的灭族；官吏知情而不检举的同罪；命令下达三十天不烧书的，处以黥刑，充军边境，夜筑长城，昼侦敌情。所不烧的书，是医药、占卜、种植之类。我们会感到很奇怪，秦始皇为什么首先要没收、焚烧《诗》？这说明《诗》的流传不利于他的专制统治，说明《诗》是有力量的。在秦始皇看来，这种精神的力量简直比千军万马还可怕！

孔子说过："小子何莫学夫诗？诗可以兴、可以观、可以群、可以怨。"《诗》的力量来自兴观群怨。

今天，兴观群怨仍然是中华诗词社会价值与精神力量之所在。马凯同志在题诗里特别提出"兴观群怨待新潮"，很有意义。风雅流传，需要对兴观群怨做出现代的阐释。

兴，有振兴、复兴、兴起、兴替、兴隆、兴旺、兴盛诸义。而诗之兴则可以弘扬正气，激发斗志，振奋精神，培养品格。爱国主义精神一直是中华诗词的主旋律和重要内容。"亦余心之所善兮，虽九死其犹未悔"（屈原《离骚》）、"人生自古谁无死，留取丹心照汗青"（文天祥《过零丁洋》）、"寄意寒星荃不察，我以我血荐轩辕"（鲁迅《自题小像》）、"拼将十万头颅血，须把乾坤力挽回"（秋瑾《黄海舟中日人索句并见日俄战争地图》）等等，这些气壮山河的优秀作品充分体现了诗人的远大理想和浓烈的爱国情怀，激励着一代又一代中华儿女在祖国危急时刻奋不顾身、勇赴国难。改革开放以来，神州大地欣欣向荣，气象万千。诗坛生机勃勃，春意盎然。一批讴歌主旋律、反映新时代的诗词作品应运而生，热情地歌颂了华夏子孙为了实现伟大的中国梦而不懈努力的奋斗精神，描绘了改革开放以来的辉煌成就和人民群众安居乐业的美好生活。

观，是通过客观事物表象的观察，洞悉事物的本质、了解事物的内在规律，从而提高人们的辨识能力和感知能力。《毛诗大序》说："正得失，动天地，感鬼神，莫近于诗。"古往今来，前辈大贤都是在观察物象、体察时政、了解民情中获取信息、吸取教益的。如"欲穷千里目，更上一层楼"（王之涣《登鹳雀楼》）、"横看成岭侧成峰，远近高低各不同"（苏轼《题西林壁》）等，都是诗人通过对日常生活的细致观察、总结自我经验体会所悟出的人生真谛，所探求的事物发展规律。

群，有集聚、凝聚、汇聚之意。"故近者聚而为群"（柳宗元《封建论》）。中华诗词自古就有凝聚感情、汇集人心、团结大众的作用。它可以鼓舞斗志、激发豪情，为一个共同的理想或愿望而舍生忘死，奋勇当先。如《诗经·秦风·无衣》的"岂曰无衣，与子同袍。王于兴师，修我戈矛，与子同仇"，展现的是万众一心、同仇敌忾的冲天豪迈。清末维新志士谭嗣同面对丧权辱国的《马关条约》，写下了"四万万人齐下泪，天涯何处是神州"的慷慨悲歌。读来忠愤满纸，字字血泪，给人以极大的心灵震撼和生命认同。这些作品所具有的强大凝聚力，同样会使人们在共同命运上形成共识。

怨，有怨恨、责备的意思。落在诗词之中，就是借用辛辣讽喻之手法，鞭挞丑恶，针砭积弊，谴责社会不良现象，起到除恶扬善、惩前毖后的作用。古人在这方面有过很多成功的范例。如宋代林升所作的《题临安邸》："暖风熏得游人醉，直把杭州作汴州！"诗中抒发作者对那些忘记"故国"之人的感慨和怨愤。一首诗把那些纵情声色的达官显贵的精神状态刻画得惟妙惟肖，跃然纸上。结尾"直把杭州作汴州"，是直斥南宋当局忘了国恨家仇，把临时苟安的杭州简直当作了故都汴州。辛辣的讽刺中蕴含着极大的愤怒和无穷的隐忧，入木三分，令人深思。而唐人王昌龄《闺怨》的"忽见陌头杨柳色，悔教夫婿觅封侯"，则是怨之手法在诗中绽放的另一奇葩，读来别有情趣，发人深思。

诗词的兴观群怨有着极其深刻的精神内涵，弘扬诗词的兴观群怨可以从不同层面、多角度、大视野地观察社会、反映生活、讴歌时代。诗词也将因此而焕发出更加绚丽的时代光彩。

四、风雅中国连通四海中华情

中华诗词在全球各地的传播源远流长，影响广泛。下面试以唐诗、《楚辞》《诗经》为例：

因为近邻和儒家文化圈的原因，中国诗歌很早就传入到日本，很多日本人能够使用经典的汉文吟咏。奈良时期（710—784），日本曾屡次派出遣唐使，抄写了《离骚》《文选》《庾信集》《太宗文皇帝集》等，促使汉诗创作发展起来。公元751年编成的日本最早的汉诗集《怀风藻》，诗体多为五言，诗风取法六朝。到了平安时期（794—1185），唐诗则成为人们学习的典范。七绝、七言歌行代替了《怀风藻》中的五言诗，乐府诗流传开来，日本诗坛风尚为之一变，而且多数诗人以白居易为宗。取法唐诗而作的汉诗不仅数量极为可观，质量也非常高。唐高宗朝敕编的《文馆词林》（残卷）与唐贞观年间君臣唱和之诗《翰林学士集》是两部初唐重要诗集，中国失传已久，现仍保存在日本。平安时代传入日本至今尚存的唐人写本中，有《王勃集》三种，其中两种为"日本国宝"，一为"日本重要文化财"。当代日本的汉诗创作和吟诵，虽不比以前兴盛，但余波尚存。唐诗对朝鲜半岛的文学也有深刻影响。崔致远是晚唐著名诗人，有大量的诗歌创作，《全唐诗补逸》录其诗60首。他在朝韩文学史上具有很高的地位。越南和朝韩一样，十九世纪以前的文学作品，多用汉文写成，诗歌多受唐诗影响。1962 年，杜甫被世界和平理事会定为世界文化名人，又恰逢杜甫诞生 1250 周年，中国各地都举行了纪念活动，越南也举行了纪念活动，可见杜甫对越南文化的影响。

从东晋开始，楚辞就在我们的近邻朝鲜半岛传播，曾经推进半岛拟骚文学的空前繁荣。朝鲜王朝时期的著名诗人金时习曾模拟《离骚》写了《拟离骚》《吊湘累》《汨罗渊》，以此来讽刺当朝的奸佞之臣。南邻越南对屈原人格和作品非常熟悉和推崇。明清时期，越南的文官出使中国，都要在途经沅湘时凭吊屈原，这种现象持续了二百多年。《楚辞》最迟在公元 703 年已传入日本，这在奈良时代正仓院文书《写书杂用账》中有明确记载。据日本学者石川三佐男先生统计，江户时期与《楚辞》相关的汉籍"重刊本"及"和刻本"即达 70 多种。1972 年中日恢复邦交，日本首相田中角荣访华，毛泽东主席将《楚辞集注》作为国礼赠送，说明《楚辞》在两国文化交流中所起到过的重要作用。一百六十多年前，《楚辞》译文就开始在欧美传播。

由于与中国特殊的地缘关系和长期密切的政治文化交流，《诗经》很早就传入了朝鲜半岛。据中国《南史》和朝鲜古史书《三国史记》记载，公元 541 年，百济国曾派人来中国梁朝招请《毛诗》博士，梁武帝派学者陆诩前往。公元 765 年，新罗惠恭王为培养官吏所制定的书目中列有《毛诗》。高丽光宗九年（958），行科举制，《诗经》定为考试书目，这极大地促进了《诗经》的传播。《诗经》传入日本时间大约是 5 世纪。雄略天皇（457—479 年在位）致中国刘宋顺帝的表，其中引用了《诗经》的诗句，这篇文章是日本流传至今用汉字写成的最早的文章。日本现存有平安时代抄录的郑玄《毛诗谱》、孔颖达《毛诗正义》等书的残卷。平安时代设有明经博士，有专门讲《毛诗》的博士家，代代相传，讲传模式直到室町时代（1338—1573）还留有余响。《诗经》对日本的影响体现在多个方面，如在日本四字熟语中，殷鉴不远、窈窕淑女、辗转反侧、高山景行、锦瑟相合、甘棠之爱、鹤鸣之士、鸡鸣之助等等就来自《诗经》。16、17 世纪，经历几代传教士们的努力，《诗经》被引入到欧洲，它由最初的"中证西"的以神学为主要目的的西译活动发展到后来的综合性研究。在进入 20 世纪之后，西方世界的《诗经》经典译本都已出现。西方诗经学也出现了根本性的转变，即回归到文学文本，借助有关理论及方法来对文本内容进行文学、文化乃至社会意义上的阐释。

在 18、19 世纪的美国淘金热年代，最早背景离乡到美国谋生的中国人，也把寄托亲情的中华诗词文化带到了旧金山等地。中华诗词成为与其他国家友好交往的桥梁和纽带，推动着其他国家的人民对中华文化的认识。

到了现当代，中华诗词在海外的传播更加广泛。从上世纪五十年代，毛泽东诗词就介绍到了许多国家，产生过巨大影响。中华诗词学会从创办之日起，就有域外诗词家的参与。随着改革开放的深入发展，身在海外的中华诗词家也越来越多。例如已故美国诗人谭克平先生，曾获得"中华诗词特殊贡献奖"的殊荣。国内一些诗词刊物，也经常刊登海外诗词家们的作品。湖北黄冈的《东坡赤壁诗词》杂志，还专门辟有"广宇飞鸿"栏目，刊登过很多海外诗友的佳作。古人说，有井水处有柳词。现在可以毫不夸张地说，有华人处就有中华诗词。

习近平同志说，中华文化源远流长，积淀着中华民族最深层的精神追求，代表着中华民族独特的精神标识，为中华民族生生不息、发展壮大提供了丰厚滋养。鲁迅先生说，"无穷的远方，无数的人们，都与我有关"。中国梦与各国人民追求和平与发展的美好梦想是相通的。中国梦对世界来说，就是求和平、求合作、求共赢。这恰恰是诗人们的本质精神所在。可以说，中华诗词艺术是文化交流、思想交流、情感交流最温馨的工具。每一位诗人的心里，都有温柔敦厚的琴弦，不管他走到哪里，不管他是什么民族，都会深情地弹奏兴观群怨的乐曲，以优美的诗词歌唱人间的真善美，以增进自身的和谐和人与人之间的和谐。

守望风雅，让我们的心灵更加丰富。

守望风雅，让我们的生活更加温馨。

守望风雅，让我们的社会更加和谐。

守望风雅，让我们的世界更加美好。

（本文为 2019 年 9 月 8 日作者在西安西周丰镐古都遗址"诗经里"讲座的整理稿，载《诗词中国》第 12 期，华文出版社，2022 年）

中华诗词唱响新时代

这次诗歌座谈会是在庆祝新中国成立70周年和学习四中全会精神的深远历史背景下召开的。党和国家的总体战略格局，为新时代诗歌尤其是中华诗词的发展繁荣提供了难得的历史机遇。庆祝新中国成立70周年的重要历史节点，也使我们拥有了更为宽广的学术视野，为我们提供了更多元更广泛的研究课题和思考空间。我注意到座谈会邀请函列出的几个议题中，多处出现"新时代"这一关键词。的确，新的时代，新的生活，给我们的诗歌发展带来了新的机遇和新的课题。我相信通过各位诗人、专家的热烈研讨和真诚交流，本次座谈会一定能为新时代诗坛奉献一批丰硕的诗学成果，留下一道灿烂彩虹般的精神光芒。

作为中华诗词学会的会长，我近来也一直在认真思索一个严肃而又重要的题目：中华诗词能不能够为新时代歌唱？我的回答是肯定的。

一、深脉长流焉能断

几届《中国诗词大会》的连续举办，产生了强烈的社会反响，取得了很好的观众效应，也得到了各方面的关注和好评，包括中央领导同志和社会各界，都给予热情的肯定。这充分体现了中华诗词在新时期生命力依然旺盛，依然受到广大人民群众的喜爱，繁荣发展中华诗词具有广泛的社会基础。

回顾中华诗词的历程，需要明白的是，"唐诗、宋词、元曲"，只是说诗、词、曲这三种诗体，在这三个时代分别获得了空前的发展，是这三个时代最为辉煌的文学成果，但不等于说唐以后无诗、宋以后无词、元以后无曲了。例如，唐诗与宋诗，唐代有诗歌传世的作者仅3300多人，而宋诗作者多达9200人；唐诗流传下来有5万多首，而宋诗则有20余万首。而且，论特色和影响，宋诗也可以和唐诗相媲美。钱锺书先生就说："唐诗多以丰神情韵擅长，宋诗多以筋骨思理见胜。"（《谈艺录》）宋代诗坛，跟唐代诗坛一样也是群星璀璨，光芒万丈。正所谓"唐宋皆伟人，各成一代诗"（清蒋士铨《辩诗》）。唐音和宋调，是中国古典诗歌的两大审美范式，后人作诗，或尊唐或宗宋，概莫能外。

就这几种诗体而论，实际上都是贯串了以后的各个时代，繁衍不绝的。而其中诗又是主流。这就形成了诸多诗体同时存在的现象。即新的诗体产生了，以往的诗体却并没有消失，不仅仍然存留了下来，而且继续得到发展，不断丰富了诗歌的形式。这就出现了中国诗歌体式独特的运行方式，即各种诗体同时存在于某一时代。这也为诗人创作提供了更多的表现方式。现当代写旧体诗的人，一般是诗和词都写。例如毛泽东同志，既写诗，又填词，既写律诗、绝句，还有古风。现代还有如吴梅等大家，诗词曲俱擅。大体而言，前代的诗体渐趋古雅，近期的诗体趋于新俗，往往在其文学思想的表达与社会功能的承担方面也各有侧重。

从清末、民国到中华人民共和国的20世纪是中国历史上天翻地覆的剧变时期。从五四以来，作为传统文化精华的旧体诗词，虽然遭受厄运，但不同于任何一种古典文学样式的是，她仍然在坚守中有所发展，表现出惊人的生命力，在承担现代使命方面发挥着重要作用。即使是抗战那样艰苦的环境下，也仍然有郭沫若、老舍、郁达夫等许多诗人在坚持旧体诗的写作。

　　旧体诗词即传统诗词的创作，三中全会以来得到复苏，现正在复兴中不断发展。近几十年来的创作实践，更进一步证明这一文学体裁也可随历史前进获得新的生机，它不是凝固的、僵化的，仍然活在中国人的心里，而且能够表达新的社会内容，适应新的读者需要。但是，我们说传统诗词可以适应新的生活，并不是说它不需要变革了。我国古代诗歌源远流长，在漫长的历程中，也在不断地发展、变化着。鸦片战争后，随着中国社会性质的逐渐变化，诗歌创作本身也发生着变化。例如，"诗界革命"就曾对旧体诗从内容到形式上进行过革新，包括描写新事物，"我手写我口，古岂能拘牵"（黄遵宪语）。虽然基本上仍然是古代诗歌的体制，但是诗歌的观念已经在更新。当前出现的旧体诗写作热潮，正是前人这种革新探索的一个艺术继续。

　　一种文艺思潮、一种文艺样式的回归，在文学艺术历史上是屡见不鲜的。但是，回归决不是复旧，决不是后代对前代的依样画葫芦，而是在继承基础上的创新发展。这种发展，包括诗的体式、语言、用韵等技术性因素，也包括思想和内容方面的时代心声。

二、不凋松柏喜抽枝

　　当代诗歌的七十年风雨跋涉，留下了一串闪光的奋斗足迹。回望七十年风雅历程，确实百感交集，心潮澎湃。中华诗词是中华文化宝库中一个非常重要的组成部分，历久弥新，长盛不衰。改革开放以来，特别是党的十八大以来，中华诗词随着时代的脉搏跳动，更加焕发出新的生机和活力。我们在座当中的许多人都有幸见证乃至参与其中。

　　1987 年 5 月 31 日，中华诗词学会正式成立。在社会各界的关心支持下，中华诗词在新的历史条件下，经过几代人、几十年的艰辛探索和不懈努力，已经走出低谷，经历复苏，走向振兴，初现繁荣。我们坚持继承与创新并重，普及与提高并行，诗词工作在稳步前进，诗词创作的队伍在不断壮大，创作水平在逐步提高，诗教工作成效显著，诗词活动异彩纷呈，也陆续产生了许多令人振奋的优秀作品。1994 年《中华诗词》杂志创刊，当代诗词事业又掀开崭新一页。这份杂志目前每期发行量近三万份，主要订数既没有官方摊派，也不仰仗广告促销，都是读者自发去邮局订阅的。从这一侧面，也可以反映诗坛民意，同时也从接受美学的角度展示了这一传统诗体在新时代的群众基础。进入新时代以来，以中青年为主体的网络诗词更为活跃，用手机、微博创作诗词、交流思想、抒发感情成为一种新的时尚。年轻人的加入，为旧体诗词创作注入了旺盛的生命力，诗词的热度正在持久上升。

中华诗词是中国传统文化的精粹，是中华情、中国梦的重要载体，凝聚着民族精神，体现着时代风貌。美国学者马斯洛说过，无论人类的文化背景如何不同，作为宇宙间的万物之灵，它总有一种共通的、永恒的情感，成为人类终极的价值标准，那就是：悲悯、善良、奉献，以及对信念的坚守和对美好理想的追求。鲁迅先生说，"无穷的远方，无数的人们，都与我有关"。中国梦与各国人民追求和平与发展的美好梦想是相通的。中国梦对世界来说，就是求和平、求合作、求共赢、建设和谐社会，构建人类命运共同体。每一位诗人的心里，都有温柔敦厚的琴弦，不管他采用新诗的形式，还是采用中华诗词的形式，都会深情地弹奏兴观群怨的乐曲，以优美的作品歌唱人间的真善美，以增进自身的和谐和人与人之间的和谐。

中华诗词汇入新时代的浩荡洪流，接受新的审美质素，开拓出新的境界，呈现出新的面貌和活力。尽管新诗和诗词两种诗体的互相争论和辩诘之声不绝于耳，但是两种诗体并行不悖、共存共荣、比翼齐飞的现实发展，也给我们的诗坛营造了更加丰富多彩的文化生态。诗歌史，实际上也是一部民族心灵史。可以说崇尚新变的诗歌（无论诗词还是新诗）每次都是勇敢地冲在时代思潮的前面引领风骚。无论怎样风雨如磐，怎样曲折坎坷，总是在时代脉动的第一时间传递心灵的火焰和思想的光辉。

100 多年前，辛亥革命发生，推翻了两千年的封建帝制，社会大变革，思想大解放，新文化运动兴起，适应这种需要，新诗的产生就有其必然性。

我很不赞成这样一种说法：传统诗词今天之所以还有一席之地，是拜新诗缺陷之赐。似乎只要新诗大力发展，就可独霸诗坛，传统诗词则会销声匿迹，无立足之地了。这种认识之所以是错误的，是因为不懂得中国诗歌发展的规律和特点。前面已说过，在中国诗歌史上，诗的多种体式以及词、曲等形式是逐渐丰富的，且共同存在的。因此新诗产生了，并不意味着传统诗体就要消亡，而是中国诗歌园地里多了一种新花，诗坛多了一个表现形式，中国诗歌体式则更丰富了。我们现在常说鲁迅、郭沫若等一批大家，开始以新诗出名，后来又主要写旧体诗，似乎很奇怪，其实从中国诗歌发展的特点看，这是十分正常的，新体诗为他们提供了新的表现形式，无论新体诗、旧体诗，都是他们可以使用的形式，我们也期望今后这样的诗人越多越好。

三、秋菊春兰俱得时

中华诗词与新诗同是诗歌园地的两枝奇葩，虽诗体各异，诗性却相同。其用以表达主题的意象意境多是相通的。搞诗词创作的人无妨多读一点新诗，学习新诗的创新和敏锐思想、灵动的语感和鲜活的句式，以及吸取民歌和外国诗歌的艺术影响。开阔眼界，吸取这些作为营养，使我们的诗词作品更有新意。

我一直认为，新诗与旧体诗词在诗歌的本质上是相通的，我们今天许多写旧体诗的人，也曾经写过新诗，我就是一个，因此对新旧诗关系的体会比较深。中国当代著名诗人雷抒雁，不幸几年前去世了。他的成名作是纪念张志新的长诗《小草在歌唱》。我们相交于"文革"之初，后时有往来，他写新诗，我写旧体诗，常互赠作品、2011 年 11 月，我俩一同出席厦门第三届中国诗歌节。见到他很高兴，我填了首《贺新郎》相赠：

> 往事那堪说？正神州、红羊历劫，万般萧瑟。君露峥嵘《新西大》，我在骊山一嚭。便尔汝，因缘天设。渭水长安初阅世，祖龙陵、更见秦时月。鹭岛会，念尤切。　　玉台一雁高颃颉。振金声、放歌小草，杜鹃啼血。我亦鸿泥留吟絮，平仄藩篱偶涉。漫嗟叹，诗肠自热。好句非关新与旧，但真情、今古相连结。且共勉，莫停歇。

"好句非关新与旧，但真情、今古相连结"，这是我的真切感受。他也和了一首。这都收在《郑欣淼诗词稿》中。

也就在这次厦门中国诗歌节的发言中，我说：著名的厦门诗人舒婷在《双桅船》里写道："雾打湿了我的双翼，可风却不容我再迟疑。"诗人感受到追求理想过程中的艰难与沉重，又同时感受到了时代的紧迫感和责任感。这两句新诗可以"翻译"成两句五言诗："雾湿双桅翼，风催一叶舟。"也可以"翻译"成两句七言诗："雾虽湿翼双桅重，风正催舟一叶轻。"可见新诗和旧体诗在意境上是相通的。

2013年，我参加北京恭王府的海棠雅集，写过一首绝句："岂负骚肠八斗才，海棠树下且徘徊。花时岁岁吟难尽，国艳合为诗客开。"生活的花朵鲜艳芬芳，为新诗人而开放，也为旧体诗人而开放。花时岁岁吟难尽，岂分新诗和旧诗？旧体新体开并蒂，泾渭无须太分明。我也试着把这首绝句"翻译"成一首新诗：

> 是花在催诗？
> ——良辰美景，八斗诗才。

> 是诗在催我？
> ——海棠花下，几度徘徊。

吟也吟不尽啊

——岁岁青春，无边花海。

倾城还倾国啊，

——人为花醉，花为诗开。

这种"翻译"当然仅仅是一种尝试，选择旧诗还是新诗，取决于诗人抒情方式的自然选择。

可以说，新诗与诗词同气连枝，共同构建出中国诗坛的绚丽风光。可是令人遗憾的是，长期以来，两种诗体之间缺少互相沟通和理解，都过于各自为重，自以为是，看不见自己的缺点，更看不到对方的优点，忽视了应该互相学习的问题。就诗词界而言，摆正诗词和各种姐妹文体尤其是和新诗的关系，是一个需要认真研究和正确处理的现实问题。好的诗歌闪耀着一个时代的思想火花，承载了一个时代的精神分量、审美经验和生活智慧，是时代诗坛共同的文化珍宝。新诗和诗词互相学习，互相沟通，加强交流和对话，相信我们的诗坛将呈现出一种更加和谐美好的发展愿景。

四、而今更待生花笔

我们提倡诗人关注民族命运、关注社会人生、着力反映时代风云。这也是中国诗歌的优良传统。诗人应该有明确的是非、强烈的爱憎，既有对美好事物的歌颂，也有对丑恶现象的鞭笞，还有对不合理状况的批评。

要写好诗，诗人就要有一定的才、学、识，要有敏锐的观察力，有明辨是非的能力，能见微知著，一芽知春，一叶知秋。诗人不是政治家也不是哲学家，但诗人离不开政治，也不能没有理性的认识，应有一定的理论修养，知大局，明是非。在当前，更应有忧患意识，关心国家发展、社会安定。这样的作品才能给人以更多的启迪。

诗词创作总是关乎时代风云，诗人应积极参加社会实践，了解社会现实。诗词是人创作的。诗人是社会的人，总是在一定的社会中生活。诗人的作品中，总能看到时代的影子，所不同的是自觉地反映还是不自觉地反映，是反映得多还是反映得少。历史上的诗人有的关注政治、直面现实，其作品被誉为"史诗"；有的着重抒写个人的遭遇，但倘或从"知人论世"的角度而言，其实也能从中看到时代风云、社会浪花；当然还有一些诗人的感触喟叹似乎确实是所谓个人化写作，但却也很可能就是一个时代的精神写照。比如"夕阳无限好，只是近黄昏"，这两句诗出自李商隐的《乐游原》，表面上看是诗人自我的感叹，但是人们从中所看到的却是晚唐帝国的衰落与诗人自我信念失落交织的一幅景象，因此也就无形中含蕴了丰富的社会意义。

当前，旧体诗词作者很多，作品数量也很大，可惜精品力作不多。习近平总书记在中国文联第十次全国代表大会、中国作协第九次全国代表大会上强调，那些叫得响、传得开、留得住的文艺精品，都是远离浮躁、不求功利得来的，都是呕心沥血铸就的。出精品，攀高峰，这仍然是诗词界需要深入思考和研究的一个核心目标。

诗人要认真学习传统，这种学习不是泥古仿古，食古不化，一味追求古诗的原装原味。而是要善于"老瓶装新酒"，运用前人所积累的艺术经验和创造的艺术形式表现时代新内容。要善于创造新意象，讴歌新事物，书写老百姓的新生活，最大限度地发挥诗词的社会功能。这些都需要下大功夫，不断地探索，逐步地提高。我们高兴地看到，关心诗词事业、研究诗词发展、为诗词振兴鼓与呼的同道者已经越来越多。不仅诗词的发展引人注目，楹联、辞赋等传统文体，也同样得到了社会各界更多的关心和关注，这是令人欣喜的一个文化现象。

繁荣诗词创作，要坚持"双百"方针，发扬"艺术民主"。要形成诗词创作与学术研究的宽松环境与氛围，鼓励不同流派、不同观点的争鸣与竞争。只要是统一在实现伟大的中国梦、为人民服务、为社会主义文艺服务这个大前提下，不同的诗词理念、诗词体裁、诗词风格都允许讨论、切磋与探索。目前，我们的诗词流派与风格不是多了，而是少了。我们要通过不断创新与改革，通过不断探索与争鸣，形成既有"阳春白雪"，也要有"下里巴人"；既有"典雅派"，也要有"土豆山药派"；既鼓励诗人们的个性创作，也要引导诗人把自己的个性与人民性、民族性、时代精神有机地结合起来，充分发挥诗词创作在新时代的认知、教育、讽喻、娱乐等作用，坚持用明德引领风尚，造成一个既宽松活泼又昂扬向上的繁荣局面。

让中华诗词唱响新时代，诗人们重任在肩，责无旁贷。新的时代呼唤新的歌者，新的歌者来自新的时代。圣火传承，光明普照。我诚恳祝愿并期待中华诗词这种优秀传统文化形式在我们新时代诗人的手中继续发扬光大，为我们中华民族的伟大复兴继续注入深情，鼓呼歌唱！

（本文为作者 2019 年 11 月 28 日在全国诗歌座谈会上的发言，载于《中华诗词》2020 年第 6 期）

庚子吟絮

　　庚子春节前夕，笔者夫妇移住京外，暂图清静，拟年后返京。孰料新冠疫情突发，旋殃及全国，并数度告急，遂蛰居小区，除五月份后因开会、检查身体回京数次外，皆在京外杜门自守。拜互联网之便，生活、学习尚无大碍。间或吟咏遣兴，爰有诗词若干，现就其中六首略作说明，可视为"本事"，笔者大半年之行止亦略见一斑。

一、例赠霁翔

正月初五寄霁翔同志

> 破五何须送五穷，燕郊春色陌阡中。
>
> 衰躯我有周天梦，健步君留禹甸踪。
>
> 黄鹤忍听风一笛，紫垣曾看雪三重。
>
> 豪情未共时光老，庚子况闻惊世钟。

庚子正月初五，二〇二〇年一月二十九日

　　既是"例赠"，说明我向单霁翔同志赠诗已是一个惯例。应该说开始是一种默契。赠诗始于 2012 年。这一年他接任故宫博物院院长。他看到我给即将退休的李文儒副院长的赠诗后，就希望给他也写。这就有了第一首。第二年他又要诗，我写了题为《霁翔同志索句，以七律一首为赠》的诗。霁翔的性格既热情又幽默。我想，既然他喜欢我的诗，写诗也是我的积习，我当然可以每年赠他。他以后没有再说过，我的赠诗则持续了下来。2019年春，王旭东同志接任故宫博物院院长。记得在欢迎旭东同志履任的那天晚上聚餐时，霁翔同志将了我一军："郑院长，我退了，您还给我写不写诗？"我说当然会写的。从这时开始，默契就成了惯例。

回头检看，从2012到2020年，我已连续九年向霁翔赠诗十二题十六首，2015、2016年各两次，2018年两次六首。第一次赠诗有"共事月余非偶然，今番踵继见前缘"之句，是说我与霁翔的缘分。2002年，霁翔同志担任国家文物局局长，我作为副局长、党组副书记，共事了一个月。后我到故宫博物院工作，但我们又都是文化部党组成员，当然还是同事。

故宫博物院虽隶属文化部，但文物业务却由文物局主管，因此故宫保护工作霁翔颇多参与。他担任文化部故宫维修工程领导小组副组长。故宫的维修从一开始，他就是指导者、参与者。文物局有的活动，他也曾邀我参加。他继任故宫博物院院长，是我首先极力推荐的。故宫百年大修是个接力过程。养心殿项目是霁翔同志规划的十八年大修的收官之作。我出席了2016年养心殿研究性保护项目启动与2018年养心殿维修工程正式开工两个仪式。参加开工仪式时我手术不久，身体虚弱，霁翔同志力邀并搀扶我登上殿顶，共同取出正脊上的宝匣，一起见证了这一难忘的时刻。在我赠霁翔的诗中，就有记述此事的两首。

"多少人生梦，花甲最堪怜。"2014年霁翔同志六十周岁，我写了《水调歌头·霁翔同志今届花甲，任故宫博物院院长亦三年，岁月如川，慨然有作》，末句"笑看雨风后，明月一轮圆"，也算是件轶事。霁翔还在国家文物局时，有次到故宫钦安殿检查工作，离开时走过存放真武灵签的签筒，有人就说抽一支吧，他顺便抽取了一支，第十五签："一轮明月"，上签。过去不足为外人道，现在说说无妨。

2015 年故宫建院九十周年，举办《石渠宝笈》特展，我出席开幕式后到国外探亲一个多月。通过网络，我看到这个展览深受观众喜爱，出现早晨午门一开就有千人跑步冲向武英殿的情形，被网友戏称"故宫跑"。我深知这对于故宫的意义，便用近十天写了长达百句的《宝笈歌并序》。这是我截止目前创作的歌行体中最长也是自己最为满意的一首。我特地买了一张明信片，抄录了该诗的一部分，亲自到当地邮局寄给万里之外北京的单霁翔同志。

霁翔同志 2019 年 4 月卸任，按他的说法，也成了"前院长"。我写有《南歌子·赠霁翔同志》：

千古烟云老，七年擘画新。回头盛事总缤纷，最是平安二字印深痕。天阙霜晨月，和风御柳春。缘分当有又逢辰，我辈此生无悔故宫人。

霁翔是个有心人，善于策划，思虑极精，我常为之叹服。我的这些诗词，他又请人书写，先后有董正贺、张志合、金运昌、何传馨、苏士澍、张旭、耿宝昌、吴良镛等。董正贺、张志合、金运昌都是故宫的研究员，中国书法家协会理事。何传馨是台北故宫博物院副院长，著名的书画研究专家、书法家。苏士澍是原文物出版社社长，现任中国书法家协会主席。张旭是文旅部副部长，书法家，其父也是故宫博物院的老职工，他小时就曾在故宫住过，可以说是故宫子弟。耿宝昌先生是陶瓷大师，国宝级人物，其书法就像他的为人一样厚重。吴良镛是清华大学教授，中国科学院和中国工程院两院院士，霁翔同志的博士生导师，今年已届九十八岁，是与耿宝昌同龄的老先生。他们的墨宝就是艺术品；而有这么多名家的垂顾，拙作得附骥尾以增光，也是不胜荣幸之至！

不仅如此。霁翔同志还把这些书法作品装裱好，挂在他的办公室墙壁上，给许多来人介绍。他常说：故宫有两个写诗最多的人，古代是乾隆皇帝，现在就是郑院长。清代帝王，写诗最多的当然是乾隆，四万三千多首，几乎赶上《全唐诗》；其次是嘉庆皇帝，一万一千多；道光也四千多，我只有区区一千四百来首，没法比，要算多少，我只能是第四位。霁翔是个率性之人，他知道这个，但仍然坚持着他的说法。

二、北湖九友

贺新郎·寄北湖九友并高昌同志

倏忽经年矣！最堪思、佳时仲夏，蓟燕芳翠。绣口锦心雕龙手，岂少扫眉才子？九友聚，风华际会。忝作人师施绛帐，这缘分、结就诗词谊。宫墙柳，北湖水。　　春来遐迩新冠肆。有姚君、劫难经过，几多牵记！援鄂吟章通微信，我辈自当激励。道不尽，殷殷情意。《风雨同天》篇什夥，更李生、袁辑忙编集。莫辜负，一枝笔！

二〇二〇年四月九日

今年2月9日，《中华诗词》杂志主编高昌同志告，湖北聂绀弩诗词基金会代理理事长、《心潮诗词评论》副主编姚泉名同志不幸罹患新冠肺炎，现已痊愈出院。我即给泉名发短信慰问。后看到他的长篇古风《历疫记》，方知他与许多武汉人所遭受的磨难，不禁唏嘘再三！2月中旬，天津教育出版社副编审李军同志联系，提出由中华诗词学会编选《风雨同天——2020中华儿女抗疫诗词作品精选》一书，我作主编，由该社出版。李军还请沈鹏先生为此书题签。

由姚泉名、李军二人，我想到"北湖九友"，想到去年6月的第二届中华艺术大家讲习班。这个讲习班由国务院参事室、中央文史研究馆举办，我忝为诗词班导师，高昌同志任助理导师。委托中华诗词研究院遴选了九位学员，其中就有姚泉名和李军。讲习班6月中旬进行集中教学。曾组织大家游览故宫城墙，我还做过《清代康、雍、乾三帝与诗歌》的讲座，因此词中有"宫墙柳"之句。

作为导师，我很高兴结识了一批非常优秀的学员。他们来自文化、教育、出版、金融甚至科技等社会各界，又多是屡获全国大奖的青年才俊。他们不仅诗词写作水平较高，有的已有一定的影响，而且在各自领域中对诗词文化的传播推广也有相当贡献。

因为集中教学在北京北湖九号会所进行，文人气息浓厚的诗词班就有了"北湖九友"的称号。虽然这像武侠小说里的武林门派的名字，但大家喜欢，我也觉得有意思。同时建了一个"北湖九友诗词班"微信群，经常交流各自的作品，从中可见所关注与思考的问题。最为活跃的是天府诗家蔡竞，创作力旺盛，又踪迹不定，有感必发，佳作不断。

今年关注、创作的重点自然是抗击新冠疫情，慷慨悲歌，感情深沉。群中最早一首是蔡竞写于 1 月 22 日的《声声慢·举国抗击新型冠状病毒感染肺炎泣语》："感痛楚，付愁肠，不尽九天悲咽。"刘安定《庚子新正初一有吟》："不敢欢颜说拜年，泱泱万里正熬煎"、"几回读史嗟庚子，应许扪心畏自然"。吴宝军 1 月 28 日有《水龙吟·武汉疫情作》："乌帽何轻，白衣何重，岂容愚懦。幸廉颇未老，南山再起，为苍生贺。"姚泉名在《核酸转阴性作》中向全国诗友发布自己战胜疫情的喜讯："东风入幔琐窗晴，一纸报如天下宁"、"楚江尚禁可怜丽，春疠犹存未觉馨"。李军贺之以"红羊不敌天行健，黄鹤平添地德馨"、"最是九寰兄弟在，骚人未许叹伶仃"。此外，韩倚云《致李兰娟院士》的"胸藏大爱谏封城，看似无情却有情"、"暂时深巷千门闭，不日通衢万里行"，屈杰《武昌春望》的"连天烟雨黯春时，北望江城泪欲滋"、"雄风吹散千重瘴，妙手翻开万卷诗"，马飞骧《祝诸师友珍重》的"中心藏之，何日忘之。无已大康，则维其常。式夷既怿，以畜万邦"，都是用心之作。金中的十二国语言版抗疫歌曲《定能挺过去》，则别具一格，发挥了自己音乐与语言的优势。

高昌 2 月 20 日的《闻中方向日本捐赠核酸检测试剂盒》是一首引

来多位诗友唱和的好诗：

破浪回澜信有期，天清月白自无私。

行来梅树香千里，坐爱樱花美一枝。

举目云开端共待，倾心泉涌不须辞。

本缘四海为兄弟，况更同舟风雨时。

我于2月5日写了首《武汉抗疫赞》：

江汉伤时疫，鼠年春正寒。

凶神凌北海，峻骨节南山。

奋翮看黄鹤，同舟挽赤寰。

一番风雨后，岁月记斑斓。

《诗经·小雅》中有诗《节南山》。节一作巀，山势高峻的样子。

诗歌是有力量的。"北湖九友"，我的诗友们，为了这个时代，多写诗，写好诗！

三、老先生

老先生

先生何谓老？岁月郁轮囷。

百里冀音稔，一声京韵亲。

时雍聆謦咳，疫虐念丰神。

仰止典型在，当除襟上尘。

二○二○年五月二十日

465

中国文博界有一批老先生，他们以其非凡的专业造诣与道德人格，终生致力于文化遗产的研究与保护，在各自领域里做出了卓越的贡献，受到同行和国人的尊敬。人们称其为老先生。我因工作关系，曾与一些老先生结缘。我在职时常去看望他们，退下后也照样去，当然这已与工作无关，完全是个人行为，问安，请益，聊天。这种感受，可借用《世说新语》中所载东汉周子居常说的一句话："吾时月不见黄叔度，则鄙吝之心已复生矣。"

我看望老先生，时间多在春节过后。今年由于新冠疫情爆发，气氛日紧，不便打扰。到了5月，危情渐解。5月20日下午，我先后给杨伯达、苏东海、耿宝昌、谢辰生四位先生电话问候。他们都已高龄。杨、苏皆九十又三，家人接的电话，告老人行动不便，但精神还好。耿、谢俱生于1922年，即将百岁，我打手机，两人都是第二遍铃声响起时亲自接了我的电话，而且思绪清晰。当耿老浓重的冀中口音和谢老带有北京韵味的话从百里外的京城传来时，那种疫情下的久违之感，真令我感慨万端，也受到强烈的震撼。说明老先生平安，也说明手机就在手边，他们随时准备与外界交流，他们关心着室外的世界。在他们身上，我似乎看到了中国人必将战胜疫情的民族精神、文化精神。

杨伯达先生是故宫博物院研究馆员，他长期着力于艺术文物及美术史研究，在诸多文物方面都有著述，是一个通才式的专家。他晚年倡导从玉文化高度进行玉器的鉴定研究，并取得了重要成果。十五年前，我在一阕《西江月》中记述了他招收一位女士为徒的仪式："后学拜师敛手，先生设帐开颜。漱芳斋里玉为缘，古道盎然再现。"在庆祝他八十寿辰的活动上，我作了"如玉人生"的祝词。他的九五华诞，我与单霁翔同志都出席了。我们围着红围巾与老寿星的合影，记下了这一温馨的时刻。

苏东海先生为原中国革命博物馆陈列部主任，研究馆员。在博物馆学方面，致力于博物馆哲学的研究和博物馆的发展研究，在中外交流中坚持"和而不同"的学术立场。1986年开始在中国传播和实践国际生态博物馆思想，2005 年组织并主持了贵州生态博物馆国际论坛。主编《中国博物馆》杂志十九年。苏先生强调自己是一个马克思主义者，因此我在他八十华诞的贺诗中说"宏材宗马列，妙笔化云霞"。他九十岁时出版《苏东海思想自传》，我为之祝贺："岂是灵光闪念间？总为思想有波澜。"我们过去交流甚多，他称许我为知音。2018 年去先生家，他耳背，视力日差，常面壁枯坐，但仍思维活跃，给我留下了"寂坐如禅定，放言犹马骎"的印象。

耿宝昌先生是蜚声海内外的古陶瓷研究鉴定大师，尤精于明清瓷器，为人十分谦和、低调。1980 年 1 月，国家文物局应中国银行美国分行邀请，派耿先生赴美，鉴定清皇室抵押在美国花旗银行的瓷器，先生很好地完成了任务，驻美中国银行并向故宫博物院赠送康熙冬青瓶一个。此后先生又受外交部邀请，先后到我国 30 多个驻外使领馆进行古陶瓷鉴定。当外交部主管领导为此事向故宫博物院通报并表示感谢时，我才了解到这些情况。耿先生善书，十年前曾以"博爱"二字惠赠，我以为有深意焉，在《浣溪沙》中赞叹："眼底功夫惊禹甸，腹中锦绣岂明清？但怀爱意自如冰。"

谢辰生先生是我在文博界唯一的常有诗词往来的人。先生是著名的文物保护专家。2007 年，他以《步鲁迅七律〈自嘲〉》示我，抒文物保护之心志，有"群邪肆虐犹棒杌，正气驱霾贯斗牛"之句，我步韵奉和，报之以"人生风雨识途马，世事苍黄孺子牛"。他八十八寿辰又逢两本新著出版，我赋《千秋岁》祝寿："真卫士，痴心叟。正颜陈病弊，薄海蒲牢吼。"2014 年元月一天，九十二岁的先生走过高高低低的不少台阶，来到我的故宫御史衙门办公室，畅谈甚欢。他赠我刊登他的《不能把文化"化"没了》文章的报纸，言及当时城镇化名义下破坏文物建筑的弊端，慷慨激昂，我深为感动，遂写了《谢辰生先生寒日衙门见过，谈文物保护，感而记之》的古风。先生提议编印《新中国捐献文物精品全集》，首批书面世，他赋诗一首并以见示，我当然要奉和。2018 年初，我曾到北京五环拜望先生并贺乔迁。我对自己概括先生性格的两句诗很满意："平生气常壮，盛世语多危。"

祝老先生健康长寿！

四、东坡特展

念奴娇·千古风流人物——故宫博物院藏苏轼主题书画特展

斯文渊厚，蠡昆仑，天降赓传人物。东去长江连海浪，那记旧题坏壁？竹杖芒鞋，徐行漫啸，总是心如雪。江山无恙，逐臣魂铸雄杰。　　苏子携侣呼朋，今番聚紫禁，眉舒清发。千载绵绵流衍远，艺苑辉光不灭。笔墨由心，文人同趣，堪慰萧萧发。文华宏殿，有情还照明月。

二〇二〇年七月一日

5月25日出席故宫博物院部分老同志与处长会议。这是今年以来院里召开的第一次大会。因为疫情尚未解除，按要求都佩戴口罩。故宫报告厅门口，最注目的是一片晃动的口罩，气氛严肃，也有点怪样的感觉。不少打招呼的，要细看才知是谁。这时，一位女士走了过来，我认出来了，这是任万平，故宫博物院主管业务的副院长。她对我说，故宫今年8月要办一个苏轼展览，策展方案正作最后的确定；她认为，苏轼展的文字不能平铺直叙，要有特色，问我能否写首词，为展览增点色彩？我当即答应。纪念紫禁城六百年的展览是故宫大事，苏轼又是何许人物？我能为之尽力，自是无上荣光。当然能否写好是另一回事，但参与故宫的工作，这是一种只有故宫人才能体味到的乐趣。

苏轼诗词流传很广，"大江东去，浪淘尽，千古风流人物"更是古今绝唱，尽人皆知。我与万平同志商量，就步《念奴娇·赤壁怀古》，概括苏子其人及展览特色。

故宫博物院是中国大陆苏轼墨迹最为集中的收藏单位，同时还藏有部分重要的苏轼师友作品，以及大量受到苏轼影响和能够反映其艺术思想的相关艺术作品。藏品时代跨度从北宋至近现代，类别涵盖书画、碑帖、器物、古籍善本等，在藏品的整体数量和丰富性上具有一定优势。本次展览从院藏文物中精选出七十八件套与苏轼相关的书、画、碑帖类文物作为展览主体，并辅以院藏器物类文物和古籍善本，同时向相关公藏单位商借少量藏品作为必要补充，在保证文物质量的同时兼顾了展品种类的多样性。

展览分为"胜事传说夸友朋""苏子作诗如见画""我书意造本无法""人间有味是清欢"四个单元，分别从苏轼的交游与时代、苏轼的文学创作、苏轼的书法艺术及其影响、苏轼的生活情趣与人生态度等不同角度，以文物为载体展现苏轼的艺术造诣和人格风范，及其对后世所产生的影响。

我看了一下，此次展出的书画作品，列为"一级甲"的就有十二件：欧阳修《灼艾帖》、蔡襄《京居帖》、吕大防《示问帖》、王诜《渔村小雪图》、苏轼《题王诜诗词帖》、苏轼《治平帖》、米芾《盛制帖》、林逋《自书诗卷》、赵孟頫《道场何山诗帖》、鲜于枢《临书苏轼海棠诗卷》、杨凝式《神仙起居法卷》、仇英《人物故事图册》。另有"一级乙"十四件，"二级甲"十一件。一堂荟萃，都是震古烁今、光耀千秋的经典名作，还有不少精美绝伦而充满宫廷韵味的器物，注定了这是一次名副其实的特展。

苏轼展在紫禁城文华殿举办。文华殿和武英殿两组建筑是外朝三大殿的左辅右弼。文华殿为明清两代皇帝经筵讲学之地，也是明清两代殿试后阅卷的地方。乾隆时为存储《四库全书》，又在文华殿后添建文渊阁。明清又都设有文华殿学士、大学士。总之是紫禁城文化气息最为浓厚的地方。北宋东京有龙图阁，是收藏皇帝御制文集及典籍、图画、宝瑞之所，苏轼曾是龙图阁学士。文传一脉。在此展现这位"千古风流人物"，当是别有意味。

8月31日，这个展览即将隆重开幕的日子，我们有理由充满期待！

五、老马识途

马识途老惠赐《夜谭续记》,
宣告封笔,小诗拜谢并敬祝马老长寿

一从三峡走龙蛇,匝地烟尘到处家。

发愿当为识途马,力行还效补天娲。

龙门摆阵谭清夜,江畔寻诗步好花。

庚子飘然封笔日,依依笑对夕阳斜。

二〇二〇年七月八日

7月5日,中华诗词学会副会长、《中华诗词》杂志主编高昌同志打来电话,告四川周啸天先生询问我的邮寄地址,并说这是马识途老托他打问的。我们不知有什么事,但很快就从网络得知,马识途老最近出版了一本书,宣告封笔,并有封笔告白:"我年已一百零六岁,老且朽矣,弄笔生涯早该封笔了,因此,拟趁我的新著《夜谭续记》出版并书赠文友之机,特录出概述我生平的近作传统诗五首,未计工拙,随赠书附赠求正,并郑重告白:从此封笔。马识途二〇二〇年六月于成都未悔斋附赠五首传统诗。"五首诗分别题为《自述》《自况》《自得》《自珍》和《自惭》。其中第一首《自述》:

生年不意百逾六,回首风云究何如。

壮岁曾磨三尺剑,老来苦恋半楼书。

文缘未了情无已,尽瘁终身心似初。

无悔无愧犹自在,我行我素幸识途。

我想,可能是寄书吧?果然,三天后,我在期待中收到了从成都寄来的《夜谭续记》。看着竖写的"郑欣淼方家正之马识途"两行工整、秀丽的题字，书法家的风采依然，我十分激动。其实我与马老缘悭一面，也没有其他往来。马老是中华诗词学会的发起人之一，首届中华诗词学会的副会长，现在还是顾问。这种渊源使他对学会充满着深情，一直与学会保持着联系。今年初，学会就收到他的抗击新冠疫情的诗。我知道，他给我寄书，是出于他对中华诗词事业的一份热情，出于对中华诗词学会的一种感情，也是对自己诗人身份的一个认同。我是中华诗词学会现任会长，这本书与其说赠我，不如说是赠给学会的。

马老首先是个革命家，他有着传奇般的经历。他的《夜谭十记》深刻揭露了二十世纪前半期社会的黑暗、官场的险恶，乃至荒诞可笑之怪现状，也反映了蜀川一带的人文地理风貌。《让子弹飞》电影就来自这部小说的《盗官记》。他的诗，是勇士的呐喊，是战斗的鼓声，是他心灵的剖白。他是革命家，同时也是一个文学家，一个诗人。

8日下午我拟了这首拜谢祝福马老的诗，七点半多发到学会的微信群里，不少同仁步拙韵，先后有十二首和作，向已创长寿和笔耕奇迹的马老致敬。其中佳句不少，如"风月何妨常过眼，园林自许且浇花"（沈华维）、"盛世微言酬故国，夜谭十记奉灵娲"（范诗银）、"腕力练成冰作水，诗心修到火为花"（刘庆霖）、"青锋冰雪杀敌剑，彩笔风云战地花"（王改正）、"盛世含情忍封笔，清江叠意又开花"（宋彩霞）、"纸上云飞堪倚马，堂前石润可留霞"（林峰）、"川江蜀地舞长蛇，日月时轮四海家"（何云春）、"犹怜远树沧桑月，更喜高堂翰墨花"（石达丽）、"擎天巨柏屹诗苑，百岁凌寒枝未斜"（尹彩云）、"襟怀成就凌云笔，翰墨漫栽解语花"（黄小甜）、"头颅惯作腰间物，意气时开梦里花"（张存寿）、"拔尘堪作识途马，蹈火甘从炼石娲"（胡宏云），等等，虽然大家"未计工拙"，但我知道，都是倾注着深沉的感情，都是下了功夫的。

六、云上诗情

鹧鸪天·"云"上出席第十七届《中华诗词》青春诗会

勃勃诗情岂可拦？江山自不负华年。室中未觉烟云少，线上尤知天地宽。　　渔浦路，剡溪船，晋风唐韵总依然。青春唤我吟心起，啸傲何妨追古贤！

二〇二〇年七月十一日

《中华诗词》杂志是反映与引领中国当代诗词发展的代表性刊物。由《中华诗词》杂志创办的"青春诗会"是培养青年诗人的沃土。青春诗会以 40 岁以下的青年诗人为入选对象，每年从三百多位中遴选出十名左右，采用一对一作品修改、大会讲评集体定稿的方式举行。多年来青春诗会向诗词界推出了魏新河、尽心、王恒鼎、王震宇、郑雪峰、张青云、程羽黑、赵缺、韩林坤、金中、刘如姬、李伟亮、杨强等一批名家。参加过青春诗会的诗人，高昌和林峰现在《中华诗词》杂志任主编和副主编，韦树定和安洪波在《诗刊》任旧体诗词编辑，李伟亮在诗刊社的中国诗歌网任编辑，齐凯在《心潮诗词》任编辑，张脉峰和赵林英分别担任民间刊物《诗词之友》和《诗词月刊》的主编。

从 2002 年开始到 2020 年 7 月，青春诗会共举办十七届，参加者 194 人。第十七届诗会原定在湖北黄石举行，后因疫情改在浙江萧山义桥举行。义桥即古渔浦，被称为浙东唐诗之路的源头，古今众多诗人留有题咏。原拟采风的有现义桥十景等。因疫情又没能去成。于是决定通过网络举办。

但是我在任中华诗词学会会长的这十年中，却从未参加过"青春诗会"，当然有多种原因，而诗会总是在外地、京郊举办，出席不便则是主要的。所以这次《中华诗词》主编高昌以网络形式进行来请我，就不好推辞了。我也在想，正因为十年没有出席过，应是一个遗憾，这次活动无疑是最后的机会，不能失去。

通过视频开会是疫情以来的常见事，人称"云"上或"线"上，时兴，也颇觉新鲜。我虽已半如闲鸥，但也免不了类似活动。人数少的会，直接在微信上按设定打开，比较简单。手机上同时出现几个人的面孔，纤毫毕现，真实的不无夸张之感。人多了，还是用手机，但要通过"腾讯会议"才行。6月中旬，故宫博物院博士后工作站举行博士后"线上"面试，涉及到国内外数十名应试者及一批专家学者，我因有一位考生，不得不反复试用，遂掌握了上线的程序，并领略了这一紧张而有趣的过程。这次云上"青春诗会"，我已没有操作上的障碍，进行得很顺利，强烈地感受了青春的诗与诗的青春。

因我对萧山义桥镇之渔浦略知一二，参加这个活动也觉得更有兴趣。自晋代始，浙东一带渐成文人荟萃之地。中华诗坛独树一帜的山水诗在此产生，同时书画艺术与宗教文化亦发育成长乃至鼎盛。探其渊源，盖浙东山水优美，尤以越中、剡溪为最。唐代大诗人白居易曾称："东南山水越为首，剡为面，沃州天姥为眉目。"因而引来众多诗人，其笠屐所至，即自萧山起始，渡鉴湖、泛曹娥江、溯剡溪后，折余姚、宁波重返绍兴、萧山。这一路故事很多。住在山阴的王徽之夜雪初霁、月色清朗之际，忽思剡溪的戴逵，便乘小船拜访，经过一夜才到戴的门前，却不进门而掉头返回，留下"乘兴而行，兴尽而反"的千古韵事。

近代学者提出唐诗之路一说，引起学术界重视与研究。萧山义桥镇之渔浦，当为唐诗之路源头。其地位富春、钱塘、浦阳三江汇合之处，据西陵古渡之上游。古代游旅每循水路，西来舟楫便由新安、富春折入此间，后过横塘牛埭而东。先行者为山水诗鼻祖南朝谢灵运。而渔浦非唯地当要津，且风景奇秀，人文绝胜，亦为一处景点。

鼎革开放，渔浦所在之义桥镇随经济实业之发展，其孝义文化、宗教文化及崇学、崇礼、崇商之风发扬光大。乡贤贺知章《回乡偶书》诗千古传唱，后人继其遗风，热爱乡土，振起骚雅，特成立萧山区诗词学会义桥分会，大批新诗人涌现，又承办"青春诗会"，让更多雏凤新秀在此吟写放歌，使唐音宋韵之遗响绵绵不已，其情殷殷，其成果亦昭昭可观。

我很赞赏《中华诗词》杂志用唐刘禹锡"晴空一鹤排云上，便引诗情到碧霄"的诗句总结这次活动：一千多年前刘禹锡的"云上"无限高渺，我们的"云上"则无比广阔；不同的"云上"，充满了同样的诗情画意。

（二〇二〇年七月于燕郊寓所寸进室

载《中华诗词》2020 年第 9 期）

诗歌的传统资源与新时代的创造

很高兴来到成都参加第六届中国诗歌节。成都是国家历史文化名城和中国优秀旅游城市。李白说："九天开出一成都，万户千门入画图。草树云山如锦绣，秦川得及此间无。"杜甫说："野径云俱黑，江船火独明。晓看红湿处，花重锦官城。"在杜甫的诗里，成都被称为锦官城。我们知道，这里是古蜀文明发祥地，境内金沙遗址有3000年历史，金沙的太阳神鸟是中国文化遗产标志。都江堰、武侯祠等名胜古迹，更是名扬四海。我想诗人们对杜甫草堂和浣花溪可能会更有一份特别的景仰之情。

中国诗歌节是经国务院批准的国家级大型文化活动，由文化部、中国作家协会主办，是国内最高规格的诗歌盛会。前几届诗歌节分别在安徽省马鞍山市、陕西省西安市、福建省厦门市、四川省绵阳市、湖北省宜昌市举行，历届诗歌节都有我们中华诗词学会的诗人们参加盛会，共襄盛举。我本人也参加了多次诗歌节的活动。会见老朋友，新朋友，飞觞踏歌，弦歌一堂，每次都有许多美好的收获。

今年的第六届中国诗歌节，是在全国人民共同抗击疫情的历史背景下召开的，更有一种不同寻常的时代意义。去年的全国诗歌座谈会上，我曾经说过："作为中华诗词学会的会长，我近来一直在认真思索一个严肃而又重要的题目：中华诗词能否为新时代歌唱？我的回答是肯定的。"亲睹亲历了这次抗疫之战，对于诗歌的传统资源与新时代的创造这个诗歌节议题，我也有一些新的领悟、感受和诸位诗友们分享，并盼得到在座的各位方家们的指正。

文艺作品在这次抗疫斗争中发挥了独特的、不可替代的作用。我前不久主编了一本《风雨同天——2020 中华儿女抗疫诗词作品精选》。书中收录了包括港澳台地区在内全国各地诗词学会推荐精选的抗疫诗词及海外 20 余个国家的海外华人优秀作品 1200 余首。这些抗疫作品采用的都是律诗绝句和词曲等传统诗体形式，但是因为加入了新的时代内容，抒发的是新的时代感情，读起来并不觉得陈旧，反而充满蓬勃的时代活力，焕发独特的时代光芒。我很赞成马凯同志去年在一次诗词座谈会上的发言中说过的一段话。他说："以格律诗为代表的中华诗词同其它文体一样，也是内容与形式的统一体。传承、繁荣和发展中华诗词事业，当然要关注它的形式，讲究格律，否则就不称其为格律诗，中华诗词就名存实亡；但更要重视其内容，发挥其社会功能，丢掉社会功能，中华诗词也就没有存在的社会价值，也会消亡。"抗疫诗词的创作，其实就是诗歌的传统资源与新时代的创造的鲜活例证。

新时代的创造要以传统的诗歌资源为基础。我们讨论诗歌的新时代创造，也首先要盘点一下诗歌的传统资源。3000 多年前的第一部诗歌总集《诗经》和战国时期的《楚辞》，成为中国古典诗歌的两大源头。唐诗、宋词、元曲是中国诗歌艺术成就的三座高峰。唐朝将近 300 年诗歌的普及和繁荣，更加诗化了中国人的思维方式，为中华文化增添了诗的意兴和诗的美。宋词以其高度的繁荣与唐诗并称。经过宋代 300 多年上自朝廷下至市井的歌唱，中国文学有了更为细腻的感觉和表现，中国文化也呈现出更加丰富多彩的面貌。值得注意的是，中国诗歌在长期发展过程中形成了诸多的诗体，如四言诗、五言诗、七言诗、乐府诗、楚辞体诗以及词、曲等等。但有意思的是，新的诗体产生了，以往的诗体却并没有消失，而仍然存留了下来，不断丰富了诗歌的形式。这就出现了中国诗歌体式独特的运行方式，即各种诗体同时存在于某一时代。因此，一个诗人，他可能既写诗填词，又会写曲，或者尝试其他不同的体式；这也为诗人创作提供了更多的表现方式。这么丰富的诗歌资源，也为我们的诗歌的新时代创造打下了深厚的根基。

诗歌的传统资源是国人不可或缺的精神寄托和生生不息的人文源泉。人们常说中国是一个诗的国度，这不仅是指中国诗歌传统的源远流长，是一条流淌了数千年的诗歌长河，诗歌遗产相当丰厚，且成为中华传统文化的鲜明象征；也可以认为，诗歌已成为中国人生活的一种方式，是中国文化的一种特殊表现形式。泱泱诗国，浩浩诗流，气象万千，蔚为大观。人为什么要作诗？我们的古人早就指出："诗言志"，这个志，既有意志，又包括情感。诗是人们表达抒发意志、情感的重要形式，是意志情感不可遏止的产物。如劝人热爱祖国的"扶衰忍冷君勿笑，报国丹心坚似铁"（陆游《大雪歌》）；劝人廉洁奉公如"粉身碎骨浑不怕，要留清白在人间"（于谦《石灰吟》）；鼓励战士奋勇杀敌的"黄沙百战穿金甲，不破楼兰终不还"（王昌龄《从军行》）；劝人孝敬父母的"慈母手中线，游子身上衣"（孟郊《游子吟》）；教育人们珍惜时间、发奋学习的"三更灯火五更鸡，正是男儿读书时"（颜真卿《劝学》）；劝人珍惜粮食的"谁知盘中餐，粒粒皆辛苦"（李绅《古诗二首》）。这些经典作品的学习和理解对于今天的人们来说仍然具有极其重要的现实意义。对塑造人格精神，构建当代文明有着不可忽略的重大影响。可以说，中华诗词艺术是文化交流、思想交流、情感交流最温馨的工具。每一位诗人的心里，都有温柔敦厚的琴弦，不管他走到哪里，不管他是什么民族，都会深情地弹奏兴观群怨的乐曲，以优美的诗词歌唱人间的真善美，以增进自身的和谐和人与人之间的和谐。2017年是我的古稀之年，回首往事，感慨良多，曾写了一组律诗抒怀。其中第二首是："心头骚雅耳边钟，相伴今生有两公。春望秋兴感沉郁，鹰飞鲸掣思宏雄。热风已得燃犀烛，直面才看贯日虹。鲁迅锋芒工部韵，殷殷尽在不言中。"这两公，一位是诗圣杜甫，他把我引入到诗歌的天地，使我在诗词的欣赏与创作中，感受精神的超越、灵魂的飞扬以及生活中诗意的愉悦；另一位是鲁迅先生，他的著作和遗产，他的热烈与冷峻，他的清醒与深刻，使我的精神有了依靠、有了底气，使我学到了怎样观察社会、认识人生以及把握自己。杜甫和鲁迅对我的影响，其实也是诗歌的传统资源与新时代的创造在我个人诗路历程中的一种珍贵体会。

诗歌的传统资源与新时代的创造，表面看似新与旧的一对矛盾的两极，其实也是和谐互融的一个辩证组合。诗歌传统从来也不拒绝创新。新的时代创造同时也会成为后世的传统资源。诗词使中国人精神飞扬，灵气生动，感觉精微。追求高远深邃的精神家园和高雅粹美的生活境界，把人生价值与审美价值结合起来。所以，诗词能够促进和提升人的创新能力和进取精神，尤其能够提高人的想象力。而想象力是创新能力的关键所在。古人对诗词的创新有过很多描述，如："为人性僻耽佳句，语不惊人死不休"（杜甫《《江上值水如海势聊短述》》）；"请君莫奏前朝曲，听唱新翻杨柳枝"（刘禹锡《杨柳枝》）；"李杜诗篇万口传，至今已觉不新鲜"（赵翼《论诗》）。爱因斯坦也说："知识是有限的，而艺术开拓的想象力是无限的。"直观的形象思维，尤其是诗词丰富的想象力对创新思维的启迪有着巨大的作用。当今世界，科技突飞猛进，生活日新月异。高科技依赖高素质，高素质有赖于高潜能的人文修养的开启。开展诗词教育是一项培育创新思维、开放意识的长远规划，也是一项强基固本、修身齐家的重要举措。没有创新意识的民族，是没有竞争力和生命力的；同样没有创新意识的人才也就会缺乏创造世界和改变世界的能力。

诗歌的传统资源与新时代的创造，也要谈一谈新诗和旧诗的关系问题。中华诗词与新诗同是诗歌园地的两枝奇葩，虽诗体各异，诗性却相同。其用以表达主题的意象意境多是相通的，许多诗词前辈都是两栖诗人。我们不妨多读一点新诗，学习新诗的创新和敏锐思想、灵动的语感和鲜活的句式，以及吸取民歌和外国诗歌的艺术影响。开阔眼界，吸取这些作为营养，使我们的诗词作品更有新意。旧体诗词即传统诗词的创作，新时期以来得到复苏，现正在复兴中不断发展。近几十年来的创作实践，更进一步证明这一文学体裁也可随历史前进获得新的生机，它不是凝固的、僵化的，仍然活在中国人的心里，而且能够表达新的社会内容，适应新的读者需要。但是，我们说传统诗词可以适应新的生活，并不是说它不需要变革了。我国古代诗歌源远流长，在漫长的历程中，也在不断地发展、变化着。鸦片战争后，随着中国社会性质的逐渐变化，诗歌创作本身也发生着变化。例如，"诗界革命"就曾对旧体诗从内容到形式上进行过革新，包括描写新事物，"我手写我口，古岂能拘牵"（黄遵宪语）。虽然基本上仍然是古代诗歌的体制，但是诗歌的观念已经在更新。当前出现的旧体诗写作热潮，正是前人这种革新探索的一个艺术继续。

可以说，新诗与诗词同气连枝，共同构建出中国诗坛的绚丽风光。可是令人遗憾的是，长期以来，两种诗体之间缺少互相沟通和理解，都过于各自为重，自以为是，看不见自己的缺点，更看不到对方的优点，忽视了应该互相学习的问题。就诗词界而言，摆正诗词和各种文体尤其是和新诗的关系，是一个需要认真研究和正确处理的现实问题。好的诗歌闪耀着一个时代的思想火花，承载了一个时代的精神分量、审美经验和生活智慧，是时代诗坛共同的文化珍宝。新诗和诗词互相学习，互相沟通，加强交流和对话，相信我们的诗坛将呈现出一种更加和谐美好的发展愿景。我很不赞成这样一种说法：传统诗词今天之所以还有一席之地，是拜新诗缺陷之赐。似乎只要新诗大力发展，就可独步诗坛，传统诗词则会销声匿迹，无立足之地了。这种认识之所以是错误的，是因为不懂得中国诗歌发展的规律和特点。前面已说过，在中国诗歌史上，诗的多种体式以及词、曲等形式是逐渐丰富的，且共同存在的。因此新诗产生了，并不意味着传统诗体就要消亡，而是中国诗歌园地里多了一种新花，诗坛多了一个表现形式，中国诗歌体式则更丰富了。我们现在常说鲁迅、郭沫若等一批大家，开始以新诗出名，后来又主要写旧体诗，似乎很奇怪，其实从中国诗歌发展的特点看，这是十分正常的，新体诗为他们提供了新的表现形式，无论新体诗、旧体诗，都是他们可以使用的形式，我们也期望今后这样的诗人越多越好。

新时代诗人确实应该把繁荣发展新时代诗歌当做事业来干。诗歌的传统资源得到继承，诗歌的创造活力得到激发，我们的新时代诗坛才会有更新的繁荣和发展。我记得杜甫草堂中有朱德元帅的一副对联"草堂留后世，诗圣著千秋。"这里顺便说一句，出生于四川的朱德元帅也是一位诗词家，存世诗歌550首，除过传统的五七言外，还有12首散曲、8首词、1首白话诗。我真诚祝愿并且热切呼唤新时代诗歌中的留后世、著千秋的力作，期待并相信诗友们在成都，在成都草堂，一定会有更多新的感悟和创作收获。

［本文为作者 2020 年 11 月 2 日在第六届中国诗歌节（成都）的发言，载《诗刊》2021 年第 1 期］

当代散曲五年

各位代表，各位嘉宾，同志们，朋友们：

洞庭天下水，岳阳天下楼。在这个秋清气爽，万山红遍的日子里，我们召开了中国（岳阳）第五届当代散曲创作学术论坛大会。这里，我谨向大会表示热烈的祝贺！向致力于弘扬中华散曲的专家学者以及各位代表致以诚挚的问候！

"先天下之忧而忧，后天下之乐而乐"，习近平在中央党校建校80周年庆祝大会上引用的这句名言就是来自范文正公的《岳阳楼记》。数千年来，这种忧国忧民的情怀一直浸透在中华民族的优秀传统文化和民族精神之中。

习近平总书记多次指出："一个国家、一个民族的强盛，总是以文化兴盛为支撑的，中华民族伟大复兴需要以中华文化发展繁荣为条件。"又说："民族文化是一个民族区别于其他民族的独特标识。要加强对中华优秀传统文化的挖掘和阐发。"这些重要论述，为我们传承和创新发展中华优秀传统文化指引了方向。

自从 2015 年 11 月 16 日，中华诗词学会散曲工作委员会在西安揭牌成立以来，传承振兴散曲已达成共识，全国范围内开启了关注散曲、重视散曲、普及散曲的新局面，散曲创作和理论研讨掀起了一个又一个高潮，这是中华诗词学会几年来工作的一大亮点，它弥补了短板，促进了中华传统诗词曲的均衡发展。

一、建立机构，壮大队伍，繁荣创作

在散曲工委成立以前，全国范围内只有9个省市地区有散曲组织，它们是山西、湖南、陕西、贵州、广西、湖北武汉、宁夏、北京、江西。散曲工委成立5年来，秉承"唐诗、宋词、元曲，三者一脉相承，鼎足而立、不可偏废。只有都发展了，才能实现完整意义上的传统诗歌复兴"之旨，采取了大量具体有效的措施，热情扶持，积极引导其他一些省市区成立散曲组织。

2015年12月，安徽省散曲学会挂牌成立，此后，内蒙古、浙江、河北、甘肃、山东等省区诗词学会也相继成立了散曲研究会、散曲社或散曲工委，贵州、湖北两省还将原有的散曲组织升格至省诗词学会的二级组织地位。现在全国共有15个省区市有了省级的散曲组织。继陕西、广西、山西原平市之后，湖南岳阳市和陕西咸阳市、蒲城县也成立了具有法人资格的散曲组织。此外，湖南潇湘散曲社有涟水、雪峰、浏阳、古罗、双峰等分社，陕西散曲学会有商洛、阎良、铜川等分会，山西有朔州、晋城、长治、孝义等散曲社，贵州罗甸、江西武宁、安徽宣州和阜阳、江西女子、黑龙江伊春、河北石家庄等散曲社也相继成立。

散工委和各省市散曲组织的成立和完善，直接推动了当代散曲的复苏、振兴和发展，使我们欣喜地看到各地的散曲创作一如雨后嘉禾，蓬勃葱翠，欣欣向荣。

至今，由散工委主管、陕西省散曲学会主办的《中华散曲》已出版十三期，共发表散曲作品近8万首。由山西黄河散曲社主办的《当代散曲》、广西散曲学会主办的《中国当代散曲选刊》，以及安徽散曲学会主办的《安徽散曲》等省市级散曲刊物都能够不间断地出版发行，而包括《中华诗词》在内的很多诗词刊物也都专门辟有散曲专栏，这些，为宣传光大散曲，交流写作经验都作出了很大的贡献。

在新形势下，随着网络微信技术的迅猛发展，各地散曲组织都相继建立了属于自己的微信平台。散工委主管的《九州散曲》，自2019年4月创刊以来，共发刊63期，246个链条，特别是在今年举国抗击疫情期间，《九州散曲》就刊发各地曲友抗疫专题24个链接，其中有16省680位作者参与，计有作品1000多首。据不完全统计，当下全国已有近百个散曲微信群，每天都在吸引着大量散曲爱好者的关顾与参与。

由散工委副主任郑永钤牵头的"白雀奖全国散曲大赛"，迄今已成功地举办了6期，共有66位作者获奖。散工委、陕西省散曲学会、潼关县县委县政府联合举办的"潼关县'张养浩杯'全国散曲大赛"，有34位作者获奖。湖南绥宁县举办了"大美绥宁'绿洲杯'全国散曲大赛"，收到28个省市2100余人创作的3100余支（套）作品。西安市鄠邑区也不失时机地举办了"'王九思杯'全国诗词·散曲创作大赛"，其作品数量与质量均令人欣慰。

此外，各地纷纷举办的各种形式的散曲大讲堂或培训班等，都为培养散曲作者，壮大创作队伍起到了很好的推动作用。

实践证明，中华诗词学会散工委和各省市散曲组织的成立，给了广大散曲创作者以"家"的归属感。而今，由于从上到下都有了明确的抓散曲创作的组织机构，从而使得全国散曲创作队伍不断扩大。短短五年时间，散曲作者即从原有的两千余人迅速发展到现在的两万人左右，其变化之大，令人始料未及！

二、创建中华散曲之乡，
设立"中华曲文化教育基地"初见成效

2017年3月，中华诗词学会散曲工作委员会第一次全体委员会在

西安召开。会议期间，学习和讨论了中华诗词学会《关于在全国诗教工作中开展中华散曲之乡创建活动的决定》。号召各地在有条件的县区积极开展创建"中华散曲之乡"活动。经过会议充分讨论，通过了中华诗词学会散曲工作委员会《关于确定并授予"中华曲文化教育基地"的暂行办法》和《关于确定并授予"中华散曲创作基地"的暂行办法》。

散曲工作委员会成立之初，就对山西省原平市农民散曲创作活动进行了调研。因为那里的农民朋友竟如此热爱散曲，这就非常值得关注。而原平市的农民散曲创作之所以蜚声省内外。散曲工委提出应该授予原平"中华散曲之乡"的称号。对于这个意见学会一开始认识并不一致。后经范诗银亲自带队赴原平考察研讨，写出了令人信服的报告，大家才统一了认识，决定授予原平市"中华散曲之乡"称号。此后，各地创建"中华散曲之乡"的活动逐渐展开。现在，已有山西原平、陕西洛南、湖南绥宁、陕西潼关创建成功。陕西蒲城和子洲、浙江兰溪、河北正定等县市也在积极地创建之中。

与此同时，工委成立之初，为了弘扬散曲文化，扩大散曲的影响，也为了促进一些地方的旅游观光事业，决定设立"中华曲文化教育基地"。应该说，这是一项具有文化属性与深远意义的荣誉称号。

第一个获此殊荣的是北京门头沟韭园村的马致远故居。继而，陕西武功县康海墓园、浙江长兴县臧懋循纪念馆、瑞安市高则诚纪念堂、江西省高安周德清纪念馆、抚州汤显祖纪念馆、山西忻州市遗山墓园、河北高邑县赵南星祠堂，以及正定县元曲博物馆等 16 处具有文化纪念意义的遗址和场所被授予"中华曲文化教育基地"称号，学会顾问张勃兴，学会领导郑欣淼、范诗银、胡迎建等分别参加授牌仪式。而每次授牌活动都带动了当地人学散曲、写散曲的高昂热情，有些地方还表示要继续努力，创建"中华散曲之乡"，如陕西的潼关、浙江的兰溪和河北的正定等就是如此。潼关已经创建成功，兰溪、正定正在努力之中。

三、召开散曲创作理论研讨会

在我们散曲工委成立之前，山西黄河散曲社和陕西省散曲学会先后在吕梁、西安举办了两届"散曲创作学术论坛"，大批造诣颇深的学者和散曲作者踊跃参加，体现了大家对复兴散曲创作的极大热情。因此，散曲工委成立后，在第一次工委委员会议上一致决定要把论坛继续举办下去。我们曾有一个美好的愿望，即希望各位专家、学者以及散曲创作者携起手来，让理论研究与散曲创作齐头并进，高度融合，共同促进散曲创作再上新台阶。也许在不久的将来，我们能够建立起当代散曲的"作品论""创作论""欣赏论""批评论"与"发展论"。在此，我愿代表散曲工委对长期关注和支持当代散曲创作的赵义山教授、门岿教授、高益荣教授、周镭教授表示敬意。

散曲工作委员会成立后5年来，我们成功地举办了三次创作理论研讨会：

2017年9月17日，中华诗词学会散曲工作委员会和陕西省散曲学会联合举办了"张养浩、康海、王九思散曲作品研讨会暨第三届当代散曲创作学术论坛"。来自全国各地的代表共八十余人出席了会议，会议共收到论文90余篇。

2018年10月22日，第三届海峡两岸诗词论坛散曲分论坛在武汉举行，来自各省、市、自治区的100多名代表参加了这次论坛。论坛共收到论文38篇。

2019年7月18日，第四届当代散曲创作学术论坛在内蒙古自治区锡林郭勒盟正蓝旗草原艺术公社开幕。代表共80余人，共收到论文48篇。

以上几届散曲创作学术论坛会议的召开，吸引了更多的人参与散曲创作，进一步壮大了散曲队伍，这标志着当代散曲创作已进入蓬勃发展时期，必将对弘扬我国的散曲文化、推动散曲创作具有十分重大的意义。

因此，我们要抓住有利时机，以论坛为契机，在散曲创作和散曲理论研究上再下功夫，把有限的精力奉献到无限的散曲工作中去，为中华散曲走向繁荣贡献力量。

四、散工委主办选编《人世情散曲丛书》

散曲工委成立之前，由陕西省散曲学会编选、徐耿华主编的《当代散曲百家选》，是一部反映中华人民共和国成立以来，特别是进入21世纪散曲创作水平的书，在散曲界影响很大。散曲工作委员会成立后，在第一次主任办公会议上，决定把统筹、策划出版《人世情散曲丛书》纳入委员会近期最为重要的一项工作。

目前，这套丛书已经出版发行了7辑，分别是：《故乡情》（陕西）、《山水情》（湖南）、《父母情》（山西）、《校园情》（北京）、《军旅情》（江西）、《爱恋情》（陕西）、《民族情》（广西），还有《手足情》（浙江）也即将出版。初步统计全国共有20多个省市数百个县市的3271人次投稿，其中2208人次的作品入选。

选编《人世情散曲丛书》的初心就是为广大散曲作者提供抒发情感、展示才情的阵地。作者们纷纷打开记忆与情感的尘封，面对阳光，敞开心扉，以人性为本，以才情为墨，从不同角度，以不同感受，尽将源于心底而终生难以忘怀的凡情衷愫凝于笔端，从而使我们得以将一篇篇生动感人的文字荟聚成册，以共同分享这些纯挚而温馨的情感，一起领受和体悟真善美，培壅博爱之心，进而热爱生活，珍惜人生，传递了正能量。丛书的出版发行，为散曲的复兴与繁荣起到了强有力的助推作用。每一辑丛书分册的出版，都可从其作者队伍中看到许多新的面孔。由是足见全国散曲爱好者为此而受到的极大鼓舞，和对传统文化尤其是对散曲的特加重视。短短几年时间，国内各地有关散曲的重大活动就接连不断。

《人世情散曲丛书》的编辑出版，给我们的启示是：我们应当充分发挥和利用散曲体裁的造句新奇、声韵自然、文字通俗、描写逼真、取材丰富等这些长项，写出无愧于优秀传统与时代精神的佳作。

五、对今后散曲工作的期待

1. "文艺创作方法有一百条、一千条，但最根本、最关键、最牢靠的办法是扎根人民、扎根生活。"（习近平）

我们广大散曲爱好者应该旗帜鲜明地把散曲创作扎根于人民的火热生活中，扎根于社会的现实生活中。反映家国情怀，反映寻常百姓的喜怒哀乐，悲欢离合，或褒或贬，或雅或俗，以表达人民的心声，坚持习近平同志所倡导的"先天下之忧而忧，后天下之乐而乐"的政治抱负，"位卑未敢忘忧国"、"苟利国家生死以，岂因祸福避趋之"的报国情怀，"富贵不能淫，贫贱不能移，威武不能屈"的浩然正气，"人生自古谁无死，留取丹心照汗青"，以及"鞠躬尽瘁，死而后已"等献身精神。

2. 进一步建立健全各省市地区的散曲组织机构，不断壮大散曲队伍，在普及繁荣散曲创作的同时，我希望，继这届岳阳论坛会议后，散工委能坚持定期举办这样的散曲创作理论研讨会，鼓励、发掘散曲人才，不妨设立"散曲创作和理论人才库"，以利不断总结经验，相互学习，弘扬时代精神，以筑就一座座当代散曲的高峰。

3. 由散工委牵头，制定规划，编撰当代散曲大事记，为诗词曲赋入史作准备，继续办好《中华散曲》等刊物，充分利用如微信等现代科技平台，设立散曲奖项，借助举办各类散曲大赛和吟诵歌唱等形式广泛宣传散曲，繁荣散曲，以让更多的爱好者融入到散曲创作的队伍中来。

4.继续做好"中华散曲之乡"创建工作，及时发现、考察并向学会推荐那些已经具备条件的地方，指导他们尽快申报。过去，我们关于"中华曲文化教育基地"的考察、授牌活动还应坚持。对于那些已经是"中华诗词之乡"的市县，如果确实散曲创作特别突出，可以工委的名义，授予"中华散曲创作基地"荣誉。

最后，我想说的是：岳阳风景秀丽，人文深厚。这里不仅有名山、名水、名楼，也更有名人与名文。元代曲家卢挚途经洞庭湖时，曾写过一首散曲，其中赞美洞庭湖"雨晴云散，满江明月。风微浪息，扁舟一叶"。马致远更有脍炙人口的名句："早来到洞庭湖畔，百尺楼傍，端的是凭凌云汉，映带潇湘。……写道是岳阳楼形胜偏雄壮，更压着你洞庭春好酒新炊荡。翠巍巍当着楚山，浪淘淘临着汉江。正菊花秋醉不倒陶元亮，怎发付团脐蟹一包黄。"我们今天能够相聚于具有2500多年悠久历史的文化名城，既源于对中华优秀传统文化的继承和创新，也是对散曲执着追求的一种缘份。感谢岳阳市委市政府为此次会议成功召开所作的努力。谢谢大家！

[本文为作者2020年10月21日在中国（岳阳）第五届当代散曲创作学术论坛开幕式上的讲话]

在心为志　发言为诗

　　清康熙年间南书房内阁学士高士奇常向康熙皇帝讲："诗文各有朝代，一看便知。"康熙"甚疑此言"，后来才有感悟。他说："今朕迩年探讨家数，看诗文便能辨白时代。"此事见于高士奇的《蓬山密记》，它的真实性也为学界所普遍认可。为什么看诗文就能"辨白时代"？因为代表性的诗文作品，保留了一个时代的语言精华。当时人们的价值理念、文化背景、生活情境、社会演变，都会在其诗文作品中保留下独特而鲜明的印记。笔者对于语言学没有深入研究，但诗就是一种语言艺术，本文谨以诗歌语言为例，谈谈我自己的一点体会，就教于方家。

　　人们都说中国是一个诗的国度，为什么这么说呢？我认为这不仅是指中国诗歌传统源远流长，诗歌遗产相当丰厚，而且诗是中国文化的一种特殊表现形式，成为中华传统文化的鲜明象征。同时诗性智慧、诗性思维，"诗"作为中国人一种精神方式，已渗透到中华文化艺术的方方面面。可以说，中华民族是一个诗性民族。"诗者，志之所之也，在心为志，发言为诗。"中国人认为诗的产生就是诗人内心情志表达的需要。《毛诗序》对此作了进一步的阐释："情动于中而形于言，言之不足，故嗟叹之，嗟叹之不足故咏歌之，咏歌之不足，不知手之舞之足之蹈之也。"可见诗是情志的结合，情与志是浑然不可分的。这已说到了诗的本质，而"在心为志，发言为诗"这八个字，我认为很清楚地阐明了诗歌语言与诗人生活之间的密切关系。

孔子为什么说"不学《诗》,无以言"?因为当时常见"献诗陈志""赋诗言志",《诗经》在外交和日常交际中发挥着表情达意的工具作用。钱穆先生尝盛赞春秋贵族文化之雅艳,外交之赋诗、引诗为其大宗。当时贵族子弟学习"诗",就是为了在政治活动和社交场合中陈志、言志。先秦的这一用诗传统也形成了中国文化"以诗为证"、引经据典、动辄"子曰诗云"的思维模式,影响深远。这反映在诗歌创作中,就是重视融采前贤诗句,喜欢用事用典。而引用经典古诗词表达个人的心志、进行各种交往,更是至今不衰。这也反映了中华诗词的力量。因此,"诗"不仅是一种语言艺术,更是营造诗意人生与趣味生活、培养高尚人格与高雅情致的资源和途径。诗歌语言并不仅仅是一个单纯的语言学的课题,而是与"美善合一"的诗教观念紧密联系的。学《诗》,其实就是学习美的语言,是为了培养雅正、崇高、庄严、神圣、美善的审美境界,提升整个社会道德理性和人文素养。

中国诗歌长河源远流长而又从未中断,其中高峰迭起,诗家如林,留下了丰富的古代诗歌遗产,至今仍是传统文化中最受人关注和喜爱的部分之一。《诗经》是中国第一部诗歌总集,离现在已三千多年。它是中国文学的光辉起点,对此后的中国诗歌发展产生了长远而深刻的影响。楚辞是在楚地民歌基础上发展起来的,具有浓厚的地方色彩,并以屈原为其光辉代表。《离骚》代表了屈原创作上的最高成就,也是中国古代空前绝后的最为宏阔壮伟的长篇抒情诗。楚辞开启了中国诗歌史中《诗经》以后的第二个辉煌历程,"诗""骚"并称,成为中国古典诗歌的两大源头。诗骚语言各有特色,非常引人注目。从《诗经》《楚辞》、乐府、唐诗、宋词、元曲……一直到现代白话新诗,中国的诗歌语言伴随着时代发展不断嬗变和演化,不断发展和创新,源远流长,形成了诸多诗体同时存在的现象。即新的诗体产生了,以往的诗体却并没有消失,不仅仍然存留了下来,而且继续得到发展,不断丰富了诗歌的形式。这就出现了中国诗歌体式独特的运行方式,即各种诗体同时存在于某一时代。因为诗言志、词写情、曲谐趣等体式特点，同时也形成了所谓"诗庄词媚曲俗"的各自不同的总体语言风格，一直延续至今。

我国的新诗产生于五四新文化运动前后，因有别于文言、以白话作为基本语言手段，也称白话诗。新诗与传统诗是种什么关系？2011年11月，我在第三届中国诗歌节的发言中说：著名的厦门诗人舒婷在《双桅船》里写道："雾打湿了我的双翼，可风却不容我再迟疑。"诗人感受到追求理想过程中的艰难与沉重，又同时感受到了时代的紧迫感和责任感。这两句新诗可以"翻译"成两句五言诗："雾湿双桅翼，风催一叶舟。"也可以"翻译"成两句七言诗："雾虽湿翼双桅重，风正催舟一叶轻。"这种"翻译"当然只是一种尝试，但是从中我们也可以发现新诗和传统诗在意境上是相通的，在语言上也并非截然对立，而是可以并存并行的。

唐代是一个诗家辈出的时代，也是一个全民族诗情郁勃的时代。唐代在诗歌体式上最大成就是近体诗（和唐以前的古诗、古风等古体诗相对而言）。近体诗的语言特色，在中国诗歌中是最有代表性的。它有固定的声韵格式，例如要押平声韵，因为唐人创作近体诗一般要入乐歌唱，平声便于长声曼唱。从唐代以来，近体诗成了中国诗歌的主流。近体诗对于汉语对仗形式、四声交错等方面的格律规制，我个人认为是中国文化史上一个伟大的语言现象和美学发现：

其中有音韵美。诗歌的格律是以语音特征为基础的。声调是汉语的主要特征。古人将平上去入四声分为平仄两大类。平仄是近体诗最重要的格律因素，我们讲近体诗的格律，主要就是讲平仄。

其中有对称美。作为诗歌格律形式之一的"对仗"，是由两个字数相等、词性相对、结构相同或相近、平仄相反的句子构成，其两两相对，如古代公府仪仗结队而行，故名。

其中有精警美。在修辞学上，有一种使简短语句具有理性光辉的修辞方式，称作精警格。运用这种修辞方式锤炼的语句，具有浓缩性、独到性、穿透性和警醒性等特点。中华诗词在内容上就有这种特点。

其中有蕴藉美。所谓蕴藉，是一种含蓄深邃之美。用宋人说法就是"状难写之景如在目前，含不尽之意见于言外"。中国古代诗歌创作有所谓"炼字""炼句"之说，即是指对诗歌语言的锤炼。为了达到高度凝练和形象化，诗歌语言又具有自己特殊的表现手法，如主谓语及其他句子成分的省略，语序的颠倒，词义词性的转换等，这是"诗家语"的运用。

清代诗人黄遵宪说："我手写我口，古岂能拘牵。"诗歌语言随着时代的不同而在其文学思想的表达与社会功能的承担方面各有侧重，但总是担当着最活跃、最奔放、最激扬的文化责任，构成最绚丽、最灿烂、最鲜明的革新探索和语言现象。

（本文载《语言战略研究》2021 年第 1 期）

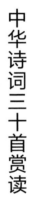

第二编

中华诗词三十首赏读

前言

中国是一个诗的国度，这不仅是指中国诗歌传统源远流长，诗歌遗产相当丰厚，还因为诗是中国文化的一种特殊表现形式，是中华传统文化的鲜明象征。

中国诗歌长河源远流长而又从未中断，其中高峰迭起，诗家如林，留下了丰富的古代诗歌遗产，至今仍是传统文化中最受人关注和喜爱的部分之一。例如：

《诗经》是中国第一部诗歌总集，离现在已3000多年。它是中国文学的光辉起点。《诗经》所开创的立足于人生与现实的"风雅"传统，以及讽喻时政的"比兴"传统，对后世诗歌创作影响深远。

《楚辞》是在楚地民歌基础上发展起来的，具有浓厚的地方色彩，并以屈原为其光辉代表。《楚辞》开启了中国诗歌史中继《诗经》以后的第二个辉煌历程，"诗""骚"并称，成为中国古典诗歌的两大源头。

建安时期（196—220年）是中国文学的自觉时代，出现了中国文学史上第一次文人诗的创作高潮，奠定了五言诗的地位，形成了梗概多气、志深笔长的建安诗风。

唐代是一个诗家辈出的时代，也是一个全民族诗情郁勃的时代。唐代在诗歌体式上的最大成就是近体诗（相对唐以前的古诗、古风等古体诗而言）。它有固定的声韵格式，例如要押平声韵，因为唐人创作近体诗一般要入乐歌唱，平声便于长声曼吟。从唐代以来，近体诗成了中国诗歌的主流。

唐诗不仅在诗歌史上地位崇高，而且有着极其丰富的现代价值。唐诗不仅仅为今人诗歌创作提供了借鉴，而且告诉今人如何诗意地生活。唐诗中包含的美好情感需要发掘，唐诗中的精神价值需要彰显，唐诗是今人生活的高尚元素。唐诗是诗中的经典，而经典是常读常新的。

我们惯称"宋词"，其实在宋朝之前的唐五代，词已经有了300年的产生、发展和成熟的过程。宋词以其高度的繁荣与唐诗并称。宋词经过唐五代300年的产生、发展和成熟，特别是宋代300多年上自朝廷下至市井的歌唱，使中国文学有了更细腻的感觉和表现，使中国文化也呈现出更加丰富多彩的面貌。

作为元代文学代表的元曲，包括散曲和杂剧两部分，前者是诗歌，后者是戏曲，两者的艺术形式不同。散曲有南北之分，元散曲主要是北曲，明清则盛行南曲。我们今天通常讲的散曲，主要是指北散曲，它比元杂剧要先出世。散曲又可分为小令与套曲两类。

需要说明的是，我们通常盛称的"唐诗、宋词、元曲"，只是说诗、词、曲这三种诗体，在这三个时代分别获得了空前的发展，是这三个时代最为辉煌的文学成果，但不等于说唐以后无诗、宋以后无词、元以后无曲了。就这几种诗体而论，实际上都是贯穿了以后的各个时代，而其中诗依然是主流。

在中国诗歌发展的长河中，形成了诸多诗体同时存在的现象。即新的诗体产生了，以往的诗体却并没有消失，不仅存留了下来，而且继续得到发展，不断丰富了诗歌的形式。这就出现了中国诗歌体式独特的运行方式，即各种诗体同时存在于某一时代。这也为诗人创作提供了更多的表现方式。现当代写旧体诗的人，一般是诗和词都写。例如毛泽东主席，既写诗，又填词，既写律诗、绝句，还写古风。现代还有如吴梅等大家，诗词曲俱擅。大体而言，前代的诗体渐趋古雅，近起的诗体趋于新俗，在文学思想的表达与社会功能的承担方面也各有侧重。

从清末、民国到中华人民共和国的 20 世纪是中国历史上天翻地覆的剧变时期。从"五四"以来，作为传统文化精华的旧体诗词，虽然遭受厄运，但不同于任何一种古典文学样式的是，它仍然在坚守中有所发展，表现出惊人的生命力，在承担现代使命方面发挥着重要作用。

旧体诗词（传统诗词）的创作从中国共产党十一届三中全会以来得到复苏，现正在复兴中，不断发展。几十年来的创作实践，证明这一文学体裁也可随历史前进获得新的生机，它不是凝固的、僵化的，而是仍然活在中国人的心里，并且能够表达新的社会内容，适应新的读者需要。

中国人重视学诗，并不都是为了当诗人。对中国人来说，"诗"不仅是一种语言艺术，更是营造诗意人生与趣味生活、培养高尚人格与高雅情致的资源和途径。今天我们应重拾经典，以"美善合一"的诗教观念为指导，达到雅正、崇高、庄严、神圣、美善的审美境界，提升整个社会道德理性和人文素养。

《中华诗词三十首赏读》就是为大家学习传统诗歌而选编的优秀作品。今天，"中华诗词"已成为中国传统诗歌的代称。30 首诗词，就包括了散曲。这些作品选自中国 3000 年诗歌史的不同时代，包括周、汉、晋、南北朝、唐、五代、宋、元、明、清以及中华民国。囿于一部作品或一位诗人只能选一首的原则，像《诗经》这样的经典，以及李白、杜甫、苏轼等伟大的诗人，选时就颇为踌躇，自知难免遗憾。其中诗歌 22 首，唐诗就有 10 首，且兼顾到初唐、盛唐、中唐、晚唐；词 6 首，4 首为宋词，也注意到北宋和南宋；元人散曲 3 首，为小令 2 首和套曲 1 篇。所选都是脍炙人口、广为流传的作品。在体例上，作品后是"注释""作者（或作品）简介""赏读提示"3 个部分。

古语云，尝一脔而知一鼎之味。这些不算多的作品的赏读、体味，对于读者进一步爱诗、学诗，感受诗文化的丰富多彩，熏陶出日常生活的风雅情意，期望能够有所裨助。

蒹葭

蒹葭苍苍⁽¹⁾，白露为霜。所谓伊人⁽²⁾，在水一方⁽³⁾。
溯洄⁽⁴⁾从之，道阻且长。溯游⁽⁵⁾从之，宛⁽⁶⁾在水中央。
蒹葭凄凄⁽⁷⁾，白露未晞⁽⁸⁾。所谓伊人，在水之湄⁽⁹⁾。
溯洄从之，道阻且跻⁽¹⁰⁾。溯游从之，宛在水中坻⁽¹¹⁾。
蒹葭采采⁽¹²⁾，白露未已⁽¹³⁾。所谓伊人，在水之涘⁽¹⁴⁾。
溯洄从之，道阻且右⁽¹⁵⁾。溯游从之，宛在水中沚⁽¹⁶⁾。

【注释】

（1）蒹（jiān）：荻草，形状像芦苇。葭（jiā）：芦苇。苍苍：青苍色。

（2）伊人：那人，指所思慕追寻之人。

（3）一方：另一边。

（4）溯（sù）：逆流而上。洄（huí）：弯曲的水道。

（5）溯游：顺流而下。

（6）宛：宛然，仿佛。

（7）凄凄：一作"萋萋"，茂盛的意思。

（8）晞（xī）：晒干。

（9）湄（méi）：水和草交接的地方，也就是岸边。

（10）跻（jī）：登，升高。

（11）坻（chí）：水中的小高地。

（12）采采：茂盛鲜明的样子。

（13）已：止，干的意思。

（14）涘（sì）：水边。

（15）右：向右拐弯，指道路曲折迂回。

（16）沚（zhǐ）：水中的小块陆地。

【《诗经》】

本篇选自《诗经·国风·秦风》。《诗经》是中华民族重要的文化元典，又是我国第一部诗歌总集。它收集了周初至春秋中叶约500年间的诗歌作品，原称"诗"，汉代儒家将其奉为经典之一，故称《诗经》，后世便沿袭至今。《诗经》编成于春秋时代，共305篇，包含风、雅、颂3个部分。风包括十五国风，共160篇。大部分是民间歌谣，小部分是贵族作品。雅分大雅和小雅，共105篇。小雅，大部分是贵族的作品，小部分是民间歌谣。大雅则全是贵族的作品，其中有叙事诗，有祭祀诗。颂主要是王室和诸侯祭祀用的乐歌，也都是贵族的作品。《诗经》多采用四言句和赋比兴的艺术形式反映当时的社会生活，开创了我国现实主义诗歌传统。秦，在今陕西关中和甘肃东南部一带。

【赏读提示】

关于本诗主旨，《诗序》云"刺襄公也。未能用周礼，将无以固其国焉"，显然是用美刺的框子来套此作。朱熹就不信此说，他在《集传》中说："伊人，犹言彼人也……言秋水方盛之时，所谓彼人者，乃在水之一方，上下求之而皆不可得。然不知其何所指也。"难解则阙疑，尚较平实。现代大多数学者都把它看作一首情诗，当是为追求心中思慕之人不可得而作。虽然主人公是男是女尚难确定，不过这并不妨碍人们对这一首情诗的理解和欣赏。

全诗共3章，每章8句，首2句状物写景，点明节令，渲染气氛，后6句则是抒发诗人执着、艰难地寻求"伊人"而终不可得的心情。诗的开首说，在一个深秋的早晨，河边的芦苇上还存留着夜间露水凝成的霜花，诗人徘徊于岸边，寻找着他（她）心中那个难以向人诉说的"伊人"。期盼的人儿在哪里呢？只知道"在水一方"。他（她）从清晨至中午一直在河边寻求。虽然时间已由"白露为霜"的清秋霜晨，推移到"白露未晞""白露未已"的中午时分，主人公也经过了"道阻且长""道阻且跻""道阻且右"的艰难历程，那"伊人"却仿佛在河水的中央，凌波微步，徘徊恍惚；又仿佛在水中的小洲之上，忽前忽后，忽左忽右，还是可望而不可即！

该诗三章成篇的结构形式是《国风》文本的主要形态，源于三段歌词组成一首歌的音乐体制，形成《诗经》常用的重章叠唱手法。三章中句数相等，字数相同，后面两章只是变换了首章文字的几个字，这使诗篇有一种整齐的形式美。虽然三章所押上古韵的韵部不同，但韵脚的位置三章都相同，因此形成各章内部韵律谐和而各章之间韵律参差的效果。同时，这种改动还起着使诗句递进盘升的作用，随着景物的变化、时间的推移，使向往追求"伊人"的感情越来越强烈，追求不得的焦虑怅惘之情也越来越深刻，不断地深化了诗歌的主题和意境，把叙事逐步推向高潮。

《蒹葭》虚实结合手法的运用，使作品具有了一种朦胧之美。诗中各章都是先写深秋河上景色，继写伊人难求，最后却用"宛"字一转，好像他（她）就在河中的小洲上。这表明伊人的身影是隐约缥缈的，或许根本上就是诗人痴迷心境下生出的幻觉。但这种对虚幻景象的描写，却正好十分真切而传神地写出了这个痴情人的心态特征。清人姚际恒称在"在"字前加上个"宛"字，"遂觉点睛欲飞，入神之笔"（《诗经通论》）。清末陈继揆《读风臆补》云："意境空旷，寄托元淡。秦川咫尺，宛然有三山云气，竹影仙风。故此诗在《国风》为第一篇缥缈文字，宜以恍惚迷离读之。"秦为尚武彪悍之邦，忽有此高超远举之作，亦为历代评论家惊叹不已。

《蒹葭》一诗表现的不是具体的爱情故事，甚至可能就不是爱情故事，而是诗人内心的追求与追求不得的忧伤、失望、怅惘之情。这种追求，是用蒹葭秋水、翘首凝望、不断追寻却始终可望而不可即的情境来表现的，读者通过这些情景物象，会进行更深入的思考。这就使诗中的境界带有了象征的色彩。"在水一方"为企慕的象征，诗人上下求索，而伊人虽隐约可见却依然遥不可及。这种象征意蕴可以说揭示了人类生活中现实和理想的矛盾，象征着人类从现实出发而始终有着理想追求。王国维称其"最得风人深致"（《人间词话》），确实是有道理的。

《蒹葭》一诗影响深远。"蒹葭之思"（省称"葭思"）、"蒹葭伊人"成为旧时书信中怀人的套语。《在水一方》电视剧 20 世纪 80 年代曾在大江南北热映，其主题歌就是以此诗为本改写的。

从《诗经》开始，中国诗歌形成了以抒情为主的传统，《蒹葭》就是其中最具代表性的作品。

离骚（节选）

［战国·楚］屈原

长太息以掩涕⁽¹⁾兮，哀民生⁽²⁾之多艰。

余虽好修姱以鞿羁⁽³⁾兮，謇朝谇⁽⁴⁾而夕替。

既替余以蕙纕⁽⁵⁾兮，又申之以揽茝⁽⁶⁾。

亦余心之所善兮，虽九死⁽⁷⁾其犹未悔。

【注释】

（1）太息：叹气。掩涕：等于说拭泪。

（2）民生：人生。

（3）修姱（kuā）：修洁而美好的理想。鞿羁（jī jī）：马缰绳与马笼头。作动词用，有被人牵制的意思。

（4）謇（jiǎn）：楚地方言，发语词。谇（suì）：进谏。替，废，指自己被废弃，解职。

（5）纕（xiāng）：佩带。蕙纕：蕙草做的佩带。

（6）申：重复。这两句是说：君王因为我佩戴蕙纕废弃我，但我重复揽持芳茝。揽：系结。茝（chǎi）：古书上说的一种香草，即白芷。

（7）九死：等于说死多次。"九"字不是指实数，只是甚言其多。

【作者简介】

屈原（约前340—约前278）：名平，字原，战国中期楚国人，我国文学史上第一个伟大的浪漫主义诗人。学识渊博，善于辞令。楚怀王时，曾任左徒、三闾大夫等职。政治上对内主张举贤授能，改革政治，变法图强；对外主张联齐抗秦。但这些革新主张却遭到楚国昏庸的贵族集团的反对。楚怀王听信谗言，将其流放到汉北一带。顷襄王时再度流放江南一带。顷襄王二十二年（前277），秦军攻破楚国郢（yǐng）都。屈原政治理想无法实现，愤而自投汨（mì）罗江殉国。其诗抒发热爱祖国、同情人民疾苦的深厚感情，表达强烈的追求进步的理想和坚贞不屈的战斗精神，想象丰富，构思奇妙，运用大量的神话传说，写得绚丽多彩，开创了我国诗歌浪漫主义的优良传统。现存屈原诗歌25篇，《离骚》为其代表作。

【赏读提示】

《离骚》是屈原的代表作，是我国文学史上最宏伟的一首自叙性的政治抒情长诗，集中表现了诗人忧国爱民、不肯与世沉浮的高尚精神，以及自己的政治理想不能实现的苦恼。全诗气魄雄伟，构思奇幻，辞采绚烂，是我国文化宝库中冠绝千古的浪漫主义珍品，具有永久的艺术魅力。离，通"罹"，指遭遇。骚，指忧愁。离骚，是遭遇忧患的意思（依班固说，见《离骚赞序》）。

这里节选了8句。诗中说：我长声叹息，止不住泪流满面，哀叹人生的路途是如此艰难。我虽怀有美好的理想却受到压制，早上进谏，晚上就被罢职。我因为佩戴蕙草而被废弃，又因为采白芷而被加罪。但只要是我所向往喜欢的，就决不后悔，万死不辞。诗人叹息朝政腐败，人生多艰，表达爱国、爱民的政治理想和抱负，抒发政治失败后的心情和信念，表现了不向黑暗势力妥协的高尚节操，以及疾恶如仇、顽强地与黑暗势力做斗争的伟大精神。

诗中的"长太息以掩涕兮，哀民生之多艰"已成为千古名句。对"民生"的解释，除作"人生"之解释，即哀叹人生道路（人民生计的艰难）外，又作"为百姓多灾多难而哀伤"的理解。两种解释的精神实质是一致的，都显示了屈原对百姓生活艰难的同情与担心，彰显了他忧国忧民、情系百姓的高尚品格。

"亦余心之所善兮，虽九死其犹未悔"，这一句表达诗人为追求国家富强、坚持高洁品行而不怕千难万险、纵死不悔的忠贞情怀和精神，更是影响了千百代人民。后来人们在表达坚持理想、为实现目标而奋斗时常引用这一名句表达心志。

"既替余以蕙纕兮，又申之以揽茝"两句，其中蕙指蕙草，茝即白芷，都是香草，象征美好的理想和品德。香花芳草是《离骚》出现频率极高的物类。据统计，《离骚》中共出现 40 种植物的名称，其中香草香木 30 余种。屈原赋予它们丰富的象征意义。王逸在论《离骚》时写道："故善鸟香草，以配忠贞；恶禽臭物，以比谗佞；灵修美人，以媲于君。"（《楚辞章句》）《离骚》中的香草美人形成了一组典型的意象群，"香草美人"这一手法的运用和意象中蕴含的深意对后世产生了深远的影响。

迢迢牵牛星

［汉］佚名

迢迢牵牛星⁽¹⁾，皎皎河汉女⁽²⁾。

纤纤擢⁽³⁾素手，札札弄机杼⁽⁴⁾。

终日不成章⁽⁵⁾，泣涕零⁽⁶⁾如雨。

河汉清且浅，相去复几许⁽⁷⁾？

盈盈一水⁽⁸⁾间，脉脉⁽⁹⁾不得语。

【注释】

（1）迢迢：遥远的样子。牵牛星，即河鼓，在天河南，与天河北的织女星相对。

（2）皎皎：明亮的样子。河汉：天河，或称银河。女：指织女星。

（3）纤纤：柔长的样子。擢（zhuó）：摆动。

（4）札札：织机声。机杼（zhù）：旧式织布机上的梭子。

（5）章：原指布帛上的经纬纹理，此处乃指代织物。不成章，即织不出布的意思。

（6）泣涕：悲泣流泪。零：落。

（7）几许：多少，这里指多远。

（8）盈盈：水清浅的样子。一水：指银河。

（9）脉脉：互相专情注视的样子。

【《古诗十九首》】

本诗为《古诗十九首》之一。《古诗十九首》是汉代无名文人创作的抒情短诗，最早被选录在梁朝昭明太子萧统的《文选》里，题为《古诗十九首》，后世一直沿用这一名称。《古诗十九首》的基本内容为抒写夫妇、朋友间的离愁别绪和仕子的彷徨失意，反映了东汉末叶中下层知识分子的哀愁和苦闷，艺术上感情真挚，想象丰富，语言生动凝练，对后世，尤其是建安时代文人五言诗的发展有较大影响。其卓越的艺术成就历来受到极高的评价，刘勰誉之为"五言之冠冕"（《文心雕龙·明诗》），钟嵘称其"几乎一字千金"（《诗品》）。

【赏读提示】

《迢迢牵牛星》借天上牵牛织女的故事，以思妇的口吻写人间最现实的别离之情，表现了爱情受到折磨的深深痛楚。但由于加入了神话恋爱传说，因而带有浪漫主义色彩，洋溢着清新自然的情趣。

在《诗经·大东》中，就有关于牵牛、织女的记载，但是只说织女和牵牛是天河中相近的两颗星宿，两者并没有什么关联。牵牛、织女为夫妇的传说大约产生于西汉时。本诗开首两句说，在星空辽阔、明净如水的夜里，难以成眠的思妇遥望天际，牵牛织女两星被"皎皎"的天河相隔离，孤独凄清，联想起自己与亲人天各一方的遭遇，两者何其相似！接着4句说，织女摆动着柔嫩的白手，织梭不断地发出札札的声音，但成天劳作，却织不成布。"不成章"是《诗经·大东》篇"不成报章"（织布不能成纹）句之沿用。但原诗是说织女有名无实，不会织布，此处则说她织不成布，是因为与牵牛一水之隔，却不得相会，无心织布，并且成日泪流满面，泣不成声。这两句诗巧妙地把思妇怀念远行丈夫的悲苦心境和她对织女悲苦遭遇的同情叠而为一了。

最后4句说，银河的水清澈而浅，两岸相聚又能有多远呢？盈盈一水之隔，竟使得他们只能含情相视，而终身不能互诉衷肠。这是多么难以言传的苦衷！而这苦衷是谁造成的呢？作品戛然而止，没有作答，留给读者去思考。通篇全是写景，而情在其中。

本诗的一个艺术特点是通过细节描写来塑造人物，如纤纤细手，使人想到织女精巧的织工；札札机杼，使人感到织女辛勤的劳作；泣涕如雨，使人看到织女苦闷的相思；脉脉不语，使人看到织女仪容的贞静。

本诗的另一个特色是巧用叠字。全诗 10 句有 6 句用叠字，或摹形，或拟声，或状情，或写景，物随笔转，变化有致，流畅自然，准确生动，极富表现力。这些叠字除对诗中人物与景物之形象塑造所起的辅助作用外，还具有美化诗歌韵律的作用，使读者深切地感受到其所洋溢出的情境之美及和谐回环之美，余韵袅袅，回味无穷。

观沧海^{（1）}

［汉］曹操

东临碣石^{（2）}，以观沧海。水何澹澹，山岛竦峙^{（3）}。

树木丛生，百草丰茂。秋风萧瑟，洪波涌起。

日月之行，若出其中。星汉灿烂，若出其里。

幸甚至哉！歌以咏志。^{（4）}

【注释】

（1）《步出夏门行》属古乐府《相和歌辞·瑟调曲》。曹操是借旧调旧题来写时事，这是他在建安十二年（207）北征乌桓（部落名，当时散居在今河北、山西二省之北和辽宁西部）取得胜利回师后写的一组诗。全诗分5部分，开头是"艳"，相当于序曲，后面分别是《观沧海》《冬十月》《土不同》《龟虽寿》4解（解相当于章）。各解的内容都可以独立。这里选了《观沧海》。沧，通"苍"。沧海：海水青苍色，所以叫沧海。

（2）碣石：碣石山，在今河北乐亭县西南，一说在今河北昌黎县西北。

（3）何：多么。澹澹（dàn dàn）：水波浩荡起伏的样子。山岛：海岛。竦：通"耸"。竦峙（sǒng zhì）：巍然耸立的样子。

（4）幸甚2句，是乐工合乐时加上去的，和正文无关。幸：高兴，庆幸。至：极。咏：吟咏，表达。志：志向。

【作者简介】

曹操（155—220），字孟德，沛国谯（qiáo）县（今安徽亳州）人。汉献帝建安年间，先后拜司空、丞相，后又封为魏王。曹丕称帝后，追尊为武帝。他是东汉末年的大政治家、军事家，也是一位杰出的诗人。其诗气魄雄伟、慷慨悲凉，全部是乐府诗体，开用乐府旧题写时事的先河。他还创作了一些四言诗，打破了《诗经》以来四言诗衰落的局面。他的诗歌现存 20 多首。他的散文亦清俊整洁。鲁迅评价其为"改造文章的祖师"。他开启并繁荣了建安文学，这一时期的诗文风格史称"建安风骨"。

【赏读提示】

在东汉末年动乱板荡的时局下，曹操有着力挽狂澜、统一天下的雄心和自信，把建立不朽的功业视为自己短暂生命的延续。因此当他征讨乌桓得胜回朝途经碣石山时，铠甲未除，征尘未洗，伫立山巅，面对大海，自然心潮澎湃，遂在戎马倥偬之际写下这一立意深远、笔力遒健的千古名篇，抒发了统一天下的豪情壮志。

本诗从大处落墨，以恢宏的笔触描绘了大海辽阔苍茫的景象。"观沧海"的"观"字起着统领全篇的作用，体现了这首诗意境开阔、气势雄浑的特点。写景虚实并用，层次分明。前面 8 句写作者登上碣石俯视大海所看到的景象，是实写。壮阔的大海，高耸的山岛，岛上树木葱茏，百草丰美，生意盎然。当萧瑟的秋风吹来，大海就涌起洪波。一个"涌"字，尽现了大海惊人的力量和恢宏的气势。接着 4 句，是诗人丰富的想象，是虚写。浩渺接天的沧海，日月犹似运行其上，灿烂的天河仿佛出自海中央。这样的想象画面将大海的广阔渲染到了极致，把人们带入一个宏伟的境界，也使诗作具有了宏伟、腾溢、吐纳之气象。真是有幸而至此，安能不托之歌咏以言志哉！

全诗表面上句句写景，实则句句抒情，融情入景，情景交融。《观沧海》中的大海其实已不是客观的"海洋",而成了诗人曹操的化身,形象地表现了诗人自己的胸襟、境界。本诗境界壮阔,风格豪迈,表现出曹操"诗豪迈纵横、笼罩一世"(胡应麟《诗薮》)的特征。

本诗可以说是我国诗史上一首比较完整的写景诗,也是中国第一首写大海的作品。中国很少有人写到大海。曹操不仅写到了大海,在他的笔下,大海浩渺无边,吞吐日月,含孕星汉,在秋风下洪波涌起、气象万千。大海是人们所向往的襟怀和力量的象征。

饮酒（其五）

[晋]陶渊明

结庐在人境⁽¹⁾，而无车马喧。

问君何能尔，心远地自偏。

采菊东篱下，悠然见南山。

山气日夕⁽²⁾佳，飞鸟相与还。

此中有真意，欲辨已忘言⁽³⁾。

【注释】

（1）结庐：建造住宅，这里指居住的意思。人境：人类聚居的地方。

（2）山气：亦称山岚，指山中的云霭。日夕：近黄昏的时候。

（3）末2句用《庄子》语。《庄子·齐物论》："辩也者，有不辩也""大辩不言。"《庄子·外物》："言者所以在意也，得意而忘言。"诗意是说从大自然的启示，领会到真意，不可言说，也无待言说。

【作者简介】

陶渊明（365或372或376—427），字元亮，后更名潜，江州浔阳柴桑（今江西九江）人。曾祖陶侃，东晋开国勋臣，逝后追赠大司马；祖父陶茂，官至太守；父陶逸亦曾出仕，然早卒，故家道中衰。自幼博览群书，有济世之志。曾任江州祭酒、镇军参军、彭泽县令。41岁辞官归隐，从此隐居躬耕20余年。义熙末年，朝廷复征为著作郎，拒不出仕。卒于家，友颜延之诔之，谥曰"靖节征士"。陶渊明在诗歌、辞赋、散文诸领域都有很高的成就，而尤以诗歌对后代的影响最为巨大，钟嵘《诗品》称之为"古今隐逸诗人之宗"。他开创了田园诗一体，其清淡自然的风格，情与景会、意与境合的艺术境界，对后世产生了深远影响。有《靖节先生集》，今存诗126首，绝大多数是他所擅长的五言诗。

【赏读提示】

本诗为《饮酒二十首》的第五首，是陶诗中最有代表性的篇章。组诗前有小序，说自己偶有名酒，便无夕不饮，无夕不醉。既醉之后，辄题数句自娱，非经意之作。据诗序，此二十首皆酒后所作，故题曰《饮酒》。其实是托言为酒醉后漫兴之笔。萧统序《陶渊明集》云："有疑陶渊明之诗，篇篇有酒。吾观其意不在酒，亦寄酒为迹也。"所谓"寄酒为迹"，就是借饮酒为题，抒写自己的感触与情怀，寄旨遥深。

这首诗的意境可分为两层。前4句写诗人摆脱世俗烦恼后的感受：为什么居住在人世间却无世俗的友人来打扰、没有车马的喧嚣？是因为内心远远地摆脱了世俗的束缚，就会觉得所处地方僻静了。就是说，隐士不仅隐居在山中，也可生活在世俗社会里。心与地之关系亦即主观精神与客观环境之关系，地之喧与偏，取决于心之近与远。所谓"心远"，是诗人追求的超脱尘世和归顺自然的人生境界。

后4句写南山的美好晚景和诗人从中获得的无限乐趣。诗人在自己的庭园中随意地采摘菊花，偶然间抬起头来，目光恰与南山相会，不经意间进入了物我两忘的境界，自身仿佛与山交融成为一体。这就产生了"采菊东篱下，悠然见南山"的千古名句。陶渊明以诗意的、哲理的向往表白了茅庐的安静、南山的永恒、山气的美好、飞鸟的自由，其中体现了自然的伟大、圆满与充实。他写的虽是自然景物，却使人感到作者内心深处那种怡然自得的闲情逸致。这首诗既是现实生活的真实写照，更是由老庄"自然"哲学出发的一种人生理念的形象表现，深刻地展示了他在那个时代对社会、自然、生命的理性思考。

"采菊"两句在俗本中多作"采菊东篱下,悠然望南山"。"望"与"见"一字之差,境界大别,成为陶诗中一段著名的公案。如作"望"字,便是既采菊又望山,皆有意所为,句无余韵。宋代苏轼是真正理解陶诗并对陶渊明评价很高的人,他在《东坡题跋》中指出:"因探菊而见南山,境与意会,此句最有妙处。近岁俗本皆作'望南山',则此一篇神气都索然矣。"确实如此,如作"见"字,"则本自采菊,无意望山,适举首而见之,故悠然忘情,趣闲而景远"(晁补之《鸡肋集》)。

诗末两句,诗人说自己从大自然的美景中领悟到了人生的"真意"(人生的真实意义)。诗人认识到了自然自在自足而无须外求的本质。人既然是自然的一部分,也应该具有自然的本性,在整个自然运动中完成其个体生命。这就是人与自然的和谐统一,亦即人生的"真意"。而这是只能意会不可言传,也无须叙说的。正如清人吴淇《六朝选诗定论》所论:"心远为一篇之骨,而真意又为一篇之髓。"

这首诗也是陶诗艺术风格的一个典范。它除了具有陶诗的一般特色之外,更富于理趣,诗句更流畅,语气更自然。陶诗修辞是自然与奇警的统一,其整体的修辞效果是古人所说的浑成。

敕勒歌^{（1）}

北朝民歌

敕勒川^{（2）}，阴山^{（3）}下。

天似穹庐^{（4）}，笼盖^{（5）}四野。

天苍苍，野茫茫，风吹草低见^{（6）}牛羊。

【注释】

（1）《敕勒歌》，属"杂歌谣辞"，南北朝时北方敕勒族的民歌。本来是鲜卑（魏晋南北朝时北方民族之一）语，后来才用汉语翻译过来的。敕勒，又叫铁勒，北齐时住在朔州（今山西省北部）附近的一个民族。

（2）川：平原。

（3）阴山：起于河套西北，绵亘于今内蒙古自治区，和大兴安岭相接。

（4）穹（qióng）庐：用毡布搭成的帐篷，俗称蒙古包。

（5）笼盖：笼罩。

（6）见：同"现"，显现。

【作品背景】

《敕勒歌》是北朝民歌。登国元年（386），鲜卑人拓跋珪建立北魏，都平城（今山西大同），其根据地主要在山西北部和大漠草原。太和十七年（493），北魏迁都洛阳，政治中心迁移至黄河流域之南。永熙三年（534），北魏分裂为东魏和西魏。武定四年（546）九月，东魏权臣高欢率大军围攻西魏军事重镇玉壁，连攻 50 日不下，丧卒 7 万余，高欢忧愤成疾，被迫撤军。军中讹传高欢被弩弓射中，为了稳定军心，高欢强撑病体与诸将见面，命老将斛律金唱了这首《敕勒歌》，粗犷高昂的曲调使满座为之动情，高欢也用鲜卑语和唱一遍，感慨流涕（《北齐书》卷二《神武帝纪》）。后《敕勒歌》由鲜卑语译成汉语，被宋代郭茂倩采入《乐府诗集》保存了下来。北朝乐府民歌留下的若干精品成为千古绝唱。除了这首《敕勒歌》，《木兰辞》也是一首脍炙人口的名篇，1000 多年来传诵不绝。

【赏读提示】

这首诗歌由 7 句 27 字组成，句式不整，韵脚不一，不合规则，显然不是诗人写出来的诗，而是随口唱出来的歌，给人以朴实自然的感受。诗歌首先点出了歌唱的地方是"敕勒川，阴山下"，使用的是俯视角度，由上而下，将绿意盎然的草原尽收眼底。人的视线开始上升，由大地、群山看到天空。接着的"天似穹庐，笼盖四野"，采用仰视视角，与首句相对应，一俯一仰之间将敕勒川乃至整个宇宙纳入眼中，将人与自然紧密相连。值得注意的是，以本民族所熟悉的"穹庐"比喻天，是近取诸身，既起到了一种民族心理的建构作用，也透视了"天圆地方"的古朴认知，可谓"举类迩而见义远"。

"天苍苍，野茫茫"，苍苍为深青色，茫茫指无边无际。两个叠音词的加入，增强了诗歌的音乐美。这两句也是对"天似穹庐，笼盖四野"的深化。极目远眺，雄浑苍茫的天际与浩瀚无垠的原野浑然一体，浩渺难辨，仿佛偌大的世界只剩下天与地，怎能不被震撼！

"风吹草低见牛羊"的"见"，同"现"，意为显现，暗示水草丰茂，没过牛羊。这 7 个字浑然天成。如果说，前 6 句都是写草原的壮美，那么这一句就是写草原的幽美。这个风当然是和风，是给万物带来生

517

机与活力的风。风的加入，令这幅静穆的图卷活动起来。牛羊时隐时现，怡然自得，与静态的草原、阴山、天野、穹庐相映成趣，构成了一幅静中有动、动静相生的优美画卷，营造了如诗如画的意境、无限的遐想空间和审美感受。这就是这首诗歌1000多年来传诵不绝的魅力所在。

这首诗歌受到后人的极高评价。明胡应麟说："齐、梁后，七言无复古意。独斛律金《敕勒歌》云云，大有汉魏风骨。金武人，目不知书，此歌成于信口，咸谓宿根。不知此歌之妙，正在不能文者以无意发之，所以浑朴莽苍，暗合前古。"（《诗薮·内编》）金代元好问诗曰："慷慨歌谣绝不传，穹庐一曲本天然。中州万古英雄气，也到阴山敕勒川。"（元遗山《论诗三十首》）将该诗的特点归结为"天然"本色与"英雄"气概两个方面。郑振铎则称其为"最带北方色彩的诗"（郑振铎《文学大纲》）。

送杜少府之任蜀川⁽¹⁾

［唐］王勃

城阙辅三秦⁽²⁾，风烟望五津⁽³⁾。

与君离别意，同是宦游⁽⁴⁾人。

海内存知己，天涯若比邻⁽⁵⁾。

无为在歧路⁽⁶⁾，儿女共沾巾。

【注释】

（1）这是王勃供职长安时所作的一首送别诗。杜少府：诗人杜姓友人，名不详。少府：指县尉，主管治安事。之任：赴任。蜀川：即今四川。一作"蜀州"，不确。蜀川指蜀地，在唐代已为常例；蜀州设置于唐睿宗垂拱二年（686），时王勃已亡故10年。

（2）城阙（què）：指长安。阙：宫门前的望楼。三秦：项羽灭秦，曾把秦国旧地分为雍、塞、翟三国，此泛指关中。辅三秦：以三秦为畿辅。

（3）五津：指四川岷江的华津、万里津、江首津、涉头津、江南津5个渡口。

（4）宦游：离乡做官。

（5）比邻：近邻。

（6）歧路：岔路口，指分别之处。

【作者简介】

王勃（649 或 650—676），字子安，绛州龙门（今山西河津）人。大儒王通之孙，王绩侄孙。早年应举及第，授朝散郎。曾任沛王府修撰，后为虢州参军，因罪革职。其父亦受累贬为交趾（今越南河内西北）令。上元三年（676）往交趾省父，渡海溺水，惊悸而死。王勃与当时的杨炯、卢照邻、骆宾王并有才名，合称"初唐四杰"。他们力图洗却齐、梁以来轻艳浮靡的诗风，为引导革新风气迈出了重要的一步。其中王勃尤为杰出代表。其诗清新刚健，气象宏放。有《王子安集》，存诗80 多首。

【赏读提示】

这是王勃送朋友杜少府入蜀去赴县尉任的送别诗。首联发语浑厚，点明送别的地点是京城长安，它被充满着历史和文化积淀的三秦之地所辅翼，是一个新帝国文明的象征；遥望远处的风烟，似乎看到了杜少府将要去赴任之地岷江上的五大渡口。此处一实一虚，"三秦"与"五津"属对工稳，气势沉郁，实为千古佳对。次联点明诗旨是送别，并以客中送客的体贴话，宽解对方：其实我们不都是在宦途中奔走的人吗？心情正是相同的啊！三联"海内存知己，天涯若比邻"，化用曹植《赠白马王彪》"丈夫志四海，万里犹比邻。恩爱苟不亏，在远分日亲"句意，但高度凝练，生气贯注，道出人们孜孜以求的精神境界，成为千古名句。三联与尾联意思相连，是劝慰，更是互勉：只要我们彼此了解，心心相连，即使分隔天涯海角，我们的情感交流，也会像比邻一样近。那么，我们何必在这分手的岔路上仿效那世间的俗儿女们，哭着鼻子而泪湿沾巾呢？

江淹《别赋》有云："黯然销魂者，唯别而已矣。"自古以来的别离诗，其情感基调是以悲伤为主的。此诗却不作悲酸语，独标高格，气势壮阔，散发着不受时空限制之进取性的生命价值。而全诗弥漫的活力，矫健的神采，也标志着唐诗恢宏旋律的"始音"（明杨士弘语），一代诗风正在崛起。

按常规，律诗对仗多在次联、三联，首、尾联不对。此诗为五律，但首联对仗，次联则不对。这是律诗对仗的变体，叫偷春格，也叫探春对，"言如梅花偷春色而先开也"（宋魏庆之《诗人玉屑·诗体》）。此体形成于律诗的初创期。律诗成熟后，为了内容的需要，某些诗人仍采取这种手法。如杜甫的《一百五日夜对月》前两联"无家对寒食，有泪如金波。斫却月中桂，清光应更多"，即首联对偶而颔联不对。

明胡应麟在《诗薮》中评论道："唐初五言律，惟王勃'送送多穷路'（按：《别薛华》）、'城阙辅三秦'等作，终篇不著景物，而兴象婉然，气骨苍然，实启盛、中妙境。"

登幽州台歌⁽¹⁾

［唐］陈子昂

前不见古人⁽²⁾，后不见来者⁽³⁾。

念天地之悠悠⁽⁴⁾，独怆然而涕⁽⁵⁾下。

【注释】

（1）幽州台：传说中燕昭王为招贤纳才所筑的黄金台，即今蓟北楼，又名蓟丘、燕台，遗址在今北京市德胜门西北。幽州，州名，在今北京，唐属河北道。

（2）古人：此指古代像燕昭王那样能够礼贤下士的明君。

（3）来者：指后世的明君。

（4）悠悠：长久，深远。

（5）怆（chuàng）然：伤感的样子。涕，眼泪。

【作者简介】

陈子昂（659—700），字伯玉，梓州射洪（今属四川）人。少任侠，博览群籍。文明元年（684）登进士第，后诣阙上书，为武后所召见，授麟台正字。后升右拾遗，直言敢谏，一度被构陷入狱。武周万岁通天元年（696），随建安王武攸宜东征契丹，因言事降职，愤而辞官归里。不久遭县令段简诬陷，下狱死。他主张改革诗风，提倡汉魏风骨，标举风雅比兴，是唐代诗文革新运动的先驱者。有《陈拾遗集》，存诗 120 余首。

【赏读提示】

武则天万岁通天元年（696），契丹李尽忠、孙万荣等攻陷营州。陈子昂以右拾遗随军参谋的身份随同建安王武攸宜率军征讨。武出身亲贵，不懂军事，使前军陷没，情况危急。陈子昂屡次建言，武攸宜不但不听，还将他降为军曹。诗人接连受到挫折，满怀悲愤，于是登上蓟北楼，缅怀史迹，胸中的抑郁不平之气喷薄而出，写下了这一沉痛悲怆的名篇。

"前不见古人，后不见来者"，起笔先声夺人。诗人立足于幽州台这个时间与空间的交会处，将自己置于过去、现在、未来这几个时间段的中点。回溯过去，那些对贤能之士认可和重用的燕昭王等古人已不在。瞻望前途，这样的古人又不可见。这表明陈子昂对自身命运的清醒认识。这两句非陈子昂自创，而是语有所本。孟棨《本事诗》卷七载："宋武帝尝吟谢庄《月赋》，称叹良久，谓颜延之曰：'希逸此作，可谓前不见古人，后不见来者。昔陈王何足尚邪！'"但是诗人把这两句寻常的话放在特定的诗歌建构中，俯仰古今，呼天吁地，便"点铁成金"，使其具有了深刻的哲理性与深邃的历史感。

"念天地之悠悠"，是空间、时间上的拓展：眼观天地，空间无边无际；神游今古，时间无始无终。而个人何其渺小孤单！生不逢时的感伤，建功立业的渴望，孤高自诩的心性，历史兴亡的反思，此情此景，又怎能不"独怆然而涕下"呢？一个"独"字，说明了这种深沉的悲伤感的个体性。这两句诗，将个人的存在放到广漠无边的宇宙背景下来表现，向永恒的命运发出了痛苦的呐喊，从而把人们引入有限与无限的对比思考，产生出深刻的孤独感，并由此生成一种激发人们超越时空，超越自我，获得自由的强烈愿望，具有苍凉悲壮的艺术效果。

但个体怀才不遇的命运，不正是与整个时代的气氛有关吗？从这个角度来说，陈子昂的涕下，正代表着那个时代许许多多和他一样的下层士人的共同命运，表达了他们在理想破灭时孤寂郁闷的心情，因此具有深刻而典型的社会意义。

明人杨慎在《升庵诗话》中评论此诗"其辞简直，有汉魏之风"。

燕歌行

［唐］高適

汉家烟尘⁽¹⁾在东北，汉将辞家破残贼⁽²⁾。

男儿本自重横行⁽³⁾，天子非常赐颜色⁽⁴⁾。

拟金伐鼓下榆关⁽⁵⁾，旌旆逶迤碣石⁽⁶⁾间。

校尉羽书飞瀚海⁽⁷⁾，单于猎火照狼山⁽⁸⁾。

山川萧条极边土，胡骑凭陵杂风雨⁽⁹⁾。

战士军前半死生，美人帐下犹歌舞。

大漠穷秋塞草腓⁽¹⁰⁾，孤城落日斗兵稀。

身当恩遇常轻敌，力尽关山未解围。

铁衣远戍辛勤久，玉箸⁽¹¹⁾应啼别离后。

少妇城南⁽¹²⁾欲断肠，征人蓟北⁽¹³⁾空回首。

边庭飘飖⁽¹⁴⁾那可度，绝域苍茫更何有。

杀气三时⁽¹⁵⁾作阵云，寒声一夜传刁斗⁽¹⁶⁾。

相看白刃血纷纷，死节⁽¹⁷⁾从来岂顾勋？

君不见沙场征战苦，至今犹忆李将军⁽¹⁸⁾！

【注释】

（1）汉家：借指唐朝。唐人诗中写时事，多托之汉代。烟尘：烽烟尘土，指战事。

（2）残贼：凶暴的敌人。

（3）横行：纵横驰骋，扫荡敌寇。

（4）非常赐颜色：破格赐予荣耀。

（5）摐（chuāng）金伐鼓：写行军时金鼓和鸣。摐、伐，皆敲击之意。下：出。榆关：山海关，在今河北秦皇岛。

（6）旌旆（jīng pèi）：军中各种旗帜。碣石：山名，在今河北昌黎县。这里泛指东北滨海地带。

（7）校尉：武官名，此为泛称，犹言将军。羽书：插有羽毛的军中紧急文书。瀚海：沙漠。

（8）单于（chán yú）：匈奴君长之称号，这里用作北方民族首领的通称。猎火：打猎时燃火以驱赶惊扰野兽。胡人多以围猎为军事演习。狼山：狼居胥山，此处泛称塞外战场。

（9）凭陵：侵凌。杂风雨：风雨交加，言敌骑来势之猛。

（10）穷秋：深秋。腓（féi）：草木枯黄衰败。

（11）玉箸（zhù）：白色如玉的筷子，喻思妇之泪。

（12）城南：唐代长安城北为皇宫，城南为住宅区。此处指少妇居处。

（13）蓟：指幽州的治所蓟县（今北京）。蓟北：幽州以北，泛指东北边塞。

（14）飘飖（yáo）：形容边塞战场动荡不宁。

（15）三时：犹言随时。

（16）刁斗：军中巡更造饭两用的铜器。

（17）死节：为节义而死。

（18）李将军：指汉代名将李广。匈奴称之为"飞将军"。

【作者简介】

高适（约700—765），字达夫，一字仲武，渤海蓚县（今河北景县）人。早岁家贫，客游梁、宋，混迹渔樵之间，落魄失意。后举有道科，授封丘尉。后入河西节度使哥舒翰幕下，掌书记。安史乱起，拜侍御史，迁谏议大夫，得到肃宗李亨的称赏，官职累升，最后官至散骑常侍。高适诗多写边地战争及自叹遭遇，也有部分反映人民疾苦的作品。以边塞诗最为著名，与岑参并称"高岑"。其诗意境雄浑，格调高昂，气势奔放。有《高常侍集》，存诗 243 首。

【赏读提示】

此诗有序："开元二十六年，客有从御史大夫张公出塞而还者，作《燕歌行》以示适，感征戍之事，因而和焉。"序中所说张公，指河北节度副大使张守珪。开元二十三年（735）张以与契丹作战有功，拜辅国大将军兼御史大夫。其后部将败于契丹余部，张非但不据实上报，反贿赂派去调查真相的车仙童，为他掩盖败绩。高适从"客"处得悉实情，写了这首诗，隐喻讽刺之意。《燕歌行》，本是乐府《相和歌·平调》古题，多写思妇怀念征人，高适扩大了表现范围，多方面地描写了唐代的征战生活。

全诗气势壮阔，意境深沉，结构严谨，生动地描述了一次战役的过程。28 句，4 句一韵，两韵 1 层，共分 4 层。第一层 8 句写东北边疆警报传来，唐朝将士开赴前线。第二层 8 句写双方激战，唐军受挫被围。第三层 8 句写两军相持，旷日持久。最后一层 4 句写殊死决战，但又不揭示战争的结局。战士血染白刃，战死沙场，并未想到个人功勋。那些骄而奢的将军却是如何呢？诗人没有正面回答，而是宕开一笔收束："君不见沙场征战苦，至今犹忆李将军！"看来，诗人写作本篇的主旨本不在具体记叙某次战争的胜败得失，而是呼唤良将出、罢兵戎，要永远地结束"沙场征战苦"！

这首诗不是简单地歌颂胜利，炫耀兵威，也不是一概地谴责战争，抒发哀怨，其内容相当丰富，思想感情也较复杂。既热情歌颂将士浴血边塞、奋勇杀敌的爱国精神，又深刻揭露军中主将骄奢淫逸，玩忽职守的腐败现象。既描写边地征战的艰危困苦，也反映征人闺妇的痛苦相思之情。举凡古今边塞诗作所涉及的一切重大主题和复杂情感，几乎都可在本诗中找到。因此成为盛唐边塞诗的压卷之作。

本诗在表现手法上有三个特点：一是叙事和抒情相结合，在描写战争场面的同时，注重刻画人物的矛盾心理。如写士卒，既写他们杀敌卫国的豪情壮志，又写他们不被将领体恤的苦痛。通过对他们矛盾心理的描写，来反映深刻的现实矛盾。二是重视对比手法的运用，如"战士军前半死生，美人帐下犹歌舞""铁衣远戍辛勤久，玉箸应啼别离后。少妇城南欲断肠，征人蓟北空回首"等惊心动魄的对比，不时进行时空上的虚实转换，增强了诗的爱憎激情，极大地提高了诗的感人力量。三是吸收了近体诗的优长。在句式上，多用律句，又有不少对偶句。4句一换韵，而且平仄相间，气势流走，使得这首七言歌行增加了一种律诗的抑扬顿挫的韵律，也发挥了初唐歌行的特长。

山居秋暝^{（1）}

[唐] 王维

空山新雨后，天气晚来秋。

明月松间照，清泉石上流。

竹喧归浣女^{（2）}，莲动下渔舟。

随意春芳歇，王孙自可留^{（3）}。

【注释】

（1）山居：山中的住所，指辋川别墅。暝：天色昏暗，傍晚。

（2）"竹喧"句，谓溪中莲花动荡，知是渔船沿水下行。浣（huàn）女：洗衣服的姑娘。

（3）"随意"二句，汉淮南小山《招隐士》："王孙兮归来，山中兮不可以久留。"这里反用其意，谓山中春天的花草虽已衰落，但秋景可恋，王孙自可留在山中。暗寓作者对隐居生活的热爱。随意：任凭。

【作者简介】

王维（701？—761），字摩诘，太原祁县（今山西祁县）人。唐开元九年（721）进士，任太乐丞，累官至给事中。安史乱起，被迫署伪职。两京收复后，获罪贬职，官终尚书右丞，世称王右丞。王维一生究心禅理，中年起，优游于辋川别业，过着半官半隐的闲适生活。历经丧乱后，更是专心事佛。王维是盛唐山水田园诗的代表作家，与孟浩然齐名，称"王孟"。又是杰出的画家，通晓音乐，他善以画理、乐理、禅理融入诗歌创作之中，苏轼曾称其"诗中有画""画中有诗"。他的诗明净清新，精美雅致，各体皆长，尤以五言律、绝成就最高。有《王右丞集》，存诗421首。

【赏读提示】

这首诗是王维隐居辋川别业时所作。辋川在今陕西省蓝田县南终南山下，宋之问在此建有别墅，后为王维所得，王在此居住30余年。辋川别业，诗人又称终南别业。此诗描绘了清秋薄暮、雨后初晴时的山村图景，是王维山水田园诗的经典之作。

本诗前4句绘景，极写秋山之空旷、寂静。秋雨初霁，空旷的山林分外清新，夜幕降临，山景与暮色相互交融。明月将清辉洒满松林，清泉在石上潺潺流动。第五、六句写人物活动，打破了荷塘的宁静。竹林深处传出阵阵欢笑，那是洗衣服的姑娘结伴而归，莲叶丛中，荷花忽而摇曳，原来是渔舟在里面穿行。

好一幅《荷塘月色图》！诗人似乎是独自漫步在雨后的山林中，感受是那么深刻美好，这里分明是心目中理想的乐土，任凭春芳消尽，自己可以留在山中。

《山居秋暝》是一首"诗中有画"的佳作。首先有构图之美。画面上有山有水，上图是晴空、明月和山峰，中图是松林和清泉、山石、渔舟，下图是山脚的竹林、林边的荷塘及洗衣归来的女子。静中又有动：月亮在照，泉水在流，人在走动，舟在穿行。诗篇把这些依次写来，从容自然，又层次分明，说明诗人善于经营位置，重空间意识，为山水画散点透视的运用。其次有色彩之美。唐代青绿金碧山水为山水画主流，这幅画的基调也是青绿色，给人淡雅、清新的美感，并且注重微妙的光影和色彩变幻，为山水画技法的运用。

这首诗的艺术手法还在于通过写景来表现诗人的思想，例如描写山色之"空"，就体现了诗人心境之"空"，可在欣赏独特山色中感悟诗人充满禅性的空灵诗境。

将进酒⁽¹⁾

〔唐〕李白

君不见黄河之水天上来，奔流到海不复回！

君不见高堂明镜悲白发，朝如青丝暮成雪！

人生得意⁽²⁾须尽欢，莫使金樽空对月。

天生我材必有用，千金散尽还复来。

烹羊宰牛且为乐⁽³⁾，会须⁽⁴⁾一饮三百杯。

岑夫子，丹丘生⁽⁵⁾，将进酒，杯莫停。

与君歌一曲，请君为我倾耳听：

钟鼓馔玉⁽⁶⁾不足贵，但愿长醉不愿醒。

古来圣贤皆寂寞，唯有饮者留其名。

陈王⁽⁷⁾昔时宴平乐，斗酒十千恣欢谑⁽⁸⁾。

主人何为言少钱，径须沽取⁽⁹⁾对君酌。

五花马⁽¹⁰⁾，千金裘，

呼儿将出换美酒，与尔同销万古愁。

【注释】

（1）将（qiāng）进酒：乐府《鼓吹曲辞·汉铙歌》旧题，多写饮酒放歌。将：请。

（2）得意：有兴致的时候。

（3）且为乐：姑且作乐。意思是暂时把不愉快的事情丢开不想。

（4）会须：正应当。

（5）岑夫子：指岑勋，南阳人。丹丘生：指元丹丘，当时隐士。两人都是李白好友。

（6）钟鼓馔（zhuàn）玉：指富贵生活。钟鼓乃权贵之家的音乐，馔玉谓食物精美如玉。

（7）陈王：指曹植，曹植曾封为陈王。其诗《名都篇》云："归来宴平乐，美酒斗十千。"平乐：宫观名。

（8）欢谑：尽情地欢娱戏谑。

（9）径须：尽管。沽取：只管去买酒来。

（10）五花马：指名贵的马。马毛色作五花纹。一说是把马鬣剪成五瓣为五花马。

【作者简介】

李白（701—762），字太白，号青莲居士。先代于隋末流徙西域，白即出生于中亚碎叶城（今吉尔吉斯斯坦托克马克）。神龙初，随父迁居绵州（今四川江油）。一说白生于蜀中。青年时即离蜀漫游各地，天宝初供奉翰林，不久即遭谗去职。安史乱起，因参加永王李璘幕府，被牵连得罪，长流夜郎，途中遇赦东还。晚年漂泊于东南一带，卒于当涂。李白心性豪迈，傲岸不羁，诗风雄健奔放，绚丽多彩，极富浪漫情调，是继屈原之后最伟大的浪漫主义诗人，有"诗仙"之誉。李白和杜甫齐名，并称"李杜"。有《李太白集》，存诗 900 余首。存词 10 余首，但多真伪难辨。

【赏读提示】

《将进酒》原是汉乐府短箫铙歌的曲调，题目意译即"劝酒歌"。李白此诗，亦沿袭前人传统，全篇以"饮酒"为题材。成诗时间诸说不一（有 45 岁及 52 岁等说法），均无确实根据。本篇抒发感慨，但主要是以豪迈的语言，表达了乐观自信、放荡不羁的精神。

前 10 句抒发了诗人怀才不遇，而又深感人生易老的悲哀。诗人开端即言人有生则必有死，既然人生短暂，得意之日就应当分外珍惜，就应当纵情欢乐，而纵情欢乐的最好方式就是饮酒。上天既然赋予我有用之才，何愁千金之不复来？"岑夫子，丹丘生"以下 6 个小句，呼着名字向朋友劝酒。"钟鼓馔玉不足贵"以下 12 句，是诗人对朋友的劝酒词。"古来圣贤皆寂寞，惟有饮者留其名"，这自是一种奔放豪迈者的牢骚。最后又以曹植当日的狂豪来和自己作比，自己尽管没法与曹植相比，但也不惜卖裘卖马，和朋友们尽情地欢乐一番。整首诗把深广的忧愤与强烈的自信，把苦闷的内心与狂放的举止巧妙地结合起来，完美地诠释了李白自身傲岸狂放的精神世界。

这是一首酒的赞歌。李白为什么如此沉溺于饮酒？就是为了"与尔同销万古愁"。"天生我材必有用"是李白的自白。但是，眼前的世界却处处阻碍着他的理想的实现。人生只有一次，而且是很短暂的，因此高呼"人生得意须尽欢"，用饮酒来消除这"万古愁"。庄子曾云"醉者神全"（《庄子·达生》），只有酒醉，才能最大程度逼近人的内心，保持精神的独立。这首诗大约就是诞生于这种"神全"心境的真实写照。而一旦酒醒又陷入愁境，所以慨叹"但愿长醉不愿醒"！这首诗深刻地表现了李白的性格。

本诗起句即构思奇特，意境宏大。这种奇想天外的构思是李诗的特点。篇法大起大落，由悲而乐，由乐而狂，又由狂转为愤激，最后归于深沉的悲愁。这种感情的巨大变化，使得诗篇具有振动古今的气势与力量。这当然与作者大量使用夸张笔法有关，但其根本还在于诗人充实深厚的内在感情。句式上错综参差，采用三言、五言、七言交错的句法，如大河奔流，有气势亦有曲折，纵横捭阖，力能扛鼎，使节奏的疾徐变化与感情的起伏跳跃高度结合。

登楼

［唐］杜甫

花近高楼伤客心，万方多难^{（1）}此登临。

锦江^{（2）}春色来天地，玉垒^{（3）}浮云变古今。

北极^{（4）}朝廷终不改，西山寇盗^{（5）}莫相侵。

可怜后主还祠庙^{（6）}，日暮聊为《梁甫吟》^{（7）}。

【注释】

（1）万方多难：广德元年（763）正月，官军方收复河南河北，平定了历时8年的安史之乱，十月，吐蕃即攻陷长安，代宗出奔陕州。郭子仪收复京师，迎驾归还不久，吐蕃又破松、维、保等州（今四川北部），继而又攻陷剑南、西山等州郡。时局动荡，祸乱相仍，故谓之"万方多难"。

（2）锦江：源出今四川都江堰市，流经成都入岷江。

（3）玉垒：山名，在今四川茂县。

（4）北极：北极星，居北天正中，这里象征大唐王朝。

（5）寇盗：指吐蕃。

（6）后主：蜀汉后主刘禅，因宠信宦官而亡国。祠庙：刘禅在成都配享先主庙的祠堂。

（7）《梁甫吟》：诸葛亮遇刘备前喜欢吟诵的古诗。

【作者简介】

杜甫（712—770），字子美，原籍襄阳，出生于河南巩县。祖父杜审言，有诗名。年轻时应进士举，不第，漫游齐赵，后客居长安 10 年。尝居城南少陵附近，自称"少陵野老"，后世因之称"杜少陵"。安史之乱中投奔唐肃宗，授左拾遗。收复长安后贬为华州司功参军。不久弃官入蜀，定居成都浣花溪草堂。严武任西川节度使时，表为检校工部员外郎。严武死后他携家出蜀，漂泊江南，病逝于江湘途中。杜甫是唐代最伟大的诗人之一，被誉为"诗圣"，其诗歌内容多写时事，有强烈的社会现实意义，思想深厚，境界崇高，被称为"诗史"。杜诗兼备众体，集前人诗歌艺术之大成。有《杜少陵集》25 卷，存诗1458 首。

【赏读提示】

此为广德二年（764）杜甫 53 岁时所作。前一年的十月，发生吐蕃攻陷长安事件，代宗避难陕州。其后，郭子仪收复长安（但这一情况，杜甫推迟半年后才得知）。此为杜甫登成都高楼时有感而作。

首联倒装突兀，后句说明前句，因为万方多难，所以出现了类似"感时花溅泪"的情景。"伤客心"又为全诗定下感情基调。次句叙事，交代登楼背景，"万方多难"补足前句"伤客心"之由，也展示了独特的时代特征。

次联写登楼极目所见蜀中大地春天景物，仰观俯察，语壮境阔。上句从空间着眼，锦江大地春色不改；下句从时间着眼，写玉垒山的浮云变幻，即是写治乱兴衰、历史鉴戒，蕴含深沉。

三联紧扣时事抒怀。上句"北极朝廷终不改"说到唐王朝转危为安，下句"西山寇盗莫相侵"是对侵扰者的警告。两句既与首联中"万方多难"一语相呼应，又是诗人高楼远眺、驰骋想象的产物。在对时势所作的历史审视中，表达了诗人心系国计民生、忠于朝廷的信念。

尾联借眼前古迹抒怀，慨叹刘禅任用黄皓而亡国，暗讽唐代宗信任宦官程元振、鱼朝恩而招致"蒙尘"之祸，进而想到"两朝开济老臣心"的诸葛亮。历史和现实相重叠，伤时与思古相交通，诗人以"聊为《梁甫吟》"作结，表示对诸葛亮的追慕，是说堂堂大唐当前最需要的是诸葛亮式的伟大人物。

诗的前两联侧重叙事和写景，由于带着浓厚的主观感情色彩，从而使景语化为情语，让读者触景生情。诗的后两联侧重抒怀，又是因登楼所见景物触发的，让人觉得真实可信，从而和诗人的思想感情产生强烈的共鸣。诗中有对时局的忧虑，有对自己身世的慨叹。博大的情怀、坚定的信念体现在诗中，仍然使之具有雄浑高阔的气象。

这首诗充分体现了杜甫深沉丰厚的思想感情和炉火纯青的艺术技巧。宋叶梦得说："七言难于气象雄浑，句中有力，而纤徐不失言外之意。自老杜'锦江春色来天地，玉垒浮云变古今'与'五更鼓角声悲壮，三峡星河影动摇'等句之后，常恨无复继者。"（《石林诗话》）

江雪⁽¹⁾

［唐］柳宗元

千山鸟飞绝，万径人踪灭。

孤舟蓑笠⁽²⁾翁，独钓寒江雪。

【注释】

（1）此诗写于永州贬所。江，疑指潇、湘二水。这两条江在永州
汇合。

（2）蓑笠（suō lì）：蓑，用蓑草做的雨衣。笠，用竹篾做的雨帽。

【作者简介】

柳宗元（773—819），字子厚，河东（今山西永济）人，世居长
安，世称柳河东。德宗贞元九年（793），与刘禹锡同榜进士，后中博
学宏词科，授校书郎，调蓝田尉，升监察御史里行。王叔文执政，改
革弊政，他与刘禹锡同为革新集团的核心人物。改革失败，贬永州司马。
后迁柳州刺史，故又称柳柳州。与韩愈同倡古文运动，并称"韩柳"，
同列入"唐宋八大家"中。其诗多贬官后作，或清俊沉郁，或清丽淡雅，
自成一家。有《柳河东集》，存诗60余首。

【赏读提示】

赏读这首诗，需要了解柳宗元的遭遇。这首诗写于柳宗元被贬永

州（今湖南永州市零陵区）时期。永贞元年（805），王叔文革新失败，柳宗元被贬为邵州刺史，后加贬为永州司马。元和十年（815），改贬柳州刺史。后死于柳州。也就是说，柳宗元的最后10年都是在贬谪中度过的。他的诗歌也主要创作于这个时期。不少作品反映了他的抑郁与悲愤，多有凄楚哀怨之词，但《江雪》却让我们看到了他在逆境中的坚强和孤傲的精神底色。

此诗前两句写山中雪景。"千山"与"万径"，构成了天宇间浩茫宏阔的背景；"绝"与"灭"更带出了一种极为肃杀清寂的感受。这为后面人物的出场做了铺垫。就在这样的大背景中，有一个渔翁在独自垂钓。人之渺小，与千山万径一片白雪的浩浩天地比起来，实在太不成比例了。但人物依然故我，有如一座雕像，无视严寒，独自持钓不顾。这幅寒江独钓图，形成了一种清冷明净的意境和"清峭已绝"的诗境。超尘脱俗、淡泊孤傲的渔翁性格，分明是被贬诗人心境的一种体现。这种与严酷的政治环境抗争的不屈精神，是何等的顽强与自信！

全诗虽然仅仅20个字，但意含言外，景出句外，诗味隽永，可谓将中国诗歌"含不尽之意在言外"的意境发挥到了极致。诗中又运用了铺垫、反衬对比、典型概括等多种手法，语言凝练，构思精巧。

近体诗中的绝句，一般用平声韵，此诗用入声韵，也是不同凡响。

苏轼评论："郑谷诗云：'江上晚来堪画处，渔人披得一蓑归。'此村学中语也。柳子厚云：'孤舟蓑笠翁，独钓寒江雪。'人性有隔也哉，殆天所赋，不可及也已。"（《书郑谷诗》）

琵琶行⁽¹⁾

[唐] 白居易

浔阳江⁽²⁾头夜送客，枫叶荻花秋瑟瑟⁽³⁾。

主人下马客在船，举酒欲饮无管弦。

醉不成欢惨将别，别时茫茫江浸月。

忽闻水上琵琶声，主人忘归客不发。

寻声暗问弹者谁，琵琶声停欲语迟。

移船相近邀相见，添酒回灯⁽⁴⁾重开宴。

千呼万唤始出来，犹抱琵琶半遮面。

转轴拨弦三两声，未成曲调先有情。

弦弦掩抑声声思⁽⁵⁾，似诉平生不得志。

低眉信手续续弹，说尽心中无限事。

轻拢慢捻抹复挑⁽⁶⁾，初为《霓裳》后《六幺》⁽⁷⁾。

大弦嘈嘈如急雨，小弦切切如私语。

嘈嘈切切错杂弹，大珠小珠落玉盘⁽⁸⁾。

间关莺语花底滑，幽咽泉流冰下难⁽⁹⁾。

冰泉冷涩弦凝绝⁽¹⁰⁾，凝绝不通声暂歇。

别有幽愁暗恨生，此时无声胜有声。

银瓶乍破水浆迸，铁骑突出刀枪鸣。

曲终收拨⁽¹¹⁾当心画，四弦一声如裂帛。

东船西舫悄无言，唯见江心秋月白。

沉吟放拨插弦中，整顿衣裳起敛容^{（12）}。

自言本是京城女，家在虾蟆陵^{（13）}下住。

十三学得琵琶成，名属教坊^{（14）}第一部。

曲罢曾教善才^{（15）}服，妆成每被秋娘^{（16）}妒。

五陵年少争缠头^{（17）}，一曲红绡不知数。

钿头银篦击节碎^{（18）}，血色罗裙翻酒污。

今年欢笑复明年，秋月春风等闲度。

弟走从军阿姨死，暮去朝来颜色故。

门前冷落车马稀，老大嫁作商人妇。

商人重利轻别离，前月浮梁^{（19）}买茶去。

去来江口守空船，绕船月明江水寒。

夜深忽梦少年事，梦啼妆泪红阑干^{（20）}。

我闻琵琶已叹息，又闻此语重唧唧^{（21）}。

同是天涯沦落人，相逢何必曾相识。

我从去年辞帝京，谪居卧病浔阳城。

浔阳地僻无音乐，终岁不闻丝竹声。

住近湓江地低湿，黄芦苦竹绕宅生。

其间旦暮闻何物，杜鹃啼血猿哀鸣。

春江花朝秋月夜，往往取酒还独倾。

岂无山歌与村笛，呕哑嘲哳^{（22）}难为听。

今夜闻君琵琶语，如听仙乐耳暂明。

莫辞更坐弹一曲，为君翻作《琵琶行》。

感我此言良久立，却坐促弦弦转急。

凄凄不似向前声，满座重闻皆掩泣。

座中泣下谁最多，江州司马青衫^{（23）}湿！

【注释】

（1）琵琶行：一本作《琵琶引》。"行"，乐府诗歌中的一种体裁。

（2）浔阳江：流经浔阳境内的长江。

（3）瑟瑟（sè sè）：草木被秋风吹动的声音。

（4）回灯：把熄了的灯重新点起来。

（5）掩抑：沉郁、忧闷。形容音调的意境，是奔放的反面。思：读去声。

（6）拢、捻（niǎn）、抹、挑：都是弹琵琶的手法。

（7）《霓裳》：曲名，即《霓裳羽衣曲》。《六幺》：或作绿腰，曲名。

（8）这4句写琵琶4条弦上发出的声音，有高低粗细的不同。

（9）"间关"：莺语流滑，叫"间关"。"幽咽"：遏塞不畅状。

（10）这句写弦声由滑转流走，忽然咽涩停住。

（11）拨：拨弦用的拨子。

（12）敛容：严肃矜持而有礼貌的态度。

（13）虾蟆陵：在长安城东南，曲江附近，是当时有名的游乐地区。一说"虾蟆"是"下马"的讹音。

（14）教坊：唐代置左右教坊，掌管优伶杂伎。

（15）善才：唐代把弹琵琶的艺人叫善才。

（16）秋娘：唐时歌舞伎常用的名字。

（17）五陵：在长安城外，汉代5个皇帝的陵墓。后来皇帝迁富豪人家于此，因此有钱有势人家的子弟叫"五陵年少"。缠头：用锦帛之类的财物送给歌舞的伎女叫"缠头"。

（18）钿头银篦：镶嵌着花钿的发篦（栉发具）。"击节"，打拍子。这句写酒宴上高兴时不用拍板而用"钿头银篦"来代替，因此常把它敲碎了。

（19）浮梁：古县名，唐属饶州。在今江西景德镇，当时茶叶贸易甚盛。

（20）阑干：纵横。形容流泪。

（21）唧唧：叹息声。

（22）呕（ǒu）哑嘲（zhāo）哳（zhā）：形容声音杂乱。

（23）青衫：唐代五品以下的官穿青衫。白居易时为江州司马，官阶是将仕郎，从九品，故着青衫。

【作者简介】

白居易（772—846），字乐天，晚号香山居士，下邽（陕西渭南）人。唐德宗贞元十六年（800）进士，曾任翰林学士、左拾遗等职。因上书言事获罪，贬江州司马。后历任杭州刺史、苏州刺史、太子宾客分司东都、河南尹、太子少傅等职，以刑部尚书致仕。卒谥文。唐代新乐府运动的倡导者，与元稹合称"元白"。诗风平易通俗，以老妪能解见称。有《白氏长庆集》，存诗2800余首。又善词，存词28首，格调清新，影响较广。

【赏读简介】

此诗有序。序中说，元和十一年（816）秋，被贬为九江郡司马的作者送客人时，在船上遇见一位来自长安城的嫁为商人妇的琵琶女。她为作者一行弹奏琵琶并叙述了自己的不幸遭遇，使作者产生共鸣，深有"同是天涯沦落人"的感触，遂作此诗赠她，总共612字，取名为《琵琶行》。但也有人认为，本诗所吟咏的情节并非事实，而属虚构。也就是说，白居易的写作意图在于表现天涯沦落的感伤，实际上并未会见什么琵琶女。

此诗可分为四大段落。第一段从开头到"犹抱琵琶半遮面"，写主人公与琵琶女的会面。这是全诗的前导部分。开首"浔阳江头夜送客"，说明送客的时间地点，接着一句"枫叶荻花秋瑟瑟"，是景物和情绪的渲染，而秋夜送客的萧瑟之感，已曲曲传出。此后，每当情节转换之时，都以环境描写来衬托人物的内心活动，成为本诗的一个艺术特色。第二段从"转轴拨弦三两声"到"唯见江心秋月白"，以诗句写声音，极尽其美，是文学与音乐交融的名篇。第三段从"沉吟放拨插弦中"到"梦啼妆泪红阑干"，为歌女自诉之词。诗人以鲜明对比的手法叙述了琵琶女年少时期的欢乐及年岁渐大以后的落魄情景。第四段从"我闻琵琶已叹息"句到结束，抒写作者听琵琶女一席话后所产生的叹息以及闻琵琶流泪的情景。而"同是天涯沦落人，相逢何必曾相识"的慨叹，则是通篇的主题。

《琵琶行》的一个突出的艺术特点，就是以极富音乐性的语言叙事、写景，特别是摹写音乐，用以抒发人物的情感。而在借助语言的音韵来摹写音乐的时候，又常用各种比喻以加强其形象性，绘形绘声，使得视觉形象与听觉形象相结合，可谓达到了出神入化的艺术境界。

《琵琶行》和作者的《长恨歌》同是千古传诵的名作。在作者生前，已经是"童子解吟《长恨》曲，胡儿能唱《琵琶》篇"。元代马致远的《青衫泪》、明代顾大典的《青衫记》、清代蒋士铨的《四弦秋》等戏曲，都是取材于此。在日本，也经过改编，被搬上舞台。

山行 (1)

［唐］杜牧

远上寒山石径斜，白云生处有人家。

停车坐 (2) 爱枫林晚，霜叶红于二月花。

【注释】

（1）山行：指山中旅行。

（2）坐：因为。

【作者简介】

杜牧（803—853），字牧之，京兆万年（今陕西西安）人。杜牧为故相杜佑孙。大和二年（828）进士。又举贤良方正科，授宏文馆校书郎。曾为江西、宣歙观察使沈传师和淮南节度使牛僧孺幕僚，历任监察御史，黄、池、睦诸州刺史，官终中书舍人。以济世之才自负，诗文中多指陈时政之作，写景抒情之作清丽生动，尤长于七绝，后人称"小杜"，以别于杜甫。与李商隐并称"小李杜"。因晚年居长安南樊川别墅，故世称"杜樊川"。著有《樊川文集》，今存诗416首。

【赏读提示】

这首诗描绘的是秋之色，展现了一幅动人的山林秋色图。"远上寒山石径斜"，写山，写山路，点明"山行"题旨。"远"字用得极为巧妙，既突出了此行目的地之遥远，也照应脚下山路的崎岖绵长。诗人的目光顺着这条山路一直向上望去，在白云飘浮的地方，有几处山石砌成的石屋石墙。"白云生处有人家"，这是多么富有诗情画意的景致！正在山路上欣赏无尽美景的诗人忽然停下车来，驻足不前，是什么令他流连忘返，不忍离开呢？原来是发现在夕晖晚照下，枫叶流丹，层林尽染，真是满山云锦，它比二月的春花还要火红艳丽呢！诗人内心的喜悦自是可想而知。

"霜叶红于二月花"是诗人的感受和联想，他通过这一片红色，看到了秋天像春天一样的生命力，看到秋天山林那种热烈的、生机勃勃的景象。经诗人这么一说，人们的确感到这种对比是何等妥切！这就是本诗生命之所在。传诵千古的诗句就这样诞生了。中国现代作家茅盾有一部小说，叫《霜叶红似二月花》，仅把"于"字改为"似"字。

这是一首秋色的赞歌！完全没有一般诗人笔下常见的萧瑟飘零的感觉。其实在杜牧的诗中，极少有悲秋、叹秋的作品，反而可以看到不少喜爱、欣赏秋天的诗句，如"川光初媚日，山色正矜秋""南山与秋色，气势两相高""秋半吴天霁，清凝万里光""溪光初透彻，秋色正清华"，等等，把秋天写得如此清旷明净，朗爽高华，在唐代诗人中还是不多见的。《山行》与刘禹锡的《秋词》异曲同工，交相辉映。

此诗词采清丽，画面鲜明，风调悠扬，可以看出杜牧才气的俊爽与思致的活泼。清人李慈铭《唐诗三百首续选》曾评价杜牧诗曰："七绝尤有远韵远神，晚唐诸家让渠独步。"从他的这首《山行》是可见一斑的。

无题（1）

［唐］李商隐

相见时难别亦难，东风无力百花残（2）。

春蚕到死丝方尽，蜡炬成灰泪始干。

晓镜（3）但愁云鬓改，夜吟应觉月光寒。

蓬山（4）此去无多路，青鸟（5）殷勤为探看。

【注释】

（1）李商隐共写19首《无题》诗，含义隐晦，大多属于不便明言或思绪繁杂难以立题概括之作。此诗一说写离别相思，一说写政治寄托。

（2）这句点明分别时的季节是"百花残"的暮春。

（3）镜：用如动词，照镜子。

（4）蓬山：蓬莱山，指仙境。

（5）青鸟：《汉武故事》记载，西王母会见汉武帝之前，先派出青鸟报信。后因此以青鸟作为传递消息的人。

【作者简介】

李商隐（813—858），字义山，号玉谿生，又号樊南生。原籍怀州河内（今河南沁阳），自祖父起，迁居郑州荥阳。唐文宗开成二年（837）进士，授秘书省校书郎。当时朝廷内部有所谓牛李（牛僧孺、李德裕）党争。他因陷入牛李党争而载沉载浮，于盛年卒于荥阳。商隐才高韵雅情深，其诗多抒写政治、爱情以及人生失意的诸多感慨，兴寄幽微，瑰丽奇古，深情绵邈，与温庭筠、段成式合称"三十六体"，与杜牧并称"小李杜"。有《李义山诗集》，存诗约 600 首。

【赏读提示】

李商隐是晚唐著名诗人。他的诗作常以清词丽句构造优美的形象，寄情深微，意蕴幽隐，富有朦胧婉曲之美，创造性地丰富了诗的抒情艺术。最能表现这种风格特色的作品，是他的《无题》诸作（多为七言近体）。诗以"无题"命篇，并不始于李商隐，中唐卢纶、李德裕各有一两首传世。而李商隐以"无题"命名的篇章，则有近 20 首之多。诗篇多以爱情相思为题材，意境要眇，情思婉转，文辞精美，声韵谐和，吸引着各个时代的人们去反复诵读和玩味。其中这首"相见时难别亦难"，就是其中的代表作。

这首诗大约作于唐文宗开成三年（838）之前。作品描写了暮春时节一对情人难舍难分、柔肠寸断的离别情景。首联描写离别时的季节景象，在聚散两依依中突出了别离的苦痛。这是极度相思而发出的深沉感叹。次联以象征手法写出自己的眷恋痴情以及九死而不悔的坚贞信念，既有失望的悲伤与痛苦，也有缠绵、灼热的执着与追求。追求是无望的，但无望中仍要追求。三联设想所怀念对象的生活情景，表明双方都在思念的煎熬中苦苦度日，感情更为深挚。正由于思念如此之深、相见如此之难，诗人才在尾联中，把一腔衷情，把会面的希望，寄托在能互传消息的"青鸟"身上。尽管这希望很渺茫，却是两情精神寄托之所在。"别"字为通篇文眼，缥缈深沉而不晦涩，华丽而又自然，情怀凄苦而不失优美。

次联"春蚕到死丝方尽，蜡炬成灰泪始干"谐音设喻，而又富有象征意味。"丝"与"思"，是谐音双关；"泪"既指热烛流油，又指人之泪水，是意义双关。若孤立而言，这两个意象并非李商隐首创，但诗人把春蚕吐丝的柔美和蜡炬燃烧的热烈组合在一起，又以"到死""成灰"这些极惨淡的字眼与之连用，便在相反相成中造成触目惊心的强烈效果，即将爱情升华为一种重于个体生命的存在，升华为一种超越了生死利害的强大的精神力量。此情不渝，撼人心魄！这种大背景、大担当，也使诗意得到升华，即由抒写至情至性，到超越一般爱情，而有了人生、事业等方面的永恒意义，成为执着精神的象征，千百年来被广为传诵。

戏答元珍⁽¹⁾

［宋］欧阳修

春风疑不到天涯，二月山城未见花⁽²⁾。

残雪压枝犹有橘，冻雷惊笋欲抽芽。

夜闻归雁生乡思⁽³⁾，病入新年感物华⁽⁴⁾。

曾是洛阳花下客⁽⁵⁾，野芳虽晚不须嗟。

【注释】

（1）元珍：丁宝臣，字元珍，时任峡州（今湖北宜昌）判官。此前丁有《花时久雨》诗，欧阳修以此诗作答。

（2）天涯、山城：均指峡州夷陵（今湖北宜昌），时欧阳修谪夷陵令。

（3）乡思：思乡之情。思为名词，读去声。

（4）物华：美好的景物。

（5）洛阳花下客：洛阳以盛产牡丹花著称，北宋时称西京。欧阳修曾任西京留守推官，写有《洛阳牡丹记》；丁宝臣也曾在洛阳居住过。

【作者简介】

欧阳修（1007—1072），字永叔，号醉翁，又号六一居士，庐陵（今江西吉安）人。宋仁宗天圣八年（1030）进士，官至枢密副使、参知政事。曾赞助范仲淹的"庆历新政"。晚年因与王安石政见不合，退居颍州。为当时公认的文坛领袖，诗、词、文各体皆工，文为"唐宋八大家"之一。又与宋祁合修《新唐书》，独撰《新五代史》。有《欧阳文忠公集》传世。

【赏析提示】

宋仁宗景祐三年（1036），欧阳修因写信给右司谏高若讷（《与高司谏书》），指责他在范仲淹与宰相吕夷简的斗争中不能主持正义，而触怒了朝廷，被贬为夷陵县令。次年早春，丁元珍作诗相赠，他作此诗"戏答"。题首冠以"戏"字，带有自嘲的味道，表现出作者谪居山乡的寂寞心情和自解宽慰之意，反映了他对未来仍充满期望的乐观精神。

诗的首联说，骀荡的春风，似乎吹不到这僻远的天涯，二月的山城夷陵，还没有竞芳的野花。次联实写眼前所见。这是乍暖还寒时候夷陵特有的景色：去年剩在枝头上的霜橘经冬而不衰，在残雪的映照下红得更为鲜艳；"雷"声虽含"冻"意，却惊动竹笋，行将破土而出。自然界的蓬勃生机与自己遭贬受抑的处境形成鲜明对照。三联说，夜雁北归的鸣叫，惹起我无限的乡思。作者被贬之前在洛阳做官，乡思即指怀念洛阳。从去年直病到新一年，景物变换，睹物兴感。此联一本作"鸟声渐变知芳节，人意无聊感物华"。若这样写，便成为一般的伤春之作，今本则更能表现出谪居之人的无限感慨。从感慨而引出尾联：我们都在洛阳居住过，和那国色天香的牡丹相比，这里的"野芳"又算得了什么！所以"二月山城未见花"，又何必嗟叹呢？诗人在料峭春寒中看到了盎然春意，于寂寞愁闷里怀着向上的希望。

本诗从艺术上来说，有以下4点值得重视：1.首联起句突兀，先问后答，为人称道。据宋人记载，欧阳修对此两句非常满意，自称："若无下句，则上句不见佳处，并读之便觉精神顿出。"（蔡絛《西清诗话》）元代方回也评此联"以后句句有味"（《瀛奎律髓》）。这一联的好处，还在于为以下的写景抒情开拓了广阔的天地。2.宋人有"以文为诗"的创作特点。此诗围绕山城初春这一情感触点进行阐发，时悲时喜，跌宕起伏，寂寞感伤与乐观旷达交替出现，结构工巧而脉络清晰，其中就可见散文谋篇布局之章法的移用。3.欧阳修作为文坛领袖，在变革文风的同时，也大力革新诗风，其诗作一扫当时诗坛西昆派浮艳之风，写来清新自然，别具一格，这首七律即可见一斑。4.次联"残雪压枝犹有橘，冻雷惊笋欲抽芽"，刻画出艰难困苦之中孕育的生机与希望，读来令人感奋，亦为古今传诵的名句。

书湖阴先生^{（1）}壁

［宋］王安石

茅檐长扫静无苔，花木成畦^{（2）}手自栽。

一水护田^{（3）}将绿绕，两山排闼^{（4）}送青来。

【注释】

（1）湖阴先生：为杨德逢号，是王安石退居钟山半山园时的邻人。

（2）畦：田园中划分的小区。

（3）护田：《汉书·西域传序》："自敦煌西至盐泽，往往起亭，而轮台、渠犁，皆有田卒数百人，置使者校尉领护。"

（4）排闼（tà）：《史记·樊郦滕灌列传》："高祖尝病甚，恶见人，卧禁中，诏户者无得入群臣。群臣绛灌等莫敢入。10余日，哙乃排闼直入，大臣随之。"闼，宫中小门。

【作者简介】

王安石（1021—1086），字介甫，晚号半山，抚州临川（今江西抚州）人。庆历二年（1042）进士。神宗熙宁二年（1069）任参知政事，行新法。后官至宰相。熙宁九年（1076）因与神宗关系恶化而罢相，退居金陵。封荆国公，谥文。是中国历史上著名的政治改革家，也是宋代文学的代表人物，是"唐宋八大家"之一。诗遒劲清新，讲究使事和翻新。亦能词，有《临川集》，存诗1500余首，词集《临川先生歌曲》，存词 29 首。

【赏读提示】

这是王安石题在杨德逢屋壁上的一首诗。杨德逢，别号湖阴先生。王安石给杨德逢写过多首诗，如"先生贫敝古人风，……勤劳禾黍信周公"（《示德逢》）、"山林投老倦纷纷，独卧看云却忆君。云尚无心能出岫，不应君更懒于云"（《招杨德逢》）等。看来他对这位邻居很崇敬，也很有感情，是经常往来的朋友。

该诗首两句赞美主人庭院的清幽。"茅檐"指代主人的庭院，"静"即净。江南潮湿，又在"湖阴"，庭院很容易长出青苔。但主人勤快，经常打扫（"长扫"），连一点儿青苔都没有，表明无处不净、无时不净。次句"花木成畦"，既写花木繁茂，又写品类众多，整齐有序，而且还强调这些花木是主人自己亲手栽培的。后两句将山水拟人化，山水都有了生命：一湾溪水以其全部绿色围绕着他那块田，起着保护作用；两座山峰不待邀请，便推开他的大门，为他送来无边青翠。全诗没有具体写湖阴先生，但通过对他家庭园与居住环境的描述，其生活情趣、高雅追求则灼然可见，从而赞美了他的人格与品性。

后两句是王安石修辞技巧的有名例子。钱锺书先生在《宋诗选注》中说，"护田"和"排闼"都从《汉书》里来，整个句法也是从五代时沈彬的诗里来（吴曾《能改斋漫录》卷八），但经过王安石所谓的"脱胎换骨"，不知道这些字眼和句法的"来历"，并不妨碍我们了解这两句诗的意义和欣赏其描写的生动。我们只认为"护田""排闼"是两个比喻，并不觉得是古典。读者不必依赖笺注也能领会，这是符合中国古代修辞学对于"用事"最高的要求。

夜泊水村

［宋］陆游

腰间羽箭⁽¹⁾久凋零，太息燕然未勒铭⁽²⁾。

老子犹堪绝大漠⁽³⁾，诸君何至泣新亭⁽⁴⁾。

一身报国有万死，双鬓向人无再青⁽⁵⁾。

记取江湖泊船处，卧闻新雁落寒汀⁽⁶⁾。

【注释】

（1）羽箭：箭尾插羽毛，称羽箭。此句意谓杀敌武器被长期闲置。

（2）太息：叹息。燕然：山名，即今蒙古境内的杭爱山。勒铭：把铭文刻在器皿或石上。东汉和帝永元元年（89），车骑将军窦宪北击匈奴，至燕然山，班固作铭，记功勒石而还。

（3）老子：犹老夫，作者自指。绝：横渡。大漠：大沙漠。

（4）泣新亭：《世说新语·言语》载，晋室南渡，"过江诸人，每至美日，辄相邀新亭，借卉饮宴。周侯中坐而叹曰：'风景不殊，正自有河山之异。'皆相视流泪。唯王丞相愀然变色曰：'当共勠力王室，克复神州，何至作楚囚相对！'"新亭，又名劳劳亭，三国吴建，在今江苏南京南劳山上。

（5）这两句大意是：自己一生报国有万死不辞的决心，可是双鬓已白，无再青之时。

（6）新雁：刚从北方飞来的雁。汀：水边平地、小洲。

【作者简介】

陆游（1125—1210），字务观，号放翁，越州山阴（今浙江绍兴）人。早年因主张恢复中原，深为秦桧所嫉，政治上很不得志。秦桧死后三年，即绍兴二十八年（1158），才被任为宁德（今福建宁德）主簿。绍兴三十二年（1162），孝宗即位，赐进士出身，任为枢密院编修。不久，受到当权的主和派的排挤，被贬为镇江通判。从此迁徙频繁，不被朝廷重用。淳熙十六年（1189），光宗即位，次年召入朝中，任为朝议大夫、礼部郎中。次年又被劾去官。晚年居住在山阴故居，过着穷困的生活，一直到死。陆游毕生主张抗金，是南宋爱国诗人的杰出代表。与范成大、尤袤、杨万里并称为南宋中兴四大家。有《剑南诗稿》，收诗 9200 余首。除了清乾隆与他的儿子嘉庆两位皇帝各有诗 43000 余首与 11000 余首外，陆游是我国诗歌史上现存作品最多的诗人。又工词，为辛派中坚。有《放翁词》，存词 145 首。梁启超《题放翁集》诗云："诗界千载靡靡风，兵魂消尽国魂空。集中十九从军乐，亘古男儿一放翁。"

【赏读提示】

此诗作于孝宗淳熙九年（1182）秋，作者时年 58 岁，主管成都府玉局观，奉祠居家。宋朝制度，指明"主管"或"提点"某宫、某观，只是给一个领取乾俸的空名，根本不需到哪里去干什么实事。这种孤寂无聊的日子和他所向往的"铁马冰河""塞上长城"的戎马生涯与远大抱负格格不入，报国之心却一日未灭。这首诗即抒发了这种心情和感慨。

首联写作者赋闲乡野、久离疆场的落寞怅惘。"羽箭久凋零"，足见投闲置散已久；"燕然未勒铭"，是说壮志难酬、功业未就。这两句，历史与现实交错，遭遇与志愿相违，激发着读者的无穷想象，而诗人流落江湖的身影与豪气犹存的心态，也于宏大的历史背景中一再闪现。

次联以"老子"与"诸君"对举，用了两个典故，抒发了雄飞奋发的壮怀，表达了对高居庙堂的权贵在国家山河破碎之际懦弱昏庸的不满。第三联以工稳的对仗，揭示了岁月蹉跎与夙愿难偿的矛盾。上句只有一个平声字，下句拗救，读来自有英姿勃发之感。韶华易逝，时不我待，再蹉跎下去，双鬓飞雪，还能有什么作为呢？这两句直抒胸臆，是全诗之眼。尾联点题，写出了"夜泊水村"的荒寒情景，但用"记取"领起，说明并非单纯写景，而是由第三联的下句转出。种种忧伤、焦灼、渴望、感喟，又随着声声雁唳而引起作者的精神激荡，化为汹涌澎湃的情感波涛。

通篇抒情，容易流于抽象化。该诗的高明之处，在于以夜泊水村所见的景象为触发点，寄慨遥深。用典贴切，感情充沛，使本诗在悲歌中显出沉雄的气象，具有强烈的艺术感染力。

己亥杂诗·其一二五⁽¹⁾

[清]龚自珍

九州生气恃⁽²⁾风雷，万马齐喑⁽³⁾究可哀。
我劝天公重抖擞⁽⁴⁾，不拘一格⁽⁵⁾降人才。

【注释】

（1）己亥：清道光十九年（1839）。这年作者48岁，因不满清朝官场的黑暗，辞官去京返杭。后因接眷属又往返一次。这一年往返京杭途中，共作七绝315首，统名《己亥杂诗》。这是一组自叙诗，题材极为广泛，风格多样，是对七绝这一诗歌体式的新的发展。

（2）生气：生机蓬勃的气象。恃：依靠。

（3）喑（yīn）：哑，沉默。苏轼《三马图赞》："振鬣长鸣，万马皆喑。"

（4）抖擞（dǒu sǒu）：振作、奋发。

（5）一格：这里指清王朝拿种种所谓资格来限制人才。例如科举制度，表面上说是选用人才，其实正是限制人才；又如官员升调，也有种种资格限制等。

【作者简介】

龚自珍（1792—1841），字璱人，号定盦，浙江杭州仁和（今杭州）人。他出身于世代官僚文士家庭，27岁中举，38岁中进士；由内阁中书官至礼部祠祭司行走、主客司主事，"一生困厄下僚"。48岁辞官南归，50岁暴卒于江苏丹阳云阳书院。龚自珍的诗，以其先进的思想，别开生面，真正打破了清中叶以来诗坛的模山范水的沉寂局面，饱含着社会、历史内容，是一个历史家或政论家的诗，对晚清"诗界革命"诸家和南社诗人有较多影响。有《定庵全集》，存诗600余首，也有词作。

【赏读提示】

此诗原列《己亥杂诗》第一百二十五首。作者自注："过镇江，见赛玉皇及风神、雷神者，祷祠无数。道士乞撰青词。"青词是道士上奏天庭或征召神将的符箓，因用朱笔书写在青藤纸上，故称。可见这是诗人在路经镇江时，应道士之请而写下的祭神诗。

作者就眼前赛神会的玉皇、风神、雷神等形象，巧妙地联系到"天公""风雷"，以祈祷天神的口吻说，千万匹马全都不会发出嘶鸣，这死气沉沉的社会政局，是多么令人悲哀。我劝天老爷还是重新振作精神，不要局限什么资格，让人才大量在社会上涌现。

历史一再证明，人才是安邦定国的关键。历来的明君贤主以及志士仁人无不重视人才问题。龚自珍生在清王朝由盛世走向衰败之际，现实中正缺乏能改革社会、刷新政治的人物。"江山代有才人出。"每个时代都有它的精英和杰出人物，而其时的中国所以会出现"万马齐喑"的局面，究其原委，不外乎政治体制的腐败和统治者的嫉贤妒能。他大力抨击当时的选人和用人制度，在其著名的《乙丙之际箸议第九》中极言人才的匮乏："左无才相，右无才史，阃无才将，庠序无才士，陇无才民，廛无才工，衢无才商，抑巷无才偷，市无才驵，薮泽无才盗，则非但少君子，抑小人甚少。"话说得惊心动魄，社会已到了非但没有君子，就连真正的小人也没有的地步，这样的社会岂能长久！所以他首先大声疾呼人才的可贵。这首诗就是他这种思想的生动反映。希望大风大雷出现，扫荡一切污浊，打破一切桎梏，让社会上下呈现蓬勃生鲜的气象，让人才无限制地生长起来。"劝"字，颇具积极意义。是奉劝，而不是乞求，表现了诗人处于居高临下的地位，也显示出诗人变革的信心。

龚自珍是嘉庆、道光年间主今文经学的重要人物，提倡通经济用。他深刻地意识到当时封建专制政权的种种弊端和走向没落的严重危机，在政治上积极要求改革，对封建统治压制人才、束缚个性的做法做了有力的抨击，呼唤尊重自我与个性解放的局面，成为近代史上重要的启蒙思想家。

自嘲

鲁迅

运交华盖^{（1）}欲何求？未敢翻身已碰头。

破帽^{（2）}遮颜过闹市，漏船载酒泛中流^{（3）}。

横眉冷对千夫指^{（4）}，俯首甘为孺子牛^{（5）}。

躲进小楼成一统，管他冬夏与春秋。

【注释】

（1）华盖：古星名，今属仙后座。旧时迷信，以为人的命运中犯了华盖星，运气就不好，称作华盖运。俗称倒霉，倒运。

（2）破帽，苏轼《南乡子》："破帽多情却恋头。"龚自珍《哭郑八丈》："乡音哗謇謇，破帽恻吾吾。"

（3）《吴子·治兵》："如坐漏船之中。"《晋书·毕卓传》中毕卓说："得酒满数百斛船，……拍浮酒船中，便足了一生矣。"

（4）千夫指：为世人痛恨的奸小人。"千夫"是指群众，鲁迅则反用此典，用"千夫"喻敌人，"千夫指"是说自己遭受各种反动势力的口诛笔伐。

（5）孺子牛：郭沫若在《孺子牛的质变》里，提到清洪亮吉《北江诗话》卷一引钱季重作的柱帖："酒酣或化庄生蝶，饭饱甘为孺子牛。"指出"但这一典故，一落到鲁迅的手里，却完全变了质。在这里，真正是腐朽出神奇了"。（1962年1月16日《人民日报》）《左传·哀公六年》："鲍子曰：'汝忘君之为孺子牛而折其齿乎？'"齐景公爱他的孩子，自己装作牛，口里衔着绳子，让孩子骑着。孩子跌倒，扯掉了他的牙齿。

【作者简介】

鲁迅（1881—1936），原名周树人，字豫才，浙江绍兴人。中国现代文学的奠基者，伟大的无产阶级文学家、思想家、革命家。1902年留学日本，1909年回国。1912年至1926年在民国政府教育部社会教育司任佥事、科长，为中国博物馆、图书馆事业做出了贡献。1926年8月，先后赴厦门大学、广州中山大学任教。1927年9月赴上海，在上海度过了生命最后的10年。鲁迅倡导新文化运动，是中国新文化运动的旗手和主将。其成就是多方面的，散文、小说、诗歌、文艺理论、文学研究，堪称新文学创作的典范。一生写有近百首诗，出版过散文诗集以及诗论。郭沫若曾评价说："鲁迅先生无心做诗人，偶有所作，每臻绝唱。或则犀角烛怪，或则肝胆照人。"（《鲁迅诗稿序》）有《鲁迅全集》。

【赏读提示】

1932年10月5日，鲁迅曾在好友郁达夫夫妇邀宴席上重逢诗人柳亚子，并应后者所请而于是月12日作此诗书赠。据当日《鲁迅日记》："午后为柳亚子书一条幅，云：运交华盖欲何求……达夫赏饭，闲人打油，偷得半联，凑成一律以请，云云。"

当时国民党特务对鲁迅迫害，朋友相聚慰问，鲁迅作此诗以明心志。诗的首联写道：我交了不好的运气又能怎么办呢？想摆脱却被碰得头破血流。"欲何求""未敢"都带有反语的意味，是极大的愤激之词。次联说用破帽遮脸穿过热闹的集市，像用漏船载酒驶于水中一样危险。运用象征的手法，讲形势非常险恶，也流露出诙谐、乐观的情趣。三联说自己横眉怒对那些丧尽天良的"千夫指"，俯下身子甘愿为老百姓做孺子牛。这句是全诗主题的集中体现，也是作者情感表达的最高潮。尾联既表明作者不管形势怎样变幻，前途如何艰险，决心为革命坚持不懈地斗争，又是对当时国民党统治者出卖民族利益的罪行的辛辣讽刺。这一语双关的结尾，表现出的诙谐特色，增强了本诗的主题。这首诗立意深远，对仗工整，用典讲究，寓庄于谐，是鲁迅诗歌中的名篇。

"横眉冷对千夫指，俯首甘为孺子牛"两句，爱憎分明，尤为脍炙人口，是文化斗士的自画像。作者伟岸的人格、坚毅的精神、浓郁的情怀，都赤诚袒露，昭然于世。题曰"自嘲"，实为"自赏"与"自誓"。

毛泽东说："鲁迅的两句诗，'横眉冷对千夫指，俯首甘为孺子牛'，应该成为我们的座右铭。'千夫'在这里就是说敌人，对于无论什么凶恶的敌人我们决不屈服。'孺子'在这里就是说无产阶级和人民大众。一切共产党员，一切革命家，一切革命的文艺工作者，都应该学鲁迅的榜样，做无产阶级和人民大众的'牛'，鞠躬尽瘁，死而后已。"（1942年5月23日《在延安文艺座谈会上的讲话·结论》）

虞美人

[五代·南唐] 李煜

春花秋月何时了，往事知多少。小楼昨夜又东风，故国不堪回首月明中。　　雕栏玉砌^{（1）}应犹在，只是朱颜改^{（2）}。问君能有几多愁，恰似一江春水向东流。

【注释】

（1）雕栏玉砌：指南唐宫殿的精美建筑。雕栏，雕花的栏杆；玉砌，石阶的美称。

（2）朱颜改：面容变得憔悴。指他已亡国为囚。

【作者简介】

李煜（937—978），南唐后主。李璟第六子，初名从嘉，字重光，自号钟隐、钟峰、白莲居士，徐州（今属江苏）人。宋太祖建隆二年（961），嗣位于金陵。在位15年，称臣于宋。开宝八年（975），宋军攻入金陵，被迫降宋，封违命侯，幽囚于汴京。太宗太平兴国三年（978），被太宗用牵机药毒死。政治上昏庸无能，但能诗文，好音乐，善书画，尤工于词。其词真切自然，不假雕琢，直抒胸臆，在词史上占有重要地位。存词30余首，后人将其词与李璟词合编为《南唐二主词》。

【赏读提示】

李煜于宋太祖开宝九年（976）正月被押解至汴京，到第三年（978）七月即被毒死，据说就与这首词有关。宋王铚《默记》卷上载："后主在赐第，因七夕命故妓作乐，声闻于外。太宗闻之大怒。又传'小楼昨夜又东风'及'一江春水向东流'之句，并坐之，遂被祸云。"可见此为作者的绝命词，也成了他的代表作。1000多年来，此词感动着世代人的心灵。

词中说，"春花秋月"多么美好，身为阶下囚的词人，却企盼它早日"了"却，原因是怕这些美景勾起往事而伤怀。小楼"东风"带来春天的信息，却反而引起作者"不堪回首"的嗟叹，因为它们勾发了作者物是人非的怅触。这两句真切而又深刻地描写出一位由珠围翠绕、烹金馔玉的江南国主变为长歌当哭、以泪洗面的阶下囚的作者的心境。"春花秋月"引起对往事的回忆："往事知多少"？"往事"自然是指他在南唐国当国主时的事，可是，以往的一切都消逝了，都化为虚幻了。这自然又引起他无限感慨。感慨什么呢？"故国不堪回首月明中"！多少故国之思，凄楚之情，甚至悔恨之意，顿时涌上了心头，不忍回首，也不堪回首。

下面第五、六两句，"雕栏玉砌应犹在"与"朱颜改"的两相对比，其实也是自然永恒与人生无常的尖锐矛盾的对比，感慨深沉，富有哲理意味。最后，悲慨之情一发而不可收，词人对人生发出彻底的究诘："问君能有几多愁？恰似一江春水向东流！"不仅显示了愁恨的悠长深远，而且显示了愁恨的汹涌翻腾，充分体现出奔腾中的感情所具有的力度和深度。

这首词通篇采用问答，以问起，以答结，由问天、问人而到自问。全词语言明净、凝练、优美、清新。在结构上尤为精心，通篇一气盘旋，波涛起伏，使作者沛然莫御的愁思贯穿始终，形成感人至深的美感效应。当然，这首词写得好，更主要的还是因为作者感之深，故能发之深，是感情本身起着决定性的作用。正如王国维所说是"以血书者"（《人间词话》）。

　　关于末两句，宋胡仔《苕溪渔隐丛话》前集卷五十九引《雪浪斋日记》曰："荆公问山谷云：'作小词曾看李后主词否？'云：'曾看。'荆公云：'何处最好？'山谷以'一江春水向东流'为对。"俞平伯《读词偶得》评说："诗词之作，曲折似难而不难，唯直为难。直者何？奔放之谓也。直不难，奔放亦不难，难在于无尽。'恰似一江春水向东流'，无尽之奔放，可谓难矣。"

雨霖铃

［宋］柳永

寒蝉⁽¹⁾凄切，对长亭晚，骤雨初歇。都门帐饮⁽²⁾无绪，留恋处、兰舟催发。执手相看泪眼，竟无语凝噎⁽³⁾。念去去⁽⁴⁾、千里烟波，暮霭沉沉楚天阔。　　多情自古伤离别，更那堪⁽⁵⁾、冷落清秋节。今宵酒醒何处？杨柳岸、晓风残月。此去经年⁽⁶⁾，应是良辰好景虚设。便纵有千种风情⁽⁷⁾，更与何人说？

【注释】

（1）寒蝉：秋蝉。

（2）都门帐饮：在京城门外设帐饯行。

（3）凝噎：喉咙哽塞，说不出话。

（4）念：想。去去：不断远去。

（5）那堪：哪能经受得住。

（6）经年：年复一年。

（7）风情：男女之间的情思。

【作者简介】

柳永（约987—约1053），原名三变，字耆卿，崇安（今属福建）人。仁宗赵祯景祐元年（1034）进士。官至屯田员外郎，世称柳屯田。他写过发泄怀才不遇牢骚的《鹤冲天》词，其中有"忍把浮名，换了浅斟低唱"句，传说赵祯看了很不满，说"此人风前月下，好去浅斟低唱，何要浮名？且填词去"。他就由此自称"奉旨填词"（宋吴曾《能改斋漫录》）。柳永一生落拓不遇，遂流连坊曲，属意于词。所作多羁旅行役之愁，伤春悲秋之怨。他不仅是大量创作慢词的第一个词人，而且是把词从宫廷引向民间的第一个专业作家。其词以铺叙见长，曲折委婉，状难状之景，达难达之情，而出之以自然。被誉为北宋巨手。他的词很适合一部分市民的胃口，流传很广，据说"凡有井水处，即能歌柳词"（《避暑录话》）。有《乐章集》，存词近200首。

【赏读提示】

这首词是柳永词的代表作，也是宋代慢词作品中较早的一首。宋俞文豹《吹剑续录》载，东坡在玉堂，有幕士善讴，因问："我词比柳词何如？"对曰："柳郎中词，只合十七八女孩儿，执红牙拍板，歌'杨柳岸、晓风残月'。学士词，须关西大汉，执铁板，唱'大江东去'。"以此词与苏轼的《念奴娇·赤壁怀古》对举，作为婉约和豪放词不同风格的代表作，可见此词是宋代婉约词的典范作品。

这是一首话别词，"凄切"二字为全词之目。上片写冷落清秋时节，一对恋人在郊外离别时难分难舍的情景。下片写离去的人对旅途和别后孤寂生活的种种设想。作者通过对离人内心活动的描写，把他"凝噎"在喉头的话巧妙地表达了出来。全词成功地运用了铺叙手法，细腻真切而又委婉动人地表现出离人别时和别后的情景，富有巨大的艺术魅力。

"今宵酒醒何处？杨柳岸、晓风残月"二句，写水边清晨景色，以凄清寂静的气氛，点染主人公的孤零之感，是广为传诵的名句。刘永济分析说："'今宵'二句，传诵一时，盖所写之景与别情相切合。今宵别酒醒时恰是明早舟行已远之处，而'杨柳岸、晓风残月'又恰是最凄凉之景，读之自然使人感到一种难堪之情。"（《唐五代两宋词简析》）对于"执手相看泪眼，竟无语凝噎"两句，唐圭璋也很赞赏，说其妙写"临别之情事"，是"传神之笔"（《唐宋词简释》）。

水调歌头

［宋］苏轼

丙辰^{（1）}中秋，欢饮达旦，大醉，作此篇兼怀子由^{（2）}。

明月几时有？把酒问青天^{（3）}。不知天上宫阙^{（4）}，今夕是何年？我欲乘风归去，又恐琼楼玉宇^{（5）}，高处不胜寒。起舞弄清影，何似在人间！　　转朱阁，低绮户^{（6）}，照无眠。不应有恨，何事长向别时圆？人有悲欢离合，月有阴晴圆缺，此事古难全。但愿人长久，千里共婵娟^{（7）}。

【注释】

（1）丙辰：宋神宗熙宁九年（1076）。

（2）子由：苏轼的胞弟苏辙，字子由。当时，苏辙任齐州（今山东济南）掌书记。兄弟二人已七年未见了。

（3）"明月"二句，化用李白《把酒问月》诗："青天有月来几时？我今停杯一问之。"

（4）天上宫阙：指月宫。

（5）琼楼玉宇：指月宫里的宫殿。

（6）低绮（qǐ）户：低低地（透进）彩绘雕花的门户之中。

（7）"千里"句：化用南朝谢庄《月赋》"隔千里兮共明月"句意。婵娟：美好的样子，这里指月亮。

【作者简介】

苏轼（1037—1101），字子瞻，号东坡居士，眉山（今属四川）人。仁宗嘉祐二年（1057）进士。神宗时，因反对王安石新法而求外职，知密州、徐州、湖州等。后以作诗"讪谤朝廷"罪，即所谓"乌台诗案"贬谪黄州团练副使。哲宗时曾出知杭州等地，官至礼部尚书。后又贬谪惠州、琼州。徽宗即位，遇赦北归，卒于常州。散文方面，与其父苏洵、弟苏辙皆为"唐宋八大家"之一。与欧阳修并称"欧苏"。诗歌与黄庭坚齐名，并称"苏黄"。词的成就更大，题材广泛，风格豪放，开一代词风，为豪放派词人的重要代表。与辛弃疾并称"苏辛"。有《东坡集》。存诗2800余首，词350余首。

【赏读提示】

苏轼因反对王安石新法而自请外任，任知密州（今山东诸城）时，于宋神宗熙宁九年（1076）中秋赏月，趁醉写词。词中表达了不满现实，想要飞天"归去"但又热爱人间生活的矛盾心态，进一步抒发人月同理、旷达自适的乐观襟怀和祝福亲人长寿安乐的美好愿望。

上片写望月遐想。虽化用太白诗句，而举止超逸，气韵终胜一筹。词从中秋对月、把酒问天落笔，表达对明月的赞美和神往。"我欲乘风归去"3句，乘势而发，描写他忽生奇想，神飞天外。但登月成仙尽管美好，却又怕"不胜"高处之寒。如此一波三折，急转直下，终以"起舞弄清影，何似在人间"归结，显示了对人间生活的热爱，解决了由于不满现实而想出世登仙的矛盾。

下片实写中秋赏月，照应题中"达旦"二字。唯其"欢饮达旦"，方能看到明月"转朱阁，低绮户，照无眠"。于是触景生情，无理发问：你天上明月不该对地上离人有什么怨恨吧，为什么总是在人们离别时这般圆满呢？也是为了突出此篇"兼怀子由"的副主题。正是有此一问，导致了由情入理的千古名言的喷发："人有悲欢离合，月有阴晴圆缺，此事古难全。"此句充满情趣和理趣。强调表明人处困境也要豁达乐观地积极进取、充满信心地瞩望未来。

结尾以"但愿人长久，千里共婵娟"收束全篇，用"长久"的时间和"千里"的空间，将人和月的关系，从似乎对立引到彼此相应，终至推进到密切融合的境地。

全词风格豪放，意境高远，极富哲理，引人向上，是千秋以来人们公认的中秋词中的绝唱。

如梦令

［宋］李清照

昨夜雨疏风骤，浓睡不消残酒。试问卷帘人^{（1）}，却道海棠依旧。知否？知否？应是绿肥红瘦^{（2）}。

【注释】

（1）卷帘人：指正在卷帘的侍女。

（2）绿肥红瘦：叶儿繁盛了，花却憔悴了。

【作者简介】

李清照（1084—约1151），章丘（今属山东）人，号易安居士。父李格非，著名学者，为"苏门后四学士"之一。夫赵明诚，宰相赵挺之之子，金石学家。高宗建炎三年（1129）夫死，遂避兵入浙，所携金石、书籍散尽。晚居金华。善诗文，尤工词。前期词风清丽隽秀，明白如话；后期凄怆悲郁，极尽缠绵之悲、黍离之忧。为婉约派的重要代表。善于提炼口语，富有生活气息，被称为易安体。有《漱玉词》，今存词48首。

【赏读提示】

这是一首伤春词。妙在以问答形式展示物象、情节，藏问于答，曲折委婉地表达了词人的惜花伤春之情，抒发了心中一缕淡淡的忧伤。

"昨夜雨疏风骤"，宿酒醒后的女主人急切地询问花事，正在卷帘的侍女回答：海棠花依然和昨天一样。她感到疑惑不解。"雨疏风骤"之后，海棠花怎会"依旧"呢？这就非常自然地带出了结尾两句："知否？知否？应是绿肥红瘦。"这既是对侍女的反诘，也像是自言自语：你知道不知道，园中的海棠应该是绿叶繁茂、红花稀少才是。这就极为生动地表现出女主人的惜花心情和对自然观察的敏感。

"绿肥红瘦"4字自是全词的精绝之笔，天然工巧，状景入神，历来为世人称道。"绿"代替叶，"红"代替花，是两种颜色的对比；"肥"形容雨后的叶子因水分充足而茂盛肥大，"瘦"形容雨后的花朵因不堪雨打而凋谢稀少，是两种状态的对比。本来平平常常的4个字，经词人的搭配组合，竟显得如此色彩鲜明、形象生动，这实在是语言运用上的一个创造。由这4个字生发联想，那"红瘦"正是表明春天的渐渐消逝，而"绿肥"正是象征着绿叶成荫的盛夏的即将来临。这种极富概括性的语言，又实在令人叹为观止。

据吴无闻注析的《宋词三百首》载，李清照此词所本为韩偓《懒起》诗"昨夜三更雨，临明一阵寒。海棠花在否？侧卧卷帘看"。但此词却由原诗主人公的个人活动变成一个情景剧，有人物，有场景，还有对白，更为生动。

李清照的词，造诣高超，自成一格，被后人称为"易安体"，其体最显著的特点是明白晓畅而经精心锤炼，俗语与雅语并用，特别是喜用一些直白的口语作结，却丝毫不影响整首词高雅的格调。此词就是如此。全为质朴之口语，数语中又有层次曲折，词意隽永，诚为"天下称之"的不朽名篇。

摸鱼儿

［宋］辛弃疾

  淳熙己亥⁽¹⁾，自湖北漕移⁽²⁾湖南，同官王正之置酒小山亭⁽³⁾，为赋。

  更能消几番风雨⁽⁴⁾，匆匆春又归去。惜春长怕花开早，何况落红⁽⁵⁾无数。春且住，见说道，天涯芳草无归路。怨春不语，算只有殷勤，画檐蛛网，尽日惹飞絮⁽⁶⁾。 长门事⁽⁷⁾，准拟佳期又误，蛾眉⁽⁸⁾曾有人妒。千金纵买相如赋，脉脉⁽⁹⁾此情谁诉？君莫舞⁽¹⁰⁾！君不见，玉环飞燕⁽¹¹⁾皆尘土。闲愁最苦。休去倚危栏，斜阳正在，烟柳断肠处。

【注释】

（1）淳熙己亥：宋孝宗淳熙六年（1179）。

（2）漕：漕司的简称。漕司即转运司，掌财赋及谷物转运等事务。移：调任。当时作者从湖北转运副使改任湖南转运副使。

（3）王正之：王正己，字正之，作者同僚。小山亭：在漕司衙内。

（4）这句是说，花儿再也经不起风雨的吹打了。

（5）落红：落花。

（6）以上三句是说，算来只有檐下的蜘蛛网还在整天地粘住纷飞的柳絮，想殷勤地挽留春天。

（7）长门事：司马相如《长门赋序》中说，汉武帝的陈皇后失宠后，住在长门宫。她用黄金百斤请司马相如作一篇表现她自己悲愁的文章。于是相如写了《长门赋》。汉武帝读后悔悟，陈皇后再次得宠。

（8）蛾眉：代指美人。

（9）脉脉：含情的样子。

（10）舞：这里用作双关语，既指舞蹈，又指得意忘形，胡作非为。

（11）玉环、飞燕：玉环，是唐玄宗宠妃杨贵妃；飞燕，汉成帝皇后，姓赵。二人都善舞，并以妒忌著称。

【作者简介】

辛弃疾（1140—1207），字幼安，号稼轩，历城（今山东济南）人。年轻时参加抗金起义。南归后历任建康府通判，湖北、湖南安抚使等职，以恢复中原为己任，矢志不渝。屡受朝中主和派排挤，曾闲居江西上饶、铅山前后达 20 年之久。能诗善文，尤工词，是继苏轼之后的又一位大词人，历来与苏轼并称"苏辛"。其词风格多样，或慷慨豪迈，或沉郁悲壮，或清新自然，或婉转细腻，时融经史，长于用典。开以文为词之一代风气。有《稼轩长短句》，存词 629 首。

【赏读提示】

这首词是淳熙六年（1179）三月间，辛弃疾由湖北转运副使调往湖南时所作。辛弃疾 21 岁率两千民众参加耿京抗金义军，次年即率五十骑于数万金人营中生擒叛徒张安国，献俘行在，至此南归已 17 年之久。在这漫长的岁月中，他抗击金军、恢复中原的壮志始终未能施展，还遭受排挤打击。这次由湖北转运副使调官湖南，仍然只是去主管钱粮，离他恢复失地的志向相去甚远，遂借王正之置酒之机，写此词以抒长期积郁于胸中的痛苦与悲愤。

词的上片抒写他惜春、留春、怨春的感情。"几番风雨""落红无数"，已使人触景伤怀，闷闷不乐。而春归无路、天涯踯躅，更教人悲从中来，不能自已。这一暮春残景，象征作者功名未就、年华虚度的处境。下片先以史事写忠直之士为人谗害，不为所用，然后借用陈皇后故事，暗喻自己受到排挤，满腔爱国深情无处申述、报国无门的不平，并用杨玉环和赵飞燕的悲剧结局，警告奸小"玉环飞燕皆尘土"。然而，国势似已无法挽回。"斜阳"两句所写，景象黯淡，语意沉痛，正是大局已去、日薄西山的南宋朝廷的象征。据南宋罗大经《鹤林玉露》说，宋孝宗看了这首词以后很不高兴，可见词的内容刺痛了当时的朝廷。

这首词的主要特点是比兴寄托手法的出色运用。辛弃疾继承了《诗经》《楚辞》的传统，把自己的爱国理想、身世之感寄托在美人香草、儿女之情上，把复杂的情感表现得曲折委婉、摇曳多姿。在伤春和宫怨的外衣下，抒写的却是重大题材、复杂感情。

清陈廷焯《白雨斋词话》卷一云："稼轩'更能消几番风雨'一章，词意殊怨。然姿态飞动，极沉郁顿挫之致。起处'更能消'三字，是从千转万转后倒折出来，真是有力如虎。"梁启超亦云："回肠荡气，至于此极。前无古人，后无来者。"（梁令娴《艺蘅馆词选》）

临江仙

［明］杨慎

　　滚滚长江东逝水，浪花淘尽英雄[1]。是非成败转头空。青山依旧在，几度夕阳红。　　白发渔樵江渚上，惯看秋月春风。一壶浊酒喜相逢。古今多少事，都付笑谈中。

【注释】

　　（1）"滚滚"两句：用杜甫《登高》诗"不尽长江滚滚来"、苏轼《念奴娇》词"大江东去，浪淘尽，千古风流人物"词意。

【作者简介】

　　杨慎（1488—1559），字用修，号升庵，四川新都人。正德六年（1511）中进士第一。曾任翰林修撰，经筵讲官。嘉靖三年（1524）因直谏忤旨，谪戍云南，流放终身，死于贬所，终年72岁。升庵博闻广识，后人辑有《升庵集》，词有《升庵长短句》三卷，王世贞评其词说他"好用六朝丽事，似近而远"（《艺苑卮言》）。他的词，对明代词风的转变有一定的影响。

【赏读提示】

　　这首词是杨慎的晚年之作。杨慎写有《廿一史弹词》，以正史的史实为题材，铺写历代兴亡，多所寄托。全书分为十段，一"段"略似一"回"，故原名为《历代史略十段锦词话》。这首词是第三段《说秦汉》的开场词。清初，毛宗岗父子取之置于《三国演义》的卷首，因而传播极广。

这首词不同于咏怀古迹，触景生情，而是述史兴感，写历代兴亡引起的人生感慨。"滚滚长江东逝水，浪花淘尽英雄"，上片首两句真如异军突起，气势非凡。古来多少英雄成败，犹如大浪淘沙，转眼成空，消失在历史的风尘之中，唯有长江是亘古长存的。最后二句跌宕有致，发人深省。以"青山依旧"喻宇宙的永恒，以"几度夕阳"喻人生美好但却短暂。如果说上片是作者对主宰兴亡的一世之雄们的业绩直接陈述议论，是从宏观上来写，下片则将笔头一转，展现了历尽沧桑的白发渔樵的形象，是从微观上描绘。任他惊涛骇浪、是非成败，老翁只着意于春风秋月，在握杯把酒的谈笑间，固守一份宁静与淡泊。"古今多少事，都付笑谈中"，使词的意境平添清空高远之笔。白发渔樵，正是作者所追求的理想人格。

全词基调慷慨悲壮，读来只觉荡气回肠、回味无穷。此词在渲染苍凉悲壮的同时，又营造出一种淡泊宁静的气氛，并且折射出高远的意境和深邃的人生哲理。作者试图在历史长河的奔腾与沉淀中探索永恒的价值，在成败得失之间寻找深刻的人生哲理，有历史兴衰之感，更有人生沉浮之慨，体现出一种高洁的情操、旷达的胸怀。

读这首词，应该与杨慎的遭遇结合起来。杨慎父杨廷和曾是朝廷首辅，本人是状元，明世宗时任翰林修撰兼经筵讲官。嘉靖三年（1524）卷入"大礼议"事件，触怒世宗，被杖责罢官，谪戍云南永昌卫。世宗因大礼议的缘故，对杨廷和、杨慎父子极其愤恨，常常问及杨慎近况。按明律年满60岁可以赎身返家，但无人敢受理他。嘉靖三十二年（1553），他在黔国公沐朝弼的帮助下举家迁往四川，但因被人检举，又于三十七年（1558）十月被巡抚派4名指挥押回永昌。因而在历代兴亡的感慨中，也寄寓了他自身的伤感和慨叹。可贵的是杨慎看穿了世事，在逆境中没有消沉，而且积极有为。《明史》本传称其著之富，为明第一，有百余种（四川图书馆新编《杨升庵著述目录》多达298种）。他还为当地办了不少好事。

双调·夜行船·秋思（套数）

[元]马致远

[夜行船] 百岁光阴一梦蝶，重回首往事堪嗟。今日春来，明朝花谢，急罚盏夜阑灯灭。

[乔木查] 想秦宫汉阙，都做了衰草牛羊野，不恁么⁽¹⁾渔樵没话说。纵荒坟横断碑，不辨龙蛇⁽²⁾。

[庆宣和] 投至⁽³⁾狐踪与兔穴，多少豪杰！鼎足虽坚半腰里折，魏耶？晋耶？

[落梅风] 天教你富，莫太奢，没多时好天良夜。富家儿更做道你心似铁，争辜负了锦堂风月。

[风入松] 眼前红日又西斜，疾似下坡车。不争镜里添白雪⁽⁴⁾，上床与鞋履相别⁽⁵⁾。休笑鸠巢计拙⁽⁶⁾，葫芦提⁽⁷⁾一向装呆。

[拨不断] 利名竭，是非绝。红尘不向门前惹，绿树偏宜屋角遮，青山正补墙头缺。更那堪竹篱茅舍。

[离亭宴煞] 蛩⁽⁸⁾吟罢一觉才宁贴，鸡鸣时万事无休歇，争名利何年是彻⁽⁹⁾！看密匝匝蚁排兵，乱纷纷蜂酿蜜，急攘攘蝇争血。裴公绿野堂⁽¹⁰⁾，陶令白莲社⁽¹¹⁾。爱秋来时那些：和露摘黄花，带霜烹紫蟹，煮酒烧红叶。想人生有限杯，浑几个重阳节⁽¹²⁾。嘱咐你个顽童记者⁽¹³⁾："便北海探吾来，道东篱醉了也！"⁽¹⁴⁾

【注释】

（1）不恁么：不这样。

（2）龙蛇：形容草书笔势。李白《草书歌行》："恍恍如闻鬼神惊，时时只见龙蛇走。"此指字迹。

（3）投至：及至，待到。

（4）白雪：指头发已白。

（5）上床与鞋履相别：永远不再穿鞋了，也即与人生告别。

（6）鸠巢计拙：鸠巢，一作巢鸠。传说斑鸠性拙，不会营巢，借喜鹊之巢产卵。

（7）葫芦提：糊涂之意，为当时口语："从今葫芦大家提，再不辨是和非。"

（8）蛩（qióng）：蟋蟀。

（9）彻：结束，完了。

（10）裴公绿野堂：裴公，唐裴度，因功被封为晋国公。后因宦官专权，于洛阳筑"绿野草堂"，退出官场。

（11）陶令白莲社：陶令，陶潜，曾为彭泽令，故称。白莲社，晋庐山东林寺慧远法师发起的宗教组织，曾邀陶潜参加。此与上句言要学裴度、陶潜退隐的榜样。

（12）"浑几个重阳节"一句，一作几个登高节。浑：还有。意即还能过几个重阳节呢。

（13）记者：记着。

（14）北海：指东汉末北海相孔融。孔曾说："座上客常满，樽中酒不空，平生愿足。"此二句意谓即使孔融来探我，也只说我醉了不能出见。言外之意，无论谁来，我也不见。

【作者简介】

马致远（约1251—1321年后），号东篱，大都（今北京）人。

元曲四大家之一，曾被誉为"曲状元"。做过浙江行省省务官，怀才不遇，晚年退出官场，在杭州附近的乡村隐居。他的杂剧存目15种，今存《汉宫秋》等7种。散曲内容以叹世一类为主，风格兼有豪放清逸，他对曲坛的贡献扩大了曲的范围，提高了曲的意境，是元代最负盛名的散曲家之一。近人辑录《东篱乐府》一卷，据隋树森《全元散曲》，有小令115首，套数16，残套7套，数量在元前期散曲家中是最丰富的。

【赏读提示】

这首长篇抒情套数不仅是马致远散曲最优秀的作品之一，也是所有元散曲中的代表作。该曲主要抒发他对人生的看法和自述处世态度。

全曲一气呵成，从人生短促、盛衰无常及现实社会争名逐利的无谓中，得出及时行乐、鄙夷富贵、恬于隐逸的生活观。首曲［夜行船］总领全篇，以"百岁光阴一梦蝶"为眼，带出人生的感慨。［乔木查］、［庆宣和］回顾王朝更迭的过眼烟云、纸上虚名，引发作者对人生价值的思考，［落梅风］嘲笑富家的吝啬愚蠢，［风入松］慨叹人生的短暂易逝，都为［拨不断］赞美脱离红尘的归隐生活、寻找真正的生命意义做了铺垫。末曲［离亭宴煞］，在揭露现实争名攘利情状的丑恶中，更加渲染了秋日沉湎醉乡的快乐，多么诗意的栖居，多么旷达的自由。因此看破红尘、与世无争的人生，才是人间真味，人生真正的意义不在功名利禄，而在生命情趣的把握。作者被社会放逐的残破心灵，在这样的理想人生境界中得到了温暖的慰藉。元代施行民族歧视政策，知识分子社会地位极其低下，此曲也极为典型地表达了元代传统的文人知识分子所共有的文化心态。

本曲向有"元人第一"之评，其主要成功之处在于语言的警拔、隽永，尤多看似冷静平常而实则耐人咀嚼的艺术语言。明王世贞在《曲藻》中评论："马致远'百岁光阴'，放逸宏丽，而不离本色。押韵尤妙。长句如'红尘不向门前惹，绿树偏宜屋角遮，青山正补墙头缺'，又如'和露摘黄花，带霜烹紫蟹，煮酒烧红叶'，俱入妙境。小语如'上床与鞋履相别’，大是名言。结尤疏俊可咏。元人称为第一，真不虚也。"又如"密匝匝蚁排兵，乱纷纷蜂酿蜜，急攘攘蝇争血"等，即所谓元曲的"当行语"。

周德清在《中原音韵》中对此曲做了极高评价："此词乃东篱马致远先生所作也。此方是乐府，不重韵，无衬字，韵险，语俊。谚曰：'百中无一'，余曰：'万中无一'。看他用蝶、穴、杰、别、竭、绝字，是入声作平声；阙、说、铁、雪、拙、缺、贴、歇、彻、血、节字，是入声作上声；灭、月、叶是入声作去声。无一字不妥，后辈学去。"

马致远的《双调·夜行船·秋思》在散曲发展中有着标志性意义。元前期散曲已形成令雅套俗的特点。马致远以后，以散套抒情之作则越来越多，并打破了原来的审美定式，开始了散曲的全面雅化和文人化。

中吕·山坡羊·潼关⁽¹⁾怀古

[元] 张养浩

峰峦如聚，波涛如怒，山河表里⁽²⁾潼关路。望西都⁽³⁾，意踟蹰⁽⁴⁾。伤心秦汉经行处⁽⁵⁾，宫阙万间都做了土。兴，百姓苦；亡，百姓苦。

【注释】

（1）潼关：古关名，在今陕西潼关县，关城雄踞山腰，下临黄河，扼秦、晋、豫三省之冲，素称险要。

（2）山河表里：潼关外有黄河，内有华山，故称。

（3）西都：指长安（今陕西西安）。

（4）踟蹰（chí chú）：原指犹豫不决、徘徊不前，此处表示思潮起伏。陷入沉思。

（5）经行处：作者经过之处；一说为经营之地。

【作者简介】

张养浩（1270—1329），字希孟，号云庄，山东历城（今山东济南）人。曾任礼部尚书、监察御史等职。因批评官场的黑暗，为权贵所忌而罢官。后6次谢绝征召。天历二年（1329）关中大旱，年已花甲的他应朝廷急征为陕西行台中丞，日夜办理赈灾，积劳成疾而死。能诗文，工散曲。《全元散曲》共辑他的小令161首，套数两套。作品题材多样，有的寄情林泉，有的直接抨击现实，表现出关心民生疾苦的倾向。

风格既清逸又豪迈。前人评他"言真理到，和而不流"。

【赏读简介】

　　张养浩在元代士人中，算是仕途比较顺利的。他的散曲绝大部分是其隐逸田园山水期间吟志乐闲之作。天历二年（1329）关中大旱，饿殍遍野，人竞相食，作者调任陕西赈灾。张养浩的陕西赈灾不仅是他人生的一个转折，也带来了散曲创作风格的转折，即从抒写个人的归隐闲情转向广阔的社会生活和人民命运的关切。这首散曲就是他途经潼关时写的9首怀古曲之一。

　　开头3句以如椽巨笔扣题勾画了潼关地势之险要。一"聚"字写群山之奔凑，化静为动；一"怒"字写黄河之波涛汹涌，顿觉涛声震耳。两个字都极有气势。第三句"山河表里"形象勾画出潼关地形的特点。我国从秦汉至隋唐时代，关中长安一带为政治活动的中心，潼关踞山临河，扼入陕咽喉，常成为统治阶级争夺天下的重要战场。在此怀古，自然别有一番滋味。作者在潼关西望，不由联想到在关中历代王朝的更迭，不免感慨万千地"意踟蹰"，自然地由咏山河之胜转入抒怀古之情。"伤心"两句以"宫阙万间"的建与毁为着眼点，正面写历代王朝的更迭。这一历史的追忆，在触动作者"伤心"的同时，化为一种历史的反思："兴，百姓苦；亡，百姓苦！"跳出凭吊之窠臼，境界阔大，有着深刻的社会历史内涵。

　　前期曲家的咏史怀古中，大多是兴亡之叹、祸福之感，或从历史发展，或从个人命运角度来咏怀历史。而这首曲子却从历史兴亡感，落到对民生疾苦的忧虑上，体现了诗人以民为本的思想境界，无疑是散曲内容上的一种拓展和提升。

　　张养浩的曲作在艺术上较多汲取前代诗人、词家的成就，与关汉卿、马致远等书会才人之作是有别的。我们在这首曲子中就有所领略。

　　霍松林评论："这首小令遣词精辟，形象鲜明，于浓烈的抒情色彩中迸发出先进思想的光辉，在元散曲，乃至整个古典诗歌中，都是难得的优秀作品。"（《元曲鉴赏辞典》，上海辞书出版社）

双调·水仙子·讥时

［元］张鸣善

　　铺眉苫眼早三公[1]，裸袖揎拳享万钟[2]，胡言乱语成时用[3]。大纲来都是哄[4]！说英雄谁是英雄？五眼鸡岐山鸣凤[5]，两头蛇南阳卧龙[6]，三脚猫渭水飞熊[7]。

【注释】

　　（1）铺眉苫眼早三公：意说装模作样的早已位至三公。铺眉苫（shàn）眼，挤眉弄眼，装模作样，盛气凌人的样子。铺和苫都是覆盖的意思。三公：元朝以太师、太傅、太保为三公，正一品。这里泛指高官。

　　（2）裸袖揎拳享万钟：意说会吵会闹的人享受万钟俸禄。裸袖揎（xuān）拳，捋起袖子，露出拳头，这里指蛮横的人。钟，古代量器名。

　　（3）成时用：适合当时之用，吃得开。

　　（4）大纲来：大概，多半。哄：胡闹意。

　　（5）五眼鸡岐山鸣凤：意为把五眼鸡当作岐山鸣凤。下二句句法同。五眼鸡与下句两头蛇、三脚猫，泛指不祥的怪物。五眼鸡：或作忤眼鸡、乌眼鸡，一种好斗的鸡。岐山鸣凤：传说周朝兴起时，有凤凰鸣于岐山。岐山在今陕西岐山县。

　　（6）两头蛇：头部歧生的蛇，相传有剧毒。南阳卧龙：指诸葛亮，因才识过人，被徐庶称为卧龙。《三国志·蜀志·诸葛亮传》："徐庶谓先主曰：'诸葛孔明，卧龙也，将军宜枉驾顾之。'"南阳：指东汉南阳郡，在今河南省西南部及湖北省北部。

（7）三脚猫：俗指专会败事的人。渭水飞熊：指吕尚，即姜太公。传说周文王出猎前占卜，有"所获非龙非螭，非熊非罴，所获霸王之辅"（《史记·齐世家》）的话，果然就在渭水边遇到吕尚。后世俗语把"非熊"误为"飞熊"，以"飞熊入梦"代表文王遇吕尚的故事。

【作者简介】

张鸣善（生卒年不详），生活在元代末期。名择，号顽老子，平阳（今山西临汾）人，迁居湖南，流寓扬州，曾官宣慰司令史。著《英华集》及杂剧三种，今俱不存。散曲现存小令13首，套数2篇。明朱权《太和正音谱》称他的散曲"藻思富赡，烂若春葩……诚一代之作手"。

【赏读提示】

元代科举不兴，铨选制度混乱，读书人往往有不遇之感，故讽刺当政者是非不分用非其人，成为散曲中常见的主题。张鸣善的这首《双调·水仙子·讥时》，就是这一方面的代表作。

全曲8句，前后4句恰好可分为两部分。前一部分是围绕官场现状的描述：装模作样的人居然早已官高位隆，位列朝廷公卿，恶狠好斗、蛮横无理之辈竟享受着万钟的俸禄，胡说八道、欺世盗名的人竟能在社会上层畅行无阻。这3句描述，有神态，有动作，有语言，谴责与讽刺兼备。接着以"大纲来都是哄"作括：总而言之，这统统都是胡闹！后部分以"说英雄谁是英雄"提问，然后再以3个排比句作答：五眼鸡居然成了报吉祥的鸣凤，两头蛇竟被当成了南阳的诸葛亮，败事的三脚猫也会被奉为姜子牙。作者直言不讳地指斥当世所谓"英雄"的可笑可鄙，揭露元代社会用人制度的腐败和荒唐。真是剥皮见骨，笔力千钧，铺陈饱满，气势雄劲。

鼎足对的前后两用，形成此曲的一个显著特点。鼎足对本是元人散曲有别于诗词的新创。这种兼对偶与排比而有之的修辞，容易收到连珠炮似的效果。作者此曲又有独到之处。前3句用了3个形象的动作描述："铺眉苫眼""裸袖揎拳""胡言乱语"，不但对仗工整，而且生动地勾画出三类恶人的丑恶嘴脸。后3句更是精妙的鼎足对：五眼—两头—三脚，鸡—蛇—猫，岐山—南阳—渭水，鸣—卧—飞，凤—龙—熊，均一一对应，且同句之内的鸡与凤、蛇与龙、猫与熊还都有形状相像的联系。把民间俗语与文人雅词结合了起来，譬喻新奇，工整形象，是散曲中的警句。

全曲结构对称整齐，语言直接通俗，比喻生动形象。庄谐杂陈，嬉笑怒骂，冷峻尖刻，不愧是元散曲中一支妙语解颐的名曲。

第三编

诗国锦绣

江山代有诗才出　歌颂人民不计年

　　2018 年，一个具有特殊意义的年份，是我国改革开放 40 周年。习近平主席在新年贺词中指出，"改革开放是当代中国发展进步的必由之路，是实现中国梦的必由之路"①。为此，中华诗词学会决定编辑出版《必由之路——诗颂改革开放四十年》诗词曲赋集，以此纪念这一段波澜壮阔的伟大历程。

　　改革开放为中国经济带来腾飞的同时，也促进中华优秀传统文化的传承和发展。改革开放 40 年，是中华诗词复苏、发展，并逐渐呈现繁荣的 40 年。我们的诗人，是改革开放的见证者和直接参与者。改革开放让厚积薄发的诗词文化力量得到迸发，让这种古老的诗歌形式焕发出新的光彩。这期间，产生了一大批优秀的诗词作者和作品，其中有一部分就是直接歌颂改革开放的作品。这里编选了 480 余首诗词曲赋，它是改革开放大潮中涌现出的美丽浪花，也是广大诗人和诗词爱好者心底的声音。

　　改革开放以来的伟大成就，是紧紧依靠人民群众所取得的。党的十一届三中全会以来，在认识和实践上的每一次突破和深化，每一个新生事物的产生和发展，每一个领域经验的创造和积累，无不来自亿

---

　　① 《国家主席习近平发表二〇一八年新年贺词》，《人民日报》，2018 年 1 月 1 日，第 1 版。

万人民的智慧和实践。特别是党的十八大以来，以习近平同志为核心的党中央始终坚持以人民为中心的发展思想，从人民利益出发谋划改革思路、制定改革举措，把最广大人民的智慧和力量凝聚到改革上来。也就是说，人民群众是改革开放的主体力量，歌颂改革开放就是歌颂人民。

诗人是人民中的一员，不是独立于人民之外的群体。诗人要想有所作为，对国家民族有所贡献，必须在党的领导下与人民同呼吸共命运。当前，触碰现实题材、书写大变革、表达人民的呼声和心愿，是对当代诗人的考验。鲁迅先生于 1925 年就说过："文艺是国民精神所发的火光，同时也是引导国民精神的前途的灯火。"诗人落笔之处，怎样才能体现"国民精神所发的火光"呢？

首先，诗人要向人民学习。习近平总书记在给锡林郭勒盟苏尼特右旗乌兰牧骑队员们的回信中指出："乌兰牧骑的长盛不衰表明，人民需要艺术，艺术也需要人民。"① 这段意味深长的话启示我们，要保持诗词艺术的兴盛，广大诗人和诗词爱好者必须向人民学习。"问渠那得清如许，为有源头活水来"，人民创造历史的丰富实践，就是广大诗人最好的课堂。向人民学习，从民间的艺术形式中汲取营养以及艺术门类之间的相互借鉴，是诗词深入发展的必由之路。在这一点上，唐代的诗人们为我们做出了榜样。唐代是诗歌艺术的巅峰，许多诗人都善于从民间艺术中汲取营养。白居易的《琵琶行》来自对风尘女子的观察、思考、同情和怜悯；李颀的《听董大弹胡笳声兼寄语弄房给事》来自对胡笳音色的深入理解；杜甫正是在看了公孙大娘弟子剑器舞之后受到启示，写出"耀如羿射九日落，矫如群帝骖龙翔；来如雷霆收震怒，罢如江海凝清光"。诗人们从民间艺术中汲取了丰富的艺术营养，并融入自己的诗词创作中去。大家所熟知的聂绀弩先生，就是一个很

---

① 《习近平总书记给内蒙古自治区苏尼特右旗乌兰牧骑队员们的回信》，《人民日报》，2017 年 11 月 22 日，第 1 版。

好的榜样。他不断地以生活为师、以实践为师、以群众为师，创作了大量的群众喜闻乐见的作品。我们的诗人，要创作与人民心灵相通的诗词作品，就要努力向人民学习。

其次，诗人要为人民抒怀。近些年来，诗词作品的创作数量是惊人的，估计每天有 5 万多首作品产生，一天的作品创作数量就超过《全唐诗》的数量。在诗词作品大量涌现的时代，我们重点要考虑一个问题，那就是诗词创作的方向，也就是诗词为谁而创作？习近平主席在文艺座谈会讲话中指出："要把满足人民精神文化需求作为文艺和文艺工作的出发点和落脚点，把人民作为文艺表现的主体，把人民作为文艺审美的鉴赏家和评判者，把为人民服务作为文艺工作者的天职"，"能不能搞出优秀作品，最根本的决定于是否能为人民抒写、为人民抒情、为人民抒怀"。[①] 为人民抒怀、为时代放歌，应该成为我们当代诗人的宗旨和审美取向。新世纪以来，诗词创作在作品数量、技术技巧、表现方式等方面有了很大突破和发展，问题也开始浮现，一些作者无心观照时代，无力回应人民需求，只顾一己悲欢、孤芳自赏，缺少彰显伟大时代的精品力作。诗词创作应该有气象，而"任何一个时代的文艺，只有同国家和民族紧紧维系、休戚与共，才能发出振聋发聩的声音"。古今优秀的诗人都有"为人民抒怀"的情结。杜甫的"安得广厦千万间，大庇天下寒士俱欢颜"；李绅的"锄禾日当午，汗滴禾下土。谁知盘中餐，粒粒皆辛苦"；当代诗人在针对纠正官僚主义作风时呼吁的"欲知忧乐事，更下一层楼"（李铁成《登鹳雀楼》）；等等，都是从百姓的角度思考问题的好作品。我们的诗人应当为祖国的强大而喜悦，为祖国的困难而忧思，为祖国的未来而梦想，以时代为镜，以民心为镜，以民生为镜，创作出更多更好的"为人民抒怀"的精品力作。党的十八大以来，中央和两办文件都提出："加强对中华诗词、

---

① 习近平：《在文艺工作座谈会上的讲话》（2014 年 10 月 15 日），《人民日报》，2015 年 10 月 15 日，第 2 版。

音乐舞蹈、书法绘画、曲艺杂技和历史文化纪录片、动画片、出版物等的扶持。"但是，我们不能被动地等待"扶持"，诗词界要有作为，这个作为首先就是更好地为人民抒怀。前些年我读到两首关于改革开放40年的诗，印象很深。一首是贺苏的《香港回归口号》："七月珠还日，百年耻雪时。老夫今有幸，不写示儿诗。"一首是王巨农的《壬申春日观北海九龙壁有作》："久蛰思高举，同怀捧日心。曾教鳞爪露，终乏水云深。天鼓挝南国，春旗荡邓林。者番堪破壁，昂首上千寻。"两首诗均说出了人民的心声。我们希望能有更多的这样的作品出现。

最后，诗人要歌颂英雄。习近平主席在颁发"中国人民抗日战争胜利70周年"纪念章仪式上的讲话中指出："'天地英雄气，千秋尚凛然'，一个有希望的民族不能没有英雄，一个有前途的国家不能没有先锋。"[1]习近平主席早在1990年任福州市委书记时就填词，以一首《念奴娇·追思焦裕禄》，歌颂当年人民的好干部兰考县委书记，在社会上引起强烈反响。在中国这方热土上，有无数仁人志士，为了民族的解放、国家的独立和人民的幸福，前赴后继，抛头颅、洒热血，谱写了一篇篇悲壮激越的历史篇章。他们或者勇往直前，奋不顾身，舍生取义；或者顶天立地，威武不屈，坚定不移；或者正气凛然，廉洁奉公，一尘不染；或者"先天下之忧而忧，后天下之乐而乐"……可以说，各个时期的英雄（英烈）都是时代的先锋、民族的脊梁、祖国的功臣，他们的精神光照千秋，永垂青史。自古诗人就有崇敬和赞美英雄的传统。例如王昌龄的《出塞》："秦时明月汉时关，万里长征人未还。但使龙城飞将在，不教胡马度阴山。"郑超（宋）的《谒岳王坟》："我来拜谒岳王坟，松柏苍苍上宿云。臣子报君终一死，权奸卖国欲中分。鹰扬当日谁能及，雁叫中原不可闻。石马石人山寂寂，英雄于此忆将军。"这些赞美英雄的诗词在使人们想起英雄的同时，

---

① 习近平：《在颁发"中国人民抗日战争胜利70周年"纪念章仪式上的讲话》（2015年9月2日），《人民日报》2015年9月3日，第2版。

也使天地正气得到彰显和传播。

今天的英雄遍布各行各业，无法一一列举。我们的诗人应当以更多的目光关注他们，以更多的笔触书写他们的事迹，让他们的精神释放光芒，让民族的优良传统代代相传。我欣喜地看到《必由之路——诗颂改革开放四十年》这本诗词集中有不少这样的作品。

这本书中收录的作品，多半都是新题材、大境界、高格调的作品，诗词的征集、编选进行了半年的时间，其中，组稿、编辑由湖北省中华诗词学会、湖北荆门聂绀弩诗词研究基金会承担，中华诗词学会组织力量进行编审、完善。应该感谢他们的辛劳工作。

我也是中国改革开放的亲历者，我曾经在 2009 年 1 月，写过一首《贺新郎·改革开放颂》，也正好能说明我的心曲，抄在这里，作为结束语：

> 回首来时路。忆神州、有风乍起，小岗田亩。霹雳一声惊劫后，满眼争荣万树。三十载、骎骎国步。奥运恰才扬四海，更问天、神七长空舞。叹变化、竟如许！ 兴衰成败今尤悟。念泱泱、汉唐气度，撷芳环宇。千古邓公金石语，实践当驱迷雾。须记取、求新革故。大好河山兴复计，画图宏、料是多艰阻。吾往矣、莫旁骛。

2018 年 8 月 8 日于北京

（本文为《必由之路——诗颂改革开放四十年》序言，中国书籍出版社 2018 年出版）

云起诗涌

　　中国是一个诗歌的国度，中华民族是一个诗歌的民族。自西周迄清，3000 年的历史为我们留下了浩如烟海的诗词歌赋，至今仍是中国传统文化中最精彩、最华美的部分。诗词作为中国传统文化表述和传播的重要载体，同时作为中国传统文化的重要源头活水，涵育和发展了中国传统文化。习近平总书记指出：一个国家，一个民族的强盛，总是以文化的兴盛为支撑的。没有文化的继承和发展，没有文化的弘扬和繁荣，就没有中国梦的实现。当前，我们致力于弘扬优秀的中华传统文化，是因为我们知道，人类生活不只是追求物质生活的创造和富足，更需要的是精神的提升和持守。一个国家、一个社会只有科技，没有人文；只有物欲，没有涵养，是肯定不能够持续和发展的。商周以来，中国先民在生活中创造了诗的形式，它承载着道义之魂，闪现着智慧之光，成为中国文化宝库中的瑰宝，展示着永恒的意义和价值。近年来，中国古典诗词的传承和发展受到高度重视。全国诗词团体、诗词刊物、诗词活动大量增加，诗坛出现了从未有过的繁荣景象，涌现出一批优秀的诗人和作品。这是我们伟大时代的需要，也是中华优秀传统文化传承发展的需要。"国运兴则文运兴"也！

　　山东是孔孟之乡，文风淳厚，自然也是诗词之渊薮。历史上山东著名的诗人、词人灿如繁星。如建安七子之王粲、刘桢；唐宋时期之房玄龄、崔融、鲍照、王禹偁、党怀英；大诗人李白、杜甫、高适、苏轼、苏辙、曾巩、范仲淹或仕宦，或侨居山东，留下了数不清的佳作。南宋以后，李清照、辛弃疾、张养浩、李攀龙、李开先、王士禛皆领袖诗坛，在文学史上占有令人瞩目的地位，当代的山东诗坛，仍然延续着绵长的诗词根脉，根深土沃，蔚为大观。诗词创作活动繁多，诗人佳作不断涌现。

山东的嵩峰同志是位历史文化学者，他20世纪90年代初就在《故宫博物院院刊》上发表过历史研究论文。同时他又是一名政府官员，长期担任山东省政府的秘书长，工作异常繁忙。所以，当他的《云起楼诗存》送到我的手上时，读着书中660余首诗词，我觉得十分不易。他提出让我为这本集子作一序言，我便欣然应允。

通读全稿，我觉得这是一部具有鲜明时代特色和较高艺术水平的诗词集。主要有以下几点感想。

内容非常丰富。书中作品反映了社会生活的方方面面，异彩纷呈。有对祖国壮丽山河的热烈赞美，也有对异国风光的细腻抒写；有对我国改革开放重大事件的生动记录，也有对国际风云变幻的深刻分析；有对中国社会主义建设的深情歌颂，也有对社会上丑恶现象、不正之风的无情揭露；有对亲情友情的倾心吐诉，也有对自己工作、生活的思考和感叹。这本集子比较全面地反映了近40年祖国的伟大变革和作者本人在这一伟大时代的求索和奋斗，难能可贵。"文章合为时而著，歌诗合为事而作"，这是唐人白居易的千年古训，也是历代有追求、有操守的文人骚客富于历史使命感的集中体现。

厚重的历史感。作者是学历史的，明清史专业硕士。读这本诗集，可以感受到一个历史学者宽阔的视野和对历史的敏感。中国的诗，历史上就有记史的传统。以诗记史，表达诗人对历史事件、历史人物的感悟，使作品更加深刻形象，富有感染力。诗集中，《七绝·小平同志南方讲话发表》《七律·汶川大地震》《七绝·山东农村改革发展杂诗》《古风·苏联解体》《五律·写于九一一次日》等作品见证了中外历史上一些重大事件，为历史留下了诗词的表述，也在历史的瞬间留下了诗词的精彩。诗集中还有一批直接描写历史的作品，如《七绝·明清山东人物赞》

《七绝·革命史迹纪念地参观琐记》等，皆以史入诗，抒情澄怀，寄托了诗人的情操和抱负。正如清人沈德潜所云："太冲咏史，不必专咏一人，专咏一事，己有怀抱，借古人事以抒写之，斯为千秋绝唱。"（《说诗晬语·卷下》）诗集中怀古作品为数最多，如《七律·沛县歌风台题壁》《七绝·西泠谒秋坟》《风流子·过徐蚌》《古风·圣彼得堡感怀》等，则是秋日登临，心有所寄，感叹世事沧桑，抒发胸中块垒之作。

强烈的责任感。中国流传千古的名篇佳制，无不体现了作者对社会、对人生的莫大责任。士大夫如此，匹夫亦如此。作者是共产党员，是政府官员。在改革开放的伟大时代，他深知自己的职责所在。40余年的工作经历，让他写下了许多反映社会现实的诗章。这些作品是他坚守信仰、不改初心的体现。其中，有对党的事业的歌颂，有为祖国建设成就的欢呼，也有对社会改革进程中一些不健康，甚至丑恶风气的批判。诗集中有一批作品，如：《古风·农民负担调查报告书后》《古风·建房歌》《古风·行路难》《九张机·数字问题》等都能直面问题、大声疾呼，足堪警世，表现了作者强烈的社会责任感。《五绝·急赴某市化工企业爆炸事故现场》《七绝·5·12大震值班通宵》《五绝·夜深赴长清山火现场施救》等则表达了作者对本职工作的负责和坚守，成为作者表现时代风貌的重要特征。

真挚的感情表达。中国的诗歌重在"言情"和"言志"，而"言情"和"言志"贵在一个"真"字。"诗非异物，只是一句真话。"作者对社会、对人生、对亲友都怀有一颗赤子之心，体现在吟咏，便是真情实意的表达。诗集中有很多作品是对祖国大好河山的描绘，将美景化为佳句，雄浑开阔，意境澄明，体现了作者对祖国的真爱。诗集中《五绝·苦旱》《七绝·田父吟》《七绝·东平一饭》等作品，对天灾人祸造成的民生痛苦的描述，体现了作者对群众的真情关注。《五绝·故乡》《七绝·回乡》《七绝·客旅》等作品则刻画了离乡游子对故土家园的深情眷恋。《七绝·梦醒西寄》《七绝·闻妻儿东归》《临江仙·怀父》《永遇乐·悼外祖母严太夫人》《七绝·送友人》

等作品婉约抒情，表现了作者对亲人、对朋友的真情与关爱。"夫诗以情为主，景为宾。景物无自生，惟情所化"（清·吴乔《围炉诗话》）。信然！《七律·感事》《柳梢青·感秋》《沁园春·记梦》这类诗词，作者则敞开胸襟，描述了自己的所思所想，所感所忆，可以看到不同时期作者的心路历程和人文情结。

浑厚的文字功底。诗词是文学之母，是文学的精华，也是文字的最高艺术形式。中国古典诗词在几千年的发展演变中形成了严格的格律和声韵。写好古典诗词，不但要有生活的积淀，有情有志，还必须掌握诗词写作的基本规律和规则，这就是"情"与"辞"的统一。作者在这方面是有良好基础的，他对抒情言志、起承转合都有自己的独特体会，因而在实际创作中就能够收放自如，歌行流转，奇思迭至，佳句纷来。在使用新声韵方面，作者也进行了深入探索。本着形式服从内容的原则，为更加便于表达所思所想，作者在小部分诗作中使用了邻韵通押，亦有个别作品使用了新声韵，使表达手段更加丰富。这里也应当指出，诗集中也有个别作品格律不太严谨：有的诗句过于直白，显得太露；有的地方炼字不够，表达略显草率，不够精达。有待于作者今后在实践中进一步磨炼和改进。

最后，我要说的是，蒿峰同志的诗词创作是执着勤奋的。诗集中所收作品起于 1980 年，止于 2018 年。38 年间，在繁忙的工作中，他能够不间断地学习创作，难能可贵。纵观我国数千年诗史，留下千古名篇的诗人，大多出自士大夫阶层，也就是知识分子和官员队伍。他们身处社会管理运作的第一线，熟知社会生活的方方面面，了解社会现实和民风民情，因而许多作品就有着长久的生命力和感染力。这对我们很有启发。我想，今天也应提倡和鼓励那些爱好诗词且有一定基础的公务员，大胆地拿起笔来，在工作之余，搞一些诗词创作，抒发家国情怀，丰富壮美人生，并为诗词这一优秀传统文化的传承和发展贡献力量。这是我的恳切期望。

（本文为蒿峰著《云起楼诗存》序，山东人民出版社 2019 年出版）

诗画中国

　　诗词艺术是中华优秀传统文化之瑰宝。现代摄影艺术自 19 世纪中期问世以来，得到了突飞猛进的发展。精美的画面、艳丽的色彩、逼真的效果让摄影艺术风靡世界，走进王公大院，走进坊间里巷，走进亿万百姓的生活。摄影照片虽然和传统国画有着本质不同，但两者之间的画面感和艺术美也有着许多相通之处。如把照片称为"影画"也未尝不可。如《人民画报》的"画"，其实多是拍摄出来的照片。所以诗意和照片的相互渗透，也可以视作诗和影画的再创作。

　　北宋文学家、画家张舜民曾经在《跋百之书画》中说过："诗是无形画，画是有形诗。"一代文豪苏东坡也在题王维画作《蓝田烟雨图》中说道："味摩诘之诗，诗中有画；观摩诘之画，画中有诗。"苏东坡要求绘画不能单纯描摹外在事物，而要具有深远意境，寄托画家志趣，使人如读诗歌。而诗歌不是单纯抒发作者情志，而要创造生动意象，使人如面对图画。因此，诗歌和绘画对"意境"的共同追求，成了中国诗画高度融合的契合点，唐代王维的诗画作品达到了情景交融、亦诗亦画的至高境界，故被苏轼称为"诗中有画，画中有诗"。

　　因此，中国自古以来就有"诗画合一"的追求与实践。千百年来，传统诗词和经典书画一直承载着陶冶情操、砥砺品格、塑造精神的国学教义，成为中华民族的文化典范，鲜活在亿万华夏儿女的心头。

　　"诗画中国大型丛书"让诗词艺术与摄影艺术结缘，把凝练的诗词、精美的影画作品、简明的文辞解说巧妙融合，诗图文三维呈现，三美并臻，在艺术形式上具有很强的创新性。这种方法很好地契合了社会快速高效、传播载体微型多元、社会群体"精彩悦读"的时代需求，相信会得到广大读者的欢迎。

在新中国成立 70 周年之际，"诗画中国大型丛书"创作出版全面启动，其中《诗画北京》《诗画上海》率先面世，可喜可贺！这也是认真学习习近平总书记在全国历次会议上重要讲话精神的具体行动，旨在全景式弘扬中华民族悠久灿烂的历史文化，抒写神州大地的独特风物、壮丽山川，讴歌炎黄子孙砥砺进取的辉煌成就，提供人民群众喜闻乐见的文学作品和阅读工具，无疑是一件文化盛事。

"诗画中国大型丛书"的创作出版，由中华诗词学会诗书画影委员会发起和组织实施，得到中共中央宣传部文艺局的指导，中国出版集团公司和大百科全书出版社、复旦大学出版社等单位的大力支持。诗的国度，诗意盎然。这就需要广大文化工作者以宽广的家国情怀，奉献自己的辛勤劳动和文艺才华。用我们手中的笔，用高科技的相机，缅怀历史长河的风云岁月，记录改革开放的时代变迁，展现民族复兴的宏伟蓝图。我们期待有更多的优秀作品早日刊行，以丰富的创作、精彩的呈现，洋溢生命的洪流，融入中华民族的文学史，融入恢宏绚丽的时代画卷。

是为序。

2019 年 7 月 19 日

（本文为"诗画中国大型丛书"序言，《诗画北京》《诗画上海》2019 年已分别由大百科全书出版社、复旦大学出版社出版）

曲坛欣看桃李繁，不教江流断！

　　欧阳修说过，"君子与君子以同道为朋"，"同道而相益"。《当代曲坛四友集》的作者周成村、徐耿华、张四喜、南广勋，可谓当今诗坛以弘扬散曲文化、促进散曲创作为己任的 4 位同道胜友。当然，他们也是我的好友。

　　记得 5 年前，他们几位经深思熟虑，向中华诗词学会提出成立专门机构、促进散曲创作的建议，得到学会的重视和支持。2015 年 11 月，中华诗词学会散曲工作委员会在西安揭牌成立，我忝兼主任，他们 4 位都成了副主任，当然也是干实际工作的。在他们以及全体散曲工委成员的共同努力下，5 年来散曲工委举办了 3 次较大规模的创作研讨会，编辑出版《人世情散曲丛书》8 种，指导创建"中华散曲之乡"。全国省级散曲组织已由工委成立时的 7 个发展到 15 个，作者队伍也由原来的两千来人激增至两万多。这是一个有目共睹的大变化！我对他们的执着与辛勤努力表示由衷的敬意！

　　他们 4 位原本就是推动当地复兴散曲创作的重要引擎。21 世纪初，随着中华诗词事业的全面复兴，山西首先兴起了散曲热，成立黄河散曲社，师承丁芒先生的张四喜先生酷爱散曲，协助李旦初社长做了大量工作，并参与组织召开"首届当代散曲创作学术论坛"。受羊春秋先生感召和指导的周成村先生对散曲情有独钟，利用他在湖南省诗词协会担任要职的便利，发动全省爱好者写曲，成立潇湘散曲社，主持承办中国散曲第十一届学术研讨会，主编《湖湘古今散曲选》等。在我的家乡陕西，在原中共陕西省委书记张勃兴老的倾力支持下，徐耿华先生和他的同事成立了全国第一个具有法人资格的散曲组织——陕西省散曲学会，组织举办了"第二届当代散曲创作学术论坛"，由徐耿华主编、包括港澳台作者在内的《当代散曲百家选》颇具影响。北京散曲研究会虽然起步较晚，但在南广勋先生带领下，经过几年努力，"京味散曲"风格已为世所重，亦属难得。

　　散曲工委成立后，他们四人更是立足本地，放眼全国。为了创建"中华散曲之乡"，他们奔赴各地指导创建工作。在已经创建成功的四个市县中，四喜9次到原平，耿华6次到洛南、9次到潼关，成村同志6次到绥宁。于学术研讨方面，陕西又承担举办了"第三届当代散曲创作学术论坛"，而湖南承接了第五届论坛的任务。八种《人世情散曲丛书》的接踵出版，更是他们相互支持、合作努力的成果。特别应该提及的是，散曲工委办公室设在西安，耿华先生就成为落实工委决定的主要推手。陕西的同志不负众望，通过他们的辛勤工作，使散曲工委真正成为中华诗词学会联系全国散曲作者的纽带。

　　尤为可贵的是，他们四人在忙于工委工作的同时，依然吟哦不辍，创作了大量散曲及其他体式的作品。《当代曲坛四友集》就是一个充分的展示。联袂结集，于读者，就有更多品味、比照的余地。总的印象，作品很好地发挥了散曲造语新奇、声韵自然、文字通俗、描写逼真的特质，多有精品佳作，每一位又都呈现出鲜明的个性。四人的作品既有共同的地方，也有各自的偏爱和强项。譬如取材广泛是共同点，但因各人的经历不同，取材的范围也不尽相同。同样使用"曲家语"，趋俗尚趣，流畅通达，但有的奔放辛辣，有的诙谐幽默，亦显示出风格上的差异。

　　《当代曲坛四友集》以年齿为序。首先看到的是湖南周成村先生的作品。

　　曲作以亲情开篇。《〔南双调·锁南枝〕父亲的扁担》和《〔中吕·普天乐〕母爱永恒》两组小令联章，述写了重于岱岳的父爱和寸草春晖般的母爱，在泪眼婆娑中刻画双亲的伟岸，给人以爱的温馨，情的感染。《〔双调·凌波仙〕我们的情人节》和《〔中吕·山坡羊〕逗孙》两支小令则以轻松调侃的口吻状写对老妻稚孙的深厚爱怜，字里行间流露出的是淳厚的亲情和雍恬的怜爱。作者曾守卫边疆二十余年，又在国门海关尽职尽责廿载有余。这不仅是人生阅历的丰富，也使他的笔触多了更为广阔的视野与深沉的感情。他深切地怀念功勋卓著的彭德怀元帅，也十分关切普通劳动者和弱势群体的命运。如《〔南吕·一枝花〕生命值守员》，不仅表达了对舍己救人的段意花的颂扬，也流露出对其窘迫生活环境的关切。而《〔越调·凭阑人〕菜殇》和《〔中吕·粉蝶儿〕暑殇》则是为一名菜农和一名环卫女工凄凉身世而作的挽歌，字字含泪，感人肺腑。

成村先生的散曲创作，重视以多种艺术手法表现主题，亦雅亦俗，庄谐相济，摇曳多姿，妙语如珠。如"寰宇惊，神舟奋，一箭终圆千秋梦"（《〔中吕·普天乐〕嫦娥致杨利伟》）；"传唤青鸟，轻呼玉兔，邀约众神仙。免收学费钱，教尔会打太极拳"（《〔仙吕·太常引〕咏刘洋天宫一号打太极》）；"凤眼睁，偃月横，把俺曹（阿）瞒吓断魂。上马赠金，下马赠银，咱俩可是铁哥们"（《〔越调·寨儿令〕华容道》）；"人生好比黄金窝，留个眼儿好唱歌。劝君心眼休太多。眼儿太多，便成马蜂窝"（《〔商调·金菊香〕餐桌上的启示》）；等等，这类看似平常但却精巧的奇思妙语，写景则如身临其境，咏物则令人击节，赞颂则别出心裁，鞭挞则令人扼腕。而一以贯之的则是一名公职人员的责任与眼光，一个当代诗人对散曲创作精、新、深的艺术追求。

耿华先生是我的陕西同乡。他的性格一如他的姓名中的一个字，耿，耿直；说话硬，但不乏幽默。他一直在陕西省文史研究馆工作，临退休时才步入诗词界。他爱好广泛，诗词曲赋都写，而较为擅长的还是散曲与歌行。其散曲追随元代名家豪放本色一流，贴近生活，自然浑朴，直面现实，坦率纯真。他的语言风格可概括为"奔放、灵俏、辛辣、谐趣"8个字。

奔放辛辣的语言特色在他的很多作品中都能看到，如《〔黄钟·四门子〕邻家女》中的"体不勤，花钱手，妹子吔、谁若爱你谁是狗！"，《贪官即"狗官"的讨论》中《〔正宫·塞鸿秋〕百姓说》："谄上司狗尾摇，欺百姓如强盗，咬了人还要嚎高调。"用这样的语言入曲是作者坦率耿直的性格使然。幽默诙谐也是耿华先生散曲语言的一个特点。"有闲情每天上网，无拘谨随遇而康。睡觉脱光，吃面喝汤，打麻将连庄，穿裤子宽裆。"（《〔双调·折桂令〕老来乐》）把民间流行的顺口溜经过改造写进曲中，有意想不到的效果。"七戒八规太久远，女性着装日渐短。裙裤一尺欠，小衫儿露背肩。好'寒酸'，俏女人省布，傻男人费眼。"（《〔仙吕·后庭花〕夏日风景线》）一首讽刺当今时尚女郎穿着的小曲，读之令人忍俊不禁。他关注发生在身边，又具有普遍性的社会现象，将其写进自己的作品中，《〔正宫·叨叨令〕留守妻子爱恨歌》就是他写的第一首散曲。他有感于20世纪末社会上"被和谐""被富裕"的现象，写下了《〔正宫·塞鸿秋〕杨百万》："杨村就在黄河岸，十家一姓同根蔓。杨三赚了一千万，邻居九户穷光蛋。杨村出了名，收入平均算，家家都是杨百万。"耿华先生的散曲语言平白如话，有的甚至还很时尚。如《〔南吕·金字经〕戏写四喜》："爱花爱草爱琴瑟，两片玻璃遮眼窝，佛系人生好快活。博，多艺多才有硬核。""佛系""硬核"，正是新近才流行的词汇。

《当代曲坛四友集》中还收入了他的一些诗词和辞赋，特别是有六篇歌行，通体流畅，一气呵成，值得一读。至于那篇《散曲赋》，则完全出于他对散曲的熟识和偏爱，也同样别有韵味。

山西的张四喜先生，近20年间创作散曲2000余首，套数200多篇。收入《当代曲坛四友集》的作品，是作者从近两三年来的作品中挑选出来的，从中可以看出，他的曲作已初步形成了个人的风格。

一是平民意识。其作品题材甚广，尤爱写市井凡夫，描画众生百态。"听闲话家常，方言政论，都是新题。……后面传股市低迷，前面又菜价离奇。老太嗓门高：昨日加薪，今日烧鸡。"（《〔双调·折桂令〕公园散步》）。笔触多涉及社会底层，关注寒小人物，继承陈铎《滑稽余韵》之风。如："街头敬老，公园撒网，深巷盯梢，健康妙法狼心造，设套千条。发鸡蛋欺蒙大嫂，上神坛赠送花椒。"（《〔中吕·满庭芳〕无证诊所》）笔锋直指江湖骗术，犀利如投枪匕首。

二是俗中见美。作者紧契时代潮流，熟悉当代生活，俗中有雅，读来趣味横生。"收银台拿个手机描，二维码轻轻一扫，三袋虾牢牢稳钓。美的她左一件紫貂，右一件绣袍，齐往柜上倒，浑不知卡中多少。"（《〔双调·沽美酒带太平令〕瞧我那口子》）用白描手法，给人以通俗诙谐的审美情趣。

三是曲中有我。由于作品中出现的人、事、景、物皆亲临其境，故其酸甜苦辣人生百味便自然而然地渗透于字里行间。"披枷带锁，赴汤蹈火，翻滚油锅。倒教咱浪中横卧，摆弄漩涡。龙宫里红孩儿洒脱，老君炉孙猴子经磨。风云过，依然是我，出水一枝荷。"（《〔中吕·满庭芳〕粽子》）读四喜曲，见"我"的视角和"我"的感悟俯拾即是。这正如"以我观物，故物皆著我之色彩"（王国维语）。

四是套数情结。四喜先生对套数情有独钟，所制套数之多，当今少见。他用套数惩恶扬善，美刺兼施，有声有色。"亲孙子的将你当准玩具，求爱的由你找啥子陪，敛财的借你骗股真金吸。"（《〔般涉调·耍孩儿〕戏说手机》）借物喻人，别开生面。"惊酒碗儿带嘴三条线，流水高山演。领班的桌绕流连，后随的舞步频颠。提拔三二个痴情汉，成就一窝子酒仙。"（《〔中吕·粉蝶儿〕上堡古寨行》）。讲述苗侗风情，绘声绘色，别具一格。

北京南广勋的散曲"趋俗尚趣"，风格自成一家，在散曲爱好者和散曲创作者中颇有影响。广勋先生创作题材广泛，但多用平常人和事作为描写的对象，在写作时注重整体构思，特别讲究结句的"豹尾"

效果。对于描写的对象既有真诚的同情又有善意的调侃。比如写业余画家老张："长桌支上，毛毡铺上，老来要做丹青匠。画螳螂，像蟑螂，痴心不改当初样。偶尔有人夸个奖，今，给一张，明，给一张。"把一位渴望成功、渴望别人认可的习画者的形象一览无余地展示给了读者，虽然也有些好笑，但却并没有恶意的讽刺，像朋友开玩笑一样。

广勋先生善写亲情，特别是写老父亲的作品给人印象深刻。在《〔正宫·塞鸿秋〕老父亲和他的抗日勋章》一曲中写道："已经淡忘枪和炮，龙头拐杖当依靠。勋章成了还童药，胸前不舍轻摘掉。为因不染尘，致使金光耀，时常对镜悄悄照。"把珍爱荣誉的一位抗日老兵写得多么可爱！特别是结句的"对镜悄悄照"，将老人的心理活动把握得十分准确，刻画得十分真实。

南先生写曲注重细节和形象描写，所以他的曲作能给人留下深刻印象。如写老伴儿的一首作品："老乖乖，小乖乖，满脸菊花次第开。臭美归来疯未够，耳环偏要我来摘。"把老伴儿人老心不老黏糊撒娇的形象写得活灵活现，让人读后忍俊不禁。在另一首写春运民工潮的曲中写道："被窝卷卷儿蛇皮罩，麻绳捆捆儿双肩套。兔毛护耳尖头帽，蓬胶棉袄如发泡。手中拎着包，嘴角叼着票，跷足遥等车来到。"这样的细节描写若不是细致观察，是很难写出来的。

广勋先生的作品风格既有本色俏皮的一面，也有清丽雅致的一面。但无论如何他都要努力写出散曲的韵味。正应了周德清所说的，散曲造句要"文而不文俗而不俗"。至于清丽、本色只不过是风格不同罢了，只要写得好，何必作高下之争！他曾用《〔正宫·塞鸿秋〕学曲渐悟》总结自己的学曲体会，曲子满口京腔，一通实话："曲中莫带诗词味儿，雅言市井拿捏份儿，自说自话身边事儿，休拿曲谱生填字儿。不说别扭词儿，少写诌文句儿，不时来点儿泼皮劲儿。"

秦声晋韵，湘乐京腔，瑶笺鸟迹，笔墨留香。《当代曲坛四友集》的出版，在一定程度上继承了元曲作家的人文精神，将为推动散曲新一轮创作高潮的兴起增添一朵浪花。散曲四友现在都还身兼数职，且与全国各地的曲友保持着密切联系。相信他们必能一如既往，不断前进，攀登更高境界，在组织和促进全国散曲的发展方面，发挥更大的作用。

是为序。

（本文为《当代曲坛四友集》序，中国文化出版社 2020 年出版）

灵山秀水　诗路新咏

　　华夏诗词源远流长，3000年前之《诗经》已蔚为大观，又体变《楚辞》，双峰并峙。迨至魏晋唐宋，更是名家辈出，流派纷呈，可谓富博广深。犹有孔子删《诗》，诗论应运而生，遂成文学样式，亦历代不衰。

　　余素重诗论，尝屡与诗友探讨组诗之问题。或曰，组诗堪为一体，于现代诗中常见，而古诗中甚少。予以为此论实可商榷。揆诸诗史，组诗萌芽于先秦，而定型于唐代，已为共识。秦汉以来各时期皆有大量作品问世。一组少则二首，多则数十首，甚至达到百首。若阮步兵咏怀82首，诗题同而篇目异，缘情绮靡，感事寄怀，更开后世无数法门。

　　窃以为欲状成体系之景物，莫若以组诗为最宜。浙东一带自古为山水奥区，魏晋以来，渐成为人文渊薮。从萧山渔浦起始，经鉴湖、剡溪等至天台石梁，所经之处，诗人文士应接不暇，其行也远，其诗也夥，而成今所谓"浙东唐诗之路"。此路绵延千里，风物绝美，文化积淀深厚。且秀水灵山，东南独绝，景点呈线状展开，甚宜以组诗咏之。今有萧山朱超范先生之浙东组诗，横空高吟，既令山川增色，亦为诗坛争辉。

　　超范先生生长于斯，朝渔浦而夕山阴，漱烟霞而对荟蔚，于浙东唐诗之路之山水、风物、历史、人文均谙熟于胸，凡中有所动，辄发而为诗，且诗多成组，积久而成斯编，名曰《浙东唐诗之路新咏》。

承蒙抬爱，嘱序于予，因拜读一过，玩芳搴茝，终钦且慕，意其可表者，凡有三焉。

其一曰诗风雅正。子曰："诗书执礼，皆雅言也。"诗而不雅，不如不为。超范先生斯编以七律为主，动辄于一题吟咏百首，如波澜遏空而不歇，白云届远而不绝，足见才力。且其造语皆脱弃俚鄙，不类凡近，辞愈多而句愈雅，篇愈繁而意愈正，洵不易也。如《源头怀渔浦》（十二）云："我家世住前溪口，渔浦灵槎柳下过。村畔潭清明月漾，岩边涧静白云多。午迟步岭锄青笋，晨起开门踏绿莎。笑咏壶觞更愚僻，孰堪回首望烟波？"此诗首句化自王绩"我家沧海白云边"及苏东坡"我家江水初发源"，开篇起势，笼罩全诗。颔联承接而下，气韵婉转，字句典雅，明月白云虽为常见意象，但烘托于此，自觉不俗。颈联曰青笋绿莎，色彩明丽，令人神远。尾联收束，余韵悠然。全诗不仅吐属雅正，且谋篇布局一依古人，真同老杜所谓"别裁伪体亲风雅"者也。

其二曰诗思混茫。作诗倘无一定思致，必致词不达意，面目平平。窃以为超范先生斯编，不少作品皆极有奇思，甚或发前人所未发，且又能于诗思曲折中力避生涩，如行云流水，畅达无碍。予尤喜者如《谒曹娥庙》："曹娥尽孝已沉江，一死长将姓氏扬。解字当凭曹宰相，题辞莫问蔡中郎。村姑已使沧波赤，野菊皆随绫绢黄。千古裙钗留正气，伍胥何必怒钱塘！"此诗首联徐徐说来，尚未见奇。颔联谓曹娥碑，亦属方正。颈联曰村姑使沧波赤（此"赤"不当作血色看，或指曹娥可鉴之丹心），复曰野菊随绫绢黄（此句暗用《曹娥碑》"黄绢幼妇"事），则思路甚奇，非常人所能想象矣。尾联以伍胥与曹娥对比，一曰忠，一曰孝，更见立意高远，思致非凡，老杜曰"篇终接混茫"，予于此诗得之。

其三曰诗境宏阔。超范先生作诗，取法唐人，以七律为主，兼及五言、古体等，皆不以生僻晦涩、典故堆砌为能事，而以境界宏大、语言唯美为目标。此非区区溢美之词，试看集中诗句可知。五言如"潮落三江渚，雨飞四面山"（《和钱起渔潭值雨》），见意象之开阔；"回澜驰碧落，放眼穷天象"（《和薛据西陵口观海》），见思绪之奔放；"澄江波浪阔，绿岭夕阳平"（《和常建渔浦》），见出语之雄浑。七言如"龛岭截江回地力，胥涛向海放天长"（《源头怀渔浦》三十二），见其笔力雄峻，势挽千钧；"人间初月千峰寂，物外斜阳万壑丹"（《天姥山》），见其浑融无痕、物我无间；"刘备犹能定西蜀，谢安何必隐东山"（《东山有感》），见其高标直指，铿锵有声。限于篇幅，只能标举一二，而其诗境之开朗阔大、笔力之老苍沉雄，已可见矣。

　　浙江省委省政府为继承与弘扬优秀传统文化，深入践行"两山论"，擘画诗画浙江，于 2019 年发布实施《浙江省诗路文化发展规划》，2020 年又有《浙东唐诗之路三年行动计划》之壮举，远景恢宏，影响深远。超范先生斯集梓行，正当其时也。使知者观之，揽其琳辞碧句，瑰情逸想，或跻于古诗人之伦；使不知者观之，亦可卧游于千里之外，而于经略一方、规划山川者，自有诗路文化建设之裨益。噫！斯诗之可传也必矣！是为序。

　　（朱超范著《浙东唐诗之路新咏》序言，浙江人民出版社 2022 年出版）

四维天地事　一卷领潮歌

　　陈懋章先生为我国航空发动机领域的权威学者、成就卓著的院士，又是教育专家，还是有实力的诗人，集此四维于一体，相互融通，相互促进，实为难得！

　　读先生自序，得知先生届高龄始为诗，然吟咏不绝，终有成就，尤感钦佩！

　　"四维天地事，一卷领潮歌"，这是我读陈先生诗歌，对其学识底蕴与艺术视野的总体印象。

　　作诗者欲成大器，须具备两个条件：一是学识渊博，或谓"深于诗"。一是天机清妙，或谓"多于情"。天机清妙者，不学而能。学识渊博者，需胸中有物，事业有成，有使命感，襟怀有多宽，其诗词成就便会有多大。先生之渊博学识从侧面展现了一个书香门第的庭训——自幼饱读诗书。我发现，先生乃真正的"深于诗"之人，其选材之新颖、吟咏角度之独特、感情之真挚可谓异彩纷呈，科学家的本色跃然纸上、痕迹无处不在。

　　清人叶燮在《原诗》中指出，诗以"理、事、情"为表达内涵，以"才、胆、识、力"为诗人内秉。陈先生诸多大作，以理为脉、以事为神、以情运气，经纬之间，神清气足，充分展现了一个当代中国科学家境界之高、胸襟之广。

　　如歌颂利玛窦之作有句"明清皇贵供奇猎，误国封关三百年"，也是对中国近代科技落后于西方发达国家原因的思考。在唐人街看到中国营业者，有句云"赚得小钱强笑脸，他人檐下莫伸腰"，14字，道出了异域谋生之艰辛；敬重抗疫巾帼的"花季白衣生死与，何曾相问是相知"，展现了科学家悲天悯人之大善；对钓鱼者"钓者不知正被钓，钓场犹比宦游场"之感悟，展现了先生淡泊名利、参透人生之大智慧；"过客匆匆百米跑，急升急降笑跳高。我登场上舒筋骨，万里持恒堪自豪"是对竞赛场急于求成获名获利者之不屑，对踏实稳步持之以恒贡献者之肯定；以歌咏死犹未已的大马哈鱼"临死回游万里遥，将躯喂哺幼鱼苗"言己之志，体现了一个科学家的无私与大爱。先生之作，多有以咏物而言志，以大爱为价值导向，且重情理相融。

将最先进的科技与传统的诗词韵律结合、将外域风情通过诗词韵律来反映，乃先生最大的特色，也是先生作为一个科学家的视野独特之处。先生为诗词领域探索着一条新路。如《唐多令·从扑翼机到定翼机》的"定翼启新篇，展腾飞路宽。万生园、寻遍无先。铁骨钢筋光灿烂，高昂首，上云端"，直接把科学家的智慧与中国传统诗词融合为一，专业术语与诗词语言浑为一体，不着痕迹。再如《望海潮·天问一号首登火星之际抒怀》的"长五送飞，融车搭载，首登乌托平原。起落小山峦。又升太空号，宇宙飞船。纵览环球，天和天问技前沿"，更以最先进的科技术语入词，融通得如此绝妙，当是先生探索成功之作。我还注意到，这首词已刊登在《中华诗词》2021年第8期之《时代风云》栏目。对《古罗马竞技场》的独特感慨："金宫墟上逐欢忙，血雨腥风成日常。曲道回盘连地狱，雕阑飞阁向天堂。蜀山魂化阿房殿，白骨堆成竞技场。半壁颓垣犒过客，古城暮霭暗残阳。"沧桑写在了历史的书页，同时也把诗词引入了外域。

科学与诗词的本质都是创新，即立足当下，风格独特，不重复古人，不重复自身。先生从科研实践中已悟出了取材需独特，有自家风格；从科学之真中悟出了诗词需有真性情，赋予了人文的美善光辉。在人工智能与航天科技高速发展的当代，诗词也是创新与发展的时代，陈懋章先生的开拓与探索具有一定的启示意义。

于先生诗集付梓之际，略赘数语如上，吁同好共赏！

谨为序。

（陈懋章著《四维咏悟》序言，高等教育出版社 2022 年出版）

《郑欣淼文集》书目